譯註 青丘風雅·國朝詩刪

譯註 靑丘風雅·國朝詩刪

車溶柱 譯註

景仁文化社

간행에 즈음하여

지난날 우리나라에 한문학이 발달하면서 시의 선집選集과 논평을 중심으로 한 시화류詩話類 등의 저작이 적지 않았음을 볼 수 있다.

이러한 저작은 고려 중기에 선집류選集類로는 최자崔滋의 『동인지문東人之文』과 김태현金台鉉의 『동국문감東國文鑑』이 있었다고 하나 오늘날 전하지 않으므로 그 체제를 알 수 없고, 조운흘趙云仡의 『삼한시구감三韓詩龜鑑』은 선발한 시에 대해 옆에 관주貫珠로 평을 한 것을 간혹 볼 수 있고 비점批點도 적지 않게 했으며 끝에 간단히 평을 하기도 했다. 그러나 그 뒤를 계승한 선집류選集類에서 『동문선東文選』을 비롯하여 다수의 선집에 작품만을 선발한 것이 대부분이다.

그리고 이인로李仁老의 『파한집破閑集』을 비롯하여 서거정徐居正의 『동인시화東人詩話』와 같은 시화류詩話類들은 대상작품의 저작과정에 있었던 일화逸話와 아울러 논평을 한 것이 적지 않기 때문에 선집과는 달리 논평에 상당히 비중을 두었음을 알 수 있다.

김종직金宗直(1431~1492)의 『청구풍아靑丘風雅』는 통일신라 후기부터 조선조 초기까지의 지은 시에서 선발하여 편찬한 선집으로 모두 7권이다. 이 선집選集은 선발한 작품에 대해 논평도 없는 바 아니나 그것은 많지 않고 어려운 내용에 대한 주해註解를 매우 상세하게 하여 작품의 이해에 많은 도움을 주고 있는데, 이것은 다른 선집에서 보기 드문 특징이라 할 수 있다.

허균許筠(1569~1618)의 『국조시산國朝詩刪』은 원元 형亨 리利 정貞으로 나누어 9권으로 편찬했는데, 그의 제시산후題詩刪後의 기록에 따르면 선선選이라 하지 않고 산刪이라 한 것은 여러 선자들이 선발해 놓은 것을 모아 그

가운데 장단長短 후박厚薄을 비교하여 수연粹然하면서도 법에 맞는 것을 뽑은 것이라고 했다.

이러한 『국조시산國朝詩删』은 정도전鄭道傳에서 허균許筠 당시의 인물인 권필權韠에 이르기까지 각체의 시를 선발하여 작품에 따라 평을 하기도 했는데, 작품 가운데 시구詩句에 대한 평은 평評이라 하고 끝에 전 작품에 대한 평은 비批라 했으며, 평어評語는 보기 드물게 간결하며 다양하다. 이 같은 『국조시산』에 대한 역대의 논평은 경미輕靡한 작품을 많이 취했다는 지적도 없는 바 아니나, 여러 선집 가운데 우수하다는 지적이 적지 않았다. 이로써 보면 『국조시산』은 선집이면서 다른 선집에서 보기 드물 정도로 평이 많음을 알 수 있다.

『청구풍아靑丘風雅』와 『국조시산國朝詩删』에는 여러 형식의 시가 실려있는데, 오언五言 및 칠언고시七言古詩와 배율排律과 잡체시雜體詩들은 그 형식이 오늘날에서 볼 때 생소하기 때문에 번역에서 제외했고, 오언五言 및 칠언절구七言絶句와 율시律詩만을 대상으로 하여 번역했음을 밝혀둔다.

『청구풍아』의 절밀한 주석註釋과 『국조시산』의 섬부瞻富하고 예리한 논평이 한시漢詩를 이해하는데 많은 도움이 될 것으로 생각되기 때문에 과욕過慾인 줄 알면서 같이 묶어 번역을 했으나, 난해한 작품이 적지 않아 번역에 어려움이 많았음을 밝혀둔다. 한문학에 대한 이해와 인식이 높지 않은 현실에서 출판을 맡아준 경인문화사景仁文化社 한정희韓政熙 사장과 입력과 교정까지 해준 제자 문원철군文元鐵君에게 깊은 사의를 표한다.

2016년 12월 하순
월천정사月泉精舍에서
차용주車溶柱 지識

차 례

■ 간행에 즈음하여

월산대군月山大君

신항申沆

박계강朴繼姜

김정金淨

기준奇遵

최수성崔壽峸

나식羅湜

임억령林億齡

정렴鄭磏

윤결尹潔

강극성姜克誠

양사언楊士彥

이후백李後白

하응림河應臨

이순인李純仁

이성중李誠中

최경창崔慶昌

백광훈白光勳

이달李達

송한필宋翰弼

임제林悌

정지승鄭之升

정용鄭鎔

김씨金氏

무명씨無名氏

8. 국조시산 권이 國朝詩刪 卷二 칠언절구七言絕句 257

정도전鄭道傳

조운흘趙云仡

성석린成石磷(再見)

강회백姜淮伯

박의중朴宜中

이첨李詹

조서曹庶

정총鄭摠

변중량卞仲良

권우權遇

정이오鄭以吾

유방선柳方善(再見)

강석덕姜碩德

최항崔恒

성간成侃(再見)

서거정徐居正(再見)

강희맹姜希孟(再見)

이승소李承召

김종직金宗直

김시습金時習

박위겸朴撝謙

성현成俔

01

점필재 정선 청구풍아 권지삼 佔畢齋 精選 青丘風雅 卷之三

오언률시五言律詩

✿ 최치원崔致遠

증운문난야지광상인贈雲門蘭若智光上人

雲畔構精廬	구름가에 精舍를 지어
安禪四紀餘	조용히 참선을 한 것이 사십 년이 넘었다.
筇無出山步	지팡이는 산 밖을 나간 적이 없고
筆絶入京書	붓은 서울로 가는 글을 쓰지 않았다.
竹架泉聲緊	대로 만든 홈에 샘물 흐르는 소리 급하고
松櫳日影疎	소나무 난간에 해 그림자가 성기다.
境高吟不盡	높은 경지境地를 다 읊지 못했는데
瞑目悟眞如.	눈을 감고 진여眞如1)를 깨닫고자 한다.

여유당성(금남양)유선왕악관장서귀야취수곡연은비읍이시증지旅遊唐城(今南陽)有先王樂官將西歸夜吹數曲戀恩悲泣以詩贈之

人事盛還衰	사람의 일은 성했다가 쇠한 것으로 돌아가니
浮生實可悲	부생이 진실로 슬프다오.
誰知天上曲	뉘가 천상의 곡을
來向海邊吹	이 해변에 와서 불 줄을 알았겠는가.
水殿看花處	수전水殿에서 꽃을 보던 곳과
風櫳對月時	서늘한 난간에서 달을 대하던 때였지.2)

---

1) 『傳燈錄』에 眞如는 변하고 바뀌는 것이 無明으로 돌아 大智를 짓는 것과 같은 類라고 했는데, 만약 변하고 바뀌는 것이 없으면 그것은 外道라 했다. 『靑丘風雅』에는 위의 간행사에서 말한 바와 같이 작품에 어려운 말은 작은 글자로 그 밑에 해석을 하기도 하고, 또 평을 하기도 했는데, 이러한 기록들을 모두 註로써 옮겨 놓는다.

2) 이 頸聯에 대해 꽃을 보고 달을 대할 때는 임금을 가깝게 모시고 은혜를

攀髯今已矣   이제 선왕先王을 가까이 모실 수 없으니
與爾淚雙垂.   그대와 더불어 두 눈에 눈물이 흐른다.

　　최치원崔致遠의 자는 고운孤雲 12세에 당唐에 가서 십팔세에 빈공과賓貢
科에 합격했고, 고변高騈의 종사從事가 되어 격황소서檄黃巢書를 지었다.
고국에 돌아와서 시독한림학사侍讀翰林學士가 되었다가 뒤에 가족을 이끌
고 해인사海印寺로 들어가서 마쳤다고 했다.[3]

◈ 김부식金富軾
감로사차혜소운甘露寺[4]次惠素韻

俗客不到處   속객이 이르지 아니하는 곳에
登臨意思淸   오르니 의사가 맑구나.
山形秋更好   산의 형태는 가을이 되니 더욱 좋고
江色夜猶明   강물 빛은 밤에 오히려 밝다오.
白鳥高飛盡   백조는 높게 날다가 가버리고
孤帆獨去輕   외로운 배는 홀로 가볍게 떠났다.
自慙蝸角上   스스로 위태로운 세상에서
半世覓功名.   반생 동안 공명을 찾고자 한 것이 부끄럽다오.

　　김부식金富軾은 경주인이다. 인종仁宗 때 서경西京에서 묘청妙淸 등을

　　입었는데, 지금은 끝났으니 그 슬픈 감정을 짐작할 수 있겠다고 했다.
　3)『靑丘風雅』에는 권두에 작품이 실린 작가들의 姓氏와 事略이 간단히 기
　　록되어 있는데, 그것을 실은 작품 후미에 번역해 옮겨 놓는다.
　4) 甘露寺는 開城 西江에 있다. 고려 李子淵이 중국 南朝의 潤州 甘露寺를
　　모방하여 樓閣과 池臺를 그 제도에 따랐고, 그 額子까지 같이 했기 때문
　　에 드디어 우리나라에서 명승지가 되었다고 했다.

평정하여 문하시중門下侍中에 임명되었으며, 의종毅宗 때 낙랑후樂浪侯의 봉작을 받았다. 중국 사신 서긍徐兢이 지은 『고려도경高麗圖經』에 그의 가세家世를 실어 그의 이름이 천하에 알려졌으며 시호는 문렬文烈이다.

❖ 고조기高兆基

숙금양현(금통주군)宿金壤縣(今通州郡)

鳥語霜林曉	새벽 서리 내린 숲에 새들이 지저귀며
風驚客榻眠	바람이 자리에 자는 나그네를 놀라게 한다.
簷殘半規月	처마 끝에 조각달이 남았고
夢斷一涯天	꿈을 깨니 하늘 한 모퉁이었다.
落葉埋歸路	낙엽은 돌아갈 길을 묻었고
寒枝罥宿煙	찬 가지에 묵은 연기가 걸렸다.
江東行未盡	강동을 아직 다가지 못했는데
秋盡水村邊.	수촌水村 가에 가을은 다됐다.

고조기高兆基의 처음 이름은 당유唐愈이고 제주인濟州人이며 벼슬은 평장사平章事를 역임했다.

✧ 정습명鄭襲明
석죽화石竹花5)

世愛牧丹紅	세상 사람들이 붉은 목단을 사랑하여
栽培滿院中	뜰에 가득하게 심어 가꾸었다.
誰知荒草野	누가 알았으랴 거친 풀이 있는 들에
亦有好花叢	또한 좋은 꽃이 떨기로 있는 것을.
色透村堂月	달이 뜨자 빛은 마을 집에 스며들고
香傳隴樹風	바람에 향기가 언덕 나무에서 전한다.
地偏公子少	지역이 편벽되어 공자公子가 적으므로
嬌態屬田翁.	고운 태깔이 전옹田翁에게 돌아갔다오.6)

　　정습명鄭襲明은 영일인迎日人이며 벼슬은 추밀원지주사樞密院知奏事를
했다. 인종仁宗의 고탁顧托을 받고 임금에게 직언하는 것을 자신의 책임으
로 여겼기 때문에 의종毅宗도 매우 두려워했다. 뒤에 병이 나게 되자 임금이
좋아하는 신하인 김존중金存中에게 그 직책을 대행代行시키므로 정습명이
임금의 뜻을 알고 약을 먹고 죽었다고 했다.

---

5) 이 시의 詩題 밑에 촛불로 시각을 정하고 운에 따라 시를 짓고 있는데,
　참석한 사람에서 이 시를 큰 소리로 외웠다. 睿王이 듣고 말하기를 "狗
　監이 아니었다면 어찌 司馬相如가 아직 살았음을 알았겠는가" 하고 바로
　그를 玉堂으로 보직을 임명했다고 한다.
　※ 위에 狗監은 漢나라 때 近侍에서 임금이 사냥할 때 필요한 사냥개를
　사육하는 직책이라고 하며, 그가 司馬相如와 동향으로 사마상여가 살아
　있다는 것을 임금에게 알려주었다고 한다.
6) 작자가 자신을 견주어 말한 것이다. 또한 사십사매卅十字媒라 이를 만하다.

❖ 임춘林椿

이평장광진만장李平章光縉挽章

兩代黃扉相	양 대에 걸쳐 황비7)의 정승이었고
時稱萬石君	당시 만석군8)으로 일컬었다.
獨全知畏愼	두려움과 삼가함을 알아 홀로 온전했고9)
早白爲憂勤	근심하고 부지런해 머리가 일찍 희었다.
遺令孤皆奉	유언을 아들이 모두 받들었고
陰功世莫聞	숨은 공은 세상에서 듣지 못했다.
秋風數行淚	가을바람에 몇 줄기 흐르는 눈물로
灑向北邙墳.	북망산 무덤을 향해 뿌리련다.

유회미수有懷眉叟

掛冠金闕下	갓을 금궐 아래 걸어두고10)
結社碧山中	푸른 산중에 모임을 결성했다.11)
自謂羲皇上	스스로 희황상인羲皇上人이라 했으며12)

---

7) 정승이 업무를 보는 집의 문이 누렇다고 해서 黃扉라 하고, 또 정승을 지칭하기도 한다.

8) 漢나라 石奮이 여러 아들과 함께 二千石의 벼슬을 했기 때문에 당시 그들을 萬石君이라고 일컬었다고 했다.

9) 『破閑錄』에 毅宗 말년에 光縉이 겸손하고 조심스러웠기 때문에 어려움이 미치지 않았다고 했다.

10) 관직에 있다가 나이 많아 致仕歸鄕하는 것을 상징적으로 표현한 것이라 했다.

11) 詩題의 眉叟는 李仁老의 자이므로 여기에서 말한 結社는 그를 중심으로 한 竹林高會를 지칭한 것이 아닌가 한다.

12) 陶淵明이 더운 여름에 창 밑에 누워 맑은 바람이 시원하게 불자 스스로 羲皇上人이라 했다고 한다.

誰知易道東	누구나 주역周易이 동쪽으로 갔음을 알 것이다.13)
雄深子長學	자장子長14)의 학문처럼 웅장하고 깊으며
孤潔范丹風	범단范丹15)의 풍채같이 고고하고 깨끗했다.
往日交遊者	지난날 사귀며 놀았던 사람들에서
唯餘田舍翁.	오직 전사옹田舍翁16)만 남았다오.

임춘林椿의 자는 기지耆之며 서하인西河人이다. 두 번 과거에 응시했으나 합격하지 못했고, 무신난武臣亂에 가족이 모두 화를 입게 되었는데 그는 탈출하여 겨우 면했으나 결국 곤궁함을 벗지 못하고 죽었다.

✧ 이인로李仁老
만흥謾興

境僻人誰到	지역이 궁벽하니 누가 오겠는가
春深酒半酣	봄이 깊어지자 술에 얼근했다.
花光迷杜曲	꽃빛은 두곡杜曲17)이 아닌가 미혹되고
竹影似城南	대그림자는 성남城南18)과 비슷하다.

---

13) 丁寬이 田何에게 『周易』을 배우다가 동쪽으로 돌아가고자 하니 田何가 말하기를 "주역이 동쪽으로 간다"고 했다.

14) 子長은 司馬遷의 字.

15) 范丹이 萊蕪長이 되어 청렴했기 때문에 그때 사람들이 노래해 말하기를, 釜中生魚范萊蕪 가마솥 가운데 고기를 살아있게 한 범래무范萊蕪라고 한다 했다.

16) 田舍翁은 眉叟가 아니고 평범한 농부인 듯함.

17) 長安 城南에 있으며 唐나라 때 杜氏가 대대로 많이 살았던 곳으로 꽃이 많았다고 한다.

18) 당나라 때 韓愈가 그곳에서 지은 聯句에, 竹影金瑣碎 대 그림자가 금쇄에 부서진다라 했다.

長嘯愁無四	휘파람 길게 부니 사수四愁[19]가 없어졌고
行歌樂有三	다니며 노래하니 삼락三樂[20]이 있다.
靜中滋味永	고요한 가운데 자미가 길어지는데
豈是世人諳.	어찌 이 세상 사람들이 알겠는가.

이인로李仁老의 자는 미수眉叟이며 인천인仁川人이다. 명종明宗 때 과거에 장원했고 옥당玉堂에 십사년 동안 있으면서 오세재吳世才, 조통趙通, 임춘林椿, 이담지李湛之, 황보항皇甫沆, 함우진咸于眞 등과 망년우忘年友가 되었는데, 세상에서 강좌칠현江左七賢과 비교했다. 문집의 이름은 『은대집銀臺集』이다.

✦ 김극기金克己
전가추일田家秋日

捐捐田家苦	농가는 고되게 노력하다가
秋來得暫閑	가을이 오자 잠간 한가함을 얻었다.
雁霜楓葉塢	기러기는 단풍잎에 서리 맺히면 언덕을 찾고
蛩雨菊花灣	귀뚜라미는 비 내린 국화 핀 물 구비에서 운다.
牧笛穿雲去	목동은 피리 불며 안개를 뚫고 가며
樵歌帶月還	나무꾼은 노래하며 달빛을 띠고 돌아간다.
莫辭收拾早	일찍 거둔다고 말하지 말라
梨栗滿空山.	배와 밤이 빈 산에 가득하다오.

金克己는 慶州人이며 高宗 때 翰林이 되었다.

---

19) 後漢 張衡이 지은 四愁詩가 있는데 모두 懷賢하는 내용이라고 했다.
20) 榮啓期는 사람으로, 남자로, 長壽한 것을 三樂이라 한다 했다.

✤ 오세재吳世才
병목病目

老與病相期	늙음과 병이 서로 기약한듯하며
窮年一布衣	궁한 나이까지 벼슬하지 못했다.
玄花多掩翳	현화玄花는 많이 막히고 가리었으며
紫石少光輝	자석紫石21)은 빛이 적다오.
怯照燈前字	등불 앞에 글자 보기 겁이 나며
羞看雪後暉	눈이 내린 뒤에 햇빛 보기 부끄럽다오.
待看金牓罷	기다려 금방金牓의 발표를 보고
閉目學忘機.	눈을 감고 기미를 잊는 것을 배우고자 한다.22)

　　오세재吳世才의 자는 덕전德全이며 고창인高敞人이다. 육경六經을 손으로 써 읽었다고 하며 명종明宗 때 과거에 급제했다. 성격이 성글고 검속성이 적어 세상에 용납되지 못하고 동경東京에서 곤궁하게 살다가 세상을 떠났다. 이규보李奎報가 사사롭게 그의 시호를 현정선생玄靜先生이라 했다.

✤ 이규보李奎報
초당단거화자미신임초옥운草堂端居和子美新賃草屋韻

寓興撫桐孫	흥을 부쳐 거문고를 어루만지며23)

---

21) 玄花는 눈이 아닌가 한다. 李仁復의 貞觀吟에 那知玄花落白羽 어찌 현화에 白羽가 떨어질 것을 알았으랴라 했는데, 唐 太宗이 고구려를 치다가 화살에 눈이 상했다는 것을 말한 것이다. 紫石은 晉나라 桓溫의 눈이 紫石 같다고 했는데, 모가 나고 광재가 있는 것을 말한 것이 아닌가 한다 했다.

22) 점필재는 이 시가 후미에 과거에 힙격하기 전에 시은 것이 아닌가 했다.

虛心對竹君	마음을 비워 죽군竹君을 대한다.24)
林深鴉哺子	깊은 숲에 갈까마귀가 새끼를 먹이고
園靜鳥呼群	고요한 동산에 새들은 무리를 부른다.
坐石吟移日	바위에 앉아 해가 기울도록 시를 읊었고
開窓臥送雲	창을 열고 누워 구름을 보낸다.
塵喧卽咫尺	진세의 시끄러움이 지척에 있으나
閉戶不曾聞.	문을 닫고 일찍 듣지 않는다.

구품사九品寺

山險馬頻蹶	산이 험해 말이 자주 미끄러지고
路長人易疲	길이 멀어 사람이 쉽게 피곤하다.
驚鼯時入草	놀란 박쥐는 때때로 풀 속으로 도망가고
宿鳥已安枝	자려는 새는 이미 가지에서 편안히 했다.
虛閣秋來早	빈 집에 가을이 일찍 오고
危峯月上遲	위태로운 봉우리에 달도 늦게 뜬다.
僧閑無一事	스님은 한가해 하는 일이 전혀 없어
除却點茶時.	차 끓이는 일 뿐이라오.25)

숙덕연원宿德淵院

落日三盃醉	해질 즈음 석 잔 술에 취했고
淸風一枕眠	맑은 바람에 베개 베고 졸았다.

---

23) 오동나무의 孫枝로 거문고를 만든다고 했다.
24) 대나무를 此君이라 한다 했다.
25) 후미에 차 끓이는 것을 일이라 했으니 僧家의 한가함을 알겠다고 했다.

竹虛同客性	속 빈 대나무는 손의 성품과 한가지며
松老等僧年	늙은 소나무는 스님의 나이와 같다.
野水搖蒼石	들 물이 푸른 돌을 흔들고
村畦繞翠巓	밭은 초록색 산마루에 둘려 있다.
晚來山更好	늙어가면서 산이 다시 좋아
詩思湧如泉.	시상이 샘물처럼 솟는다.

　李奎報의 자는 春卿이고 처음 이름은 仁底였으며 黃驪人이다. 明宗 때 과거에 급제했으나 십년 동안 승진이 되지 않았다. 성격이 구속을 받지 않았다고 했다. 스스로 흐를 白雲居士라 했으며 글을 빨리 지었다. 誥院에 십구 년 동안 있은 뒤에 守太保平章事에 이르게 되었으며 시호는 文順이다.

◈ 유승단兪升旦
조상국독락원趙相國獨樂園

蘚刻丹靑額	단청丹靑의 액자를 이끼가 새겼고[26]
壺藏白日仙	대낮에 신선을 병속에 감추었다.[27]
淸歡雖共客	맑은 기쁨은 비록 손과 함께 할 수 있으나
眞樂獨全天	참다운 즐거움은 홀로 하늘을 온전히 한것이오.
庭雨蕉先響	뜰에 비가 오면 파초에 먼저 울리는 소리가 나고
園晴草自烟	동산이 맑으니 풀빛이 스스로 연기가 된다.
桃花流水遠	복숭아꽃이 물 따라 멀리 흘러가면

---

26) 바위에 아롱진 이끼가 액자를 새겨놓은 것과 같다고 했다.
27) 천상세계의 신선이 그곳에서 허물이 있어 인간세계로 귀양와서 낮에는 일을 하고 밤이면 가지고 있는 병 속으로 들어가서 잔다는 이야기를 반영한 것이다.

回却武陵船.　　　　무릉武陵으로 오는 배를 물리칠 것이다.28)

혈구사穴口寺

地縮兼旬路　　　땅을 열흘길이나 줄였고
天低近尺隣　　　하늘이 낮아 이웃처럼 가깝다.
雨宵猶見月　　　비오는 밤에 오히려 달을 볼 수 있고
風晝不蹄塵　　　바람 부는 낮에도 먼지가 밟히지 않는다.29)
晦朔潮爲曆　　　그믐과 초하루는 조수를 책력으로 하고
寒暄草記辰　　　춥고 더운 것은 풀로써 때를 표시한다.
干戈看世事　　　세상일을 보니 싸움뿐인데
堪羨臥雲人.　　　구름 위에 누워있는 사람을 부러워한다오.

숙보령현宿保寧縣

晝發海豊縣　　　낮에 해풍현海豊縣(금홍주수洪州)을 출발하여
侵宵到保寧　　　밤이 들 즈음 보령保寧에 도착했다.
竹鳴風警寢　　　바람에 대나무가 울어 잠을 깨우고
雲泣雨留行　　　구름에서 내리는 비로 가는 것을 멈추었다.
暮靄頭仍重　　　저녁 안개에 머리가 매우 무거웠는데
朝暾骨乍輕　　　아침 해가 돋자 몸이 잠깐 가벼워졌다.
始知身老病　　　비로소 몸이 병들고 늙었음을 알 수 있는 것은
唯解卜陰晴.　　　오직 비오고 개는 것을 점칠 수 있다오.30)

---

28) 숲속의 동산이 깊고 멀어 무릉도원과 같다고 했다.
29) 두 구가 높은 곳에 있는 절의 형상을 표현한 것인데, 말의 뜻이 스스로 구분이 된다고 했다.

유승단兪升旦의 처음 이름은 원순元淳이었으며 인동인仁同人이다. 상서
尙書 박인석朴仁碩이 그를 일러 조야신주照夜神珠라고 말했다. 고종高宗이
글을 배워 사부師傅로 대했다고 한다. 예부시랑참지정사禮部侍郞參知政事
를 역임했으며 시호는 문안文安이다.

◈ 곽예郭預
수강궁관엽壽康宮觀獵

原上雨初霽	언덕 위에 비가 처음 개고
燒痕春色新	불에 탄 흔적에 봄빛이 새롭다.
一鷹如箭疾	한 마리의 매는 화살처럼 빠르고[31]
萬馬若雲屯	많은 말들은 구름같이 모였다.
雉困還遭犬	꿩은 지쳐 도리어 개를 만났고
麕迷不避人	고라니는 헤매다가 사람을 피하지 못한다.
長楊賦未就	장양부長楊賦[32]를 짓지 못했으니
慚愧諫垣臣.	간원諫垣의 신하로서 부끄럽다오.

　곽예郭預의 자는 선갑先甲이고 처음 이름은 왕부王府이며 청주인淸州人
이다. 고종高宗 때 과거에 장원했으나 오랫동안 승진을 하지 못하다가 충렬
왕忠烈王 때 비소로 발탁되었다. 글씨가 매우 굳세었고 밀직사사密直司事로
원나라에 사신으로 갔다.

---

30) 공의 시가 일반적으로 표현이 교묘하면서도 다듬은 흔적이 없다고 했다.
31) 임금이 깃 있는 새들을 사냥하면서 어찌 매가 한 마리뿐이겠는가. 一字
　　는 아마 誤字가 아닐까 했다.
32) 楊雄이 長楊賦를 지어 漢 武帝의 사냥 좋아함을 풍자했다.

❖ 승僧 진정眞靜

안봉사安峯寺

幽徑幾多曲	깊숙한 길은 굽이가 얼마나 많으며
亂山千萬重	어지러운 산은 천만 겹이 된다.
靑纏訪古刹	발에 청전靑纏[33]을 매고 옛 절을 찾았으며
白拂餘淸風	백불白拂[34]은 맑은 바람에 남았다.
皓月掛虛閣	밝은 달이 허각虛閣에 걸리었고
閑雲低碧空	한가로운 구름은 푸른 공중에 낮게 있다.
疎慵不掃地	성기고 게을러 땅을 쓸지 않아
殘葉滿庭紅.	남은 붉은 잎이 뜰에 가득하다오.[35]

❖ 이제현李齊賢

노재허문정공묘魯齋許文貞公墓

魏公懷粹德	위공魏公의 순수한 덕을 가지고
堀起際風雲	어지러울 즈음에 우뚝 솟았다오.
絳灌雖同列	비록 강관絳灌[36]이라도 같은 반열일 것이며
唐虞欲致君	당唐과 우虞[37]에서도 그대를 초치하고자 했을 것이다.

---

33) 纏行이라 하는데 출입할 때 감는 것이라 했는데, 발에 감는 것이 아닌가 한다.
34) 塵尾라 했는데, 사슴꼬리로 만든 것으로 먼지를 터는 것이며 중들이 이야기할 때 가지고 있는 총채를 말함. 拂子라 하기도 한다 했다.
35) 참으로 숲속에 사는 사람의 말이라 했다.
36) 漢 高祖의 공신에 絳은 周勃의 봉작이며, 灌은 灌嬰의 봉작이다.
37) 唐은 堯임금의 나라 이름, 虞는 舜임금의 나라 이름.

辟雍方繪像 　벽옹辟雍38)에 이제 화상을 그리고자 하며

泉路久修文 　저세상에서 오랫동안 수문랑修文郎39)이 될 것
　　　　　　　이오.

慕藺嗟生晚 　인상여藺相如40)을 사모해 늦게 난 것을 슬퍼했
　　　　　　　는데

荒凉馬鬣墳.　쓸쓸하게 말갈기 같은 무덤이라오.

　연우延祐 기미년(충숙왕 6년)에 내가 강남江南 보타굴寶陀窟로 향을 내리려 가시는 충선왕忠宣王을 모시고 갔더니 왕께서 옛 항주杭州 오수산吳壽山을 불러 내 보잘 것 없는 얼굴을 그리게 하고, 북촌北村 탕선생湯先生에게 찬贊을 짓게 했다. 북쪽으로 돌아오자 어떤 사람이 보고자 빌러간 후로 그 소재所在를 잃었다. 그후 32년에 내가 표문을 받들고 그곳 경사京師에 가서 다시 찾았는데, 노년과 장년의 모습이 다른 것에 놀랐고 헤어지고 만나는 데도 때가 있음을 느끼었다. 40자를 글제로 하여 적어본다.

我昔留形影 　내 옛날 이 초상 남길 때는

青青兩鬢春 　푸르고 푸른 두 살쩍머리의 청춘이었다.

流傳幾歲月 　얼마의 세월이 흘러 전했다가

邂逅尙精神 　뜻밖에 보니 정신은 오히려 그대로였다.

此物非他物 　이 물건이 다른 물건이 아니며

前身定後身 　전신은 바로 후신을 정한다오.

兒孫渾不識 　아이와 손자들은 전혀 알지 못하고

---

38) 周나라 때 천자가 세운 大學.
39) 蘇韶가 죽었다가 소생해 말하기를 '顔回와 卜商이 저세상에서 修文郎이
　　되었더라'고 한다 했다.
40) 춘추전국시대 趙나라의 유명했던 인물.

相問是何人.　　　서로 어떤 사람인가 하고 묻는다.

　이제현李齊賢은 진진의 아들로서 자는 중사仲思며 처음 이름은 지공之公이다. 충선왕忠宣王이 연경燕京에 있으면서 만권당萬卷堂을 짓고 이제현을 불러 부중府中에 있게 하고 원元의 학사學士 요수姚遂 염부閻復 원명선元明善 조맹부趙孟頫와 더불어 사귀게 했고, 서촉西蜀으로 갔을 때 이르는 곳마다 지은 시가 사람들의 입에 회자되었다. 뒤에 정당문학政堂文學으로 옮겼고 김해군金海君의 봉작을 받다. 공민왕恭愍王이 원元나라에서 왕위에 오르자 제현齊賢에게 섭정攝政을 하게 하고 정동성사征東省事에 임명되었다. 젊었을 때부터 귀천을 막론하고 사람들이 모두 익재益齋라 하고 감히 이름을 부르지 않았다. 시호는 문충文忠이다.

✿ 이곡李穀
이릉대李陵41)臺

許國身何有	국가에 맡겼으니 몸이 어찌 있겠는가.
成功命不侔	성공해도 목숨은 같이 있지 못했을 것이오.42)
漢皇雖好武	한漢의 임금이 비록 호반을 좋아했으나
飛將未封侯	비장군飛將軍도 봉작을 받지 못했다오.43)
苦戰知無賴	몹시 싸웠으나 믿을 것이 없음을 알았고
生降亦可羞	살아 항복한 것 또한 부끄럽다오.44)

---

41) 李陵은 前漢 武帝 때의 장수로서 匈奴族과 싸우다가 병사가 적었기 때문에 패해 투항한 인물.
42) 李陵이 처음 싸우기 위해 변방으로 갈 때 몸을 국가에 맡겼으니 성공하고 못하는 것은 운명이라 했는데 패하게 된 것이라 했다.
43) 李陵의 할아버지 廣의 벼슬이 右北平太守였는데, 匈奴가 그를 飛將軍이라 불렀다고 한다 했다.

高臺啣落日   높은 대에 이름은 지는 해와 같아
爲爾故遲留.   너를 위해 일부러 더디고자 한다네.45)

설야소작雪夜小酌

臘近纔呈瑞   설이 가깝자 겨우 상서로움을 보이니
冬溫不失和   따뜻한 겨울이 화기를 잃지 않았다.
履聲人起早   신발소리 들리니 사람들이 일찍 일어났고
篆迹鳥留多   전자篆字같은 자국에 새가 많이 머물렀다.
舊業餘書榻   옛 업으로는 책과 책상만 남았고
歸期誤釣簑   돌아가려는 기약으로 낚시하는 도롱이를 저버
              렸다.46)
擁爐俱是客   화로를 안고 있는 자들은 모두 나그네들인데
奈欠酒錢何.   술 살 돈이 없는 것을 어찌하랴.

연燕

簷前相對語   제비가 처마 앞에서 서로 지껄이니
客裏故相依   객지에서 짐짓 서로 의지가 된다.

---

44) 항복을 하면 夷狄에서 몸을 마쳐야 하고 싸우자면 죽게 된다는 것이라
    했다.
45) 李陵과 王昭君이 모두 胡虜에 몸을 잃었으나 역대의 문인들이 그들을 질
    책하지 않고 위로함이 있는 것은 그들의 운명이라 할지라도 당시 사정
    에 슬픈 점이 있었고 그들의 뜻도 취할 바가 있었기 때문이 아니겠는가
    했다.
46) 誤는 속이는 誕이다. 매양 시골로 돌아가 낚시를 하겠다고 하면서 돌아
    가지 않으니 속이는 것이라 했다.

身世炎凉迫	신세身世는 염량으로 견디기 어려운데
乾坤羽翼微	건곤乾坤에 깃과 날개가 희미하다.[47]
巢成還棄去	집을 다 짓자 도리어 버리고 가고
雛長各分飛	새끼가 자라더니 각자 나누어 날아간다.
見爾增悲慨	너의 슬픔이 많은 것을 보았는데
今年又未歸.	금년에도 또 돌아가지 못하는구나.

부순암후손賦順菴猴孫

林棲無復望	숲 속에 살고 있으니 다시 바라는 것이 없고
檻束本非期	우리에 묶힌 것은 본디 기약한 것이 아니라오.
信斷留環處	믿음은 구슬을 둔 곳에서 끊어졌고
名傳學劍師	이름은 검술을 배운 스승으로 전한다.[48]
臂長堪習射	팔이 길어 활 쏘는 연습에 좋겠고
肩聳似吟詩	어깨가 솟아 시를 읊는 듯하다.
怪汝偏多詐	너는 지나치게 거짓이 많아 놀랄 만하나
逢人却被欺.	사람을 만나면 도리어 속임을 당하리라.[49]

　이곡李穀의 자는 중부中父 처음 이름은 운백芸白 호는 가정稼亭이며 한산인韓山人이다. 충숙왕忠肅王 때 원元나라 제과制科 제이갑第二甲으로 합

---

47) 이 구는 이해에 어려움이 없지 않다. 그리고 이 시의 후미에 제비는 돌아가는데 사람은 돌아가지 못한다고 했으니, 故土로 돌아가지 못하는 감정이 매우 간절하다고 했다.
48) 이 頸聯 兩句는 典故에 있는 내용을 인용한 것으로 난해하다. 佔畢齋는 各句 밑에 출처의 내용을 들어놓았으나 난해하며, 또 작품의 이해에 도움을 얻지 못할 것 같아 옮기지 않았다.
49) 끝에 두 구는 사람들에 풍자하는 의미가 있다고 했다.

격하여 바로 한림국사원검열관翰林國史院檢閱官에 임명되었으며, 본국에서
한산군韓山君의 봉작과 도첨의찬성사都僉議贊成事에 임명되었다. 시호는
문효文孝다.

⬥ 안축安軸
과징파도(재금연천현)過澄波渡(在今連川縣)

古渡舟如葉	옛 나루에 배가 나뭇잎 같고
天寒波更澄	하늘이 추워지자 파도가 다시 맑다.
崩崖懸醜石	무너진 비탈에 추한 돌이 달렸고
斷岸積層氷	끊어진 언덕에 층층으로 얼음이 쌓였다.
狼鳥近堪紲	사나운 새는 고삐에 가깝고
遊魚深莫罾	노는 물고기는 깊어 그물질을 할 수 없다.
篙師敢輕賤	사공을 천하다고 감히 가볍게 하랴
手有濟人能.	사람을 구제하는 솜씨가 능하다오.

　안축安軸의 자는 당지當之이며 복주福州 흥녕인興寧人이다. 충숙왕忠肅
王 17년에 원元나라 제과制科에 합격했다. 여러 번 승진하여 첨의찬성사僉
議贊成事를 역임했고 흥녕군興寧君의 봉작을 받았다. 두 아우 보輔와 집輯
을 가르쳐 모두 급제했으므로 두 아우가 아버지처럼 여겼다. 시호는 문정文
貞이다.

⬥ 이원구李元紘
희청喜晴

日午浮雲卷	한낮에 뜬구름이 걷히자

扶筇立快晴	맑게 갠 날 지팡이 짚고 섰다오.
琅玕看竹色	옥처럼 아름다운 대나무 빛을 바라보며
琴筑聽泉聲	거문고 같은 샘물 흐르는 소리 듣는다.
杳杳雙眸豁	두 눈에 넓게 보이는 것이 아득하며
星星兩鬢明	양 쪽 살쩍머리가 분명히 희뜩희뜩하다.
無人來佩酒	술을 가지고 와서
相對說平生.	서로 평생을 이야기할 사람이 없다오.

이원구李元紘는 문하평리門下評理를 했다.

❖ 정포鄭誧

을유입추대도(연경)여사우중서회乙酉立秋大都(燕京)旅舍雨中書懷

病骨占陰雨	병든 몸이 흐리고 비 오는 것을 점치게 되었으며
窮居數晦明	궁하게 산 것이 몇 달이 되었다.
土花登古壁	이끼가 낡은 벽에 끼었고
雲葉覆層城	구름은 층층의 성을 덮었다.
愁緒風中纛	근심은 바람에 깃발처럼 흔들리고
羈蹤水上萍	나그네의 자취는 물에 뜬 마름이라오.
平生江海志	평생에 가졌던 넓은 뜻은
且復客神京.	다시 신경神京의 나그네가 되었다.

정포鄭誧의 자는 중부仲孚이며 해瑎의 아들이다. 충혜왕忠惠王 때 사의대부司議大夫로서 물러나 집에 있었는데 원元나라로 달아났다는 참소를 당해 울주蔚州로 유배되었다. 그는 유배 중에도 태연하게 시를 읊었다고 하며

뒤에 원나라에 머물다가 죽었으며 호는 설곡雪谷이다.

✿ 이인복李仁復
송문생곽정언의출안강릉送門生郭正言儀出按江陵

宵旰憂民日	밤낮 백성을 걱정하는 날은
郎官奉使秋	낭관郎官이 사신으로 명령을 받들고 가는 때였소.
皂囊封暫輟	皂囊흡랑50)을 봉해 올리는 것으로 잠깐 쉬고
紅斾挽難留	붉은 깃발을 잡아도 머물게 하기 어렵다.
邊靜無虛警	변방이 고요해 헛되게 놀라는 것이 없고
山高有勝遊	산이 높아 놀만한 좋은 곳이 많이 있다오.
君看東海水	그대는 동해의 물을 보게
早晩我乘桴.	조만간 내가 배를 타게 될 것이네.

　이인복李仁復의 자는 극례克禮 호는 초은樵隱이며 경산인京山人이다. 조년兆年의 손자이며 원元의 제과制科에 합격했다. 벼슬은 검교시중檢校侍中을 역임했으며 흥안군興安君의 봉작을 받았다. 일찍 이제현李齊賢을 이어 문형文衡을 했으며 평생 불교를 가까이 하지 않았고 참는 것으로 지켰다. 시호는 문충文忠이다.

✿ 채연蔡璉
렴簾

半捲書窓曉	새벽에 서실 창문을 반쯤 걷으니

---

50) 漢나라 官儀에 諫院에서 임금에게 글을 올릴 때 모두 皂囊으로 封事를 한다고 했다.

新秋霽景澄	첫 가을 갠 경치가 맑다.
風來一陣雨	바람이 불어오자 빗소리 같은 발소리가 들리고[51]
月暎萬條氷	달빛은 만 가지를 얼음처럼 비친다.
麗日篩紅暈	빛난 해는 붉은해 무리를 새어나오게 하고
遙岑漏碧層	먼 산봉우리는 푸른 층을 뚫었다.[52]
香閨涼夜永	향규香閨의 서늘한 긴 밤에
幾處隔銀燈.	몇 곳이나 등불 빛을 가리었을까.[53]

❖ 이색李穡
부벽루浮碧樓

昨過永明寺	어제 영명사永明寺를 지나
暫登浮碧樓	잠간 부벽루에 올랐다오.
城空月一片	빈 성에 한 조각달이 떴고
石老雲千秋	오래된 바위에 구름만 항시 끼었다.
麟馬去不返	인마麟馬는 가서 돌아오지 않고
天孫何處遊	천손天孫[54]은 어느 곳에서 노니나뇨.
長嘯倚風磴	휘파람 불며 바람 부는 산비탈에 의지했더니
山靑江自流.	산은 푸르고 강물은 스스로 흐른다.

---

51) 이 구에서 一陣雨의 빗소리는 바람에 흔들리는 簾聲이라 했다.
52) 四句의 표현이 극히 교묘하다고 했다. 暈은 해와 달 주변의 기운이다.
53) 銀燈은 은으로 만든 항아리 속의 등불이라 했다.
54) 河伯의 딸 柳花가 햇빛을 쪼이고 임신하여 한 알을 낳았는데, 그 알에서
   나온 남아가 東明王이기 때문에 天孫이라 한 것이다. 그리고 위의 麒麟
   窟은 東明王이 기린을 타고 하늘에 조회하러 갔기 때문에 이름이 되었
   다고 했다.

조행早行

凌晨問前路	일찍 일어나 갈 길을 물으니
曉色未全分	새벽이 완전히 구분되지 않았다.
帶月馬頭夢	달빛 아래 말을 타고 졸며
隔林人語聞	건너 숲에 사람 소리 들린다.
樹平連野霧	나무가 편편한 들에는 안개가 끼었고
風細起溪雲	가는 바람이 부는 시내에 구름이 인다.
已過三河縣	이미 삼하현三河縣을 지났으니
丹心祇在君.	단심은 오직 임금에게만 있다오.

이색李穡의 자는 영숙穎叔 호는 목은牧隱이며 가정稼亭의 아들이다. 그의 아버지를 이어 원元나라 제과制科에 합격하여 한림지제고翰林知制誥에 임명되었다. 공민왕恭愍王이 매우 경중敬重히 여겼으며 벼슬하는 사람들의 영수가 되었다. 공양왕 때 문하시중門下侍中에 임명되었고 한산군韓山君의 봉작을 받았으며, 본조에서 시호를 문정文靖이라 했다.

❖ 한수韓脩
정월초구일차이자상질상경正月初九日次二子尚質尚敬

歲復忽九日	세월이 빨라 다시 구일이 되었으며
陽和布萬家	화합과 따뜻함이 만가萬家에 펼쳐졌다.
桃符已陳物	도부桃符55)가 이미 묵은 물건이 되었고
銀勝又殘花	은승銀勝56)도 또 시든 꽃이었다.

---

55) 복숭아나무에 있는 두 귀신을 문에 그려 凶鬼를 쫓게 한 것을 말한 것이라 했다.

嫩色池生草	못에 자란 풀에서 연한 빛이 나고
新聲溪走沙	냇물이 사장에 흐르면서 새로운 소리가 들린다.
此心知亦長	이 마음도 또한 긴 것을 알고 있어
無復戰紛華.	다시는 분화紛華한 것과 싸울 생각이 없다오.57)

　한수韓脩의 자는 맹운孟雲 호는 유항柳巷이며 구주인溝州人이다. 십오
세에 과거에 급제했고 초서草書와 隷書를 잘 썼다. 공민왕 때 신돈辛旽이 올
바른 사람이 아니기 때문에 어지럽게 할 것이라 했는데 신돈辛旽이 패하자
임금은 그가 선경지명이 있다고 했으며, 뒤에 상당군上黨君으로 봉했다가
다시 청성군淸城君으로 봉했다. 판후덕부사判厚德府事를 역임했으며 시호
는 문경文敬이다.

❖ 정몽주鄭夢周
홍무정사봉사일본洪武丁巳奉使日本58)

水國春光動	수국水國에 봄빛이 움직이는데

---

56) 唐制에 立春이 되면 郞官과 御使에게 羅勝을 주고 재상과 親王에게 金銀
　　旛勝을 주었다고 했다.
57) 『韓非子』에 子貢이 子夏가 살찐 것을 보고 물으니 자하가 말하기를 “내
　　가 들어와서 夫子의 의로움을 보고 영광으로 여겼고, 나가서 부귀한 것
　　을 영광으로 여겼는데, 내 가슴에서 이 두 가지가 서로 싸우다가 夫子의
　　의로움이 이겼기 때문에 살이 찐다”고 했다.
58) 詩題 밑에 禑王 삼년에 李仁任 池奫이 전에 있었던 일로 원한을 가지고
　　공을 羈家臺에 사신으로 보내 약탈을 하지 못하게 요구하게 했는데, 사
　　람들이 모두 위태롭게 여겼으나 공은 조금도 어려운 표정이 없었다. 그
　　곳에 이르자 그곳 主將이 존경하면서 대우가 매우 두터웠다고 하며, 시
　　를 지어주기를 청하는 자가 있으면 바로 붓을 잡고 지어 주었다. 그리고
　　승려들이 날마다 많이 와서 가마를 메고 그곳의 좋은 경치를 보게 한다
　　고 했다.

天涯客未行	하늘가에서 손은 돌아가지 못했다오.
草連千里綠	풀은 천리를 연해 푸르고
月共兩鄕明	달은 두 지역을 함께 밝히겠다.
遊說黃金盡	다니며 설득하느라고 황금이 다 되었고
思歸白髮生	돌아가고픈 생각으로 백발이 났다.
男兒四方志	남아가 사방에 뜻을 둔 것은
不獨爲功名.	공명을 위한 것만은 아니었다오.59)

여우旅寓

平生南與北	평생동안 남과 북으로 다녔으나
心事轉蹉跎	한 일들은 도리어 기대에 어긋났다오.
故國海西岸	고국은 바다 서쪽에 있는데
孤舟天一涯	고주孤舟로 하늘 한 모퉁이에 왔다오.
梅窓春色早	매화꽃 핀 창에 봄빛이 이르고
板屋雨聲多	판옥板屋에 빗소리 요란하다.60)
獨坐消長日	홀로 앉아 긴 날을 보내니
那堪苦憶家.	집 생각의 괴로움을 어찌 견디리오.

　정몽주鄭夢周의 자는 달가達可 호는 포은圃隱이며 타고난 인품이 매우 높았다. 공민왕 9년에 삼장三場에 계속 일등하여 장원으로 발탁되었으며, 이학理學으로 우리나라에서 조祖가 되었다. 공민왕 때 수문하시중守門下侍中이 되었다. 조준趙浚의 무리들이 태조太祖를 왕으로 추대하고자 하는 것을

---

59) 뜻과 절의가 높고 뛰어나 魯仲連을 능가하고 있다고 했다.
60) 일본 사람들은 집을 모두 나무 널판으로 덮었다고 했다. 위의 함련에 대해 일본에서 보면 우리나라는 서쪽이 된다고 했디.

알고 그들을 공박하고자 했는데　태종太宗이 포은圃隱의 계획을 알고 조영규趙英珪를 보내 길에서 죽였다. 본조本朝에서 영의정領議政으로 증직했고 시호는 문충文忠이다.

✿ 김구용金九容

기달가(정몽주자)한림종군한정당막부寄達可(鄭夢周字)翰林從軍韓政堂幕府[61]

四海尙粉紛	온 세상이 오히려 시끄러운데
登樓獨念君	누에 올라 홀로 그대를 생각한다오.
忽辭淸禁直	갑자기 궁중의 번 드는 것을 사양하고
遠赴朔方軍	멀리 북방의 병영兵營으로 부임했다.
古塞懸明月	옛 변방에는 밝은 달이 떴고
長城起靄雲	긴 성에는 상서로운 구름이 인다.
悠然倚金甲	유연히 금속 갑옷을 입고
誰與細論文.	누구와 더불어 자세히 시를 논하랴.

범급帆急(二首)

暮宿淸江口	저물어 맑은 강어귀에 자고자
籬邊繫小船	작은 배를 울타리 가에 매어 두었다.
隔窓聞鶴唳	창 너머 학 우는 소리 들리고
欹枕伴鳩眠	베개를 베고 비둘기와 짝해 존다.

---

61) 元나라가 德興君으로 왕을 시키고자 遼陽省 군사를 동원하여 받아들이 게 하려 했다. 공민왕이 僉議評理 韓方信을 都指揮로 하여 和州에 군사 를 주둔시켜 東北을 방비하게 명령했다.

霧重山仍雨　　　안개가 짙게 끼더니 산에 비가 내리고
風恬浪作烟　　　바람이 고요하자 물결이 연기가 된다.
曉看茅屋處　　　새벽에 띠집 있었던 곳을 보니
淳朴一山川.　　　순박한 하나의 산천이었소.

帆急山如走　　　돛이 급하게 움직이니 산이 달리는 듯하고
舟行岸自移　　　배가 가자 언덕이 스스로 옮긴다.
異鄕頻問俗　　　타향에서 풍속을 자주 묻게 되고
佳處强題詩　　　아름다운 곳에는 힘써 시를 짓게 된다.
吳楚千年地　　　오吳와 초楚는 긴 세월동안 가까운 땅이었고
江湖五月時　　　강호에는 오월이 제때라네.
莫嫌無一物　　　아무것도 없다고 불평하지 마오
風月也相隨.　　　풍월이 서로 따라온다오.

　　김구용金九容의 자는 경지敬之 처음 이름은 제민齊閔이었으며 방경方慶
의 현손玄孫으로 호는 척약재惕若齋다. 우왕禑王 때 이인임李仁任에게 쫓
긴 바가 되어 여흥驪興에 있게 되었으며, 강호江湖로 다니면서 있는 곳을 육
우당六友堂이라 이름했다. 뒤에 판전교사사判典校寺事를 역임했다. 홍무洪
武 십칠년에 행례사行禮使로 요동遼東에 갔더니 총병관摠兵官 반경潘敬이
붙들어 중국 서울로 보내자 그곳 임금은 대리위大理衛로 유배시켰다. 노주
瀘州의 영녕현永寧縣에서 병으로 세상을 떠났다.

◈ 정주鄭樞
금란굴金幱窟

爲訪金幱窟　　　금란굴金幱窟[62]을 찾아보고자

棠舟放海門	나무배를 바다 입구에 띄웠다
洪濤懷地軸	넓은 파도는 지축地軸을 품었고
神物護雲根	신물神物은 운근雲根63)을 보호했다.
霧濕丹靑色	안개는 단청 색을 젖게 했고
天成刻削痕	새긴 흔적은 천연스럽게 이루어졌다.
烟中看鷺下	엷은 연기 속에 내리는 백로를 보며
想見白衣尊.	백의의 관음觀音을 본 듯 생각한다오.

만경대(재간성군)萬景臺(在杆城郡)

一抹橫天黑	하늘에 한 번 가로 칠한 검은 점은
滄溟眼底窮	넓은 바다에 눈으로 볼 수 있는 것은 다했다오.
始疑山隱霧	처음 산이 안개 속에 숨었는가 의심했는데
漸認浪浮空	점점 물결이 공중에 뜬 것을 알았다.
鳥絶鴻濛內	새들도 혼돈한 속에는 끊어졌고
龍吟渀漾中	용은 깊고 넓은 가운데서 읊고 있다.
長帆誰見借	긴 돛을 누가 빌려보겠는가
萬里願乘風.	만리에 바람을 타고 가기를 원한다오.

정추鄭樞의 자는 공권公權 호는 원재圓齋이고 벼슬은 정당문학政堂文學에 이르렀으며 시호는 문간文簡이다.

---

62) 通川에 있는데 바다에 있는 돌 형상이 금빛 袈裟를 입고 있는 것과 같기 때문에 붙여진 이름이며, 사람들은 觀音이 항상 머물고 있는 곳이라고 말한다 했다.

63) 雲根은 돌을 말한 것이라 했다.

❖ 설손偰孫

기몽기간조중고구紀夢寄簡朝中故舊

於穆宣文閣	아름다운 선문각宣文閣과
雍容端本堂	온화한 단본당端本堂이었소.[64]
夢中猶昨日	꿈속에서는 오히려 어제 같았는데
覺後是他鄕	깬 뒤에는 타향이라오.
萬死心如鐵	만 번 죽어도 마음은 쇠와 같고
三年鬢已蒼	삼년 사이에 살쩍머리는 이미 희었다.
生還倘能遂	살아 돌아가는 것이 진실로 가능할 수 있다면
甘老校書郞.	교서랑校書郞으로 늙는 것도 달게 여기겠소.

소몽宵夢

龍蛇猶格鬪	용과 뱀이 오히려 심하게 싸우고
豺虎尙縱橫	표범과 범이 일찍 이리저리 다닌다.
不見風塵息	싸움이 쉬는 것을 보지 못했는데
胡爲江漢行	어찌 강한江漢으로 가게 하리오.
有身眞大累	살아있는 것이 진실로 큰 누가 되며
無地托餘生	여생을 맡길 땅이 없다오.
寂寞中宵夢	적막한 밤중의 꿈은
凄涼去國情.	처량하게 고국을 떠나는 정이라오.

---

64) 偰遜이 元朝에서 端本堂 正字와 宣文閣 博士를 역임했으며, 詩題 밑에 公
　　이 원나라 順帝 至正 십구 년에 홍건적을 피해 우리나라에 왔으며, 故舊
　　는 원나라 조정의 사대부를 지칭한 것이라 했다.

설손偰孫의 자는 공원公遠 호는 근사재近思齋며 회골인回鶻人이다. 원나라 진사시에 합격했고 단본당端本堂 정자正字를 역임했다. 지정至正 십오년 단천單川의 수령守令이 되었다가 전풍田豊이 단천單川을 함락시키자 잡혀 쫓겨났고, 십구년에 홍건적紅巾賊을 피해 우리나라에 왔다. 공민왕恭愍王이 원나라 있을 때 단본당單本堂에서 종유從遊를 했기 때문에 예로써 후하게 대하며 부원군富原君을 봉했다.

✿ 이숭인李崇仁

지일용민망(염흥방의 자)至日用民望(廉興邦의 字)韻

歲時何衰衰	세월이 어찌 빨리 가는가
憂抱正忡忡	근심이 바로 근심을 가지게 된다오.
人事蒼茫裏	사람 일은 아득한 속에서 이루어지고
天心坱圠中	하늘마음은 한이 없는 가운데 있다.
江湖身獨遠	강호에 나만 홀로 멀리 떨어져
袍笏夢還空	꿈에 홀을 안고 허공으로 돌아간다오.
猶幸知音在	오히려 다행함은 알아주는 사람 있어
相從一畝宮.	서로 일묘궁一畝宮을 따른다오.[65]

의장倚杖

倚杖柴門外	사립문 밖에 지팡이를 짚고
悠然發興長	태연히 길게 흥을 일으키다.

---

65) 一畝宮 밑에 『禮記』에 (儒有一畝之宮)이라는 기록이 있다고 했으나 어떤 의미인지 알아보지 못했다. 그리고 위의 함련에 天心 운운은 그 기운이 한계가 있는 것이 아니라 했다.(言其氣非有限齊也)

四山疑列戟	사방 산들은 창을 벌여놓은 듯하고
一水聽鳴瑠	한 줄기 흐르는 물은 옥소리처럼 들린다.
鶴立松丫暝	날이 어둡자 학은 소나무갈래 가지에 섰고
雲生石竇涼	서늘하자 구름은 돌구멍에서 생긴다.66)
遙憐十年夢	멀리서 십년 동안의 꿈을 어여삐 여기며
款款此中忙.	성실하게 이 가운데서 바쁘고자 한다.

곡둔촌哭遁村

屈指誰知我	헤어보니 누가 나를 알아주랴
傷心欲問天	슬픈 마음을 하늘에 묻고 싶다오.
若齋曾萬里	척약재惕若齋는 일찍 먼 곳에서 돌아오지 못하고
遁老又重泉	둔촌遁村은 또 저세상으로 갔다네.67)
慷慨驚人語	강개한 말은 사람을 놀라게 했고
淸新絶俗篇	청신한 시는 따를 사람이 없었다.
卽今俱已矣	지금 모두 그쳤으니
烏得不潸然.	어찌 눈물을 흘리지 아니하리요.

억삼봉憶三峰

不見鄭生久	정생鄭生을 보지 못한 지 오래였는데
秋風又颯然	가을바람은 또 우수수 시원하게 분다.
新篇最堪誦	새로 지은 시는 가장 외울만하고
狂態更誰憐	미친 태도를 다시 누가 어여삐 여기랴.

---

66) 두 구는 매우 盛唐의 시와 같다고 했다.
67) 惕若齋는 金九容의 號, 遁村은 李集의 號.

天地容吾輩　천지가 우리 무리들을 용납하여
江湖臥數年　강호에 몇 년 동안 누워있게 되었다.
相思渺何限　서로 생각이 아득해 어찌 한정하랴
極目斷鴻邊.　눈은 변방에 기러기가 끊어지는 것을 본다.

방동년생녀희정方同年生女戲呈

門閥多餘慶　가문家門에 경사스러운 일이 많고
郞君篤孝思　낭군郞君은 효성이 돈독하다오.
居然生女日　편안히 딸을 낳는 날
錯賦弄璋詩　아들 낳은 시를 그릇 짓고자 했다.
富貴傳家有　부귀는 가정에서 전해오고 있고
貞嘉不卜知　곧고 아름다움은 틀림없을 것이네.
風塵荷戈戟　어지러운 세상에 창을 메게 될 것이니
何用重男爲.　아들 좋아해 어디에 쓰리오.

신설新雪

蒼茫歲暮天　멀고 아득했던 해가 저문 날에
新雪遍山川　새 눈이 산천에 두루 내렸다.
鳥失山中木　새는 산중에서 나무를 잃었고
僧尋石上泉　중은 바위 위에서 샘을 찾는다.
饑鳥啼野外　굶주린 새는 들 밖에서 울고
凍柳臥溪邊　언 버들은 시냇가에 누웠다.
何處人家在　어느곳에 사람 사는 집이 있을까

| 遠林生白煙. | 먼 숲에서 흰 연기가 오른다. |

이숭인李崇仁의 자는 자안子安 호는 도은陶隱이며 경산인京山人이다. 창왕昌王 때 탄핵을 받고 경산京山으로 유배되었다가 소환되어 한림지제고翰林知制誥에 임명되었다. 뒤에 정몽주鄭夢周의 당으로 삭직되었다가 죽었다. 목은牧隱이 매양 칭찬해 말하기를 "이 사람의 문장은 중국에서 얻고자 해도 많이 얻지 못할 것"이라 했다.

◈ 정도전鄭道傳
산중山中

廢業三峯下	삼봉三峯 밑에서 학업을 폐지하고
歸來松桂秋	가을에 송계松桂로 돌아왔다오.
家貧防養疾	집이 가난하나 병이 자라는 것은 막아야겠고
心靜足忘憂	마음이 고요해 근심을 잊기에 족하다.
護竹開迂徑	대를 보호하고자 길을 굽게 냈고
憐山起小樓	산이 좋아 작은 누를 지었다.
隣僧來問字	이웃 중이 와서 글자를 물으며[68]
盡日爲相留.	종일 서로 머물렀다.

우제현생원재용당인운偶題玄生員齋用唐人韻

| 君家庭院好 | 자네 집에 정원이 좋아 |
| 松竹也成林 | 소나무와 대가 숲을 이루었다. |

---

68) 楊雄이 희귀한 글자를 많이 알고 있었기 때문에 사람들이 술은 가지고 와서 글자를 물었다고 하여 問字의 출처를 말했다.

風氣向來別	기후는 어제까지와 달라졌고
溪山如許深	시내와 산은 이같이 깊다오.
燒痕渾似水	불탄 흔적은 물처럼 흐리고[69]
暝色易生陰	어두운 빛은 쉽게 그늘이 생긴다.
自是閉關者	지금부터 문을 닫는 자는
猶歌梁甫吟.	오히려 양보음梁甫吟[70]을 노래하리라.

문금약재재안동이시기지聞金若齋在安東以詩寄之

滄海三年別	창해에서 삼년 동안 이별했고
平原一笑同	평원(금원주수原州)에서 한 번 같이 웃었다.
風塵將歲晚	풍진세계에 장차 해는 저물어가고
天地盡途窮	천지에 가는 곳마다 길이 다 되었다.[71]
苦句難成讀	괴롭게 지은 글귀는 읽기 어렵고
深情默自通	깊은 정은 말하지 않아도 스스로 통했다.
襄陽有山簡	양양襄陽에 산간山簡이 있어
共醉習池中.	함께 습지習池 가운데서 취하리라.[72]

　鄭道傳의 자는 宗之 호는 三峯이며 奉花縣人이다. 조선조 태조의 창업을

---

69) 이 구는 어떤 의미인지 이해에 어려움이 있다.
70) 諸葛亮이 지은 樂府의 작품 이름.
71) 晉의 阮籍이 술에 취해 길 뚫린 데로 가다가 길이 다 되면 통곡하고 돌아
　　왔다고 하여 이 말의 고사를 밝혔다.
72) 醴泉郡은 襄陽이라 하기도 하는데 安東 옆에 있는 고을이다. 당시 정도
　　전의 친구에 반드시 그 고을을 지키는 사람이 있어 땅 이름이 우연히 같
　　아 山簡의 사실을 사용한 것이 아닌가 했다. 여기에서 말하는 山簡은 晉
　　나라 山濤의 아들로서 술을 좋아했다. 그가 襄陽守를 하면서 그곳 豪族
　　인 習氏의 아름다운 정원의 못에 가서 취하게 술을 마셨다고 한다 했다.

도왔으며, 뒤에 芳碩을 세자로 하고자 하다가 태종에게 죽음을 당했다.

◈ 강회백姜淮伯

차하청붕운次河淸風韻

華髮頻看鏡	머리가 희게 되자 자주 거울을 보게 되고
還山始卜居	시골로 돌아와서 비로소 살 곳을 정했다.
例多迷去就	거취에 미혹함이 많았고
鮮克保終初	처음처럼 끝을 잘 보전함이 적었다.73)
未有陶公策	도연명陶淵明과 같은 계획도 없으면서
虛懷賈傳書	헛되게 가의賈誼의 올린 글을 품고 있었다.74)
相望唯涕淚	서로 바라보며 눈물만 흘리는 것은
天地一遽廬.	천지가 하나의 여관일 뿐이요.

　강희백姜淮伯은 진주인晉州人이며 호는 통정通亭이다. 禑王 때 과거에 급제했고 공민왕 때 政堂文學으로 옮겼으며, 本朝에서 東北面都巡問使를 역임했다.

◈ 성석린成石磷

조면재신만趙俛宰臣挽

溫溫吾盆友	따뜻한 나의 유익한 친구로서
情話幾回同	정담情談을 몇번이나 함께 했던가.

---

73) 이것은 사람이 가지는 공통적인 근심이라 했다.
74) 陶淵明이 돌아가고자 한 계획도 없으면서 賈誼의 治安策을 생각하고 있다고 하여 스스로 슬퍼하는 것이라 했다.

未必仁人壽	인인仁人이 반드시 오래 산다는 것도 아니며
空留長者風	헛되게 장자의 풍모만 남겼다.
塵棲經卷上	경전 위에는 먼지가 쌓였고
火盡藥爐中	약 달이던 화로에 불이 꺼졌다.
惆悵平生事	슬프게도 평생의 일은
松楸夜月籠.	송추松楸의 밤에 달빛이 얽혀들었다.

　성석린成石磷의 자는 자수自修 호는 독곡獨谷이며 창녕인昌寧人이다. 공민왕 때 과거에 급제했고 공양왕 때 여러 번 옮겨 문하찬성사門下贊成事가 되었으며, 본조의 태조를 추대했으며　정승政丞이 되었다.

✧ 윤소종尹紹宗
금성(금나주)배혜왕진錦城(今羅州)拜惠王眞

鐵原方啓聖	철원鐵原에서 바야흐로 聖業을 열었고[75]
錦里爲儲英	금리錦里에서 영주英主를 잉태했다.[76]
一統三韓日	삼한三韓을 통일하던 날
先登百濟城	먼저 백제성百濟城을 올랐다오.[77]
山河扶王氣	산과 강은 왕기를 붙들었으며
廟貌見民情	사당에 모신 모습에서 민정을 보겠다.

---

75) 弓裔가 鐵原에 도읍을 하고 있을 때 고려 태조가 궁예 밑에 벼슬하고 있었다고 했다.

76) 惠宗의 어머니 吳氏는 羅州人이었는데 대대로 木浦에 살았다. 태조가 水軍將軍으로서 羅州를 지키고 있을 때 목포에서 배를 대고 있었더니 시내 위에 五色 구름이 있으므로 가서 보니 吳后가 빨래를 하고 있었다. 태조가 불러 가까이 하여 임신을 했는데 그가 바로 惠宗이었다고 했다.

77) 태조가 神劍과 싸울 때 惠宗이 먼저 나서 싸웠다고 했다.

願相東征鉞　　　원하건대 동정하는 군사를 도와
重開萬世平.　　　다시 만세의 평화를 열게 하소서.[78]

　　윤소종尹紹宗은 택지擇之의 손자이며 호는 동헌桐軒이다. 고려 을사년의
과거에 장원했으며, 본조本朝에서 병조전서兵曹典書를 했다.

✧ 정종鄭摠
춘우春雨

霡霂知時節　　　이슬비가 시절을 알고
廉纖逐曉風　　　새벽바람을 좇아 맑고 가늘게 내린다.
簷間蛛網濕　　　처마 사이의 거미줄이 젖었고
階下燕泥融　　　뜰아래 제비는 진흙을 부드럽게 한다.
著柳涳濛綠　　　가는 비에 젖은 버드나무는 푸르고
催花蓓蕾紅　　　꽃봉오리에 꽃을 피게 재촉해 붉다.
一犁敷土脈　　　보습 깊이로 내린 비가 토맥을 녹이니
喜色屬田翁.　　　기쁜 빛이 농가의 첨지에 속했다.

　　정종鄭摠의 자는 만석曼碩 호는 복재復齋이며 추樞의 아들이다. 태조가
왕위에 오르자 서원군西原君의 봉작을 받았다. 홍무洪武 병자丙子년에 명明
나라에 억류되어 죽었다. 시호는 문민文愍이다.

---

78) 尾聯은 당시 倭賊과 싸우는 여러 장수들을 위해 惠王의 靈에 비는 말이
　　라 했다.

⟐ 권우權遇

숙동파역宿東坡驛

學道功安在	도道를 배웠으나 공은 어디 있나뇨.
匡時術已疎	바로잡아야할 때는 재주도 이미 성글었다오.
十年名利後	십년 동안 명예와 이익을 누린 뒤에
一夜夢魂餘	하룻밤 사이에 허무함만 남았다네.[79]
淅瀝窮秋雨	늦가을 빗소리 들리고
荒凉古驛墟	거칠고 서늘한 옛 역 터라오.
松燈寒照壁	소나무 태운 등불이 찬 벽을 비추는데
逐客意如何.	유배 가는 손의 생각이 어떠하랴.

권우權遇의 자는 중려中慮 양촌陽村의 아우이며 호는 매헌梅軒이다. 젊었을 때부터 정포은鄭圃隱의 문하에서 성리학性理學을 배웠다. 양촌陽村이 매양 말하기를 내가 아우보다 못하다고 했다. 고려 우왕禑王 때 문과에 급제했고 본조本朝에 예문제학藝文提學을 역임했다.

⟐ 이집李集

한양도중漢陽途中

病餘身已老	병든 나머지 몸이 이미 늙었으며
客裏歲將窮	객지에서 해도 장차 다하고자 한다.
瘦馬鳴西日	파리한 말은 서쪽 해를 향해 울고
羸僮背朔風	약한 아이는 북풍을 등지고 간다.
臨津冰合渡	나루에 다다르니 얼음이 얼어 건너겠고

---

79) 옳지 못한 방법으로 취한 世味에 적지 않게 사무치는 느낌이라고 했다.

華岳雪連空　북악산의 눈은 공중으로 연했다오.
回首松山下　송산松山 아래로 머리 돌리니
君門縹渺中.　자네 집 문이 아득한 가운데 있네.

송도객거松都客居

潦倒一狂夫　아무것도 못하는 늙은 광부狂夫가
星星白鬢鬚　흰 살쩍머리가 성성하다오.
交遊已渙散　사귀어 놀던 친구는 이미 흩어졌고
身世再鳴呼　신세는 다시 탄식하게 되었다.
舊業荒三徑　옛날 공부했던 곳은 삼경三徑80)이 황폐했고
僑居近九衢　임시로 사는 곳은 구구九衢81)에 가깝다네.
却慙無才廩　재주가 넉넉하게 없어 부끄러우며
歲晚客京都.　이 해도 저문데 경도의 나그네라오.

봉기경화고구奉寄京華故舊

舊業漢陰洲　옛날 공부한 곳은 한강의 음주陰洲였는데
新居卽上流　새로 사는 곳은 바로 그 상류라오.
避人常抱病　사람을 피하고자 항상 병을 가졌고
携幼日消憂　어린아이와 놀며 날마다 근심을 푼다네.
已老風塵際　이미 풍진세계에서 늙었는데
還驚草木秋　풀과 나무의 가을에 도리어 놀란다오.

---

80) 정원에 있는 세 갈래의 작은 길, 陶淵明의 〈歸去來辭〉에 있는 말로 隱者
　　의 정원을 상징적으로 말함.
81) 구 통의 거리로 도시의 매우 회려한 곳을 말함.

想思二三子	그리운 몇 사람을 생각하며
西望路悠悠.	서쪽을 바라보니 길이 매우 멀다네.

　이집李集의 자는 호연浩然 광주인廣州人이고 호는 둔촌遁村이며 처음 이름은 원령元冬이다. 공민왕 때 신돈辛旽을 거슬러 그의 문객들로부터 화를 당할 것 같아 아버지를 데리고 남쪽 영천永川으로 도망가서 숨어 살다가 신돈이 처형되자 조정으로 돌아왔다고 한다.

❖ 이첨李詹
등주登州

久客饒情緖	오랫동안 나그네로 느낀 감정이 많았는데
春來更惘然	봄이 오니 다시 슬프다오.
焚香靈應廟	영응묘靈應廟[82]에 향을 피우고
乞火孝廉船	효렴선孝廉船[83]에 불을 빌렸다.
雁度三千里	기러기는 삼천리의 길을 건너가고[84]
鵬騫九萬天	붕새는 구만리의 하늘을 훨훨 난다.
幾時還故國	언제 고향으로 돌아가
爛熳醉花前.	꽃 앞에서 흠뻑 취해보고 싶다오.

---

82) 天妃廟라 했다.
83) 公의 自註에 監生이 香使가 되어 같이 沙門島에 배를 댔다고 했는데, 이로써 보면 李廉船은 監生이 탄 배를 지칭한 것이다.
84) 自註에 本國에서 登州까지 삼천이백 리라 했다. 그리고 아래 구에 대해 중국에 사신으로 가는 것을 붕새가 구만리를 오르는 것과 같다고 했다.

주행지목양동양역舟行至沐陽潼陽驛

一粟滄波上	넓은 바다 파도 위에 하나의 좁쌀인데
飄然任此身	이 몸을 표연히 맡겼다.
楚山遙送客	초楚나라 산은 먼 곳으로 손을 보내고
淮月近隨人	회수淮水의 달은 가까이 사람을 따라온다.
衰鬢渾成雪	쇠한 살쩍머리는 온통 눈이 되었고
征衣易染塵	먼 여행하면서 입은 옷은 쉽게 먼지에 물들었다.
那堪行役久	오랫동안 머무는 것을 어찌 견디랴
汀草暗知春.	강변의 풀은 가만히 봄을 알린다.

이첨李詹은 홍주인洪州人이며 호는 쌍매당雙梅堂이다. 홍무洪武 원년元年의 과거에 장원했고 공민왕 때 지신사知申事에 임명되었다. 본조에 들어와서 여러 번 승진되어 지의정부사知議政府事를 역임했으며 시호는 문안文安이다.

✧ 박의중朴宜中

견흥차운遣興次韻

節序忽云暮	계절이 문득 저물었다 이르니
客行何所之	나그네가 어디를 갈까
一身長作梗	한 몸이 길이 떠돌이가 되었으니[85]
雙鬢已成絲	양쪽 살쩍머리가 이미 희었다.
短帽風聲緊	짧은 모자에 바람소리 급하고

---

85) 이 구 밑에 細字로 言若泛梗이라 했기 때문에 이에 따라 해석을 했다.

踈燈夜影遲	성긴 등불에 밤 그림자가 더디다.
昨非今始覺	어제 잘못을 이제 비로소 깨달았으니
事事不如期.	일마다 기대한 것과 같지 않다오.

수하즉사首夏卽事

柳橋穿翠密	버드나무 다리는 빽빽한 푸르름을 뚫었는데
花塢惜紅稀	꽃이 핀 언덕에는 붉음이 드문 것을 아낀다.
鑽改靑楡火	뚫어 푸른 유화楡火를 고치고[86]
裁新白苧衣	새로 흰 모시옷을 지었다.
桑踈蠶已老	뽕잎이 성기자 누에가 이미 늙었고
草茂馬初肥	풀이 무성하니 말이 처음으로 살이 쪘다.
久客緣何事	무슨 일로 인연해 오랫동안 나그네 되어
思歸未得歸.	돌아가고 싶으나 돌아가지 못했다오.

　박의중朴宜中의 처음 이름은 실實이었고 자는 자허子虛이며 밀양인密陽人으로 호는 정재貞齋이다. 공민왕이 남쪽 청주淸州에 가서 과거를 보였을 때 의중宜中이 장원을 했고 벼슬은 예문대제학禮文大提學을 역임했다. 본조의 태종 때 검교참찬의정부사檢校參贊議政府事에 임명되었다.

◈ 변중량卞仲良
기김부령寄金副令

最憐金典校	김전교金典校를 가장 사랑하는 것은

---

86) 이 句 밑에 봄에는 楡柳를 취하고 여름에는 棗杏을 취한다고 했는데, 이
　　것은 楡火를 고쳐 棗杏을 취하는 것이라 했다.(此言改楡火 取棗杏也.)

華髮卜山居   백발에 산에 가서 사는 것이오.
睡枕松聲落   자는 베개에 솔잎 떨어지는 소리 들리고
吟窓竹影疎   읊는 창에는 대 그림자가 성길다.
巖耕春種豆   돌밭을 갈아 봄이면 콩을 심고
水宿夜叉魚   물가에 자며 밤이면 손으로 고기를 잡는다.
盛代求賢急   성대盛代에 현인을 찾음이 급하니
行當見鶴書.   나가면 마땅히 학서鶴書[87]를 보리라.

　　변중량卞仲良은 밀양인密陽人이며 벼슬은 밀직사승지密直司承旨에 이르 렀다.

◈ 이원李原
병술십이월십일야설丙戌十二月十日夜雪

西峯寒日暮   서쪽 봉우리에 찬 해가 저물고
萬里凍雲凝   만 리에 언 구름이 엉기었다.
窓外三冬雪   창밖은 삼동의 눈이 내렸고
床頭半夜燈   상머리에는 밤중인데 등불이 켜졌다.
擁衾全似鐵   안고 있는 이불은 온전히 쇠처럼 차고[88]
呵筆更生氷   붓끝을 입김으로 불었더니 다시 얼음이 된다오.
欲向梁園醉   양원梁園으로 가서 취하고자 했는데[89]
其如酒價增.   술값이 올랐으니 어찌하랴.

---

87) 朝廷에서 나오게 부르는 글.
88) 이 구 밑에 杜詩의, 布衾多年冷如鐵 다년간 덮은 이불이 쇠처럼 차다라 는 구를 들었으니 말의 출처를 알 수 있을 듯하다.
89) 밑에 梁孝王이 兎園에 놀면서 손과 더불어 눈에 대해 시를 지었다고 했 으니 문인들이 공원에 모여 놀면서 글 짓는 깃을 말한 것이다.

이원李原은 고성인固城人이며 개국공신으로 철성군鐵城君의 봉작을 받았다.

✤ 이혜李蕙
제마천사사친당도題馬天使思親堂圖

思親堂可畵	사친당思親堂은 그림으로 그릴 수 있으나
孝子意難摹	효자의 마음은 묘사하기 어렵다오.
懷橘戀河曲	귤을 품은 것은 하곡河曲90)을 그리워함이었고
乘槎窮海隅	떼배를 타고 바다 모퉁이까지 다했다오.
秋風吹去雁	가을바람이 가는 기러기에 불고
斜日照慈烏	비낀 해가 자애로운 까마귀를 비친다.
囊底無長物	주머니 속에 다른 물건은 없고
唯藏一軸圖.	오직 한 폭의 그림만 가졌다네.

이혜李蕙는 문경공文景公 강맹경姜孟卿의 외조부이다. 사람됨이 단소短小하고 치활齒豁해 스스로 호를 단활短豁이라 했다. 일찍 보주甫州를 맡았다.

✤ 이직李稷
병송病松

百尺蒼髥樹	백 척 푸른 잎의 소나무는
曾經幾雪霜	일찍 눈과 서리를 얼마나 지났는가.
風枝元崛起	바람에 가지가 크게 우뚝 솟아 일어났고
雲葉半凋傷	구름같은 잎은 반쯤 시들고 상했다.
誰識歲寒翠	누가 알아주랴 추운 철에도 푸른 잎이

90) 馬天使의 부모가 살고 있는 곳이라 함.

反同秋草黃	도리어 가을 풀처럼 누렇다오.
猶餘直幹在	오히려 곧은 가지는 남아 있어
亦足棟明堂.	또한 명당의 들보는 족할 것이오.91)

이직李稷의 자는 우정虞庭 호는 형재亨齋이며 성주인星州人이다. 여러 번 승진하여 정승政丞에 이르렀다.

◈ 유방선柳方善
즉사卽事

愛靜揮塵客	고요함을 좋아해 진세의 손을 거절하고92)
忘機狎水鷗	세속의 욕심을 잊고 갈매기와 친하다네.
詩從三上覓	싯구는 삼상三上93)을 좇아 찾게 되고
理向一中求	리理는 일중一中94)을 향해 구한다오.
屋破茅茨古	집이 허물어진 것은 띠 지붕이 낡은 탓이며
山深樹木稠	산이 깊어 나무들이 빽빽하다.
江魚秋正美	강고기가 가을이면 맛이 좋아
有意買漁舟.	고기 잡는 배를 살 생각이 있다오.

---

91) 비록 늙고 병들었으나 오히려 넘어지고 병든 것을 扶持할 의사가 있음을 말한 것이라 했다.
92) 이 句의 揮塵客을 『東文選』에는 麾塵客이라 했다.
93) 歐公이 이르기를 문자를 思索하면서 三上에서 많이 바로잡는다고 했는데 三上은 馬上, 厠上, 枕上이라 했다.
94) 邵雍 시의 天向一中分造化라 하여 하늘은 一中을 향해 조화를 나눈다라 한 구를 들어 一中의 어원을 들어 놓았다.

교거郊居

郊居近市閣	교외에 살고 있으나 도시와 가까워
偃仰樂無厭	누웠다 일어나도 싫음이 없고 즐겁다.
竹靜微風過	고요한 대숲에 미풍이 지나가고
花燃細雨霑	활짝 핀 꽃은 보슬비에 젖었다.
買魚尋晩艇	고기를 사고자 늦게 낚싯배를 찾았고
賒酒向春帘	술을 받으러 술집을 향한다오.
盡日跫音少	종일 발자국 소리가 적고[95]
靑山自滿簾.	푸른 산이 주렴에 가득하다네.

효과승사曉過僧舍

東嶺上初暾	동쪽 재 위에 처음으로 해가 돋고
尋僧扣竹門	스님을 찾아 대 사립문을 두드렸다.
宿雲留塔頂	끼었던 구름은 탑 위에 머물었고
積雪擁籬根	쌓인 눈은 울타리 밑을 막았다.
小徑連深洞	오솔길은 깊은 골짜기와 연했고
踈鍾徹遠村	성긴 종소리가 먼 마을까지 들린다.
蕭然吟未已	쓸쓸해 읊기를 마지않았는데
淸興到黃昏.	맑은 흥은 황혼에 이르렀다오.

---

95) 莊子는 虛空으로 도망친 자가 사람 발자국 소리를 듣고 기뻐한다고 했다.

교거僑居

僑居活計淸	객지에 머무니 사는 계획이 맑아
更覺漸忘形	점점 자신을 잊게 됨을 깨닫는다오.
覓句償詩債	구句를 찾아 시로 진 빚을 갚았고
煎茶觧酒醒	차를 끓여 술을 깨게 풀었다.
玄經方欲草	태현경太玄經을 바야흐로 초하고자 하며96)
陋室已曾銘	누실陋室에서 이미 명銘을 지었다.97)
盡日渾無暇	종일 완전히 여가가 없어
還將笑此生.	도리어 이 생애를 웃고자 하오.

유방선柳方善의 자는 자계子繼이며 사암思庵의 증손으로 호는 태재泰齋다. 영락永樂 연간에 가화家禍를 만나 영천永川으로 유배되었다가 뒤에 방환되어 서울로 돌아왔으나 금고禁錮로 과거는 보지 못했다.

✧ 설장수偰長壽
춘일감우春日感寓

迥野平無際	넓은 들은 끝없이 편편하며
澄江深不流	맑은 강은 깊어 흐르지 아니한다.
雨餘多牧笛	비가 내린 뒤에 목동의 피리소리 많고
風急少行舟	바람이 급하게 불어 가는 배가 적다.98)
一蝶穿花去	한 마리의 나비가 꽃을 뚫고 가며

---

96) 揚雄이 寓居해 있으면서 『太玄經』의 초고를 만들었다 했다.
97) 唐나라 시인 劉禹錫이 〈陋室銘〉을 지었다고 했다.
98) 이 함련에 多少의 두 자가 妙하다고 했다.

雙鳧就渚浮	한 쌍의 오리는 물가에 떠있다.
此時無限意	이때 한없이 느끼는 뜻은
空在仲宣樓.	부질없이 중선루仲宣樓에 있는 것이오.

춘색春色

春色可天地	천지에 봄빛이 그럴 듯하나[99]
江淮猶甲兵	강회에는 오히려 전쟁이라오.
謾依詩歲月	부질없이 시로써 세월을 보내며
不羨世功名	이 세상의 공명을 부러워하지 않는다.
白眼如無見	백안白眼[100]에는 보이는 것이 없는 듯하고
靑山似有情	청산은 정이 있는 것과 같다오.
濁醪聊適意	막걸리가 뜻에 맞아
時復喚兒傾.	때때로 아이 불러 다시 잔을 기울인다.

✦ 변계량卞季良
신흥晨興

殘夜凉侵簟	새벽이 되자 서늘함이 대자리까지 들어오고
窓虛露氣通	빈 창으로 이슬 기운이 통한다.
四隣明宿火	사방 이웃에 켜놓은 불이 밝고
萬井動晨鍾	우물마다 새벽 종소리에 움직인다.
日出踈煙外	해는 성긴 연기 밖에서 뜨고
秋生積雨中	가을은 장마 가운데서 온다오.

---

99) 첫 句의 可字는 一方明月可中庭에서 근본으로 한 것이라 했다.
100) 시쁘게 여기거나 냉대하여 노려보는 눈.

幽棲忘盥櫛	깊숙한 곳에 있어 세수하고 빗질도 잊었다가
客至强爲容.	손이 오자 억지로 얼굴을 손질한다네.

춘사春事

冉冉花期近	세월이 흘러 꽃이 필 시기가 가까웠으며
纖纖徑草深	가늘고 가는 지름길에 풀이 짙었다.
風光歸弱柳	아름다운 경치는 약한 버들로 돌아가고
野燒入空林	들에 타는 불은 빈 숲으로 옮긴다.
幽夢僧來解	깊숙한 꿈을 중이 와서 풀어주며
新詩鳥伴吟	새로 지은 시를 새와 짝해 읊는다.
境偏無外事	지경이 편벽되어 다른 일은 없고
酒伴動相尋.	술을 짝해 마시고자 서로 찾아 움직인다.

변계량卞季良의 자는 거경巨卿 호는 춘정春亭이며 중량仲良의 아우이다. 우왕禑王 때 문과에 급제했으며, 본조에서 태종이 친구로서 우대하여 오랫동안 문형을 맡았으며 벼슬은 집현전 대제학을 역임했다. 시호는 문숙이다.

◈ 류관柳寬
평창도중平昌道中

線路平還曲	편편하던 길이 돌아 굽었으며
行行境轉幽	계속 가는 지경이 다시 깊숙하다오.
菑畬橫谷口	화전火田은 골 입구부터 비꼈고
籬落出灘頭	울타리는 여울머리에 나왔다.
地險山多礨	지역이 험해 산에 큰 돌이 많으며

川回水有漚	시내는 돌아 물에 거품이 있다.
居民何所樂	사는 백성들은 즐거워하는 것이 무엇일까
今幸絶誅求.	지금은 다행히 관가의 토색이 없다오.

류관柳寬은 문화인文化人이며 호는 하정夏亭이다. 세종 때 좌의정左議政을 역임했다.

✧ 조수趙須

정일계금상국자지呈逸溪金相國自知

今朝零露冷	오늘 아침 내린 이슬로 서늘한데
履運獨凄其	밟고 가니 홀로 찬 것을 느낀다.[101]
處世同炊黍	살아가면서 함께 기장으로 밥을 하고[102]
持身若累碁	몸가짐을 바둑 두는 것처럼 한다오.[103]
浮沈元有數	부침은 원래 운수가 있는 것이며
覆載本無私	하늘과 땅은 본디 사정이 없다오.
白酒可人意	탁주가 사람의 뜻에 좋으니
頹然一中之.	취해 넘어져도 일중지一中之라오.[104]

---

101) 내용을 분명히 이해하지 못해 번역이 어려움을 밝혀둔다.

102) 黃山谷의 시에, 蓋世功名黍一吹 세상의 공명은 기장을 한 번 부는 것이라 한 구를 들어 놓았다.

103) 累碁에 대해 晉 荀息諫曰 臣能累十二碁子 加九○於上 公曰 危哉 息曰此不危.라 했는데, ○표 한 글자를 알아볼 수 없으므로 이해에 어려움이 있어 원문을 들어 둔다.

104) 魏 徐邈에게 임금이 물어 말하기를 "자못 中聖人을 회복했는가" 邈이 말하기를 "신이 능히 스스로 이루지 못하고 때때로 一中의 中을 회복했다"고 하여 一中의 출처를 말했다.

조수趙須의 자는 亨父 호는 松月堂이며 세종 때 成均司藝가 되었다. 세상
을 떠날 때 자신이 쓴 글을 모두 살라버리게 했다.

02

점필재 정선 청구풍아 권지사 佔畢齋 精選 靑丘風雅 卷之四
칠언률시七言律詩

✥ 최치원崔致遠

수양첨수재酬楊瞻秀才

海槎雖定隔年回	떼배가 비록 정해놓고 해를 건너 돌아오지만
衣錦還鄉愧不才	재주 없어 비단옷 입고 고향가지 못해 부끄럽다.
暫別蕪城當葉落	나뭇잎 질 때 잠깐 무성蕪城1)에서 이별했고
遠尋蓬島趂花開	멀리 봉래도蓬萊島를 찾아 꽃필 즈음 갔다네.
谷鶯遙想高飛去	골짜기에 꾀꼬리가 높게 날아갈 것을 생각하며2)
遼豕寧慚再獻來	요동 돼지 두 번 바치려는 것이 부끄럽지 않으랴.3)
好把壯心謀後會	장한 마음 가지고 뒤에 만날 계획하고 있으니
廣陵風月待啣盃.	광릉4) 좋은 경치에서 술잔 드는 것을 기다리겠네.

야소野燒

望中旌旆忽繽紛	바라보니 문득 깃발이 많이 분잡해
疑是橫行出塞軍	변방으로 나가는 군인들이 횡행하는 듯하다오.
猛焰燎空欺落日	사나운 불꽃이 공중을 비쳐 지는 해를 속이고

---

1) 蕪城은 廣陵에 있다고 함.
2) 唐나라 사람들이 進士에 급제하는 것을 遷鶯이라 했다. 『詩經』의 伐木篇에 出自幽谷 遷于喬木에서 나왔다고 했다.
3) 『漢書』에 遼東의 돼지가 흰 머리의 새끼를 낳았으므로 기특히 여겨 임금에게 바치려고 가다가 河東에 이르러 보니 그곳 돼지는 모두 희기 때문에 부끄러워 돌아왔다고 했는데, 하찮은 재주로 뽐내는 것을 비유한 것이다. 위의 句는 楊瞻을 이른 것이고 이 구는 스스로를 이른 것이라 했다.
4) 淮南道 楊州에 있다고 했다.

狂烟亘野截歸雲　미친 연기가 벌판에 뻗어 가는 구름을 끊는다.

莫嫌牛馬皆妨牧　우마牛馬를 먹이는데 방해가 된다고 탓하지 마오

須喜狐狸盡喪群　여우와 삵이 다 무리를 잃는 것이 기쁘지 않는가.

只恐風驅上山去　다만 바람이 산 위로 몰고 가게 되면

虛敎玉石一時焚.　옥과 돌을 일시에 태울까 두렵다오.

화진사장교촌거병중견기和進士張喬村居病中見寄

一種詩名四海傳　하나의 자격으로5) 시명이 온 세상에 전했으니

浪仙爭得似松年　낭선浪仙이 다투어 얻은 것이 송년松年6)과 같다.

不唯騷雅摽新格　아소雅騷7)를 신격新格으로 휘두를 뿐만 아니라

能把行藏繼古賢　행장行藏8)도 능히 옛 어진 인사를 이었다.

藜杖夜携孤嶠月　달밤에 명아주 지팡이 짚고 산길을 홀로 걸었고

葦簾朝捲遠村烟　아침 갈대 주렴에는 먼 마을 연기가 걷히었다.

病來吟寄漳濱句　병이 들자 장빈漳濱의 글귀를 읊어9)

因附漁翁入郭船.　성 쪽으로 들어가는 어옹의 배에 부친다오.

---

5) 一種은 一格과 같다고 했다.(猶言一格.)
6) 浪仙은 唐의 시인 賈島의 자이며, 松年은 張喬의 자라 함.
7) 雅와 騷는 古詩의 특정 형식의 시를 말함.
8) 行藏은 出處와 같음.
9) 劉公幹의 詩에,
　余嬰沈痼疾　내가 어려서 고질병이 있어
　竄身淸漳濱　맑은 물가에 몸을 숨겼다
　라 했다고 함.

❖ 박인범朴仁範

구성궁회고九成宮懷古

憶昔文皇定鼎年	옛날 문황文皇[10]이 정鼎[11]을 정하던 해
四方無事幸林泉	사방에 일이 없어 임천林泉[12]을 행차했다오.
歌鍾響徹煙霄外	노래와 북소리 하늘에까지 들렸고
羽衛光分草樹前	우위[13]의 호위하는 빛은 풀과 나무 앞에 나누었다.
玉榭金階青靄合	아름다운 누각과 섬돌에는 푸른 안개가 어울렸고
翠樓丹檻白雲連	푸르고 붉은 다락과 난간은 흰 구름과 연했다.
追思冠劍橋山月	갓과 칼을 묻은 교산橋山[14]의 달을 생각하며
千古行人盡慘然.	천고의 행인들은 모두 슬퍼한다오.

경주용삭사각겸각운서상인涇州龍朔寺閣兼柬雲棲上人

翬飛仙閣在青冥	나는 듯한 선각은 푸른 하늘에 있고
月殿笙歌歷歷聽	월궁月宮의 피리소리 역력히 들린다.
燈撼螢光明鳥道	등불은 반딧불처럼 흔들며 조도鳥道를 밝히고
梯回虹影到巖局	사다리는 무지개처럼 돌아 바위 문에 이르렀다.
人隨流水何時盡	인생은 흐르는 물 따라 언제 다할 것이며

---

10) 唐 太宗이라 했음.
11) 武王이 洛邑을 경영하고 솟을 정했다고 했으니 帝位 또는 國家를 상징적으로 말한 것이 아닌가 한다.
12) 숲 속, 隱士들의 정원.
13) 羽衛와 羽葆는 천자를 호위하는 바라 했다.
14) 『史記』에 黃帝가 세상을 떠나자 群臣들이 의관과 칼을 橋山에 장사했다고 했는데, 이로써 보면 橋山은 黃帝의 능이라 하겠으나, 여기는 唐 太宗의 능을 지칭한 것이 아닌가 한다.

竹帶寒山萬古靑　　대는 한산寒山을 띠고 항시 푸르다오.
試問是非空色理　　시비是非와 공색空色의 이치를 시험해 물으니15)
百年愁醉坐來醒.　　백년의 취한 근심이 비로소 깨었다.

　　박인범朴仁範은 저작著作을 역임했다. 『삼국사기』에 박인범朴仁範, 김운
경金雲卿, 김수훈金垂訓 등이 약간 문자가 있었다고 전하나 그들의 행적을
잃었다고 했다.

◈ 최광유崔匡裕
억강남리처사거憶江南李處士居

江南曾過戴公家　　강남에서 일찍 대공가戴公家를 지났더니
門對空江浸曉霞　　문은 빈 강을 대해 새벽 안개에 잠겼다.
坐月芳樽傾竹葉　　달빛아래 앉아 죽엽주竹葉酒의 술통을 기울이
　　　　　　　　　었고
遊春蘭舸泛桃花　　봄놀이 목란주木蘭舟에 도화桃花가 떴다.
庭前露藕紅侵砌　　뜰 앞 이슬에 젖은 붉은 연꽃은 섬돌을 침범하고
窓外晴山翠入紗　　창밖 갠 산은 푸른빛이 사창에 들어온다.
待憶舊遊頻結夢　　옛 놀던 것 생각하며 자주 꿈을 꾸는데
東風憔悴滯京華.　　봄바람에 초췌해 서울에 머문다오.

장안춘유감長安春有感

麻衣難拂路歧塵　　마의麻衣16)로 길거리의 먼지를 털기 어려우며

---

15) 『莊子』에 此亦一是非 被亦一是非 이것도 또한 하나의 시비요 그것도 또
한 하나의 시비라 했고, 심경에 色卽是空 空卽是色 색은 바로 공이요 공
은 바로 색이란 말을 인용한 것이다.

鬢改顔衰曉鏡新　새벽 거울에 쇠한 낯의 살쩍머리도 새롭게
　　　　　　　　　고쳤다.
上國好花愁裏艶　상국의 좋은 꽃은 근심 속에서도 탐스러우며
故園芳樹夢中春　고국의 꽃다운 나무는 꿈속에서도 봄일 것이오.
扁舟煙月思浮海　작은 배로 달빛 아래 바다에 뜨는 것을 생각하며
羸馬關河倦問津　여윈 말 타고 관하關河의 나루 묻기 싫다오.
只爲未酬螢雪志　형설의 뜻을 갚지 못했으니
綠楊鶯語大傷神.　푸른 버들 꾀꼬리 소리에 크게 마음 상한다네.

　　최광유崔匡裕는 입당유학入唐遊學 했다.

✿ 최승우崔承祐
송진사조송입나부送進士曺松入羅浮

雨晴雲斂鷓鴣飛　비 개고 구름 걷히며 자고가 나는데
嶺嶠臨流話所思　높은 재 흐르는 물가에서 생각한 바를 말한다.
猒次先生須讓賦　염차선생猒次先生17)은 부부賦 짓기를 사양하고
宣城太守敢言詩　선생태수宣城太守18)가 감히 시를 말하랴.
休攀月桂凌天險　달 속 계수나무 잡고자 험한 하늘에 오르지 말고
好把烟霞避世危　산수의 고요한 경치 보며 위태한 세상을 피하오.
七十長溪三洞裏　칠십 장계의 삼동三洞안19)에

---

16) 唐과 宋나라 때 과거에 급제하지 못한 선비가 입는 옷이라 함. 위의 億江
　　南詩의 戴公家는 南史에 戴顒가 江南에 은거해 있으면서 돌과 물과 숲으
　　로 주변을 아름답게 했더니 宋의 文帝가 동쪽을 순행하게 되면 戴公 山
　　下에서 잔치를 할 것이라 한다 했다.
17) 後漢末의 彌衡이 平原 猒次人으로 鸚鵡賦를 지었기 때문에 그를 지칭함.
18) 謝眺가 宣城太守를 했다고 함.

他日名遂也相宜.　다른 날 이름 이루어도 서로 마땅하리라.

　최승우崔承祐는 소송昭宗 경복년景福年에 당나라에 가서 급제했다고 했다.

◈ 김부식金富軾
등석燈夕

城闕深嚴更漏長　성궐이 깊고 엄한데 경루 소리 길며
燈山火樹燦交光　등불과 나무 타는 불빛이 어울려 찬란하다오.
綺羅縹緲春風細　가는 봄바람에 비단옷이 너울거리며
金碧鮮明曉月涼　서늘한 새벽달에 금벽金碧 빛이 선명하다.
華蓋正高天北極　화개華蓋[20]는 하늘의 북극성처럼 높고
玉爐相對殿中央　옥로玉爐는 대궐 중앙에서 마주했다.
君王恭默疎聲色　임금이 공묵恭默해 성색聲色을 멀리하니
弟子休誇百寶粧.　이원제자梨園弟子들은 백보장百寶粧을 자랑 말라.

대국유감對菊有感

季秋之月百草死　늦가을 달에 온갖 풀이 말랐는데
庭前甘菊凌霜開　뜰 앞 국화는 서리를 능멸하고 피었다.
無奈風霜漸飄薄　바람서리에 어쩔 수 없어 점점 시들지만
多情蜂蝶猶徘徊　다정한 벌 나비는 오히려 찾아왔다오.

---

19) 羅浮에는 七十長溪와 三洞에 上淸과 次上淸 玉淸이 있는데 삼동청은 신
　선이 사는 곳이라 했다.
20) 晋 天文志에 大帝 위의 九星을 華盖라 하는데 大帝의 자리를 덮은 것으로
　華盖가 본뜬 것이라 했고, 天子의 화개도 본뜬 것이라 했다.

杜牧登臨翠微上　두목杜牧은 산중허리에 올랐고[21]
陶潛悵望白衣來　도잠陶潛은 흰옷 입은 사람 오는 것을 기다렸다네.[22]
我思古人空三嘆　내가 옛사람 생각하고 세 번 탄식하는 것은
明月忽照黃金罍.　밝은 달이 문득 황금술병을 비추기 때문이요.

✥ 정지상鄭知常

장원정(재송도)長源亭(在松都)

岧嶢雙闕枕江濱　우뚝 솟은 쌍궐雙闕이 강변을 베고 있고
淸夜都無一點塵　맑은 밤에 티끌은 한 점도 없다.
風送客帆雲片片　바람 실은 돛은 구름처럼 펄럭이고
露凝宮瓦玉鱗鱗　이슬 맺힌 기와는 옥비늘 같이 번쩍인다.
綠楊閉戶八九屋　푸른 버들 속 문을 닫은 팔구 채의 집
明月捲簾三四人　밝은 달빛 아래 발 걷고 서너 사람[23].
縹緲蓬萊在何處　아득한 봉래산이 어느 곳에 있다던고
夢闌黃鳥囀靑春.　꿈 깨니 봄날에 꾀꼬리가 울고 있다.

제변산소래사(재부안현)題邊山蘇來寺(在扶安縣)

古徑寂寞縈松根　쓸쓸한 옛길에 솔뿌리 얽히었고
天近斗牛聊可捫　하늘이 가까워 두우성斗牛星을 만질 듯하다.

---

21) 杜牧의 〈九日〉시에, 與客携壺上翠微 손과 더불어 병을 가지고 산에 올랐
　다라 했다.
22) 陶潛이 九日에 술이 없어 집 주변의 국화를 꺾어놓고 그 옆에 앉아 있다
　가 흰옷 입은 사람이 오는 것을 보았는데 바로 正弘이 보낸 술을 가져오
　는 사람이었다. 문득 마시고 취해 돌아왔다고 했다.
23) 말이 장하고 아름답다고 했다.

浮雲流水客到寺　뜬 구름 흐르는 물에 길손은 절에 이르렀고
紅葉蒼苔僧閉門　붉은 잎 푸른 이끼에 스님은 문을 닫았다.
秋風微凉吹落日　서늘한 가을바람은 해질 즈음 불고
山月漸白啼淸猿　산에 뜬 달이 점점 흴 즈음 원숭이가 맑게 운다.
奇哉厖尾一老衲　기이하게도 눈썹 긴 저 늙은 중은
長年不夢人間喧.　많은 나이에도 인간의 시끄러움을 꿈꾸지 않는다.

✤ 임춘林椿

여이미수회담지가與李眉叟會湛之家

久因流落去長安　서울을 떠나 오랫동안 떠돌아다니면서
空學南音戴楚冠　부질없이 초나라 갓 쓰고 남쪽 말을 배웠다오.
歲月屢經羊胛熟　세월을 여러 번 지남이 양의 어깨살 익는 것 같고[24]
風騷重會鶴天寒　풍류로 다시 모였는데 학천鶴天은 춥다.[25]
十年契闊挑燈話　십년 동안 만나지 못해 등불 돋우고 이야기하며
半世功名抱鏡看　반세의 공명을 거울 잡고 본다네.
自笑老來追後輩　늙어가며 후배 따라다닌 것을 스스로 웃노니
文思宦意一時闌.　글과 벼슬에 대한 생각은 일시에 끝났다오.

차우인운次友人韻

十載崎嶇面撲埃　십년 동안 기구해 낯에 먼지가 부딪힌 것은
長遭造物小兒猜　길이 조물소아의 시기함을 만났기 때문이었소.

---

24) 唐의 骨利幹部는 낮이 길고 밤이 짧아 해 질 즈음 양의 허리 살을 삶았는
　　데 고기가 익자 해가 떴다고 했다.
25) 杜牧의 詩에 翰苑鶴天寒이라 했다.

問津路遠槎難到　묻는 나루길이 멀어 떼배로 이르기 어렵고
燒藥功遲鼎不開　달이는 약이 더딜 듯 솥을 열지 않았다.
科第未消羅隱恨　과거는 나은羅隱[26]의 한을 풀지 못했으며
離騷空寄屈平哀　이소離騷에 부질없이 굴원屈原의 슬픔을 붙였다.
襄陽自是無知己　양양襄陽에는 이로부터 지기가 없어졌고
明主何曾棄不才.　명주도 일찍 재주 없다며 버렸다네.[27]

✛ 김극기金克己
패강도오학사운浿江渡吳學士韻

渡口前驅擁劒撾　나루에서 앞에 가는 자가 채찍 들고 재촉하며
驚風捲地曉飛沙　경풍驚風이 땅을 걷어 새벽 모래가 날고 있다.
寒髥颯颯氷凝穟　찬 수염에 고드름이 벼이삭처럼 매달리고
病眼濛濛雪眩花　아픈 눈이 희미해 눈(雪)이 꽃으로 어지럽힌다.
鄕思望雲增宛轉　고향 생각에 바라보는 구름이 더욱 고우며
客行隨岸幾欹斜　언덕 따라 가는 나그네 길은 얼마나 기울었는가.
隔林隱隱看靑斾　건너 숲속에 보이는 은은한 푸른 깃발은
遙認前村酒可賖.　앞마을에 술파는 곳을 알 수 있다오.

✛ 이인로李仁老
유지리산遊智異山

頭流山迥暮雲低　두류산 주위에 저문 구름이 나직하고

---

26) 唐의 羅隱은 여러번 과거를 보았으나 합격하지 못했다고 했다.
27) 孟浩然 詩에, 不才明主棄 재주 없어 명주도 버렸고 多病故人疎 병이 많아
　　친구도 성기다오라 했다.

萬壑千巖似會稽　만학천봉은 회계會稽[28]와 비슷하다.
策杖欲尋靑鶴洞　지팡이 짚고 청학동靑鶴洞[29]을 찾고자 하며
隔林空聽白猿啼　선너 숲에서 흰 원숭이 우는 소리 들린다.
樓臺縹渺三山遠　누대는 아득하고 삼산은 멀며
苔蘚依俙四字題　이끼에 쓴 넉 자가 희미하다.[30]
始問仙源何處是　선원仙源이 어딘가 묻고자 했더니
落花流水使人迷.　떨어진 꽃 흐르는 물이 사람을 흐리게 한다.

여우인야화與友人夜話

試問鄰墻過一壺　시험해 뭇노니 이웃 담장으로 술 한 병 넘겨받아
擁爐相對暖髭鬚　화로 안고 마주 대해 수염을 따뜻하게 쬔다.
厭追洛社新年少　낙사洛社의 신소년 따라다니기 싫고
閑憶高陽舊酒徒　한가하게 고양의 옛 술친구를 생각한다오.
半夜聞鷄聊起舞　밤중에 닭 우는 소리에 일어나 춤추며[31]
幾回捫蝨話良圖　몇 번이나 이 잡으며 좋은 계획 말했다네.[32]
胸中磊磊龍韜策　가슴에 좋은 용도龍韜[33]의 계획 있으니
許補征南一校無.　정남征南에 한 군교軍校를 보補할 수 없나뇨.

---

28) 중국 지명.
29) 세상에 전하기를 智異山에 청학동이 있는데 길이 매우 험하고 좁아 겨우
　　들어갈 수 있어 굽혀 얼마를 들어가면 넓은 곳에 좋은 밭에 곡식을 심을
　　수 있다고 하며 오직 靑鶴만이 있기 때문에 靑鶴洞이라 이름한다 했다.
30) 세상에서 말하기를 雙溪寺와 斷俗寺에 崔致遠의 글씨가 있다고 한다 했다.
31) 晉나라 祖逖이 밤에 닭 우는 소리를 듣고 일어나 춤을 추었다고 한다.
32) 秦나라 王猛이 왕앞에 이를 잡으며 談論하면서 옆에 사람이 없는 것과 같
　　이 했다고 한다.
33) 太公의 六韜에 龍韜가 있다고 했다.

◈ 이규보李奎報

신유오월단거무사화자미성도초당시운辛酉五月端居無事和子美成都草堂詩韻

古來達士貴知微	예부터 선비는 기미機微의 앎을 귀히 여기는데
田園將蕪何日歸	전원이 거칠고자 하니 어느날 돌아가랴.[34]
莫問纍纍兼若若	다닥다닥하고 처렁처렁하게 묻지 마오[35]
不曾是是況非非	일찍 시是를 시라 않았는데 비非를 비라 하랴.
墮車醉者只全酒	취해 수레에 떨어진 자가 온전하고[36]
抱甕丈人寧有機	독 안은 장인丈人이 어찌 기미機微가 있겠는가.[37]
禦寇南華如可作	어구禦寇와 남화南華처럼 할 수 있다면[38]
吾將問道一摳衣.	내가 옷을 걷고 도道를 물으리라.

---

34) 陶淵明의 〈歸去來辭〉의 말을 인용한 것임.

35) 『漢書』에 石顯이 僕射 牢梁과 小府 五鹿과 더불어 黨을 만들어 그들에 접근한 자들을 모두 좋은 벼슬에 임명하게 되자 국민들이 노래로 말하기를 牢耶 石耶 五鹿客아 도장은 어찌 纍纍하며 끈은 若若한가 했는데 若若은 길다는 말이라고 한다.

36) 취한 자가 수레에 떨어져도 상처를 입지 않은 것은 그 정신이 온전하기 때문이라 했다.

37) 漢陰에 어떤 丈人이 밭에 물을 주기 위해 웅덩이를 파고 독을 가지고 가서 물을 떠 밭에 주는데 힘은 많이 드나 효과는 적었다. 子貢이 보고 어찌 기계를 사용하지 않느냐 했더니 丈人이 화를 냈다가 웃으며 말하기를 '기계를 가진 자는 반드시 機事가 있을 것이고 기사가 있는 자는 機心이 있을 것이다. 내가 부끄러움을 알지 못해 하지 않는 것은 아니'라고 했다.

38) 禦寇는 列子, 南華는 莊子임.

두문杜門

爲避人間謗議騰	사람들의 비방과 의논에 오르는 것을 피하고자
杜門高臥髮鬅鬙	문을 닫고 누웠으니 머리가 더부룩하다.39)
初如蕩蕩懷春女	처음엔 방탕한 봄처녀 같더니
漸作寥寥結夏僧	점점 고요한 여름 참선하는 중이 되었다.
兒戲牽衣聊足樂	애들이 장난으로 옷을 당기니 즐거움이 족해
客來敲戶不須應	손이 와서 문을 두드려도 응하지 않았다.
窮通榮辱皆天賦	궁통과 영욕은 모두 하늘이 주는 것이니
斥鷃何曾羨大鵬.	종달새가 어찌 큰 붕새를 부러워하랴.

중유북산重遊北山

俯仰頻驚歲屢更	아래 위로 자주 바뀌는 세월에 놀랐으나
十年猶是一書生	십년 동안 오히려 한 서생이라오.
偶來古寺尋陳迹	우연히 옛 절에 가서 묵은 자취를 찾다가
却對高僧話舊情	문득 고승高僧을 만나 옛 정을 이야기했다오.
半壁夕陽飛鳥影	석양이 비친 벽에 새 그림자 날아가고
滿山秋月冷猿聲	산에 가득한 가을 달빛에 원숭이 울음이 차갑다.
幽懷一鬱殊難寫	울적한 깊은 회포를 달리 풀 길이 없어
時下中庭獨步行.	때때로 뜰에 내려가 혼자 걷는다.

---

39) 중은 덮고 있는 머리 모양도 짧아 보인다고 했다.

노장老將

當年身似鶻飛揚	그때 내 몸이 매처럼 날쌔게 날아
東北曾馳百戰場	동북쪽으로 일찍 많은 전장에서 달렸다.
雪霽錯應看箭影	눈이 개자 화살 그림자를 보고 잘못 응했으며
天陰時復發全瘡	구름이 끼면 때때로 상처가 다시 아팠다.
雕弓蛇蟄堂中挂	뱀처럼 움츠린 활은 집안에 걸어두고
白刃龍蟠匣裏藏	용같이 서린 칼은 갑 속에 두었다.
報國壯心長凜凜	나라에 갚고 싶은 장한 마음은 길이 늠름해
夢中鳴鏑射戎王.	꿈속에서도 살촉은 오랑캐 임금을 쏜다오.[40]

◈ 진회陳澕
중추우후中秋雨後

仰看濃墨久含情	검은 구름 바라보며 오래 우울했는데
忽喜凉風四面生	갑자기 서늘한 바람이 사방에서 불어 기쁘다오.
銀竹已隨雲脚捲	은빛 비는 구름을 따라 걷히고
玉盤還共露華淸	소반 같은 달은 이슬과 함께 맑다.[41]
遊人欲散重呼酒	유인은 헤어지려다 다시 술을 부르고
倡妓相招更按笙	기생들은 서로 찾아 피리를 분다.
應爲天瓢洗空碧	분명히 하늘이 바가지 물로 푸른공중을 씻어[42]
孤光全勝別宵明.	우뚝한 빛이 다른 밤보다 온전히 밝다네.

---

40) 鳴鏑은 지금의 髇箭과 같은 것인데, 匈奴 冒頓이 鳴鏑으로써 그의 아버지 頭曼을 쏘았다고 했다.
41) 위의 銀竹은 비, 玉盤은 달이라고 했다.
42) 蘇東坡 詩에, 馬上傾倒天瓢飜 말 위에서 넘어지면 하늘이 뒤집힌다라는 구가 있음.

상춘정옥예화賞春亭玉蘂花

懶隨桃李鬪嬌饒	복숭아 오얏꽃이 고움을 다투는 것에 게을러
素艶閑愁鎖寂寥	본디 탐스러움으로 쓸쓸한 근심을 막았다.
虢國夫人嫌紛黛	괵국부인[43]은 분대를 싫어했고
漢皇仙子佩瓊瑤	한고漢皐의 선자가 옥을 차고 있었다.[44]
半墻踈影風前亞	담장의 성긴 그림자는 바람 앞에 쓰러지는 듯
掠鼻淸香雨後飄	코를 찌르는 맑은 향기 비온 뒤에 날리다.
十二玉欄春欲暮	열두 구비의 난간에 봄이 저물고자 하니
急須摹取上鮫綃.	급히 그려 인어의 비단 위에 올리고자 한다.[45]

경도京都

小雨朝來卷細毛	작은 비가 아침에 가는 털처럼 내리더니
浴江初日暈紅濤	강물에 씻은 해가 파도를 붉그레하게 한다.
千門撲地魚鱗錯	즐비한 집들의 문은 고기비늘처럼 겹쳤고
雙闕攙天鷲翼高	하늘을 찌를 듯한 쌍궐雙闕은 독수리 날개같이 높다.
吳苑袷衣晴鬪草	오원吳苑의 겹옷은 풀싸움을 할 만큼 맑고
漢宮仙袂醉分桃	한궁漢宮의 신선 소매는 취해 복숭아를 나누었다.

---

43) 唐나라 楊貴妃의 언니로서 얼굴이 아름다워 분을 바르지 않았다고 했다.
44) 鄭交甫가 漢皐에 놀면서 江妃인 두 여인을 만났더니 그녀들은 차고 있던 것을 交甫에 주고 수십 보를 갔는데 준 물건과 여인들이 보이지 않았다고 했다.
45) 『搜神記』에 남해 밖에 鮫人이 있어 고기처럼 물에 살면서도 길쌈을 하며 때로는 물 밖으로 나와 인가에 머물면서 여러 날 동안 짠 비단을 판다고 했다.

多慙每忝金閨侍　　금규金閨[46)]의 모심에 매양 욕됨이 많아 부끄러운데
與倚淸香捧赭袍.　　맑은 향기의 붉은 도포를 받들게 했다오.

　　진화陳澕는 청주淸州 여양현인呂陽縣人이며 신종神宗 때 과거에 급제하
여 여러 번 우사간右司諫을 하다가 지공주知公州로 나가 세상을 떠났다. 주
필走筆로 이규보李奎報와 비슷했다.

❖ 이장용李藏用
홍수紅樹

一葉初驚落夜聲　　한 잎이 밤에 떨어지는 소리에 처음으로 놀랐으며
千林忽變向霜晴　　많은 숲이 맑은 서리를 향해 갑자기 변했다.
最憐照破靑嵐影　　가장 가련함은 푸른 남기 그림자를 비추어 부숴고
不覺催生白髮莖　　백발을 나게 재촉 함을 알지 못했다오.
廢苑瞞旰秋思苦　　황폐한 동산을 부릅뜨고 보니 가을 생각 괴롭고
遙山唐突夕陽明　　먼 산이 당돌하게 석양에 밝다.[47)]
去年今日燕然路　　지난해 오늘 연연로燕然路[48)]에서
記得屛風嶂裏行.　　병풍 같은 산봉우리 속을 가던 것 생각한다오.

　　이장용李藏用의 자는 현보顯甫이며 원종元宗 때 수태부守太傅를 했다.

---

46) 漢나라 때 金馬門의 별칭인데, 후세의 翰林院을 말함.
47) 瞞旰와 唐突은 단지 眩視하고 抵觸한다는 뜻인데, 益齋가 이 구를 보고
　　칭찬해 말하기를 楊飛卿의 노련한 무릎도 굽히지 않을 수 없을 것이라
　　했다. 飛卿은 金나라 말의 시인인데, 그의 〈紅樹詩〉에,
　　海霞不雨接林表　바다 안개는 비가 오지 않아도 숲에 끼었으며
　　野燒無風到水頭　들에 타는 불은 바람이 없으나 물머리에 왔다.
　　라 했다.
48) 燕然은 匈奴의 산 이름인데 蒙古에 사신으로 간 때를 말한 것이라 했다.

임금을 따라 원元나라에 가자 보는 사람들이 모두 해동海東의 현자賢者라
했다. 평장사平章事를 했고 경원백慶源伯이 되었다. 뒤에 임연林衍의 폐립
廢立할 때 관여하여 파면되었으며 충렬왕忠烈王이 문정文貞으로 추증했다.

❖ 승 혜문僧 惠文
보현원普賢院

爐火烟中演梵音	향로香爐 연기 속에 범음梵音이 길게 흐르며
寂寥生白室沈沈	침침한 방이 고요하니 흰 기운이 난다.[49]
路長門外人南北	문 밖 먼 길에는 남북 쪽에서 온 사람이며
松老巖邊月古今	바위 옆 늙은 소나무에는 예나 지금도 달이 있다.[50]
空院曉風饒鐸舌	빈 절 새벽바람에 풍경 소리 크게 나며
小庭秋露敗蕉心	작은 뜰 가을 이슬에 파초가 시들었다.
我來寄傲高僧榻	내가 와서 거만하게 고승과의 자리에서
一夜淸談直萬金.	하룻밤 청담淸談은 값이 만금이라오.

승僧 혜문惠文의 속성俗姓은 남씨南氏 자는 빈빈彬彬이며 고성인固城人
이다. 시 짓는 것을 좋아하여 화엄華嚴 각월覺月과 이름이 같았다. 그가 세
상을 떠나자 이규보李奎報가 애사哀詞를 지었다.

---

49) 莊虛室에 흰색이 난다고 했다.
50) 당시 사람들이 月松和尙이라 불렀는데, 이 시 頷聯의 月字와 상관시켜
   한 말일 것이다.

✤ 김지대金之岱

유가사瑜珈寺(재현풍현在玄風縣)

寺在煙霞無事中	절은 노을과 안개의 고요한 가운데 있으며
亂山滴翠秋光濃	어지러운 산은 푸름이 스며들며 가을빛이 짙었다.
雲間絶磴六七里	구름 사이 비탈길 육칠 리
天末遙岑千萬重	하늘 끝 먼 봉우리는 천만 겹이라오.
茶罷松簷掛微月	차를 마시자 솔 처마에 희미한 달이 걸렸고
講闌風榻搖殘鍾	설법이 끝나자 서늘한 자리에 종소리 들린다.
溪流應笑玉腰客	흐르는 냇물은 옥요玉腰[51]의 손을 웃겠지만
欲洗未洗紅塵蹤.	홍진의 자취 씻고자 하나 씻지 못했다.[52]

김지대金之岱의 처음 이름은 중룡仲龍이며 청도인淸道人이다. 강동지역
江東之役에 그의 아버지를 대신하여 군대軍隊에 들어가자 원수元帥 조충趙
冲이 불러 보았다. 다음해 조충이 지공거知貢擧였을 때 장원으로 발탁했다.
원종元宗 때 평장사平章事가 되었으며 시호는 영헌英憲이다.

✤ 박항朴恒

북경연도로상北京燕都路上[53]

一色平蕪觸處同	가는 곳마다 한 빛으로 평탄하고 거칠며
四時無日不狂風	사철 광풍이 불지 않는 날이 없다.
殘山白日能飛雨	잔산殘山은 한낮인데 비가 오겠고

---

51) 玉으로 장식한 띠를 하고 있었기 때문에 옥요라 한 것이라 했다.
52) 이 시는 鄭知常의 〈蘇來寺詩〉와 같은 句律이라 했다.
53) 이 시는 至元 십오년에 忠烈王을 좇아 元나라에 갔을 때 지은 것이라 했다.

古塞黃沙忽於虹　고새古塞의 황사에 갑자기 무지개가 뻗혔다.
地隔四千天共遠　땅은 사천 리로 막혀 하늘과 함께 멀고
堠磨雙隻路何窮　쌍으로 서있는 장승의 길을 언제 다하랴.54)
漢家信美非吾土　한가漢家가 미덥고 아름다우나 내 땅이 아니기에
歸夢時時落海東.　돌아가고 싶은 꿈은 때때로 해동으로 간다오.55)

　박항朴恒의 자는 화지華之이며 처음 이름은 동보東甫였다. 춘주春州의
이속吏屬으로서 과거에 급제했다. 고종高宗 때 몽고蒙古가 춘주春州를 함락
하자 부모의 시체를 찾지 못해 얼굴이 비슷한 자를 모두 거두어 치료(전痊)
를 해준 사람이 삼백 명이 넘었다고 한다. 충렬왕忠烈王 때 원元의 세조가
일본日本을 치고자 했는데 당시 군기軍機에 대한 조치措置가 모두 박항朴恒
으로부터 나왔다고 한다. 벼슬은 찬성사贊成事를 역임했으며 시호는 문의文
懿다.

---

54) 退之의 시에,
　堆堆路傍堠　쌓이고 쌓인 길옆의 장승이
　一雙後一雙　한 쌍 뒤에 또 한 쌍
　이라 했으며, 磨는 장승이 많은 것을 말한 것으로 相磨라 한 것과 같은
　것이라 했다.
55) 益齋 李齊賢이 이 시의 삼사구와 文成 安珦의,
　一鳩曉雨草連野　비둘기 우는 새벽 비에 풀은 들에 연했고
　匹馬春風花滿城　말을 탄 봄바람에 꽃은 성에 가득하다.
　라 한 것과 金璹 密直의.
　片雲深處何山雨　조각구름 검은 곳은 어느 산에 비가 오며
　芳草靑時盡日風　꽃다운 풀 푸를 때 종일 바람이 분다.
　라 한 것이 모두 佳句인데, 다만 전편을 보지 못한 것이 한스럽다고 했
　다. 그런데 이 시의 전편이 文鑑에 실려 있음에도 어찌 익재가 보지 못
　했을까. 拙翁 崔瀣의 『東人文』에도 앞에 든 四句만 실었으니 알 수 없다
　고 했다.

❖ 오한경吳漢卿

재금주사유안부호년어在金州謝劉按部贐年魚56)

誰遣波臣慰冷官	누가 파신波臣57)을 보내 냉관冷官을 위로하나뇨
忽驚紅鬣動銀盤	문득 붉은 지느러미가 은반에서 퍼덕임에 놀랐다.
吏人走報星軺餉	아전은 달려와 안부按部가 먹게 보냈음을 알리고
稚子爭尋尺素看	어린 아들은 척소尺素를 보고자 다투어 찾는다.58)
烹處敢辭鬻自漑	삶은 솟에서59) 국에 마는 것을 감히 사양하며
食餘聊笑鋏曾彈	먹고 나서 일찍 칼을 타던 것에 웃었다오.60)
平生口腹吾謀拙	내 평생 먹는 계획에 서툴렀는데
多感公恩快一飡.	공의 은혜로 한 번 잘 먹은 것에 감사한다오.

❖ 백원항白元恒

주상제태부배심양왕主上除太傅拜瀋陽王61)

玉詔傳從碧瑣門	조서詔書가 벽루문碧瑣門62)에서 내려왔는데
新除太傅作東藩	새로 태부太傅로 제수되고 동번왕東藩王이 되었다.

---

56) 詩題 밑에 年魚에 대해 동해에서 잡히는 것으로 그 알이 큰 콩과 같은데
   소금에 담가두면 붉어 앵도 같으며 맛이 매우 좋다고 했다.
57) 『莊子』에 수레바퀴가 지나간 곳의 고인 물에 있는 붕어가 말하기를 나는
   東海의 波臣이라고 한다 했다.
58) 古詩에 아이 불러 잉어를 삶게 했더니 가운데 尺素의 글이 있었다고 했다.
59) 鬻은 위가 크고 아래가 작은 가마솥이라 했다.
60) 馮驩이 칼을 타며 노래해 말하기를 長鋏이 돌아왔는데 먹을 고기가 없다
   고 했다.
61) 詩題 옆에 忠宣王이 元나라 宿衛로 있을 즈음 成宗이 세상을 따나자 충
   선왕이 仁宗과 右丞相 別不花와 더불어 계획을 정해 武宗을 영립했다.
   至大元年 오월에 定策한 공으로 瀋王에 책봉되었다.
62) 碧瑣는 靑瑣와 같은 말로서 임금이 있는 宮門을 지칭한 것이다.

千年遇主山河誓　천년 만에 임금 만나 산하에 명세하고

三葉勤王雨露恩　삼대 째 근왕勤王하여 우로雨露의 은혜 받았다.

兎郡桑麻添國界　토군兎郡의 뽕과 삼이 나라의 강토로 첨가되고[63]

鶴城花月入宮園　학성鶴城[64]의 꽃과 달이 궁원으로 들어왔다.

日迎賀客身無暇　날마다 하객을 맞이하느라 여가가 없는데

又被呼來謁至尊.　또 오시라 불러 지존至尊을 알현謁見한다오.[65]

　백원항白元恒은 일찍 충숙왕忠肅王을 좇아 원元나라에 머물러 있었으며, 벼슬은 찬성贊成에 이르렀다.

✧ 이제현李齊賢

호구사虎丘寺

閶閶城外古禪林　합려성 밖은 옛 절이 많고

生公堂前樹陰陰　생공당[66] 앞에 나무들이 우거졌다.

重遊髣髴三生夢　거듭 찾으니 삼생몽三生夢과 비슷하며[67]

---

63) 漢나라 때 玄兎郡은 압록강 북쪽에 있었는데 원나라 때는 심양의 땅이 되지 않았든가 했다.

64) 鶴城은 遼東을 가리키는데, 丁令威로 인해 얻은 이름이라 했다.

65) 飮中八仙歌에,
天子呼來不上船이라 하여 천자가 불러도 배를 타지 않았다.

66) 異僧인 生公이 虎丘寺에서 講經을 하고 있으나 믿는 사람이 없었다. 그런데 泉石이 무리가 되자 그와 더불어 至理에 대해 이야기를 하니 泉石이 모두 승복했다고 한다.

67) 어떤 省郞이 華山寺에 놀러가서 꿈에 碧岩 밑에 갔더니 老僧이 앞에 희미한 향불을 피워놓고 있으면서 이것은 施主가 소원을 성취하기 위한 향불인데 施主는 이미 三生을 했다. 第一生은 玄宗 때 劍南安撫巡官이었고, 第二生은 憲宗 때 西蜀書記였고, 第三生은 바로 今生이라 하니 省郞이 씻은 듯이 깨달았다고 했다.

四顧微茫萬里心　사방을 돌아보니 매우 멀어 까마득하다.
樓閣影重山月上　산에 달이 뜨자 누각의 그림자가 무거우며
轆轤聲遠石泉深　샘이 깊어 두레박 소리 멀리 들린다.
藍輿歸去江村路　가마 타고 강촌 길로 돌아가니
雲際唯聞笙磬音.　구름 속에서 오직 저와 경쇠 소리 들린다.

상탄上灘

乘流東去泝流還　흐름을 타고 동으로 갔다가 거슬러 돌아오니
客枕何時得少安　객지에서 자는 것이 언제 조금 편하게 되랴.
水落沙堆銖亦重　모래 언덕에 물이 떨어지자 적은 것도 무거우며
崖崩石出寸猶難　언덕이 무너져 돌이 나오면 짧은 것도 어렵다.
不妨聽雨留連睡　빗소리 들으며 계속 자는 것도 무방할 것이며
且喜逢山子細看　산을 만나면 자세히 보는 것도 기쁠 것이다.[68]
只愧郵人牽百丈　우인郵人[69]으로 긴 닻줄 이끄는 것이 부끄러워
汗流終日走江干　종일 땀을 흘리며 강변을 달렸다.

망해望海

早聞觀水在觀瀾　일찍 물을 보면 파도를 볼 수 있는 것으로 들었
　　　　　　　　으며
側管洪溟得一斑　대통으로 넓은 바다를 보아도 일반一斑[70]을 얻

---

68) 頸聯 끝에 만나는 바에 따라 편안히 여기는 의지를 볼 수 있겠다고 했다.
69) 驛에서 일하는 사람.
70) 王獻之가 몇 해로 門生이 도박하는 것을 보고 말하기를 "南風과 경쟁하
　　지 못할 것이라" 하니 門生이 말하기를 "이것이 바로 대통으로 표범을

는다오.

白日丸跳呼吸裏	대낮에 탄환이 잠깐 사이에 뛰고
靑天轂轉激揚間	푸른 하늘에 수레바퀴가 한순간에 구른다.
不隨鵬翼搏千里	대붕이 날개를 치며 천리를 날아도 따르지 않 으며
誰見鼇頭冠五山	누가 오산五山을 자라 머리에 쓴 갓으로 보았는가.71)
可惜區區精衛鳥	가석하게도 용렬한 정위조精衛鳥72)는
一生含石不知難.	일생동안 돌을 물고 있으면서도 어려움을 모른다.

감회感懷

半世雕蟲恥壯夫	반생 동안 장부로서 조충雕蟲73)이 부끄러웠는데
中年跨馬倦征途	중년에는 말을 타고 가는 길에 지쳤다오.
盂盤草草燈花落	등불이 꺼져 차려놓은 술상이 걱정스러우며
關塞迢迢曉月孤	외로운 새벽달에 관새關塞의 길은 멀다네.
華表未歸千歲鶴	화표의 학은 천년 동안 돌아가지 못했고74)
上林誰借一枝烏	누가 까마귀에 상림의 한 가지를 빌려주었는가.75)

옛보아도 때로는 一斑을 볼 수 있다'고 했는데" 一斑은 표범 무늬의 한 점을 말한 것이다.

71) 동해에 岱輿 員嶠 方壺 瀛洲 蓬萊가 있었는데 뿌리가 서로 연결되지 않아 파도에 따라 올라가기도 하고 내려가기도 하므로 帝가 策疆에 명령하여 큰 자라 열다섯 마리로 하여금 머리에 이고 있게 했다.

72) 『山海經』에 發鳩山의 精衛라는 새는 炎帝의 딸로서 東海에 빠져 항상 西山의 木石을 가지고 와서 바다를 메운다고 했다.

73) 벌레를 조각하는 것으로 세상에 크게 유용하지 않을 것을 말함.

74) 遼東 華表柱에 학이 그 위에 모였기 때문에 有鳥라 했다. 有鳥는 丁令威가 집을 떠나 천년 만에 돌아오니 성곽은 예와 같으나 사람들은 옛 사람이 아니므로 어찌 신선을 배우지 아니하겠느냐 한다고 했다.

75) 唐나라 李義府의 〈烏詩〉에 上林의 많은 나무들은 쉽게 한 가지도 빌려주

有錢往買澆腸酒　돈이 있으면 술을 사 창자를 씻을 것이며
莫使詩斑入鬢鬖.　시 짓는 것으로 살쩍머리를 희게 하지 않으리라.

노상路上

馬上行吟蜀道難　말을 타고 가면서 촉도란蜀道難76)을 읊으며
今朝始復入秦關　오늘 아침 비로소 다시 진관에 들어갔다오.
碧雲暮隔魚鳧水　저문데 벽운碧雲은 어부수魚鳧水77)와 멀어졌고
紅樹秋連鳥鼠山　가을철 홍수는 오서산鳥鼠山78)과 연했다.
文字剩添千古恨　문자는 천고의 한을 많이 더했고
利名誰博一身閑　명리名利에서 일신의 한가함을 누가 넓혔는가.
令人最憶安和路　사람들에 안화로安和路79)를 가장 기억하게 함은
竹杖芒鞋自往還.　죽장망혜로 스스로 가고 오는 것이오.

고정산高亭山(백안벌송시주군지지伯顔伐宋時駐軍之地)

江上山如淡掃眉　강 위의 산은 눈썹을 맑게 쓴 듯하고
人家處處槿花籬　곳곳의 집들은 무궁화를 울타리로 했다.
停舟欲問松間寺　배를 멈추고 소나무 사이 절을 묻고자하며

지 않느냐 했더니 太宗이 말하기를 자네에 통째로 줄 것이며 어찌 한 가
지에 그치겠느냐 했다.
76) 李白의 〈蜀道難詩〉가 있다.
77) 秦州에 魚龍川이 있는데, 아마 이것이 아닌가했다.
78) 渭川의 渭源에 있는 산이며, 또 靑雀山이라 하기도 한다 했다.
79) 松京 紫城 北洞에 있는데, 그곳에 있는 절은 고려 예종 때 창건한 것으로
송나라 徽宗이 직접 쓴 額字가 있으며, 또 蔡京을 시켜 그 문에 榜을 하
게 했는데 세상에서 烟霞洞이라 한다 했다.

策杖先窺竹下池　지팡이 짚고 대 밑에 못을 먼저 엿본다오.
帆影暮連芳草遠　돛 그림자는 늦게까지 꽃다운 풀에 이어졌고
鍾聲曉出白雲遲　종소리는 새벽에 천천히 흰 구름에서 나온다.
憑欄一望三吳小　난간에 의지해 작은 삼오三吳를 바라보며
想像將軍立馬時.　장군이 말을 멈출 때를 상상해본다오.80)

다경루설후多景樓雪後

樓高正喜雪漫空　누가 높아 눈이 공중에 가득해 기쁘고
晴後奇觀更不同　갠 후 다시 달라진 것이 기이하게 보인다.
萬里天圍銀色界　만 리의 하늘은 은세계를 둘렀고
六朝山擁水晶宮　육조六朝81)의 산들은 수정궁을 안았다.
光搖醉眼滄溟日　창해滄海의 햇빛은 취한 눈을 흔들고
淸透詩腸草木風　초목에 부는 바람을 시 짓는 창자에 맑게 넣었다.
却笑逼區何事業　문득 웃노니 구차하게 무슨 사업으로
十年揮汗九街中.　십년동안 번화한 거리에서 땀을 흘렸나뇨.

황토점黃土店(문상왕견참불능자명聞上王見譖不能自明)

咄咄書空但坐愁　매우 놀라 공중에 글을 쓰고 근심하며 앉았으니82)
式微何處是菟裘　쇠약해 어느 곳이나 토구菟裘라오.83)

---

80) 많은 세월이 지난 뒤에도 이 句를 읽게 되면 伯顔이 가리키고 꾸짖는 눈
　　에는 이미 南宋은 없어졌고 그의 위엄과 불같은 기상을 상상해 볼 수 있
　　을 듯하다고 했다.
81) 六朝는 吳, 晋, 宋, 齊, 梁, 陳을 말함.
82) 殷浩가 쫓겨나게 되자 종일 공중에 咄咄怪事 넉자를 썼다고 했다.
83) 式微는 『詩經』에 있는 편 이름으로 임금이 나라를 잃고 남의 나라에 가

十年艱險魚千里　십년의 어렵고 험함은 천리를 올라온 고기요[84]
萬古升沈貉一丘　만고의 흥하고 망하는 것은 한 언덕의 담비라오.[85]
白日西飛魂正斷　대낮의 해가 서쪽으로 날아 혼이 끊어지려 하고
碧江東注淚先流　푸른 강이 동으로 쏟아지자 눈물이 먼저 흐른다.
滿門簪履無鷄狗　많은 문객門客에서 닭과 개소리 하는 자 없으니[86]
飽德如吾死合羞.　나 같이 덕을 많이 입은 자 죽어도 합당하리라.

존행화운達尊杏花韻

淡蕩春光小巷西　맑고 질펀한 봄빛의 작은 마을 서쪽에서
倚墻無語俯長堤　담장에 의지해 말없이 긴 둑을 굽어본다.
蔕裝絳蠟風吹折　납으로 붙여 단장한 깍지를 바람이 불어 꺾었고
花簇丹砂雨壓低　단사丹砂로 모은 꽃을 비가 낮게 눌렀다.
驚墮佳人金捍撥　가인이 금한발金捍撥[87]에 놀라 떨어지고
巧黏游騎錦障泥　타고 가는 말에 비단 장니障泥[88]가 교묘히 묻었다.
綠陰靑子空惆悵　녹음에 열매 맺으면 공연히 슬플 것이니
滿意尋芳莫解携.　꽃 찾아 많이 놀며 헤어지지 말아요.

서 살면서 고생하는 것을 읊은 것임. 菟裘는 지명으로 隱公이 쉬었던 곳이라 함.
84) 黃山谷의 시에 스승을 좇아 道를 배우는 것은 고기가 천리를 올라오는 것이라 했다.
85) 漢나라 楊揮의 말에 예와 지금은 한 언덕의 담비와 같다고 했는데 서로 같다는(同類) 말이라 했다.
86) 孟嘗君의 門客에 닭 우는 소리와 개를 잘 훔치는 자가 있었다고 했다.
87) 金捍撥은 악기의 줄을 고르는 도구인데 捍은 拾한다는 의미로 줄을 줍는다는 뜻이며 撥은 治와 같다고 했다.
88) 임금이 물을 건너고자 하니 말이 건너가지 않으므로 이것은 말이 반드시 障泥가 있기 때문임을 알고 치웠더니 건넜다고 했는데, 障은 隔과 같은 것으로 막는다는 뜻이며 泥는 미끄럽다는 뜻인데 바로 䩞이라 한다 했다.

❖ 이곡李穀
칠석七夕

平生足跡等浮雲	평생의 발자취 뜬구름과 같았는데
萬里相逢信有由	만 리 밖에서 서로 만났으니 인연이 있다 믿겠다.
天上風流牛女夕	하늘의 풍류는 견우와 직녀가 만나는 칠석이며
人間佳麗帝王州	인간의 아름답고 빛남은 임금이 있는 곳이라오.
笑談款款樽如海	성실한 담소에 술은 바다 같고
簾幕深深雨送秋	심심한 주렴에 비는 가을을 보낸다.
乞巧曝衣非我事	옷을 말리게 하는 것[89]은 내 일이 아니며
只憑詩句遣閑愁.	다만 싯구에 빙자하여 한가한 근심을 보낸다네.

빙도한강氷渡漢江

沙頭逆旅正蕭條	사장沙場 머리의 여관이 쓸쓸해
幾傍虛簷望斗杓	몇 번 처마 옆에서 북두성을 보았다.
半夜疾風吹破屋	밤중에 부는 빠른 바람에 집이 무너지고
一江流水凍成橋	강에 흐르는 물이 얼어 다리를 이루었다.
須臾便見人心小	순간에 사람 마음이 작음을 볼 수 있고
尋丈休誇馬足驕	몽둥이를 찾았던 교만한 말도 자랑으로 그쳤다.
過了畏途還自笑	지난 길이 무서워 돌아가는 것이 스스로 우스워
不如歸去老漁樵.	돌아가 어초漁樵로 늙는 것만 같지 못하다오.

---

89) 漢 武帝 때 궁녀들이 칠월 칠일에 옷을 가지고 樓에 올라 말린다고 했다.

계미원정숭천문하癸未元正崇天門下

正朝大闢大明宮　　설날 대궐의 대명궁大明宮에
萬國衣冠此會同　　만국의 의관들이 이 모임을 함께했다.
虎豹守閽嚴內外　　범과 표범이 문을 지켜 내외를 엄하게 하며
鴛鸞分序肅西東　　원란은 차례를 나누어 동서를 엄숙하게 한다.
壽觴灔灔浮春色　　헌수獻壽의 잔은 봄빛이 가득하게 떠오르고
仙仗摐摐立曉風　　선장仙仗은 창창한 소리 내며 새벽바람에 섰다.
袍笏昔曾陪俊彥　　옛날 일찍 홀을 안고 뛰어난 선비들을 따랐는데
天門矯首思難窮.　　천문天門으로 머리 돌리니 생각을 다하기 어렵다.

병중술회病中述懷

伴影羈遊只此身　　이 몸이 그림자를 짝해 말을 타고 여행을 했더니
素衣今復化京塵　　흰옷이 지금 다시 서울 티끌로 변하게 되었다.
望雲日日慙高鳥　　구름을 보면 날마다 높게 나는 새에 부끄럽고
對月時時憶故人　　달을 대하자 때때로 친구를 생각한다오.
慣聽鵲鳴虛報喜　　까치소리 기쁨을 헛되게 알려도 익숙하게 들으며[90]
誰知蠖屈是求伸　　굽은 벌레가 펴고자 함을 누가 알랴.[91]
故山東望三千里　　동쪽으로 고국을 바라보면 삼천리가 되는데
明日梅花又一春.　　내일 매화가 피면 또 하나의 봄이라오.

---

90) 陸賈가 말하기를 까치가 지저귀면 行人이 온다고 했다.
91) 벌레가 길이를 바꾸어 굽은 것을 펴고자 한다 했다.

정조설正朝雪

雪從除夜到正朝	제야除夜부터 내린 눈이 설날 아침까지 이르러
旋入春風不禁消	빨리 오는 봄바람에 어쩔 수 없이 녹는다.
扇影未分雙闕仗	쌍궐雙闕의 의장儀杖은 선영扇影92)도 나누지 못하고
靴聲早集五門橋	오문五門의 다리에 신발소리 일찍 모였다.
從敎賀列朝衣濕	하정賀正의 열은 조회의 옷을 젖게 하며
好傍昭容舞袖飄	소용昭容93)의 춤추는 소매에 가까이했다.
便是新年多瑞氣	마땅히 새해에 상서로움이 많아
願隨椒酒進民謠.	초주椒酒를 따라 민요를 드리고자 원한다오.

✛ 민사평閔思平
유증有贈

就第年來日日閑	집으로 돌아온 해로부터 날마다 한가하나
尙驚宦海是波瀾	아직도 환해宦海의 물결에 놀란다오.
釣魚靜坐籬邊石	울타리 가의 돌에 고요히 앉아 고기 낚으며
採蕨晴登屋上山	갠 날 집 뒤 산에 올라 고사리를 꺾는다네.
時有野僧來問字	때때로 중이 와서 글자를 물으며
不妨溪友與同歡	어부漁夫와 더불어 즐기는 것도 해롭지 않다오.
愧予非是風塵吏	내가 풍진세계의 관리가 아니지만
猶來隨君拂袖還.	그대 따라 소매 떨치고 오지 못해 부끄럽다오.

---

92) 扇影은 鹵簿로 임금의 행차에 儀仗이며 꿩의 털로 만든다.
93) 女官.

민사평閔思平의 자는 탄부坦夫 여흥인驪興人이며 호는 급암及庵이다. 지정至正 9년에 도첨의찬성사都僉議贊成事에 임명되었으며, 시호는 문온文溫이다. 아들이 없었으며, 김구용金九容이 외손外孫이다.

❖ 방서方曙

만계림군공왕정승후挽雞林郡公王政丞煦94)

正朝木稼豈徒哉　　설날 아침 나무를 심는 것이 어찌 단순하랴95)
應爲高官報有災　　분명히 고관이 되면 재앙으로 갚는 것이 있다오.
草草蓋棺遼野遠　　근심에 덮인 관은 요야의 먼 길을 가고96)
堂堂柱國太山頹　　당당했던 국가의 기둥인 태산이 무너졌다.97)
朱門日薄千家慘　　고관의 집에 해가 지려하니 많은 집이 근심하고
丹旐風生萬壑哀　　조기吊旗가 바람에 흔들리자 산들도 슬퍼한다.
回首德陵山下路　　덕릉德陵98) 아래 산길로 머리 돌리니
碧雲秋色鎖崔嵬　　구름이 가을빛을 띠고 높은 봉우리에 끼었다.

---

94) 政丞 權溥의 아들로서 처음 이름은 載였다. 忠宣王이 원나라 있을 때 불러 한 번 보고 아들로 하여 姓名을 주고 入籍시켰다.
95) 寧王이 병으로 누워 있으면서 속담을 인용해 나무를 곡식 같이 심으면 達官이 무서워한다 했는데 내가 죽겠구나 하더니 과연 그렇게 되었다고 했다.
96) 忠定王 元年에 元나라 賀聖節에 갔다가 돌아오면서 昌義縣에 이르러 세상을 떠났다고 했다.
97) 孔子께서 손을 모으고 지팡이를 끌며 노래해 말하기를 泰山이 무너지는구나 했다고 한다.
98) 忠宣王 陵.

◈ 정포鄭誧

복주(금안동)차우인운福州(今安東)次友人韻

旅館荒凉一事無	여관이 쓸쓸하며 할 일이 하나도 없어
小窓終日學僧趺	창 앞에 종일 중처럼 앉았다오.[99]
流光冉冉欺遊子	빠르게 흐르는 빛은 나그네를 속이고
世故紛紛困腐儒	분분한 세상일은 썩은 선비를 곤하게 한다.
誰見仙人曾化鶴	신선이 학이 되는 것을 누가 보았으며
自知老馬反爲駒	늙은 말이 도리어 망아지가 되는 것을 스스로 안다오.[100]
從君結屋淸江上	그대를 좇아 푸른 강 위에 집을 지어
晩歲鷗盟豈可渝.	만년에 갈매기와 맹세를 어찌 저버리랴.

증이천각달존贈李天覺達尊

萬事隨時各有宜	만사가 때를 따라 각자 마땅함이 있는데
仕齊操瑟豈非癡	제齊에 벼슬하며 비파 가진 것이 어찌 어리석지 않은가[101]
平生恥與噲等伍	평생에 번쾌樊噲 무리와 짝해 서기 부끄러우며[102]

---

99) 誦經에 이르기를 跏趺坐는 여래가 앉았던 半跏趺이며, 이것은 菩薩坐라 했다.

100) 이 頷聯은 典故에서 나온 말인 듯한데 알아보지 못했다.

101) 齊王이 비파를 좋아하지 않았는데 제나라에 벼슬하는 사람이 비파를 가지고 삼년 동안 문 앞에 있었으나 들어가지 못했다. 객이 꾸짖어 말하기를 왕이 피리를 좋아하고 비파를 싫어하는데 잘해도 왕이 싫어하니 어쩔 수 없다고 했다. 이 시를 지을 때는 과거에 떨어져 있는 시기라 했다.

102) 漢 高祖의 일등 공신 韓信이 벼슬이 강등된 후 樊噲 집에서 나오면서

後世必有楊雄知	후세에 반드시 양웅楊雄 있어 알아주리라.103)
刻鵠不成猶有類	따오기를 새기면 안 되어도 비슷하지만
屠龍雖妙竟何施	용을 잡음에 능하나 어디에 쓰겠느냐104)
如今更信儒冠誤	지금 유관儒冠이 그르쳤음을 믿으나
不忍乘酣廢我詩.	취해 시 짓는 것 폐지함을 차마 할 수 있으랴.

❖ 이인복李仁復

송류사암숙送柳思庵淑

人間膏火自相煎	인간엔 기름과 불이 서로 졸이나니
明哲如公史可傳	공과 같이 명철함은 역사에 전하리라.
已向危時安社稷	이미 위태로울 때 사직을 편안히 했고
更從平地作神仙	다시 평지를 좇아 신선이 되었다.
五湖夢斷煙波綠	오호五湖의 꿈은 푸른 물결의 연기에 끊어졌고
三徑秋深野菊鮮	삼경三徑은 깊은 가을에 들국화가 선명하다.
顧我未能投紱去	나는 벼슬 버리고 가지 못했으니
西風塵土意茫然.	티끌이 일어나는 서풍에 정신을 잃었다오.105)

한 말이다.
103) 楊雄은 前漢 때 학자인데, 이 시의 함연에 따른 고사는 알아보지 못했다.
104) 『莊子』에 나온 말로서 재주가 높아도 쓸 곳이 없다는 것을 의미한 것이라 했다.
105) 晉나라 庾亮이 外鎭에 임명되어 있으면서 朝廷의 권력을 잡고 있으므로 王導가 불평을 하며 매양 서쪽 바람이 불어오면 부채를 들고 가리면서 元規의 티끌이 사람을 더럽힌다고 했다. 이 시를 지을 때 辛旽이 정권을 잡고 있었으므로 이와 같이 말을 했다가 辛旽이 이 시를 볼까 겁내어 고쳐,
邇來雙鬢雪飄然 요사이 두 살쩍머리가 눈처럼 난다.
라 했다.

기원조동년마언휘승지겸간부자통학사寄元朝同年馬彦翬承旨 兼柬傅子通學士

每向瓊林憶醉歸	매양 경림瓊林을 향해 취해 돌아가는 것 생각하며106)
賜花春暖影離離	따뜻한 봄날 어사화御賜花 그림자가 이어졌다오.
別來更覺交情厚	이별하자 사귄 정 두터움을 느끼겠고
老去安知世事非	늙어가면서 세상일 잘못을 어찌 알랴.
駑鈍尙慙懷棧豆	노둔해 아직 외양간의 콩을 생각함이 부끄러우며107)
鵬飛誰復顧藩籬	높이 날았으니 누가 다시 변방 울타리를 돌보랴.
請君莫笑東夷陋	그대에 청하노니 동이東夷를 낮게 웃지 마오.
海上三山聳翠微.	바다에 푸른 삼산이 솟았다오.108)

✧ 허금許錦
차룡암노선운증채반간次龍菴老禪韻贈蔡盤澗

天高白雁叫寒空	높은 하늘에 기러기가 찬 공중에서 부르자
長嘯行裝逆旅中	여관에서 긴 휘파람 불며 행장을 챙긴다.
萬事相違貧更病	만사가 서로 어기어 가난이 다시 병이 되며
一經無用老猶窮	하나의 경전도 쓸 수 없고 늙어 오히려 궁하다오.
雲山漠漠招眞隱	아득한 구름 낀 산은 진실한 은자를 부르고
籬菊叢叢着醉翁	떨기로 있는 울타리 국화는 취한 첨지에 부딪친다.

---

106) 宋나라 때 새로 급제한 자에게 瓊林에서 賜宴을 했다고 한다.
107) 桓範이 달아나자 曹爽이 지혜의 주머니가 갔다고 하니 晉의 宣帝가 말하기를 "말이 棧豆를 좋아하지만 반드시 쓰지 않을 것이라" 했다.
108) 그때 원나라가 어려웠기 때문에 두 사람이 동쪽으로 와서 피난을 하게 부른 것이라 했다.

稽古亦知能見棄　　계고稽古[109]는 버림을 당하는 것 알고 있으니
莫言當日讀書功.　　당일 독서한 공을 말하지 마오.

　　허금許錦의 자는 재중在中이며 양천인陽川人이다. 공민왕 때 과거에 급
제하여 전리판서典理判書에 이르렀다. 젊었을 때부터 병이 있어 벼슬하는
것을 좋아하지 않고 재산을 기울여 약을 지어 병이 있는 사람에 나누어 주었
다. 오십이 되지 못해 죽자 당시 사람들이 애석하게 여겼다.

❖ 박효수朴孝修
보문사서루普門社西樓

松間喝道遠尋師　　솔 사이로 갈도喝道[110]하고 멀리 스승 찾으니
春盡山花半在枝　　봄도 다해 꽃이 가지에 반만 있다.
簿領堆邊身自老　　부서簿書가 주변에 쌓여 있어 스스로 늙었고
水雲鄕裏夢常馳　　수운水雲이 있는 고향으로 꿈은 항상 달린다.
祖禪每倚將心問　　조선祖禪에게 매양 마음을 가지고 묻고 싶으나
民瘼那堪放手醫　　백성들의 병에서 어찌 의원 손을 떼랴.[111]
徒倚未能題勝景　　좋은 경치에 놀기만 하고 시를 짓지 못했으니
俗塵環繞下樓時.　　누에 내릴 때 속진이 도리어 감돈다오.

　　박효수朴孝修는 여러 번 승진하여 대언代言에 이르렀고 충숙왕이 윤신걸
尹莘傑을 대신하여 취사取士하게 명령했는데, 그의 청백淸白함을 가상히 여

---

109) 桓榮이 말하기를 "오늘 입은 바는 옛 것을 상고한(稽古) 힘이다."했다.
110) 관원이 출입할 때 辟除하는 것을 喝道라 함. 李義山이 열거한 몇 가지
　　 가운데 對花啜茶 松下喝道가 殺風景이 된다고 했다.
111) 放手는 容易와 같다고 했다.

겨 은병銀瓶과 쌀을 하사하고 학사연學士宴을 주선하게 했다. 뒤에 영창군
迎昌君의 봉작을 받았다.

❖ 僧僧 굉연宏演
증래유나귀군산贈來維那歸君山

握手相逢歲幾周	서로 손잡고 만난 것이 몇 해나 되었을까
一朝話別楚山頭	갑자기 초산 머리에서 헤어지게 되었다오.
猿啼巫峽江天曉	강천의 새벽에 원숭이는 무협巫峽에서 울고
雁淚瀟湘澤國秋	택국의 가을 기러기는 소상瀟湘에서 눈물 흘린다.
桂棹中流歸興切	중류에 노를 젓자 돌아가는 흥이 끊어지고
蘆花兩岸故人愁	양안의 갈대꽃에 친구를 걱정한다네.
到家却踏庭前月	집에 가면 뜰 앞의 달빛을 밟고
還肯西風憶舊遊.	서풍에 예 놀던 것을 즐겁게 생각하겠소.

유자청궁遊紫淸宮112)

洪崖先生舊所隱	홍애洪崖선생이 옛날 숨었던 곳
階下碧桃花飄零	뜰 아래 벽도화는 떨어져 날고 있다.
夜光出井留丹藥	야광이 우물에서 나와 단약丹藥을 남겼고113)
春露沁松生茯苓	봄 이슬에 소나무가 젖어 복령茯苓이 생긴다.114)
天女或携綠玉杖	천녀天女가 간혹 녹옥장綠玉杖을 짚었고115)

---

112) 紫淸宮은 道觀이라 했다.
113) 李白의 시에 渴飮丹砂井이라는 구가 있다고 했다.
114) 淮南子에 천년된 소나무 밑에 茯苓이 있다고 했다.
115) 菖蒲歌에 童女가 蓬萊와 瀛州에 올라 손에 綠玉杖을 짚고 천천히 간다
    고 했다.

仙人自讀黃庭經　선인仙人은 스스로 황정경黃庭經[116]을 읽는다.
隣寺歸來不五里　이웃 절을 돌아와도 오리가 되지 않는데
回頭望斷烟冥冥　머리 들고 바라보니 연기가 자욱해 어둡다.

청옥협靑玉峽[117]

開元寺裏觀瀑布　개원사에서 폭포를 보니
劒光凜凜當窓前　창 앞에서 칼빛이 차갑다.
山人出定春已老　산인이 정중定中에서 나오니 봄은 이미 늙었고
樵客采薪花欲燃　나무꾼이 나무를 해 꽃은 불 타는 듯하다.
丹極雲飄群鶴舞　단극丹極에 구름이 날리자 뭇 학이 춤추고
銀河夜漲雙龍懸　은하수는 밤에 물이 넘쳐 쌍룡이 달렸다.
題詩最憶謫仙子　시를 지으며 적선謫仙[118]이 가장 생각되는데
碧海騎鯨今幾年.　푸른 바다에 고래를 탄 것이 지금 몇 년이 될까[119]

　僧僧 굉연宏演의 자는 무열無說 호는 죽간竹磵이다. 중국에 유학했는데
구양현歐陽玄 위소危素가 그의 문집에 서序를 썼다고 한다.

---

116) 道教의 경전. 〈呂洞賓詩〉에 말하기를
　　誦黃庭兩卷經. 황정경 두 권을 왼다.
　　고 했다.
117) 廬山에 있으며 蘇東坡의 〈開元寺瀑布詩〉에,
　　擘開青玉峽　손으로 문을 열고 푸른 골짜기를 보니
　　飛出兩白龍　두 다리의 흰 용이 날아 나온다.
　　라 했으며, 雙劍峯도 그 옆에 있다고 했다.
118) 李白을 謫仙이라 하기도 함. 위의 丹極은 알아보지 못했다.
119) 李白의 시에,
　　飛流直下三千尺　날아 아래로 흐르는 삼천 척이
　　疑是銀河落九千　은하의 구천에서 떨어지는 것으로 의심한다.
　　라 했는데, 靑玉峽에서 瀑布를 보고 드디어 李白을 생각한 것이라 했다.

03

점필재 정선 청구풍아 권지오 佔畢齋 精選 靑丘風雅 卷之五
칠언률시七言律詩

❖ 이색李穡

독두시讀杜詩

錦里先生豈是貧　금리선생이 어찌 가난했겠는가
桑麻杜曲又回春　두곡杜曲의 상마桑麻에 또 봄이 돌아왔다오.[1]
鉤簾丸藥身無病　주렴을 갈고리에 걸고 환약으로 몸에 병이 없고[2]
畫紙敲針意更眞　그림 그리고 바늘 만드니 뜻이 진실하다.[3]
偶値離亂增節義　우연히 난리 만나 절의를 더했는데
肯因衰老損精神　노쇠로 인한 정신이 손상하겠는가.
古今絶唱誰能繼　고금의 절창을 누가 이을 수 있으랴
膰馥殘膏丐後人.　남은 향기와 기름을 후인에 빌려주오.[4]

대도여동사동부大都與同舍同賦 二首

遠遊孤影自零丁　먼 여행의 외로운 그림자는 고독하나
扶册橋門氣尙獰　교문橋門에서 책을 낀 기상은 오히려 영악하다오.[5]

---

1) 杜甫의 시에 杜曲에 다행히 桑麻의 밭이 있다고 했다.
2) 杜詩에,
　　鉤簾宿鷺起　발을 걷자 자던 백로가 일어나며
　　丸藥流鶯囀　환약으로 흐르던 꾀꼬리가 운다.(난해하다.)
　　라 했다.
3) 杜詩에,
　　老妻畫紙爲碁局　노처는 종이에 바둑판을 그리고
　　稚子敲針作釣鉤　어린 아들은 침으로 낚시를 만든다.
　　라 했다.
4) 宋祁贊이 이르기를 "남은 기름과 향기를 얻고 싶어 하는 뒷사람이 많다."고 했다.
5) 辟雍(周나라 때의 大學)에 있는 네 개의 문에 물이 있으며 물 위에 다리가 있다. 獰은 惡이라 했다.

毛羽不凡君鸑鷟　　털이 예사롭지 않으니 그대는 봉황이며

神形欲變我螟蛉　　형상이 변하려 해 나는 고추잠자리라오.

年年秋草傷心碧　　해마다 가을 풀이 퍼런 것을 상심하고

夜夜雲山入夢靑　　밤마다 운산에서 꾸는 꿈은 푸르다오.

未識他年榮養否　　앞으로 잘 받들 수 있을지 알지 못하나

只今深恨阻趁庭.　　지금 찾아보지 못해 깊은 한이 된다오.

斐然吾黨欲歸歟　　아름다운 우리 무리 돌아가고자 하는가

趣向須明發軔初　　취향을 꼭 밝혀 처음부터 시작할 것이오.

衣綻尙餘慈母線　　옷이 터졌으나 오히려 어머니의 실은 남았고[6]

帙多難盡古人書　　책이 많아 옛 글을 다 읽기 어렵다오.

春來客榻氈猶蝨　　봄인데 손이 앉는 방석에 오히려 이가 있고

風送鄕船食有魚　　바람이 보낸 고향 배에 먹을 생선이 있다.

不向馬蹄塵作拜　　말발굽의 티끌을 향해 절하지 않으며

高情幸喜勝閑居.　　높은 정이 한거閑居보다 나은 것이 기쁘다오.[7]

신춘新春

賀歲輪蹄鬧闤闠　　해를 축하하는 수레바퀴에 시장이 시끄러우며[8]

幽居寂寂夢初殘　　한적한 삶이 쓸쓸해 꿈이 처음부터 시들었다오.

新春陟覺江山麗　　초봄에 갑자기 강산이 아름다움을 느끼었고[9]

---

6) 孟郊의 시에,
　　慈母手中線　어머니의 바느질한 실이
　　遊子身上衣　여행하는 아들의 입은 옷에 있다.
　　라 했다.
7) 두 시의 취향이 매우 날카롭다고 했다.
8) 闤는 음이 潰이며 시장 밖의 문이고, 闠의 음이 還이며 시장 담장이라 했다.

老境偏知日月閑　늙어지자 세월이 한가함을 알겠다.
象版朝衫塵數尺　상판象版10)과 조복朝服에는 먼지가 쌓였고
藥爐書架屋三間　약로와 책이 삼간三間집에 가득하다.
病餘狂興全消未　아픈 뒤에도 미친 흥이 온전히 사라지지 않아
好句圓時喜滿顏.　좋은 시구 얻게 되면 기쁨이 낮에 가득하다네.

✥ 한수韓脩

척약재승주내방음주중惕若齋乘舟來訪飲舟中

驪江烟雨泛扁舟　여강驪江의 안개비에 조각배를 띄우고
隨意隨流或泝流　뜻과 흐름을 따라 혹 거슬러 흐르기도 한다.
千點岡巒同暗淡　천점의 봉우리들은 한결같이 깊고 맑으며
兩邊草木各清幽　양쪽 옆 풀과 나무들은 각각 고요하고 그윽하다.
魚因知樂潛相趂　고기는 즐거움을 알고 잠겨 서로 따르고11)
鳥識忘機近向浮　새는 물욕이 없음을 믿고 가까이 가도 떠있다.12)
不有詩仙居此地　이 땅에 시선詩仙이 살고 있는 것이 아니라면
豈能爲此畵中遊.　어찌 이같은 그림 속에 놀 수 있으랴.

---

9) 陡는 음이 斗이며, 陡覺은 갑자기 깨닫는다는 말과 같다고 했다.
10) 코끼리 뼈로 笏을 만든 것이다.
11) 『莊子』에 惠子가 자네는 고기가 아닌데 어찌 고기의 즐거운 줄을 아는가 하니 장자는 자네도 내가 아니면서 어찌 내가 고기의 즐거움을 알지 못할 것을 아는가 했다.
12) 海翁이 忘機를 하고 있으니 갈매기가 이에 날지 않았다고 했다.

✤ 정몽주鄭夢周

홍무정사봉사일본洪武丁巳奉使日本

弊盡貂裘志未伸	돈피 갓옷이 해어졌으나 뜻을 펴지 못했으니
羞將寸舌比蘇秦	짧은 혀로 소진蘇秦13)에 견주려는 것이 부끄럽다오.
張騫槎上天連海	장건張騫14)의 떼 위에 하늘은 바다와 연했고
徐福祠前草自春	서복徐福의 사당 앞에 풀은 스스로 봄이라네.15)
眼爲感時垂泣易	눈으로 시절을 보자 쉽게 눈물이 흐르고
身因許國遠遊頻	몸을 나라에 허락해 자주 멀리 나간다.
故園手種新楊柳	고향에 손으로 심은 새 버들은
應向東風待主人.	응당 동풍을 향해 주인을 기다리겠지.

✤ 김구용金九容

차이호연次李浩然

百年春夢付南柯	한평생의 봄꿈을 남가南柯16)에 붙이니
一陣新涼感物華	한 떼의 새롭고 서늘함에 사물의 빛을 느낀다.
風月有期長作伴	풍월은 기한이 있으나 길이 짝을 하겠고

---

13) 춘추전국시대의 정치가. 六國의 合從策을 주장했음.
14) 漢 武帝 때 사신으로 서북쪽 여러 나라에 가서 24년 만에 돌아왔다고 한다.
15) 세상에서 말하기를 始皇이 方士인 徐福과 童男女 수천 명을 바다로 보내 삼신산의 불사약을 구해오게 했는데, 서복이 倭島에 머물며 돌아가지 않았다. 童男女들이 옷에 斑點을 좋아했기 때문에 日本 풍속이 모두 斑衣라고 했다.
16) 淳于棼이 꿈에 槐安國에 갔더니 왕이 그를 駙馬로 하고 南柯太守를 시켜 온갖 영화를 누리었는데, 꿈을 깨자 초라한 자신을 보고 현실의 허무함을 느꼈다고 했다.

乾坤乘興卽爲家　건곤이 흥을 타게 되면 바로 집이 된다오.
李侯不悟倉中鼠　이후李侯는 창고 속의 쥐를 깨닫지 못하고[17]
杜簿猶疑盞底蛇　두부杜簿는 오히려 잔 밑에 뱀을 의심한다오.[18]
從此共成眞隱遁　지금부터 함께 참다운 은사隱士로 숨게 되면
莫將虛譽向人誇　헛된 칭찬으로 사람들에 자랑하지 마오.

예강曳江[19]

曳船樋鼓泝江間　배를 끌고 북을 치며 강을 거슬러 가면서
遙望西川幾萬山　멀리 서천을 바라보니 산이 많다오.
天上何遲靑鳥降　하늘은 어찌 청조靑鳥가 더디게 내려오게 하며
沙頭偏愧白鷗閑　사장은 백구만 한가함을 부끄럽게 여긴다.
星移物換年將半　별도 옮기고 사물도 바뀌어 이 해도 반이 되는데
裘弊囊空客未還　옷이 해지고 주머니도 비어 돌아가지 못한다오.
安得盡看奇勝處　어찌하면 기이하고 좋은 곳을 모두 보고
秋風一笑下龍關.　추풍에 웃으며 용관龍關으로 내려간다.

---

17) 李斯가 젊었을 때 고을 아전이 되었는데 官舍의 厠中에서 쥐가 똥을 먹고 사람과 개가 있는 곳으로 가니 사람과 개가 놀라며, 쥐가 창고에 쌓여있는 곡식을 먹었는데 사람과 개가 놀라지 아니함을 보고 탄식해 말하기를 "사람의 賢不肖를 쥐에 비유하면 있는 곳에 따라 스스로 처할 뿐이라." 했다.
18) 일찍 廣이 친한 손이 있어 말하기를 "전에 준 술을 마시고자 한다." 했는데 잔 속에 뱀이 있었다. 이미 마셨기 때문에 병이 되었다. 그때 河南廳 벽에 있는 角弓에 뱀을 그린 것과 같은 것이 있었다. 廣이 다시 술을 내놓고 말하기를 "다시 본 바가 있는가" 하니 손이 처음과 같다고 하므로 廣이 사실대로 고하니 병이 갑자기 나았다고 했다. 杜簿는 未詳이라 했다.
19) 이 시는 작자가 중국에서 大理로 유배 갈 때 지었다고 했다.

강수江水

江水東流不復回	강물은 동으로 흘러 다시 돌아오지 못하고
雲帆直欲向西開	운범雲帆은 바로 서개西開로 향하고자 한다.
菰蒲兩岸微風起	양쪽 언덕 교미와 창포에 미풍이 일고
楊柳長堤細雨來	긴 방죽의 버들에 가는 비가 내린다.
魂夢遠迷箕子國	혼몽은 멀리 기자국箕子國에서 헤매며
襟懷纔展楚王臺	가슴에 품은 것을 겨우 초왕대에 펼쳤다.
行行見說巫山近	가면서 무산巫山이 가까움을 보고
一聽猿聲轉覺哀.	원숭이 우는 소리 듣고 도리어 슬픔을 느낀다.

❖ 이달충李達衷
우성偶成

松京渺渺道途賖	송경이 아득하게 길이 멀어
流落他鄕鬢易華	타향에 떨어져 있으니 살쩍머리가 쉽게 희었다.
到處寧無三宿戀	가는 곳에 어찌 삼숙三宿20)을 하고 싶은 데가 없으며
傷時只有五噫歌	때가 근심스러워 오희가五噫歌21)만 부른다오.
回頭往事渾如許	지난 일을 돌아보니 이같이 흐린데
屈指餘生也不多	남은 삶을 헤어보니 많지 않다오.
一寸丹心猶耿耿	짧은 진정어린 마음은 오히려 남아있어

---

20) 孟子에 三宿하고 낮에 나왔다고 했다.
21) 梁鴻의 過京師歌에 저 北道를 우러러 보니 噫로다. 帝京을 돌아보니 噫로다. 궁실이 우뚝 높으니 噫로다. 멀고멀어 반도 이르지 못했으니 噫로다. 사람이 괴로워하니 噫로다.

兀然淸坐眄庭柯　　우뚝하게 앉아 뜰에 나뭇가지를 바라본다.[22]

이달충李達衷은 경주인慶州人이며 호는 재정霽亭이다. 벼슬은 밀직제학
密直提學에 이르렀으며 뒤에 계림군鷄林君의 봉작을 받았다. 사람을 보는
감식이 있어 이태조李太祖가 반드시 귀하게 될 것을 알고 자손들을 부탁했
다. 시호는 문정文靖이다.

❖ 이존오李存吾
송호약해조마환태주送胡若海照磨[23]還台州

南省郞官聘我邦　　남성南省[24]의 낭관郞官이 우리나라에 사신으로
　　　　　　　　　　오자
風儀瀟洒已心降　　풍모와 거동이 깨끗하고 시원해 마음에 탄복했다.
主人寵迫彤弓一　　주인이 매우 사랑해 동궁彤弓 하나를 내렸고[25]
門客知深白璧雙　　문객門客을 깊게 알아 한 쌍의 백벽白璧이라오.[26]
禹貢山川猶戰伐　　중국의 산천에는 오히려 전쟁인데
箕封民俗自淳厖　　기봉箕封의 백성들은 풍속이 순박하고 두텁다.[27]

---

22) 〈歸去來辭〉에,
　　眄庭柯以怡顔　뜰에 가지를 흘겨보며 기뻐했다.
　　라 했다.
23) 照磨는 벼슬 이름이라 했다.
24) 禮部를 말함.
25) 文侯의 명령으로 彤弓 하나와 彤矢 백 개를 주었다고 했는데, 이 말은 왕
　　이 사랑하여 내린 것이라 한다 했다.
26) 杜牧의 시에,
　　虞卿雙璧截肪鮮　虞卿이 두 개의 구슬로 살진 생선을 끊었다.
　　라 했으니, 이 말은 門客의 아름다움을 의미한 것이다.
27) 『書經』에 禹貢은 禹임금이 治水할 때 중국의 전 지역을 말한 것이며, 箕
　　封은 우리나라를 箕子所封之地라 한 말을 줄인 것임.

秋風不識留君意   추풍이 그대를 머물게 하고 싶은 뜻을 알지 못
　　　　　　　　하고
直送飛艎到浙江.   바로 빠른 큰 배를 보내 절강浙江에 이르게 한다.

　이존오李存吾의 자는 순경順卿이며 경주인慶州人이다. 곧고 지절志節이
있었다. 공민왕 십삼 년에 정언正言이 되어 정추鄭樞와 더불어 신돈辛旽을
공박하다가 장사감무長沙監務로 쫓겨 병이 났다. 그의 병이 위중하게 되자
주위 사람들에 일으키게 하고 말하기를 '신돈이 죽은 뒤에 자신도 죽을 것이
라' 했는데, 그가 세상을 떠난 지 삼월 만에 신돈도 처형되었다.

◈ 유숙柳淑
차가야사주로운次加耶寺住老韻

林下閑開綠野堂   숲 아래 한가하게 열린 녹야당綠野堂은[28]
溪山勝景稻魚鄕   산수山水의 좋은 경치와 벼와 물고기의 마을이요.
菊將松竹成三徑   국화와 송죽松竹이 세 갈래 길을 이루었고
琴與圖書共一床   거문고와 도서圖書가 한 상에 같이 있다.
但願交遊繼支許   다만 지허支許와 교유가 계속되기를 원하며[29]
何須富貴羨金張   어찌 꼭 부귀로 금장金張[30]을 부러워하랴.
古人可笑歸來晚   고인古人이 늦게 돌아온 것이 가소로움은
宦路風波浩莫量.   벼슬길에 풍파가 넓어 측량할 수 없기 때문이
　　　　　　　　오.[31]

---

28) 唐나라 裴度가 東都 集賢里에 집을 짓고 이름을 綠野堂이라 하여 劉禹錫
　　白樂天과 더불어 밤낮으로 시를 짓고 술을 마시면서도 인간사에 관한
　　것은 묻지 않았다고 한다.
29) 晋나라 때 高僧 支遁이 『維摩經』을 講하면 許詢이 질문을 한다고 했다.
30) 漢의 宣帝 때 고관인 金日磾와 張安世를 이름인데 이들은 부귀한 가문이다.

❖ 정추鄭樞

기증암둔박면寄贈巖遁朴免

繞屋扶踈綠樹烟	무성한 푸른 나무들이 집을 둘렀으며
幽齋不語對山川	깊숙한 서재에서 말은 않고 산천을 대했다.
百年耐友唯巖遁	평생 변치 않는 친구는 오직 암둔巖遁이고
千首新詩卽浪仙	천 수의 신시를 지었으니 바로 낭선浪仙32)이라네.
有約不來花盡謝	약속에도 꽃이 모두 질 때까지 오지 않으며
相思未見月重圓	생각하면서 달이 두 번 둥글어도 볼 수 없다오.
倚樓淸嘯何時聽	누에 의지해 맑은 휘파람 소리 언제 듣겠는가
回望龍池一悵然.	용지사龍池寺를 바라보며 슬퍼한다오.33)

만정문정공사도挽鄭文貞公思道

落落材名動縉紳	뛰어난 재주는 진신縉紳34)에 알려졌고
溫溫笑語已前身	온화한 웃음과 말은 이미 전신부터였소.
誦言每覺撑腸雪	외우는 말은 매양 찬 창자의 버팀을 느끼게하며
念德徒傷有脚春	덕은 종아리의 따뜻함이 상할까 생각한다.35)
汗漫相期九陔遠	넓음은 구해九陔 밖의 먼 것을 기약하며36)

---

31) 이 시의 뜻은 자신이 일찍 물러나 고인들이 늦게 돌아오는 것을 웃겠다
　　고 했으나 결국 辛旽에 당했으니 어찌 終日을 기다리지 못한 것이라고
　　말하지 않겠는가 했다.
32) 唐나라 시인 賈島의 자. 위의 巖遁은 朴免.
33) 위의 耐友는 耐久朋과 같고 龍池는 절 이름이라 했다.
34) 지위가 높은 인사를 말함.
35) 사람들이 宋璟의 종아리에 陽春이 있다고 했는데, 가는 곳마다 봄이 사
　　물에 미치는 것과 같음을 말한 것이라 했다.
36) 九陔는 九天의 위를 말한 것이다. 淮南子에 盧遨가 北海에 놀러 가서 한

凄凉唯見一阡新　　쓸쓸함은 오직 하나의 새로운 무덤에서 본다.
鄙夫豈是無從涕　　못난 지아비 어찌 흐르는 눈물이 없겠는가.37)
少向東床意最親.　　동상東床을 향해 뜻이 가장 친한 것이 적다오.38)

차운정암둔次韻呈巖遁(박면朴免)

海上沙場碎鐵衣　　바다 위의 사장에 갑옷을 부수고
島夷橫槊馬如飛　　도이島夷는 창을 빗겼고 말은 나는 듯하다.
夜來府牒催征急　　밤이 되자 관청의 공문이 급하게 재촉하며
霜後菜田收米稀　　서리 내린 채전에 쌀은 거두기 어렵다.
未得餐麻住蘭若　　절에 머물며 찬과 참기름을 얻지 못했고39)
不堪持釣坐苔磯　　이끼 낀 자갈에 앉아 낚시할 수 없다오.
隔窓風葉驚殘夢　　창 밖 바람소리에 놀라 남은 잠을 깼고
五夜疎鍾前計非.　　새벽 성긴 종소리는 미리 생각한 것이 아니었소.

　　정주鄭樞의 자는 공권公權 호는 원재圓齋이고 벼슬은 정당문학政堂文學
을 역임했으며 시호는 문간文簡이다. 『청구풍아靑丘風雅』에는 정주鄭樞의
인물에 대한 기록이 없어 『대동시선大東詩選』의 기록을 옮겼다.

　　사람을 보았는데, 그 사람이 말하기를 "내가 汗漫과 더불어 위에서 놀
것이라" 하고 이에 팔을 들고 몸을 솟아 구름 속으로 들어갔다고 했다.
37)『禮記』에 夫子가 말하기를 "나는 惡夫라 눈물이 좇을 곳이 없다."고 한다
했다.(涕之無從)
38) 鄭公이 文貞의 妹婿라 했다. 이 시는 난해함이 적지 않아 이해에 어려움
이 있으며, 따라서 번역도 주저되는 바가 없지 않다.
39) 漢나라 明帝 때 劉莊과 阮肇가 天台山에 약을 캐러 갔다가 胡麻와 飯屑이
담긴 술잔이 흘러나오는 것을 보았는데 두 여인이 웃으며 말하기를 "劉阮
二郎이 왔다."고 하며 맞이하므로 반년 동안 머물다가 돌아왔다고 했다.

◈ 설손偰遜

선두船頭

船頭潺潺逆水聲	뱃머리 거슬러 흐르는 물소리 찰싹거리고
篷上淅淅晚風生	배 대뜸 위에 늦바람이 절절하게 분다.
靑山如龍入雲去	청산은 용처럼 구름 속으로 들어가고
白浪捲花飛雪明	흰 물결은 꽃을 말아 눈같이 밝게 날고 있다.
日落平疇群雁集	해 진 평탄한 벌판에 뭇 기러기가 모였고
天涯倦客一身輕	하늘가의 게으른 나그네 한 몸이 가볍다.
故鄕歲晏不歸去	해가 저물어도 고향으로 돌아가지 못해
拔劍長吟無限情.	칼을 뽑아 무한의 감정을 길게 읊는다.

병중영병매病中詠瓶梅

病愛仙人玉雪肌	병중에도 선인의 눈같이 흰 살결을 사랑하여
愁無健步也能移	잘 걸어 옮길 수 있으니 근심이 없다오.
林逋遂有西湖樂	임포林逋40)는 드디어 서호의 즐거움을 가졌고
何遜還成東閣詩	하손何遜41)은 도리어 동각의 시를 지었다.
小研虛屛供自照	벼루와 병풍이 스스로 비추어 이바지하며

---

40) 林逋의 자는 君復이며 抗州 西湖에 이십여 년 살면서 城市를 밟지 않았
　　다고 하며 梅詩가 있는데 이르기를,
　　疎影橫斜水淸淺　맑고 얕은 물에 성긴 그림자 비꼈고
　　暗香浮動月黃昏　그윽한 향기 짙게 나며 달은 황혼이라오.
　　라 했다.
41) 杜詩에,
　　東閣官梅動詩興　동각의 매화에 시흥이 일어나는데
　　還如何遜在楊州　도리어 何遜이 양주에 있는 듯하오.
　　라 했다. 何遜은 廣陵記室을 했다고 한다.

疏燈斜月摠相宜　　성긴 등불과 비낀 달빛이 모두 마땅하다네.[42]

靜中忽契先天畫　　고요한 가운데 선천先天의 괘획卦畫을 깨달았
　　　　　　　　　으니[43]

已被枝頭數葉知.　　이미 가지머리 몇 개 잎을 알게 되었다.

삼월회일즉사三月晦日卽事

大麥靑靑小麥齊　　보리는 푸르고 밀은 가지런하며

柳花如雪杏花稀　　버들 꽃은 눈 같고 살구꽃은 드물다.

風前一鳥打人起　　바람에 새 한 마리가 사람을 치고 일어나고

天際孤雲學雁飛　　하늘가의 외로운 구름은 기러기처럼 날아간다.

轉愛晴光卽欲醉　　갠 빛이 좋아 바로 취하고자 하며

却愁春事便相違　　문득 봄 일이 서로 어긋날까 근심스럽다오.

錦韉玉勒紛紛滿　　안장과 굴레가 분잡하게 많은데[44]

日暮遙憐獨詠歸.　　저물 즈음 홀로 읊으며 돌아가니 가련하다네.

◈ 고돈겸高惇謙
용장사독묘루龍藏寺獨妙樓

絶勝峯巒玉一叢　　절승봉絶勝峯과 주변 봉들은 한 떨기 옥인데[45]

新開小閣壓靑空　　새로 작은 집 지어 푸른 하늘을 눌렀다.

憑凌洞壑淸虛裏　　맑고 빈 속에 골짜기를 업신여기며

---

42) 物色이 스스로 일컫게 할 것이라 했다.
43) 伏羲의 八卦를 先天易이라 하고 따라서 文王의 八卦는 後天易이라 한다.
44) 봄에 말을 타고 노는 사람들을 가리킨 것이라 했다.
45) 絶勝은 峯 이름이며, 玉一叢은 말의 뜻이 새롭다고 했다.

映帶煙霞縹緲中　아득한 가운데 안개를 띠고 비친다.
雪後客登銀色界　눈 내린 뒤에 나그네는 은빛 세계에 올랐고
月明人臥水晶宮　달이 밝자 사람은 수정궁에 누웠다.46)
吾師宴坐無心處　우리 스승은 무심한 곳에 편안히 앉았으며
檻外蓼蓼萬竅風.　난간 밖의 많은 구멍에 바람소리 요요하다.47)

✪ 정사도鄭思道
서충당시권書忠順堂詩卷48)

交情曾得卜鄰時　사귄 정은 이웃에 살면서 얻게 되었으며
共謂風儀老益奇　풍채와 거동이 늙을수록 기이하다고 함께 이른다.
把策幾年留白屋　여러 해 중책을 맡았으나 초가에 머물며
曳裾今日近丹墀　오늘은 옷 뒷자락을 끌어 궁궐에 가깝다오.
試看逸翮凌雲漢　뛰어난 깃으로 하늘을 업신여김을 보며
自笑羸蹄困路岐　파리한 발굽이 고갯길에 곤함을 웃는다네.
報答重恩常有志　무거운 은혜 갚는데 항상 뜻을 두고 있으니
莫憂雙鬢已垂絲.　양쪽 살쩍머리 하얗다고 근심하지 마오.49)

---

46) 首句와 더불어 映帶를 하고 있다고 했다.
47) 蓼蓼는 긴 바람소리다.
48) 忠順堂은 羅興儒가 스스로 堂號로 한 것이다. 興儒는 여러 번 과거를 보
　　았으나 합격하지 못했다. 恭愍王이 일찍 여러 번 불러 便殿에 들어오게
　　하여 雨霽及靑山雨後圖로 시를 짓게 했는데 지은 시로 칭찬을 받았다.
　　興儒가 그때 지은 시를 詩軸으로 만들어 문인들에게 시를 지어주기를
　　구했다고 한다 했다.
49) 興儒의 살쩍머리의 근심을 면하고, 자신도 면하려는 것이라 했다.

진수서강鎭守西江[50]

將軍兀坐鬢如絲	우뚝 앉은 장군의 살쩍머리 실처럼 희며
風雪連江五夜遲	풍설이 강까지 휘몰아쳐 오경五更을 더디게 한다.
天近鸞鳳正翔集	하늘이 가까워 난새와 봉황이 날아 모이고
路長騏驥倦驅馳	길이 멀어 천리마도 달리는데 지쳤다.
敢希令尹三無慍	영윤令尹이 세 번이나 성냄이 없음을 감히 바라며[51]
每憶陳平六出奇	매양 진평陳平의 여섯 번 기계奇計를 생각한다오.[52]
刀斗聲殘無夢寐	도두刀斗[53] 소리 뜸한데 잠 못 이루어
呼燈援筆寫新詩.	불 켜고 붓 잡고 새로 지은 시를 쓴다.

　정사도鄭思道의 처음 이름은 양필良弼이며 연일인延日人이다. 나이 삼십
에 양부兩府에 들어갔으며 공민왕 때 합포合浦와 동북면東北面을 안찰按察
했다. 선비로서 군졸을 통솔하면서 호령이 엄숙했기 때문에 외복畏服했다고
한다. 시호는 문정文貞이다.

❖ 이숭인李崇仁

안질眼疾

阿堵昏花未易醫	눈이 희미하고 흐리나 쉽게 고치기 어려우며[54]

---

50) 당시 倭寇의 침범을 방비했다고 한다.
51) 춘추 때 楚나라 令尹子之는 세 번 벼슬을 그만두게 했으나 노여워하지
　　않았다고 한다.
52) 陳平은 漢 高祖를 좇아 무릇 여섯 번 奇計를 말해 封邑이 첨가되었다고
　　했다.(여섯 奇計를 들어놓았으나 옮기지 않았다.)
53) 斗에 대해 銅으로써 斗를 만들어 낮에는 불 때고 밤에는 친다고 했다.(晝
　　炊夜擊)
54) 顧愷之가 이르기를 傳神寫照는 바로 阿堵 가운데 있다고 했는데 阿堵는

彼蒼嗔我解看詩　저 푸른 하늘이 시를 보고 알아 나를 꾸짖는다.
逢人豈作嗣宗白　사람 만나면 어찌 사종嗣宗의 흰자위를 지으며[55]
視物眞成老子夷　물건을 볼 때 참으로 노자이老子夷를 이루었다오.[56]
翻覆多時尤有味　뒤치고 엎을 때가 많으면 더욱 맛이 있고
姸蚩擾處竟無知　곱다 추하다 떠드는 곳에 전혀 아는 것이 없다네.
閉門塊坐蒲團上　문을 닫고 방석 위에 흙덩이처럼 앉으면서
遮莫兒曹笑大癡.　아이들에 큰 바보로 웃지 못하게 막았다오.[57]

정눌촌선생내상종맹呈訥村[58]先生內相宗盟

星巒一朶聳層巓　성주星州의 한 송이 봉우리가 산마루에 우뚝 솟아
黛色薁蕘照几筵　새파란 머루와 여뀌 빛이 궤와 자리를 비친다.
道味耶城老居士　도미道味가 풍기는 가야伽耶의 연로한 거사居士요[59]
風流香案舊儒仙　풍류가 책상에 넘치는 옛 유선儒仙이라오.
秋晴共蠟遊山屐　갠 가을 나막신으로 함께 산에 놀기도 하고
夜靜還謌問月篇　고요한 밤 문월편問月篇을 노래했다.
應笑鄕生猶落魄　응당 향생鄕生[60]이 넋을 잃었다고 웃겠지만
半簪衰髮雪飄然.　반쯤 묶은 쇠한 머리 눈처럼 휘날린다.

눈을 이름이다.
55) 嗣宗은 晉나라 阮籍의 자인데, 그의 눈은 靑白으로 사람을 보아 속된 사
　　람을 보게 되면 흰 눈으로 보았다 한다.
56) 『老子』에 보아도 보이지 않은 것을 夷라 한다 했다.
57) 遮莫은 다 가르친다는 (儘敎) 말과 같다.
58) 訥村은 裵仲孚의 호.
59) 星山은 바로 五伽耶의 하나이기 때문에 耶城이라 했다.
60) 李崇仁도 星州人이다.

추회秋回

天末秋回尙未歸	하늘 끝에 가을이 왔으나 오히려 돌아가지 못해
孤城落照不勝悲	외로운 성 해 질 즈음 슬픔을 이길 수 없다.
曾陪駕鷺趨文陛	일찍 조정에 나가 문신文臣으로 참여했는데
今向江湖理釣絲	지금은 강호에서 낚시줄을 다스린다오.
骨自罹讒成大瘦	뼈는 참소에 걸리자 크게 여위었으나
詩因放意有新奇	시는 구속을 받지 않으니 신기함이 있다.
明珠薏苡終誰辨	구슬과 율무 씨는 결국 가려지겠지만61)
只恐難調長者兒.	단지 장자아長者兒를 다루기 어렵다오.62)

알기자사謁箕子祠

臺山山下碧松陰	대산臺山 밑의 푸른 소나무 그늘에
箕子祠堂靜且深	기자箕子 사당63)이 고요하고 깊숙하다.
洪範九疇敷帝訓	홍범洪範의 구주九疇를 임금에 가르쳤으니64)

---

61) 後漢 때 馬援이 交趾를 치고 돌아올 때 율무(薏)를 한 수레 싣고 왔는데 그를 참소한 사람은 그것을 明珠와 文犀(물소뿔)라 했다.

62) 後漢 光武帝가 馬援에게 五溪蠻을 치게 명령하자 마원이 나와 杜愔에게 일러 말하기를 "내가 임금의 두터운 은혜를 받았으므로 나이 많아가면서 국사에 죽는 몸이 되지 못할까 염려했는데 지금 소원한 바가 되었다. 단 長者家兒가 혹 좌우에 있으면 그것을 다루기 어렵다"고 했다. 뒤에 과연 梁松의 무리들에 참소한 바 되었다. 지금 公이 이른바 長者兒는 가리키는 바가 있는 듯하다 했다.

63) 사당은 平壤府에 있다.

64) 洪範은 『書經』(卷六) 周書의 篇名으로 周武王이 殷을 격파하고 箕子를 방문하여 天道를 물었던 바 箕子가 洪範으로써 진술했다고 한다. 중국 사람들이 箕子를 숭배하여 매양 사당의 형상을 물으며 동쪽을 바라보고 시를 짓기도 했다. 그리고 蕉荔에 대해 韓退之의 享羅池廟歌에 荔子丹兮

遺風萬古感人心	유풍遺風은 길이 사람들의 마음을 감동시켰다.
鬼神呵衛森如在	귀신들은 살아 있는 것처럼 엄하게 모시고 있고
蕉荔芬芳尙必歆	파초와 여지의 향기를 반드시 흠향하리라.
多小華人頻動問	다소의 화인華人들이 자주 물으며
愀然東望每謳吟	추연히 동쪽을 바라보고 매양 시를 읊는다.

원일봉천전조조元日奉天殿早朝

煌煌蠟燭照彤墻	휘황한 촛불이 붉은 담장을 비치며
宮漏聲催動曙光	궁중의 누수소리 새벽빛을 재촉한다.
彩仗分開庭上下	채장彩仗은 뜰 상하에서 나누어 열렸고
赭袍高拱殿中央	용포龍袍65)가 대궐 중앙에 높게 앉았다.
梯航玉帛通蠻貊	멀리서 바친 옥백은 만맥蠻貊과 통했고
禮樂衣冠邁漢唐	예악과 의관은 한漢과 당唐에 지났다.
朝罷更叨霑錫宴	조회를 파하자 다시 잔치를 내리시니
東風吹暖泛椒觴.	동풍이 뜬 후추 술잔을 따뜻하게 분다.

✢ 정도전鄭道傳
파일본무상인시권和日本茂上人詩卷

一葉扁舟萬里行	나뭇잎처럼 작은 배로 먼 길을 와서
石房二載住開城	이 년 동안 석방石房의 개성開城에 머물렀다.
人來問法揚眉見	법을 묻는 사람이 오면 기쁜 표정을 보이며
客至敲門合掌迎	손이 와서 문을 두드리면 합장하고 맞이한다.

蕉黃이라 했다.
65) 彩仗은 병사들이 侍衛할 때 가지는 儀仗이며, 龍袍는 임금이 입는 도포.

念起心源還自寂　마음의 근원을 생각하면서도 도리어 고요하고
道高骨格不勝清　도가 높은 골격은 맑음을 이기지 못한 듯하다.
五臺何處尋師去　오대산 어느 곳으로 대사大師를 찾아가랴
認聽鍾聲半夜鳴.　밤중에 종소리 들리는 곳으로 알겠다오.

초사草舍

茅茨不剪亂交加　띠를 갈기지 않고 어지럽게 덮혔으며
築土爲階面勢斜　흙을 쌓아 만든 뜰은 바닥이 기울었다.
棲鳥聖知來宿處　쉬는 새는 와서 잘 곳을 잘 알며(66)
野人驚問是誰家　시골 사람은 누구 집인가 놀라 묻는다.
清溪窈窕緣門過　조용한 맑은 냇물은 문 앞에 흐르고
碧樹玲瓏向戶遮　빛나는 푸른 나무는 지게문을 향해 막았다.
出見江山如絶域　나가서 이같이 아름다운 강산을 보다가
閉門還似舊生涯.　돌아와 문을 닫으니 옛 생애와 같다오.(67)

만이밀직挽李密直

憶曾受業益齋門　일찍 익재益齋의 문하에서 공부할 때를 생각하니
獨立當時亦有聞　홀로 섰던 당시에 들은 적이 있다오.
積善盡知餘慶在　적선을 해 남은 경사가 있음을 알겠고
老成雖遠典刑存　노성老成한 자는 갔으나 규범은 남았다.

---

66) 韓愈의 시에,
　　一夜鳴蛙聖得知　하룻밤 개구리 우는 소리를 聖人은 알 수 있다.
　라 했다.
67) 얽매이지 않고 떨어진 느낌이다.

金樽美酒春長滿　금준의 아름다운 술에 봄 향기 가득하고
玉子紋楸日又曛　바둑돌 놓인 바둑판에 해가 어두웠다.[68]
最恨難將仙掌露　가장 한스러움은 선장仙掌의 이슬 가져와서
一杯救得病文園.　한 잔으로 문원文園의 병을 구하기 어려운 것이요.[69]

원성(금원주)동김약재봉안렴하공륜목사설공장수부지原城(今原州)同金若齋逢按廉河公崙牧使偰公長壽賦之

別離三載始相逢　삼년 동안 헤어졌다가 비로소 서로 만났으니
往事悠悠似夢中　지난 일이 아득해 꿈과 같다오.
毁譽是非身尙在　훼예와 시비 속에 몸은 오히려 남아있고
悲歡出處道還同　비환과 출처에는 길이 같았다네.[70]
風塵未息書生病　쉬지 않는 풍진에 서생은 병들었고
歲月如流志士窮　흐르는 세월에 지사는 곤궁하다오.
忍向尊前歌此曲　술통 향해 이 곡 부르고 싶음을 참는 것은
明朝分手又西東.　내일 아침이면 또 동서로 헤어진다네.

❖ 강회백姜淮伯
춘일기곤계春日寄昆季

旅窓簷雨苦難聽　여관 창 처마의 빗소리 듣기 괴로우며
況復萊衣隔鯉庭　하물며 노래의老萊衣[71]와 이정鯉庭[72]도 막혔다오.

---

68) 李公이 반드시 바둑과 시를 좋아했던 것이라 했다.
69) 司馬相如가 文園令을 했으며, 消渴病이 있었다고 했다.
70) 두 句의 말은 뜻이 매우 융합이 잘 되어 씹으면 맛이 있어 앞에 시인들
　　이 유배 중에 지은 酸苦한 말을 모두 씻었다고 했다.
71) 老萊子는 나이 칠십에 班衣를 입고 부모 앞에 춤을 추어 기쁘게 했다고 함.

心與暮雲歸不駐　마음은 저녁 구름과 같이 가고픈 생각 멈추지
　　　　　　　　않고
愁隨春酒醉無醒　근심은 봄 술 따라 취해 깰 때가 없다오.
江山此日頭將白　강산은 오늘에 머리가 희고자 하고
骨肉何時眼更青　골육을 어느 때 만나 눈이 다시 푸르랴.
宦路險夷曾歷試　벼슬길이 험하고 평탄한 것을 일찍 겪어
是身天地一浮萍.　이 몸은 천지간에 하나의 부평초라오.

야발한천夜發狼川

邊烽日日報平安　변방 봉화가 날마다 평안함을 알려
客裏心懷尙自寬　객지의 나그네 마음이 오히려 너그럽다오.
早識官情多冷煖　관가 정이 차고 따뜻함이 많음은 일찍 알았지만
晚知世味益辛酸　세상맛이 더욱 맵고 신 것을 늦게 알았다오.
荒村燈火偏依檖　거친 마을 등불은 숲에 치우치게 의지하고
薄壤菑畬半在山　엷은 흙의 화전火田이 반은 산에 있다.
杖鉞觀風何所得　도끼 들고 민정 살펴 얻은 바가 무엇이냐
剩添華髮鏡中看.　거울 속에 백발만 많았음을 볼 수 있다.

✪ 성석린成石磷

제남곡선생시권득남자(이석지소거)題南谷先生詩卷得南字 (李釋之所居)

許國高標暎斗南　나라에 바친 높은 자취 북두성 남쪽을 비쳤는데[73]

---

72) 孔子의 아들 鯉가 뜰을 지나자 공자께서 보시고 『詩經』을 읽었느냐 하며
　　물었기 때문에 鯉庭은 부모 앞을 말함.

歸來谷口遡開三　골짜기로 돌아와 세 갈래 길을 열었다.[74]
晩年身世鳥飛倦　만년의 신세는 날기도 게으른 새요
少日功名蟻戰酣　젊었을 때 공명을 위해 개미처럼 치열하게 싸

웠다.[75]
步屧春風觀物化　봄바람에 걸어 사물의 변화를 보고
班荊月夕聽農談　달밤에 반형班荊하여[76] 농사 이야기 듣는다.
江湖廊廟心何異　강호와 조정이 마음에 무엇이 다르랴
爲愛吾廬睡味甘.　내 집 사랑하며 잠 맛이 달다네.[77]

기제야은寄題冶隱[78]

山下數間溪畔廬　산 밑 시냇가에 두어 칸 집
手栽松竹碧翛踈　손으로 심은 솔과 대는 푸름이 날개 치듯 성기다.
細君洗盞開新醅　세군細君[79]은 잔을 씻고 새 술을 열며
稚子挑燈讀古書　어린 아들은 등불 돋우고 옛 글 읽는다.

---

73) 狄仁傑을 北斗 남쪽에 한 사람일 따름이라 했다.
74) 鄭子眞이 그의 뜻을 굽히지 않고 바위 아래에서 밭을 갈았으며, 陶淵明
　　은 일찍 三徑을 열었다.
75) 錢昭度의 시에,
　　白蟻戰酣山雨來　흰 구더기와 치열하게 싸우니 산에 비가 온다.
　　라 한 구가 있다고 했다.
76) 밥을 같이 먹으며 말할 수 있는 사이라 했다.
77) 뜻이 있는 졸음이라 했다.
78) 吉再는 辛禑 때 門下注書를 하다가 벼슬을 버리고 善山으로 돌아갔다. 我
　　朝의 恭靖王 때 불러 奉常博士에 임명했더니 吉再가 글을 올려 말하기를
　　'저는 辛禑朝 때 과거에 급제하여 門下注書를 했는데 신하는 두 임금이
　　없으니 시골로 돌아가게 두어 老母를 받들고 두 성을 성기지 않는 뜻을
　　이루게 해 달라'고 하니 임금이 허락했다. 金烏山 밑에 집을 짓고 산수를
　　즐거워하며 가르친 제자에 名士가 많았다.
79) 妻를 細君이라 한다.

玩世肯爲中散鍛	세상을 우습게 보는 중산中散처럼 풀무질하며80)
韜光正似子陵漁	빛을 감추어 바로 자릉子陵의 낚시질 같다오.81)
門前官道多冠盖	문 앞 넓은 길에 벼슬한 사람 많이 지나가는데
高臥從渠自覆車.	높게 누워 수레가 엎어져도 상관하지 않는다.

고성기사제固城寄舍弟

擧目江山深復深	눈을 드니 강산이 깊고 또 깊은데
家書一字抵千金	집에서 온 편지는 한 자가 천금 값이요.
中宵見月思親淚	밤중에 달을 보고 부모 생각에 눈물이 나고
白日看雲憶弟心	대낮에 구름 보자 아우 그리는 마음이라네.82)
兩眼昏花春霧隔	두 눈은 봄 안개에 가린 듯 희미하고
一簪華髮曉霜侵	한묶음 흰 머리는 새벽이슬이 내린 듯하다.
春風不覺愁邊過	봄바람에 근심이 지나는 것 알지 못했는데
綠樹鴬聲忽滿林.	푸른 나무 꾀꼬리 소리 갑자기 숲에 가득하다.

◈ 권근權近
차송당조정승준次松堂趙政丞浚

沙堤依舊對門斜	사제沙堤는 예처럼 문 앞에 빗겼으며83)

---

80) 晋의 嵆康이 中散大夫가 되어 山陽에 있었는데, 康의 성격이 매우 교묘하고 冶金하는 것을 좋아했다고 한다.
81) 後漢 때 嚴光의 字다. 그는 同學인 光武帝가 임금이 되자 富春山으로 들어가서 낚시하며 벼슬하지 않았다고 한다. 尾聯의 從渠에 任看이라 했다.
82) 杜甫의 詩語를 사용한 것이다.
83) 唐의 故事에 宰相은 예에 의해 班行을 끊으며, 그 고을에서 모래를 싣고 와서 길을 메우고 私弟로부터 城東에 이르기까지 거리이름을 沙堤라 한다 했다.

喬木三韓積善家　삼한三韓의 교목喬木[84)으로 적선한 가문이요.
道上問牛憂國切　길 가다 소 병을 물으니 나라 근심 간절하고[85)
朝中薦鶚進賢多　조정에 독수리 추천으로 어진 이가 많이 나왔다.[86)
勳臣鐵券聯雙軸　훈신勳臣으로 철권鐵券이 두 축이나 이었고
冢相麻書疊五花　정승으로 마서麻書[87)에 오화五花[88)를 겹쳤다.
已遵魯論分二牟　노론魯論[89)을 이미 반부半部[90)로 나누었다 하니
更加一牟著功何.　다시 한 부의 공을 짓는 것이 어떠하랴.

금강산金剛山[91)

雪立亭亭千萬峯　눈으로 우뚝우뚝 선 천 만의 봉우리
海雲開出玉芙蓉　바다 구름이 열리자 연꽃이 드러난다.
神光蕩漾滄溟近　출렁거리는 신비한 빛은 바다에 가깝고
淑氣蜿蜒造化鍾　길게 벋쳐있는 맑은 기운은 조화가 모였다.

---

84) 喬木世臣으로 대대로 벼슬한 집안.
85) 前漢 때 丙吉이 길을 가다가 소가 헐떡이는 것을 걱정하고 사람이 죽은 것을 묻지 않았다고 한다 했다.
86) 후한 孔融이 彌衡을 조정에 추천하는 表文에 매 백 마리가 독수리 하나만 못하다고 했다.
87) 임금이 내린 詔書.
88) 唐나라 때 여러 재상들이 함께 결재에 서명하는데, 글자의 모양이 꽃처럼 되었으므로 그것을 五花判事라 한다.
89) 『論語』는 魯論과 齊論이 있었는데 지금 전하는 것은 魯論이다.
90) 宋나라 趙普가 太宗에게 일러 말하기를 "臣이 『論語』 一部를 가지고 있는데 半部는 太祖를 도와 천하를 평정했고 반부는 陛下를 도와 태평을 이루었다."고 했다.
91) 金剛山은 淮陽府 長楊縣에 있는데, 楓岳, 皆骨, 枳怛이라 부르기도 하며 많은 봉우리가 雪立하여 높고 기이하며 사찰이 매우 많아 이름이 중국에까지 알려졌다고 했다.

突兀岡巒臨鳥道	높게 솟은 산봉우리는 조도鳥道에 다다랐고
淸幽洞壑秘仙蹤	맑고 그윽한 골짜기에 신선이 자취를 감추었다.
東遊便欲凌高頂	동쪽을 유람하며 높은 꼭대기에 올라
俯視鴻濛一盪胸.	혼돈한 세계 내려보며 한 번 가슴을 씻는다.

하최원수무선파진포왜선공시작화포賀崔元帥茂先破鎭浦倭船公始作火炮

明公才略應時生	명공의 재주와 계략은 때를 응해 나와
三十年倭一日平	삼십의 나이에 왜구倭寇를 하루에 평정했다오.
水艦信風過鳥翼	수함水艦은 바람을 타고 나는 새처럼 지나가고
火車催陣震雷聲	화거火車는 적진을 꺾는데 우레 소리가 난다.
周郎可笑徒焚葦	주랑周郎은 단지 갈대를 태워 가소롭고92)
韓信寧誇暫渡甖	한신韓信은 어찌 큰 독으로 잠깐 건넜음을 자랑하랴.93)
豊烈自今傳萬世	지금부터 큰 공이 만세에 전할 것이며
凌烟圖畫冠諸卿.	능연각凌烟閣의 공경들 화상畫像에 으뜸이 되리라.94)

應制詩注에 우리 태조 오년 병자에 明의 태조가 우리나라에서 보낸 賀正 表箋의 말이 무례하다고 하며 表文을 지은 사람을 부르자 鄭道傳 鄭擢 등은 병이 있다 하고 公이 潤文한 것으로 가기를 청했다. 金陵에 이르자 명 태조가 묻지 않기로 하고 반열에 따라 文淵閣의 劉三吾 무리들과 더불어 놀게 하고, 또 삼일 동안 遊街를 하게 명령하며 시를 짓게 했는데 이 시가 그때 지은 것이다. 명 태조가 보고 老實한 秀才라 일컬었다고 했다.

92) 赤壁의 싸움에서 周瑜의 部將 黃蓋는 마른 갈대와 나무에 기름을 부어 배에 싣고 曹操의 陣에 가까이 접근하여 火攻으로 이긴 것을 말함.

93) 韓信이 魏를 공격할 때 伏兵이 나무로 만든 독으로 건너가서 敵將을 생포한 것을 말함.

94) 漢나라 때 功臣들의 畫像을 凌烟閣에 걸어 놓았다고 한다.

권근權近의 자는 가원可遠 안동인安東人이며 호는 양촌陽村이다. 공민왕
恭愍王 때 과거에 급제했고 이숭인李崇仁을 구하고자 논의했다가 김해金海
로 쫓겨나기도 했고 입학도入學圖와 천견록淺見錄을 저작했다. 본조에서 여
러 번 승진하여 의정부찬성議政府贊成을 역임했고 길창군吉昌君의 봉작을
받았으며 시호는 문충文忠이다.

✤ 권우權遇

숙개암사宿開巖寺

石逕縈回上翠微	돌길이 얽히고 돌아 산중허리에 올라
放驢扶杖到禪扉	나귀에서 내려 지팡이 짚고 절에 이르렀다.
月明措大吟詩席	달이 밝자 조대措大는 자리에서 시를 읊고95)
燈映闍梨入定衣	등불이 비치자 도리闍梨는 정의定衣에 들어간다.96)
論道未知誰得道	도道를 말하나 누가 얻었는지 알 수 없고
應機爭似自忘機	기미를 응하면 다투어 스스로 잊는 듯하다.
曾聞一宿能成覺	하루 자고 깨달았다고 들었으니97)
我亦從前絶是非.	나도 종전처럼 시비를 끊고자 한다오.

권우權遇의 자는 중려中慮이고 양촌陽村의 동생이며 호는 매헌梅軒이다.
젊어서 정포은鄭圃隱의 문하에서 배웠으며 성리학性理學에 밝았다. 양촌陽
村도 매양 말하기를 내가 아우에 미치지 못하다고 했다. 고려 신우辛禑 때

---

95) 세상에서 秀才를 措大라고 하는데 큰 일을 할 수 있기 때문이라 했다.
96) 梵語에 阿闍梨耶隋는 正行이 능히 正弟子의 행실을 告할 수 있다고 이를
   것이라 했다. 그리고 定衣는 참선하면서 三昧에 들어간 것과 상관이 있
   지 않은가 한다.
97) 永嘉禪師가 六祖問答한 것에 서로 이끌고 머물러 한 번 잔 것을 一宿覺
   이라 이른다 했다.

급제했고 본조에서 예문제학藝文提學을 역임했다.

✦ 이첨李詹
한식寒食

今年寒食滯京華	금년 한식은 서울에 머물었으니
節序如流苦憶家	계절이 물처럼 흘러 집 생각이 간절하다.
楊柳愁邊初弄線	버들은 시름 가에서 처음 가지를 희롱하고
荼蘼雨後已生花	차와 맥문동은 비 온 뒤에 꽃이 피었다.
尋春院落多遊騎	봄을 찾아 동산에는 말 타고 노는 사람이 많고
上墓郊原集亂鴉	성묘省墓 가는 들에 까마귀가 어지럽게 모였다.
物色漸新人漸老	물색은 점점 새로우나 사람은 늙어가니
慕眞何處鍊丹砂.	어느 곳에서 신선을 생각하며 단사丹砂를 만드랴.

✦ 강호문康好文
차김사승부금주(금금산)운次金寺丞赴錦州(今錦山)韻

錦溪形勝似朱陳	금계의 아름다운 경치는 주진촌朱陳村[98]과 같아
地僻天深俗亦淳	궁벽하고 깊숙한 곳에 풍속도 순박하다.
十里絃歌武城宰	십리에 음악 소리 들리게 한 무성재武城宰[99]요
一區烟火葛天民	한 지경의 연화는 갈천씨葛天氏[100]의 백성이라네.

---

98) 白樂天의 〈朱陳村詩〉에 이 마을에는 朱와 陳氏 두 성이 살며 武陵桃源
   처럼 깊숙하고 평화로운 마을이라 했다.
99) 孔子의 제자 子游가 武城宰가 되었을 때 孔子가 무성에 가서 絃歌 소리
   를 듣고 기뻐했다고 한다.
100) 葛天氏는 중국 전설 속의 임금 이름이며, 敎化에 힘써 태평했다고 한다.
    미련의 秋邑은 지금 潭陽인데 신라 때 秋成郡이라 했다.

蒼苔到處經過少　　가는 곳마다 푸른 이끼에 지나는 사람 적고
紅杏開時勸課頻　　붉은 살구꽃 필 때 자주 농사를 권한다.
幸有貧居在秋邑　　다행히 가난할 때 살았던 추읍秋邑이 있으며
南遊觀政不違春.　　남쪽으로 정사 보러갈 때 봄은 어기지 않겠지.

　강호문康好文의 자는 자야子野 호는 매계梅谿이며, 정재貞齋와 도은陶隱
과 더불어 같이 과거에 합격했다.

✤ 박의중朴宜中
유거즉사幽居卽事

幽居氣味少人知　　깊숙한 곳에 사는 취미를 아는 사람 적으나
獨愛吾廬護弊籬　　홀로 내 집이 좋아 해진 울타리를 보호한다오.
朝望海雲開戶早　　아침에 해운을 보고자 문을 일찍 열었고
夜憐山月下簾遲　　밤에 산의 달이 좋아 주렴을 늦게 내린다.
興來邀客嘗新釀　　흥이 나면 손을 맞아 새 술을 맛보고
吟就呼兒改舊詩　　읊다가 아이 불러 옛날 지은 시를 고친다.
因病抱關身已老　　병으로 인해 문을 지키며 몸도 이미 늙었으니
愧無功業補淸時.　　맑을 때 도운 공업 없음이 부끄럽다오.

✤ 변중량卞仲良
제보제암題菩提庵

天磨古道暗朱藤　　천마산天磨山 옛 길이 붉은 덩굴로 어두우며
上有菩提跨石稜　　위에 보제암菩提庵은 바위에 걸터앉아 있다.
杖屨遊山六七里　　지팡이 짚고 육칠 리나 유산遊山을 했으며

袈裟施食兩三僧　　가사 입은 두서너 중이 밥을 베풀어 놓았다.
臺前落日黃金瀉　　대 앞에 해가 지려하자 누런 금빛이 쏟아지는 듯.
殿後諸峯碧玉層　　대웅전 뒤의 여러 봉우리는 푸른 층이었다.
剛厭人間煩熱惱　　세속의 뜨거운 번뇌가 매우 싫어
焚香終夜問傳燈.　　향을 사르고 밤이 마칠 때까지 전등(傳燈)을 물었다.101)

◈ 유방선柳方善
　즉사卽事

四山松櫟一茅廬　　사방 산의 솔과 참나무 속에 한 채의 띠집
坐負墻暄睡味餘　　담장 지고 앉아 따뜻한 햇빛에 졸았다.
衣縫每捫王猛虱　　옷 꿰매며 매양 왕맹王猛처럼 이를 잡았고102)
漁竿空釣呂望魚　　낚싯대는 강태공呂太公같이 빈 낚시였다.
軒裳已是無心得　　이미 헌상軒裳103)을 얻는데 마음이 없으니
金玉何須滿意儲　　금옥을 반드시 뜻에 가득하게 저축해 무엇하랴.
芋栗自堪謀送日　　토란과 밤이 세월을 보내는 계획에 견딜 만하니
盤飧不必蟹爲胥.　　찬으로 꼭 게장을 기다리게 하지 않을 것이요.104)

◈ 정이오鄭以吾
　차유판사운次柳判事韻

憐君別墅少人知　　그대 시골집을 아는 사람 적어 가련하며

---

101) 佛經에서 燈을 法에 비유하기도 하며 杜詩에 傳燈無白日이라 했다.
102) 王猛이 前秦王 符堅을 보면서 이를 잡으며 이야기했다고 한다.
103) 大夫의 복장, 높은 직위에 있는 사람을 말하기도 함.
104) 蟹胥는 게로 만든 간장인데 꼭 맛이 좋은 것을 말하는 것이 아니라고
　　 했다.

漢曲奇遊足四時　한강 굽이에 불우해 노는 것은 사시면 족하다오.
藤爲簷虛長送蔓　등나무는 처마에 긴 덩굴을 보냈고
竹因墻缺忽橫枝　대는 무너진 담장에 갑자기 가지가 빗겼다.
白雲滿地尋蓮社　흰 구름 땅에 가득할 즈음 연사를 찾았고[105]
明月沉江卷釣絲　밝은 달이 강에 지려 하자 낚시줄을 걷었다.
抱道不輝安可得　품은 도道가 빛나지 않음을 어찌하랴
聖君前席要論思.　성군聖君의 앞자리에서 말하게 할 것이요[106]

신도(한양)설야효구양공불이염옥학로매서지류위비우불사호백결소등자新都(漢陽)雪夜効歐陽公不以鹽玉鶴鷺梅絮之類爲比又不使皓白潔素等字[107]

繡屛圍暖酒初酣　훈훈한 비단 병풍 안에 술이 처음 얼근한데
不覺庭除勢已嚴　나도 모르게 뜰에는 눈의 형세가 이미 엄했다오.
夜靜更無風掃地　밤은 고요해 땅을 쓸 바람도 없으며
窓明疑有月窺簷　창이 밝으니 달이 처마를 엿보는 듯하다.
茅茨萬屋平初合　많은 띠집은 처음부터 고르게 합쳤고
蓑笠孤舟重乍添　고주의 도롱이와 삿갓에 별안간 무거움을 더했다.
曉望終南渾一色　새벽에 終南山을 보니 흔연히 한 빛인데
應餘馬耳出雙尖.　응당 마이馬耳의[108] 두 개 뾰족함만 나왔겠지.

---

105) 晋 義熙 십년에 遠公이 十八賢과 함께 淨土를 닦아 白蓮社라 이름했다고 했다.
106) 前漢 文帝가 밤중까지 宣室의 앞자리에 賈誼를 불러 귀신의 근본을 물었다고 한다.
107) 이러한 것을 이른바 白戰體라고 한다 했다.
108) 馬耳는 어느 산이라고 말하지 않았으나 終南은 木覓을 지칭한 것이니 三角山을 말한 것이 아닌가 한다.

정이오鄭以吾는 진주인晋州人이다. 호는 교은郊隱이며 벼슬은 검교찬성
檢校贊成을 역임했다.

❖ 설장수偰長壽
조춘서회早春書懷

春去秋來暖復凉	봄은 가고 가을이 오니 따뜻함이 다시 서늘하며
龍爭虎鬪幾興亡	용과 범의 싸움에 몇 번 흥하고 망했는가.
數千里外一身客	수천 리 밖의 외로운 나그네요
三十年間兩鬢霜	삼십년 동안 양쪽 살쩍머리가 희었다.
官冷頗同陶靖節	벼슬의 싸늘함은 도정절陶靖節109)과 자못 같고
詩窮不減孟襄陽	시로서 궁함이 맹양양孟襄陽110)보다 적지 않았다오.
東風昨夜陽和轉	지난밤 동풍에 햇볕이 고루하고자 하니
將待吹噓達建章.	건장궁建章宮111)이 알게 도움만 기다린다오.

어옹漁翁

不爲浮名役役忙	뜬 이름에 힘을 다해 바쁘게 하지 않고
生涯追逐水雲鄕	생애를 수운향을 따라 쫓고자 한다오.
平湖春暖煙千里	따뜻한 봄 넓은 호수에 안개는 길게 끼었고
古岸秋高月一航	고안古岸의 높은 가을 달은 한 척 배를 비친다.112)

---

109) 東晋의 시인 陶潛을 靖節先生이라 함.
110) 盛唐의 시인 孟浩然의 고향이 襄陽이기 때문에 그를 孟襄陽이라 함.
111) 漢나라의 宮 이름이라 했다.
112) 봄 가을 경치를 아름답게 표현했다.

紫陌紅塵無夢寐　도시의 홍진에는 꿈에도 생각 없고
綠蓑靑笠共行藏　푸른 도롱이와 삿갓으로 행동을 같이 한다.
一聲欸乃歌中趣　한 마디의 이어차 하는 노래 속의 취미에
那羨人間有玉堂.　인간의 높은 벼슬을 어찌 부러워하랴.

✧ 변계량卞季良
제혜상인원題惠上人院

山逕迢迢半入雲　멀고먼 산길이 반쯤 구름에 들었으니
玆遊足可避塵喧　이 놀이가 티끌 세계 시끄러움을 피하겠다.
百年身世客迷路　한평생 신세는 나그네가 길을 헤매는 것이요
滿壑煙霞僧閉門　골짜기에 안개가 가득하니 스님은 문을 닫았다.
晴澗束薪隨野老　갠 냇가에서 야로野老를 따라 나무를 묶었고
秋林摘實共寒猿　가을 숲에 가난한 원숭이와 함께 열매를 땄다.
我來欲問楞伽字　내가 와서 능가자楞伽字[113]를 묻고자 하니
合眼低頭無一言.　눈을 감고 머리 숙이며 말이 없다오.

✧ 신석조辛碩祖
우고령사寓高嶺寺

谷轉山圍一逕遙　골은 돌고 산은 둘려 한 가닥 길이 먼데
普光金殿起岧嶤　금빛 보광전普光殿은 산속에 높게 섰다.
千年樹老蒼藤合　천년의 늙은 나무는 푸른 덩굴에 쌓였고
兩岸溪回白石饒　시내가 도는 양쪽 언덕에 흰 바위가 많다오.
日暮磬聲雲外落　날이 저물자 경쇠소리 구름 밖에 떨어지고

---

113) 佛經을 말함.

夜寒鍾影月中搖　추운 밤에 종 그림자 달빛 가운데 흔들린다.
羲經讀破天君靜　주역周易을 읽었더니 마음이 고요한데
只有松風送籟簫.　다만 송풍松風이 피리 소리를 보낸다.

　신석조辛碩祖는 영산인靈山人이고 호는 연빙당淵氷堂이며 세종世宗 때
집현전제학集賢殿提學을 했다.

◈ 윤회尹淮
정조正朝

金殿沉沉淑氣新　금빛 궁전이 고요하고 맑은 기운 새로운데
百官朝謁賀元春　백관이 아침에 뵈오며 첫 봄을 하례한다.
彬彬禮樂侔中夏　빛난 예악은 중국과 비슷하고
濟濟衣冠拱北辰　가지런한 의관은 북극성을 받들었다.
湛露自天霑綠醑　하늘에서 내린 맑은 이슬로 좋은 술을 만들었고
薰風和雨浥紅塵　훈훈한 바람은 비와 합해 홍진을 적신다.
醉歸便覺君恩重　취해 돌아가며 임금 은혜 무거움을 깨닫고
竊效華封祝聖人.　화봉華封을 본받아 성인聖人을 빌고자 한다오.114)

　윤회尹淮의 자는 청경淸卿이며 소종紹宗의 아들이다. 태종이 일찍 순수한
선비로 일컬었다. 우리나라 지리지地理誌를 편찬했고, 벼슬은 집현전集賢殿
대제학大提學에 이르렀으며 시호는 문도文度다.

---

114) 『莊子』에 華의 땅에 봉작을 받은 사람이 堯임금에게 壽 富 多男子를 위
　　해 빌어주겠다고 했으나 요임금이 모두 거절했다는 故事를 말함.

◈ 박치안朴致安

흥해향교월야문로기탄금興海鄕校月夜聞老妓彈琴

七寶房中歌舞時	칠보 방 가운데서 노래하고 춤출 때
那知白髮老荒陲	어찌 백발에 거친 변방에서 늙을 줄 알았으랴
無金可買長門賦	돈이 없으니 장문부長門賦[115]를 살 수 없고
有夢空傳錦字詩	꿈에 금자시錦字詩[116]를 헛되게 전하게 되었다.
珠淚幾霑吳練袖	구슬 같은 눈물은 몇 번 비단 소매를 적시고
薰香猶濕越羅衣	훈향은 오히려 비단옷에 배었다.
夜深窓月絃聲苦	깊은 밤 달빛 비친 창에 고된 거문고 소리는
只恨平生無子期.	평생에 종자기鍾子期[117] 없음을 한한다오.

---

115) 前漢의 司馬相如가 지은 賦의 이름. 武帝의 陳皇后가 사랑을 잃고 長門宮에 있으면서 司馬相如에 돈을 많이 주고 자신의 슬픈 감정을 서술하게 했는데 武帝가 그 賦를 보고 陳皇后와 애정이 회복되었다고 한다.
116) 前秦 때 寶滔가 지방 수령으로 가면서 寵姬를 데리고 가고 본처 蘇氏는 돌보지 않으므로 소씨가 비단에 시를 짜넣어 보냈는데 두도가 그 시를 보고 감복하여 수레를 보내 소씨를 맞이했다고 한다.
117) 伯牙의 거문고 타는 소리를 듣고 백아의 심정을 알았다고 한다. 그리고 이 시는 자신의 현실을 반영한 것이라 했다.

04

점필재 정선 청구풍아 권지육 佔畢齋 精選 靑丘風雅 卷之六
오언절구五言絶句

◈ 최치원崔致遠
추야우중秋夜雨中

秋風唯苦吟	가을바람에 괴롭게 읊조리되
世路少知音	세상에서 알아주는 사람 적다.
窓外三更雨	창밖은 삼경인데 비가 내리고
燈前萬里心.	등잔 앞에서 먼 곳을 그리워한다오.

◈ 임규任奎
강촌야흥江村夜興[1]

月黑鳥飛渚	달빛은 어둡고 새는 물가에서 날며
煙沈江自波	연기에 잠긴 강에 물결이 인다.
漁舟何處宿	고기잡이배는 어디서 자나뇨
漠漠一聲歌.	멀고 먼 데서 한 가닥 노래 소리 들린다.[2]

임규任奎는 장흥인長興人이며 인종비仁宗妃의 아우이다. 벼슬은 평장사平章事를 했으며 시호는 문숙文肅이다.(『대동시선大東詩選』의 기록을 옮겼다.)

◈ 이자현李資玄
낙도음樂道吟

家住碧山岑	집은 푸른 산 뾰족한 봉 밑에 머물렀고
從來有寶琴	전부터 좋은 거문고가 있었다오.

---

1) 『補閑集』에는 이 시를 黃驪縣 客樓에서 지은 바라고 했는데, 지금 淸心樓다.
2) 이 시는 고요한 가운데 움직이는 뜻이 있다고 했다.

| 不妨彈一曲 | 한 곡조 타는 것이 방해되지 않으나 |
| 祗是少知音. | 다만 곡을 아는 사람이 적다네. |

　이자현李資玄의 자는 진정眞精이다. 벼슬을 버리고 춘천春川 청평산淸平山
에 들어가서 선도禪道를 스스로 즐겨했는데, 예종睿宗이 남경南京에 행차해
부르자 지현資玄이 왔으므로 삼각산三角山 청량사淸凉寺에 머물게 했다. 뒤에
다시 청평산淸平山으로 돌아가서 세상을 떠났으며 시호는 진락眞樂이다.

◈ 고조기高兆基
산장우야山庄雨夜

昨夜松堂雨	지난밤 송당에 비가 내리더니
溪聲一枕西	냇물소리 베개 서쪽에서 들린다.
平明看庭樹	날이 밝아 뜰에 나무를 보니
宿鳥未離棲.	자던 새가 나뭇가지를 떠나지 않았다.

◈ 이인로李仁老
서천수승원벽書天壽僧院壁3)

| 送客客未到 | 손을 전송하려는데 손은 오지 않고 |
| 尋僧僧亦無 | 중을 찾았으나 중도 또한 없다오. |

---

3) 天壽寺는 松都 동문 밖의 백보 남짓한 지점에 있다. 남쪽에서 송도로 오
　는 사람과 송도에서 남쪽으로 가는 사람들을 맞이하고 전송하는 것을
　모두 이곳에서 한다. 趙通이 장차 梁州로 부임해 가고자 할 때 李仁老가
　咸子眞과 이곳에서 전송을 하기로 했는데, 趙通이 친구에게 잡힌 바 되
　어 한낮이 되었으나 오지 않았다. 仁老가 절을 찾았더니 고요하고 사람
　이 없어 벽에 이 시를 썼다고 한다 했다.

唯餘林外鳥　　오직 숲 밖의 새만 남아
款曲勸提壺.　　관곡하게 술 들기를 권한다.[4]

산거山居[5]

春去花猶在　　봄은 갔으나 꽃은 오히려 있으며
天晴谷自陰　　하늘은 갰는데 골짜기는 침침하다.
杜鵑啼白晝　　두견이 한낮에 울어
始覺卜居深.　　비로소 사는 곳이 깊음을 깨달았다오.

◈ 이규보李奎報
북산잡제北山雜題

山花發幽谷　　산에 꽃이 깊숙한 골짜기에 피어
欲報山中春　　산중의 봄을 알리고자 한다.
何曾管開落　　어찌 피고 지는 것을 관리하려 하나뇨
多是定中人.　　사람들은 정중定中에 많이 들었다오.

山人不浪出　　산속의 사람이 함부로 나가지 않아

---

4) 提壺는 새 이름이면서 술병을 이끈다는 뜻이 된다. 韓退之의 시에 이러
　한 格이 있다. 그 시를 들어보면,
　喚起窓全曙 창이 밝았다며 일어나게 부르고
　催歸日未西 돌아가게 재촉하나 해는 서쪽으로 기울지 않았다.
　無心花裏鳥 무심한 꽃 속의 새는
　更與盡情啼 다시 정을 다해 운다.
　라 했는데, 喚起와 催歸는 새의 이름이라 했다.
5) 내 형 伯謙이 일찍 高靈縣 盤龍寺에 놀러가서 이 시를 보고 벽에 걸었다
　고 했다.

古徑蒼苔沒	옛길이 푸른 이끼에 묻혔다.
應恐紅塵人	응당 티끌세상 사람들은
欺我綠蘿月.	내 푸른 담쟁이덩굴이 달을 속일까 겁낸다.6)

산석영정중월山夕詠井中月

山僧貪月色	중은 달빛이 탐스러워
幷汲一瓶中	물과 아울러 병에 길어왔다.
到寺方應覺	절에 와서 깨달은 바 있어
瓶傾月亦空.	병을 쏟으니 달도 없다오.

✧ 임종비林宗庇
마상기인馬上寄人

回首海陽城	해양성海陽城7)으로 머리 돌리니
傍城山嶙峋	성 옆의 산은 겹쳐 깊숙하다.
山遠已不見	산이 멀어 보이지 않는데
況是城中人.	하물며 성중의 사람들이야.8)

임종비林宗庇는 문과에 급제했고, 한림학사翰林學士를 역임했다.

---

6) 이 작품은 은근히 산신령에 옮기려는 뜻이 있는 듯하다.(隱然有山靈移文
之意)
7) 지금 光州라 한다.
8) 이 시는 歐陽詹의 시와 뜻이 같다고 했다.

❖ 이제현李齊賢

금강산보덕굴金剛山普德窟

陰風生巖曲	음산한 바람이 바윗골에서 일고
溪水深更綠	냇물은 깊고 푸르다.
倚杖望層巓	지팡이에 의지해 꼭대기를 바라보니
飛簷駕雲木.	나는 처마가 구름과 나무를 멍에했다.

❖ 최해崔瀣

기유삼월치관후작己酉三月褫官後作

塞翁雖失馬	새옹塞翁이 비록 말을 잃었으며
莊叟詎知魚	장수莊叟가 어찌 물고기를 알리오.9)
倚伏人如問	의복倚伏10)을 사람이 물을 것 같으면
當須質子虛.	마땅히 자허子虛11)에 물으라 하리라.12)

❖ 이곡李穀

기중시사예寄仲始司藝

| 身爲藏珠剖 | 구슬을 감추고자 몸을 쪼갰고13) |

---

9) 『莊子』에 고기가 물에서 노는 것을 보고 장자가 이것이 고기의 낙이라
　　하니 惠子가 말하기를 자네가 고기가 아닌데 어찌 고기의 낙을 아는가
　　하자 장자는 자네도 내가 아닌데 아는지 모르는지를 어찌 아는가 했다.
10) 禍와 福은 서로 인연이 되어 일어나고 가라앉음을 의미한다.
11) 司馬相如의 〈子虛賦〉에 나오는 가공의 인물이다.
12) 起承 兩句의 雖 詎 두 자는 불평하는 뜻을 내포했으나, 끝에 양 구는 결
　　국 無心에 붙였다고 했다.
13) 唐 太宗이 말하기를 西域의 胡商이 아름다운 구슬을 얻어 몸을 쪼개고

妻因徙室忘   이사를 하다가 처를 잃었다고 한다.14)
處心如淡泊   마음가짐이 담박할 것 같으면
遇事豈蒼皇.   일을 만나도 어찌 당황하게 하랴.15)

◈ 정포鄭誧
강구江口

移舟逢急雨   배를 젓다가 급한 비를 만나
倚棹望歸雲   돛대에 의지해 돌아가는 구름을 바라보았다.
海闊疑無地   바다가 넓어 땅이 없는가 의심했는데
山明喜有村.   산이 밝자 마을이 있음을 기뻐한다오.

◈ 이색李穡
한포롱월漢浦弄月

月落沙猶白   달은 졌으나 모래는 오히려 희고
雲移水更淸   구름이 옮겨지자 물은 다시 맑다오.
高人弄明月   고인高人이 밝은 달을 희롱하는데
只欠紫鸞笙.   다만 자란생紫鸞笙이 흠이라네.16)

감추었다고 하니 구슬을 사랑하고 몸을 사랑하지 않은 것이다.
14)『家語』에 魯나라에 매우 잘 잊어버리는 사람이 있어 이사를 하면서 그의
   처를 잃었다고 했다.
15) 가히 座右銘이 될 것이라 했다.
16) 李白의 시에,
    兩兩白玉童 둘씩 짝한 두 쌍의 백옥동
    雙吹紫鸞笙 같이 자란생을 분다.
    라 했다.

파성망우婆城望雨

天意應生物	하늘의 뜻에 생물이 응하며
農功在及時	농사의 공적은 때를 맞추는데 있다오.
碧潭龍臥久	푸른 못에 용이 오래 누워 있는데
一起意何遲.	한번 일어나는데 생각이 어찌 더디나요.[17]

❖ 유숙柳淑
벽란도碧瀾渡

久負江湖約	강호의 약속을 오랫동안 저버리고
紅塵二十年	이십년 동안 홍진에 있었네.
白鷗如欲笑	백구가 비웃고자 하는 듯
故故近樓前.	고의로 누 앞으로 가까이 온다.

　유숙柳淑의 자는 순부純夫 호는 사암思庵이며 서천인瑞川人이다. 신돈辛旽을 거슬러 물러나고자 했다. 신돈이 왕에게 왕은 구천句踐으로 자신은 범예范蠡로 자처한다며 참소하여 왕이 벌로 제명하게 했는데 신돈이 이 뜻을 고쳐 죽였다. 신돈이 죽은 뒤에 원망함을 씻어주고 시호를 문희文僖라 했다.

❖ 정추鄭樞
송막막상인유일본장지강남送莫莫上人遊日本將之江南

上人常莫莫	상인이 항상 하지말라 하지말라 하여[18]

---

17) 이 두 絶句는 바로 金沙八景 가운데 두 수라 했다.
18) 司空圖의 歌에 말하기를,

石逕鎖蒼苔	돌길이 푸른 이끼에 막혔다.
自可安心坐	스스로 안심하고 앉았으면 했는데
何勞憪脚回.	어찌 괴롭고 아프게 걸어 돌고자 하나뇨.[19]

　　정추鄭樞의 자는 공권公權 호는 원재圓齋이다. 벼슬은 정당문학政堂文學
에 이르렀으며 시호는 문간文簡이다.(『대동시선大東詩選』의 기록을 옮겼다.)

❖ 설손偰遜
일야산중우一夜山中雨

一夜山中雨	하룻밤에 산중에 비가 내렸고
風吹屋上茅	바람이 집 위의 띠를 불었다.
不知溪水長	개울물이 불은 것을 알지 못하고
祇覺釣船高.	다만 낚싯배가 높아진 것을 느꼈다오.

언수어사색부죽헌彦脩御史索賦竹軒

素月寫秋意	흰 달빛이 가을 뜻을 그리고
淸風生夕陰	맑은 바람은 음침한 저녁에 분다.
虛窓夜如水	빈 창에 밤이 물처럼 서늘한데
時有鳳凰吟.	때때로 봉황음鳳凰吟[20]이 있다오.

　　休休莫休休莫　쉬고 쉬지 말고 쉬고 쉬지 말라
　　伎倆雖多靈性惡　기량은 비록 많으나 영성이 나쁘다오.
　　라 했는데, 한가한 곳에 머물기를 가르치고자 한 것이라 했다.
19) 이 시의 아래 두 구는 이름을 돌아보고 의로움을 생각하기를 힘쓰게 한
　　것이라 했다.
20) 상징적인 표현이라 하겠는데, 여기서는 어떤 의미를 표현하고자 한 것인

✤ 함승경咸承慶
야행野行

淸曉日將出	맑은 새벽에 해가 뜨려하니
雲霞光陸離	구름과 노을이 가지런하지 않다.
江山更奇絶	강산이 다시 기이함이 뛰어나
老子不能詩.	이 늙은이가 시를 짓지 못하겠다.[21]

함승경咸承慶은 검교중추원학사檢校中樞院學士를 했다.

✤ 이숭인李崇仁
절구용당인운기정민망대제絶句用唐人韻寄呈民望待制

賃屋古城西	옛 성 서쪽에 집을 빌렸더니
茆簷頭上低	띠 처마 머리가 들쑥날쑥하다.
旣無衙早晚	이미 관아에 이르고 늦은 것이 없어졌으니
不用候鳴鷄.	닭 우는 것을 기다릴 필요가 없다오.

촌거村居

赤葉明村逕	단풍잎이 마을길을 밝히고
淸泉漱石根	맑은 샘물이 바위 밑을 씻는다.
地偏車馬少	지역이 궁벽해 다니는 거마가 적고

지 이해에 어려움이 있다.

21) 끝에 無愧於簡이라 하여 칭찬을 했는데, 簡이 누구를 지칭한 것인지 알
지 못했다.

山氣自黃昏.   산기운이 스스로 황혼이 된다.[22]

❖ 정도전鄭道傳
영매詠梅(이수二首)

久別一相見   오래 헤어졌다가 한 번 서로 보니
楚楚着緇衣   검은 옷을 선명하게 입었다.[23]
但知風味在   다만 고상한 맛이 있음을 알고
莫問容顏非.   얼굴이 달라진 것은 묻지 않는다.

鏤玉製衣裳   옥을 실로 하여 옷을 지었고
啜冰養性靈   얼음을 마시며 성령性靈을 기루었다.
年年帶霜雪   해마다 서리와 눈을 띠고
不識韶光榮.   봄의 영화로운 빛을 알지 못했다.[24]

영류詠柳

含煙偏裊裊   연기를 머금은듯 지나치게 간들거리고
帶雨更依依   비를 띠게 되자 다시 휘늘어졌다.
無限江南樹   한없는 강남의 나무들에
東風特地吹.   동풍이 특별한 지역에만 분다오.

---

22) 이 句에서 自字가 묘하다고 했다.
23) 이 시는 검은 매화를 읊은 것이다.
24) 바로 세상을 도망쳐도 민망한 생각이 없을 것이라 했다.

◈ 성석린成石磷
송승지풍악送僧之楓岳25)

一萬二千峯	일만 이천 봉은
高低自不同	높고 낮음이 스스로 같지 않다오.
君看日輪上	그대는 해가 돋는 것을 보라
高處最先紅.	높은 곳이 가장 먼저 붉을 것이네.26)

◈ 이첨李詹
자적自適

舍後桑枝嫩	집 뒤 뽕나무 가지에 연한 싹이 트고
畦西薤葉抽	서쪽 밭에 부추 잎이 돋았다.
陂塘春水滿	못에 봄물이 가득해
稚子解撑舟.	어린 아들이 배를 저을 줄 안다.

◈ 유방선柳方善
우제偶題

結茆仍補屋	띠를 엮어 지붕을 깁고
種竹故爲籬	대나무를 심어 울타리를 했다.
多小山中味	얼마의 산중에 사는 맛을
年年獨自知.	해마다 혼자 스스로 안다오.

---

25) 금강산을 이름이다.
26) 道를 얻는데 先後와 深淺이 있는 것은 人性의 높고 낮은 것에 있음을 비
   유한 것이라 했다.

✪ 설장수偰長壽

어정漁艇

撒網群魚急	그물을 펼치니 고기떼가 급하고
回舟一棹輕	배를 돌리자 돛대가 가볍다.
却從紅蓼岸	문득 붉은 여뀌가 있는 언덕을 좇아
齊唱竹枝聲.	가지런히 죽지사竹枝詞27)를 부른다.

류지사柳枝詞

垂線鶯來擺	늘어진 가지에 꾀꼬리가 와서 헤치고
飄綿蝶去隨	솜이 날자 나비도 따라간다.
本無安穩計	본디 안온할 계획이 없었기에
爭得繫離思.	다투어 떠나는 생각에 매이게 되었다.

✪ 변계량卞季良

차자강야좌운次子剛夜坐韻

關門一室淸	문을 닫았더니 집이 깨끗하고

---

27) 劉禹錫이 朗州司馬로 좌천되어 갔더니 그 州가 夜朗의 여러 夷族과 접속
되어 있어 풍속이 매우 더러워 집에서 巫鬼를 좋아하여 매양 제사를 지
내게 되면 노래를 하며 대가지로 치고 불러 그 소리가 떠들썩했다. 劉禹
錫이 이르기를 屈原이 沅湘 사이에 있을 때 九歌를 지어 楚人들로 하여
금 神을 맞이하고 보낼 때 부르게 했다고 하며 그 노래에 의지하여 竹枝
詞 십여 편을 지었더니 그곳 사람들이 그것을 노래로 불렀다. 禹錫이 竹
枝詞引에 말하기를 "내가 建平에 왔을 때 마을 아이들이 같이 노래하며
대가지로 불고 치고 했는데, 그 소리가 아름다웠기 때문에 내가 竹枝詞
를 짓는다."고 했다.

烏几淨橫經	정결한 검은 궤에 책이 가로놓였다.
纖月入林影	가는 달은 숲속으로 들어오고
孤燈終夜明.	외로운 등불이 새벽까지 켜있다.

❖ 성삼문成三問

자미화紫薇花[28]

歲歲絲綸閣	해마다 사륜각絲綸閣에서
抽毫對紫薇	붓을 멈추고 백일홍을 보았다.
今來花下醉	지금은 꽃 아래 와서 취했으니
到處似相隨.	가는 곳마다 서로 따르는 듯하다.[29]

성삼문成三問의 자는 근보謹甫며 창녕인昌寧人이다. 세종世宗 때 중시重試에 장원했으며 세조世祖 때 승지承旨로 발탁되었다. 병자년丙子年에 이개李塏 하위지河緯地 박팽년朴彭年 등과 노산魯山의 복위를 계획하다가 발각되어 처형되었다.

---

28) 이 꽃을 사람들은 百日紅이라 한다 했다.
29) 唐나라 사람들이 省中에 紫薇花를 많이 심었다. 白樂天의 시에,
    絲綸閣下文書靜   사륜각 밑에 문서들은 고요하고
    鍾鼓樓中刻漏長   종고루 가운데 누수 소리 길다.
    獨坐黃昏誰是伴   황혼에 홀로 앉아 누구와 짝을 하랴
    紫薇花對紫薇郎.   자미화는 자미랑을 대한다오.
    라 했으니, 成三問의 이 시가 白樂天 시에 뿌리를 둔 것이라 했다.

◈ 권람權擥

문경주흘산령사聞慶主屹山靈祠30)

秘殿靑山下	신비로운 영사靈祠가 푸른 산 아래 있어
陰機白日中	신神의 기미는 한낮 가운데라오.
人情聊報祀	인정은 제사로 갚고자 원하나
神意肯邀功.	신의 뜻은 공을 구하는 것에 즐거워하랴.

　권람權擥의 자는 정경正卿이며 지재止齋 제제止齋의 아들이다. 젊을 때 뜻을 얻지 못하고 놀기를 좋아했다고 하며 문종文宗 때 연달아 삼시三試에 장원했다. 세조世祖를 추대하여 선위禪位를 받게 했고 벼슬은 좌의정에 이르렀으며 길창군吉昌君의 봉작을 받았다.

◈ 강희안姜希顔

채자휴구화작청산백운일폭인제기상蔡子休求畵作靑山白雲一幅因題其上

江上峯巒合	강 위에 산봉우리들이 합쳤고
江邊樹木平	강변에 나무들은 편편하다.
白雲迷遠近	흰 구름이 원근을 흐리게 하니
何處是蓬瀛.	봉래산蓬萊山과 영주瀛州가 어느 곳에 있나뇨.

---

30) 主屹山은 聞慶縣 북쪽에 있으며 신라 때부터 祀典에 실려 春秋로 降香을
   하여 빌있다고 하며 주위에 살고 있는 사람들이 水旱에 빌면 應함이 있
   다고 했다.

강희안姜希顏의 자는 경우景愚 호는 인재仁齋이며 석덕碩德의 아들이다.
서화書畵를 잘했고, 또 시에 능해 당시 삼절三絶이라 이름했다.

05

점필재 정선 청구풍아 권지육 佔畢齋精選靑丘風雅 卷之六
칠언절구七言絶句

✤ 최치원崔致遠

제우강역정題芋江驛亭

沙汀立馬待回舟　물가 사장에 말을 세우고 돌아오는 배 기다리니
一帶煙波萬古愁　한 띠의 자욱한 안개는 만고의 근심이라네.
直得山平兼水渴　바로 산이 평지 되고 물이 마르게 된다면
人間離別始應休.　인간의 이별도 처음부터 분명히 쉬게 될 것이요.[1]

임경대臨鏡臺[2]

烟巒簇簇水溶溶　연기 낀 봉은 여기저기 모였고 물은 편편하며
鏡裏人家對碧峯　거울 속 같은 인가는 푸른 봉을 마주했다.
何處孤帆飽風去　외로운 돛은 바람을 싣고 어디로 가며
瞥然飛鳥杳無蹤.　갑자기 날던 새는 종적없이 아득하다오.[3]

증금천사주인贈金川寺主人

白雲溪畔刱仁祠　흰 구름 낀 냇가에 인사仁祠[4]를 지어
三十年來此住持　삼십 년으로 오면서 여기 주지였소.
笑指門前一條路　웃으며 문 앞의 한 가닥 길을 가리키며
纔離山下有千岐.　겨우 산 아래를 떠나면 천 가닥이 된다네.[5]

---

1) 험하고 막힘이 없다면 오고가는 것이 쉬웠을 것이라 했다.
2) 梁山郡 黃山江 東北 지역에 있다.
3) 참으로 소리가 있는 그림이다. 崔孤雲이 매양 아름다운 경치를 만나게
   되면 반드시 돌을 모아 臺를 만들어 기록을 했는데 東萊의 海雲臺, 檜原
   의 月影臺와 이곳의 臨鏡臺이며 지금까지 그 돌이 남았다고 했다.
4) 佛廟라 했음.

❖ 동경노인東京老人6)
가행동경헌왕내상융駕幸東京獻王內相融

九天光動轉星辰	높은 하늘에 빛은 움직이고 별은 돌며
日旆龍旗並海巡	해와 용을 그린 깃발이 아울러 바다를 순행한다.
黃葉雞林曾索寞	누런 잎의 계림은 삭막하고7)
煙花今復上園春.	아름다운 경치는 지금 상원의 봄을 회복했다.8)

❖ 최승로崔承老
금중동지신죽禁中東池新竹

金籜初開粉飾明	죽순이 처음 솟아 대나무로 자라
低臨輦路綠陰成	수레 길에 다다라 푸른 그늘 이루었다.
宸遊何必將天樂	신유宸遊9)에 어찌 꼭 궁중 음악으로 해야하나
自有金風撼玉聲.	가을바람에 흔들리는 대나무 소리도 있다오.10)

　최승로崔承老는 경주인慶州人이다. 성종成宗 때 정광正匡이 되었는데 왕
을 보고 능력이 있음을 알고 시무時務 이십팔조二十八條를 올렸다. 벼슬은

---

5) 마음에 다른 가닥이 없었기 때문에 삼십 년의 오랜 세월을 머물 수 있었
　을 것이라 했다.
6) 고려 成宗 십육 년 팔월에 남쪽으로 순행하면서 東都에 이르자 신라 敬
　順王이 고려에 항복한 것에 따르지 않았던 자가 이미 많이 늙었는데 오
　히려 白衣가 되어 이 시를 지었다고 했다.
7) 崔致遠이 고려 태조에게 준 글에 鷄林黃葉 鵠嶺靑松이라는 말이 있다고
　했다.
8) 망한 나라의 遺臣이 새로운 거동을 보고 옛날 번화했던 것을 생각하며
　크게 감개하는 뜻이 있다고 했다.
9) 궁중에서 열리는 宴會.
10) 竹聲으로 天樂을 대신하고자 했으니 풍자의 뜻이 있다고 했다.

수시중守侍中을 역임했으며 청하후淸河侯의 봉작을 받았고 시호는 문정文
貞이다.

✥ 곽여郭輿

수가장원정응제부야수기우모귀隨駕長源亭應制賦野叟騎牛暮歸

太平容貌恣騎牛　　태평 시절 멋대로 소를 타고
半濕殘霏過壟頭　　부슬비에 반쯤 젖은 채 밭둑을 지난다.
知有水邊家近在　　물가 가까이 집이 있음을 알 수 있는 것은
從他落日傍溪流.　　그가 지는 해를 따라 개울 옆으로 가기 때문이오.[11]

시좌청연각몽사쌍각룡다侍坐淸讌閣蒙賜雙角龍茶

雙角龍盤入小團　　쌍각룡차가 소반에 작은 덩어리로 들어왔는데
蜀山新採趁春寒　　이른 봄 촉산蜀山에서 새로 딴 것이라오.[12]
俄回御手親提賜　　갑자기 어수로 친히 들어 주시니
露氣天香惹一般.　　이슬 기운과 하늘 향기가 함께 일어난다오.

　곽여郭輿의 자는 몽득夢得이다. 처음 전주全州에 숨어 있었다. 예종睿宗
이 그를 불러 금중禁中에 있게 했는데, 항상 오건烏巾과 학창鶴氅을 하고 좌
우에서 임금을 모시고 있으므로 당시 그를 금문우객金門羽客이라 했다. 호
는 동산처사東山處士라 했고 시호는 진정眞靜이다.

---

11) 경치를 표현한 것이 그림 같다고 했다.
12) 蜀山을 말한 것은 멀기 때문에 귀한 것임을 의미한 것이다. 『茶經』에 이
　　르기를 釖南에 蒙頂石花가 있는데 蜀山의 차 가운데 貴品이라 했다.

김부식金富軾

문교방기창포곡가유감聞敎坊妓唱布穀歌有感

佳人猶唱舊歌詞	가인이 오히려 옛 가사를 불러
布穀飛來櫪樹稀	포곡布穀새는 날아왔으나 도토리나무는 드물다.
還似霓裳羽衣曲	도리어 예상우의곡霓裳羽衣曲[13]과 비슷해
開元遺老淚霑衣.	개원유로開元遺老[14]들이 옷에 눈물을 적신다.[15]

정지상鄭知常

서도西都

紫陌春風細雨過	화려한 거리 봄바람 불고 가는 비 지나자
輕塵不動柳絲斜	먼지도 일지 않고 버들가지 늘어졌다.
綠窓朱戶笙歌咽	푸른 창 붉은 집에 피리 소리 요란한 곳은
盡是梨園弟子家.	모두 이원제자梨園弟子[16]들의 집이라오.

---

13) 唐의 明皇이 꿈에 天宮에 가서 그곳 선녀들이 霓裳에 羽衣를 하고 춤추며 노래하는 것을 보고 꿈을 깬 후 그것을 기억하여 만든 음악을 霓裳羽衣曲이라 한다 했다.

14) 開元은 唐 明皇의 연호.

15) 遺老는 公이 자신을 이른 것이라 했다. 그런데 여기에서 開元遺老라 한 것은 安祿山의 난이 일어난 뒤에 開元의 治世를 보았던 늙은이가 霓裳羽衣曲을 듣고 눈물을 흘렸다고 하는 고사가 있기 때문이다.

16) 唐의 明皇이 아름다운 젊은 남녀들을 선발하여 음악과 춤을 가르쳐 楊貴妃와 같이 즐겼다고 하는데, 이때 노래하고 춤추었던 젊은 남녀를 梨園弟子라 했다고 하며, 뒤에는 광대 배우를 지칭하기도 했다.

취후醉後

桃花紅雨鳥喃喃	복숭아꽃 붉은 비에 새들은 지저귀며
繞屋靑山間翠嵐	집을 둘러싼 푸른 산은 남기사이에 있다.
一頂烏紗慵不整	이마에 비스듬한 조사모烏紗帽 그대로 쓴 채
醉眠花塢夢江南.	취해 꽃동산에서 졸며 강남을 꿈꾼다.

❖ 고조기高兆基
서운암진書雲巖鎭

風入湖山萬竅號	바람이 호산湖山에 불어 많은 구멍이 부르짖고
宿雲歸盡塞天高	끼었던 구름이 다 돌아가자 변방 하늘이 높다.
蒼鷹直上百千尺	푸른 매가 백 천 척이나 치솟았는데
那箇纖塵點羽毛.	가는 티끌인들 어찌 깃털에 묻겠는가.

❖ 정습명鄭襲明
증기贈妓

百花叢裏淡丰容	많은 꽃떨기 속에 맑고 예쁜 얼굴
忽被狂風減却紅	갑자기 광풍을 만나 붉은 빛이 줄어졌다.
獺髓未能醫玉頰	달수獺髓로 뺨을 치료하지 못했으니17)
五陵公子恨無窮.	오릉五陵18)의 공자가 한이 무궁하리라.19)

---

17) 吳나라 孫和가 鄧夫人을 좋아하여 일찍 취해 춤을 추다가 鄧夫人의 뺨에
상처를 입혔는데 白獺髓에 玉과 琥珀을 가루로 하여 섞어 발랐더니 白金
과 琥珀이 너무 많아 왼쪽 뺨의 사마귀 같은 점이 되었는데, 그것이 더
욱 고왔다고 했다.
18) 長安에 있는 남녀들의 놀이터라고 한다.

◈ 임춘林椿

문앵聞鶯

田家甚熟麥將稠   전가에 오디 익고 보리도 한물이며
綠樹初聞黃栗留   푸른 숲에 처음으로 꾀꼬리 우는 소리 들린다.
似識洛陽花下客   낙양洛陽의 꽃 아래 손을 아는 듯
殷勤百囀未能休.   은근히 계속 울며 쉬지 않는다.

다점주면茶店晝眠

頹然臥榻便忘形   자리에 넘어져 누워 이 몸도 잊었다가
午枕風來睡自醒   한낮 베개에 바람이 불자 잠에서 깨었다.
夢裏此身無處着   꿈속에서 이 몸이 다다를 곳이 없었으니
乾坤都是一長亭.   건곤乾坤이 모두 한 장정長亭이라네.[20]

◈ 김극기金克己

어옹漁翁

天翁尙不貰漁翁   천옹天翁[21]이 오히려 어옹漁翁에게 너그럽지
　　　　　　　　　않아[22]

---

19) 『破閑集』에 이르기를 南州에 기생이 재주와 얼굴이 심히 뛰어나 守令이
　　매우 좋아했는데, 그 수령이 파직되어 떠날 때 크게 취해 말하기를 내가
　　이 고을을 떠나면 바로 다른 사람과 가까울 것이라 하고 밀로 만든 촛불
　　로 두 뺨을 완전한 살점이 없이 태웠다. 公이 이 고을을 지나다가 그 기
　　생을 보고 불쌍히 여겨 이 시를 지어 주었다고 했다.
20) 이것은 바로 천지가 이불과 베개라는 뜻이라 했다.
21) 하늘을 擬人으로 부르는 말이다.
22) 貰는 恕와 더불어 같다고 했다.

故遣江湖少順風　일부러 강호에 순풍을 적게 보낸다.

人世嶮巇君莫笑　인간세계의 험한 것을 그대는 웃지 말라

自家還在急流中.　자신의 집도 도리어 급류 가운데 있다오.[23]

인주조발麟州早發

漏鼓逢逢報五更　누수 소리 봉봉 오경을 알리니

張旐出郭赴前程　깃발 날리며 성문을 나서 앞길을 간다.

戍樓隔嶺催殘角　수루戍樓는 재 너머 남은 대평소를 재촉하는데

腸斷先聞出塞聲.　애 끊는 출새出塞의 소리 먼저 듣는다.[24]

만성漫成

文章向老可相娛　문장은 늙어가면서 즐길 만해

一劍遊邊尙五車　칼 한 자루로 변방을 지키며 책이 다섯 수레라오.

衙罷不知爲塞吏　관아가 파하자 변방 관리의 하는 일을 몰라

紙窓明處臥看書.　밝은 창밑에 누워 책을 본다오.

압강도중鴨江途中

徂年旅客兩依依　가는 해와 나그네 다 헤어지기 섭섭하며

信馬行吟背落暉　말을 믿고 읊조리니 지는 해가 등을 비친다.

---

23) 다른 시인은 漁父의 한가한 의취를 많이 읊었으나, 이 시는 뒤집어 위험
　　하다고 했는데, 바로 비바람이 불어 집이 무너지려 하나 전 가족이 알지
　　못하고 있다는 뜻이라고 했다.

24) 角調에 出塞曲과 入塞曲이 있다고 했다.

戍鼓一聲來遠路	수자리 북소리에 먼 길을 왔으며
行行征鴈帖雲飛.	가고 가는 기러기는 구름에 붙어 난다오.25)

서루만망西樓晩望

江風習習獵春叢	강바람 솔솔 불어 봄풀 떨기를 흔들며
塞日濛濛臥晩空	새방 해가 어스름한 만공晩空에 누웠다.26)
水色連天烟覆地	물빛은 하늘에 연했고 연기는 땅을 덮었는데
樵蹊釣瀨有無中.	나무꾼 길과 낚시 여울이 있는 듯 없는 듯하오.

조참朝叅

鷄人報曉漏聲殘	계인鷄人27)이 새벽 알리고 누수 소리 남았으며
拜手龍墀謝賜環	대궐 뜰에 절하고 사환賜環28)에 사례한다오.
尙歎紅雲前繚繞	오히려 홍운紅雲29)이 앞에 둘린 것을 탄식하며
擡頭纔得覩天顔.	머리 들고 겨우 천안天顔30)을 뵈온다오.

이화李花

凄風冷雨濕枯根	쌀쌀하고 찬 비바람이 마른 뿌리 적시더니

---

25) 변방에서 느끼는 생각이 말은 간단하면서 깊다고 했다. 위의 謾成詩의
   承句는「莊子」에 은혜를 여러 방면으로 베풀어 그 책이 五車라 했다.
26) 햇빛이 옆으로 펼쳐있는 것을 말한 것인데 臥字가 새롭다고 했다.
27) 새벽에 닭처럼 머리 모양을 하고 궁중을 돌아다니며 새벽을 알리는 사
   람. 이 시는 龍灣에서 소환된 후에 지었다고 했다.
28) 『荀子』에 임금이 사람을 찾을 때는 珪, 물을 때는 璧, 부를 때는 瑗, 끊을
   때는 玦, 돌아오게 할 때는 環을 준다고 했다.
29) 임금이 있는 곳에는 瑞氣가 어리어 붉은 구름이 둘렸다고 한다.
30) 임금의 얼굴을 말함.

一樹狂花獨於春　한 그루의 미친 꽃[31]이 봄에 홀로 피었다.
無奈異香來聚窟　이상한 향기 취굴주聚窟洲[32]에서 오지 않았는가
漢宮重見李夫人.　한궁漢宮에서 다시 이부인李夫人[33]을 보겠네.

증미륵사주로贈彌勒寺住老

林端窈渺路透遲　숲끝은 매우 아득하고 길은 걷기 어려운데
境僻寧敎俗士知　궁벽한 지역을 어찌 세속 선비에 알게 하랴.
唯有雪衣松上鶴　오직 흰 옷 입은 소나무 위의 학만은
見公初到結廬時.　공이 처음 와서 집 지을 때를 보았을 것이오.

✿ 이인로李仁老
행화구욕도杏花鸜鵒圖

欲雨未雨春陰垂　비가 올 듯 오지 않고 봄 구름이 드리웠는데
杏花一枝復兩枝　살구꽃이 한 가지 다시 두 가지에 피었다.
問誰領得春消息　묻노니 누가 봄 소식을 이끌 수 일을까
唯有鸜之與鵒之.　오직 장끼와 구욕새가 있다오.[34]

---

31) 미친 꽃이라 한 것은 필 때가 아닌데 피었기 때문에 狂花라 한 것인데, 이 시는 가을에 핀 오얏꽃을 읊은 것이라 했다.
32) 聚窟洲는 신선이 사는 十洲의 하나, 그곳에서 返魂香이 나는데 그 향기는 죽은 사람을 다시 살아나게 한다고 한다.
33) 李夫人은 李延年의 妹이며 漢 武帝의 夫人이다. 무제가 이부인을 극히 사랑했는데, 먼저 세상을 떠나자 方術로 혼을 불러 얼굴을 잠깐 보았다고 한다. 이 시는 姓字를 사용한 것이 특이할 뿐만 아니라 내용도 사실과 맞았다고 했다.
34) 『左傳』에 童謠가 있는데 이르기를 장끼여 구욕새여 公이 나가서 더럽힌다 했는데,(公出辱之) 이 시가 流麗한 가운데 한가로움을 마음에 맞게 여

월석등롱시元夕燈籠詩

風細不敎金爐落	바람이 약해 불똥을 떨어지지 않게 했는데
更長漸見玉蟲生	밤이 길어지자 옥충玉蟲35)이 생기는 것을 보겠다.
須知一片丹心在	한 조각 붉은 마음만이 반드시 알고 있어
欲助重瞳日月明.	중동重瞳36)이 일월처럼 밝기를 도우려 한다오.37)

유오대산遊五臺山

畫裏當年見五臺	그해 그림 속에서 오대산을 보았더니
掃空蒼翠路高低	하늘은 쓴 듯 푸르고 길은 높고 낮았다.
今來萬壑爭流處	지금 많은 골짜기에 물이 다투어 흐르는 곳에
却喜穿雲路不迷.	구름을 뚫은 길을 헤매지 않아 기쁘다오.

과어양過漁陽

槿花低映碧山峯	무궁화가 푸른 산봉우리를 나직이 비치는데
卯酒初酣白玉容	아침술로 옥 같은 얼굴에 취기가 돈다.38)

기는 의미가 있는 듯하다고 했다.
35) 촛불의 심지를 말함.
36) 重瞳은 한 눈에 동자가 두 개임을 말한 것인데 舜임금과 項羽가 중동이
   었다고 한다. 여기서는 임금을 지칭한 듯하다.
37) 이 시는 간하고 풍자하는 뜻이 있다고 했다.
   公의 『破閑錄』에 정월 보름날 밤에 임금이 등불을 밝히고 翰林院에 시를
   짓게 명령했는데 工人이 엷게 글자를 새겨 붙였다. 모두 元宵의 경치를
   중심으로 시를 지었다. 내가 明王을 모시고 玉堂에서 지어드린 시에 云
   云했더니 임금이 크게 칭찬했다. 이로부터 詠燈詩는 모두 나의 이 시로
   부터 시작되었다고 했다.

舞罷霓裳歡未足　예상곡霓裳曲 춤을 마치자 즐거움이 부족했는데
一朝雷雨送猪龍.　갑자기 내리는 뇌우雷雨에 저룡猪龍을 보낸다.[39]

내정사비유감內庭寫批有感

孔雀屛深燭影微　공작 병풍이 깊어 촛불 그림자 희미하며
鴛鴦睡美豈分飛　원앙[40]도 잠이 단데 어찌 헤어져 날랴.
自憐憔悴靑樓女　스스로 가여워함은 초췌한 청루의 처녀는
長爲他人作嫁衣.　언제나 남을 위해 시집갈 옷을 지어주는가.

✥ 김인경金仁鏡
내직內直

銀臺承制五更來　은대銀臺[41]에서 명령받고 오경에 오니
月在西南玉漏催　달은 서남쪽에 있으며 누수는 재촉한다.[42]
再拜請將金鑰出　재배하고 열쇠 청해 가지고 나오자
千門萬戶一時開.　천 문 만 호가 일시에 문이 열린다.[43]

---

38) 槿花는 아침에 피었다가 저녁에 지는 꽃으로서 楊貴妃의 物色을 비유한
　　것이 매우 좋다고 했다.
39) 玄宗이 일찍 밤에 잔치를 했는데, 安祿山이 취해 누워있는 것이 한 마리
　　의 돼지이며 머리는 龍의 머리였다. 주위에서 아뢰니 玄宗이 말하기를
　　猪龍은 무능하다고 했다. 送者들이 말하기를 漁陽에서부터 洛陽에 이르
　　게 보냈다고 했다.
40) 이 원앙새도 역시 병풍 속에 보이는 것이라 했다. 이 시는 원망하는 뜻
　　이 있다 했다.
41) 중국 송나라 때는 翰林院을 銀臺라 했고, 조선조에는 承政院의 別稱이다.
　　承旨를 銀臺司라 부르기도 했는데, 여기서는 院의 이름이 아니고 관직을
　　말한 것이다.
42) 句가 맑고 빛난다고 했다.

효기曉起

玉帳燈殘入睡鄕	장막44)에 등불도 다 되고 잠이 들었더니45)
康安親奉赭袍光	강안전康安殿에서 빛나는 자포赭袍를 받들었다.
門前曉角渾無賴	문 앞의 새벽 대평소 소리 전혀 믿음이 없는 것은
驚破雲霄夢一場.	한 바탕 구름 낀 하늘의 꿈을 깨우기 때문이오.

　김인경金仁鏡의 처음 이름은 양경良鏡이며 경주인이다. 젊었을 때는 시부
詩賦로써 이름이 많이 알려졌다. 고종高宗 때 조충趙冲을 좇아 거란契丹을
강동江東에서 격파하여 우승선右承宣에 임명되었으며 뒤에 평장사平章事를
역임했다. 시호는 정숙貞肅이다.

❖ 이규보李奎報
과기상국림원過奇相國林園

金釵零落歸何處	금비녀46) 떨어뜨리고 어느 곳으로 갔을까
珠履繽紛記昔年	구슬신47)이 많았던 옛날을 기억한다오.
我亦當時居客後	나도 당시 손들의 뒷자리에 있었는데48)

---

43) 고려의 제도에 따르면 堂直承旨가 五更이 되면 紫門에 나가 中宮이 나오
　　면 임금님의 안부를 묻고 열쇠를 청해 가지고 나가 紫城과 羅城 및 모든
　　문을 열었다고 했다.
44) 이 장막은 장군이 있는 곳이다.
45) 高宗 십사 년에 公이 知中軍兵馬事로 北界에서 東眞의 침입을 막았다.
46) 唐나라 牛僧孺의 시에 (金釵十二行)이라 했다.
47) 春秋戰國時代 春申君의 食客이 삼천이나 되었는데 모두 구슬신(珠履)를
　　신었다고 했다.
48) 『論語』에 吾從大夫之後라 했는데, 이 시에서 後字는 논어에서 근본으로
　　한 것이라 했다.

白頭今過淚如泉. 흰 머리로 지금 지나니 눈물이 샘물 같다오.[49]

춘주면윤학록운春晝眠尹學綠韻

睡鄉偏與醉鄉鄰 수향睡鄉이 취향醉鄉과 더불어 이웃했는데
兩地歸來只一身 두 곳을 가고 오는 것은 단지 한 몸이라오.
九十日春都是夢 구십일 동안의 봄이 모두 꿈이었으니
夢中還作夢中人. 꿈속에서 도리어 꿈속 사람이 된다네.[50]

원석등롱시元夕燈籠詩

五色雲中拜玉皇 오색구름 가운데서 옥황玉皇을 뵈오니
壓頭星月動寒芒 별과 달이 머리를 숙이고 질펀하게 움직인다.
都人不覺天文爛 도성 사람들이 천문의 찬란함은 알지 못하고
遙認銀燈爍爍光. 멀리 은등銀燈의 밝은 빛만 안다오.[51]

춘일방산사春日訪山寺

風和日暖鳥聲喧 바람은 화창하고 따스한 봄날 새소리 요란하며
垂柳陰中半掩門 드리운 버들 그늘 속에 반쯤 문을 닫았다.
滿地落花僧醉臥 낙화는 땅에 가득하고 중은 취해 누웠으니
山家猶帶太平痕 산가山家는 오히려 태평 흔적 띠었다.

---

49) 이러한 표현은 詩家에서 이른바 三截句法이라 한 것이라 했다.
50) 말의 뜻이 「莊子」를 본받았다고 했다.
51) 天文을 참된 것이라 이를 것인가. 燈火를 그릇된 것이라 이를 것인가 말이 恍惚하다 했다.

강상월야망객주江上月夜望客舟

官人閑捻笛橫吹	관인이 한가롭게 저를 가로 잡고 부니
蒲席凌風去似飛	부들자리가 바람을 업신여기며 나는 듯 간다.
天上月輪天下共	천상의 달은 천하 사람들이 함께해
自疑私載一船歸.	한 척의 배로 사사롭게 싣고 돌아가는 듯하오.[52]

막곡별업견박군문로벽상시차운漠谷別業見朴君文老壁上詩次韻

家寄靑山斷麓隅	집을 푸른 산기슭의 모퉁이에 짓고
甲藏琴劍庋藏書	갑에는 거문고와 칼을, 탁자에는 책을 두었다.
邇來懶荅公卿問	요사이는 공경公卿들의 물음에 답도 게으르면서
猶笑華陽押隱居.	오히려 화양동華陽洞의 은거隱居를 누린다고 웃
	는다.[53]

✥ 족암足庵
희증뇨사사상부내도장취수체이위유사소척戱贈鬧師師嘗赴內道場醉睡涕洟爲有司所斥

貝葉飜爲竹葉盃	패엽貝葉[54]을 뒤집어 죽엽주竹葉酒의 술잔을 하고
天花落盡眼花開	천화天花[55]는 다 떨어지고 안화眼花가 피었다.[56]
醉鄕廣大人間窄	취한 세계는 넓고 크며 인간세계는 좁은데

---

52) 말이 豪壯하다고 했다.
53) 陶弘景이 茅山 華陽洞에 숨어살면서 스스로 隱居라 이름했다.
54) 西域에는 經典을 具多樹葉에 썼다고 한다.
55) 佛敎에서는 天上에 있는 妙花라 하며, 눈(雪)을 말함.
56) 本色의 말을 사용해 자연스러운 對偶가 되었다고 했다.

誰識佯狂老萬回.　　누가 거짓 미친 늙은이의 만회萬回를 알아주랴.[57)]

족암足庵은 이인로李仁老와 더불어 놀았다고 했다.

◇ 안순지安淳之

자사취수선생진自寫醉睡先生眞

有道不行不如醉　　도가 있으나 행하지 못하니 취한 것만 못하고
有口不言不如睡　　입이 있으나 말을 못하니 자는 것만 못하다.
先生醉睡杏花陰　　선생이 살구꽃 그늘에 취해 자고 있으나
世上無人知此意.　　세상에서 그 뜻을 아는 사람이 없다오.[58)]

안순지安淳之는 경주에 숨어 살면서 호를 기암棄庵이라 했다.

◇ 진화陳澕

춘만春晚

雨餘庭院簇莓苔　　비 내린 뒤 정원에 이끼가 모였고
人靜雙扉晝不開　　사람은 고요하고 두 짝 사립문이 낮에도 닫혔다.
碧砌落花深一寸　　푸른 섬돌에 꽃이 떨어져 일촌이나 쌓였는데
東風吹去又吹來.　　동풍이 불어 갔다가 또 돌아온다오.[59)]

---

57) 唐나라 중으로 성이 張이며 아홉 살에 말을 했다. 그의 형이 安西에 수자리를 하고 있었는데 부모가 그를 가서 알아보게 했더니 만 리 길을 아침에 가서 저녁에 돌아오므로 그를 萬回라 불렀다고 했다.
58) 이 시는 참으로 아름다운 隱者의 말이다. 선생이 스스로 棄庵이라 호를 했으니 그 뜻을 볼 수 있겠다고 했다.
59) 金快軒이 陳澕의 시를 평해 이르기를 시가 깊고 정(情)이 많다고 했는데

유류

鳳城西畔萬條金	봉성 서쪽 언덕에 많은 가지의 버들은
勾引春愁作暝陰	봄 근심을 맡아 끌어 어두운 그늘을 만들었다.
無限狂風吹不斷	한없는 광풍은 계속 불어
惹煙和雨到秋深.	연기와 비를 이끌어 깊은 가을에 이르게 한다.

◈ 진온陳溫

춘일春日

玉帳牙牀別院中	옥의 장막과 상아로 평상을 한 별원 가운데(60)
閑吟隨意繞花叢	한가롭게 읊으며 마음대로 꽃떨기를 돌았다.
忽聞杏杪鶯兒囀	갑자기 살구가지에 꾀꼬리 소리 듣고
手放金丸看落紅.	손으로 금환을 던져 떨어진 붉은 꽃을 본다.(61)

추秋

鈿砌微微着淡霜	금으로 꾸민 섬돌에 미미하게 맑은 서리가 내렸으며
袷衣新護玉膚凉	겹옷을 새로 입어 살이 서늘하게 보호했다.
王孫不解悲秋賦	왕손王孫은 비추부悲秋賦를 알지 못하고

믿을 만하다고 했다.

60) 옥구슬로 장막을, 상아로 牀을 꾸미었으니 그 부귀를 볼 수 있겠다고 했다.

61) 韓嫣의 자는 王孫인데 금으로 탄환을 만들었다가 어느 날 열 개를 잃었다. 당시에 말하기를 飢寒에 시달리어 금환을 따라 갔다고 했는데 아이들이 嫣이 나가면 따라다녔다고 했다.

只喜深閨夜漸長.　　다만 깊은 안방에 밤이 점점 긴 것을 기뻐한다오.[62]

진온陳溫은 화溍의 동생이며 계유년癸酉年에 과거에 급제했다.

✧ 이장용李藏用
자관自寬

萬事唯宜一笑休　　만사는 오직 한 번 웃고 그침으로 마땅하나니[63]
蒼蒼在上豈容求　　푸른 하늘이 위에 있으나 어찌 용서함을 구하
　　　　　　　　　겠는가.[64]
但知吾道何如耳　　다만 내 도가 어떠한가를 알 뿐이며
不用斜陽獨倚樓.　　사양에 홀로 누에 기대지는 않을 것이요.[65]

✧ 유보柳葆
상박사인훤上朴舍人暄

紫薇花下仙毫露　　백일홍 아래 이슬 젖은 붓은
化出人間萬樹紅　　인간의 많은 나무를 붉게 만들어 낸다.
唯有東門一株柳　　오직 동문의 한그루 버들은
年年虛度好春風.　　해마다 좋은 봄바람을 헛되게 보낸다.[66]

---

62) 王孫의 심리를 잘 묘사했다.
63) 문득 원망하는 뜻이 있다.
64) 운명을 하늘에 맡긴 것이라고 했다.
65) 의미가 悠長하다고 했다.
66) 唐나라 때 翰林院에 紫薇花가 있었는데 국가에서 관직을 임명하게 되면
　　制誥를 한림원에서 지었다. 그때 자미화의 이슬을 받아 먹물로 하여 쓴
　　다고 한다. 작자가 자신의 姓字를 의탁해 造化에 빌면서도 많은 말을 하
　　지 않았다고 했다.

유보柳葆는 급제했다고 한다.

✧ 최자崔滋

국자감직려문채진봉학려國子監直廬聞採眞峯鶴唳

雲掃長空月正明	구름을 쓴 듯한 넓은 하늘에 달이 밝으며
松巢獨鶴不勝淸	소나무 집에서 외로운 학이 맑음을 이기지 못한다.
滿山猿鳥知音少	산에 가득한 원숭이와 새들도 지음知音이 적은데
刷盡疏翎半夜鳴.	성긴 날개 털면서 밤중에 운다.[67]

최자崔滋의 자는 수덕樹德 처음 이름은 안安이며 문헌공文憲公의 뒤였다. 일찍 삼도부三都賦를 지었고 벼슬이 문하평장사門下平章事에 이르렀다. 물러나 스스로 동산수東山叟라 이름하고 시호는 문청文淸이다.

✧ 박인량朴寅亮

절강浙江

掛眼東門憤未消	눈을 뽑아 동문에 걸었으나 분이 사라지지 않아[68]
浙江千古起波濤	긴 세월 동안 절강浙江에 파도를 일으킨다.
遊人不識前賢志	노는 사람들이 전현의 뜻은 알지 못하고
但問潮頭幾尺高.	다만 조수 머리가 몇 자나 높은가 묻는다.[69]

---

67) 자신의 처지를 말하면서 불평도 말한 듯하다고 했다.
68) 吳나라가 伍子胥를 죽였는데 그가 죽으면서 말하기를 "내 눈을 뽑아 東門에 걸어두면 越나라 병졸들이 들어오는 것을 볼 것이라" 했다.
69) 지나는 사람들은 伍子胥의 분한 뜻이 자극해 조수가 일어나는 것을 알지 못하고 배에 해를 주지 않을까 근심하며 파도가 얼마나 높은가 하는 것만

박인량朴寅亮의 자는 대천代天이며 죽주인竹州人이다. 문종文宗 때 송宋
나라에 갔더니 송나라 사람들이 인량寅亮과 김근金覲의 시문을 칭찬하며 간
행하여 『소화집小華集』이라 이름했다. 숙종肅宗 때 참지정사參知政事를 했
으며 시호는 문렬文烈이다.

❖ 이혼李混

춘일강상즉사春日江上卽事(二首)

多景樓前水接天	다경루 앞에 물은 하늘에 닿았고
連滄橋外草如烟	연창교 밖에 풀이 연기와 같다.
和風澹蕩吹難定	화창한 바람은 고요히 불며 그치지 않고
細雨霏微止復連.	부슬부슬 가는 비는 그쳤다 다시 온다.

風定江淸上小舟	바람은 자고 강은 맑아 작은 배에 오르니
兩兩鴛鴦相對浮	원앙새가 짝을 지어 서로 보며 떴다.
愛之欲近忽飛去	사랑스러워 가까이 가려하니 문득 날아가고
芳洲日暮謾回頭.	방주芳洲에 해가 저물어 느리게 돌아오려 한다.

이혼李混의 자는 거화去華 또는 태초太初이며 전의인全義人이다. 충선왕
忠宣王 때 예문관대사백藝文館大詞伯이 되었는데 얼마 되지 않아 숙비淑妃
에 잘못 보여 영해寧海로 쫓겨났다가 소환되어 첨의정승僉議政丞에 임명되
었다. 영해寧海에 있을 때 바다에 떠있는 뗏목을 얻어 무고舞鼓를 만들었는
데 지금까지 악부樂府에 전하고 있다.

묻는다고 했다. 그리고 이 시의 詩題가 『東文選』과 『大東詩選』에는 『浙江』
이 아니고 伍子胥廟이다.

❖ 백문절白文節

방산사方山寺

樹陰無罅小溪流	나무 그늘은 틈이 없고 작은 시냇물이 흐르며
一炷淸香滿石樓	한 심지의 맑은 향기는 돌 다락에 가득하다.
苦熱人間方卓午	더위에 괴로워하는 인간에게 한낮이 높은데[70]
臥看初日在松頭.	누워서 소나무 머리에 있는 처음 솟는 해를 본 다오.[71]

광무光武[72]

百戰車中講六經	많은 싸움의 수레 안에서 육경六經을 강했고[73]
八珎案上憶蕪蔞亭	팔진미의 상 앞에서 무루정蕪蔞亭을 생각했다.[74]
雲臺滿壁丹靑濕	운대雲臺의 가득한 벽에는 단청에 젖었으며[75]
七里灘頭訪客星.	칠리탄七里灘 머리에 객성客星을 찾았다오.[76]

---

70) 李白의 시에,
　　頭戴笠子日卓午　한낮 해가 높게 뜨자 머리에 삿갓을 썼다.
　　라 했다.
71) 절이 깊고 먼 곳에 있음을 말한 것이라 했다.
72) 後漢을 中興한 劉秀를 光武皇帝라 함.
73) 光武는 학문을 좋아하여 陣中에서도 經典을 읽었다고 함.
74) 光武帝가 적병에 쫓겨 도망가다가 蕪蔞亭에 이르러 배가 고팠는데 馮異
　　가 민가에서 콩죽을 얻어왔다. 뒤에 황제가 되어 馮異에게 "내가 어찌
　　무루정 콩죽 맛을 잊을 수 있겠는가." 했다고 한다.
75) 광무제가 천하를 평정한 후 南臺에 中興功臣 이십팔 명의 화상을 벽에
　　그려 놓았다고 함.
76) 광무제가 동문수학했던 嚴子陵을 桐江 七里灘에서 낚시하고 있는 것을
　　찾았다고 한다.
　　여기에서 客星은 嚴子陵을 말한 것인데, 그가 광무제의 초치로 宮中에서
　　같이 자면서 자신의 다리를 광무제의 배 위에 올렸다. 다음날 天文을 맡

백문절白文節의 자는 빈연彬然이며 남포인藍浦人이다. 신라 간관諫官 중 학仲鶴의 후손으로 충렬왕忠烈王 때 사의司議가 되었다가 국학대사성國學 大司成으로 옮겼다. 글을 잘 지었으나 재주로서 자랑하지 않았다고 한다.

❖ 곽예郭預

일요逸鷂

夏凉冬煖飼鮮肥　　여름은 서늘하게 겨울은 따뜻하게 잘 먹여 살
　　　　　　　　　　쪘는데
何事穿雲去不歸　　무슨 일로 높게 날아 돌아오지 않나뇨.
海燕不曾資一粒　　제비는 한 쌀알도 먹게 주지 않았으나
年年還傍畵梁飛.　　해마다 돌아와 들보 옆에서 난다오.77)

광천남교廣淺南郊78)

百官連幕夜成城　　백관들은 장막을 연해 밤에도 성을 이루었고
燈火依俙拱北星　　희미한 등불은 북극성을 받들었다.
三節鼓闌紅日湧　　삼절三節79)을 따른 북소리에 붉은 해가 솟으니
羽林前隊過長亭.　　우림羽林80)의 앞 부대는 장정長亭81)을 지난다.

―――――――――

은 신하가 와서 客星犯御座甚急이라 했다고 한다. 이 작품은 광무제의
덕을 찬미한 것인데, 단 雲臺의 화상은 永平 때 있었던 것이다. 독자가
말로써 뜻을 상하지 않았으면 한다 했다.
77) 조롱하고 풍자하는 뜻이 있다고 했다.
78) 扈從할 때 지은 것이라 했다.
79) 三節은 지금의 三嚴과 같은 것이라고 했는데, 三嚴은 행군할 때 구령의
　　한 가지로 初嚴, 二嚴, 三嚴이 있다.
80) 임금을 호위하는 부대.
81) 路程을 표시하는 程이 있는데 오 리는 短程, 십 리는 長程이다.(본문의

직려直廬

半鉤疎箔向層巓	성긴 발을 반쯤 걷고 층층의 봉우리를 향했더니
萬壑松風動翠煙	많은 골짜기의 송풍이 푸른 연기를 움직인다.
午漏正閑公事少	한낮 누수도 한가롭고 공사公事가 적어
倚窓和睡聽鈞天.	창에 의지해 평화롭게 졸며 균천鈞天82)을 듣는다.

상연賞蓮

賞蓮三度到三池	연꽃을 구경하고자 삼지에 세 번 갔더니83)
翠蓋紅粧似舊時	푸른 잎과 붉게 단장한 꽃은 예와 같다오.
唯有看花玉堂老	오직 꽃을 보는 옥당의 늙은이가 있어
風情不減鬢如絲.	풍정은 감하지 않았으나 살쩍머리는 희었다네.

◈ 홍간洪侃

태백취귀도太白醉歸圖

天子呼來不上船	천자께서 오게 불러도 배에 오르지 않고84)
醉吟風月幾千篇	취해 풍월을 몇 천 편이나 읊었는가.
三山鶴馭尋常事	삼신산에서 학을 부리는 것도 예사로운 일인데
故跨靑驢作地仙.	일부러 나귀 타고 지상의 신선이 되었다오.85)

亭은 程이 아닌지)
82) 晋 穆公이 꿈에 천상에 올라가서 鈞天의 廣樂을 들었다고 한다.
83) 公이 翰林에 있을 때 매양 비가 오는 날이면 발을 씻고 우산을 쓰고 龍化院 崇敎寺의 못에 가서 연꽃을 구경했다고 한다.
84) 全句를 八仙歌에서 가져왔다고 했다.
85) 이것은 唐의 賀知章의 天上謫仙人의 말에 뿌리를 둔 것이라 했다.

석상증백이삼席上贈白彛參86)

炎洲翡翠莫同遊	염주炎洲의 비취새와 같이 놀지 마오87)
金縡毛衣總是愁	금색의 털옷은 모두 근심이라네.88)
愛殺見幾能避雨	죽이려는 기미 보고 비를 피하는 데 능한 것처럼
荻花深處一沙鷗.	갈대꽃 깊은 곳의 한 마리 갈매기를 좋아한다오.

　홍간洪侃의 자는 평보平甫 또는 운부雲夫이며 안동安東 풍산인豐山人이다. 충경왕忠敬王 때 급제했고 벼슬은 도첨의사인都僉議舍人까지 했는데, 뒤에 동래현령東萊縣令으로 좌천되어 그곳에서 세상을 떠났다.

✿ 장일張鎰
과승평군연자루(금순천부)過昇平郡燕子樓(今順天府)

霜月凄凉燕子樓	서리와 달빛으로 처량한 연자루에
郞官一去夢悠悠	낭관郞官이 한번 떠나자 꿈에서도 걱정된다오.
當時坐客休嫌老	당시 앉았던 손을 늙었다고 혐하지 마오
樓上佳人亦白頭.	누 위의 가인도 또한 머리가 희었다네.89)

---

86) 公이 彛參과 더불어 聯句를 짓게 되었는데 彛參이 불러 이르기를
　　鷗入荻花能避雨　갈매기가 갈대꽃에 들어가 비를 피하는데 능하다.
　　라 하니 公이 무릎을 치며 칭찬하고 바로 對句를 지어 말하기를,
　　蜂隨柳絮不禁風　벌은 버들솜을 따랐으나 바람을 막지 못했다.
　　라 하고, 또 이 시를 지어 주었다고 한다.
87) 李白의 시에
　　遊莫逐炎洲翡翠　놀면서 炎洲의 비취는 쫓지 마오.
　　라는 句의 註에 炎州는 南海 가운데 이천 리의 거리에 있다고 했다.
88) 翡翠가 털이 아름답기 때문에 화를 당한다는 것을 말한 것이다.
89) 拙翁이 말하기를 "공이 일찍 이 고을 원이었는데 太守 孫億이 官妓인 好

장일張鎰의 자는 이지弛之였고 처음 이름은 민敏이었으며 창녕昌寧 아전
이었다. 고종高宗 때 과거에 급제했고, 전후로 중국에 사신으로 가서 군명君
命을 욕되게 하지 않았다. 벼슬은 지첨의부사知僉議府事를 역임했으며 시호
는 장간章簡이다.

❖ 정윤의鄭允宜

서강성현사(금단성현)書江城縣舍(今丹城縣)

凌晨走馬入孤城	이른 새벽에 말을 달려 고성孤城에 들어가니
籬落無人杏子成	울타리에 사람은 없고 살구가 익었다.
布穀不知王事急	포곡새는 나라일이 급한 것을 알지 못하고
傍林終日勸春耕.	옆 숲에서 종일 봄갈이를 권한다.90)

정윤의鄭允宜는 초계인草溪人이며 충경왕忠敬王 무진에 과거에 급제했고
벼슬은 봉익대부奉翊大夫에 이르렀다.

❖ 백원항白元恒

연도추야燕都秋夜(정미년丁未年)

思家步月未成歸	집 생각하고 달빛 아래 걸으며 돌아가지 못했
	는데
庭樹秋深錦葉飛	뜰에 나무는 가을이 깊어 단풍잎이 날고 있다.

好를 좋아했다. 뒤에 按察이 되어 그곳을 갔더니 好好도 또한 늙었다."
고 했다.
90) 당시 나라에서 농사일에 방해가 되는 일을 하고 있었는데, 그것을 지적
하면서도 말이 은밀하면서 완곡하다고 했다.

故國三千八百里　　고국은 삼천팔백 리나 되는데
夜闌雙杵擣寒衣.　　깊은 밤에 두 방망이로 겨울옷을 다듬겠지.

　백원항白元恒은 일찍 충숙왕忠肅王을 좇아 원元나라에 머물기도 했으며
벼슬은 찬성사贊成事에 이르렀다.

❖ 승僧 원감圓鑑
가의賈誼

由來見忌坐才名　　재명才名이 죄가 되어 시기함을 보이게 되자
故作長沙萬里行　　짐짓 장사長沙로 만 리 길을 가게 되었다.[91]
祇是讒言成貝錦　　다만 참소한 말을 교묘하게 만들었으며
非關聖主不聰明.　　성주가 총명하지 않았기 때문이 아니었소.[92]

　승僧 원감圓鑑의 속명俗名은 위순魏珣이고 수녕인遂寧人이다. 고종高宗
무신戊申에 장원했으며 뒤에 부도浮屠가 되어 죽었다. 원감국사圓鑑國師로
더했다.

---

91) 絳灌의 무리들이 賈誼를 헐어 말하기를 나이 젊고 얕은 학문으로 권력을
　　마음대로 하여 모든 일에 분란을 일으킨다고 했다. 그 후 文帝가 그를
　　소원하게 여겼으며 長沙王 太傅로 좌천시켰다.
92) 漢 文帝와 같이 총명했던 군주도 絳灌의 무리들에 의혹이 되었는데 하물
　　며 昏主는 말할 것이 있겠는가. 참언의 무서움이 이와 같다고 했는데,
　　圓鑑이 出家하기 전에 지은 것이 아닌지 했다.

✦ 정해鄭瑎

대서기이기랑代書寄李起郎

春光欲入萬株楊	봄빛이 많은 버드나무에 들고자 하는데
燕市笙歌沸畫堂	연시燕市의 저소리가 화당畫堂에 들끓는다.[93]
爛醉知君送佳節	그대가 많이 취해 가절을 보내고 있음을 알지만
不應離恨似吾長.	응당 떨어져 있는 한이 나처럼 길지 않을 것이오.[94]

정해鄭瑎의 자는 회지晦之이며 의지顗之의 손자이다. 충렬왕忠烈王 때 전주銓注를 맡아 법 집행이 아부하지 않았다. 찬성사贊成事를 역임했고 시호는 장경章敬이며 유명으로 장례를 간소하게 하게 했다.

✦ 이진李瑱

산거우제山居偶題

滿空山翠滴人衣	공중에 가득한 푸르름이 사람 옷을 적시며
草綠池塘白鳥飛	풀이 푸른 못에 백조가 날고 있다.
宿霧夜棲深樹在	짙은 안개는 밤에 우거진 나무에 엉겨있고[95]
午風吹作雨霏霏.	한낮 바람이 불어 부슬비를 내리게 한다.[96]

이진李瑱의 자는 온고溫古이고 처음 이름은 방연方衍이며 경주인慶州人이다. 젊었을 때 시에 대해 사람들이 강운強韻으로 시험하면 붓을 잡고 바로

---

93) 말이 富麗하다고 했다.
94) 내 마음으로 그대를 비쳐보니 원망하는 뜻이 깊다고 하겠다 했다.
95) 이 句에 있는 棲字가 교묘하다 했다.
96) 四句가 모두 눈앞에 전개된 경치(卽景)를 말한 것이다.

써 생각해두었던 것과 같았다. 충숙왕忠肅王 때 검교정승檢校政丞을 역임했고 임해군臨海君의 봉작을 받았으며 시호는 문정文定이다.

◈ 이제현李齊賢

회음표모분淮陰漂母墳

婦人猶解識英雄	부인이 오히려 영웅을 이해하고 알아
一見殷勤慰困窮	한 번 보고 은근히 곤궁함을 위로했다.[97]
自棄爪牙資敵國	스스로 조아爪牙[98]를 적국에 주었으니[99]
項王無賴目重瞳.	항왕項王은 눈의 중동重瞳[100]에 힘입음이 없다오.

산중설야山中雪夜

紙被生寒佛燈暗	지피에[101] 차가움이 생기고 불등은 어두우며
沙彌一夜不鳴鍾	사미는 한밤 내내 종을 치지 않는다.
應嗔宿客開門早	자던 손이 일찍 문을 열었다고 응당 꾸짖겠지만
要看庭前雪壓松.	뜰 앞의 눈에 눌린 소나무를 보려는 것이오.[102]

---

97) 韓信이 젊었을 때 곤궁해 굶고 낚시를 하고 있으면 빨래하는 여인이 밥을 주었다고 한다.
98) 맹수의 어금니와 발톱, 훌륭한 장수를 말함.
99) 韓信이 처음 여러 번 좋은 계획을 項羽에게 말했으나 받아들이지 않으므로 漢으로 도망해 갔다고 한다.
100) 舜임금과 같이 項羽도 重瞳이었다고 했다.
101) 紙被는 바로 放翁이 말한 바 楮衾이라 했다.
102) 속된 사람들이 山家의 맑은 경치를 누설하는 것을 미워하는 것으로 말의 뜻이 새롭다.
　　세상에서 말하기를 益齋가 자신이 평생 지은 시를 崔拙翁에 보내 평을 부탁했더니 拙翁이 다른 시를 모두 지워버리고 이 시만 남겨 보냈다고 한다.

구요당九曜堂103)

溪水潺潺石逕斜　시냇물은 잔잔하고 돌길은 비꼈는데
寂寥誰似道人家　누구의 집이 도인의 집처럼 고요한가.
庭前臥樹春無葉　뜰 앞의 누운 나무 봄인데 잎이 없고
盡日山蜂咽草花.　온종일 벌들은 풀꽃에서 울고 있다.

범려范蠡

論功豈啻破强吳　논공에 어찌 강한 오를 격파한 것 뿐이겠느냐
最在扁舟泛五湖　편주로 오호五湖에 뜬것에 가장 큰 공이 있다오.
不解載將西子去　서시西施를 데리고 가는 것을 알지 못했다면
越宮還有一姑蘇.　월궁越宮에 도리어 하나의 고소姑蘇가 있었을
　　　　　　　　것이요.104)

화정조학사자앙和呈趙學士子昻

風流空想永和春　풍류는 영화永和의 봄을 헛되게 생각하게 하고
翰墨遺蹤百變新　글씨는 남긴 자취를 백번이나 변해 새롭게 했
　　　　　　　　다.105)

---

103) 松都 外院에 있었다는데 지금은 그 위치를 알 수 없다.
104) 公이 〈詠四皓歸漢詩〉에,
　　　逋翁不爲卑辭屈　숨은 늙은이 공손한 말에도 굴하지 않았는데
　　　未忍劉家又似秦　진나라 같은 유가에도 참지 못했다오.
　　라 한 것도 또한 이 시와 같은 뜻이다. 姑蘇는 吳나라 지명.
105) 王羲之 右軍이 永和 九年 저문 봄에 孫綽 등 사십일 명과 더불어 계를
　　하고 蘭亭에서 술을 마시고 記文을 지어 蠶繭紙에 썼는데 왕희지 자신

千載幸逢眞面目	긴 세월에 다행히 참면목을 만났으며106)
況聞家有衛夫人	이에 들으니 집에는 위부인이 있었다한다.107)

탁군涿郡

美壤每每接太行	아름다운 땅은 매양 태항산을 접했고108)
東秦右臂北燕吭	동쪽은 진秦의 오른 팔 복쪽은 연燕의 목구멍이오.109)
劉郎却愛蠶叢國	유랑이 도리어 잠총국蠶叢國을 사랑하여110)
故里虛生羽葆桑.	고향의 우보상羽葆桑을 헛되게 나게 했다네.111)

업성鄴城112)

漢月依依照露盤	한漢나라 달이 섭섭하게 노반露盤을 비치자
舍人獨自淚闌干	사인舍人이 홀로 눈물을 많이 흘린다.113)

이 그 글씨를 神助라 했다. 뒤에 唐 太宗의 昭陵에 殉葬을 했는데 溫韜가 昭陵에서 發塚하여 다시 사람들이 보게 되었으며, 또 사람들이 摹刻을 많이 했기 때문에 드디어 그 진본을 잃어버렸다고 했다.

106) 趙子昻의 글씨를 王羲之에 견준 것이다.
107) 自註에 말하기를 學士의 夫人 管氏도 또한 글씨를 잘 썼다고 했다. 尙書郎 李充의 어머니가 衛氏書에 말하기를 "衛夫人의 제자 王逸少(羲之의 字)가 있었는데 위부인의 글씨를 잘 배워 놀랄 만큼 접근했다."고 했다.
108) 『左傳』에 原田을 매양 美田이라 했다.
109) 漢의 田肯이 齊를 東秦이라고 했다.
110) 李白詩의 註에 '蜀王의 먼저 이름을 蚕叢이고 그 뒤에는 栢灌이 있었으며 그 뒤에는 魚鳧가 있다.'고 했다.
111) 劉備의 집 동쪽에 뽕나무의 높이가 다섯 발이나 되며 수레를 덮는 것과 같았다. 유비가 말하기를 "내가 마땅히 이 羽葆盖車를 탈 것이라" 했다한다.
112) 曹魏가 도읍한 곳이다.

須知鄴下荀文若   업하鄴下의 순문약荀文若[114]이 알았다면
永媿遼東管幼安.   길이 요동의 관유안管幼安을 부끄러워 할 것이다.[115]

◈ 조계방趙繼芳

산사山寺

敲門俗客直須麾   문을 두드리는 속객俗客[116]을 모름지기 거절하여[117]
莫使山家奇事知   산가의 기이한 일을 알게 하지 마오.
屋角梨花開滿樹   집 모퉁이에 배꽃이 나무에 가득하게 피면
子規來叫月明時.   자규가 와서 달이 밝을 때 운다오.[118]

　　조계방趙繼芳은 창녕인昌寧人이며 광한光漢의 아들이다. 충렬왕忠烈王
때 벼슬은 제학提學을 했다.

---

113) 李賀의 金銅仙人辭漢歌序에 魏 明帝가 宮官에 명령하여 수레로 서쪽에
　　漢武帝의 捧露盤을 취해 오게 했다. 仙人이 前殿에 세우고자 하는데 宮
　　官이 이미 露盤을 절단했으므로 仙人이 수레에 실으면서 눈물을 흘렸
　　다고 했다.
114) 荀彧의 字.
115) 幼安은 管寧의 字이다. 이 시의 뜻은 荀彧이 漢室을 명분으로 하여 죽었
　　으나 曹操가 帝業을 이룬 것은 荀彧의 계획에 따른 것이므로 사실은 그
　　는 漢의 賊臣이다. 어찌 管寧과 같이 피해 살면서 節義를 온전히 하여
　　漢의 백성이 된 것과 같을 수 있겠는가 했다.
116) 俗客은 『靑丘風雅』에 宿客으로 표기되었으나 『東文選』의 기록에 따랐
　　다. 그것은 敲門 밑에는 宿보다 俗이 더욱 말이 적확하지 않은가 생각되
　　었기 때문이다. 『大東詩選』은 宿字다.
117) 楊子雲이 이르기를 門墻에 있으므로 麾之한다 했다.
118) 이 시는 李益齋의 〈山中雪夜詩〉와 같은 調度라 했다.

✤ 최해崔瀣

사호귀한四皓歸漢

漢用奇謀立帝功	한 고조에 기이한 꾀로 제업帝業의 공을 세우며[119]
指麾豪傑似兒童	호걸 지휘하기를 아이 부리는 것처럼 했다.
可憐皓首商山客	가련하게 흰 머리 상산商山의 손도
亦墮留侯計畫中.	역시 유후留侯[120]의 계획 가운데 떨어졌다네.[121]

현재설야縣齋雪夜[122]

三年竄逐病相仍	삼 년 동안 쫓겨 다니면서 병도 서로 겹쳤으며
一室生涯轉似僧	가족들의 생애가 중과 같이 바뀌었다.
雪滿四山人不到	눈이 사방 산에 가득하고 사람은 오지 않는데
海濤聲裏坐挑燈.	해도海濤[123]소리 속에 앉아 등불 돋운다.

---

119) 여기에서 한 고조에 奇謀를 제시한 인물은 張良을 지칭함.
120) 張良의 封爵.
121) 元의 學士 趙子昂의 시에,
　　白髮商巖四老翁　백발이 된 상암의 네 늙은이가
　　紫芝歌罷聽松風　자지의 노래를 파하고 소나무 바람소리 듣는다.
　　半生不與人間事　반생 동안 인간의 일을 더불지 않았는데
　　亦墮留侯術中.　留侯의 꾀 가운데 떨어졌다오.
　　라 한 시와 暗合했다.
122) 長沙監務로 좌천되어 갈 때 지는 것이라 했다.
123) 바다파도(海濤)는 松聲을 이름이라 했다.

✥ 이곡李穀

도중피우유감途中避雨有感

甲第當街蔭綠槐	거리의 좋은 집에 느티나무 그늘이 덮었으니
高門應爲子孫開	귀한 집에서 응당 자손을 위해 지었을 것이다.
年來易主無車馬	근간에 주인이 바뀌어 수레와 말도 없고
唯有行人避雨來.	오직 행인이 비를 피하기 위해 온다네.124)

식순食筍125)

故山篁竹賤如薪	고향 산에는 대가 섶처럼 천해
靑筍堆盤不甚珍	봄 죽순이 수라상에 많이 올라 귀히 여기지 않는다.
忽此眼明靑玉束	갑자기 푸른 옥을 묶은 것에 눈이 밝아지는데126)
虀鹽久厭客京塵.	나그네가 서울 티끌에 소금만의 양념이 싫었다오.

✥ 안축安軸

원일元日

人多先我飮屠蘇	사람들이 나 먼저 도소屠蘇를 많이 마셨으며127)

---

124) 단지 사치한 것만을 숭상하고 자손을 가르치지 않은 자를 경계함을 알 것이라 했다.
125) 元나라 서울에 있을 때 지은 것이다.
126) 고국 산에서 자란 것을 보는 것과 같았기 때문에 눈이 밝아진 것이라 했다.
127) 屠는 鬼氣를 끊고 蘇는 사람의 넋을 깨게 한다는 것인데 바로 草庵의 이름이다. 옛날 어떤 사람이 屠蘇를 가지고 있으면서 매양 섣달그믐이면 마을 사람들에 약을 주며 우물물에 넣어 두었다가 정월 초하루에 술과 같이 가족이 마시면 역질에 걸리지 않을 것이라 하며 젊은 자기 면

已覺衰遲負壯圖　이미 쇠하고 더딤을 알고 큰 포부를 저버렸다.
歲歲賣癡癡不盡　해마다 어리석음을 팔고자 하나 남아 있었는데
猶將肯我到今吾.　오히려 나를 잘 이끌어 오늘에 이르게 했다오.

포도주화주은자지이권여蒲萄酒和州隱者持以勸余

斗酒千金足市恩　한 말의 포도주는 비싸 은혜로 사기에 충분하며
古人曾獻貴人門　옛 사람도 일찍 귀인의 문에 드렸다.
山翁癡拙無機巧　산옹이 치졸하며 기교가 없어
虛食涼州老一村.　헛되게 양주涼州를 먹고 마을에서 늙었다.[128]

범승상맥주도范丞相麥舟圖

異氣當從大義求　이기異氣는 마땅히 대의를 좇아 구해지며[129]
虎生三日便窺牛　범은 난 지 삼일이면 문득 소를 엿본다오.
曼卿一得無心惠　만경曼卿이 얻은 것에 은혜로 여김이 없으며
天下民皆飽麥舟.　천하의 백성들이 모두 맥주麥舟를 포식한다네.[130]

　　저 마시고 나이 많은 자가 뒤에 마시게 한다 했다.
128) 孟沱가 葡萄酒 한 말을 張讓에게 주고 涼州를 얻었다고 했다.
129) 宋 文正公 范仲淹이 堯夫를 보내 姑蘇에 가서 보리 오백 석을 가져오게
　　했다. 堯夫가 배를 타고 돌아오면서 丹陽에 이르러 石曼卿을 보았더니
　　그가 三年喪이 되어 삼례를 치루고자 하나 의논할 자가 없다고 하므로
　　堯夫가 배에 실은 보리를 주고 집에 오자 文正이 말하기를 "東吳에서
　　친구들을 보았느냐" 하므로 堯夫가 "曼卿이 삼년상이 되었으나 장례를
　　치르지 못하고 있는데 丹陽에 머물러 있으면서 그때 郭元振이 없어 알
　　릴 사람이 없었다"고 했다. 文正이 "왜 배에 실은 보리를 주지 않았느
　　냐" 하니 堯夫가 "이미 주었다고 말했다"고 했다.
130) 文正公 부자가 서로 이어 정치를 했으니 천하의 사람들이 善政의 혜택

제야除夜

燈殘古館轉悠悠   고관에 가물거리는 등불 빛이 널리 퍼져
客路難堪歲暮愁   객지에서 세모의 근심을 견디기 어렵다오.
夢罷明朝年五十   꿈을 깬 내일 아침이면 나이 오십인데
夜深高臥數更壽.   깊은 밤 높게 누워 다시 나이를 헤어본다.131)

◈ 권한공權漢功
영국공제분매瀛國公第盆梅132)

玉瘦瓊憔意未平   여위고 파리해 마음이 편치 못한데
出塵仙骨更輕盈   티끌을 벗어난 선골이 다시 약간 차게 되었다.
細看不是春風面   자세히 보면 봄바람의 얼굴이 아니고
萬里明妃雪裏行.   만 리 밖의 명비明妃가 눈 속을 가는 것이오.133)

재도하在都下134)

雁北來時不寄書   기러기가 북쪽으로 올 때 글을 부치지 않았으니
雁南飛日更愁予   기러기가 남쪽으로 나는 날 다시 근심한다오.135)
故園正隔三千里   고향은 삼천리나 떨어졌는데

을 많이 받았음을 알 수 있다고 했다.
131) 오직 그의 나이 계산이 잘못되었을까 겁낸다고 했다.
132) 元의 세조가 宋의 小帝에 공주를 시집보내고 國公의 봉작을 내렸다고
    했다.
133) 암암리에 小帝를 가리키고 있다.
134) 元나라 서울에 있을 때 지은 것이라 했다.
135) 첩으로 雁字를 사용해 스스로 아름다운 對가 되었으며 또한 詩家의 格
    式의 하나이다.

水草年年無定居.　해마다 수초水草에 정한 거처가 없다오.[136]

황경계축주감득구서우대동강선창皇慶癸丑酒酣得句書于大同江船窓

磯邊綠樹春陰薄　자갈가의 푸른 나무에 봄 그늘이 엷으며
江上靑山暮色多　강 위의 푸른 산은 저문 빛이 많다오.
宛在水中迷遠近　완연히 물 가운데 있어 원근이 아득해
芳洲何處竹枝歌.　방주芳洲 어느 곳에서 죽지가竹枝歌[137]를 부르랴.[138]

　　권한공權漢功은 안동인安東人이며 호는 일재一齋이다. 충숙왕忠肅王이 한공漢功을 하옥下獄했다가 섬으로 유배시켰다. 한공漢功이 왕을 원망하여 중서성中書省에 글을 올려 심왕호瀋王暠를 세우고자 했으나 되지 않았다. 벼슬은 정승正丞에 이르렀고 예천부원군醴泉府院君이며 시호는 문탄文坦이다.

❖ 민사평閔思平
김시중승려방강서혜소상인金侍中乘驢訪江西惠素上人

獨跨靑驢訪碧山　혼자 나귀 타고 푸른 산을 찾았더니
山僧應是後豊干　산에 중은 분명히 풍간豊干의 후신後身일 것이오.[139]

---

136) 북쪽 풍속이 水草를 따라 살면서 땅에 다다르지 않았다고 했다.(不地着)
137) 竹枝歌는 蜀中의 민요로서 그 지방의 풍물을 읊은 것인데, 唐의 劉禹錫이 그곳에 있으면서 풍물을 소재로 하여 십 수를 지었는데 그것이 竹枝詞의 시초라 한다 했다.
138) 騷語라 했다.
139) 閭丘公이 丹陽의 守令이 되어 豊禪師에 청해 말하기를 "한 말씀을 이곳

不因此老閑饒舌　이 늙은이의 쓸데없는 많은 말이 아니었다면
誰作黃扉上相看.　누가 황비黃扉[140]의 상상上相으로 볼 수 있었으
　　　　　　　　랴.[141]

정중승월하무금鄭中丞月下撫琴[142]

蟾影圓流露桂枝　달그림자는 이슬 젖은 계수나무 가지에 흐르고
夜深斗覺爽襟期　밤이 깊자 옷깃이 상쾌함을 반드시 느꼈다.
世人誰是知音耳　세상 사람에 누가 소리를 아는 귀일까
一曲廣陵空自知.　한 곡의 광릉산廣陵散을 부질없이 혼자 안다오.[143]

차우곡시운次愚谷詩韻

西舍南隣二十霜　이십 년 동안 서쪽으로 집을 하고 남쪽은 이웃해

　　에 보여주고 가면 싶다"고 빌었더니 말하기를 到任해서 文殊와 普賢을
　　찾아보라. 그들은 國淸寺에서 물을 끓이고 그릇을 씻고 있는 寒山과 拾
　　得이라 하는 자가 그들이라 했다. 閭丘가 방문해 보니 두 사람이 화로
　　를 안고 웃으며 이야기를 하고 있는데 閭丘가 자신도 모르게 절을 했더
　　니 寒山이 閭丘의 손을 잡고 웃으며 말하기를 "豊干이 말을 많이 했구
　　나" 했다.(出典을 말하지 않았음.)
140) 黃色의 사립문, 宰相을 일컬음.
141) 金侍中이 나귀를 타고 野服을 입고 있어 사람들이 그가 宰相임을 알지
　　못했는데 惠素의 말로 인해 알게 되었다고 했다.
142) 앞의 한 수와 이 작품이 바로 〈東國四詠詩〉의 두 수로서 和益齋韻이다.
　　아울러 崔大尉의 〈冒雪遊城北雛巖〉과 郭翰林의 雨中賞蓮 네 수다. 侍中
　　은 바로 文烈公 金富軾, 中丞은 瓜亭 鄭叙, 大尉는 雙明齋 崔讜, 翰林은
　　壯元 郭預이다.
143) 晉의 稽康이 康陵散을 지었는데 聲調가 매우 뛰어났다. 處刑에 다다라
　　턴식해 말하기를 "옛날 袁孝尼가 일찍 나를 좇아 廣陵散을 배우고자 했
　　는데 내가 아꼈다. 지금에 끊어지게 되었다"고 했다.

幾將詩句互雌黃	몇 번이나 시구를 가지고 서로 고쳤는가.144)
當時谷老猶無恙	그때 곡로谷老도 오히려 건강해
幽夢初回審雨堂.	깊숙한 꿈에 심우당審雨堂을 처음 돌아왔다오.145)

　민사평閔思平의 자는 탄부坦夫 호는 급암及庵이며 여흥인驪興人이다. 지정至正 구년에 도첨의찬성사都僉議贊成事를 맡았으며 시호는 문온文溫이다. 무자無子했고 김구용金九容이 외손外孫이다.

❖ 왕백王伯
산거춘일山居春日

村家昨夜雨濛濛	어제 밤 시골집에 비가 자욱하게 내리더니
竹外桃花忽放紅	대나무 밖에 복숭아꽃이 갑자기 피었다.
醉裏不知雙鬢雪	취한 가운데 양쪽 살쩍머리 흰 것을 모르고
折簪繁蕚立東風.	번화한 꽃송이 머리에 꽂고 봄바람에 섰다.

---

144) 王衍이 지은 시에 좋지 않다는 말이 있으면 바로 다시 고치기 때문에 口中雌黃이라 불렀다고 했다.

145) 『太平廣記』에 盧汾이 친구와 더불어 서재에서 잔치를 하고 있는데 밤이 깊었고 달이 뜨자 뜰 앞의 느티나무 가운데서 웃음과 음악 소리가 들렸다. 盧汾이 이상하게 여겨 정신이 혼미했다가 눈을 떠보니 궁궐에 문이 넓게 열려 있는데 깊었다. 세 사람이 함께 들어갔더니 큰 집에 額을 審雨堂이라 했고 붉은 옷을 입은 부인이 盧汾의 일행들을 잔치에 참여하게 했는데, 얼마 되지 않아 큰 바람이 불어 審雨堂의 들보가 무너지고 사람들도 분산되었다. 노분이 정신을 차려 느티나무를 보니 나무가 바람에 꺾이었고 큰 가지가 뿌리까지 넘겨졌다. 인해 불을 들고 비추어보니 큰 개미굴이었다고 했다.
　시의 뜻을 자세히 살펴보면 아마 愚谷이 벼슬을 그만둔 뒤에 지은 것이 아닌가 했다.

왕백王伯의 처음 이름은 여주汝舟이고 강릉인江陵人이다. 충렬왕 때 급
제했으며 벼슬은 밀직부사密直副使에 이르렀다.

◈ 신천辛蕆
목교木橋

斫斷長條跨一灘	긴 나뭇가지 꺾어 여울에 걸쳤더니
濺霜飛雪帶驚瀾	뿌리는 서리와 눈이 놀란 물결과 띠를 했다.
須臾步步臨深意	잠깐 사이 걷고 걸어 깊은데 다다른 생각은
移向功名宦路看.	공명을 향해 벼슬길로 옮기는 것을 본다오.

신천辛蕆은 정당문학政堂文學을 역임했다.

◈ 僧僧 굉연宏演
제묵룡권題墨龍卷

閶闔迢迢白氣通	멀고 먼 천문天門에 백기白氣가 통해
滿絹雲起墨潭風	비단에 가득하게 구름이 일고 검은 못에 바람이 분다.
夜來仙杖無尋處	밤이 들자 선장仙杖을 찾을 곳이 없는데[146]
應向人間作歲豊.	응당 인간세계에 풍년을 만들고자 갔을 것이오.

---

146) 壺公이 費長房을 보내면서 대지팡이 하나를 주며 타고 가게 했는데, 잠
깐 사이에 집에 도착하여 지팡이를 葛陂에 던지고 바라보니 바로 靑龍
이었다고 한다 했다.

06

점필재 정선 청구풍아 권지칠 佔畢齋 精選 靑丘風雅 卷之七
칠언절구七言絶句

◈ 윤택尹澤

종의릉연행원從毅陵[1]宴杏園

雨灑紅簾酒滿樽	비는 주렴에 뿌리고 술은 두루미에 가득한데
檀槽一曲感皇恩	단조檀槽[2]로 감황은感皇恩[3] 한 곡을 탄다오.
城南春色皆圍繞	성남에 봄빛이 다 둘러쌌으니
應爲東君在此園.	응당 동군東君[4]이 이 동산에 있을 것이오.

윤택尹澤의 자는 중덕仲德 무송인茂松人이며 스스로 호를 율정栗亭이라 했다. 일곱 살에 글을 배우면 문득 외웠다. 공민왕 십년에 정당문학政堂文學이 되었으며 뒤에 찬성사贊成事를 더했다. 낙향하기를 빌어 금주錦州에서 산수山水를 즐겼다. 팔십이 세에 세상을 떠났으며 시호는 문정文貞이다.

◈ 한종유韓宗愈

한양촌장漢陽村莊[5]

十里平湖細雨過	십리의 넓은 호수에 가는 비 지나가고
一聲長笛隔蘆花	하나의 긴 피리소리 갈대꽃 너머에서 들린다.
直將金鼎調羹手	솟에 국을 끓일 수 있는 솜씨를 가지고
還把漁竿下晚沙.	도리어 낚싯대 잡고 저문 사장으로 내려간다.[6]

---

1) 毅陵은 忠肅王 陵號인데 소급해서 말한 것이다.
2) 악기인 비파를 말한 것이다.
3) 樂府에 感皇恩詞가 있다.
4) 東君은 造化를 맡은 신인데 여기서는 임금을 비유한 것이라 했다.
5) 이 莊은 楮子島 가운데 있다고 했다.
6) 시를 말하는 사람들이 이 시의 四句가 모두 옛 사람의 시구에서 가지고 와서 사용했다 할지라도 공의 깨끗한 생각에서는 방해가 되지 않을 것이라 했다.

單衫短帽繞池塘　　홑적삼 짧은 모자 쓰고 못 방죽을 돌다가
隔岸垂楊送晩凉　　언덕 너머 수양 밑에서 저녁 서늘함을 보낸다.
散步歸來山月下　　산에 뜬 달빛 아래 천천히 걸어 돌아오니
杖頭猶襲露荷香.　　장두杖頭에 오히려 이슬 젖은 연꽃 향기 난다오.

　　한종유韓宗愈의 자는 사고師古 한양인漢陽人이며 호는 복재復齋다. 젊었
을 때 일시의 명사들과 왕래하며 술을 마셔 허일虛日이 없었기 때문에 양화
도楊花徒라 했다. 충혜왕忠惠王 때 악양岳陽으로 유배되었는데 원나라에서
불러 충목왕忠穆王을 부탁했다. 귀국하여 정사를 도왔고 뒤에 한양부원군漢
陽府院君의 봉작을 받았다. 나이 많아 저자도楮子島에 있는 별업別業에 물
러나 있었으며 시호는 문절文節이다.

✧ 오순吳珣
삼각산三角山[7]

聳空三朶碧芙蓉　　공중에 우뚝 솟은 세 송이 푸른 부용에
縹緲煙霞幾萬重　　아득한 연기와 안개가 몇 만 겹인가.
却憶當年倚樓處　　문득 그때 누에 의지했던 곳을 생각하니
日沈蕭寺數聲鍾.　　소사蕭寺의 두어 번 종소리에 해가 진다오.[8]

강두江頭

春江無際暝烟沈　　끝없는 봄강은 어두운 연기에 잠겼는데

---

7) 신라 때는 負兒岳이라 불렀다.
8) 梁나라 武帝가 절을 지어놓고 蕭子雲으로 하여금 飛白體로 크게 蕭寺라
　　쓰게 했다고 한다.

獨把漁竿坐夜深　홀로 낚시대 잡고 깊은 밤에 앉았다.

餌下纖鱗知幾箇　미끼 밑에 어린 고기 몇 마리인지 알 수 있을까

十年空有釣鰲心.　십년 동안 부질없이 자라 낚는 마음만 있다.[9]

오순吳珣은 연우延祐 이년二年에 장원했다.

✿ 윤여형尹汝衡

억고향憶故鄕

水畔梅花雪裏開　물가의 매화꽃은 눈 속에 피었으며

夜深明月上樓臺　깊은 밤 밝은 달이 누대위에 떴다.[10]

此間着我詩應妙　이 속에서 내가 시를 지으면 응당 묘할 것 같아

閑跨驢兒歸去來.　한가롭게 나귀 타고 오고가고 한다오.[11]

윤여형尹汝衡은 각문저후閤門祗侯라 했다.

✿ 최원우崔元祐

제무진객사題茂珎客舍

脩竹家家翡翠啼　집집이 긴대나무에 비취가 울고

雨催寒食水生溪　비는 한식을 재촉해 시내에 물이 불었다.[12]

蒼苔小草官橋路　푸른 이끼 작은 풀이 있는 관교官橋길에

---

9) 시의 뜻은 姜太公이 文王을 낚는 것과 같고자 한 것이라 했다.

10) 매화와 달은 시인들의 詩作에 좋은 재료가 된다고 했다.

11) 시의 재료가 된다고 하며 돌아가는 것을 생각한다고 했으니 바로 의탁한 말이라 했다.(托言)

12) 催字가 노련(老)하다.

怕見殘紅入馬蹄.　남은 꽃이 말발굽에 밟히는 것이 보일까 두렵다.

최원우崔元祐는 사헌司憲 집의執義를 역임했다.

◈ 정포鄭誧
서강잡흥西江雜興

風靜長江綠潑油　바람이 고요한 긴 강에 푸르름이 잘 피어나며
征帆一一集潮頭　가는 배가 모두 조수머리에 모였다.
篙師放火鳴鼉鼓　사공이 불을 지르며13) 악어북을 치니
知是東南賈客舟.　동남 쪽 상인들의 배임을 알겠다오.14)

靑山似畵滿蓬窓　그림 같은 푸른 산은 봉창에 가득하고
細雨如絲洒石矼　실처럼 가는 비는 돌 징검다리를 씻는다.
已是夜闌淸不寐　이미 깊은 밤이 맑아 자지 않고 있는데
舟人更唱禮成江.　뱃사람은 다시 예성강禮成江을 부른다.15)

---

13) 밤에 출발하기 위해 放火를 한다고 했다.
14) 宋나라 商人들이 우리나라에 오면 반드시 禮成江 어귀로 온다고 했다.
15) 禮成江은 曲名이다. 세상에 전하는 이야기에 중국 상인 賀頭綱은 바둑을
　　잘 두었다. 일찍 禮成江에 이르러 아름다운 여인을 보고 내기를 하고자
　　하여 그 여인의 남편과 더불어 내기 바둑을 두어 일부러 져주어 그 남편
　　에게 많은 이익이 돌아가게 했다. 그 남편이 부인을 걸고 두게 되자 賀
　　頭綱이 한 번에 이겨 여인을 싣고 가버렸다. 그 남편이 후회하며 이 노
　　래를 지었다고 한다. 그 여인도 가면서 몸 단장을 굳게 하여 頭綱이 가
　　까이 하고자 했으나 하지 못했다. 배가 바다 가운데 이르자 배가 돌면서
　　앞으로 가지 않으므로 점을 쳐보았더니 節婦에 감동한 바로서 돌려보내
　　지 않으면 배가 반드시 전복될 것이라 하므로 다른 뱃사람들이 놀라 頭
　　綱에 권해 돌려보내게 되었다. 부인도 또한 노래를 지었다고 했는데 그
　　노래는 지금 전하지 않는다 했다.

十日秋霖江面肥　십일 동안 가을장마에 강물이 불었고
殘雲更作雨霏霏　남은 구름에 다시 부슬비가 내린다.
夜來樓下濤聲壯　밤이 되자 누 아래 파도소리 크며
淸曉人家水半扉.　맑은 새벽 집들의 사립문에 반이나 물이라오.[16]

江村秋後轉多蠅　가을 지난 강촌에 파리가 더욱 많아
對案時時食未能　밥상을 대해도 때때로 먹을 수 없다.
早晩雨晴天氣好　조만간 비가 개고 날씨가 좋으면
飄然一棹過昌陵.　표연히 배를 타고 창릉昌陵[17]을 지나리라.

보제사종普濟寺鍾

金銀佛寺側城闉　성문 옆에 금은으로 장식한 절은
夜夜鳴鍾不失辰　밤마다 때를 잃지 않고 종을 울린다.
誰道令人發深省　누가 사람들에 깊게 반성을 하게 말하나뇨.[18]
祇能喚起利名人.　명리에 젖은 사람들을 불러일으킨다오.[19]

---

16) 韓退之의 시에,
　　高處水半扉　높은 곳의 물이 사립문에 반이나 올랐다.
　　라 했다.
17) 昌陵은 절 이름이라 했다.
18) 杜甫의 시에,
　　欲覺聞晨鍾　깨어 새벽 종소리 듣고자
　　令人發深省　사람들에 깊이 살피게 했다.
　　라 한 연을 들어놓았다.
19) 이것은 翻案法인데 매우 묘하다고 했다.

제선녀착기도題仙女着碁圖

仙女千年兩臉紅　선녀는 천년동안 두 뺨이 붉은데
人間俯仰鬢如蓬　인간을 살펴보니 살쩍머리가 다북대 같다오.
弈碁欲睹長生術　바둑으로 장생술을 내기하고자 하나
惆悵相看是畵中.　슬프게도 서로 바라보면 그림 속이라오.

◈ 윤진尹珎
금성즉사錦城卽事

海近山圍古錦州　바다가 가깝고 산이 둘러싼 옛 금주[20]에
前村處處繫漁舟　마을 앞 곳곳에 고깃배가 매였다.
有時賈客通吳越　때로는 상인商人들이 오월吳越과 통하기도 하며
人得魚鰕入酒樓.　사람들이 생선을 얻으면 술집으로 들어간다.

◈ 이담李湛
고목枯木

白虯倒立碧山陰　흰 이무기가 푸른 산그늘에 거꾸로 서있는데[21]
斤斧人遙歲月深　도끼 가진 사람은 멀어졌고 세월도 깊었다.
堪嘆春風吹又過　탄식하는 것은 봄바람이 불며 또 지나가나
舊枝無復有花心.　옛 가지에 다시는 꽃이 필 마음이 없다오.

이담李湛은 위의 윤진尹珎과 아울러 성명만 기록했다.

---

20) 지금 羅州임.
21) 표현이 逼眞하다.

❖ 최사립崔斯立
대인待人

天壽門前柳絮飛	천수문 앞 버들솜이 나를 즈음
一壺來待故人歸	한 병 술을 가지고 와서 고인오기를 기다린다.
眼穿落日長程晚	지는 해를 바라보니 먼 길은 저물었는데[22]
多少行人近却非.	얼마의 다니는 사람들이 가까이 오면 아니라오.

최사립崔斯立은 사인舍人을 했다.

❖ 이견간李堅幹
봉사관동문두견奉使關東聞杜鵑

旅館挑殘一盞燈	여관에서 남은 하나의 등잔불을 돋우니
使華風味澹於僧	사신의 풍치와 맛이 중보다 맑다오.
隔窓杜宇終宵聽	창 너머 두견새 소리 새벽까지 들리는데
啼在山花第幾層.	산에 있는 꽃의 몇 층에서 울고 있을까.[23]

---

22) 韓愈의 시에,
  眼穿長訝雙魚斷 눈을 뜨니 두 마리의 고기가 조각난 것이 의아하다.
  라 한 구를 들었다.
  『靑丘風雅』에는 이 句의 長程晚의 晚을 畔으로 했으나 『東文選』『大東詩選』에는 모두 晚이다. 의미상으로도 晚이 더욱 타당하지 않은가 생각되어 『東文選』의 기록에 따랐다.

23) 韓退之 시에,
  躑躅紅千層 철죽의 붉은 꽃이 천 층이 된다오.
  라 했는데, 李堅幹의 이 시가 여행 중의 맑은 상황에 대한 묘사가 한 자도 속된 기운을 띠지 않았으니 그가 시로서 이름이 우리나라에서 무거운 것은 이러한 시 때문이라 했다.

이견간李堅幹은 사헌司憲 집의執義를 역임했다.

✧ 조서曹庶

송라판사지일본送羅判事之日本

使節飄然海上風	사신使臣이 표연히 바다에서 바람을 만나[24]
樓船直到武陵東	큰 배가 바로 무릉武陵 동쪽에 이르렀다.
此行只爲通鄰好	이번 가는 것은 이웃끼리 좋게 통하려는 것이며
不是區區喜異功	구차하게 이상한 공을 좋아함이 아니라오.[25]

오령묘五靈廟

村南村北雨凄凄	마을 남쪽 북쪽에 비가 내려 쌀쌀하며
古廟靈宮楊柳低	오령묘五靈廟[26]에 버들이 낮게 드리웠다.
十里江山和睡過	십리의 강산을 졸며 지나가니
竹林深處午鷄啼.	대밭 깊은 곳에 한낮 닭이 운다오.

---

24) 詩題 밑에 이 시의 배경이라 할 수 있는 이야기가 있으므로 옮겨 놓는다.
   洪武 팔 년 정월 羅興儒가 글을 올려 자신이 國書를 가지고 日本에 가서
   賊船의 침범을 금지시키겠다고 하니 恭愍王이 크게 기뻐하며 判典客寺
   事로 임명하여 보냈다. 興儒가 일본에 이르자 일본 사람들이 의심하며
   太宰府에 가두었다. 興儒가 그들을 속여 말하기를 내 나이 백오십 살이
   며 神術이 있다고 하니 일본 사람들이 믿고 두려워했다. 그때 우리나라
   사람으로서 그곳에서 중이 된 자가 있었는데 놓아주기를 청해 興儒가
   그 나라 왕의 글을 가지고 같이 돌아왔다.
25) 羅興儒가 글을 올려 스스로 가기를 청했으니 참으로 공을 좋아하는 자이
   다. 이 시는 그를 나무라고자 한 것이라 했다.
26) 曹庶가 사신으로 明나라에 갔는데 명나라에서 그를 金齒國으로 유배시
   켜 五靈廟를 지나면서 이 시를 지은 것이라 했다.

조서曹庶는 인산인仁山人이며 벼슬은 참의參議를 했다. 명明나라에 사신으로 갔다가 금치金齒에 유배되었으며 뒤에 환국했다.

◈ 허금許錦

윤중양일등옥산회일민헌숙閏重陽日登屋山懷逸民憲叔

多病良辰怕酒盃	병이 많아 좋은 계절에도 술잔이 겁나
登高搔首獨徘徊	높은 곳에 올라 머리 긁으며 혼자 배회한다오.
今年可是重陽閏	금년은 마침 중양重陽이 윤달이라 하니
滿眼黃花節後開.	눈에 가득한 국화가 절기 뒤에도 피겠다.

◈ 박효수朴孝修

제영가객사題永嘉客舍

牧丹花外竹陰淸	목단꽃 밖에 대나무 그늘이 맑아
一苑能甦倦客情	동산이 게으른 손의 감정을 소생시킨다.[27]
催送勸農鈴牒了	권농하는 영첩鈴牒을 재촉해 보내고[28]
倚軒唯夢日邊行.	툇마루에 의지해 오직 일변행日邊行을 꿈꾼다오.[29]

---

27) 甦字는 蘇와 같다.

28) 지금처럼 방울을 옮겨 달았으니 방울의 수에 따라 급하고 느린 것을 알 수 있었는데 빨리 전하고자 한 것이라 했다.

29) 杜詩에 이르기를.
   肺病幾時朝日邊   폐병으로 언제 임금 있는 곳에 조회하랴.
   라 하여 日邊行의 출처의 근거를 밝혔다.

◈ 이방직李邦直

호가서도扈駕西都

春風駿馬繞長城	봄바람에 좋은 말을 타고 긴 성을 돌았더니[30]
水遠天長霽色明	물은 멀고 하늘은 길며 갠 빛이 밝다오.
釣得溪魚挑野菜	시내에서 낚은 고기와 야채를 돋아내
午陰多處等閒烹.	한낮 그늘 짙은 곳에서 예사롭게 끓인다.

이방직李邦直의 자는 청경淸卿 호는 의곡義谷이며 청주인淸州人이다. 이 공승李公升의 후後이고 벼슬은 진현관대제학進賢館大提學을 역임했으며 양성국琅城君의 봉작을 받았다.

◈ 권사복權思復

방안放鴈[31]

雲漢猶堪任意飛	은하수까지 오히려 마음대로 날면서
稻田胡自蹈危機	어찌 벼논에서 스스로 위험을 밟는가.
從今去向冥冥外	지금부터 아득한 곳으로 향해 가서
只要全身勿要肥.	몸을 온전하게 하고 살찌는 것은 바라지 마오.[32]

---

30) 金黃元의 西都〈浮碧樓詩〉에,
　　長城一面溶溶水　긴 성 한 쪽에 물이 편편히 흐른다.
　　라 했다.
31) 이 시의 自註에 延安 西村의 주인이 산 기러기를 먹으라고 주었는데 차마 먹을 수 없어 놓아 주었다고 했다.
32) 이익만을 쫓는 무리들이 놀랄 것이라 했다.

사우인혜다謝友人惠茶

南國故人新寄茶	남국의 친구가 새 차를 보냈으니
午窓睡起味偏多	한낮 창 밑에서 자다 일어나 마시면 맛이 좋다.
令人少睡還堪厭	잠을 적게 한다니 도리어 싫어졌는데
睡可忘憂少睡何.	자게 되면 근심은 잊지만 적게 자면 어찌하랴.33)

송객호루불급등주유작送客湖樓不及登舟有作

送客江頭客已歸	강두에서 손을 전송하려 했더니 손은 이미 갔고
登舟對酒漫尋詩	배에 올라 술을 마시며 부질없이 시를 짓는다.
恨無顧陸丹靑手	한하는 것은 고육顧陸34)의 그림 솜씨로써
畵出衰翁走馬時.	늙은 첨지 말 달리는 때를 그릴 수 없음이오.

　권사복權思復은 安東人이며 호는 愼村이다. 벼슬은 政堂文學에 이르렀으며 福城君의 봉작을 받았다.

✧ 조운흘趙云仡
즉사卽事

| 柴門日午喚人開 | 한낮에 사람 불러 사립문을 열고 |

---

33) 차가 비록 자는 것을 깨우고 슬픔을 물리치나 자면서 근심을 잊은 것만 못하다고 했으니, 이 시는 말을 돌려 바꾼 것이 매우 묘하다.

34) 顧는 愷之 陸은 探微라 했다. 顧愷之는 東晋의 畵家 자는 長康이며 顧虎頭라 하기도 하는데 그가 虎頭將軍을 지냈기 때문이다. 陸探微는 南朝 宋의 인물로서 그림에 능했는데 특히 人物 故實 山水 草木을 잘 그렸다고 한다.

步出林亭坐石苔　걸어 숲속 정자에 나가 이끼 낀 돌에 앉았다.
昨夜山中風雨惡　지난밤 산중에 비바람 사납더니
滿溪流水泛花來.　시내 가득히 흐르는 물에 꽃이 떠내려 온다.35)

　　조운흘趙云仡은 한양부漢陽府 풍양현인豊壤縣人이다. 공민왕恭愍王 때 상주尙州의 노음산露陰山에 살면서 호를 석간石磵 서하옹棲霞翁이라 하고 거짓으로 미친 듯하며 숨어 살았으며 나갈 때는 반드시 소를 타고 다녔다. 뒤에 광주廣州 고원촌古垣村에 살면서 스스로 판교원주板橋院主라 일컬었다. 본조의 태조 때 강릉대도호부사江陵大都護府使를 했는데 세상을 떠날 때 자신이 묘지를 지어 뜻을 보였다고 했다.

❖ 이색李穡
교동喬桐

海門無際碧天低　바다문은 끝이 없고 푸른 하늘 나직하며
帆影飛來日在西　돛 그림자 날아오고 해는 서쪽에 있다.
山下家家蒭白酒　산 밑에 집집마다 탁주가 먹을만 하며
斷葱斫膾欲鷄棲.　파 베고 회 치며 닭이 깃들이고자 한다.36)

신흥즉사晨興卽事

湯沸風爐雀噪簷　풍로에 물은 끓고 처마에 새들은 지저귀며37)

---

35) 이 시를 말하는 자들이 이르기를 石磵이 물러나 廣州 村莊에 살고 있었는데, 어느 날 숲 속을 거닐다가 官道에 林堅味 廉興邦이 처자들까지 멀리 유배되어 가는 것을 보고 이 시를 지었다고 한다.

36) 이 시에서 날이 저물어 손이 오게 되면 다투어 고기와 술로 위로한다고 했으니 바닷가 마을의 풍속이 이와 같음을 반영한 것이라 했다.

老妻盥櫛試梅鹽　노처老妻는 손 씻고 빗질하며 음식에 간을 맞춘다.[38]
日高三丈紬衾暖　해는 삼장이나 높고 명주 이불이 따뜻해
一片乾坤屬黑甛.　한 조각의 건곤도 낮잠에 속했다오.[39]

방밀양박선생환경訪密陽朴先生還京

碧桃花下月黃昏　벽도화 밑에 달은 황혼인데
爭挽長條雪洒樽　긴 가지 당기니 눈 같은 꽃이 술통에 뿌린다.[40]
當日同遊幾人在　그때 같이 놀았던 사람 몇이나 남았는가
自怜携影更敲門.　가련하게 그림자 이끌고 다시 문을 두드린다.[41]

접접蝶

雪趁翻然箇箇同　눈처럼 훌적 나는 개개의 같은 나비가
弄芳成隊舞東風　꽃을 희롱하며 무리지어 동풍에 춤을 춘다.
曾聞月下飛無數　일찍 달빛 아래 무수히 난다고 들었으니[42]
肯入吾家紙裸中.　우리 집 지라紙裸 가운데 들어왔으면 하네.[43]

---

37) 陸放翁詩에,
　　風爐歠鉢生涯在　풍로에 바리때가 일치한 것에 생애가 있다오.
　　라 했다.
38) 調酸鹹이라 했으니 음식의 간을 맞춘다는 말이다.
39) 늙을 즈음의 한가함을 잘 묘사한 것이라 했다.
40) 東坡의 시에,
　　爭挽長條落香雪　긴 가지 당기니 향설이 떨어진다.
　　라 한 구를 들었다.
41) 存歿의 느낌이 있다고 했다.
42) 唐 穆宗이 궁중에 목단이 많이 피었고 나비가 꽃 사이에 헬 수 없을 정
　　도로 많이 날고 있는 것을 보고 그물로 나비를 잡아 그것을 庫中金玉이
　　라 했다.

춘음春陰

春盡園丁種菜遲　봄이 지났는데 원정이 채소 심은 것이 늦어
宿根雖出未敷夥　묵은 뿌리는 나왔으나 잎은 무성하지 못하다.
老翁本不知區畫　늙은이가 본디 구분을 하지 못하고
却要盤飡似舊時.　문득 반찬은 옛날 같은 것을 찾는다.

◈ 정몽주鄭夢周
양자강楊子江

龍飛一日樹神功　용[44]이 날아 하루에 신기한 공을 세워[45]
直使乾坤繞漢宮　바로 건곤乾坤으로 한궁漢宮을 둘러싸게 했다.
但把長江限南北　다만 장강으로 남북의 한계를 했으니
曹公誰道是英雄.　누가 조공曹公[46]을 영웅이라 말했던가.

강남곡江南曲

江南女兒花插頭　강남 처녀들이 머리에 꽃을 꽂고
笑呼伴侶游芳洲　웃으며 친구 불러 방주芳洲에서 놀았다.

---

43) 東坡가 이르기를 세상에 전해오는 말에 어떤 書生이 官庫에 들어가서 돈
　　을 보고 알지 못하고 있으므로 옆에서 이상히 여겼더니 서생이 말하기
　　를 "그것이 돈이 된다는 것은 알고 있지만 다만 紙裸 중에 있지 않는 것
　　이 이상하다"고 했다. 紙裸는 어떤 의미인지 알아보지 못했다.
44) 임금을 상징적으로 표현할 때 용이라 함. 龍顏과 같은 것이다.
45) 明 태조가 和州로부터 이 강을 건너 僞漢을 평정하고 金陵에 도읍을 정
　　했다.
46) 曹操를 지칭한 것이다.

蕩槳歸來日欲暮　노 젓고 돌아오다 날이 저물려 하자

鴛鴦雙飛無限愁.　짝지어 나는 원앙새 보고 매우 근심한다오.

정부원征婦怨 二首

一別年多消息稀　이별한 지 여러 해 소식 드물어

塞垣存歿有誰知　변방에서 죽고 산 것을 뉘가 알고 있으랴.

今朝始寄寒衣去　오늘 아침 비로소 한의寒衣를 보내오니

泣送歸時在腹兒.　울며 헤어져 돌아올 때 이미 아기를 가졌다오.[47]

織罷回文錦字新　회답한 글을 짜 넣었더니 비단 글자가 새로운데

題封寄遠恨無因　봉해 멀리 부치려 하니 의지할 데 없어 한이라오.

衆中恐有遼東客　무리들 가운데 혹시 요동 가는 손이 있는지

每向津頭問路人.　매양 나루를 향해 가는 사람에 묻는다.

부주식앵도復州食櫻桃

五月遼東暑氣微　오월인데 요동은 덥지 않아

櫻桃初熟壓低枝　앵도가 처음 익어 가지를 낮게 눌렀다.

嘗新客路還腸斷　객지에서 햇것 맛보고 도리어 슬픈 것은

不及吾君薦廟時.　우리 임금 사당 천신 때를 미치지 못했기 때문
이요.[48]

---

47) 수자리 간 남편이 갈 때 아이를 가졌는데, 그 아이가 나서 자라 옷을 가
지고 가게 보냈다고 하니 그의 아버지가 수자리 간 것이 오래 되었음을
알 수 있는데, 秦나라가 만리장성을 쌓을 때와 같다고 했다.

48) 月令에 따르면 仲夏에 天子가 앵도로서 寢廟에 천신한다 했다.

독역讀易

以我方寸包乾坤	내 좁은 가슴에 건곤을 안고
優遊三十六宮春	삼십육궁의 봄을 한가롭게 놀았다오.[49]
眼前認取畫前易	눈앞의 전역前易에 그은 괘를 알고 취했는데
回首包羲跡已陳.	머리 돌리니 포희包羲의 자취는 이미 낡은 것이오.[50]

입직중서문하성취부入直中書門下省醉賦

去年郎舍老馮唐	지난해 낭사에 나이 많은 풍당馮唐[51]은
自愧含糊坐廟堂	죽 먹으며 묘당廟堂에 앉은 것을 부끄럽게 여겼다.
依舊只知詩興在	예처럼 시흥詩興만 있음을 알고 있었는데
鳳凰池水染春光.	봉황지 물로 봄빛을 물들인다오.[52]

강남억도은江南憶陶隱

| 客路江南每獨吟 | 나그네 길 강남에서 매양 혼자 시를 읊어 |

---

49) 邵康節의 시에,
　　天根月屈閑來往　天根과 月屈을 한가롭게 왕래하니
　　三十六宮都是春　삼십육 궁이 모두 봄이라오.
　　라 했다.
50) 牧隱이 일찍 公을 일러 말하기를 橫說竪說하나 모두 理에 맞다고 했는데
　　이 시를 보면 公이 易理에도 깊었음을 알 수 있다.
51) 馮唐은 前漢 文帝 武帝 때의 인물로서 나이 구십에 郎官을 맡아 일을 잘
　　했다고 한다.
52) 晉나라 荀勖이 中書監을 하다가 尙書令에 제수되자 사람들이 축하를 하
　　니 荀勖이 말하기를 "내 鳳凰池를 빼앗아갔는데 제군들이 무엇을 축하
　　하고자 하느냐" 했다.

錦囊千首是光陰　주머니 속 많은 시에 세월이 흘렀다오.53)
只嫌詩病還依舊　시병詩病이 예로 돌아가는 혐의가 되었으니
他日煩君試一針.　다른 날 그대를 번거롭게 해 침을 맞고자 한다오.54)

✥ 김구용金九容

강릉도중江陵途中

旌旆央央照海波　깃발이 선명하게 펄럭이며 바다 파도를 비치니
鷗鴣驚簸海棠花　자고새가 놀라 해당화를 떨어뜨린다.
白沙翠竹汀洲畔　물가의 언덕에 흰 사장과 푸른 대나무에는
疑是松喬子弟家.　송교松喬55)의 자제들 집이 아닌가 한다.

무창武昌

黃鶴樓前水湧波　황학루 앞의 물에 파도가 솟구치고
沿江簾幙幾千家　강물 따라 주렴과 장막이 몇 천 집인가.
釀錢沽酒開懷抱　돈을 거두어 술을 사서 회포를 푸니56)
大別山靑日已斜.　대별산은 푸르고 해는 이미 기울었다오.57)

---

53) 唐의 李賀가 말을 타고 여행을 하게 되면 종에게 錦囊을 메고 오게 하여 시를 짓게 되면 그 속에 던져 넣었다고 한다. 光陰은 言記日月이라 했다.
54) 針은 砭之針이라 했다.
55) 松은 赤松, 喬는 王喬라 했는데, 王喬는 後漢 때 사람으로 神術을 가진 인물이라 한다.
56) 釀는 合錢飮酒라 했으니 돈을 모아 술을 받아 마시는 것이다.
57) 이 시는 작자가 大理로 유배가면서 지은 것이기 때문에 읽으면 悵然하다고 했다.

여강기둔촌驪江寄遁村

解衣欹枕夢初驚	옷을 풀고 베개 베고 자다가 처음으로 놀라 깨니
時有沙禽忽報更	때때로 사장의 새가 밤 시각을 알린다.
意在汀洲佳處住	생각은 물가 아름다운 곳에 머물고자 했는데
岸移山轉覺舟行.	언덕이 옮기고 산이 돌아 배가 가고 있음을 알았다오.

야초野草58)

纖纖野草自開花	가는 들풀은 스스로 꽃이 피었고
檣影如龍水面斜	용 같은 돛대 그림자는 수면에 빗겼다.
日暮每依烟渚宿	날이 저물면 매양 연기 낀 물가에 잤는데
竹林深處有人家.	대숲 깊은 곳에 인가가 있다오.

❖ 이달충李達衷
전부탄田婦嘆 二首

霖雨連旬久未炊	열흘 동안 계속된 장마에 오래 불을 때지 못했고
門前小麥正離離	문 앞 밀은 이삭이 뻗어 숙이었다.
待晴欲刈晴還雨	갤 때 기다려 베고자 했으나 갰다 다시 비가 와
謀飽爲傭飽易飢.	배부르게 먹고자 고용했는데 배가 쉽게 고프다.

夫死紅軍子戍邊	아비는 홍건적에 죽고 자식은 변방 수자리 가59)

---

58) 이 시 역시 大理로 유배 가는 도중에 지은 것이라 했다.
59) 恭愍王 십 년에 紅巾賊이 압록강을 건너 安州를 엄습하고 岊嶺柵을 격파

一身生理正蕭然　한 몸 사는 것이 정말 쓸쓸하다오.
揷竿冠笠雀登頂　대줄기 꽂아 삿갓 씌웠는데 새들이 앉았으며[60]
拾穗擔筐蛾撲肩.　이삭 주워 광주리 지고 오는 어깨에 나방이 친다.[61]

◈ 정주鄭樞

정주도중定州途中

定州關外草萋萋　정주관定州關[62] 밖에 풀은 무성하며
沙磧無人日向西　사장에 사람은 없고 해는 지고자 한다.
過海腥風吹戰骨　바다를 지나자 비린 바람이 전골에 불어오는데
白楡多處馬頻嘶.　흰 느릅나무 많은 곳에서 말이 자주 운다.

독중종기讀中宗紀

由來哲婦敗嘉謨　예부터 영리한 부인은 아름다운 계획을 망치며
詀諵盟言淺丈夫　속삭여 맹세하는 말[63]로 장부를 고루하게 한다.
地下若逢韋處士　만약 저세상에서 위처사韋處士를 만나게 된다면
帝心還愧點籌無.　임금 마음에 점주點籌[64]가 부끄러움이 없겠는가.[65]

하자 我軍이 여러 번 패했으므로 홍건적이 서울을 함락시키고 몇 개월
동안 머물고 있어 王이 福川으로 가서 피난을 했다.

60) 지금 농가에서 허수아비를 세우는 것은 새들에 겁을 주고자 하나 새들은
그것이 진짜가 아님을 알고 그 꼭대기에 오른다고 했다.

61) 이 두 작품은 농가 과부의 외롭고 굶주리고 초췌한 형상을 곡진하게 표
현하여 芹曝之獻(시골 사람의 생각을 반영한 것)을 대신한다고 했다.

62) 定州는 지금 定平이라 했다. 아래 전골은 전쟁에서 죽은 사람의 뼈.

63) 詀諵은 細語와 같다.

64) 놀이에 말을 옮겨주는 것을 말함.

65) 唐의 中宗이 황후 韋氏와 유폐되어 있을 때 스스로 맹세해 말하기를 다
시 하늘을 보게 되면 금제하는 법을 없게 할 것이라 했다. 反正이 되자

기무설사寄無說師

世事紛紛是如非	세상일은 시비로 시끄러운데
十年塵土汚人衣	십년 동안 진토가 사람 옷을 더럽혔다.[66]
落花啼鳥春風裏	꽃이 떨어지고 새가 우는 봄바람 속에
何處靑山獨掩扉.	어느 곳 푸른 산에 홀로 사립문을 닫았는가.

◈ 설손偰遜

촌장취귀村莊醉歸

摘來嫩韭新炊飯	연한 부추 베어 와서 새로 밥을 짓고
酤得香醪旋打魚	향기로운 술을 사고 고기 잡아 회를 친다.[67]
白髮山翁健如鶴	흰 머리의 시골 늙은이는 학처럼 건강해
只愁賓客不歡娛.	다만 손이 즐거하지 않을까 근심한다네.

제화마題畵馬

玉蹄高蹄雲作斑	옥을 깎아 발굽하고 구름으로 무늬를 했으며

조회할 때 后가 장막을 가리고 朝政의 말을 모두 들었다. 中宗이 后에게
武三思와 더불어 雙陸을 하게하고 中宗이 點籌를 했으며 武三思는 后와
通情을 하게 되었다. 處士 韋月이 글을 올려 武三思가 后와 통정해 궁중
에 반드시 역란이 일어날 것이라 하니 임금이 크게 화를 내어 韋月을 죽
이고자 했다. 許璟이 조사를 해보기를 청했으나 임금이 허락하지 않으
므로 許璟이 꼭 韋月을 죽일 것 같으면 먼저 자신을 죽이라고 하니 임금
의 화가 조금 풀려 嶺南으로 유배시켰는데 廣州都督 周仁範이 武三思의
지시에 따라 韋月을 죽였다.

66) 문득 현실에서 달아나고자 하는 의지를 배우는 듯함이 있다고 했다.
67) 촌가의 풍속과 멋을 묘사하여 손에게 기쁨을 주고자 한다고 했다.

帝閑芻粟積如山　임금이 한가하니 꼴과 조가 산처럼 쌓였다.
祇今漳寇猶蜂蝱　지금 장강漳江 주위의 도적이 벌과 개미 같으니[68]
安得生眞卽鞲鞍.　어찌 참된 삶을 얻음이 신과 안장이 아니겠는가.

✥ 이숭인李崇仁
관인위기觀人圍碁

手談相對小窓間　작은 창 밑에 서로 대해 바둑을 두고 있는데[69]
簷雨蕭蕭暎碧山　소소히 내리는 처마의 비가 푸른 산을 비춘다.
勝負固應關一下　승부는 분명 한번 두는 것과 상관이 있어
幾深却似十分閑.　기미가 깊어 십분 동안 한가한 듯하다.

제승사題僧舍

山北山南細路分　세로細路가 산 남북으로 나누어졌으며
松花含雨落繽紛　송화가 빗물을 머금고 어지럽게 떨어진다.
道人汲井歸茅舍　도인道人이 물을 길러 모사茅舍로 들어가니
一帶靑烟染白雲.　한 띠의 푸른 연기 흰 구름을 물들인다.

과김중현고거過金仲賢故居

園林春盡落花飛　동산 숲에 봄이 저물자 떨어진 꽃이 날리며
門掩蒼苔半上扉　푸른 이끼가 닫아둔 문에 반이나 올라왔다.

---

68) 元나라 順帝의 말년에 陳有定이 福建을 점거하자 漳江 지역이 모두 소속
　이 되었다.
69) 日本에 手談池가 있는데 그 못에서 바둑돌이 나온다고 했다.

詩酒十年渾似夢　　십년 동안 시주詩酒가 모두 꿈과 같은데

龍山此日淡斜暉.　　이 날 용산70)에는 맑은 햇빛이 비꼈다.

승승蠅

終日營營几案前　　종일 궤와 책상 앞에서 영영거리며

飛來飛去抛飄然　　날아갔다 오며 훌쩍 떠나지 않는다.

家童未用麾稷拂　　가동家童이 종려나무 부채를 쓰지 않아71)

留與淸霜九月天.　　맑은 서리 내리는 구월까지 같이 머문다오.72)

사문도회고沙門島懷古 三首

憑高欲望蓬萊島　　높은 데 의지해 봉래도를 바라보고자 하니

渺渺烟波接蒼昊　　아득한 연기 낀 물결이 푸른 하늘에 닿았다.

安期空有棗如瓜　　안기생安期生73)은 공연히 참외만한 대추를 가
　　　　　　　　　졌고

斜日茂陵生秋草.　　비낀 해에 무릉茂陵74)은 가을 풀이 난다오.

八仙當日訪壺瀛　　그날 여덟 신선이 호영壺瀛75)을 찾았을 때

---

70) 龍山은 金仲賢이 사는 곳이다.

71) 稷은 모양이 蒲葵와 같으며 잎은 있으나 가지가 없다. 껍질은 줄을 만들
　　수 있어 지금의 털로 만든 채찍처럼 흔들 수 있다.

72) 九月이 되면 서리가 차기 때문에 비록 채찍을 사용하지 않아도 스스로
　　깨끗해지는데, 小人이 밝은 임금을 만나면 배척을 하지 않아도 자연히
　　자취를 감추는 것에 비유한 것이라 했다.

73) 安期生은 秦 始皇이 만났다는 신선으로 죽지 않고 오래 살았다고 함.

74) 漢 武帝의 陵號.

75) 公이 杖歌가 있는 것 같다 하고, 또 이르기를 八仙祠 아래 바다는 하늘과

雲間旗旄擁颷輦　구름 사이의 깃발은 빠른 수레를 옹위했다.
令人悵然欲從遊　그들을 따라 놀고 싶으나 슬프게 하는 것은
且問弱水今淸淺.　약수弱水[76]가 지금은 맑고 얕은가 묻고 싶다오.

千古之罘一點山　천고의 지부之罘[77]의 한 점 산은
鴉鬟倒影滄波間　쪽진 머리의 갈까마귀가 창파에 거꾸로 비쳤다.
祖龍遺迹復誰記　조룡祖龍[78]이 남긴 자취 누가 다시 기억하랴
石刻剝落苔紋斑.　돌에 새긴 것이 깎여 떨어지고 이끼만 아롱졌다.

도상우설道上遇雪

雪花如席亂飄揚　눈이 자리처럼 어지럽게 날리는데
驢背吟高興更長　나귀 타고 높게 읊조리니 흥이 다시 길다오.
我本陶齋好詩者　나는 본디 도연명陶淵明 시를 좋아하는 자였는데
傍人錯比孟襄陽.　옆 사람은 맹양양孟襄陽[79]으로 잘못 견준다.

신청新晴

爲愛新晴倚草亭　새로 갠 것이 좋아 초정草亭에 의지하니
杏花初結柳條靑　행화는 처음 맺고 버들가지는 푸르다.[80]

연했으니 의심하건데 팔선은 이 섬으로부터 바다에 들어가서 신선을 구
하는 자일 것이다.
76) 弱水는 浮力이 없어 물건이 들어가도 뜨지 않는다는 물로서 어디에 있다
는 말도 없이 알려진 이름이다.
77) 之罘는 山東省에 있는 산 이름. 玉篇에는 芝罘라 했다. 秦始皇登芝罘刻石.
78) 秦 始皇을 말함.
79) 盛唐의 시인 孟浩然을 말함.

詩成政在無心處　　시를 이루는 것은 바로 무심한 곳에 있는데
枉向塵編苦乞靈.　　진편塵編을 잘못 향해 괴롭게 신령에 빌겠는가.81)

일본천우상인궤적성자석연이시위사日本天祐上人饋赤城紫石硯以詩爲謝

肌理如脂不假硎　　살이 기름처럼 연해 숫돌을 빌릴 것이 없으며82)
池邊石眼點華星　　묵지墨池가의 석안石眼은 화성華星의 점이라오.83)
染毫敢作彫虫字　　그 벼루에 찍은 붓으로 충자虫字를 쓰겠는가.
擬寫楞伽一部經.　　능가경楞伽經84) 일부를 쓰고 싶다오.

과회음감표모사過淮陰感漂母事

一飯王孫感慨多　　한 그릇 밥에 왕손王孫85)의 감개가 많아
不知菹醢竟如何　　저해菹醢86)가 마침내 어떤 것인지 알지 못했다.
孤墳千載精靈在　　외로운 무덤에는 긴 세월 동안 정령이 있어

---

80) 此得詩處라 했는데, 詩材를 얻었다는 의미가 아닌가 한다.
81) 詩意에서 謝靈運 春草의 句와 陶淵明의 采菊詩가 모두 景과 意가 모여 우
　　연히 詩文이 되었으나 내가 어찌 古人의 靈을 빌어 구하고자 하겠느냐
　　했는데 이 말은 公이 自負해서 한 말이라 했다.
82) 硎은 砥石라 했는데 숫돌이다.
83) 唐 彦猷에 이르기를 端溪石에서 눈이 있는 것이 가장 귀한 것이며 눈이
　　큰 것이 더욱 귀한 것이다. 간혹 벼루 가운데 北斗星의 좌우의 위치가
　　형성되어 있다고 한다. 土人들이 눈이 많고 적은 것으로 값의 경중을 정
　　하며, 端溪石이 墨池 밖에서 나온 것을 高眼이라 이르며 더욱 귀하게 여
　　겨 먹물에 담그지 않고 그대로 본다고 한다 했다.
84) 불교의 經典 이름.
85) 韓信을 지칭한 것임.
86) 菹醢는 채소나 고기를 소금에 절인 것을 말함.

笑殺高皇猛士歌.　한고조漢高祖의 맹사가猛士歌를 많이 비웃는다오.[87]

❖ 원송수元松壽

정조매용란正朝賣慵懶

慵懶由來不直錢　게으름은 원래 돈으로 값하는 것이 아닌데
相呼相賣謾爭先　서로 부르고 팔아 부질없이 앞을 다툰다.
世人肯把千金擲　세상 사람들이 즐겨 천금을 던지는데
今歲依然似去年.　금년에도 의연히 지난해와 같다오.[88]

복도남양후홍언박차조남당시伏覩南陽侯洪彦博次曹南堂詩

少日心期未老閑　젊은 날 늙지 않아 한가하기를 기약했으나
宦途容易損朱顔　벼슬길이 쉽게 젊은 낯을 잃게 한다오.
君恩報了方歸去　임금의 은혜 갚고 돌아가고자 한다면
吾眼無由對碧山.　내 눈은 푸른 산을 대할 수 없다네.[89]

---

87) 漢 高祖의 大風歌에서 安得猛士兮守四方이라 했는데, 이 시는 高祖가 猛士를 얻어 사방을 지키는 것을 생각한 것이겠으나 마침내 韓信과 彭越을 저해하게 되었으니 漂母가 國士를 중하게 여기는 것만 같지 못한 것이다. 그 精靈이 만약 있다면 高祖의 말과 뜻이 서로 다른 것에 대해 비웃지 아니하겠느냐. 李益齋는 項羽를 꾸짖고 公은 高祖를 꾸짖었는데, 뜻과 말이 모두 좋다고 했다.

88) 은연중에 韓退之의 送窮文과 柳子厚의 乞巧文과 끝에 뜻이 서로 같다고 했다.

89) 자신을 풍자한 것이 사람을 풍자한 바가 되었다고 했다.

기처형민급암寄妻兄閔及庵

笛聲江郡落梅花	강군江郡의 저 소리는 낙매화落梅花인데[90]
西望長安日已斜	서쪽으로 서울을 바라보니 해가 이미 비꼈다.
栗里舊居楊柳在	율리栗里[91]의 예 살던 곳은 양류가 있으나
不知春色屬誰家.	봄빛은 누구의 집에 속했는지 알지 못하겠다오.[92]

　원송수元松壽는 원주인原州人으로 풍모가 맑고 빼어났다. 공민왕恭愍王 때 오랫동안 전기典機를 맡으면서 신중하게 하여 여러 번 옮겨 정당문학政堂文學을 역임했다. 신돈辛旽이 용사用事를 하자 근심하고 분하게 여겨 그 것이 병을 얻어 세상을 떠났다. 시호는 문정文定이다.

✥ 정도전鄭道傳
중구重九

故園歸路渺無窮	고향으로 돌아가는 길이 아득해 다함이 없어
水繞山回復幾重	물이 얽히고 산은 돌아 다시 몇 겹인가.
望欲遠時愁更遠	멀리 바라보려 할 때 근심이 더욱 멀어
登高莫上最高峰.	높은데 올라도 가장 높은 봉은 오르지 마오.

계유정단봉천문구호癸酉正旦奉天門口號

春隨細雨渡天津	봄에 가는 비 따라 천진天津[93]을 건너가니

---

90) 落梅花는 曲名이다.
91) 陶潛이 살았던 곳이 栗里이며, 집에는 五柳가 있었다고 한다.
92) 나라와 집을 떠나고 싶은 감정이 있다고 했다.

太液池邊柳色新　태액지太液池 가에 버들 빛이 새롭다.
滿帽宮花霑錫宴　모자에 가득한 궁중의 꽃이 석연錫宴에 젖어
金吾不問醉歸人.　집금오執金吾94)가 취해 가는 사람 묻지 않는다.

자영自詠

致君無術澤民難　임금께 이루게 할 지혜 없어 백성에 혜택도 어
　　　　　　　　려워
欲向汾陰講典墳　분음汾陰에 가서 경전이나 가르치고 싶다.95)
十載風塵多戰伐　십년 동안의 풍진에 싸움이 많아
靑衿零落散如雲.　선비들이 떨어져 구름 같이 흩어졌다.96)

방김익지訪金益之

壚煙暗淡樹高低　큰 언덕에 연기는 허옇고 나무는 높고 낮으며
草沒人蹤路欲迷　사람 자취는 풀에 묻혀 길이 희미하다.
行近君家猶未識　그대 집 가까이 왔으나 오히려 알지 못했는데
田翁背指小橋西　田翁이 돌아서 다리 서쪽을 가리킨다.97)

---

93) 天津은 다리 이름이라 했다.
94) 「後漢志」에 執金吾는 宮外에서 예사롭지 않은 水火와 같은 일을 맡아 경
　　계하는 관직인데, 註에 吾는 禦로서 金革을 가지고 비상한 일을 막는다
　　고 했다. 이와 다른 해석으로 金吾는 鳥의 이름으로 그 새의 형상을 닮
　　았기 때문에 벼슬이름이 되었다고 했다.
95) 王通이 대궐에 나아가서 太平을 이룰 수 있게 十二 策을 올렸으나 隋의
　　임금이 받아들이지 않으므로 드디어 河汾의 사이에서 글을 가르쳤는데
　　제자들이 먼 곳에서부터 오는 자가 많았다 한다.
96) 世道를 바꿀 뜻이 있다고 했다.
97) 李存吾의 志節이 秋色과 喬嶽과 그 높음을 다툴 수 있는데, 存吾와 헤어

❖ 윤소종尹紹宗

별정언이존오別正言李存吾

大廷白日雷庭後   맑은 날 대궐 뜰에서 천둥 친 뒤에
南北三年幾夢思   남북으로 삼년 동안 얼마나 꿈에서 생각했던가
復上離亭重回首   다시 이정離亭에 올라 거듭 머리 돌리니
秋高喬嶽易生悲.   늦은 가을 높은 산에 슬픔이 쉽게 난다오.

　　윤소종尹紹宗의 자는 헌숙憲叔 호는 동헌桐軒이며 고려 을사년에 장원했
고 본조에 병조전서兵曹典書를 했다. 대본을 한 영인본에 정도전의 〈방김익
지訪金益之〉는 시제만 있고, 윤소정의 〈별이정언別李正言〉은 기구와 승구에
몇 자 없는 것을 〈방김익지訪金益之〉는 『대동시선大東詩選』에서, 〈별이정
언別李正言〉은 『동문선東文選』에 있는 것을 옮겼다.

❖ 권우權遇

추일절구秋日絶句

竹分翠影侵書榻   대에서 나누어진 푸른 그림자 책상에 들어오고
菊送淸香滿客衣   국화에서 보낸 맑은 향기 나그네 옷에 가득하다.
落葉亦能生氣勢   낙엽도 또한 생기 있는 기세로
一庭風雨自飛飛.   비바람 부는 뜰에 스스로 날고 있다.[98]

　　권우權遇의 자는 중려中慮 양촌陽村의 아우이며 호는 매헌梅軒이다. 젊
은 나이에 포은圃隱 문하에 놀면서 성리학性理學을 배웠다. 양촌陽村이 매

　　셨으니 그와 비슷한 것을 보고 슬퍼한 것이다. 益之는 存吾의 字.
98) 이 시의 뜻은 조용하나 말은 시끄럽다고 했다.

양 말하기를 내가 아우보다 못하다고 했다. 고려 우왕禑王 때 급제했고, 본
조에서 예문제학藝文提學을 했다.

◈ 이집李集
도미사잡영道美寺雜詠

欲向前村買釣舟	앞마을에 가서 낚싯배를 사고자 함은
此身只合臥滄洲	이 몸이 창주滄洲에 눕는 것이 알맞기 때문이요.
留連剩得蓴鱸興	연달아 머물며 양하와 농어를 많이 잡는 재미는
寶德灣頭八月秋.	보덕만 머리에 팔월의 가을이었소.

서회봉기종공정상국敍懷奉寄宗工鄭相國

平林渺渺抱汀洲	아득한 평원의 숲은 섬까지 안고 있어
十頃烟波漫不流	넓은 파도는 질펀해 흐르지 않는 듯하다.
待得滿船秋月白	밝은 가을 달빛이 배에 가득하기를 기다려
好吹長笛過江樓.	긴 피리 불며 강루를 지난다오.

◈ 이첨李詹
진양란후알성진晉陽亂後謁聖眞

廨宇丹靑一炬亡	관청의 단청은 횃불에 탔으나
頑童尙解護文坊	완동頑童[99]도 문방文坊[100]을 보호할 줄 알았다.
十年海嶠風塵裏	십년 동안 바다와 육지의 풍진 속에

---

99) 頑童은 倭奴라 함.
100) 그 지역에 鄕校와 같은 교육기관이 있는 곳을 말한 것이 아닌가 한다.

獨整衣冠謁素王.　홀로 의관을 바로하고 소왕素王을 뵈옵는다.101)

용심慵甚

平生志願已蹉跎　평생의 소원을 이미 이루지 못했는데
更奈踈慵十倍多　다시 게으름이 십 배나 많음을 어찌하랴.
午枕覺來花影轉　낮잠을 깨자 꽃 그림자 옮겨졌으니
暫携稚子看新荷.　잠깐 어린 아들 이끌고 새로 핀 연꽃을 본다오.

야과함벽루문탄금성유작夜過涵碧樓聞彈琴聲有作

神仙腰佩玉摐摐　신선의 허리에 찬 옥이 흔들거려
來上高樓掛碧窓　높은 누에 올라 푸른 창에 걸었다.
入夜更彈流水曲　밤이 되자 다시 유수곡流水曲을 타니
一輪明月下秋江.　둥근 밝은 달이 가을 강으로 지려한다.

급암汲黯102)

諂諛從來易得親　예부터 아첨하면 쉽게 친함을 얻을 수 있었으나
君看大將與平津　그대는 대장과 평진平津을 보라.103)
高才久屈淮陽郡　높은 재능으로 회양淮陽에 오래 있다가 죽었으니
孰謂當時社稷臣.　누가 당시의 사직신이라 이르겠는가.104)

---

101) 孔子는 素王이 되고 左丘明은 素臣이 된다고 했다.
　　　이 시는 엄연하게 世敎를 지키고자 하는 뜻이 있다.
102) 前漢 武帝 때 直臣으로 유명했던 인물.
103) 大將은 衛靑이며, 平津은 公孫弘이라 함.

❖ 강호문康好文
우제偶題

風尖月細春猶淺	바람은 날카롭고 달은 희미하며 봄도 얕은데105)
酒冷燈昏夜向深	술은 차고 등불은 어두우며 밤도 깊어간다.
人在西窓愁不寐	서창에서 근심에 쌓여 자지 못하면서
十年前事摠經心.	지난 십년의 일이 모두 마음에 지나간다.

정사계춘유보림암문두견丁巳季春遊普林菴聞杜鵑

尋春自幸及花時	꽃필 때 봄을 찾는 것을 다행으로 여겼는데
還恨山中有子規	도리어 산중에 자규가 있어 한스럽다오.
啼到五更聲未歇	오경에 이르기까지 우는 소리 그치지 않으니
江南詞客鬢成絲.	강남 사객詞客의 살쩍머리가 희었다오.

차윤응교次尹應敎

居卑不是强辭尊	낮은 데 있으면서 억지로 말을 높게 함도 옳지 않으며106)
處下含章卜得坤	아래에 있으면서 함장은 곤괘坤卦를 얻는 것이오.
顧影自嗟天地閉	그림자를 보고 천지가 닫혀 스스로 슬퍼하며107)

---

104) 武帝가 汲黯을 社稷臣이 될 것이라 하면서 마침내 淮陽으로 물리쳐 십
년 동안 부르지 않고 죽게 했으니 그것은 千古의 한이다. 대개 이 시의
뜻은 그것을 매우 애석하게 여긴 것이다.
105) 淺은 纖麗한 것이다.
106) 坤 六三은 含章이라 했는데, 程傳에 말하기를 신하가 해야 할 도는 마땅
히 그 章美를 含晦해야 한다고 했다.(爲臣之道 當含晦其章美)

兵書讀了撫桐孫.　병서兵書를 읽고 거문고를 어루만진다.

강호문康好文의 자는 자야子野 호는 매계梅谿이며, 정재貞齋와 도은陶隱
과 동년同年이다.

✧ 박의중朴宜中
차운김약재次韻金若齋

杜門終不接庸流　문을 닫고 마침내 용렬한 사람은 만나지 않고
只許靑山入我樓　푸른 산이 내 누에 들어오는 것만 허락한다오.
樂便吟哦慵便睡　즐거우면 시 읊고 싫증나면 잠자니
更無閑事到心頭.　다시는 한가한 일이 마음에 오는 것이 없다네.

✧ 정충鄭摠
제야除夜

驅儺處處鼓如雷　곳곳에 역귀 쫓는 북소리 우레 같으며
春色遙隨斗柄回　봄빛이 멀리 북두성을 따라 돈다.
挑盡寒燈題帖字　돋우던 등불이 다할 때까지 휘장에 글자를 쓰고108)
膽瓶相對一枝梅.　씻은 병에 한 가지의 매화와 마주했다.

---

107) 坤 文言의 傳에 天地閉하면 賢人隱이라 했다.
　　 이 작품은 周易(卷二) 坤卦에 뿌리를 둔 것으로 내용이 난해히여 인용
　　 만 했을 뿐 해석도 어려움을 밝혀둔다.
108) 지금의 迎祥詩라고 했는데, 立春이면 立春大吉을 써 붙이는 것과 같은
　　 것이다.

❖ 변중량卜仲良

송산회고松山懷古

松山繚繞水縈回	송산松山은 둘러싸고 물은 얽혀 돌고 있는데109)
多少朱門盡綠苔	대부분의 주문朱門에 푸른 이끼가 끼었다.
唯有東風吹雨過	오직 동풍이 불어 비가 지나가면
城南城北杏花開.	성 남북 쪽에 살구꽃은 핀다오.110)

죽당입직竹堂入直

知印尙書最少年	인印을 주관하는 상서尙書가 나이 가장 젊어111)
承恩直到玉墀前	은혜를 받들자 바로 섬돌 앞에 이르렀다.
紫泥濕盡靑衫袖	자니紫泥112)가 푸른 적삼 소매를 모두 적시자
夜半黃麻下九天.	밤중에 황마黃麻113)가 구천에서 떨어진다.

철관도중鐵關途中

鐵關城下路岐賒	철관성114) 밑에 길은 나누어져 멀며
滿目煙波日又斜	물안개는 눈에 가득하고 해는 비꼈다.
南去北來春欲盡	남북으로 오고가는 동안 봄도 다 되고자 하며

---

109) 문득 적막한 뜻이 있다.
110) 집들은 모두 폐가가 되었으나 봄빛은 예와 같다고 했으니 가장 감개함
    을 자아내게 한 곳이라 했다.
111) 承宣으로 符寶를 주관하는 자라 했는데, 王命의 출납을 맡은 자를 말함.
112) 天子의 여섯 개의 玉璽는 武都의 紫泥로써 封한다고 했다.
113) 唐의 貞觀 십년 시월에 처음으로 黃麻紙에 詔勅을 쓰게 했다고 한다. 전
    결양구는 난해하다.
114) 淮陽을 말함.

馬頭開遍海棠花.　말머리에 해당화가 두루 피었다.

◈ 이직李稷
철령鐵嶺

崩崖絶澗愜前聞　무너진 비탈 낭떠러진 내는 전에 들은 것과 같고[115]
北塞南州道路分　북쪽 변방과 남쪽 고을로 길이 나누어졌다.
回首日邊天宇靜　일변日邊[116]으로 머리 돌리니 하늘이 고요한데
望中還恐起浮雲.　바라보는 가운데 도리어 부운이 일까 두렵다.[117]

◈ 유방선柳方善
서회書懷

門巷年來草不除　몇 년 전부터 문 앞의 풀을 베지 않았더니
片雲孤木似僧居　조각구름과 묘목으로 중이 거처하는 곳과 같다.
多生結習消磨盡　많이 살아온 세상에 번뇌가 모두 소멸되고[118]
只有胸中萬卷書.　다만 흉중에 만권의 책이 있다오.

---

115) 이 시의 自註에 丁亥年 七月에 東北面都巡問의 명령을 받고 이곳을 지
　　났다고 했다.
116) 晋 明帝가 이르기를 단지 사람들이 長安으로부터 왔다는 말만 들었고
　　日邊으로부터 왔다는 말을 듣지 못했다고 했으므로 뒷사람이 日邊을
　　帝都라 했다.
117) 참소를 근심하고 화를 두려워하는 뜻이 있다고 했다.
118) 蘇東坡의 시에,
　　結習漸消留不住　번뇌는 금시 사라지고 머물지 않았다.
　　라 한 句를 들어놓았는데, 結習은 번뇌를 말한 것이다.

설후雪後

臘雪孤村積未消	고촌孤村에 섣달 내린 눈이 쌓여 녹지 않았으니
柴門誰肯爲相敲	사립문을 누가 두드리겠는가.
夜來忽有淸香動	밤이 되자 갑자기 맑은 향기 나는데
知放梅花第幾梢.	매화의 어느 가지에서 났는지 알지 못하겠다오.[119]

희제戲題

浮世人情似尾閭	뜬세상 인정이 미려尾閭[120]와 같으니
衣須羅綺食須魚	옷은 반드시 비단을, 먹는 것은 고기로 할 것이오.
吾家自有閑生活	우리 집은 스스로 한가한 생활이 있어
負郭相傳數頃畬.	성을 등진 몇 이랑의 밭이 전한다오.[121]

즉사卽事

晝靜溪風自捲簾	한낮은 고요하고 시내 바람에 주렴이 걷히며
吟餘傍架檢書籤	시를 읊다 옆 서가에 책의 부표附標를 점검한다.[122]
今年却勝前年懶	금년은 지난해보다 게으름이 더해

---

119) 知는 不知라는 말과 같은 것이라 했다.
120) 『莊子』에 천하에서 바다만큼 큰물은 없고(天下水莫大於海) 모든 냇물은
　　 尾閭에서 샌다.(萬川歸之尾閭洩之)라 했는데, 尾閭는 그칠 사이도 없이
　　 밑으로 새는 것을 뜻한다.
121) 蘇秦이 말하기를 "내가 만약 성곽을 던진 두 이랑의 밭이 있다면 어찌
　　 여섯 나라 相印을 차고 다니겠느냐." 하여 負郭의 출처를 밝혔다.
122) 籤은 書標라 하며 韓退之의 시에,
　　 一一懸牙籤 하나하나 표시를 붙였다.
　　 라 한 句를 들었다.

身世全教付黑甛.　신세를 온전히 낮잠에 부치게 한다오.

✿ 정이오鄭以吾

차무풍현벽상운次茂豊縣壁上韻

立錐地盡入侯家　송곳 꽂을 땅도 모두 후가侯家에 들어가고[123]
只有溪山屬縣多　다만 시내와 산은 고을에 속한 것이 많다.
童稚不知軍國事　어린아이들은 군국의 일을 알지 못하고
穿雲互答採樵歌.　구름을 뚫고 서로 채초가採樵歌를 부르며 답한다.[124]

죽장사竹長寺

衙罷乘閑出郭西　관청 일 파하고 한가해 성 서쪽을 나가니
僧殘寺古路高低　중은 적고 절은 오래 되었으며 길은 높고 낮다.
祭星壇畔春風早　제성단祭星壇[125] 옆에 봄바람이 이른데
紅杏半開山鳥啼.　붉은 살구꽃이 반쯤 피었고 산새가 운다.[126]

차운기정백용次韻寄鄭伯容

二月將闌三月來　이월은 장차 다하고 삼월이 오려는데
一年春色夢中回　일 년의 봄빛이 꿈속에서 돈다.

---

123) 『食貨志』에 부자는 밭이 천 이랑이나 이어졌고 가난한 자는 송곳 꽂을
　　(立錐) 땅도 없다고 했다.
124) 이 시는 莨楚詩의 樂子之無知라 한 것과 같은 뜻이라 했다.
125) 竹長寺에 祭老人星壇이 있는데, 공이 일찍 善山府使를 하면서 이 시를
　　지었다고 했다.
126) 語自可盡이라 평을 했는데, 표현에 남김이 없다는 뜻이 아닌가 한다.

千金尚不買佳節　천금으로 오히려 아름다운 계절을 살 수 없는데
酒熟誰家花正開.　술 익은 누구의 집에 꽃이 바로 피었을까.127)

❖ 설장수偰長壽
숙임실군차동헌권무회선생운宿任實郡次東軒權無悔先生韻

雨中來自完山路　빗속에 완산 길로부터 오면서
遙見烟村八九家　멀리 연기 낀 마을에 팔구 채의 집을 보았다.
却憶江南舊行樂　문득 강남128)의 예 놀던 곳을 생각하니
杏花林外酒旗斜.　살구꽃 핀 숲 밖에 주기酒旗가 비끼었다.129)

❖ 정준鄭悛
망무릉도望武陵島

轔馬晨征意欲騰　말을 타고 새벽에 가니 마음이 날고자 하며
回頭東望日初升　머리 돌려 동쪽을 바라보니 해가 뜨고 있다.
烟波杳杳天連海　안개 낀 파도는 아득한 하늘과 바다를 연했으며
一髮靑山是武陵.　하나의 머리발 같은 청산이 무릉도武陵島130)라오.

---

127) 可歌라 했는데, 노래로 부르고 싶다는 말이다.
128) 完山은 全州, 江南은 金陵이다.
129) 고향을 생각하는 정이 간단하면서도 깊고(隱約) 짙고 맑다(濃淡)고 했다.
130) 武陵은 다른 이름으로 羽陵이라 하기도 하는데 蔚珍縣 동쪽 바다 가운 데 있다. 신라 때는 于山國이라 일컬었는데 지방이 백리나 된다 했다. 다른 데는 이르기를 于山과 武陵은 본디 두 개의 섬인데 서로 거리가 멀지 않아 바람이나 해가 청명한 날에는 바라볼 수 있다고 했다.

❖ 어변갑魚變甲
상가합傷家鴿

雌愛其雛雄愛雌	암컷은 새끼를, 수컷은 암컷을 사랑해
呴呴如保主人慈	구구하며 보호함이 주인의 사랑과 같다오.131)
一朝相繼塡猫喙	하루아침에 서로 이어 고양이에 먹혔으니
未謹樊籠終咎誰.	새장을 조심하지 못한 것이 누구 허물인가.132)

　　어변갑魚變甲은 함종인咸從人이며 세종世宗 때 집현전직제학集賢殿直提
學을 했으며, 벼슬을 버리고 함안咸安으로 돌아갔다.

❖ 선대부先大夫
차고령동헌운次高靈東軒韻

試佩銅魚爲縣日	동어銅魚133)를 차고 고을 일을 하는 날에
方知四十九年非	바야흐로 사십구 세의 잘못을 알았다.134)
珠還乳復吾何敢	구슬은 돌려주고 젖을 다시 나게 함을 내 어찌
	하며135)

---

131) 呴는 姁와 같은데 姁然은 즐거워하는 표정이다. 孔斌이 말하기를 "제비
　　가 동지에 있으면서 새끼에 먹이를 물어주고 姁姁하며 서로 즐거워하
　　고 있는데 구들에서 불이 올라와 들보가 타게 되었으나 제비의 표정이
　　변하지 않는 것은 불이 장차 제 몸에 미치는 것을 알지 못하기 때문이
　　라"고 했다.
132) 자신이 그 허물을 맡아 다른 사물에까지 미치게 함을 仁이라고 했다.
133) 唐 高祖가 銀菟符를 반포했는데 뒤에 銅魚符로 바꾸었으며, 그 符로 군
　　사를 동원하며 守長도 교체한다고 했다.
134) 蘧伯玉의 나이 오십 세에 사십구 세의 잘못을 알았다고 한다 했다.
135) 漢나라 合浦 사람이 구슬을 케이 쌀과 바꾸었는데 당시 二千 石의 祿俸
　　을 받는 守令이 구슬을 탐내 옮겨갔으나 孟常이 그곳을 다스린 지 일

欲壽生靈不拂頤.　생령生靈의 나이를 길게 하고자 어기지 않겠네.[136]

강석덕姜碩德

수암권자秀庵卷子

占斷煙霞心自閑　산천 경치를 온전히 점령하니 마음이 한가해
茅茨高架碧屛顔　띠집을 푸르고 좁은 곳에 높게 지었다.
飢飡倦睡無餘事　배고프면 밥 먹고 싫증나면 잠자며 다른 일이
　　　　　　　　없는데
春鳥一聲花滿山.　봄새의 우는 소리에 꽃은 산에 가득하다오.

성간成侃

우서偶書 二首

言辭出口屢觸諱　말이 입 밖에 나가면 여러 번 꺼리고 저촉되어[137]
世事折肱曾飽更　세상 일이 팔을 꺾는듯함을 일찍 많이 경험했다.[138]
黃昏風雨鬧北牖　황혼에 비바람이 북쪽 창을 시끄럽게 하는데
夢作聖居山水聲.　꿈속에서 성거산聖居山[139] 물소리로 알았다.

년 만에 갔던 구슬이 다시 돌아왔다. 그리고 唐나라 連州에서 생산되는
石鍾乳가 다 되었다고 한 지 오 년이었는데 崔君敏이 그곳 刺史가 되어
달을 넘기자 그 구멍을 맡은 사람이 다시 젖이 난다고 했다 한다.

136) 『周易』(卷下)頤卦 六二에 拂頤貞凶이라 했는데 程傳에 頤의 正道를 거스
르기 때문에 흉하다고 했다.

137) 韓退之의 글에 轉喉觸諱라 했다.

138) 范中行이 公齊를 치고자 하니 高彊이 말하기를 세 번 팔을 부러뜨린 것
을 알아야 良醫가 되었음을 알 수 있는데, 치는 것을 그대는 옳지 않다
고 하지만 나는 그대가 치고 있다고 했다.

139) 聖居山은 牛峯縣에 있으며, 成侃이 일찍 이 산에 있는 절에서 공부를 했
다고 한다.

白日靑天萬里暉　밝은 해가 푸른 하늘에 넓게 비치며
祥麟彩鳳共乘時　기린과 봉황이 함께 때를 탄다오.
三更月落村墟靜　삼경에 달이 지자 마을은 고요한데
留與狐狸假虎威.　여우가 범의 위엄 빌며 머물었다오.140)

유성남遊城南

鉛槧年來病不堪　근래에 연참141)은 병으로 하기 어려워
春風引興到城南　봄바람이 흥을 이끌어 성남에 갔다네.
陽坡草軟細如織　양지쪽 언덕이 연한 풀을 짜놓은 듯
正是靑春三月三.　바로 푸른 봄의 삼월 삼일이라오.142)

---

140) 楚昭王이 말하기를 "북방 사람들이 昭奚恤을 무서워하는 것은 무슨 까
닭인가". 江乙이 대해 말하기를 "범이 여우를 잡았더니 여우가 말하기
를 나를 먹지 말라 上帝가 나를 하여금 百獸의 어른이 되게 했으니 자네
가 내 뒤에서 百獸들이 도망을 가는 것을 보라" 하자 범이 따라갔더니
보는 짐승이 모두 도망을 가는데 범은 자신을 겁내어 도망가는 것을 알
지 못하고 도리어 여우를 겁내는 것으로 알았다고 하는데, 북방 사람들
이 昭奚恤을 겁내는 것이 아니고 왕의 무장한 군인을 겁내기 때문이라
고 했다. 이르기를 밝은 朝廷을 만나 威福을 모르게 희롱하는 자가 있었
기 때문에 이 시의 뜻이 지적하는 자가 있다고 했는데, 朴彭年 仁叟가 비
평해 말하기를 시에 奇氣가 많은데 이름이 헛되게 얻어지는 것이 아니라
고 했다.
141) 文筆에 종사하는 것을 말함.
142) 成侃이 집현전에 있으면서 동료들과 城南에 놀러가서 운을 나누어 시
를 지었는데 성간이 이 시를 먼저 짓게 되사 여러 학사들이 붓을 놓았
다고 한다 했다.

파한불출음정제공怕寒不出吟呈諸公

南隣雲幕柳間橫　　남쪽 이웃 구름 같은 장막은 버들 사이에 펼쳤고[143]
北里笙歌鬧曉晴　　북쪽 마을 저 소리 갠 새벽에 시끄럽다.
九十春光都過了　　구십 번의 봄빛을 모두 지났으니
揚雄辛苦草玄經.　　양웅揚雄은 태현경太玄經[144]을 초하느라 고생
　　　　　　　　　　했다오.

---

143) 雲幕은 幕次를 鋪設한 것으로 구름과 안개가 드리운 것과 같다는 것이
　　라 했다.
144) 漢의 揚雄이 『周易』에 비껴 지었다고 함.

國朝詩刪敍

허균許筠이 국조國朝의 시만을 취해 삼봉三峯 정도전鄭道傳에서 부터 아래로는 석주石洲 권필權韠에 이르기까지 각 체의 시를 뽑 아 스스로 비평을 첨가하여『국조시산國朝詩刪』이라 이름했다. 우 리나라의 시만을 뽑은 자가 몇 사람 있었는데, 논하는 자들이 모 두 이 선집選集을 가장 우수하다고 일컬었다.

대개 허균은 본디부터 문장을 자부하고 있었고, 그의 아버지와 형들이 모두 한 때에 유명했으며, 또 그가 사귀며 놀았던 자들이 크게 알려지고 재주 있는 선비였기 때문에 국조國朝의 처음부터 내려오면서 여러 작가들의 시의 길고 짧은 것과 정밀하고 조잡함 을 그들의 감정을 기다리지 않고 스스로 알게 된 것은 평소에 들 었던 것이 많았기 때문에 가능했던 것이다. 춤을 잘 추었기 때문 에 옷소매가 길고, 장사를 잘했던 까닭에 돈이 많았다는 것은 믿 을 만하다. 다만 그가 선발한 시가 성률聲律의 맑은 것과 색택色 澤의 아름다운 무늬를 중심으로 한 것이 많기 때문에 가볍고 허약 한 작품이 간혹 적지 않게 있으며, 깊고 아득하며 먼 작품이 버림 을 면치 못했다. 그리고 작품에 대해 비평한 말도 부과(浮誇)하고 사실에 지나친(過實) 것이 너무 많기 때문에 독자들이 그것을 병 으로 여겼다.

그러나 송宋나라 문인들이 모두 두보杜甫를 높게 여겼지만 대 년大年(송宋 양억楊億의 자字)은 특별히 서곤西崑의 시를 주장했 으며, 명明나라 문사들이 공동空同(이몽양李夢陽 호號)을 숭상했 으나 녹문鹿門(명明 모곤茅坤의 호號)만은 홀로 형천荊川(명明 당 순지唐順之의 호號)을 추대했다. 그리고 당시唐詩를 초선鈔選한 것과 같은 것에서도 『당시품휘唐詩品彙』와 『고취삼체시鼓吹三體詩』
의 책들이 각각 편벽된 주장이 있어 사람들이 보았을 때 같지 않
은 것은 본디부터 그와 같은 것이다. 그러므로 무엇을 걱정하겠는
가. 또한 각자 그 뜻에 따를 것이다. 또 말하기를 내가 좋아하는
바에 따르고자 하는데 하물며 아래위로 수백 년에서 많은 작자들
의 작품 가운데 서로 다른 것까지 모아놓고 취하고 버릴 즈음에
어찌 한두 개의 잘못이 없겠는가. 지금 만약 그 한 두 개의 하자
를 지적하며 그 전집全集을 잘못된 것으로 여긴다면 그것은 바로
소문충蘇文忠(동파東坡?)이 역사를 쓰지 못할 것이라는 말과 같을
것이다.

허균許筠이 처형되자 이 선집選集도 그의 다른 저술과 아울러
대부분 없어지게 되었는데, 말하기 좋아하는 자들이 간혹 모아 기
록했다가 허균許筠이 저작한 것을 알게 되면 알리고자 아니하니
이것은 우리나라 풍속이 급하고 좁은 탓이다. 여불위呂不韋는 진
秦의 월령月令을 훔쳐 예경禮經에 벌여 놓았고, 식부息夫는 한漢의
사부詞賦를 어지럽게 하여 초사楚詞에 편입시켰으며, 유안劉安의
저서著書에 장자莊子와 열자列子를 동등하게 일컬었다.

그리고 경종敬宗이 시에서 심두沈杜를 같은 수준으로 여겼고,
범엽范曄이 놀랄 만큼 미쳤는데(창광猖狂), 한사漢史가 맹견孟堅
(반고班固의 자字)에 의해 계승되었으며, 심약沈約이 되풀이했으
나 송서宋書에서 자야子野를 덮어 주었으니,[1] 그 사람은 폐했다
할지라도 그의 말은 오히려 폐하지 않았는데, 하물며 허균許筠이
모아 만든 책은 그의 말이 아니고 유명했던 인사들의 말이니 탓할

---

1) 여기에 지칭한 인물들은 생존시대와 성명을 말하지 않고 호 또는 자를
   말했기 때문에 어느시대 어떤 인물인지 알기 어려워 그대로 두었으며
   내용의 해석에도 어려움이 적지 않다.

것이 있겠는가.

　우리나라의 시 선집選集이 이미 많이 없어졌고, 이『국조시산國
朝詩刪』을 가장 우수하다고 일컬었으니 반드시 전해야 할 것임에
는 분명한 것이다. 이에 여러 이본異本들을 널리 구해 잘못된 것
에 증정證定을 더했고, 또 여러 문인의 시화집詩話集을 취해 보완
하여 만든 것이 몇 권 되었다.『시경詩經』에 이르기를 채봉채비采
葑采菲에 무이하체無以下體라 했으니, 이 선집選集을 보는 자가 만
약 그 사람됨을 잊고 그가 선발한 것을 취하며, 그의 단점을 간략
하게 하고 그의 장점을 얻고자 하면 성조盛朝의 문명을 고취하는
데 약간의 도움이 되리라고 이를 것이다.

　　　　　　　　　　　　　시時 을해년乙亥年 청화淸和에
　　　　　　　　　　　　반남潘南 박태순여후보朴泰淳汝厚甫.

07

국조시산(원)國朝詩刪(元)

국조시산 권일 國朝詩刪 卷一 오언절구五言絶句

❖ 성석린成石璘

풍악楓岳

一萬二千峯	일만 이천 봉은
高低自不同	높고 낮음이 스스로 같지 않다오.
君看日輪上	그대는 해가 돋는 것을 보았는가
高處最先紅.	높은 곳이 가장 먼저 붉을 것이네.2)

성석린成石璘의 자는 자수自修 호는 독곡獨谷이며 창녕인昌寧人이다. 고려 공민왕 때 과거에 급제했고, 조선조朝鮮朝에서 영의정領議政을 역임했다. 창녕부원군昌寧府院君의 봉작을 받았으며 시호는 문경文景이다.

❖ 유방선柳方善

우제偶題3)

結茆仍補屋	띠를 엮어 인해 지붕을 깁고
種竹故爲籬	대나무를 심어 울타리를 했다.
多少山中味	얼마의 산중에 사는 맛을
年年獨自知.	해마다 혼자 스스로 안다오.

유방선柳方善의 자는 자계子繼 호는 태재泰齋이며 서주인瑞州人이다. 진사進士였고 음사蔭仕로 주부主簿를 했다. 가화家禍로 금고가 되어 과거를 보지 못했다. 원주原州에 살면서 후진들을 가르쳐 일시의 높은 벼슬을 한 사

---

2) 이 시를 보면 그가 벼슬이 매우 높은데 이를 기상을 가지고 있음을 볼 수 있다.(看他負遠到氣象)
3) 고요하고 편안한 듯하나 검소함을 면하지 못했다.(閑適然未免儉)

람들에 그의 문인이 많았다.

❖ 성삼문成三問
자미화紫薇花

歲歲絲綸閣	해마다 사륜각絲綸閣4)에서
抽毫對紫薇	붓을 멈추고 백일홍을 보았다.
今來花下醉	지금 꽃 밑에 와서 취했으니
到處似相隨.	가는 곳마다 서로 따르는 듯하다.5)

성삼문成三問의 자는 근보謹甫며 창녕인昌寧人이다. 세종世宗 때 문과에 급제했고 호당湖堂에 피선되었다. 중시重試에 합격했으며 벼슬은 승지承旨를 했다. 세조 때 이개李塏 등과 노산魯山 복위를 계획하다가 발각되어 처형되었으며 뒤에 육신사六臣祠가 있다.

❖ 김수온金守溫
술악부사述樂府辭

十月層氷上	시월 층으로 언 얼음 위에
寒應竹葉棲	응당 찬 대나무 잎에 새가 깃들었다.

---

4) 絲綸은 임금의 말씀을 중하게 여긴다는 뜻인데, 絲綸閣은 대궐 내에서 문신들이 모이는 곳으로 王命을 출납하는 곳이 아닌가 한다.
5) 정이 있다.(有情)
   許筠은 선발해 실은 작품에 대해 詩題 밑에 또는 句와 작품 후미에 간결하게 논평을 하면서 詩題 밑과 후미에는 批라 하고 句 사이에 한 것은 評이라 했다. 許筠은 評과 批를 구분해 사용했으나 여기서는 구분하지 않고자 한다. 그리고 평한 말이 간결하면서도 다양 다기하기 때문에 평한 원문을 번역한 글 뒤에 모두 옮겨 놓는다.

與君寧凍死　　차라리 너와 같이 얼어 죽을지언정
遮莫五更鷄.　　오경의 닭 우는 소리는 막지 마오.

　김수온金守溫의 자는 문량文良 호는 괴애乖崖이며 영동인永同人이다. 세
종 때 문과에 급제했고 호당에 피선되었으며 중시重試에 합격하고 발영시拔
英試와 등준시登俊試에 장원했다. 벼슬은 영중추領中樞를 역임했으며, 영산
부원군永山府院君의 봉작을 받았다.

❖ 강희안姜希顔
**채자휴구화작청산백운도일폭인제기상蔡子休求畵作靑山白雲
圖一幅因題其上**

江上峯巒合　　강 위에 산봉우리들이 줄을 이었고
江邊木樹平　　강변에 나무들이 편편하다.[6]
白雲迷遠近　　흰 구름이 원근을 아득하게 해
何處是蓬瀛.　　어느 곳이 蓬萊며 瀛洲인가.

　강희안姜希顔의 자는 경우景愚 호는 인재仁齋이다. 세종 때 과거에 급제
했고 벼슬은 인수부윤仁壽府尹에 이르렀다. 글씨와 그림에 모두 뛰어났다.

❖ 성간成侃
나홍곡囉嗊曲[7]

爲報郎君道　　낭군에게 알리고자 말하노니

---

6) 세 가지가 뛰어났다고 충분히 일컬을 만하다.(足稱三絶)
7) 세 편이 매우 唐나라 시인의 樂府와 같다.(三篇極似唐人樂府)

今年歸不歸	금년에 돌아오느냐 돌아오지 못하느냐.
江頭春草綠	강 머리에 봄풀이 푸르러
是妾斷腸時.	첩의 창자가 끊어지는 때라오.

郞如車下轂	낭군은 수레 밑의 바퀴 같고
妾似路中塵	첩은 길 가운데 먼지라오.[8]
相近仍相遠	서로 가까웠다가 잇따라 멀어져
看看不得親.	보고 보면서 친할 수 없다네.

綠竹條條勁	푸른 대는 가지마다 굳세고
浮萍箇箇輕	부평초는 하나하나가 가볍다네.
願郞如綠竹	낭군은 푸른 대 같기를 원하며
不願似浮萍.	부평초 닮는 것은 바라지 않는다오.

　성간成侃의 자는 화중和仲 호는 진일재眞逸齋이다. 단종端宗 때 문과했고 벼슬은 수찬修撰을 했으며, 삼십에 일찍 세상을 떠났다.

❖ 서거정徐居正
수기睡起

簾影深深轉	주렴 그림자는 깊게 옮기고
荷香續續來	연꽃 향기가 계속 들어온다.
夢回孤枕上	외로운 베개 위에서 잠을 깨니[9]

---

8) 孟惢謀의 남긴 뜻이다.(孟惢謀遺義)
9) 개미집에서 나온 흙에 꺾이있으며, 또한 좋다.(折於蟻封亦好) 評語의 이해에 어려움이 있다.

桐葉雨聲催.　　　　오동잎에 빗소리 재촉한다.

서거정徐居正의 자는 강중剛中 호는 사가四佳이며 대구인大丘人이다. 세조 때 문과했고 중시重試에 장원했으며 발영시拔英試 등준시登俊試에 참여했다. 벼슬은 문형文衡과 우찬성右贊成을 했고 달성군達城君의 봉작을 받았으며, 시호는 문충文忠이다.

✥ 김극검金克儉
규정閨情

未授三冬服　　　　삼동에 입을 옷을 부치지 못해
空催半夜砧　　　　밤중에 다듬이를 매우 재촉한다오.
銀釭還似妾　　　　등잔불도 도리어 첩과 같아
淚盡却燒心.　　　　눈물이 마르면 바로 심지를 태운다.[10]

김극검金克儉의 자는 사렴士廉이며 김해인金海人이다. 세조 때 문과에 합격했고 중시重試에 장원했으며 발영시拔英試에 참여했다. 벼슬은 호조참판을 역임했다.

✥ 월산대군月山大君
제화선題畵扇

黃葉秋風裏　　　　가을바람 속의 단풍잎이며
靑山落照時　　　　해가 질 즈음에 푸른 산이라오.
江南杳何處　　　　강남 어느 곳이 그윽한가

---

10) 슬픔이 간절하다.(悲切)

一棹去遲遲.　　　하나의 돛으로 천천히 간다.

기군실寄君實

旅館殘燈曉　　여관에 등불이 가물거리는 새벽이며
孤城細雨秋　　고성에 가는 비 내리는 가을이라네.
思君意不盡　　그대를 생각하는 마음 다하지 않았는데
千里大江流.　　천 리의 큰 강은 흐른다오.

　월산대군月山大君의 이름은 정婷 자는 자미子美 호는 풍월정風月亭이다.
성종成宗의 형이며 시호는 효문孝文이다.

✥ 신항申沆
백아伯牙

我自彈吾琴　　나는 스스로 내 거문고를 타며
不必求賞音　　반드시 소리를 알아주는 사람 구하지 않는다오.
鍾期亦何物　　종자기鍾子期는 또한 어떤 사람이기에
强辯絃上心.　　줄 위의 마음을 억지로 분별하려 하나뇨.

　신항申沆의 자는 용이容耳이며 성종成宗의 부마駙馬 고원위高原尉다. 삼
십일 세에 세상을 떠났다.

✧ 박계강朴繼姜
증인贈人

花落知春暮	꽃이 떨어지니 봄이 저물었음을 알겠고
尊空覺酒無	술통이 비자 술이 없음을 알았다.
光陰催白髮	흐르는 세월이 백발을 재촉하니
莫惜典衣沽.	옷을 저당해 술사는 것을 아끼지 마오.

✧ 김정金淨
가월佳月

佳月重雲掩	아름다운 달이 두터운 구름에 가리었으니
迢迢暝色愁	까마득한 어두운 빛에 수심이 든다.
淸光不可待	맑은 빛을 기다릴 수 없어[11]
深夜倚江樓.	깊은 밤 강루에 의지했다오.

감흥感興

落日臨荒野	해 질 무렵 황야에 다다르니
寒鴉下晩村	갈까마귀가 늦게 마을로 내려온다.
空林烟火冷	빈 숲에 낀 연기는 차갑고
白屋掩衡門.	초라한 집들은 사립문을 닫는다.

---

11) 이 句의 不字 밑에 猶字로 고치는 것도 또한 좋을 것이다.(改以猶字者亦好)

증석도심贈釋道心

落日毗盧頂	해 질 무렵 비로봉毗盧峯 정상에 오르니
東溟杳遠天	동해가 아득해 하늘처럼 멀다.12)
碧巖敲火宿	이끼 낀 바위에 불을 지펴 자고
聯袂下蒼煙.	서로 손을 잡고 안개 속으로 내려온다.

증별贈別

回首送君處	그대 보내는 곳으로 머리 돌리니
蒼茫海日昏	넓고 아득해 바다 해도 어둡다.
家山應見過	고향마을을 응당 보고 지나가겠는데
花落掩柴門.	꽃은 떨어지고 사립문이 닫혔겠지.

김정金淨의 자는 원충元冲 호는 충암冲菴이다. 중종中宗 때 과거에 장원
했고 호당湖堂에 피선되었으며 벼슬은 형조판서를 역임했다. 기묘사화에 화
를 입었고 시호는 문간文簡이다.

✧ 기준奇遵
자만自挽13)

日落天如墨	해가 지니 하늘은 먹처럼 검고

---

12) 그 지경에 직접 가보지 않았다면 어찌 이처럼 묘함을 알았으랴.(非涉此
境 安知此妙)
13) 家兄이 이 시를 성을 지키는 자로부터 얻었다고 했는데, 읽으면 슬프다.
(家兄得於氈城者 讀之慘然)

山深谷似雲	산이 깊어 골짜기는 구름 같다.
君臣千載意	군신 간은 천재의 뜻이었는데
惆悵一孤墳.	슬프게도 하나의 외로운 무덤이라오.14)

기준奇遵의 자는 경중敬仲 호는 복재服齋이며 행주인幸州人이다. 중종 때 과거에 급제했고 호당에 피선되었다. 벼슬은 응교應敎에 그쳤으며 기묘에 화를 입었다.

◈ 최수성崔壽峸

망천도輞川圖15)

秋日下西岑	가을해가 서쪽 산으로 지니
暝煙生遠樹	저녁연기가 먼 나무 쪽에서 난다.
斷橋兩幅巾	끊어진 다리 수건 쓴 두 사람에
誰是輞川主.	뉘가 망천輞川16)의 주인일까.

---

14) 『己卯錄』에 大司成 金湜이 망명해 居昌縣에 이르러 高梯院의 바위에 한 절구를 써 말하기를,
　　日暮天含黑　해가 저물자 하늘이 어두움을 머금었고
　　山空寺入雲　산이 비었고 절은 구름 속으로 들어갔다.
　　君臣千載義　군신 간은 천재의 의리였는데
　　何處有孤墳　어느 곳에 외로운 무덤 있게 할까.
　　라 한 것이 그의 絶命詩인데, 위의 시와 약간 다르기는 하나 분명히 한 작품이다. 이 시가 服齋의 시에 편입되어 있으니 어느 것이 맞는지 분명하지 않다.

15) 『己卯錄』에 南袞이 산수도를 沖庵 金淨에게 보이며 시를 지어주기를 구했는데 猿亭 崔壽峸이 그 위에 운운했더니 袞이 보고 원망했다고 했다.

16) 唐의 詩人 王維가 輞川에 들어가 살면서 그곳 아름다운 산수를 배경으로 하여 지은 輞川二十景詩가 있다.

최수성崔壽峸의 자는 가진可鎭이며 그의 시말始末은 아래 여강시驪江詩
에 자세히 볼 수 있다.

❖ 나식羅湜
제화원題畫猿

老猿失其群	늙은 원숭이가 그의 무리를 잃고
落日孤査上	해 질 즈음 외롭게 뗏목 위에 올랐다.
兀坐首不回	우뚝 앉아 머리도 돌리지 않고
想聽千峰響.	천 봉의 울리는 소리 듣는 듯하다.17)

여강驪江18)

日暮蒼江上	해가 저문 푸른 강 위에
天寒水自波	하늘은 차갑고 파도는 스스로 일고 있다.
孤舟宜早泊	고주를 일찍 대는 것이 마땅함은
風浪夜應多.	풍랑이 응당 밤에 많을 것이오.

---

17) 이 시는 申鄭(申光漢 鄭士龍?)이 붓을 던진 바이며, 蕅老(蕅齋?)가 탄복한
것으로서 바로 伊川의 遺格이다. 이른바 한 句가 끊어져도 얻지 못하는 것
인데 盛唐의 시인들이 능했다.(此申鄭所閣筆 而蕅老所歎服 乃伊州遺格
所謂截一句不得 盛唐人能之)
18) 或云 鄭虛菴이 지었다고 한다. 『芝峯類說』에 이르기를 崔壽峸은 江陵人
으로 호는 猿亭이다. 성격이 활달하여 작은 일에 구애나 구속을 받지 않
았다. 기묘사화 뒤에 그의 숙부 世節이 承旨가 되자 글과 시를 보내 外
任을 권하자 世節이 그 글을 上告하여 잡혀가서 고문을 받다가 죽었다.
그의 시에 云云했는데 위에 든 시다. 그런데 詩删에는 長吟亭의 시라고
하니 어느 것이 옳은 지 알 수 없다.

도봉사道峯寺[19]

曲曲溪回復	굽고 굽은 시내는 다시 돌고
登登路屈盤	오르고 오른 길은 굽게 서리었다.
黃昏方到寺	황혼즈음 바야흐로 절에 이르니
淸磬落雲端.	맑은 경쇠소리 구름 끝에서 떨어진다.

나식羅湜의 자는 장원長源 호는 장음정長吟亭이며 안정인安定人이다. 을사乙巳에 화를 입었다.

❖ 임억령林億齡
송백창경환향送白彰卿還鄕

江月圓還缺	강에 뜬 달은 둥글다가 다시 이지러지고
梅花落又開	매화는 떨어지고 또 핀다.
逢春歸未得	봄을 만났으나 돌아가지 못하고
獨上望鄕臺.	홀로 고향을 바라보는 대에 올랐다오.

임억령林億齡의 자는 대수大樹 호는 석천石川이며 선산인善山人이다. 중종 때 급제했고 벼슬은 감사를 역임했다.

---

19) 이 시는 唐詩에 가깝다.(逼唐)

◈ 정렴鄭石廉

주과저자도향봉은사舟過楮子島向奉恩寺[20]

孤烟橫古渡	외로운 연기는 옛 나루에 비꼈고
寒日下遙山	차가운 해는 먼 산으로 진다.
一棹歸來晚	하나의 돛으로 돌아오기 늦었는데
招提杳靄間.	절은 구름 사이에서 아득하다.

　　정렴鄭石廉의 자는 사결士潔 호는 북창北窓이며 온양인溫陽人이다. 일찍
세상을 떠났으며 이술異術이 있었다고 한다.

◈ 윤결尹潔

차충주망경루운次忠州望京樓韻

遠客思歸切	멀리 있는 나그네 돌아가고 싶은 생각이 간절해
登樓北望京	누에 올라 북쪽으로 서울을 바라본다.
還同江上鴈	도리어 강에 뜬 기러기와 같아
秋盡又南征.	가을이 다하면 또 남쪽으로 간다오.

　　윤결尹潔의 자는 長源 호는 醒夫이며 南原人이다. 중종 때 급제했고 호당
에 피선되었으며 벼슬은 修撰에 그쳤다. 을사사화에 원통하게 죽었다.

---

20) 그 사람됨이 달랐는데 시도 또한 淸遠하다.(其人異也 詩亦淸遠)

❖ 강극성姜克誠

호정조기우음湖亭朝起偶吟

江日晚未生	강에 해가 늦게까지 뜨지 않고
蒼茫十里霧	십리나 안개가 끼어 넓고 아득하다.
但聞柔櫓聲	다만 연한 노 젓는 소리만 들리고
不見舟行處.	배 가는 곳은 보이지 않는다.[21]

강극성姜克誠의 자는 백당伯棠 호는 취죽醉竹이며 진주인晋州人이다. 명종明宗 때 급제했고 호당에 피선되었으며 중시重試에 올랐다. 벼슬은 사인舍人에 그쳤다.

❖ 양사언楊士彦

추사秋思

孤煙生曠野	외로운 연기는 넓은 들에서 피어오르고
殘日下平蕪	남은 해는 편편한 거친 곳으로 진다.
爲問南來鴈	남쪽으로 온 기러기에 묻노니
家書寄我無.	나에게 집에서 부친 편지 없느냐.

양사언楊士彦의 자는 응빙應聘 호는 봉래蓬萊며 명종明宗 때 급제했고 벼슬은 부사府使에 그쳤다. 풍채가 속되지 않았고 글씨도 기고奇古했다.

---

21) 頗造微라 평했는데 표현이 자못 섬세하다는 말이 아닌가 한다.

❖ 이후백李後白

절구絶句[22)]

細雨迷歸路	가는 비가 돌아가는 길을 아득하게 하며
騎驢十里風	나귀 타고 바람 부는 십리 길을 갔다오.
野梅隨處發	들에 매화가 가는 곳 따라 피어
魂斷暗香中.	그윽한 향기 속에 혼을 잃었다.

이후백李後白의 자는 계진季眞 호는 청연靑蓮이며 연안인延安人이다. 명종明宗 때 급제했고 호당에 피선되었으며, 벼슬은 이조판서吏曹判書를 역임했다.

❖ 하응림河應臨[23)]

송인送人

| 草草西郊別 | 분주하게 서교西郊에서 이별하며 |
| 秋風酒一杯 | 가을바람에 한 잔 술을 마셨다. |

---

22) 공의 시가 많지 않은데 이 시를 보니 보통이 아니다.(公詩不多 見此自超凡)
23) 『於于野談』에 河應臨은 나이 겨우 열 살에 奇童으로 일컬었다. 어느 사람이 죽순을 시제로 하여 운을 부르니 바로 대답해 말하기를,
　　平地忽生黃犢角　평지에 갑자기 누런 송아지 뿔이 솟았고
　　岩間初展蟄龍腰　바위 사이에 움츠린 용이 허리를 처음 펴었다.
　　安能折爾爲長籛　어찌 너를 꺾어 긴 笙을 하여
　　吹作太平行樂調　태평의 行樂調를 불고 싶지 않으랴.
　　라 했다. 그리고 소년의 나이에 과거에 급제하자 일세의 재주를 말하는 자들이 모두 應臨이 으뜸이 된다고 했다. 西郊로 사람을 보내며 지은 시에 云云했는데, 당시 山中相送罷와 아울러 일컬었다. 아는 사람이 그의 수명이 길지 않을 것으로 알았는데, 얼마 되지 않아 세상을 떠났다.

靑山人不見	푸른 산에 사람은 보이지 않고
斜日獨歸來.	지는 해에 홀로 돌아왔다오.[24]

하응림河應臨의 자는 대이大而 진주인晉州人이다. 명종明宗 때 과거에 급제하여 벼슬은 수찬修撰에 그쳤다.

✧ 이순인李純仁
설후우음雪後偶吟

古郭人聲絶	옛 성에 사람소리 끊어졌고
寒鴉凍不翻	추위에 갈까마귀는 얼어 뒤치지 못한다.[25]
還如去年雪	도리어 지난해의 눈과 같아
寂寞臥江村.	쓸쓸하게 강촌에 누웠다.

이순인李純仁의 자는 백생伯生 호는 고담孤潭이다. 명종明宗 때 급제했고 벼슬은 승지承旨에 이르렀다.

---

24) 자신의 만시에 가깝다.(近於自挽)
　　『芝峯類說』에 李純仁의 送人詩에,
　　　一尊今夕會　한 통의 술로 오늘 저녁에 만났으니
　　　何處最相思　어느 곳이 가장 서로 생각되나요.
　　　古驛逢明月　옛 역에서 밝은 달을 만났고
　　　江南有子規. 강남에 자규가 있다오.
　　　라 했는데, 河應臨도 위의 시를 云云했다. 두 작품이 모두 아름다우나 李
　　　純仁의 작품이 더욱 唐詩에 가깝다.
25) 『芝峯類說』에는 市郭人聲絶 蒼茫凍樹昏이라 했다.

◈ 이성중李誠中
무제無題

紗窓近雪月	사창이 눈과 달빛에 가까워
滅燭延淸輝	촛불을 끄고 맑은 빛을 맞았다.26)
珍重一盃酒	한 잔 술이 진중한 것은
夜闌人未歸.	밤이 늦었는데 사람들은 돌아오지 못했다오.

　　이성중李誠中의 자는 공저公著 호는 파곡坡谷이며 완산인完山人이다. 선조 때 문과했고 호당에 피선되었으며 벼슬은 호조판서에 이르렀다.

◈ 최경창崔慶昌
제고봉군상정題高峰郡上亭

古郡無城郭	옛 고을에 성곽은 없고
山齋有樹林	산재山齋에 나무들이 있다.27)
蕭條人吏散	사람들이 헤어지니 쓸쓸한데
隔水搗寒砧.	시내 건너 다듬이 소리만 들린다.

　　최경창崔慶昌의 자는 가운嘉運 호는 고죽孤竹이며 해주인海州人이다. 선조 때 문과했고 부사府使를 했다.

---

26) 了得北光里公案이라 평했는데 이해하기 어렵다.
27) 이 구에 대해 아가위와 배 그리고 귤과 유자는 약간 맛이 같음이 있다고 평한 것이 아닌가 한다.(樝梨橘柚 略有等味)

◈ 백광훈白光勳

홍경사弘慶寺

秋草前朝寺	추초는 전조의 절에 우거졌고
殘碑學士文	잔비에는 학사의 지은 글이라오.
千年有流水	천 년 동안 물은 그대로 흐르고 있으며
落日見歸雲.	석양에 돌아가는 구름을 본다.[28]

용강별성보龍江別成甫[29]

千里奈君別	천리 길을 어찌 그대와 이별하랴
起看中夜行	일어나 밤중에 가는 것을 본다오.
孤舟去已遠	고주孤舟는 이미 멀리 갔는데
月落寒江鳴.	달은 지고 찬 강물이 운다.

낙중별우洛中別友

長安相送處	서울에서 서로 보내는 곳에
無語贈君歸	말없이 돌아가는 그대에 시를 준다오.
却向江南望	문득 강남을 향해 바라보니[30]
靑山又落暉.	푸른 산에 또 햇빛이 떨어진다.

---

28) 뛰어난 詩歌이다.(絶唱)
29) 하나라도 없으면 안 되고 둘이 있을 수도 없다.(不可無一 不可有二)고 했
   는데 평한 말이 묘해 이해가 쉽지 않다.
30) 말이 맑아 맛이 있다.(淡語有味)

유증有贈

江南采蓮女	강남에 연을 따는 여인아
江水拍山流	강물이 산을 치며 흐른다.31)
蓮短未出水	연이 짧아 물 밖을 나오지 못했으니
棹歌春政愁.	뱃노래에 봄이 바로 근심스럽다오.32)

 백광훈白光勳의 자는 창경彰卿 호는 옥봉玉峯이며 음蔭으로 참봉參奉을
했다. 시와 글씨로 모두 이름이 있었다.

❖ 이달李達
강릉별이예장지경江陵別李禮長之京

桐花夜煙落	오동나무 꽃에 밤안개가 떨어지고
海樹春雲空	해변의 나무에 봄 구름이 걷혔다.33)
他日一杯酒	다른 날 한 잔 술로
相逢京洛中.	서울에서 서로 만나자오.

 이달李達의 자는 익지益之 호는 손곡蓀谷이며 서얼庶孼이다.

---

31) 높게 올랐다.(陟高)
32) 唐詩의 韻을 잃지 않았다.(不失唐韻)
33) 외로운 정이 뛰어나게 반영되었다.(孤情絶照) 詩評에서 絶調는 볼 수 있
    었으나 絶照는 보기 드문 말이다.

❖ 송한필宋翰弼

우음偶吟

花開昨夜雨	간밤 내린 비에 꽃이 피었고
花落今朝風	오늘 아침 부는 바람에 꽃이 떨어졌다.
可憐一春事	가련하게도 한 봄의 일이
往來風雨中.	비바람 가운데서 오고 간다오.[34]

송한필宋翰弼의 자는 사로師魯 호는 운곡雲谷이다.

❖ 임제林悌

규원閨怨

十五越溪女	열다섯 살 아름다운 처녀가
羞人無語別	사람이 부끄러워 이별하며 말도 하지 못했다.[35]
歸來掩重門	돌아와 문을 꼭 닫고
泣向梨花月.	이화梨花의 달을 바라보며 운다오.

임제林悌의 자는 자순子順 호는 백호白湖이며 금성인錦城人이다. 선조 때 문과했고 벼슬은 예조정랑禮曹正郞을 했다.

---

34) 만약 한 句를 끊어 버리면 작품을 이룰 수 없으니 또한 伊州의 遺格이
다.(若截一句篇不成 亦伊州遺格)
35) 정이 있다.(有情)

◈ 정지승鄭之升

상춘傷春[36]

草入王孫恨	풀은 왕손의 한으로 들어가고
花添杜宇愁	꽃은 소쩍새에 근심을 더한다.
汀洲人不見	물가에 사람은 보이지 않고
風動木蘭舟.	바람에 목란주가 흔들린다.

　　정지승鄭之升의 자는 자신子愼 호는 총계당叢桂堂이다. 염휴의 종자이며
과거를 볼 수 없게 되었고 벼슬하지 않았다.

◈ 정용鄭鎔

노궁魯宮

人度桃花岸	사람은 복숭아꽃이 핀 언덕을 건너가고
馬嘶楊柳風	말은 바람 부는 버드나무에서 운다.
夕陽山影裡	석양의 산 그림자 속에
寥寂魯王宮.	고요한 노왕魯王의 궁전이라오.[37]

야작夜作

| 鵂鳴園裏樹 | 부엉이는 동산 나무에서 울고 |

---

36) 『芝峯類說』에 이 시를 唐詩集 가운데 써넣어 崔慶昌 등의 여러 사람에게
　　보였더니 모두 구분을 하지 못했다고 했는데, 자세히 음미해 보면 唐詩
　　와 같지 않은 점이 있다. 『霽湖詩話』에 林白湖가 이 絶句를 외우며 근세
　　의 뛰어난 시로서 자신은 미칠 수 없다고 했는데, 이 말은 과연 그렇다.
37) 무한히 감탄할 만하다.(無限感歎) 魯王은 누구인지 알아보지 못했다.

雲黑五更天	오경五更 하늘에 검은 구름이 끼었다.38)
遠客那堪聽	멀리 떠나는 나그네가 어찌 들을 수 있으랴
悠悠夜似年.	느린 밤은 해와 같이 길다오.

증인贈人

二月燕辭海	이월이면 제비는 바다를 떠나며
千村花滿秦	마을마다 꽃은 진秦에 가득하다.39)
每醉淸明節	매양 청명절이면 취하게 되는 것이
至今三十春.	지금까지 삼십춘이었다오.40)

추회秋懷

菊垂雨中花	국화는 비가 내리는 가운데 꽃이 드리웠고
秋驚庭上梧	가을이면 뜰에 있는 오동잎에 놀란다.
今朝倍惆悵	오늘 아침 배나 슬픈 것은
昨夜夢江湖.	지난밤에 강호江湖를 꿈꾸었기 때문이오.41)

춘효春曉

酒滴春眠後	봄잠을 깬 뒤에 술을 마셨고

---

38) 사람으로 하여금 놀라 머릿발을 세우게 한다.(令人頭髮竦竪)
39) 다듬은 솜씨가 묘하다.(琢妙) 이 구에서 秦字는 어떤 의미로 사용된 것인
　　지 모르겠다.
40) 극히 좋다.(極好)
41) 역시 평범한 성조가 아니다.(亦非常調)

花飛簾卷前   주렴을 걷은 앞에 꽃이 날았다.[42]
人生能幾許   인생을 얼마나 허락한 것일까
悵望雨中天.   슬프게 빗속의 하늘을 바라본다오.[43]

정용鄭鎔의 자는 백련百鍊이고 해주인海州人이며 일찍 세상을 떠났다.

✥ 김씨金氏
증인贈人

境僻人來少   지경이 깊숙해 오는 사람 적고
山深俗事稀   산이 깊어 세상일도 드물다.[44]
家貧無斗酒   집이 가난해 많은 술이 없어
宿客夜還歸.   자던 손이 밤에 돌아간다.

✥ 무명씨無名氏
제원벽題院壁

鳥窺頹院穴   새는 무너진 담장 구멍을 엿보고
人汲夕陽泉   사람은 석양에 샘물을 길러 온다.
山水爲家客   산수를 집을 하고 있는 나그네는
乾坤何處邊.   건곤 어느 곳인들 어떠하랴.[45]

---

42) 걷지 않았는데 꽃은 이미 떨어졌다고 말한 것이다.(未卷而花已落)
43) 글자마다 구슬이다.(字字珠璣)
44) 감상하고자 한 것이 아니고 꾸짖는 것이다.(非賞之也, 責之也)
45) 『芝峯類說』에 虛菴 鄭希良이 上禍를 피해 도망가서 머리를 깎고 중이 되
   어 스스로 李千年이라 하고 山水를 찾아 놀면서 어디에서 죽었는지 모른
   다. 일찍 산의 벽에 시를 써 말하기를

제벽題壁[46]

水澤魚龍國	물과 못은 물고기와 용의 나라이며
山林鳥獸家	산과 숲은 새와 짐승의 집이라오.
孤舟明月客	밝은 달빛 아래 고주를 타고 있는 손은
何處是生涯.	어느 곳에 살고 있는가.

風雨驚前日 　전일 비바람에 놀라
文明負此時 　그때 문명을 등졌다오.
孤筇遊宇宙 　외로운 지팡이로 우주에 놀며
嫌鬧竝休詩 　시끄러움을 혐의해 시도 짓지 않는다.
라 했고, 또 云云했는데 목숨을 방망이질 당하면서 살 것인데, 지금 세상
에 유행을 하니 기이함을 증험한다 했다.

46) 이르기를 猿老(崔壽城의 호가 猿亭임)의 지은 것이라 하므로 前篇과 같
이 실어둔다.(云是猿老之作 與前篇姑存之)

08

국조시산 권이 國朝詩刪 卷二
칠언절구七言絶句

⟡ 정도전鄭道傳

계유정조봉천문구호癸酉正朝奉天門口號

春隨細雨渡天津	봄에 가는 비 따라 천진天津1)을 건너니
太液池邊柳色新	태액지太液池 가에 버들 빛이 새롭다.2)
滿帽宮花霑錫宴	모자에 가득한 꽃들이 내린 잔치에 젖었는데
金吾不問醉歸人.	집금오執金吾3)가 취해 가는 사람 묻지 않는다.

자영自詠

致君無術澤民難	임금께 이루게 할 지혜 없어 백성에 혜택도 어려워
欲向汾陰講典墳	분음汾陰에 가서 전분典墳4)을 강하고 싶다오.5)
十載風塵多戰伐	십년 동안 풍진세계에 전쟁이 많았는데
靑衿零落散如雲.	선비들이 구름처럼 흩어져 떨어진다.

방김거사訪金居士

秋陰漠漠四山空	가을 구름 아득하고 사방산은 비었으며
落葉無聲滿地紅	낙엽은 소리 없이 땅을 붉게 물들였다.6)

---

1) 天津은 다리 이름이라 한다.
2) 富麗하고 溫重하다.
3) 『後漢志』에 執金吾는 宮外에서 예사롭지 않은 水火와 같은 일을 맡아 경계하는 관직인데, 注에 吾는 禦로서 金革을 가지고 비상한 일을 막는다고 했다. 또 다른 해석으로는 金吾는 鳥의 이름으로 그 새의 형상을 가지고 있는 벼슬 이름이라고 했다.
4) 三墳 五典의 略語, 古書를 말함.
5) 자신의 능력을 매우 무겁게 의식하고 있다.(自負甚重)

立馬溪橋問歸路　시내 다리에 말을 세우고 돌아갈 길 묻다가
不知身在畵圖中.　이 몸이 그림 속에 있는 줄을 몰랐다오.7)

철령鐵嶺8)

鐵嶺山高似劍鋩　철령鐵嶺은 산山이 높아 칼날같이 날카롭고
海天東望正茫茫　동해를 바라보니 바로 아득하다.
秋風特地吹雙鬢　가을바람은 양쪽머리로 불어오는데
驅馬今朝到朔方.　오늘 아침 말을 타고 삭방朔方에 왔다네.

격옹도擊甕圖

玉斗碎時虧霸業　옥두玉斗9)가 부서질 때 패업霸業이 이지러졌고
珊瑚擊處有驕心　산호珊瑚10)를 치는 곳에 교만한 마음이 있었다.

---

6) 표현이 그림 같다.(如畵)
7) 찬란하고 둥글어 충분히 唐詩의 수준에 들어갔다.(玲瓏圓轉 優入唐域)
8) 기와 몽둥이의 형상이 있다고 했는데(有旄杖之形) 엄숙하다는 것을 말한
　것이 아닌가 한다.
9) 옥으로 만든 국자인데, 이 句의 내용과 상관되는 이야기를 들어보면 項
　羽와 劉邦이 鴻門에서 잔치를 하고 있을 때 항우의 謀士인 范增이 유방
　을 죽이게 권했으나 항우가 죽이지 않았다. 유방이 그곳에서 빠져나간
　후에 張良을 시켜 玉斗를 범증에게 선사하니 범증이 칼로 쳐 깨어버렸
　다. 그리고 말하기를 항우의 천하를 빼앗을 자는 반드시 유방일 것이며
　우리는 포로가 될 것이라 했다.
10) 晋나라 王愷와 石崇이 서로 부를 자랑했는데, 왕개는 晋武帝의 외숙이므
　로 무제가 왕개에게 높이가 이 척이나 되는 珊瑚樹를 주었다. 왕개가 그
　산호수를 석숭에게 보이자 석숭이 보고 꺾어버리니 왕개가 화를 내므로
　석숭이 자기 집에 있는 산호수를 모두 가지고 왔는데 왕개가 가졌던 산
　호 나무보다 많았다 한다.

爭如幼日多奇氣　　어려서 다투면서 기기奇氣가 많았으며

倉卒全人慮已深.　　성인되어 창졸간에도 생각이 이미 깊었다오.11)

춘일성남즉사春日城南卽事

春風忽已近淸明　　봄바람이 갑자기 그치고 청명이 가까운데

細雨霏霏晩未晴　　가는 비가 계속 내려 늦게까지 개지 않는다.

屋角杏花開欲遍　　집 모퉁이 살구꽃이 두루 피고자 하면서

數枝含霧向人傾.　　몇 가지가 안개를 머금고 사람을 향해 기울었다.12)

　정도전鄭道傳의 자는 종지宗之 호는 삼봉三峯이며 봉화인奉化人이다. 고려 공민왕 때 급제했고 아조我朝 태조의 창업을 도와 봉화백奉化伯의 봉작을 받았다. 벼슬은 판삼군부사判三軍府事를 했으며, 뒤에 방석芳碩의 난亂에 관여되어 죽음을 당했다.

✧ 조운흘趙云仡
송춘일별인送春日別人

謫宦傷心涕淚揮　　귀양살이 벼슬이 마음을 상해 눈물 뿌리는데

送春兼復送人歸　　봄을 보내고 다시 돌아가는 사람을 보낸다.

春風好去無留意　　봄바람이 즐겁게 떠나며 머물 생각이 없는 것은

久在人間學是非.　　오래 인간에 있으면 시비를 배울 듯하기 때문이요.13)

---

11) 溫公의 일에서 중요한 것은 다한다고 했다.(溫公事儘緊要)

12) 매우 아름답다고 했다.(甚佳)

13) 四佳 徐居正이 매우 좋다고 했다.(四佳老以爲絶好)

즉사卽事[14]

柴門日午喚人開	한낮에 사람 불러 사립문을 열고
步出林亭坐石苔	걸어 임정林亭에 나가 이끼 낀 돌에 앉았다.
昨夜山中風雨惡	지난밤 산중에 비바람 사납더니
滿溪流水泛花來.	시내 가득히 흐르는 물에 꽃이 떠내려 온다.[15]

구산역강릉丘山驛江陵

珠淚雙雙落玉巵	두 눈에 구슬 같은 눈물을 술잔에 흘리며
陽關三疊送人時	보낼 때 양관곡陽關曲[16]을 세 번 거듭 불렀다오.
太山作地東溟渴	태산이 평지 되고 동해가 말라야
始斷丘山泣別離.	비로소 구산丘山에서 우는 이별이 끊어지리라.

조운흘趙云仡의 호는 석간石澗이고 풍양인豊壤人이며 벼슬은 감사를 했다. 고려 공민왕 때 벼슬을 그만두고 미친 듯 행동하며 스스로 감추었다. 호를 판교원주板橋院主라 했다.

---

14) 『芝峯類說』에 고려말에 趙云仡이 벼슬에서 물러나 廣州 夢村에 살고 있었는데, 어느날 귀양가는 사람을 보고 이 시를 지었다고 했다.
15) 말이 곱고 생각이 깊다.(語葩思淵)
16) 唐나라 시인 王維의 〈送元二使安西詩〉를 말한 것인데, 이 시를 송별할 때 부른다고 한다.

❖ 성석린成石磷(再見)

방기우자불우訪騎牛子不遇[17]

德彝不見太平年　덕이德彝[18]는 태평세월 보지 못했는데
八十逢春更謝天　팔십에 봄을 만났으니 다시 하늘에 감사한다.
桃李滿城香雨過　도리桃李가 성에 가득하고 향기 비가 지나가는데
謫仙何處酒家眠.　적선謫仙[19]은 어느 곳 술집에서 자고 있을까.[20]

하조시중요좌주개연賀趙侍中邀座主開讌[21]

得士方知座主賢　선비들을 얻었으니 좌주의 현명함을 알겠고
侍中獻壽侍中前　시중侍中이 시중 앞에 헌수를 한다.
天敎好雨留佳客　하늘은 좋은 비를 내리게 해 손을 머무르게 하고
風送飛花落舞筵.　바람은 꽃을 보내 춤추는 자리에 떨어지게 한다.[22]

---

17) 虛白 成俔이 감탄한 바라 했다.(虛白所歡賞)
18) 唐太宗이 처음 나라를 다스릴 방침을 신하들에게 물었을 때 魏徵은 仁義로, 封德彝는 刑法으로 하자고 했다. 태종은 위징의 건의에 따라 천하가 태평하게 되었는데 그때 봉덕이는 이미 죽었다. 태종이 말하기를 지금 천하가 이렇게 된 것은 위징의 힘인데 봉덕이가 보지 못한 것이 한스럽다고 했다. 여기서는 작자가 자신들은 오래 살아 태평을 보고 있어 하늘에 감사한다는 것이다.
19) 謫仙은 李白을 말하나 여기서는 騎牛子를 지칭한 것이다.
20) 『東人詩話』에 이 시에 대해 말이 호탕하고 뛰어나 그의 포용하는 도량을 짐작할 수 있겠다고 했다.
21) 文忠公 趙浚이 座主인 文靖公 李穡을 맞이하여 잔치를 열었는데, 벼슬 높은 인사들이 자리에 가득했다. 그때 부슬비가 내려 복숭아꽃이 어지럽게 떨어졌다. 獨谷 成石磷이 먼저 賀詩를 지어 云云하니 모든 사람들이 붓을 놓았다. 成石磷의 아버지 昌寧府院君 汝完이 화를 많이 내며 말하기를 "문장은 마땅히 겸손함을 보일 것이며 자랑하고 능함을 보이는 것은 화를 부르는 것이라" 하며 꾸짖어서 獨谷이 후회했다고 한다.

❖ 강회백姜淮伯

기등명사寄燈明師

人情蟬翼隨時變	인정은 매미 날개처럼 때를 따라 변하고
世事牛毛逐日新	세상일은 소털 같이 많아 날을 쫓아 새롭다.
想得吾師禪榻上	상상컨데 우리 스님 참선하는 자리 위에서
坐看東海碧㴋㴋.	앉아 푸른 동해를 밝게 보리라.23)

　강회백姜淮伯의 자는 백부伯父 호는 통정通亭이며 진주인晋州人이다. 고
려 우왕禑王 때 급제했으며, 조선조에서 동북면도순문東北面都巡問을 했다.

❖ 박의중朴宜中

차김약재구용운次金若齋九容韻

杜門終不接庸流	문을 닫고 끝내 용렬한 사람을 만나지 않고
只許靑山入我樓	푸른 산이 내 누에 들어오는 것만 허락한다오.
樂便吟哦慵便睡	즐거우면 시 읊고 싫증나면 잠자니
更無閑事到心頭.	다시 한가한 일이 마음에 들어오는 것이 없다네.24)

　박의중朴宜中의 자는 자허子虛 호는 정재貞齋이며 밀양인密陽人이다. 고
려 공민왕이 남행南行하며 청주淸州에서 보인 과거에 장원했다. 벼슬은 대
제학을 했고 태종太宗 때 참찬參贊을 했다.

---

22) 씩씩한 기상과 힘이 있다.(氣槃)
23) 비록 간절하나 格은 낮다.(雖切而格自卑)
24) 한가한 생각은 가질 만하며, 香山(白樂天)의 遺韻이다.

◈ 이첨李詹

진양난후알성晉陽亂後謁聖

廨宇丹靑一炬亡	관청의 단청이 하나의 횃불에 탔으나
頑童尙解護文坊	완동頑童25)도 오히려 문방文坊26)을 보호할 줄 알았다.
十年海嶠風塵裏	십년 동안 바다와 육지의 풍진 속에
獨整衣冠謁素王.	홀로 의관을 바로하고 소왕素王을 뵈옵는다.

용심慵甚

平生志願已蹉跎	평생의 소원을 이미 이루지 못했는데
爭奈踈慵十倍多	다시 게으름이 십 배나 많음을 어찌하랴.
午枕覺來花影轉	낮잠을 깨자 꽃 그림자가 옮겼으니
暫携稚子看新荷.	어린 아들 이끌고 새로 핀 연꽃을 본다오.27)

야과함벽루문탄금夜過涵碧樓聞彈琴28)

神仙腰佩玉樅樅	신선의 허리에 찬 옥이 종종거리며
來上高樓掛碧窓	높은 누에 올라 푸른 창을 걸었다.
入夜更彈流水曲	밤이 되어 다시 유수곡流水曲을 타니
一輪明月下秋江.	둥근 밝은 달이 가을 강으로 지려 한다.29)

---

25) 완고한 아이들인데 倭奴를 지칭한 것이다.
26) 그 지역의 교육기관인 향교일 것이며, 素王은 孔子를 말함.
27) 한가함이 멀어 맛이 있다.(閑遠有味)
28) 唐나라 시인의 雅格이 있다.(有唐人雅格)
29) 어찌 이같이 맑음이 뛰어날 수 있으랴.(何等淸絶)

문앵聞鶯

三十六宮宮樹深　　삼십육 궁에 궁마다 나무들이 짙어
蛾眉夢覺午窓陰　　아미蛾眉가 잠을 깨자 한낮에 창이 음침하다.
玲瓏百囀凝愁聽　　계속 우는 맑은 소리 근심이 엉긴 듯 들리는데
盡是香閨望幸心.　　모두 규방閨房에서 다행함을 바라는 마음이라오.30)

　　이첨李詹의 자는 소숙少叔 호는 쌍매당雙梅堂이며 홍주인洪州人이다. 홍
무洪武 원년元年의 과거에 장원했으며, 본조에서 지정부사知議政府事에 이
르렀고 시호는 문안文安이다.

◈ 조서曹庶
경안부慶安府

水光山氣弄晴沙　　물빛과 산기운이 갠 모래를 희롱하며
楊柳長堤十萬家　　버들 있는 긴 언덕에 십만의 집이라오.31)
無數商船城下泊　　수없는 상선이 성 아래 대었고
竹樓煙月咽笙歌.　　죽루竹樓의 연월에 피리와 노래로 목이 메었다.

　　조서曹庶는 인산인仁山人이며 벼슬은 예의禮議에 이르렀다. 명明나라에
사신으로 갔다가 금치金齒에 유배되었으며 뒤에 고국으로 돌아왔다.

---

30) 매우 杜紫薇와 같다.(酷似杜紫薇)
31) 가히 상상할 수 있겠다.(可想)

✣ 정총鄭摠
제야除夜

驅儺處處鼓如雷	곳곳에 역귀 쫓는 북소리 우레 같으며
春色遙隨斗柄回	봄빛이 멀리 북두성을 따라 돈다.
挑盡寒燈題帖字	돋우던 등불이 다할 때까지 휘장에 글을 쓰고
膽瓶相對一枝梅.	씻은 병이 한 가지의 매화와 마주하고 있다.

정총鄭摠의 자는 만원曼願 호는 복재復齋이며 고려 우왕禑王 때 급제했다. 본조에 개국開國의 공으로 서원군西原君의 봉작을 받았다. 홍무洪武 병자丙子에 명明나라에 잡혀가서 죽었으며, 시호는 문민文愍이다.

✣ 변중량卞仲良
철관도중鐵關途中[32]

鐵關城下路岐賒	철관성鐵關城 아래 길은 나누어져 먼데
滿目煙波日又斜	연파煙波는 눈에 가득하고 해는 비꼈다.
南去北來春欲盡	남북으로 오고가는 동안 봄도 다하고자 하며
馬頭開遍海棠花.	말머리에 해당화가 두루 피었다.

송산松山

松山繚繞水縈回	송산松山은 둘러싸고 물은 얽혀 돌고 있는데
多少朱門盡綠苔	대부분의 주문朱門에 푸른 이끼 끼었다.

---

32) 唐詩에 가깝다.(逼唐)

惟有東風吹雨過   오직 동풍이 불어 비가 지나가니
城南城北杏花開.   성 남북 쪽에 살구꽃이 피었다.[33]

　　변중량卞仲良은 밀양인密陽人이며 고려조에서 과거했다. 조선조에 벼슬
은 밀직사승지密直司承旨를 했다.

❖ 권우權遇
추일秋日

竹分翠影侵書榻   대나무에서 나눈 푸른 그림자는 책상에 들어오고
菊送淸香滿客衣   국화에서 보낸 맑은 향기 나그네 옷에 가득하다.
落葉亦能生氣勢   낙엽도 또한 생기 있는 형세로
一庭風雨自飛飛.   비바람 부는 뜰에 스스로 날고 있다.[34]

　　권우權遇의 자는 중려中慮 호는 매헌梅軒이며 근近의 아우이다. 고려 우
왕禑王 때 과거했으며 조선조에서 벼슬은 예문제학藝文提學을 역임했다.

---

33) 한없는 감개가 있어 많은 세월이 지난 후에도 오히려 눈물을 흘리게 하
　　겠는데 하물며 직접 본 사람은 말할 것이 있겠는가.(無限感慨 千載想之
　　猶當下淚 況親覿之者乎)
34) 역시 스스로 선명하다 하겠다.(亦自楚楚)

❖ 정이오鄭以吾

죽장사竹長寺[35)]

衙罷乘閑出郊西　관청일 파하자 한가해 들 서쪽으로 나가니

僧殘寺古路高低　중은 적고 절은 오래 되었으며 길은 높고 낮다.

祭星壇畔春風早　제성단祭星壇 옆에 봄바람이 이른데

紅杏半開山鳥啼.　붉은 살구꽃이 반쯤 피었고 산새가 운다.[36)]

차운기정백형次韻寄鄭伯亨

二月將闌三月來　이월은 장차 다하고 삼월이 오려는데

一年春色夢中回　일 년의 봄빛이 꿈속으로 돌아간다.[37)]

千金尙未買佳節　천금으로 오히려 아름다운 계절 살 수 없는데

酒熟誰家花正開.　술 익은 누구 집에 꽃이 바로 피었을까.[38)]

　정이오鄭以吾의 자는 수가粹可 호는 교은郊隱이며 진주인晉州人이다. 고려 공민왕 말년에 급제했고, 조선조에서 찬성贊成과 대제학大提學을 역임했으며 시호는 문정文定이다.

---

35) 『東人詩話』에 鄭郊隱이 一善郡을 지키면서 봄날 西郊詩에서 云云했는데, 깨끗하고 아름다우며 맑고 편안해 비록 唐詩 속에 두어도 부끄럽지 않을 것이다.

36) 中唐의 高品이다.(中唐高品)

37) 매우 좋다.(極好)

38) 마땅히 國初(조선조초)의 絶句에서 제일이 될 것이다.(當爲國初絶句第一)

유방선柳方善(再見)

서회書懷

門巷年來草不除	몇 년 전부터 문 앞의 풀을 베지 않았는데.
片雲枯木似僧居	조각구름 마른 나무로 중이 거처하는 것과 같다.
多生結習消磨盡	많이 살아 세상의 번뇌가 모두 소멸되고
只有胸中萬卷書.	다만 흉중에 만 권의 책만 있다오.39)

강석덕姜碩德

수암상인권자秀菴上人卷子

占斷烟霞心自閑	산천의 경치를 온전히 점령하니 마음이 한가해
茅茨高架碧孱顏	띠집을 푸르고 약한 곳에 높게 지었다.
飢飧倦睡無餘事	배고프면 밥 먹고 싫어면 잠자며 다른 일 없는데
春鳥一聲花滿山.	봄새 우는 소리에 꽃은 산에 가득하다.40)

　　강석덕姜碩德의 자는 자명子明 호는 완역재玩易齋이며 회백淮伯의 아들이다. 음사蔭仕로 대헌大憲과 지돈령知敦寧을 했으며 시호는 대민戴愍이다.

최항崔恒

해운대海雲臺

登臨不必御泠風	대에 올라 서늘한 바람을 막지 않는 것은

---

39) 그가 안고 있는 많은 근심을 생각할 수 있으며, 시가 좋다.(想其抱窮愁
　　詩自好)
40) 깨달은 듯하다.(似悟)

拂盡東華舊軟紅　동화東華의 옛 연한 붉은 것을 버렸기 때문이오.
醉踏金鼇吟未已　취해 금오金鼇를 밟으며 읊기를 다하지 않았는데
紫簫吹徹海雲中.　통소를 불며 해운海雲 가운데를 관통했다오.[41]

　최항崔恒의 자는 정부貞父 호는 태허정太虛亭이며 삭녕인朔寧人이다. 세종世宗 때 과거에 장원했고 호당에 피선되었다. 세 번 책훈册勳으로 영성부원군寧城府院君이 되었고 시호는 문정文靖이다.

✥ 성간成侃(再見)
궁사宮詞[42]

依依簾幕燕交飛　늘어진 주렴과 장막에 제비는 번갈아 날며
日射晴窓睡起遲　해가 비친 갠 창에 잠에서 늦게 일어났다.
急喚小娃供頮水　급히 어린 계집종 불러 세숫물 가져오게 하고
海棠花下試春衣.　해당화 밑에서 봄옷을 입어 본다.

陰陰簾幕暑風清　어둑한 주렴에 여름 바람 맑은데
閑瀉銀漿滿玉缾　한가롭게 장을 쏟아 병에 가득 채운다.
好箇黃鸝多事在　예쁜 꾀꼬리는 일이 많아
隔墻啼送兩三聲.　담장 사이에서 두세 소리 울어 보낸다.

碧梧金井換新秋　푸른 오동잎 우물에 떨어져 새 가을로 바뀌니

---

41) 상징적인 표현이 있기 때문에 번역은 했으나 이해에 어려움이 있음을 밝혀 둔다.
42) 四時로 나누었는데 네 수가 모두 전해질 만한 것으로 蓀谷 李達과 비교해도 서로 거리가 어찌 萬由旬(?) 뿐이겠는가.(四篇俱是當行 而較之蓀谷 相去奚啻萬由旬)

斜倚薰籠一段愁　　더운 농에 기대니 한 조각 근심이 생긴다.
明月滿庭天似水　　밝은 달빛은 뜰에 가득하고 하늘은 물 같은데
起來無語上簾鉤.　　일어나 말없이 주렴 갈고리를 올린다.

七寶房中別置春　　칠보 방 가운데 따로 봄을 두었더니
羅巾斜帶辟寒珍　　비단 수건 비낀 띠는 벽한진辟寒珍43)이라네.
朝來試步梅花下　　아침에 매화나무 밑을 시험해 걸으며
臉上臙脂懶未勻.　　뺨에 연지를 게을러 고르지 못했다오.44)

우서偶書

言辭出口屢觸諱　　말이 입에서 나가면 여러 번 기휘忌諱에 저촉되니
世事折肱曾未更　　세상일은 팔을 꺾어도45) 다시 하지 않을 것이오.
黃昏風雨鬧北牖　　황혼의 비바람이 북쪽 창에서 시끄러운데
夢作聖居山水聲.　　꿈에 성거산聖居山 물소리로 알았다네.46)

白日靑天萬里暉　　푸른 하늘 밝은 해는 만 리를 비치고
祥麟彩鳳共乘時　　기린과 봉황이 함께 때를 탄다오.
三更月落村墟黑　　삼경에 달이 지자 마을이 캄캄해
留與狐狸假虎威.　　머물던 호리와 더불어 범의 위엄 빌리려 한다.47)

---

43) 추울 때 辟寒珍을 집에 두면 추위를 모른다는 보배를 말함.
44) 가장 우수한 작품이다.(最優)
45) 경험을 얻는 것을 의미한 것이라 한다.
46) 생각이 재치기 있고 뛰어났다.(奇拔)
47) 뜻이 매우 가리킴이 있다.(意甚有指)

유성남遊城南

鉛槧年來病不堪　　근래에 연참鉛槧48)은 병으로 하기 어려워
東風引興到城南　　봄바람이 흥을 이끌어 성남에 갔다네.
陽坡草軟細如織　　양지쪽 언덕은 연한 풀을 짜놓은 듯
正是靑春三月三.　　바로 푸른 봄의 삼월 삼일이라오.

파한불출음정제공怕寒不出吟呈諸公

南隣雲幕柳間橫　　남쪽 이웃 구름 같은 장막은 버들 사이에 비꼈고
北里笙歌鬧曉晴　　북쪽 마을 저 소리 갠 새벽을 시끄럽게 한다.
九十春光都過了　　구십의 봄빛을 모두 지났으니
楊雄辛苦草玄經.　　양웅楊雄49)이 태현경太玄經을 초하며 고생했다오.50)

도중道中

籬落依依半掩扃　　울타리는 늘어지고 빗장은 반 쯤 닫혔는데
斜陽立馬問前路　　석양에 말을 세우고 앞길을 묻는다.
儵然細雨暮烟外　　저문 연기 밖에 가는 비가 빨리 내리는데
時有田翁叱犢行.　　그때 농부가 송아지를 꾸짖으며 간다.

---

48) 문필에 종사하는 것을 말함.
49) 前漢 때의 학자, 太玄經은 그의 저작임.
50) 모두 좋다.(儘好)

어부漁父

數疊靑山數谷煙 몇 첩의 푸른 산 몇 골짜기의 연기에
紅塵不到白鷗邊 홍진은 백구의 주변에 이르지 못했다.
漁翁不是無心者 어옹은 무심한 자가 아니었기에
管領西江月一船. 서강의 달빛과 한척의 배를 맡아 다스린다.51)

❖ 서거정徐居正(再見)
독형공시讀荊公詩

杜鵑當日哭天津 두견이 그날 천진天津에서 울었는데
天下蒼生事事新 천하 창생들은 일마다 새로웠다.
相業早知能誤世 상업相業이 일찍 세상일을 그르칠 줄 알았다면
半山端合作詩人. 반산半山52)은 시인이 되는 것이 합당하리라.53)

춘일春日

金入垂楊玉謝梅 금빛은 수양으로 들어가고 옥빛은 매화를 떠났
으며54)
小池春水碧於苔 작은 못에 봄물이 이끼보다 푸르다.
春愁春興誰深淺 봄 근심과 흥에서 어느 것이 깊고 얕은가
燕子未來花未開. 제비는 오지 않고 꽃도 피지 않았다.55)

---

51) 작품마다 기세가 넘치었으나 근대의 작품은 점점 시들었다.(諸篇氣自淋
漓 近代則稍萎)
52) 宋나라 문인 정치가인 王安石의 자이며, 그의 封爵이 荊國公이었음.
53) 뜻이 좋다.(意好)
54) 날카롭다.(尖)

만산도晩山圖

嵯峨古樹與雲參　높은 고목은 구름에 닿았고
石老巖奇水滿潭　오래된 바위는 기이하고 물은 못에 가득하다.
更欲乘鸞吹鐵笛　다시 난새를 타고 피리를 불며
夜深明月過江南.　깊은 밤 밝은 달에 강남을 지난다.[56]

국화불개창연유작菊花不開悵然有作

佳菊今年開較遲　금년에 아름다운 국화가 늦게 피어
一秋情興謾東籬　가을의 흥취를 동쪽 울타리에 속았다.
西風大是無情思　서풍은 크게 정다운 생각이 없어
不入黃花入鬢絲.　국화에 들어가지 않고 살쩍머리에 들었다.[57]

제사호위기도題四皓圍碁圖

於世於名已兩逃　세상과 공명에 이미 모두 도망쳐
閑圍一局子頻敲　한가롭게 바둑판에 돌을 자주 놓는다.
此中妙手無人識　이 가운데 묘한 수를 아는 사람 없었는데
會有安劉一着高.　마침 유씨劉氏를 안정시킬 높은 수가 있다오.[58]

---

55) 豪宕하다.
56) 渾重하고 富麗해 이로서 대가의 氣格이 있다.(渾重富麗 自是大家氣格)
57) 사랑할 만하다.(可愛)
58) 맺은 말의 뜻이 극히 좋다.(結意極好)

즉사卽事

捲簾深樹鵓鳩鳴	주렴을 걷자 깊은 나무에 비둘기 울며
時見幽花一點明	간혹 깊숙한 곳에 꽃이 한 점 피었음을 본다.59)
少坐西軒淸似水	서헌西軒에 잠깐 앉았더니 물처럼 맑아
秋晴時復勝春晴.	가을철 갠 것이 때때로 봄 갠 날보다 좋다오.

◈ 강희맹姜希孟(再見)

차금태수종직영전가운次金太守宗直咏田家韻

流水涓涓泥沒蹄	물은 졸졸 흐르고 진흙에 발굽이 빠지며
煖烟桑柘鵓鳩啼	따뜻한 연기 낀 뽕나무에 비둘기가 운다.60)
阿翁解事阿童健	늙은이는 일을 알고 젊은이는 건강해
刳竹通泉過岸西.	대를 쪼개 통한 샘물을 서쪽으로 흐르게 한다.

참성단(재마니산)塹城壇(在麻尼山)

海上孤城玉界寒	해상의 외로운 성에 옥계玉界가 차가운데
風吹沆瀣露凝漙	바람이 불자 깊은 밤에 내린 이슬이 넓게 엉겼다.
步虛人在靑冥外	도인道人이 푸른 하늘 밖에 있으면서
吟罷瓊章月滿壇.	시 읊는 것을 파하자 달빛이 단에 가득하다.61)

---

59) 맑고 서늘하며 자태가 있다.(淸泠有姿)

60) 시제 밑에 아름다운 자태가 넘친다.(姿媚橫生) 가히 들어갈 수 있다 했는데(可入), 앞에 唐詩라는 말이 탈락된 것이 아닌가 한다.

61) 비록 仙骨은 모자란다 할지라도 점차 脫俗했다고 하겠다.(雖欠仙骨 亦稍脫俗) 위의 玉界는 아름다운 지역을 말함.

병여음성정최세원病餘吟成呈崔勢遠(원호元灝)

南窓終日坐忘機　남창 아래 종일 앉아 기미를 잊고 있는데
庭院無人鳥學飛　뜰에 사람은 없고 새가 나는 것을 배운다.[62]
細草暗香難覓處　가는 풀에 은은한 향기 나는 곳을 찾기 어려우며
淡烟殘照雨霏霏.　맑은 안개 남은 햇빛에 이슬비가 내린다.[63]

매梅

黃昏籬落見橫枝　황혼에 울타리의 매화 비낀 가지를 보고
緩步尋香到水湄　천천히 걸어 향기 찾아 물가에 이르렀다.
千載羅浮一輪月　긴 세월 매화가 많은 나부산羅浮山의 둥근 달은
至今來照夢回時.　지금 와서 꿈을 깰 때 비친다.[64]

❖ 이승소李承召
유의주차박판서원형운留義州次朴判書元亨韻

旅舘偏驚變物華　여관에서 주변 경치가 변한 것에 매우 놀랐으며
風吹柳幕翠欹斜　버들 장막에 바람이 불어 푸르름이 비꼈다.
山城地僻餘寒在　지역이 깊숙한 산성에 추위가 남아있어
五月猶看芍藥花.　오월인데 오히려 작약꽃을 볼 수 있다.

---

62) 한가하고 맑다.(閑澹)
63) 연결이 잘되어 아득하다고 했다.(點綴縹緲)
64) 또한 사랑스럽다고 하겠다.(亦自可愛) 위의 羅浮는 중국의 산 이름인데
　　같은 이름의 산이 여러 지역에 있어 어느 곳의 산인지.

미인도美人圖

閑來相與鬪圍碁	한가하자 서로 바둑을 두다가
却被春嬌下子遲	문득 봄 맵시를 보고 바둑돌을 더디게 둔다.
手托香腮無限意	손으로 뺨에 화장을 하며 무한의 생각은
桃花枝上囀鶯兒.	복숭아꽃 가지 위에 꾀꼬리 새끼가 지저귄다오.

　이승소李承召의 자는 윤보胤保 호는 삼탄三灘이며 세종 때 문과에 장원했다. 중시重試에 참여했으며 벼슬은 예조판서에 이르렀다. 양성군陽城君의 봉작을 받았으며 시호는 문간文簡이다.

✧ 김종직金宗直
제천정차송중추처관운濟川亭次宋中樞處寬韻

吹花擘柳半江風	강바람이 꽃에 불고 버들가지를 나누며
檣影搖搖背暮鴻	돛대 그림자는 저문 기러기 뒤에서 흔든다.
一片鄕心空倚柱	한 조각 고향생각으로 기둥에 의지했더니
白雲飛度酒船中.	흰 구름이 술 마시는 배 위로 날아간다.[65]

보천탄즉사寶泉灘卽事

桃花浪高幾尺許	복사꽃 물결이 몇 자가 되었기에
銀石沒頂不知處	은빛 돌이 온통 잠겨 어디인지 모르겠다.[66]
兩兩鸕鶿失舊磯	짝지어 나는 물새들은 전날 놀던 자리 잃어

---

65) 기상과 생각이 넓고 두텁다.(氣度弘厚)
66) 힘이 있고 굳세어 옛 시에 접근했다.(矯健入古)

唼魚却入菰蒲去.　물고기 물고 갈대 속으로 들어간다.[67]

　김종직金宗直의 자는 계온季昷 호는 점필재佔畢齋이며 선산인善山人이
다. 세조 때 급제하여 벼슬은 형조판서에 이르렀고 시호는 문간文簡이다. 연
산 때 화가 천양泉壤에까지 미쳤다.

✤ 김시습金時習
산행즉사山行卽事

兒捕蜻蜓翁補籬　아이는 잠자리 잡고 어른은 울타리 고치며
小溪春水浴鸂鶒　작은 내 봄물에 물새는 목욕한다.
靑山斷處歸程遠　푸른 산 끊어진 곳으로 갈 길은 먼데
橫擔烏藤一箇枝.　오등烏藤 한 가지 옆으로 지고 간다.[68]

　김시습金時習의 자는 열경說卿 호는 매월당梅月堂이며 강릉인이다. 다섯
살에 글에 능해 신동이라 했다. 세조 때 숨어 벼슬하지 않았고 미친 듯하며
중이 되기도 했다.

✤ 박위겸朴撝謙
종군從軍

十萬貔貅擁戍樓　십만의 무서운 병사들이 수루를 지키는데
夜深邊月冷狐裘　밤이 깊자 변방 달빛에 호구狐裘도 차다오.

---

67) 홀로 이 절구만이 唐詩와 같다.(獨此絶似唐)
68) 阿龍하기 때문에 스스로 뛰어났다고 했는데(阿龍自超), 阿龍이라는 말을
　　알아보지 못했다.

一聲長笛來何處　한 가닥 긴 저 소리는 어느 곳에서 들리나뇨
吹盡征夫萬里愁.　정부征夫의 먼 곳 근심을 모두 불었다오.[69]

영두자미詠杜子美

劒南千里絶家書　검남의 먼 길에 집 소식이 끊어졌고
身與沙鷗不定居　사장의 백구와 같이 정착해 사는 곳도 없다오.
夢破四更山吐月　잠을 깬 사경에 산은 달을 토하는데
子規聲裡秣征驢.　자규의 우는 소리에 타고 갈 나귀를 먹인다.

✥ 성현成俔
대우제청주동헌帶雨題淸州東軒

畫屛高枕掩羅幃　병풍 밑에 베개 베고 장막으로 가리니

---

69) 바로 塞方歌曲의 호방하고 장한 음을 얻었으므로 文忠의 격찬을 받은 것
이 마땅하다.(直得塞曲豪壯之音 宜蒙文忠之激賞也)
『지봉유설芝峯類說』에 박위겸朴撝謙은 세조 때 인물이었는데 생원生貟
으로서 무과에 급제했다. 낭장郎將이 되어 북정北征에 종사하여 공이 있
었으나 말하지 않고 물러나 천안天安에 있으면서 지은 〈노장시老將詩〉
가 있는데 말하기를,
白馬嘶風繫柳條　버들가지에 맨 흰 말은 울고
將軍無事劍藏鞘　장군은 일이 없어 칼을 칼집에 두었다.
國恩未報身先老　나라 은혜 갚지 못하고 몸이 먼저 늙었는데
夢踏關山雪未消.　꿈에 관산을 밟았으나 눈이 녹지 않았다.
라 했다. 또 일찍 군관軍官으로 서울에 가서 지는 시가 있는데 이르기를,
三月三日天氣新　삼월 삼일에 천기가 새로워
澗邊楊柳綠初勻　냇가 버들에 처음으로 푸름이 가지런하다.
踏靑往會家山事　가산의 일로 답청하며 모였을 때
應向罇前憶遠人.　응당 술통을 향해 먼 데 사람을 생각했다오.
라 했다.

別院無人瑟已希　별원에 사람은 없고 비파 소리도 이미 드물다.
爽氣滿簾新睡覺　상쾌한 기운이 가득한 주렴에 새로 잠을 깨니
一庭微雨濕薔薇.　뜰에 내리는 가는 비에 장미가 젖었다.

　　성현成俔의 자는 경숙磬叔 호는 허백虛白이다. 세조 때 급제하여 호당에 피선했고 중시重試와 발영시拔英試에 올랐으며 문형을 맡았다. 벼슬은 예조판서를 역임했으며, 시호는 문대文戴다.

✧ 김흔金訢

삼월삼일三月三日

才經百五又三三　겨우 백오 일을 지나자 또 삼월 삼일인데
客裏那堪歲月淹　객지에서 오랜 세월 머무는 것을 어찌 견디랴.
且趁良辰沽美酒　아름다운 계절 따라 좋은 술을 사고자
杏花西畔颭靑帘.　푸른 깃발 날리는 살구꽃 피는 서반으로 간다오.

마도주중야좌馬島舟中夜坐

獨揭孤篷枕不安　걸려있는 대뜸에 혼자 자는 것이 불안하며
西風一夕晚潮寒　서풍이 부는 저녁에 늦조수가 차다.
海天秋色尋無處　바다에서 가을빛을 찾을 곳이 없는데
却向潘郞鬢上看.　문득 반랑潘郞을 향해 살쩍머리 위를 본다오.

　　김흔金訢의 자는 군질君節 호는 안락당顏樂堂이며 연안인延安人이다. 성종 때 과거에 장원했고 호당에 피선되었으며 중시重試에 올랐다. 벼슬은 공조참의에 이르렀고 일본日本에 사신으로 가다가 중간에 돌아왔다.

✥ 월산대군月山大君(再見)
심화고사尋花古寺

春深古寺燕飛飛　　깊은 봄 옛 절에 제비는 날고
深院重門客到稀　　깊숙한 정원 두터운 문에 찾는 손도 드물다.
我自尋花花已盡　　내가 꽃을 찾고자 하나 꽃이 이미 떨어져
尋花還作惜花歸.　　꽃을 찾다가 도리어 꽃을 아깝게 여기고 온다오.70)

한식寒食

寒食淸明二月天　　한식과 청명의 이월 하늘에
東風庭院掛秋千　　봄바람 부는 정원에 그넷줄을 걸었다.
流鶯啼過畵樓去　　꾀꼬리는 울며 누를 지나가는데
一樹杏花開征姸.　　살구나무에 꽃은 피어 고움을 다툰다.71)

✥ 주계군朱溪君
운계사雲溪寺

樹陰濃淡石盤陀　　나무 그림자 짙고 맑으며 돌은 서리어 비탈졌고
一逕縈廻透澗阿　　길은 돌고 돌아 시내 언덕을 지나간다.
陣陣暗香通鼻觀　　끊어졌다 이어지는 짙은 향기 코를 통해 들어와
遙知林下有殘花.　　멀리 숲 속에 꽃이 남아 있음을 알겠네.72)

---

70) 비록 말은 익살스러우나 뜻과 생각은 좋다.(雖詼而意想好)
71) 芳蘭竟體라 했다.
72) 사람을 끌어 좋은 땅에 앉게 했다.(引人着勝地)

즉사卽事

一犁春雨杏花殘　보습 깊이 봄비에 살구꽃이 시들었고
處處人耕白水間　곳곳에 농부는 물 있는 논을 갈고 있다.
獨立滄茫江海上　넓고 아득한 강해江海 위에 홀로 서서
不勝惆愴望三山.　삼신산三神山 바라보며 슬픔을 이기지 못한다오.

朱溪君의 이름은 심원深源이고 자는 백연伯淵 호는 성광醒狂이며 태종의 아들 효녕대군孝寧大君의 손이다. 일찍 고부姑夫인 임사홍任士洪의 간사함을 논했고 연산조 때 결국 화를 입었다.

◈ 양희지楊熙止
차진원객관운次珍原客館韻

山藏小縣石田多　산 속의 작은 고을 돌밭이 많고
村似朱陳八九家　마을은 주진촌朱陳村[73]과 같이 팔구 집이라오.
杜宇一聲愁欲死　소쩍새 우는 소리에 근심으로 죽고 싶은데
滿庭明月照梨花.　뜰에 가득한 밝은 달빛이 배꽃을 비친다.

양희지楊熙止의 자는 가행可行 중화인中和人이다. 성종 때 급제했으며 채수蔡壽 등 다섯 사람이 사가독서賜暇讀書를 하게 되자 당시 문장文章으로 불렸다. 벼슬은 대사헌大司憲을 했다.

---

73) 중국 江蘇省에 있는 지명으로 깊은 산골에 朱陳兩姓만이 살았다는 마을 이름.

유호인俞好仁

뇌계죽지곡濯溪竹枝曲

城南城北鬧鷄豚	성 남북 쪽에 닭과 돼지가 시끄럽고
賽罷田神穀雨昏	전신田神에 치성 드리자 곡우穀雨에 비가 오련다.
太守遊春勤勸課	태수의 봄놀이는 부지런히 갈게 권하는 것으로
肩輿時入杏花村.	가마 타고 때때로 행화촌에 들어간다.[74]

군자사君子寺

煙樹平沈雨意遲	연기 낀 숲은 펀펀하고 비는 더딜 듯하며[75]
晚來看竹坐移時	늦었지만 와서 대나무 옮길 때를 본다오.[76]
老禪碧眼渾如舊	푸른 눈의 늙은 스님은 혼연히 옛날과 같아
更檢前年此日詩.	다시 작년 오늘에 지은 시를 점검한다네.

　　유호인俞好仁의 자는 극기克己 호는 뇌계濯溪이며 함양인咸陽人이다. 성
종 때 과거에 급제하여 호당에 피선되었다. 벼슬은 장령掌令을 했는데 어버
이를 위해 합천군陜川郡으로 가서 세상을 떠났다.

---

74) 아득하고 먼(縹緲) 소리는 없으나 스스로 穠厚한 맛은 있다.(無縹緲之音
　　而自穠厚有味)
75) 번화함이 많다.(穠遠)
76) 맑고 깨끗하다.(淡雅)

❖ 조위曺偉

제홍매화족題紅梅畫簇

夢覺瑤臺踏月華　　요대瑤臺에서 잠을 깨어 달빛을 밟으니
香魂耿耿影橫斜　　향혼香魂이 반짝반짝 그림자가 비꼈다.
似嫌玉色天然白　　옥색玉色이 천연으로 흰 것을 혐의하는 듯
一夜東風染彩霞.　　하룻밤에 동풍이 안개를 무늬로 물들인다.[77]

문자건즉진부락작시기지聞子建卽眞赴洛作詩寄之

西掖罘罳隔霧看　　중서성中書省에서 병풍 너머 안개를 바라보니
宮槐葉落曉光寒　　궁중의 느티나무 잎은 떨어지고 새벽빛은 차다.
秋風江海蘼金膾　　강해의 가을바람이 맥문동을 꺾었으니
爲問何如苜蓿盤.　　묻노니 소반에 나물을 하는 것이 어떠한가.[78]

　　조위曺偉의 자는 태허太虛 호는 매계梅溪이며 창녕인昌寧人이다. 성종 때 과거에 급제하여 호당에 피선되었으며 벼슬은 호조참판을 역임했다. 순천順天으로 유배되었다가 세상을 떠났다.

❖ 신종호申從濩

상춘傷春

茶甌飮罷睡初驚　　자다가 처음으로 깨어 차를 마시고
隔屋聞吹紫玉笙　　건넛집에 저 부는 소리 듣는다.

---

77) 빛나고 아름답다.(麗而婉)
78) 성조가 뛰어나다.(調越)

燕子不來鶯又去　제비는 오지 않고 꾀꼬리는 갔으며
滿庭紅雨落無聲.　뜰에 가득하게 붉은 꽃이 떨어지며 소리도 없다.79)

粉墻西面夕陽紅　아름다운 담장 서쪽에 석양빛이 붉으며
飛絮紛紛落馬鬃　버들 솜이 분분하게 날아 말갈기에 떨어진다.
夢裏韶華愁裏過　꿈속의 봄 경치를 근심 속에 지나가니
一年春事練花風.　일 년 동안 봄 일은 꽃과 바람이 단련하는 것이오.80)

무제無題81)

第五橋頭烟柳斜　다섯 째 다리 머리 버들에 연기가 비꼈으며
晚來風日轉淸和　늦게 접어들어 바람과 날씨도 청화해진다오.
緗簾十二人如玉　누런 주렴 열두 폭에 사람은 옥과 같은데
靑瑣詞臣信馬過.　궁중의 문신이 말을 믿고 지나간다.82)

　　신종호申從濩의 자는 차소次詔 호는 삼괴당三魁堂이다. 성종 때 급제했
는데 진사시進士試에서 중시重試까지 모두 장원했고 호당에 피선되었다. 벼
슬은 예조참판을 했으며, 중국에 사신으로 갔다가 돌아오는 길에 송경松京에
서 세상을 떠났다.

---

79) 晚唐의 아름다운 작품이다.(晚李佳品)
80) 蘇東坡의 번화함을 얻었다.(得蘇之穠)
81) 三魁堂이 기생 上林春의 집을 지나면서 시를 지어 운운했다. 당시 三魁
　　堂은 唐詩를 배웠다고 말했는데, 그가 지은 시가 과연 唐詩에 접근했는
　　가. 上林春은 거문고를 잘해 당시 제일이라 했으며 廣通橋에 살았다고
　　한다.
82) 풍류가 감하지 않았다.(風流不減)

✧ 남효온南孝溫

서강한식西江寒食

天陰籬外夕寒生	침침한 울타리 밖이 저녁에는 차가우며
寒食東風野水明	한식의 봄바람에 들 물이 밝다.
無限滿船商客語	가득한 배에 장사꾼들의 한없는 말은
柳花時節故鄕情.	버들 꽃 필 때 고향생각이라오.[83]

상사성남上巳城南

城南城北杏花紅	성 남북 쪽에 살구꽃이 붉으며
日在花西花影東	해가 꽃 서쪽에 있으니 꽃 그림자는 동쪽에 있다.[84]
匹馬病翁驚節侯	필마를 탄 병든 늙은이가 절후에 놀라
斜風吹淚女墻中.	비낀 바람 불자 여장女墻[85] 가운데서 눈물 흘린다.

월계月溪

水北石山霜後樹	물 북쪽 돌산은 나무에 서리가 내렸고
水南茅店午時鷄	물 남쪽 띠집 가게는 한낮에 닭이 운다.
蹇驢古棧斜風勁	절뚝거리는 나귀로 가는 낡은 다리에 바람은 굳세며
細雨蕭蕭過月溪.	소소히 내리는 가는 비에 월계를 지난다.

---

83) 어찌 右丞보다 못하랴.(何減右丞)
84) 표현이 교묘하다.(巧)
85) 성 위의 얕은 담이라고 한다.

몽안자정夢安子挺

邯鄲一夢暮山前	저문 산 앞에서 한단邯鄲의 꿈86)을 꾸었는데
魂與魄逢是偶然	혼과 넋이 만나는 것도 우연이라오.
細雨半夜春寂寞	가는 비 내리는 밤중에 봄은 쓸쓸하고
杏花無數落金錢.	무수한 살구꽃이 금전金錢처럼 떨어진다.87)

　　남효온南孝溫의 자는 백공伯恭 호는 추강秋江이며 김시습金時習과 사이가 좋았다. 십팔 세에 소릉昭陵 복원을 상소上疏했으며, 진사시進士試에 합격한 후 과거를 보지 않았다. 세상 밖에서 청유淸遊를 했으며 일찍 죽었다. 세상을 떠난 후 연산군燕山君 때 화가 천양泉壤에까지 미쳤다.

❖ 안응세安應世
추만秋晩

黃菊開殘故國花	국화는 고국의 꽃처럼 피었다 시들었는데
寒衣未到客思家	겨울옷이 오지 않아 나그네는 집을 생각한다오.
邊城落日連衰草	변성에 지는 해는 쇠한 풀과 이어졌으며
啼殺秋風一樹鴉.	가을바람에 나무 위의 갈까마귀는 울음을 줄였다.88)

무제無題

雨濕雲蒸暗海城	비에 젖고 구름에 찌든 어두운 바닷가에

---

86) 현실 세계의 부귀와 공명은 허무하다는 것을 반영한 꿈을 말힘.
87) 새롭다.(新)
88) 높고 빛남이 깊은데 이르렀다.(峭麗深至)

傷心前歲送郞行　지난해 낭군을 보낸 것이 마음에 슬프다오.
燕鴻寂寞音書斷　제비와 기러기가 적막해 소식이 끊어졌는데
深院無人杏子成.　깊은 뜰에 사람은 없고 살구만 자란다.

안응세安應世의 자는 자정子挺 호는 월창月窓이다. 진사進士였는데 일찍
세상을 떠났으며, 남효온南孝溫과 사이가 좋았다.

◈ 김굉필金宏弼
서회書懷

處獨居閑絶往還　홀로 한가하게 있으면서 오고 가는 것을 끊고
只呼明月照孤寒　밝은 달만 불러 외롭고 찬 것을 비추게 한다.[89]
憑君莫問生涯事　그대에 부탁하노니 생애에 관한 일은 묻지 마오
萬頃煙波數疊山.　넓은 강과 몇 첩의 산이 있다네.[90]

　김굉필金宏弼의 자는 대유大猷 호는 한훤당寒暄堂이며 서흥인瑞興人이
다. 생원生員이었고 형조좌랑刑曹佐郎을 했다. 김종직金宗直의 문인으로 연
산군燕山君 갑자甲子에 화를 있었다. 영의정에 증직되었고 시호는 문경文敬
이며 문묘文廟에 배향配享되었다.

---

89) 맑은 생각을 가지고 싶다.(淸思可掬)
90) 정신과 마음이 매우 맑아 스스로 숲속의 풍취가 있다.(神情散朗 自有林
　　下之風)

✿ 정여창鄭汝昌

유두류산도화개현작遊頭流山到花開縣作

風蒲獵獵弄輕柔　　바람이 부들을 엽엽하고 부드럽게 희롱하며
四月花開麥已秋　　사월에 화개의 보리는 이미 가을이었다.
看盡頭流千萬疊　　두류산 천만 첩을 모두 보고[91]
孤帆又下大江流.　　외로운 배로 큰 강물 흐름을 따라 내려간다.[92]

　　정여창鄭汝昌의 자는 백욱伯勖 호는 일두一蠹이며 하동인河東人이다. 성
종 때 급제했고 한림翰林을 하다가 외직을 구해 안음현安陰縣으로 갔다. 연
산군 때 유배되어 세상을 떠났다. 영의정에 추증되었고 시호는 문헌文獻이
며 문묘文廟에 배향配享되었다.

✿ 김천령金千齡

영제도중永濟道中

羸馬凌兢驛路賒　　여윈 말로 먼 역길 가는 것이 무서운데
隔林尨吠是誰家　　숲 건너 삽살개 짖은 곳은 뉘집인가.
黃昏月落郊原黑　　황혼에 달은 지고 평원은 캄캄하나
認得前村蕎麥花.　　메밀꽃핀 앞마은 알겠다오.[93]

---

91) 생각이 현실을 벗어난 듯하다.(胸次脫然)
92) 호걸스럽다.(豪)
93) 스스로 구분된다.(自別)
　　『淸江詩話』에 金千齡 直學이 아이였을 때 할아버지 무릎 위에 안겨 있었
　　는데 손님이 句를 지어 말하기를 雲於天際孤輪月이라 하고 對句를 구했으
　　나 그의 할아비지가 짓지 못했다. 千齡이 그의 할아버지의 어깨를 치며
　　왜 風定江心一葉舟라 하지 않느냐 했다. 뒤에 김천령이 문명이 있었다.

효기정강재曉起呈强哉[94]

睡起窓扉手自推　　자다가 일어나 손으로 창문을 밀어 여니
樹頭殘月尙徘徊　　나무 위에 조각 달이 오히려 돌고 있다.
春天漸曙林鴉散　　봄 하늘이 점점 밝고 갈까마귀가 흩어지는데
臥看靑山入戶來.　　누워 푸른 산이 지게로 들어오는 것을 본다오.[95]

김천령金千齡의 자는 인로仁老 경주인慶州人이다. 연산군燕山君 때 진사
進士와 문과에 연달아 장원했다. 호당에 피선되었고 벼슬은 직제학直提學을
했으며 일찍 세상을 떠났다. 갑자사화甲子士禍에 연관되었다.

❖ 유순柳洵
서삼체시후書三體詩後

無邪三百最精英　　무사無邪는 시경詩經 삼백편의 가장 정영이며
詩到唐家亦大成　　시는 당唐의 작가에 이르러 또한 대성했다.
獨笑江西傳晩派　　홀로 만당晩唐이 전한 강서파江西派에 웃는 것은
强將排比賭虛名.　　억지로 비교함을 물리치고 헛된 이름을 도박함
　　　　　　　　　이요.[96]

유순柳洵의 자는 희명希明 호는 노포당老圃堂이며 문화인文化人이다. 세
조 때 급제했고 중시重試와 발영시拔英試에 참여했으며 한림翰林을 역임했

---

94) 强哉는 李膂다. 『東文選』에 이 시를 宗室 昌壽의 작품이라 했는데, 李强
　　哉의 살았던 때를 고찰해 보면 사실이 아니다.
95) 얽매이지 않아 맛이 있다.(翛然有味)
96) 논의가 좋음을 얻었다.(論議得好) 위의 江西派는 宋나라 黃庭堅의 시풍을
　　중심으로 한 派를 말함.

다. 정국공신靖國功臣이며 영의정을 역임했다. 문화부원군文化府院君의 봉
작을 받았고 시호는 문희文僖이며 기사耆社에 들었다. (시산詩刪에는 그에
대한 기록이 없어 『대동시선大東詩選』의 기록을 옮겼다.)

◈ 최부崔溥
독송사讀宋史

挑燈輟讀便長吁   등불 돋우며 다 읽고 문득 길이 탄식함은
天地間無一丈夫   천지간에 한 사람의 장부도 없음이오.
三百年來中國土   삼백 년 내려오던 중국의 국토를
如何付與老單于.   어찌 늙은 선우單于에 주었나뇨.97)

　　최부崔溥의 자는 연지淵之 호는 금낭錦南이며 나주인羅州人이다. 성종
때 급제했고 호당湖堂에 피선되었으며 벼슬은 사간司諫에 그쳤다. 사신으로
제주濟州에 갔다가 분상奔喪하면서 바람을 만나 중국에 가서 그곳을 두루
구경하고 돌아왔다. 연산군燕山君 갑자甲子에 화를 입었다.

◈ 이효즉李孝則
조령鳥嶺

秋風黃葉落紛紛   가을바람에 단풍잎이 분분하게 떨어지며
主屹山高半沒雲   주흘산이 높아 반은 구름 속에 들었다.
二十四橋嗚咽水   스물넷의 다리에 우는 냇물 소리를
一年三度客中聞.   일 년에 세 번 여행 중에 듣는다.98)

---

97) 悲壯하고 기세가 갑자기 날라져 사람으로 하여금 고쳐 보게 한다.(悲壯
　　頓挫 令人改觀) 單于는 匈奴의 酋長을 말함.

이효즉李孝則에 대해 시산詩删에는 기록이 없고 『대동시선大東詩選』에
현풍향소玄風鄕所라 했다.

✣ 어무적魚無迹
미인도美人圖

睡起重門淰淰寒	중문重門에서 추위에 놀라 잠을 깨니
鬢雲繚繞練袍單	구름 같은 머리는 얽히었고 비단 도포는 엷다.
閑情只恐春將晚	한정은 봄이 장차 늦을까 두려워
折得梅花獨自看.	매화를 꺾어 홀로 본다오.[99]

어무적魚無迹의 자는 잠부潛夫 호는 낭선浪仙이다. 김해金海에 살았으며
관노官奴로서 천함을 면했다. 시로써 그곳 수령守令의 탐욕을 나무라다가
수령이 잡고자 하니 도망쳐 다른 군에서 죽었다.

✣ 이주李冑
만성謾成

老恟風霜病益頑	늙었으니 풍상이 겁나고 병은 더욱 아프며
一簷朝旭坐蒲團	처마의 아침 햇빛을 향해 포단에 앉았다.
隣僧去後門還掩	이웃 중이 간 후에 문을 다시 닫으니
只有山雲過石欄.	다만 산에 있던 구름이 돌난간을 지나간다.

---

98) 潛夫(魚無迹의 자)가 보고 붓을 던진 바다.(潛夫所閣筆者)
99) 전혀 속된 말이 아니며 크게 唐나라 작가에 접근했다.(殊非俗語 大逼唐人)

야좌夜坐

陰風慘慘雨淋淋	음산한 바람은 걱정스럽고 빗방울이 떨어지며
海氣連山石竇深	바다 기운이 산에까지 연했고 돌구멍은 깊다.
此夜浮生餘白首	오늘밤 부생이 흰 머리만 남았으니
點燈時復顧初心.	등불 켜고 다시 초심初心을 돌아본다오.[100]

회인懷人

銅掌霜飄月露鮮	동장에 서리 날리고 달빛에 이슬이 선명하며
天街鍾漏落燈前	서울 거리 종루 소리 등불 앞에 떨어진다.
黃茅小店香盫閉	누런 띠 덮은 작은 가게에 향합이 닫혔으니
今夜故人應未眠.	오늘밤 고인도 응당 자지 못할 것이다.

기승寄僧

鍾聲皷月落秋雲	종소리가 달빛을 흔들고 가을 구름이 떨어지며
山雨脩脩不見君	산에 비는 소소히 내리는데 그대는 보이지 않다.
鹽井閉門猶有火	염정鹽井의 문은 닫혔으나 불은 아직 남아 있고
隔溪人語夜深聞.	시내 건너 사람소리 밤이 깊었는데 들린다.[101]

---

100) 슬픔이 간절하다.(悲切)
101) 格이 높고 말이 뛰어나 극히 鬼語와 같다.(格高語超 極似鬼語)

상별傷別

池面沈沈水氣昏	못이 고요해 물빛이 어두우며
枕邊魚擲夜深聞	베개 주변까지 고기 뛰는 소리 깊은 밤에 들린다.
明宵泊近驪江月	내일 밤 여강驪江의 달빛에 가깝게 머물면
竹嶺橫天不見君.	죽령이 하늘을 막아 그대를 보지 못할 것이오.102)

이주李胄의 자는 주지胄之 호는 망헌忘軒이며 고성인固城人이다. 성종
때 급제했고 호당에 피선되었다. 벼슬은 정언正言에 그쳤으며 연산군 때 진
도珍島에 유배되었다가 원통하게 죽었다.

◈ 강혼姜渾
제사인사연정題舍人司蓮亭

竹葉淸尊白玉杯	죽엽竹葉의 맑은 술과 흰 옥의 술잔에
舊遊蹤跡首空回	옛날 놀았던 자취에 부질없이 머리가 돌아간다.
庭前明月梨花樹	뜰 앞 밝은 달과 배꽃나무에
爲問如今開未開.	묻노니 지금 피었느냐 피지 않았느냐.103)

---

102) 감정을 숨기고 간략하다.(情事隱約)
　　『西厓雜著』에 시는 마땅히 맑고 깊으며 고요하고 뜻이 言外에 있는 것
　　을 귀하게 여기며 그렇지 않으면 묵은 말이 된다. 우리나라 시의 기상
　　이 급해 말하기 어려우나 李胄의 〈題忠州自警堂詩〉에 운운했는데, 말이
　　자못 자연스러워 매우 발전할 수 있어 시를 배우는 다른 사람이 미칠
　　바 아니라 했다.
103) 有情하다.
　　『芝峯類說』에 舍人의 蓮亭에 예부터 姜渾의 운운한 시가 있었는데, 許
　　筠의 시에
　　前度劉郞又獨來　전번의 劉郞이 또 혼자 왔는데

삼가정사군구쌍명헌시기구유이기三嘉鄭使君求雙明軒詩記舊遊
以寄

古縣鴉鳴日落時   옛 고을에 갈까마귀 울고 해가 질 즈음
雪晴江路細逶迤   눈은 개고 강변길이 가늘어 비슬거린다.
人家處處依林樾   곳곳의 집들은 숲의 그늘에 의지하여
白板雙扉映竹籬.   흰 널판의 두 사립문이 대 울타리에 비친다.

기성산기寄星山妓

扶桑館裡一場驩   부상관 속에서 한 번 즐거웠는데
宿客無衾燭燼殘   자는 손은 이불이 없고 촛불은 끝만 남았다.
十二巫山迷曉夢   열둘의 무산巫山에 새벽 꿈이 아득해
驛樓春夜不知寒.   역루의 봄밤에 추운 것을 알지 못했다.[104]

姑射仙人玉雪姿   고사姑射의 선녀가 눈 같은 자태로
曉窓金鏡畫蛾眉   새벽 창 거울 앞에 아미를 그린다.
卯酒半酣紅入面   낮술에 반 쯤 취해 얼굴이 붉은데
東風吹鬢綠參差.   동풍이 살쩍머리에 불어 푸름이 가지런하지 않다.[105]

亂蟬深樹舊池臺   옛 지대의 깊은 숲에 매미가 어지럽게 운다.
主人正抱相如病   주인이 상여병을 앓고 있어
閑却當年白玉杯   한가하게 당년의 백옥배를 물리친다.
라 했는데, 두 시에서 우렬이 있는 듯하다.

104) 세 絶句가 香奩體의 본색의 말이다.(三絶俱香奩本色語)
105) 묘하며, 또 말하기를 정경이 앞의 시와 비슷하다.(妙 又曰情景依然)
    위의 姑射는 신선이 산다는 산이름.

雲鬓梳罷倚高樓	구름 같은 쪽진 머리 빗고 높은 누에 오르니
鐵笛橫吹玉指柔	옆으로 피리 부는 손가락이 부드럽다오.
萬里關山一輪高	만 리의 관산에 둥근달이 높게 떴는데
數行淸淚落伊州.	몇 줄기 맑은 눈물이 이주伊州에 떨어진다.106)

강혼姜渾의 자는 사호士浩 호는 목계木溪이며 진주인晉州人이다. 성종成宗 때 급제했고 호당에 피선되었다. 정국공신靖國功臣에 참여하여 진주군晉州君의 봉작을 받았고 벼슬은 판중추判中樞에 이르렀다.

✧ 최숙생崔淑生
증택지贈擇之

洞裏春風花亂開	골짜기는 봄바람에 꽃이 어지럽게 피었고
韶光鼎鼎夢中催	아름다운 빛은 빠르게 꿈속에서도 재촉한다.107)
隣家脩竹無人看	이웃집 긴 대나무를 보는 사람 없어
自愛淸陰獨步來.	맑은 그늘 사랑하며 혼자 걸어온다.108)

祇見靑山不見村	푸른 산만 보이고 마을은 보이지 않아
漁郞無路覓桃源	어부가 도원을 찾을 길이 없다네.
丁寧爲報東風道	분명히 봄바람이 길을 알려줄 것이니
莫遣飛花出洞門.	나는 꽃을 골짜기 밖으로 보내지 마오.109)

林下柴扉面水開	숲 아래 사립문은 물을 향해 열렸고

---

106) 한이 서린 정을 가지고 싶다.(恨情可掬)
107) 맛은 있으나 속되다.(旨而俚)
108) 매우 한가하다.(甚閑)
109) 뜻도 새롭고 말도 놀랄 만하다.(意新語警)

蕭蕭山雨竹間催   소소히 내리는 비는 대밭에서 재촉한다.

小窓睡起無人過   창 밑에 자다 일어나니 지나는 사람 없고

時有風花自往來.   때때로 바람에 꽃이 스스로 가고오고 한다.110)

최숙생崔淑生의 자는 자진子眞 호는 충재盅齋이고 경주인慶州人이다. 성종 때 급제했으며 벼슬은 좌찬성左贊成에 이르렀다.

✥ 이우李堣
우계羽溪

雪逼窓虛燭滅明   눈은 빈창을 핍박하고 촛불은 가물거리며111)

月篩松影動西榮   달은 송죽 그림자를 서쪽 추녀로 움직이게 한다.112)

夜深知得山風過   밤이 깊어 산에 바람이 지나감을 알 수 있음은

墻外蕭騷竹有聲.   담장 밖에 소소한 대나무 소리가 있기 때문이오.113)

이우李堣의 자는 명중明仲 호는 송재松齋이며 진보인眞寶人이다. 연산군 때 급제했고 벼슬은 호조참판戶曹參判을 했다. 저서로 송재집松齋集 일 권과『동국사략東國史略』일 권이 있다.

---

110) 또한 모두 아름답다.(亦儘佳)
111) 높은 말로 생각된다.(料峭語)
112) 교묘하다.(巧)
113) 쓸쓸하며 아취가 있다.(蕭索有趣)

❖ 성몽정成夢井

제우인강정題友人江亭

爭占名區漢水濱	한강변의 좋은 지역 다투어 점령하여
亭·臺到處向江新	정대亭·臺가 가는 곳마다 강을 향해 새롭다.
朱欄大抵皆空寂	대부분 붉은 난간이 모두 비었으니
攜酒來憑是主人.	술을 가지고 와서 의지하면 주인이라오.[114]

성몽정成夢井의 자는 응경應卿 창녕인昌寧人이며 담수珊壽의 조카이다. 연산군 때 급제했고 정국훈靖國勳에 참여했으며 벼슬은 이조참판을 했다. 시호는 양경襄景이다.

❖ 황형黃衡

해운대海雲臺

建節高臺起大風	높은 대에 기를 세우고 큰 바람 일으나니[115]
海雲初捲日輪紅	바다 구름이 처음으로 걷히고 둥근 해가 붉다.[116]
依天撫劍頻回首	하늘에 의지해 칼을 만지며 자주 돌아보니
馬島彈丸指顧中.	대마도를 탄환의 거리에서 가리킬 수 있다오.[117]

황형黃衡은 인물에 대한 기록이 없다.

---

114) 명언이다, 『芝峯類說』에는 통달한 사람의 말이라 했다.
115) 壯하다.(便壯)
116) 말이 웅장하다.(雄詞)
117) 기운이 섬에서 풀로써 옷을 만들어 입는 무리들을 삼킬 만하다.(氣呑卉寇)
　　 이 시는 庚午年에 倭賊을 파한 후에 대에 올라 次韻해 지은 것이라 한다.

◈ 남곤南袞

제신광사題神光寺

千重簿領抽身出	많은 서류 속에서 몸을 뽑아 나가
十笏僧房借榻眠	좁은 스님 방에 자리 빌어 잤다오.
六月炎塵飛不到	유월 더운 먼지가 날아오지 않으니
上方知有別般天.	동북쪽에 별천지가 있음을 알겠다오.[118]

入洞遙聞鍾磬響	골짜기에 들어오니 멀리서 경쇠 소리 들리고
過橋初見殿寮開	다리를 지나자 먼저 대웅전 열린 창문이 보인다.
雲扃霧鑰何曾鎖	빗장과 자물쇠로 어찌 일찍 닫았느냐
宦子塵蹤自不來.	벼슬한 자 먼지 묻은 자취가 오지 못할 것인데.

金書殿額普光明	금빛으로 쓴 보광전普光殿의 액자가 밝으니
二百年來結搆精	이백 년이나 내려오며 정밀하게 지었다.
試問開山大檀越	묻노니 절을 처음 지을 때 큰 시주施主는
碧空無際鳥飛輕.	끝없는 푸른 공중에 새처럼 가볍게 날았다.

至正皇家屬亂離	지정至正[119] 연간에 명나라가 어지러울 즈음
神光佛宇煥簷楣	신광사의 처마와 중방은 빛이 났다오.
如今住社僧千指	지금 절에 머무는 중이 천이나 되는데
爭道當年宋道兒.	당년의 송도아宋道兒[120]를 다투어 말한다.[121]

---

118) 비록 그 사람은 미워 침을 뱉고 싶으나 시는 좋다.(雖其人可怒可唾 而詩自好)
119) 元나라 順帝의 연호.
120) 누구인지 알아보지 못했다.
121) 틈이 있지만 싫지 않다.(瞾瞾不厭)

庭前栢樹儼成行	뜰 앞의 잣나무 엄연히 행렬을 이루어
朝暮蕭森影轉廊	아침저녁 쓸쓸하고 조용한 그림자가 곁채를 돈다.
欲問西來祖師意	서쪽에서 온 조사祖師의 뜻을 묻고자 함은
北山靈籟送凄凉.	북산의 신령스러운 피리로 처량함을 보낸다.

參差洞壑列嵤岈	깊고 얕은 골짜기가 휑하게 벌여 있어
八百禪僧杖錫過	팔백의 스님들이 지팡이를 짚고 지나간다.[122]
丈室不增仍不減	작은 방은 늘지도 감하지도 않았는데
個中誰是老維摩.	그 가운데 누가 노유마거사老維摩居士일까.[123]

　남곤南袞의 자는 사화士華 호는 지정止亭이며 의녕인宜寧人이다. 성종 때 급제했고 호당에 피선되었다. 문형을 맡았고 벼슬은 영의정을 했으며 시호는 문경文景이다. 기묘사화己卯士禍를 일으킨 인물로 뒤에 삭탈되었다.

❖ 이행李荇
서박은제화병시후書朴誾題畵屏詩後

古紙淋漓寶墨痕	옛 종이에 가득 차고 보배스러운 먹물 흔적은
靑山無處可招魂	푸른 산 어느 곳인들 혼을 부를 수 없으랴[124]
百年寂寞頭渾白	한평생이 쓸쓸해 머리가 온통 희었는데
風雨空齋獨掩門.	비바람 부는 빈 서재에 혼자 문을 닫았다.

　이 작품은 역사적인 사실과 상관이 있는 듯한데, 그 사실을 알아보지 못했다.

122) 손 따라 집어오는 물건이 모두 참되다.(信手拈來 物物眞)
123) 가장 좋다.(最好)
124) 슬픈 말이다.(愴語)

사월이십육일서동궁이어소직사벽四月二十六日書東宮移御所直舍壁

衰年奔走病如期   쇠한 나이에 병이 약속이나 한 듯 빨리 왔으나
春興無多可到詩   봄 흥에 시심은 억누르기 어렵다.125)
睡起忽驚花事晚   자다가 일어나 꽃이 졌을까 놀랐는데
一番微雨落薔薇.   한 번 가는 비에 장미가 떨어졌다.126)

이십구일재직유감차전운二十九日再直有感次前韻

半世功名敢自期   반생의 공명을 감히 스스로 기약할 수 있으랴
秖今還愧伐擅詩   지금에 도리어 시만 오로지 한 것이 부끄럽다오.
靑山咫尺無歸路   청산이 가까우나 돌아갈 길이 없어
一任東風老薔薇.   동풍에 늙은 장미를 맡긴다오.127)

합천문자규陜川聞子規

江陽春色夜凄凄   강양의 봄빛에도 밤은 차가워
睡罷無端客意迷   잠을 깨자 무단히 나그네의 마음이 혼미하다오.
萬事不如歸去好   모든 일에서 돌아가는 것만큼 좋은 것이 없는데
隔林頻聽子規啼.   건너 숲에서 자규의 우는 소리 자주 들린다.128)

---

125) 차가운 말이다.(冷語)
126) 화평하고 두터우며 법에 맞아 詞家의 수준 높은 작품이다.(和厚典則 詞
　　家上乘)
127) 앞의 작품보다 더욱 좋다.(較前篇尤好)
128) 말을 하게 되면 문득 좋다고 하겠다.(開口輒好)

팔월십오야八月十五夜

平生交舊盡凋落　평생 사귄 친구 모두 떨어져
白髮相看影與形　백발에 내 그림자와 형상이 서로 바라본다오.
正是高樓明月夜　바로 고루의 달 밝은 밤에
笛聲凄斷不堪聽.　피리소리 처량해 듣기 어렵다네.129)

상월霜月

晚來微雨洗長天　늦게 오는 가는 비가 넓은 하늘을 씻었으며
入夜高風捲暝烟　밤이 들자 바람에 어두운 연기가 걷힌다.
夢覺曉鍾寒徹骨　새벽 종소리에 잠을 깨자 추위가 뼈에 사무치니
素娥青女鬪嬋娟.　소아素娥와 청녀青女130)가 고움을 다투는가.131)

억순부憶淳夫

虛庵居士去尋眞　허암거사虛庵居士가 신선을 찾아갔는데
不是悠悠世事新　세상 일이 새로운 것에 걱정하는 것만 아니다.132)
湘水有魂應共吊　상수湘水가 혼이 있다면 응당 함께 조문하면서
人間無地可藏身.　인간세계에 몸을 둘 땅이 없다 할 것이오.133)

---

129) 한없이 사무치게 하여 읽으면 슬프다.(無限感慨 讀之愴然)
130) 눈과 서리를 내리게 하는 女神, 素娥는 月宮의 仙女.
131) 唐나라 시인의 좋은 작품에 못하지 않을 것이다.(不減唐人高處)
132) 자세하고 간곡하다.(曲盡)
133) 破的한 것이다. 湘水는 중국 호남성에 있는 물 이름.

대죽對竹

十年功力一園林	십년 동안 동산 숲에 공력을 들였는데
誰識衰翁着意深	누가 이 늙은이의 관심이 깊음을 알아주랴.
白首更無知己在	흰 머리에 다시 알아주는 사람 없어
此君相對要開襟.	대나무와 서로 대해 가슴을 열고자 한다오.

독중열시讀仲說詩

挹翠高軒久無主	읍취挹翠의 높은 마루에 오랫동안 주인이 없어
屋梁明月想容㤗	집 들보의 밝은 달에 모습을 생각한다오.
自從湖海風流盡	그로부터 호해湖海에 풍류가 끝났으니
何處人間更有詩.	인간세계의 어느 곳에 다시 시가 있으랴.[134]

종남終南

家住終南尺五天	집이 종남산終南山 가까운 하늘 아래 머물며
却嫌名字世間傳	문득 이름이 세상에 전함을 혐의한다오.
急流勇退知何日	급류에 용퇴를 어느 날 할 것인지 알고 있는데
細草閑花又一年.	가는 풀 한가한 꽃에 또 일 년이라오.

온주거백운溫酒擧白韻

山間殘雪尙成堆	산속에 남은 눈이 오히려 무더기를 이루었으니

---

134) 그는 得意한 친구였기 때문인지 시도 得意했다.(是得薏友 故詩輒得意)

何事春風晚未回　　무슨 일로 봄바람에 늦게까지 돌아오지 못하나뇨.
直把人功欺造化　　바로 인공으로 조화옹造化翁을 속일 수 있는 것은
一團和氣兩三杯.　　두서너 잔으로 화기를 모으는 것이오.

화경花徑

無數幽花隨分開　　깊숙한 꽃이 분수 따라 많이 피었는데
登山小逕故盤廻　　산에 오르며 좁은 길에서 일부러 어정거린다.
殘香莫向東風掃　　남은 향이 동풍을 향해 쓸어가게 하지 말라
倘有閑人載酒來.　　아마 한가한 사람이 술을 가지고 올 것이오.

이행李荇의 자는 택지擇之 호는 용재容齋이며 덕수인德水人이다. 연산군 때 십팔 세에 급제했고 호당에 피선되었으며 문형을 맡았다. 벼슬은 좌상左相을 역임했으며 시호는 문정文定이다.

✿ 김안국金安國
분성증별盆城贈別

燕子樓前燕子飛　　연자루 앞에는 제비가 날고
落花無數惹人衣　　떨어지는 많은 꽃이 사람의 옷을 이끈다.
東風一種傷離恨　　동풍은 일종 이별의 한을 상하게 하는데
腸斷春歸客未歸.　　아프게도 봄은 돌아가나 나그네는 못 간다오.

연자루차포은운燕子樓次圃隱韻

燕子雙飛日幾回　　제비가 쌍으로 나는 것이 하루에 몇 번인가

江南行客逐春來   강남의 행객은 봄을 쫓아온다오.
東風落盡梅花樹   동풍에 매화는 나무에서 모두 떨어지고
唯見山茶帶雨來.   오직 산다山茶가 비를 띠고 오는 것을 볼 수 있다.

도중즉사途中卽事

天涯遊子惜年華   천애의 나그네가 세월이 아까운데
千里思歸未到家   천리로 떨어져 집을 생각하나 가지 못했다.
一路東風春不管   한 길로 동풍이 봄을 관리하지 못했는지
野桃無主自開花.   야도野桃는 주인 없이 꽃만 스스로 피었다.

박태수조견방朴太守稠見訪

烟花粧點太平春   아지랑이로 단장한 태평한 봄에
太守乘閑訪逸民   태수는 한가한 틈을 타 숨은 백성을 방문했다.
醉後不知天月上   취해 하늘에 달이 뜬 것을 알지 못해
滿庭紅影欲迷人.   뜰에 가득한 그림자가 사람을 미혹하게 한다.

우중영규화雨中詠葵花

松枝籬下小葵花   소나무 울타리 밑에 작은 해바라기 꽃은
意切傾陽奈雨何   해를 향하는 뜻은 간절하나 비에 어찌하리오.
我自愛君來冒雨   내가 그대를 사랑해 비를 맞고 왔으나
不知姚魏日邊多.   모란이 햇빛 주변에 많이 피었음을 알지 못했다.

김안국金安國의 자는 국경國卿 호는 모재慕齋이며 의성인義城人이다. 연산군 때 급제했고 문형을 맡았다. 벼슬은 찬성贊成을 역임했으며 시호는 문경文敬이다. 인종仁宗 묘정廟廷에 배향되었다.

✿ 이희보李希輔 135)

만궁원挽宮媛

宮門深鎖月黃昏　　궁문이 깊게 닫혔고 달은 황혼인데

---

135) 자는 伯益 完山人이다. 『於于野談』에 李希輔는 읽은 책이 만 권이나 되었다. 젊었을 때로부터 늙었을 때까지 손에 책을 놓지 않았다. 그가 젊었을 때 어떤 사람이 친구들을 모아 산에서 장막을 치고 잔치를 하면서 希輔에게 말을 보내 오게 했으나 희보가 그때 글을 읽으면서 갈 생각이 없었다. 강하게 청했더니 와서 좀먹은 종이를 주머니에서 내어놓으므로 자리에 있던 사람들이 주목했다. 그때 자리 주변에 매를 놓아 꿩을 잡게 했는데 희보는 그것을 한 번도 보지 않으니 그가 글을 읽는데 얼마나 정신이 빠졌는지 짐작할 수 있었다.

　그가 遠接使 李荇의 종사가 되어 碧蹄에서 중국 사신을 송별할 때 중국 사신이 한 句를 지어 말하기를 寄語于諸顯相이라 하니 鄭士龍 蘇世讓의 무리들이 모두 그 뜻을 알지 못했다. 希輔가 한 번 보고 냉소하며 말하기를 "제공들이 독서를 많이 하지 않았기 때문에 알지 못한 것이다. 『詩經』에 飮餞于于라 했으니 諸公이 나와 이곳에서 전송하고 있는 것을 말한 것이라" 하니 두 사람이 부끄러워하는 기색이 있었다.

　燕山君이 愛姬가 죽자 조정의 문신들에 시를 짓게 했는데, 이희보의 지은 시에 운운하니 연산군이 보고 눈물을 흘렸기 때문에 이것으로 당시 여론이 좋지 않아 벼슬도 오르지 못했다. 희보 나이 많아 술에 취해 눈물을 흐리고 있으므로 자제들이 놀라 그 까닭을 물었더니 희보가 말하기를 "내가 일찍 만 권의 책을 읽어 내가 지은 글을 세상 사람들이 쉽게 알지 못하고 있다. 지금 사람들은 독서를 넓게 하지 않아 내 문장을 모르고 무시하니 누가 내 시를 宋의 簡齋 陳與義보다 우수함을 알아 주겠느냐" 했다. 후손이 없었고 安分集 십이 권과 策文 등이 간행되지 못했다. 지금 난리를 겪었는데 그의 글이 잃어버리지 않고 보존이 되었는지 알 수 없다.

十二鍾聲到夜分　열두 번 종소리가 밤중에 들린다.

何處靑山埋玉骨　어느 곳 청산에 옥골을 묻었나뇨

秋風落葉不堪聞.　가을바람에 잎 떨어지는 소리 들을 수 없다네.

병중서회病中書懷

金花牋上牧丹詞　금화전 위에 목단사牧丹詞로

太白聲名動彩眉　이태백李太白 같은 명성에 눈썹이 움직였다.

病裏如今輸歲月　지금같이 병중에 세월을 보내는 것보다.

一年聊復一題詩.　일 년에 다시 시 한 수씩 짓기 바라오.

이희보李希輔의 자는 백익伯益이며 완산인完山人이다.

◈ 박상朴祥
하첩夏帖

樹雲幽境報南訛　짙은 숲 깊숙한 지경을 남쪽 사투리로 알리면서

休說東風捲物華　동풍이 사물의 빛을 거둔다고 말하지 말라.

紅綻綠荷千萬柄　붉은 꽃이 푸른 연에 피는 많은 가지에

却疑天雨寶蓮花.　비는 연꽃에 보물로는 의심한다오.

봉효직상逢孝直喪

無等山前曾把手　무등산無等山 앞에서 일찍 만난 적이 있었는데

牛車草草故鄉歸　달구지에 실려 초라하게 고향으로 돌아가는구나.

他年地下相逢處　뒷날 서세성에서 서로 만나게 되면

莫說人間謾是非.　이 세상의 시비는 말하지 않기로 하자.

　박상朴祥의 자는 창세昌世 호는 눌재訥齋이며 충주인忠州人이다. 연산군 때 급제했고 호당에 피선되었다. 벼슬은 통정通政과 목사牧使를 역임했다. 기묘己卯에 물리침을 받고 세상을 떠났다.

❖ 김정金淨(再見)
강남江南

江南殘夢晝懕懕　강남의 남은 꿈에 낮에도 한가로워
愁逐年芳日日添　근심은 꽃다운 해를 쫓아 날마다 더하는구나.
雙燕來時春欲暮　쌍연이 찾아올 때 봄마저 저물려 하니
杏花微雨下重簾.　살구꽃에 내리는 가는 비에 발을 내린다.

❖ 기준奇遵(再見)
의상암義相庵

高臺矗矗入煙空　높은 대가 연기 낀 공중에 우뚝 솟아
雲盡滄溟一望窮　구름 걷힌 넓은 바다를 한 번에 다 볼 수 있다.
三十六峯秋夜月　서른여섯 봉 가을 달 밝은 밤에
玉簫吹徹海天風.　퉁소 부는 소리 바다 바람에 들린다.[136)]

---

136) 신선의 말이다.(仙語)

✧ 신광한申光漢

독직내조야우獨直內曹夜雨

江湖當日亦憂君	강호에 있을 당시에도 또한 임금을 걱정했는데
白首無眠夜向分	백수에 잠은 오지 않고 밤은 자정이 가까웠다.
華省寂寥踈雨過	내조內曹137)가 적막하고 성긴 비가 내려
隔窓桐葉最先聞.	창밖의 오동잎에서 가장 먼저 들린다.138)

투숙산사投宿山寺

少年常愛山家靜	소년이었을 때 항상 절의 고요함을 좋아해
多在禪窓讀古經	절에 많이 있으면서 옛 글을 읽었다.
白髮偶然重到此	백발에 우연히 이곳에 다시 왔더니
佛前依舊一燈青.	예처럼 부처 앞에 하나의 등불이 켜져 있다.139)

과개현김공석세필구거유감過介峴金公碩世弼舊居有感

同時逐客幾人存	같이 유배된 사람이 몇이나 살았는가.
立馬東風獨斷魂	동풍에 말을 세우니 홀로 혼이 끊어지는 듯하다.
烟雨介山寒食路	안개비 내리는 개산介山의 한식 길에서
不堪聞笛夕陽村.	해지는 마을의 피리소리 듣기 어렵네.140)

---

137) 承政院의 다른 이름.
138) 맑고 깨끗하며 정이 많다.(淡雅而情濃)
139) 아름답고 간절하다.(婉切)
140) 결국 정사했다.(終當爲情死)

차안성군판상운次安城郡板上韻

當年潦倒過春城　　그때는 조용히 춘성春城을 지났는데
杖節重來意未平　　임명을 받고 다시 오니 마음이 편치 않다오.[141]
沽得濁醪知有主　　탁주를 받아 마시고 싶은데 주인을 알 수 있을까
杏花村戶不分明.　　살구꽃 핀 마을의 집이 분명하지 않다네.

별친구야박저자도서사別親舊夜泊楮子島書事

江湖浪迹已多年　　강호에서 하는 일 없이 이미 여러 해가 되었는데
纔到紅塵意惘然　　잠깐 홍진에 이르자 생각이 멍하다오.
却怪酒醒淸入骨　　괴이하게도 술을 깨자 맑은 기운 뼛속까지 들어와
不知身臥月明船.　　내가 밝은 달 비치는 배에 누워있음을 몰랐다오.[142]

음성도중陰城途中

征驂羸盡一冬深　　수레 끄는 말도 약해진 깊은 겨울에
白首懷君正不禁　　흰 머리에 그대 생각 금할 수 없다오.
家在石城歸亦好　　집이 석성에 있어 돌아가는 것이 좋겠으나
朔風吹折倦遊心.　　삭풍이 불어 벼슬의 싫증을 꺾는다.[143]

---

141) 자세히 통달했다.(曲暢)
142) 맑은 생각이 마음에 파고든다.(淸思逼人)
143) 금옥 소리의 韻이 있다.(鏗爾有韻)

조우숙신륵사阻雨宿神勒寺

好雨留人故不晴   좋은 비가 사람을 머물게 일부러 개지 않고
隔窓終日聽江聲   창 너머 종일 강물 흐르는 소리 듣는다.
斑鳩又報春消息   아롱진 비둘기가 또 봄소식을 알리고자
山杏花邊款款鳴.   살구꽃 주변에서 관관하게 운다.[144]

송당질원량지임한성送堂姪元亮之任扦城

一萬峰巒又二千   일만 봉 하고 또 이천 봉
海雲開盡玉嬋姸   바다 구름이 걷히자 옥처럼 곱다오.
少因多病今傷老   젊었을 때는 병이 많았고 이제는 늙어
孤負名山此百年.   일생동안 명산을 보지 못했다네.[145]

追惟勝迹發長嗟   명승지를 찾아 길게 탄식하는 것은
三十年來夢一過   삼십 년을 살아오면서 꿈에 한 번 지났다.
踈雨落花鳴玉路   성긴 비에 꽃은 명옥로에 떨어지고[146]
馬蹄曾踏海棠花.   말발굽은 해당화를 밟는다.

야분후우제월색여주주박장탄적화만夜分後雨霽月色如畫舟泊長灘荻花灣

孤舟一泊荻花灣   한 척 배로 갈대꽃 핀 물굽이에 닿으니

---

144) 사람의 마음을 취하게 한다.(令人心醉)
145) 이 시를 세상에서 좋다고 일컫는 것이다.(此世所稱者)
146) 변화하고 빛이 난다.(穠而練光)

兩道澄江四面山　양쪽 길은 맑은 강과 사방은 산이라네.
人世豈無今夜月　이 세상에 어찌 오늘 같은 달밤이 없으랴마는
百年難向此中看.　한평생 이 같은 광경을 보기 어려우리라.147)

유소사有所思

秋草離離白露時　가을 풀은 이슬 내릴 때 무성하게 늘어졌고
夜深明月候虫飛　깊은 밤 밝은 달빛에 철을 찾는 벌레가 난다.
牽牛只恨天津隔　견우는 다만 은하수의 막힌 것을 한하고
不識人間有別離.　인간세계에 이별이 있음을 알지 못한다네.148)

동산역洞山驛

蓬島茫茫落日愁　넓고 먼 봉도蓬島 해가 지려는 근심에
白鷗飛盡海棠洲　백구는 해당주에서 모두 날았다.
如今始踏鳴沙路　지금에 비로소 명사로를 밟으니
二十年前舊夢遊.　이십 년 전 옛 꿈에 놀던 곳이오.149)

최동년익령경포별서차창방박우운崔同年益齡鏡浦別墅次昌邦朴禑韻

沙村日落叩柴扉　사촌에 해가 저 사립문을 두드리니
夕露微微欲濕衣　가늘게 내리는 저녁이슬에 옷이 젖고자 한다.

---

147) 말이 여기에 이르러 흠이 없다.(說到此無欠)
148) 또한 좋다.(亦好)
149) 얼마나 맑은 생각인가.(何等淸思)

江路火明聞犬吠　　강변길에 불이 밝고 개가 짖더니

小童來報主人歸.　　소동小童이 와서 주인이 돌아왔다고 아뢴다.150)

풍우과월계협風雨過月溪峽

截壁嵯峨十里橫　　높은 절벽이 십리나 비꼈고

緣江一路細紆縈　　강을 따라 한 갈래 길은 가늘게 얽히었다.

平生粗識安危分　　평생에 안위의 분수를 조금 알고 있어

脚底風波未足驚.　　종아리 밑의 풍파에 놀라지 않는다.151)

유점어화柳店漁火

依依垂柳暗江濆　　버들가지가 휘늘어진 강변은 어둡고

人語黃昏未掩門　　황혼에 말소리 들리며 문도 닫지 않았다.

忽怪雨中星宿亂　　비 오는데 별들의 어지러움이 갑자기 괴이했는데152)

却聞漁唱辨漁村.　　문득 어부의 노래 듣고 어촌임을 알았다오.

선상망견삼각산유감船上望見三角山有感

孤舟一出廣陵津　　고주孤舟로 한 번 광릉나루를 나가니

五十年來未死身　　오십 년 동안 죽지 않은 이 몸이라오.

我自有情如識面　　나는 정이 있어 알아보겠는데153)

---

150) 唐나라 시인의 正格이다.(唐人正格)

151) 말을 잘 다듬어 솜씨가 노련하다.(練達之言 亦自老成)

152) 변환한 것이 좋다.(變幻得好) 그런데 역자는 이 句의 뜻을 이해하기 어
　　려움을 밝혀둔다.

靑山能記舊時人.　청산은 옛 사람을 기억할 수 있을까.

여망呂望

清渭東流白髮垂　맑은 위수渭水 동으로 흐르는데 백발을 드리워
一竿誰見釣璜時　누가 낚싯대에 옥을 낚는 때를 보았으리오.
悠悠湖海多漁父　넓은 호수에 어부가 많았으나
不遇文王定不知.　문왕文王을 만나지 못하리라 하고 결코 알지 못
　　　　　　　했다.154)

항우項羽

堂堂氣力意何如　당당한 기력으로 생각은 어쨌든가
學劒無成恥學書　칼을 배워 성공은 못했으나 글 배움을 부끄럽게
　　　　　　　여겼다.
密擊詐降皆戰罪　몰래 치고 거짓 항복은 모두 싸움의 죄인데
八年空爲漢驅除.　팔 년 동안 공연히 한漢을 위해 싸웠다오.155)

한신韓信

英雄意氣負多多　영웅의 의기로 안은 것이 많고 많으며
漢業成來聽楚歌　한漢의 왕업 성공은 초楚의 노래를 듣는 때였소.156)

---

153) 都亭의 느낌이 있다 했는데(有都亭之感), 어떤 의미인지 알아보지 못했다.
154) 극히 좋은 생각이다.(極好思)
155) 대단한 논의다.(大議論)
156) 項羽가 패전하고 韓信의 병사들에 포위를 당하고 있을 때 포위한 병사

智勇竟爲兒女困 　　지혜와 용맹이 결국 아녀兒女[157]에 곤함이 되고
一生操縱在蕭何. 　　일생의 조종은 소하蕭何[158]에 있었다오.

　신광한申光漢의 자는 한지漢之 호는 기재企齋이다. 중종中宗 때 급제했
으며 호당에 피선되었다. 벼슬은 문형을 맡았고 찬성贊成과 경연經筵을 이
끌었으며 시호는 문간文簡이다.

　　들이 楚나라 노래를 부르자 項羽가 듣고 전의를 상실했다고 함.
157) 兒女는 누구를 지칭한 것인지 알 수 없으나 劉邦의 부인인 呂后가 아닌
　　가 한다. 劉邦이 천하를 평정한 직후 韓信의 兵權을 빼앗고 지방으로
　　쫓았는데, 가는 도중에 呂后를 만나 호소하자 呂后가 지방에 두면 위험
　　하게 여겨 데리고 와서 한동안 서울에 있게 했다가 제거함.
158) 劉邦이 帝業을 이루는데 제일의 공신.

09
국조시산 권삼 國朝詩刪 卷三
칠언절구七言絶句

✿ 신잠申潛

취제이화정醉題梨花亭

此地來遊三十春	이 땅에 와서 놀았던 것이 삼십 년이었는데
偶尋陳迹摠傷神	우연히 옛 자취 찾으니 모두 마음을 슬프게 한다.
庭前只有梨花樹	뜰 앞에 다만 배나무가 있고
不見當時歌舞人	당시 노래하고 춤추던 사람은 보이지 않는다오.

　「기묘록己卯錄」에 신잠申潛의 자는 원량元亮이고 문장에 능했으며 글씨와 그림도 잘해 사람들이 그를 삼절三絶이라 일컬었다. 진사시進士試에 장원하여 한림翰林에 추천되었다. 파과罷科로 홍패紅牌와 백패白牌를 잃고 절구絶句를 지어 말하기를,

　　紅牌已收白牌失　홍패는 이미 거두었고 백패도 잃었으니
　　翰林進士惣虛名　한림과 진사가 모두 허무한 이름이었다.
　　從此嵯峨山下住　이를 좇아 차아산 밑에 살겠는데
　　山人二字孰能爭.　산인이 누구와 더불어 다투겠는가.

　라 했다. 뒤에 태인현감泰仁縣監에 임명되었고 목사牧使로 전임되었으며 통정通政에 올랐다. 호는 영천자靈川子다.

✿ 소세양蘇世讓

제옥당산수병題玉堂山水屏

百道飛泉掛樹梢	여러 갈래 샘물이 날아 나뭇가지에 걸렸고
野橋橫斷跨江郊	비낀 다리는 강과 들에 걸쳐있다.
寶坊知在峯回處	절이 산봉우리가 도는 곳에 있음을 알았으나
滿地藤蘿細路交	땅에 덩굴이 가득하며 가는 길이 서로 엉켰다.

제상좌상진화안축題尙左相震畵鴈軸

蕭蕭孤影暮江潯	쓸쓸하고 외로운 그림자와 저문 강변에
紅蓼花殘兩岸陰	붉은 여뀌 꽃은 지고 양쪽 언덕에 그늘이 들었다.
謾向西風呼舊侶	부질없이 서풍을 향해 옛 짝을 불렀는데
不知雲水萬重深.	구름과 물이 매우 깊음을 알지 못했다.

이아득초당지기우죽림서록邇兒得草堂之基于竹林西麓

不論城市與山林	도시와 산림을 논하지 않고
卜築先須傍竹陰	대나무 그늘 옆에 먼저 꼭 짓기로 했다오.
好是餘生遊息地	남은 인생의 유식할 땅이 좋은데
世間何事更關心.	세간의 무슨 일에 다시 관심을 가지랴.

소세양蘇世讓의 자는 언겸彦謙 호는 양곡陽谷이며 진주인晉州人이다. 중종 때 급제했고 호당에 피선되었으며 문형을 맡았다. 벼슬은 찬성贊成에 이르렀다.

◈ 정사룡鄭士龍
숙파산관宿巴山館

天畔逢秋恨轉新	먼 객지에서 가을을 만나니 한이 다시 새로워
悲笳嘹唳起西隣	슬픈 피리소리 울부짖음이 서쪽 이웃에서 난다.[1]

---

1) 놀라 떨리게 한다.(憭慄)

樹頭雲破初弦月　나무에 구름이 걷히고 초승달이 떴는데[2]
步盡樓陰不見人.　걸어 누를 돌았으나 사람은 보이지 않는다.

희자견戲自遣

宿醒扶起對朝陰　잠을 깨자 일어나 아침 그늘을 대하니
落絮飛花滿院深　버들 솜은 떨어지고 꽃은 날아 뜰에 가득하다.[3]
惱得春愁無處寫　고달프게 얻은 봄 근심을 쓸 곳이 없었는데
一聲羌笛水龍吟.　한 가닥 저 소리를 물에 용처럼 읊는다.[4]

춘흥春興

花滿園林葉未齊　꽃은 숲에 가득하나 잎은 가지런하지 않으며
恰回殘夢有鶯啼　남은 꿈에서 흡족해 깨자 꾀꼬리가 울고 있다.[5]
蝦鬚不碍東風過　두꺼비 수염은 동풍이 지나는 것을 막지 못해
無奈輕陰壓額低.　가벼운 그늘이 이마를 누르는 것을 어찌하랴.[6]

　정사룡鄭士龍의 자는 운경雲卿 호는 호음湖陰이며 동래인東萊人이다. 중종 때 급제했고 호당湖堂에 피선되었으며 중시重試에 장원했다. 문형을 맡았으며 벼슬은 판중추判中樞에 이르렀다.

---

2) 힘이 있다.(有力)
3) 유달리 풍부하다.(殊富)
4) 큰 산적을 맛보는 것과 같아 씹을수록 더욱 좋다.(如賞大殽咀嚼愈佳)
5) 시원스럽게 격에 맞는 멋이 있다.(風致)
6) 생각한 것이 미묘하다.(構思入微)

✤ 황여헌黃汝獻

李將軍西湖知足堂

龍山滾水杳茫邊	아득하고 넓은 용산의 달수가에
勝地逢人已十年	명승지에서 사람을 만난 것이 이미 십 년이었다.
日落海門天遠大	해문에 해는 지고 하늘은 멀고 큰데
夜深燈火見陽川.	밤이 깊자 등불로 양천을 볼 수 있다.

　황여헌黃汝獻의 자는 헌지獻之 호는 유촌柳村이며 장수인長水人이다. 중종 때 급제했고 호당에 피선되었으며 벼슬은 울산군수蔚山郡守에 그쳤다.

✤ 심언광沈彦光

내금화락來禽花落

朱白扶春上老柯	붉고 흰 꽃이 봄이 되면 늙은 가지에 피는데
爲誰粧點野人家	누구를 위해 야인의 집을 단장한다 하나뇨.
三更風雨驚僝僽	삼경의 비바람에 놀라 몹시 화를 내더니
落盡來禽滿樹花.	왔던 새와 나무에 가득한 꽃이 모두 떨어졌다네.[7]

낙화落花

野桃花謝葉初生	복숭아꽃은 지고 잎이 처음 돋으며
雨後風前蝶翅輕	비온 후 바람 앞에 나비가 떼를 지어 가볍게 난다.
枝上晚紅猶未落	가지에 늦게 핀 꽃이 오히려 떨어지지 않았으니

---

7) 두 絕句가 모두 맛이 있다.(二絕俱有味)

徐娘雖老尙多情.　서랑徐娘이 비록 늙었으나 오히려 정이 많다오.8)

심언광沈彥光의 자는 사형士炯 호는 어촌漁村이며 강릉江陵에 세거世居했다. 중종 때 급제했고 호당에 피선되었으며 벼슬은 이조판서를 역임했다. 김안로金安老를 추천한 것으로 관직이 삭탈되었다가 뒤에 복직되었다.

✧ 이언적李彥迪

무위無爲

萬物變遷無定態　만물의 변천이 정한 형태가 없어
一身閑適自隨時　일신의 한가함도 때를 따르고자 한다.
年來漸省經營力　근래에 오면서 점점 경영의 힘을 살펴
長對靑山不賦詩.　길이 청산을 대해 시를 짓지 않고자 한다오.9)

이언적李彥迪의 처음 이름은 적迪이었는데 중종中宗의 영으로 언彥자를 더하게 되었다. 자는 복고復古 호는 회재晦齋이며 경주인慶州人이다. 중종 때 급제했고 벼슬은 찬성贊成에 이르렀으며 을사乙巳에 유배되었다가 세상을 떠났다. 시호는 문원文元이며 명종明宗의 묘정廟庭과 문묘文廟에 배향配享되었다.

---

8) 비유로 인용한 것이 좋다고 했는데(引譬好) 徐娘은 어떤 인물인지 알아보지 못했다.
9) 깨닫고 통달한 말이다.(悟通之言)『芝峯類說』에 말의 뜻이 매우 높아 용렬한 작자가 미칠 바가 아니라 했다.

✧ 서경덕徐敬德
제해주허백당題海州虛白堂

虛白堂中憑几人	허백당虛白堂 가운데 궤에 의지한 사람은
一生心事淡無塵	한평생 마음이 맑아 티끌이 없다오.
太平歌管來飄耳	태평가 부르는 것이 귀에 들리니
便作羲皇以上身.	문득 복희씨伏羲氏 이상의 인물이 되었다네.10)

　　서경덕徐敬德의 자는 가구可久 호는 화담花潭이며 당성인唐城人이다. 송
경松京에 살면서 일생동안 벼슬은 하지 않았고 의리義理를 연구했다. 좌상
左相에 증직되었으며 시호는 문강文康이다.

✧ 심사순沈思順
총사叢祠

神鴉飛下石壇空	갈까마귀가 날아 빈 석단으로 내려오고
腥雨淋淋滿綠叢	비가 질퍽하게 내려 푸른 떨기에 가득하다.
日晚山椒人散盡	날이 저물자 산마루에 사람들은 모두 흩어지고
碧燈深閉古祠中.	푸른 등은 고사古祠 가운데 깊게 닫혔다.11)

　　심사순沈思順의 자는 의중宜中이며 풍산인豊山人이다. 중종 때 급제했고
호당에 피선되었으며 벼슬은 도승지都承旨에 이르렀다.

---

10) 매우 뛰어나 唐나라 시인들에 못하지 않을 것이다.(自在超邁 不下唐家)
　　伏羲氏는 중국 고대의 임금.
11) 말이 삼엄하고 깊다.(森邃)

❖ 조욱趙昱

영패음詠唄音

口中梵唄應黃鍾	입 속의 범패가 황종에 응해
魚樂純如震法宮	어락魚樂이 온전히 법궁法宮을 떨치는 것과 같다.
無限人天皆省悟	한없는 사람과 하늘이 모두 깨달음을 살피다가
收聲方覺本來空.	소리를 거두자 본래의 공空을 깨달았다.[12]

차락봉운증감호주인次駱峯韻贈鑑湖主人

十年長掩故山扉	십 년 동안 고향의 사립문을 길게 닫았으니
塵土東華幾染衣	티끌세계가 선경의 옷을 얼마나 물들었을까.
想得鏡湖秋夜月	경호의 가을밤 달을 생각하면
子規應怨不如歸.	자규가 분명히 돌아가지 않는다고 원망하리라.[13]

조욱趙昱의 자는 경양景陽 호는 용문龍門이며 평양인平壤人이다. 숨어 사는 인사에 대한 예우로 주부主簿에 임명되었다.

❖ 임억령林億齡(再見)

시우인示友人

| 古寺門前又送春 | 옛 절문 앞에서 또 봄을 보내니 |
| 殘花隨雨點衣頻 | 남은 꽃이 비를 따라 자주 옷에 떨어진다. |

---

12) 이 시는 駱老 申光漢이 좋다고 칭찬한 것이다.(此駱老所推服者) 이시는 난해함이 있다.
13) 나무람이 매우 간절한데 이르렀다.(譏切甚至)

歸來滿袖淸香在　　돌아오자 소매에 가득하게 맑은 향기 있어

無數山蜂遠趁人.　　많은 벌들이 멀리까지 사람을 쫓는다.[14]

화산폭포도華山瀑布圖

急雨暮崖掛白龍　　급히 내린 비로 저문 비탈에 흰 용이 걸렸으니

詞人健筆氣成虹　　시인의 굳센 붓 기운이 무지개를 이루었다.

侯家屛障應無此　　후가侯家의 병풍에도 이 그림은 없을 것이니

我是人間富貴人.　　나는 인간세계에 부귀한 사람이오.[15]

차정읍동헌운次井邑東軒韻

護軍雖散亦王官　　호군護軍이 비록 흩어졌으나 또한 왕관인데

內賜豳風再拜看　　임금이 내린 빈풍豳風[16]을 재배하고 본다오.

白髮老臣心耿耿　　백발 노신의 마음에 편치 않는 것은

隔墻隣女夜春寒.　　담장 너머 이웃 여인이 추운 밤 절구질하는 것
　　　　　　　　　이오.[17]

---

14) 唐나라 시인의 風格이다.(唐人風格)

15) 기운은 크고 말은 엄하다.(氣魁語猛)

16) 『詩經』에 國風은 篇名인데, 이 豳風은 周公이 成王을 경계하고자 지은 것
이다. 이 시에서 內賜한 豳風은 그 내용을 쓴 병풍이 아닌가 한다.

17) 이 시는 뛰어난 작품으로 더욱 사람 마음의 움직임을 깨닫게 한다.(此詩
絶筆 尤覺動人)

❖ 정렴鄭磏(再見)

등와현망관악登瓦峴望冠岳

荒村古木嘯飢鳶　거친 마을 고목에 주린 솔개가 울고
蘆荻蕭蕭薄暮天　초저녁 하늘의 갈대소리 소소하다.
立馬溪橋回首望　냇가 다리에 말을 세우고 머리 돌려 바라보니
亂山遙在白雲邊.　어지러운 산이 멀리 흰 구름 가에 있다.[18]

❖ 홍춘경洪春卿

부소낙화암扶蘇落花巖

國破山河異昔時　나라가 망하니 산하도 옛날과 다른데
獨流江月幾盈虧　홀로 강에 비친 달은 몇 번이나 차고 기울었는가.
落花巖畔花猶在　낙화암 주변에 꽃은 오히려 남았으니
風雨當年不盡吹.　당시 비바람도 다 떨어뜨리지는 못했다오.

　홍춘경洪春卿의 자는 인중仁仲 호는 석벽石壁이며 남양인南陽人이다. 중종 때 급제했고 호당에 피선되었으며 벼슬은 감사監司에 이르렀다.

❖ 이황李滉

의주義州

龍淵雲氣晚凄凄　용연龍淵의 구름 기운이 늦게까지 쌀쌀해
鶻岫摩空白日低　골수鶻岫가 공중에 가까워지자 밝은 해가 지려
　　　　　　　　한다.

_____

18) 맑고 멀어 맛이 있다.(淸遠有味)

坐待山城門欲閉　　앉아 성문이 닫히기를 기다려
角聲吹度大江西.　　대평소 불며 큰 강 서쪽을 건너간다.19)

　　이황李滉의 자는 경호景浩 호는 퇴계退溪이며 진보인眞寶人이다. 중종
때 급제했고 호당에 피선되었으며 문형을 맡았다. 벼슬은 이상貳相을 역임
했으며 시호는 문순文純이다. 선조묘宣祖廟와 문묘文廟에 배향되었다.

✤ 김인후金麟厚

저우인가급송근수이음抵友人家汲松根水以飮

憶昨雲泉漱石根　　전날 바위 밑에 나는 물로 양치를 했고
倚筇隨處見眞源　　지팡이에 의지해 곳에 따라 진원을 보고자 했다.
轆轤聲裏斜陽轉　　두레박 소리 속에 저녁 햇빛이 옮기자
歸興翩翩滿故園.　　빨리 돌아가고픈 흥이 고원에 가득하다.20)

　　김인후金麟厚의 자는 후지厚之 호는 하서河西이며 울주인蔚州人이다. 중
종 때 급제했고 호당에 피선되었으며 벼슬은 교리校理를 했으나 외직을 구
해 옥과현감玉果縣監을 했다. 을사년乙巳年 후에 벼슬하지 않았으며 뒤에
이조판서에 증직되었고 시호는 문정文靖이다.

✤ 임형수林亨秀

시중대侍中臺

龍公應妬勝筵開　　용공이 분명히 좋은 자리 열리는 것을 시기해

---

19) 매우 굳세고 장하다.(甚是遒壯) 위의 鶻岦는 알아보지 못했다.
20) 또한 평범함을 뛰어넘었다.(亦超凡)

風雨無端過海來　비바람이 무단히 바다로부터 와서 지나간다.
狼籍盃盤人去處　어지러운 술상에 사람은 갔는데
一天明月照空臺.　하늘의 밝은 달은 빈 대를 비친다.[21]

수항정受降亭

醉倚胡床引兕觥　취해 높은 의자에 의지해 뿔소잔을 잡았는데[22]
佳人狎坐戞銀箏　가인이 정답게 앉아 은쟁을 친다.
陰山獵罷歸來晚　음산陰山에서 사냥을 파하고 늦게 돌아오며
馳渡氷河劍戟鳴.　달려 빙하氷河를 건너니 칼과 창이 운다.[23]

　　임형수林亨秀의 자는 사수士遂 호는 금호錦湖이며 평택인平澤人이다. 중
종 때 급제했고 호당에 피선되었으며 벼슬은 제주목사濟州牧使를 했다. 정
미년丁未年 벽서壁書의 변變에 원통하게 죽었다.

❖ 정유길鄭惟吉
사제극성賜祭棘城

聖朝枯骨亦霑恩　성조聖朝[24]는 노신老臣도 또한 은혜에 젖게 해
香火年年降寒門　향화香火를 해마다 미천한 집에 내린다.
祭罷上壇風雨定　제를 파하고 단에 오르니 비바람이 그치며
白雲如海滿前村.　바다 같은 흰 구름이 앞마을에 가득하다.[25]

---

21) 소통하고 상쾌함에 들어가겠다.(可入疏爽)
22) 극히 호걸스럽고 방탕하다.(極其豪宕)
23) 협기가 날고 있다.(俠氣翩翩) 陰山은 匈奴 지역에 있는 지명.
24) 당시의 임금을 지칭함.
25) 가름기가 있고 곱다.(腴艶)

영유이화정永柔梨花亭

落花風雨古人詩	옛 사람의 시에 꽃은 비바람에 떨어진다 했는데
花到今年巧耐遲	금년에 꽃은 공교하게 늦게까지 견딘다.
直至開時應有月	바로 필 때 응당 달이 있었을 것이나
個中春色子規知.	그 가운데 봄빛을 자규가 알았을 것이다.[26]

몽뢰정춘첩夢賚亭春帖

白髮先朝老判書	백발이 된 먼저 조정의 늙은 판서가
閑忙隨分且安居	한가롭게 분수를 따라 편안히 살고 있다.[27]
漁翁報道春江暖	어옹은 봄 강물이 따뜻하다고 알리며
未到花時進鱖魚.	꽃도 피지 않았는데 쏘가리를 준다.

　정유길鄭惟吉의 자는 길원吉元 호는 임당林塘이며 중종中宗 때 과거에
장원했다. 문형을 맡았으며 벼슬은 좌상左相에 이르렀다.

✧ 김질충金質忠
영왕소군咏王昭君

絕代佳人是女戎	세상에서 뛰어난 가인은 여자로서 재앙임을
前車相望汗靑中	역사 속에서 그러한 것을 많이 볼 수 있다.
畫圖不誤春風面	아름다운 얼굴을 잘못 그리지 않았다면[28]

---

26) 감정과 형태를 상세히 통달했다.(曲暢情態)
27) 안배가 좋음을 얻었다.(安排得好)
28) 前漢 때 後宮의 궁녀를 북쪽 胡王에게 시집보내기로 했는데, 신발할 때

敵國分明在後宮. 적국이 아니고 분명히 후궁後宮에 있었을 것이
오.29)

　김질충金質忠의 자는 직부直夫 명종明宗 때 급제했고 호당에 피선되었다.
벼슬은 호조좌랑에 그쳤으며 일찍 세상을 떠났다.

✥ 윤결尹潔(再見)
산인기혜山人寄鞋

故人遙寄一雙來　친구가 멀리서 한 쌍 신을 부쳐 보낸 것은
知我庭中有綠苔　내 집 뜰에 푸른 이끼가 있음을 알기 때문이요.
仍憶去年秋寺暮　지난해 가을 절에서 저물었던 것을 생각하니
滿山紅葉踏穿回.　산에 가득한 단풍잎을 밟다가 뚫어져 돌아왔다오.

종형혜석가산從兄惠石假山

愛山猶未住山間　산을 좋아하면서 오히려 산에 머물지 못해
楓岳頭流夢往還　풍악산과 두류산을 꿈속에서 오고 갔다오.
從此無心凌絶頂　이로부터 절정을 업신여기는 마음이 없어지고
案頭長對碧屏顏.　책상머리에서 길이 푸른 산을 대하게 되었다.30)

얼굴을 그린 화상을 보고 선발했다. 그때 王昭君은 아주 미인이었기 때
문에 자신은 보내지 않을 것으로 믿고 가만히 있었으나 다른 궁녀들은
화공에게 뇌물을 주어 빠졌고 뇌물을 주지 않았던 王昭君은 얼굴이 좋
지 않게 그려져 胡地로 가게 되었다는 설화가 이 句의 배경이 되었다.
29) 긴 세월을 통해 정확한 논설이다.(千古確論) 後宮은 后妃와 宮女들이 거
　　처하는 궁궐. 敵國은 胡地를 지칭한 것이 아닌가 한다.
30) 이 句의 屏字는 어떤 의미인지 알지 못해 제외했다.

✥ 노수신盧守愼

허태사성가음시제인許太史筬家吟示諸人

翰林風采善持門	한림의 풍채가 가문家門을 잘 지켜
花竹依依日涉園	꽃과 대는 날마다 걷는 동산에 휘늘어졌다.
可惜商山餘一皓	가석하게도 상산商山에 남은 한 늙은이는
不知霜露滿丘原.	서리와 이슬이 언덕에 가득함을 모른다오.[31]

노수신盧守愼의 자는 과회寡悔 호는 소재蘇齋이며 광산인光山人이다. 중종 때 문과에 장원했고 호당에 피선되었으며 문형을 맡았다. 벼슬은 영의정을 역임했고 시호는 문의文懿이다.

✥ 김귀영金貴榮

중도호당차전운重到湖堂次前韻

一別湖堂三十秋	한 번 호당을 이별한 지 삼십의 가을인데
南樓風日夢悠悠	남루의 풍일은 꿈에서도 많았다오.
重來物色渾依舊	다시 오니 사물의 빛깔은 완전히 예와 같으나
猶恨劉郞雪滿頭.	오히려 유랑劉郞[32]의 흰머리가 가득함이 한스럽다.

김귀영金貴榮의 자는 현경顯卿 호는 동원東園이며 안동인安東人이다. 명종 때 과거에 급제했고 호당에 피선되었으며 문형을 맡았다. 벼슬은 좌상에

---

31) 역시 杜絶(杜甫의 絶句?)에서 왔기 때문에 여기에 부쳐둔다.(亦從杜絶來故貼存之)

32) 劉郞은 누구인지 알아보지 못했다.

이르렀고 상락부원군上洛府院君의 봉작을 받았다.

✧ 박순朴淳
방조처사산거訪曹處士山居

醉睡仙家覺後疑	취해 선가에 자다가 깨어보니 의아해
白雲平壑月沈時	흰 구름은 골을 덮었고 달도 지려 한다.
翛然獨出長林外	빠른 걸음으로 혼자 숲 밖을 나서니
石徑筇音宿鳥知.	돌길 지팡이 소리를 자던 새가 안다오.[33]

호당구호湖堂口號

亂流經野入江沱	어지럽게 흐르는 물은 들을 거쳐 강으로 가고
滴瀝猶殘檻外柯	떨어진 물방울이 난간 밖의 가지에 남았다.
籬掛簑衣簷晒網	도롱이는 울타리, 그물은 처마에 말리며
望中漁屋夕陽多.	바라보는 어옥漁屋이 석양빛에 젖었다.

사은후귀영평謝恩後歸永平

答恩無術寸心違	은혜에 보답할 재능 없고 마음만 괴로워
收拾殘骸返野扉	뼈나 거두고자 시골집으로 돌아왔다오.
一點終南看漸遠	한 점 남산南山이 점점 멀어져 보이니
西風淚濕碧蘿衣.	서풍이 흐르는 눈물을 뿌려 옷을 적신다.[34]

---

33) 비록 세상을 속이고 스스로 비웃기도 했으나 또한 청초하다.(雖欺世自嘲
亦自淸楚)『芝峯類說』에 〈朴思菴 白雲洞詩〉에 云云했는데 당시 사람들이
그를 朴宿鳥라 했다.

여산군별행사상인礪山郡別行思上人

王程那得駐征騑　　명령받은 길을 어찌 가면서 머물 수 있으랴
愁外靑山幾夕暉　　근심 밖의 푸른 산에 얼마나 저녁 햇빛이 비칠까.
金馬石城相送處　　석성에서 금마를 서로 보내던 곳에
刺桐花落雨霏霏.　　엄나무 꽃은 떨어지고 비는 부슬부슬 내린다.[35]

송퇴계선생남환送退溪先生南還

鄕心不斷若連環　　쇠사슬 같이 얽힌 고향 생각 끊지 못해
一騎今朝出漢關　　오늘 아침 말을 타고 서울을 떠난다.
寒勒嶺梅春未放　　추위에 눌린 고개 매화는 봄인데 피지 못했으나
留花應待老仙還.　　집에 매화는 노선老仙 돌아오기를 기다리겠다.

제양총병묘題楊摠兵廟

鐵衣金劍已塵沙　　갑옷과 칼은 이미 티끌이 되었으며
廟閉松杉噪夕鴉　　사당 문은 달혔고 소나무에 저녁 갈까마귀가
　　　　　　　　　운다.
惆悵漢家飛將死　　슬프게도 한漢나라 비장군飛將軍이 죽었으니
胡笳頻渡白狼河.　　호병의 피리가 백랑하白狼河를 자주 건너온다.[36]

---

34) 매우 슬퍼 나라를 떠나고 싶은 생각이 있다.(凄切有去國之感)
35) 晩唐詩에 접근했다.(晩李)
36) 모두 아름답다.(儘佳)

청풍한벽루清風寒碧樓

客心孤逈自生愁	길손도 멀리서 외로움으로 근심에 젖어
坐聽江聲不下樓	앉아 강물 소리 들으며 누에서 내려오지 않는다.
明日又登官路去	내일이면 또 공무로 떠나야 할텐데
白雲紅樹爲誰秋.	흰 구름 붉은 단풍은 뉘를 위한 가을인가.

증견상인贈堅上人

久沐恩波役此心	오랫동안 국은國恩을 입어 마음이 분주해
曉鷄聲裏戴朝簪	새벽 닭 우는 소리 들으며 관복을 입는다.
江南野屋今蕪沒	강남에 있는 집에는 지금 풀이 무성하겠는데
却請山僧護竹林.	죽림竹林은 산승山僧에게 부탁하려 하오.[37]

　박순朴淳의 자는 화숙和叔 호는 사암思庵이고 충주인忠州人이며 상祥의 조카다. 명종 때 과거에 장원했고 호당에 피선되었으며 문형을 맡았다. 벼슬은 영의정을 역임했고 시호는 문충文忠이다.

❖ 양응정梁應鼎
과어양교過漁陽橋

| 樹色煙光盡太平 | 나무 빛과 아지랑이는 모두 태평스러우며 |
| 河橋猶帶舊時名 | 강에 다리도 오히려 옛 이름을 띠었다. |

---

37) 아 사대부들이 누구인들 쉽게 물러나고 싶은 생각이 없겠는가. 그러나 결국 뜻하고 원한 바와 같이 하지 못했으니 많은 부끄러움을 가지고 있다.(嗚呼士大夫孰不欲易退耶 畢竟不得如志願 負愧多矣)

伊凉若是簫韶曲　만약 소소곡簫韶曲과 같이 서늘했다면
豈使胡雛犯兩京.　어찌 호추胡雛로 하여금 양경을 범하게 하랴.

알이재묘謁夷齊廟

像設中堂兩儼然　중당에 설치해 놓은 엄연한 두 형상은
淸風吹到億千年　맑은 바람이 억 천 년으로 불어 이를 것이오.38)
生平景仰兩山峻　평생에 산처럼 높은 두 분을 크게 존경했는데
更覺灤河勝渭川.　다시 난하灤河가 위천渭川보다 좋음을 알았다오.

증무위승천연贈無爲僧天然

張拳一碎峯頭石　주먹을 펼쳐 봉 머릿돌을 쳐부수니39)
魍魎無憑白晝啼　도깨비가 의지할 곳이 없어 한낮에 운다.
骨氣至今誰可得　골기를 지금 누가 얻을 수 있겠는가
坐令衰魄壯虹霓.　앉아 쇠한 혼으로 무지개를 장하게 하리라.

　양응정梁應鼎의 자는 공섭公燮 호는 송천松川이며 제주인濟州人이다. 명
종明宗 때 급제했고 중시에 장원했으며 벼슬은 부윤府尹을 했다.

---

38) 속되다.(俚) 위의 過漁陽橋詩에 簫韶曲은 舜임금이 만든 음악이며, 胡雛
　는 安祿山을 지칭함.
39) 우뚝하고 장하며 날카로워 그 사람까지 일컬음을 얻었다.(突兀壯猛 得稱
　其人)

◈ 송인宋寅

서경증기西京贈妓

臨分解帶當留衣	헤어질 때 띠를 풀고 바로 옷을 남겨두니
敎束纖腰玉一圍	가는 허리 옥으로 둘러보게 했다.
想得粧成增宛轉	상상컨대 단장하고 더욱 아름다워지면
被他牽挽入深幃.	사람에 이끌리어 깊은 휘장 속으로 들어가리라.[40]

송인宋寅의 자는 명중明仲 호는 이암頤菴이며 여산인礪山人이다. 중종조
中宗朝의 부마駙馬인 여성위礪城尉다. 예학禮學에 깊었으며 글씨에 능했다.
시호는 문단文端이다.

◈ 정현鄭礥

해주부용당海州芙蓉堂

荷香月色可淸宵	연꽃 향기와 달빛이 하늘을 맑게 하는데[41]
更有何人吹玉簫	다시 어떤 사람이 피리를 부는가.
十二回欄無夢寐	열두 굽이의 난간에서 자지 않고 있으니
碧城秋思正迢迢.	벽성碧城의 가을 생각이 바로 높다오.[42]

---

40) 자못 곱고 차분하다.(頗婉曲)
41) 아래 字가 좋다.(下字好) 下字는 어느 자를 말한 것인지.
42) 역시 매우 맑다.(亦淸切)
　　『於于野談』에 鄭礥이 海州牧使가 되어 芙蓉堂의 현판의 시를 보고 모두
　　가지고 오게 하여 客舍의 심부름하는 자에게 주며 말하기를 "쪼개 땔감
　　을 해 필요한 물을 데우게 하라" 하고 자신이 絶句 한 수를 지어 들보에
　　걸어두게 했는데, 그 시가 당시에 회자되었으나 그의 교만함을 미워하기
　　도 했다. 뒤에 임진왜란 때 왜구가 海州에 들어가서 芙蓉堂 현판의 시를
　　모두 부수어 버리고 鄭礥과 金誠一의 두 시만 남겨 두었는데, 김성일은

정현鄭礥의 자는 경서景舒이며 렴礫의 아우이다. 을사위훈乙巳僞勳으로
부사府使가 되었으나 뒤에 공훈과 벼슬이 삭탈되었다.

◈ 양사언楊士彦(再見)
국도國島

金屋樓臺拂紫烟   화려한 누대에 붉은 연기가 떨치며
躍龍雲路下群仙   용이 뛰는 운로雲路에 뭇 신선이 내려온다.
靑山亦厭人間世   푸른 산도 또한 인간세계가 싫어
飛入滄溟萬里天. 서늘한 공중 만 리나 되는 하늘로 날아든다.[43)]

◈ 강극성姜克誠(再見)
차우인운次友人韻

朝衣典盡酒家眠   조의朝衣[44)]는 모두 저당 잡혀 술집에서 졸았고
賜馬將謀數頃田   하사받은 말은 팔아 몇 이랑 밭을 사겠다.
珍重國恩猶未報   값지고 무거운 임금 은혜 오히려 갚지 못했는데
夢和殘月獨朝天. 꿈에 달과 함께 임금을 뵈옵게 되었다.[45)]

비록 시에 능하지 못했으나 일본에 통신사로 갔을 때 剛直했던 것으로
일본에서 무겁게 여겨 그의 시를 남겨둔 것이고, 정현의 시는 왜구도 또
한 절창임을 알았기 때문에 남겨둔 것이다. 왜가 江陵에 들어가서 官府
의 현판에서 林億齡의 장편시만 싣고 갔으니 왜도 또한 시를 아는가.
43) 평범함을 벗어났다.(脫凡) 위의 雲路는 구름이 오고가는 길.
44) 조회할 때 입는 관복.
45) 『芝峯類說』에 姜克誠이 弘文館 修撰으로 있다가 파직을 당하고 있으면서
지은 시에 운운했더니 明宗이 그 시를 들고 칭찬하며 특명으로 복관시
켰다.

✤ 고경명高敬命

식귤食橘

平生睡足小江南	평생 동안 소강남에서 평안하게 지내며
橘柚村中路飽諳	마을 가운데 귤나무 길을 잘 알고 있지오.
朱實宛然親不在	귤은 붉게 익었으나 어버이 계시지 않으니
陸郞雖在意難堪.	육랑陸郞46)도 이 심정 견디지 못하리라.47)

어주도漁舟圖

蘆洲風颭雪漫空	갈대밭이 바람에 펄럭이고 눈은 공중에 질펀해
沽酒歸來繫短篷	배를 짧은 대뜸에 매어놓고 술을 받아 돌아온다.
橫笛數聲江月白	저 부는 소리와 강에 달빛도 밝은데
宿鳥飛起渚烟中.	자던 새가 물가에서 날고자 한다.

　고경명高敬命의 자는 이순而順 호는 제봉霽峰이다. 명종明宗 때 과거에 장원했고 호당과 옥당玉堂에 피선되었다. 임진왜란 때 전목사前牧使로서 의병을 일으켜 토왜討倭하다가 절사했다.

---

46) 陸郞의 이름은 績이며 여섯 살 때 어머니에게 드리고자 귤 세 개를 감추었다는 故事가 『삼국지연의』에 있음.

47) 어버이를 생각하는 감정을 愴然하게 하니 천고의 絶唱이다.(愴然風樹之懷千古絶唱)

❖ 박지화朴枝華

증승贈僧

逃世辭鄕歲又除	세상을 피해 고향을 떠났는데 해까지 바뀌었고
亂山蕭寺曉鍾餘	어지러운 산 쓸쓸한 절에 새벽 종소리만 남았다.
自憐心下無機事	가련하게도 마음에 기밀한 일도 없이
白首挑燈讀古書.	흰 머리에 등불 돋우고 옛 책을 읽는다.[48]

제송려성가가아석개시축題宋礪城家歌兒石介詩軸

主家亭子漢濱秋	가을에 한강가의 주인집 정자에
庚月依俙逝水流	밖에 달은 희미하고 물은 계속 흐른다.
唯有鳳凰天外曲	오직 하늘 밖에 있는 봉황곡은
人間猶得錦纏頭.	인간에게 오히려 비단으로 머리를 싸게 한다오.[49]

박지화朴枝華의 자는 군실君實 호는 수암守庵이며 정선인旌善人이다. 예학禮學에 깊어 학관學官이 되었다. 임진란 때 돌을 품고 물에 빠져 죽었다.

---

48) 깊고 옛스러워 맛이 있다.(淵古有味)
49) 매우 좋다.(極好)
   『芝峯類說』에 石娥는 礪城尉의 집 종인데 노래를 잘하는 것으로 이름이
   있어 水月亭詞에 이른바 絶唱佳兒라는 자이다. 朴枝華의 시에 云云했고
   林悌의 시에,
   秦樓公子風流盡   秦樓의 공자는 풍류가 다됐고
   檀枝佳人翠黛殘   檀枝의 가인은 검푸른 빛이 시들었다.
   唯有當時歌舞處   오직 당시 노래하고 춤추던 곳에
   春江水月映朱欄   춘강의 달은 붉은 난간을 비춘다.
   라 했다.

❖ 성혼成渾

증감파산인안천서贈紺坡山人安天瑞

一區耕鑿水雲中　구름 속의 한 지역을 갈고 파며
萬事無心白髮翁　만사에 관심이 없는 백발의 늙은이라오.
睡起收聲山鳥語　자다가 일어나 산새 우는 소리 듣고자
杖藜徐步繞花叢.　명아주 지팡이로 천천히 걸어 꽃떨기를 돈다.[50]

우음偶吟

四十年來臥碧山　사십 년을 살아오며 푸른 산에 누웠으니
是非何事到人間　시비가 무슨 일로 인간에 이르겠는가.
小堂獨坐春風地　소당에 홀로 앉아 봄바람이 부는 곳에
花笑柳眠閑又閑.　꽃은 웃고 버들은 졸아 매우 한가하도다.[51]

만청양군挽靑陽君

宦遊浮世定誰眞　부세에 벼슬하니 뉘가 참된 것을 정하랴.
逆旅相逢卽故人　여관에서 서로 만난 것이 바로 친구였소.
今日祖筵歌一曲　오늘 이별하는 자리에서 노래 한 곡 부르며
送君歸臥故山春.　그대를 고산故山의 봄으로 돌아가게 보낸다오.[52]

---

50) 높게 뛰어 미칠 수 없다.(超邁不可及)
51) 숨어 있는 자의 태도라 하겠다.(逸家古態)
52) 한없이 슬퍼 잘 표현했다고 하겠다.(無限感愴 而寫得自好)

만박사암挽朴思菴

世外雲山深復深	세상 밖의 운산雲山은 깊고 깊어
溪邊草屋已難尋	시냇가 초옥은 이미 찾기 어렵다오.
拜鵑窩上三更月	배견와拜鵑窩[53] 위에 뜬 삼경의 달은
應照先生一片心.	응당 선생의 한 조각 마음을 비추겠구나.[54]

성혼成渾의 자는 호원浩源 호는 우계牛溪이다. 선조宣祖 때 징소徵召해 벼슬이 참찬參贊에 이르렀다. 시호는 문간文簡이며 문묘文廟에 배향配享되었다.

✦ 윤두수尹斗壽
증승贈僧

關外羈懷不自裁	관외에서 나그네의 감정을 자제하지 못하고
一春詩興賴官梅	한 해 봄의 시흥을 관가의 매화에 힘입었다.
日長公館文書靜	해는 길고 공관에 일이 없어 고요한데
時有高僧數往來.	때때로 고승이 자주 오고간다오.

윤두수尹斗壽의 자는 子仰 호는 梧陰이며 海平人이다. 명종 때 급제했고 벼슬은 영의정을 했으며 海原府院君의 봉작을 받았다.

---

53) 拜鵑窩는 思菴이 살고 있던 움집의 이름. 위의 雲山은 구름에 잠겨있는 산.
54) 思菴에 대한 挽詩는 여기에서 그치는 것이 마땅하며 만약 정승했던 것을 말했다면 좋은 만시라고 말할 것이 아니다.(挽思菴當止是 若着黃閣事業 便不稱)

✿ 황정욱黃廷彧

차이백생영옥당소도次李伯生詠玉堂小桃

無數宮花倚粉墻	담장 옆에 복숭아꽃이 많이 피었는데
遊蜂戲蝶趁餘香	나비와 벌들이 향기 따라 날아다닌다.
老翁不及春風看	늙은 첨지 봄바람을 미쳐 보지 못하고
空有葵心向太陽.	부질없이 태양을 바라보는 해바라기가 되었다.55)

송인부수안군送人赴遂安郡

詩才突兀行間出	시재詩才가 우뚝하게 무리들 사이에 솟았으나
官況蹉跎分外奇	벼슬길이 어긋나 지나치게 기이하다.
摠是人生各有命	모든 인생에 각자 운명이 있나니
悠悠餘外且安之.	여유가 있게 밖에서 편안히 할 것이오.56)

송정찰방사送鄭察訪泗

世間榮辱儘悠悠	세상의 영욕이 모두 걱정스러워
何處藏身可自由	어느 곳에 몸을 감추면 자유로울까.
只合任他牛馬我	소와 말처럼 나를 놓아둔다면
蒼空來往白雲浮.	창공에서 흰 구름처럼 떠다니겠다오.57)

---

55) 어찌 무리를 따라 같이 보는 사람이라 하겠는가.(是豈隨衆看場者也)
56) 안배를 좋게 했다.(安排得好)
57) 이 늙은이의 시를 보면 엄중하고 혼후해 보통 작가와 비교할 바가 아니
   다.(試看此老之作 嚴重渾融 非等閑詞客可比) 앞의 轉句에 대장부가 마땅
   히 이와 같아야 한다고 했다.(大丈夫當如是)

황정욱黃廷彧의 자는 경문景文 호는 지천芝川이며 장수인長水人이다. 명종 때 급제했고 문형을 맡았으며 벼슬은 병조판서를 역임했다. 장계부원군長溪府院君의 봉작을 받았다.

❖ 류영길柳永吉

복천사福泉寺

落葉鳴廊夜雨懸　곁채에 잎은 떨어지며 밤에 비는 내리는데
佛燈明滅客無眠　불등은 가물가물 손은 잠을 이루지 못했다.
仙山一踏傷遲暮　선산仙山에 한 번 오르는 것이 늦어 상심함은
烏帽欺人二十年.　오모烏帽[58]가 이십 년 동안 사람을 속였음이요.[59]

남주동각南州東閣

麥熟南州雨未休　보리 익는 남주에 비가 그치지 않으니
綠槐門巷澗爭流　푸른 느티나무 마을에 냇물이 다투어 흐른다.
山僧去後午窓靜　산승이 간 후에 한낮인데 창문도 고요해
夢落烟波隨白鷗.　꿈속에 아지랑이와 같이 백구를 따른다.[60]

증홍장연적贈洪長淵迪

天街明月舊時同　서울 거리의 밝은 달은 예와 같으나

---

58) 벼슬한 사람이 쓰는 검은 모자.
59) 땅에 던지면 金石의 소리가 있을 듯하다.(擲地有金石聲)
60) 글자마다 모두 옛 형식에서 나와 整整해 스스로 묘하다.(字字皆出古套整整自妙)

人世如何事易空　어찌하여 인세의 일은 쉽게 공허하냐뇨.
秋半玉堂庭戶冷　가을이 반 쯤 지나 옥당 뜰이 차가워
紅蘭無數墮西風.　서쪽 바람에 붉은 난초가 많이 떨어진다.

차촉석루운次矗石樓韻

玉窓雲暖小桃嚬　창 밖에 구름은 따뜻하고 소도꽃이 피었는데[61]
惆悵江梅已送春　슬프게도 매화는 이미 봄을 보냈다오.
畵舸晚移芳洲泊　방주에 대놓은 배를 늦게 옮기니
白鷗爭拂鏡中人.　백구가 거울 속 사람과 다투어 떨친다.

잠부蠶婦

侯家爭解製羅衣　귀한 집은 다투어 비단옷을 지어
舞向春風競落暉　봄바람 향해 춤추며 지는 햇빛에 경쟁한다.
野婦自嗟肌尚露　시골 부인은 아직도 살이 드러난 것을 슬퍼하며
天寒倚壁只空機.　추운 날 벽에 의지한 빈 베틀뿐이네.[62]

　류영길柳永吉의 자는 덕순德純 호는 월봉月蓬이며 전주인全州人이다. 명종 때 급제했고 호당에 피선되었으며 벼슬은 예조참판에 이르렀다.

---

(61) 번화하고 아름답다.(穠艶)
(62) 슬프고 교만함이 풍자가 되겠다.(惻怛可以諷)

❖ 하응림河應臨(再見)

춘일산촌春日山村

竹籬臨水是誰家	물가 대 울타리는 누구의 집인가
隱約靑帘出杏花	분명하지 않은 푸른 깃발 행화에서 나온다.
欲典春衣沽酒飮	봄옷을 잡혀 술을 사 마시면서
不堪芳草日西斜.	방초에 해가 서쪽으로 비끼는 것이 견디기 어렵다.

금동역간최장연립지金洞驛柬崔長淵立之

柳藏郵館馬嘶頻	버드나무 속 우관에 말은 자주 울며[63]
暫借風軒寄病身	잠깐 툇마루 빌어 병든 몸을 의지했다.
君且不來花又老	그대는 오지 않고 꽃도 또 시들려 하니
可憐虛負一年春.	가련하게 일 년의 봄을 헛되게 보낸다오.[64]

❖ 정철鄭澈

함흥시월간국咸興十月看菊

秋盡關河候雁哀	관하關河에 가을은 가고 기러기 슬프게 울어
思歸且上望鄕臺	돌아가고픈 생각으로 또 망향대에 올랐다.
慇懃十月咸山菊	은근히 시월의 함산咸山 국화는
不爲重陽爲客開.	중양을 위하지 않고 나그네를 위해 피었다오.[65]

---

63) 그림같다.(如畵)
64) 河應臨의 시가 매우 맑고 간절한데 많이 보지 못한 것이 한스럽다.(河詩 甚淸切 恨不多見)

서회書懷

掖垣南畔樹蒼蒼	궁전 담장 남쪽에 나무가 푸르니
歸夢迢迢上玉堂	돌아가고픈 꿈은 멀고 먼 옥당에 오른다.
杜宇一聲山竹裂	두우새 우는 소리에 산의 대나무가 찢어지는데
孤臣白髮此時長.	고신孤臣의 흰 머리도 이때 자란다오.

　정철鄭澈의 자는 계함季涵 호는 송강松江이며 영일인迎日人이다. 명종 때 과거에 장원했고 호당에 피선되었으며 벼슬은 좌상左相에 이르렀다. 인성부원군寅城府院君의 봉작을 받았으며 시호는 문청文淸이다.

❖ 이순인李純仁(再見)

증승贈僧

客遊山院已多時	나그네는 이미 많은 시간을 절에서 놀았으나
不及李花聽子規	이화李花에 자규 우는 소리 듣지 못했다.
欲識山中春早晚	산중에서 봄이 이르고 늦은 것을 알고자 하면
莫教僧札入京遲.	스님 서찰이 서울에 늦게 들어가게 하지 마오.

❖ 정작鄭碏66)

중양重陽

世人最愛重陽節	세상 사람들이 중양절을 가장 사랑하나

---

65) 격이 뛰어나고 생각이 깊다.(格超思淵)
66) 『於于野談』에 北窓 鄭碏이 구월 이십일 후에 늦게 핀 국화를 읊어 말하기를

未必重陽引興長　중양의 흥을 끌어 길게 하지 못한다.
若對黃花傾白酒　만약 국화를 대해 탁주를 마실 수 있다면
九秋無日不重陽.　구추九秋에 중양이 아닌 날이 없을 것이오.[67]

갑오중원甲午中元

中元之日薦亡魂　칠월 백중에 망혼의 천도薦度[68]를 하니
亂後猶看舊俗存　난후에도 오히려 옛 풍속이 남았음을 보겠다.
日暮四山聞衆哭　날이 저물자 사방 산에서 뭇 곡소리 들리는데
幾多新鬼有兒孫.　얼마나 많은 새 귀신에 아손이 있을까.

　정작鄭碏의 자는 군경君敬 호는 고옥古玉이며 염礛의 동생이다. 음사蔭
仕로 사평司評을 했다.

　十九九九皆是九　십구와 구월구일이 모두 구인데
　九月九日無定時　九月 九日은 정한 때가 없다오.
　多小世人皆不識　대부분의 세상 사람들은 모두 알지 못하는데
　滿階惟有菊花知.　오직 뜰에 가득한 국화만 알고 있다.
　라 했는데, 그의 동생 碏이 和詩를 지어 말하기를 운운했다. 얼마전 朝廷
에서 開局을 해 우리나라 시를 선발했는데, 그때 碏,礛 형제의 이 시를
말하니 대제학 柳根이 碏의 시를 뽑고 礛의 시는 律이 없다고 하며 버렸
다. 礛은 음률을 아는 사람인데 柳根처럼 음을 알지 못한다고 이를 것인
가. 옛날부터 음률을 아는 사람을 얻기가 어렵다.
67) 세상에서 매우 아름다운 시라고 이르는 바이다.(世所稱絶佳者)
68) 죽은 사람의 혼을 극락으로 보내는 일을 말함.

❖ 최경창崔慶昌(再見)

영월루映月樓

玉檻秋來露氣淸	난간에 가을이 오니 이슬기운이 맑으며
水晶簾冷桂花明	수정 주렴은 서늘하고 달은 밝다.
鸞驂不至銀橋斷	임금 수레는 오지 않고 은하에 다리 끊어졌으니
惆悵仙郎白髮生.	슬픔에 잠긴 선랑仙郎은 백발이 난다.[69]

천단天壇

午夜瑤壇掃白雲	밤중에 요단瑤壇의 흰 구름 쓸며
焚香遙禮玉宸君	향을 사르고 멀리서 옥신군玉宸君[70]에 절을 한다.
月中拜影無人見	달 속의 절하는 그림자에 사람은 보이지 않고
琪樹千重鎖殿門.	아름다운 많은 나무에 전문은 닫혀있다.[71]

三淸露氣濕珠宮	삼청三淸의 이슬이 주궁珠宮을 적시며[72]

---

69) 이 사람의 絶句는 작품마다 모두 맑음이 뛰어나 唐詩에 두어도 少伯(王昌齡의 字)의 무리들에 양보하지 않을 것이다.(此君絶句 篇篇皆淸切 置之唐世 無讓少伯諸公)
70) 道敎에서 말하는 玉皇上帝가 아닌가 한다. 위의 瑤壇은 신선이 머무는 곳.
71) 두 편이 모두 遊仙詩로서 부끄러움이 없다.(二篇俱無愧遊仙)
   『芝峯類說』에 李達의 시에,
   風泉響落秋山空 바람에 샘물소리 빈 가을산에 떨어지고
   石山月出踈鍾後 石山에 달은 성긴 종소리 뒤에 떴다.
   道人讀罷黃庭經 도인이 黃庭經을 다 읽고
   夜掃天壇拜北斗 밤에 천단을 쓸고 북두성에 절한다.
   라 했으며 崔慶昌은 운운했는데, 두 작품이 모두 아름다우나 崔慶昌詩 末句의 押字가 傍韻이어서 가석하다.
72) 서늘해 舜임금이 만들었다는 簫韶를 하늘에서 연주하는 듯하다.(冷然奏

鳳管徘徊月在空　피리소리 길게 불며 달은 공중에 떴다.
苑路秖今香輦絶　지금은 동산길에 수레는 끊어졌고
碧挑紅杏自春風.　푸른 복숭아 붉은 살구꽃에 봄바람이 분다.

연광정練光亭

澄江如練浸紅亭　비단 같은 맑은 강이 홍정을 적시며
烟樹依微極望平　연기 낀 나무들은 희미해 바라보면 편편하다.
待得夜深歌舞散　밤이 깊어 가무하는 사람들이 흩어지기를 기다려
月明吹笛倚孤城.　달이 밝으면 고성에 의지해 저를 불려 한다네.

채연곡차정지상운采蓮曲次鄭知常韻

水岸依依楊柳多　강변 언덕에 늘어진 수양버들이 많으며
小船遙唱采蓮歌　연밥 따는 노래 멀리 작은 배에서 부른다.
紅衣落盡秋風起　붉은 옷이 모두 떨어지고 추풍이 불어
日暮芳洲生白波.　해 저문 아름다운 물가에 흰 물결이 인다.73)

변사邊思

幼少離家音信稀　소년이었을 때 집을 떠나 소식도 드물었으며
秋來猶着戰時衣　가을이 왔는데 오히려 전시의 옷을 입었다오.
城頭畵角吹霜急　성두의 대평소 서리가 급하다고 하더니74)

蕭於絳霄之上)
73) 王龍標, 李君虞의 시에 부끄러움이 없다.(無愧王龍標李君虞)
74) 높고 빛이 난다.(峭麗)

一夜黃楡葉盡飛.　　하룻밤에 단풍잎이 모두 떨어졌다.[75]

대은암남지정고택大隱巖南止亭故宅

門前車馬散如烟　　문 앞에 거마들이 연기처럼 사라졌으니
相國繁華未百年　　상국相國의 번화가 백년도 가지 못했다.
村巷寥寥過寒食　　골목이 조용하게 한식을 보내며
茱萸花發古墻邊.　　수유꽃만 옛 담장 옆에 피었다.[76]

기양주성사군의국寄楊州成使君義國

官橋雪霽曉寒多　　관교官橋에 눈이 개고 새벽이 많이 차가운데
小吏門前候早衙　　소리가 문 앞에서 일찍부터 기다린다.
莫怪使君常晏出　　사군이 늦게 나오는 것을 이상히 여기지 마오.
醉開東閣賞梅花.　　동각東閣 열고 매화 감상에 취했기 때문이요.[77]

의주산정증한사군준義州山亭贈韓使君準

山城小逕百花間　　산성의 좁은 길은 많은 꽃 사이에 있고
別院春晴燕入欄　　별원에 봄날이 개자 제비가 난간에 온다.
聖代卽今邊警息　　지금 임금님 때는 변방의 놀라움도 없어

---

75) 王常의 시에 무엇이 부끄러운가.(何愧王常耶)
76) 풍자가 골수까지 들어간다.(諷刺入髓) 위의 相國은 정승을 달리 부르
　　는 말이다.
77) 風流가 떨어지지 않았다는 것이 바로 이 사람에 있다.(風流不墜正在斯人)
　　『芝峯類說』에 成某 斯文이 揚州牧使를 하면서 梅花라는 기생에 침혹되어
　　관아의 일을 하지 않으므로 崔慶昌이 운운한 시를 지어 주었다고 했다.

古書千卷閉門看.　문을 닫고 많은 고서를 본다오.

송정어사철지북관送鄭御使澈之北關

咸關北上馬頻顚　함관咸關 북쪽을 오르자 말이 자주 엎드리며
雪嶺西看海接天　설령에서 서쪽을 보니 바다가 하늘에 닿았다.
客路重陽又何處　중양重陽에 나그네 길은 또 어디를 가게 되랴
黃花零落古城邊.　국화가 옛 성가에 떨어진다네.

무릉계武陵溪

危石纔敎一逕通　위태로운 바위가 겨우 통하는 길을 알려주며
白雲千古祕仙蹤　긴 세월 동안 흰 구름이 선인의 자취를 감추었다.
橋南橋北無人問　다리 남북 쪽에 물을 사람 없고
落木寒流萬壑同.　나뭇잎 지고 흐르는 물은 골짜기마다 같다.[78]

기성진상인寄性眞上人

茅菴寄在白雲間　띠집 암자는 흰 구름 속에 있고
丈老西遊久未還　장로는 서쪽에 가서 오래 돌아오지 않았다.
黃葉飛時疎雨過　단풍잎 떨어질 때 성긴 비가 지나가는데
獨敲寒磬宿秋山.　홀로 경쇠 치며 가을 산에 잔다오.[79]

---

78) 매우 맑고 높다.(甚淸峭)
79) 차갑고 검소하다.(寒儉)

제승축題僧軸

去歲維舟蕭寺岸	지난 해 소사蕭寺의 언덕에 배를 대고
折花臨水送行人	꽃을 꺾어 물가에서 가는 사람 보낸다.
山僧不管傷離別	산승은 이별하는 슬픔에는 관심이 없고
閉戶無心又一春.	무심하게 문을 닫고 또 한 봄이 되었다.[80]

증승贈僧

三月廣陵花滿山	삼월 광릉에 꽃이 산에 가득했고
晴江歸路白雲間	청강晴江으로 가는 길은 흰 구름 사이에 있다오.
舟中背指奉恩寺	배 가운데서 뒤쪽 봉은사奉恩寺를 가리키는데
蜀魄數聲僧掩關.	자규子規 우는 소리에 스님은 문을 닫는다.[81]

증보운상인贈寶雲上人

一別金陵三十年	금릉金陵에서 한 번 이별한 지 삼십 년이었는데
重逢此地各凄然	이곳에서 다시 만나니 각자 슬프다오.
白蓮寺老今誰在	백연사의 늙은이로 지금 누가 있나뇨
舊日兒童雪滿顚.	전날 아동은 이마까지 흰 머리가 가득하다.[82]

---

80) 用意가 적실하다.(用意做的)
81) 晩唐의 시에 내리고 건넜다.(降涉晩李)
82) 감정과 사실이 머리까지 이르렀다.(情事到頭)

중증重贈

征南省裏奉晨昏	정남성征南省[83]에서 신혼晨昏[84]을 받들면서
幾度看花到寺門	몇 번이나 꽃을 보고자 절문에 왔던가.
存沒至今多少意	존몰에 지금도 다소의 생각을 하고 있는데
夕陽僧過灞陵原.	석양에 스님은 패릉 언덕을 지나간다.[85]

무제無題

玉頰雙蹄出鳳城	미인이 수레 타고 봉성鳳城을 나서니
曉鶯千囀爲離情	새벽 꾀꼬리가 떠나는 정을 위해 많이 울고 있다.
羅衫寶馬河關路	비단 적삼 좋은 말로 하관길에서
草色迢迢送獨行.	풀빛이 짙은데 홀로 가는 사람을 보낸다.[86]

◈ 백광훈白光勳(再見)

송고종宋高宗

痛飮黃龍計亦踈	황룡탕黃龍湯의 통음도 계획으로 성글었으며
廷臣爭議拜穹廬	조정 신하들은 다투었으나 궁려穹廬[87]에 절했다.

---

83) 당시 정부 기관의 異稱이 아닌가 짐작되나 확인해 보지 못했다.
84) 아침 저녁 안부를 묻는 定省을 말함.
85) 깊이 느끼며 탄식함이 앞의 작품보다 우수하다.(感慨勝前篇) 이 시의 용
   어는 평범하면서도 이해에 어려움이 없지 않다.
86) 무한의 슬픈 감정이다.(無限傷情)
   崔慶昌 白光勳 李達의 무리들이 復古의 공은(唐詩로) 있으나 열 수 이후
   의 작품은 비교적 쉽게 염증을 느끼게 한다.(崔白李三君 有復古之功 但
   十首以後較易厭)
87) 북쪽 匈奴族이 살던 집을 말함.

江南自有全身地　강남에 몸을 온전히 할 땅이 있었는데
河北空傳半臂書.　하북河北에 공연히 반비半臂[88]의 글을 전했다.[89]

한천탄寒川灘

寒川灘上水如藍　한천탄 물은 쪽빛 같고
兩石巖西雪滿潭　양석암 서쪽 못에 눈이 가득하다.
明月不逢騎鶴侶　밝은 달빛에 학을 탄 짝을 만나지 못하고
夜深鳴笛下江南.　깊은 밤에 피리 불며 강남으로 내려간다.[90]

춘후春後

春去無如病客何　봄이 가는 것을 병객이 어찌하랴.
出門時少閉門多　문밖에 나갈 때는 적고 닫을 때가 많다오.
杜鵑空有繁華戀　자규가 부질없이 번화함을 좋아해
啼在靑山未落花.　푸른 산에서 꽃이 떨어지지 못하게 울고 있다.

즉사증승卽事贈僧

歸心一夜建溪南　밤이면 건계建溪 남쪽으로 돌아가고 싶은데
舊疾逢春更不堪　봄을 만나자 옛 병을 견디지 못하겠다.
偶見山僧話新夢　우연히 산승을 만나 새 꿈을 이야기하고

---

88) 궁중에서 內官들이 입는 소매가 짧은 옷.
89) 宋 高宗은 南宋의 첫 임금인데, 이 작품은 金나라에 쫓겨 南遷한 역사적
　　인 사실이 반영된 것이다. 이 시에 대한 許筠의 평은 좋다(好)고 했다.
90) 맑고 밝다.(淸亮)

野梅香裏到西菴.　들매화 향기 속에 서암西菴으로 갔다오.[91]

춘망春望

日日軒窓似有期　날마다 툇마루 창은 약속이나 있는 듯
捲簾時早下簾遲　발을 일찍 걷고 늦게 내린다.
春風正在山頭寺　봄 바람이 바로 산머리 절에 있음에도
花外歸僧自不知.　꽃 밖으로 돌아가는 스님은 알지 못한다.[92]

삼차송월三叉松月

手持一卷蕊珠篇　손에 한 권의 예주편蕊珠篇[93]을 가지고
讀罷空壇伴鶴眠　공단空壇에서 다 읽고 학과 같이 졸았다.
驚起中宵滿身影　밤중에 놀라 깨니 그늘 속에 있었는데
冷霞飛盡月流天.　찬안개가 걷히자 달은 하늘에서 흘러간다.[94]

서군수제徐君受第

西出松坊舊路疑　서쪽으로 송방松坊을 나서니 옛 길이 의심스러워
古梧新柳問人知　옛 오동과 새 버들에 사람들을 아는가 물었다.[95]
秋風無限江南思　가을바람에 무한히 강남을 생각하며
半壁靑燈一首詩.　벽에 걸린 등불 아래 한 수 시를 짓는다.

---

91) 말이 맑고 깨끗해 좋다.(淸淡語好)
92) 미칠 수 없다.(不可及)
93) 道敎의 經典.
94) 얼음을 품고 있어 여름 달에도 또한 서리 기운이 있다.(懷氷暑月亦有霜氣)
95) 마르고 맑다.(枯淡)

개산介山

秋山雨過夕陽明	가을 산에 비가 지나가고 석양이 밝은데
亂水交流引獨行	어지러운 물이 합쳐 흘러 홀로 가게 끌어들인다.
岸上數村疎樹裡	언덕 위의 성긴 나무 속 몇 채의 마을에
寂無人語有蟬聲.	사람소리 없이 고요하며 매미가 울고 있다.

능양북정綾陽北亭

長堤日晩少人行	긴 둑에 해는 저물고 행인도 드문데
楊柳靑靑江水聲	버들은 푸르고 강물은 출렁인다.
爲是昔年別離地	옛날 이곳이 이별한 곳이었으나
不緣別離亦多情.	이별과는 상관없이 다정하다오.

✥ 이달李達(三見)
궁사宮詞

平明日出殿門開	아침에 해가 뜨자 궁전 문이 열리니
鳳扇雙行引上來	봉선鳳扇96)이 쌍으로 가게 위로 끌어 올린다.
遙聽太儀宣詔語	태의太儀의 내린 조어詔語를 멀리서 듣고
罷朝新幸望春臺.	조회를 파하자 새로 망춘대로 행차한다.97)

---

96) 鳳扇은 봉황이 그려진 부채인데 궁중에서 왕 또는 대비가 사용하는 것이
아닌가 한다. 그리고 위의 太儀는 唐나라 때 公主의 어머니라고 했는데
우리나라에는 大妃를 지칭한 것이 아닌가 한다.
97) 王仲初의 舊格이라 했는데(王仲初舊格), 王仲初는 누구인지 알아보지 못
했다.

東風院院落花飛	원원하는 동풍에 떨어진 꽃이 날며
侍女燒香掩夕扉	시녀는 향을 사르고 저녁 문을 닫았다.
過盡一春君不見	봄이 다 갈 때까지 임금은 보지 못하고
殿門金鎖綠生衣.	잠긴 궁문에 푸른 이끼가 났다.[98]

양양곡襄陽曲

平湖日落大堤西	편편한 호수에 해가 지고 큰 언덕 서쪽에
花下遊人醉欲迷	꽃 아래 놀던 사람 취해 미혹하려 한다.
更出敎坊南畔路	다시 교방敎坊의 남쪽 언덕길을 나가니
家家門巷白銅鍉.	집집마다 문에 백동 열쇠가 걸렸다.[99]

출새곡出塞曲

虜中傳出左賢王	노중虜中에서 좌현왕左賢王[100]이 나왔다고 전하니
塞馬如雲殺氣黃	구름 같은 새방 말에 살기가 누렇다.
已近居延山下獵	이미 거연산居延山 밑의 가까이에 사냥을 하는데
磧西烟火照天光.	모래쌓인 서쪽 불빛이 하늘을 비친다.[101]

---

98) 원망하는 감정이다.(怨情)
99) 풍류의 문채가 천고에 빛난다.(風流文采 照映千古) 위의 敎坊은 掌樂院
　　의 총칭.
100) 북쪽 匈奴族의 군왕을 지칭함.
101) 王少伯(唐 王昌齡의 字)과 常徵君의 맑은 운이다. 常徵君은 누구인지 알
　　아보지 못했다.

보허사步虛詞

靑童結伴婉凌華　　선동仙童이 완릉화婉凌華[102]와 짝을 맺어
夜下三洲小玉家　　밤에 삼주三洲의 소옥가小玉家에 내려왔다.[103]
閑說紫陽宮裏事　　한가롭게 자양궁紫陽宮에 있었던 일을 이야기
　　　　　　　　　하다가
玉階偸折碧桃花.　　뜰에 있는 벽도화碧桃花를 몰래 꺾었다.[104]

채연곡차정대간운采蓮曲次鄭大諫韻

蓮葉參差蓮子多　　연잎은 가지런하지 않고 연밤은 많으며
蓮花相間女郎歌　　연꽃 사이에 계집과 사나이 노래를 한다.
來時約伴橫塘口　　올 때 횡당구에서 만나기를 약속해
辛苦移舟逆上波.　　힘들게 배를 저어 거슬러 올라간다.[105]

장신사시궁사長信四時宮詞

別院無人楊柳齊　　별원에 사람은 없고 버들이 가지런한데
早衙初罷戟門西　　극문戟門 서쪽에서 일찍 관아를 처음 파했다.
畵梁東角雙飛燕　　들보 동쪽 모퉁이에 제비가 쌍으로 날며
依舊春風覓故棲.　　예처럼 봄바람에 머물렀던 곳을 찾는다.[106]

---

102) 西王母의 시녀의 이름.
103) 遊仙詩로서 아름다운 작품이다.(遊仙佳品) 小玉은 楊貴妃의 侍兒임.
104) 뿌리는 賓客에서 나왔으나 더욱 번화하고 장함을 느끼겠다.(源出賓客
　　而覺愈穠壯)
105) 같은 제목의 孤竹 崔慶昌의 작품보다 좋다.(勝孤竹)
106) 어찌 王龍標(昌齡)보다 못하겠는가. 仲初 이하는 논할 것이 못된다.(王昌

龍興新幸建章宮　임금 수레가 건장궁으로 새로 행차를 하니
十部笙歌後苑中　후원 가운데서 십 부의 저와 노래를 한다.
深院綠苔人不見　깊은 정원 푸른 이끼에 사람은 보이지 않으며
石榴花影曲欄東.　석류꽃 그림자가 굽은 난간 동쪽에 있다.107)

玉虫銷盡暗缸花　등잔불이 모두 녹아 깊은 항아리에 꽃만 있고
六曲金屛倚綉霞　여섯 폭 병풍에 흰 비단을 더했다.108)
一夜西宮風雨急　하룻밤 서궁에 비바람이 급하게 불더니
滿庭紅葉曉來多.　뜰에 가득한 단풍잎이 새벽에 많이 떨어졌다.

苑樹寒鴉凍不飛　뜰의 나무에 갈까마귀가 추워 날지 못하는데
玉鑪添炷篆烟霏　화로에 심지를 첨가하니 굵은 연기가 오른다.109)
君王早御通明殿　임금이 일찍 통명전通明殿으로 나가니
宮女催呼進尙衣.　궁녀가 상의尙衣110)를 오게 재촉해 부른다.111)

사시사청평조四時詞淸平調

門巷淸明燕子來　청명한 문 앞 거리에 제비가 왔으며
綠楊如畵掩樓臺　그림 같은 푸른 버들이 누대를 가리었다.
同隨女伴秋千下　여아女兒를 따라 함께 그네를 하다 내려와
更向花間鬪草廻.　다시 꽃밭을 향해 꽃싸움하고 돌아왔다.112)

齡이 龍標縣으로 좌천된 적이 있었다고 하며 仲初는 알아보지 못했다.)
107) 특별히 文才가 있다.(殊有鳳毛)
108) 채마밭에 쌓인 옥이 夜光이 아님이 없다.(玄圃積玉 無非夜光)
109) 사람으로 하여금 옷을 입지 않아도 따뜻하겠다.(使人不衣自煖)
110) 궁궐 안의 재물을 관리하는 사람.
111) 이 宮詞에는 궁중에 따른 독특한 표현이 있어 난해함이 있다.

五色絲針倦繡窠　오색실의 바늘로 수를 놓다가 싫증이 나는데
玉階新發石榴花　뜰에 석류꽃이 새로 피었다.113)
銀牀氷簟無餘事　은빛 책상과 찬 대자리에 다른 일은 없고
盡日南園蜂蝶多.　종일 남쪽 동산에 벌 나비만 많다.

金井梧桐下玉闌　우물의 오동나무에서 난간으로 내려오니
琵琶絃緊不堪彈　비파 줄이 단단해 타지 못하겠다.114)
欲將寶鏡均新黛　거울을 가지고 새로 눈썹을 그리고자
捲上珠簾怯早寒.　주렴을 걷어 올리려하니 이른 추위가 무섭다오.

錦幕圍香寶獸危　장막으로 향불을 둘러싸니 보수115)가 위태로우며116)
曉粧臨鏡澁臙脂　새벽 화장 위해 거울 앞에 앉으니 연지가 깔깔
　　　　　　　　하다.
綉籠鸚鵡嫌寒重　농 속 앵무가 많이 추운 것이 혐의되어
猶向簾間覓侍兒.　발 사이를 향해 심부름하는 아이를 찾는다.

강릉서사江陵書事

三月江陵花滿枝　삼월 강릉에 꽃이 가지에 가득해
折花還有去年悲　꽃을 꺾자 도리어 거년의 슬픔이 있다.

---

112) 조화롭고 격이 밝으며 무늬를 고루 갖추어 참으로 盛唐의 우수한 작품
　　이라 하겠다.(調和格亮 彩絢俱均 眞盛唐能品)
113) 연꽃이 처음 피면 자연히 사랑스럽다.(初發芙蓉 自然可愛)
114) 천 사람도 또한 볼 것이요 만 사람도 볼 것이다.(千人亦見 萬人亦見)
115) 애완의 동물이 아닌가 한다.
116) 촛불이 장막을 헤칠 것 같으면 조촐하지 않은 곳이 없을 것이다.(爛若
　　披錦 無處不鮮)

傷心莫問東流水 슬픈 마음에 동쪽으로 흐르는 물을 묻지 마오
日夜悠悠無歇時. 밤낮으로 유유히 쉴 때가 없다오.[117]

산행山行

近水疎籬紅杏花 냇물 근처 성긴 울타리에 살구꽃이 피었고
掩門垂柳兩三家 수양버들 속에 문을 닫은 두서너 집.
溪橋處處連芳草 시내 다리 곳곳에 방초가 연했는데
山路無人日自斜. 산길에 사람은 없고 해만 지려 한다.[118]

송경松京

前朝臺殿草烟深 전조前朝의 궁궐에 풀이 우거졌고
落日牛羊下夕陰 해질 즈음 저녁 그늘에 소와 양들이 내려온다.
同是等閑亡國地 다 같이 소홀히 여긴 망국의 땅이면서
笑看黃葉滿鷄林. 웃으며 계림鷄林에 누런 잎이 가득한 것을 본다.[119]

영곡심춘靈谷尋春

東峯雲氣沈翠微 동봉 구름 기운이 산 중허리에 끼었고
澗道竹枝尋芳菲 시냇가의 대가지에 향기로움을 찾는다.
深林幾處早花發 깊은 숲 몇 곳에 일찍 꽃이 피었는가

---

117) 일부러 스스로 태도가 아름다운 듯하다.(故自濯濯)
118) 輞川의 그림 속에 들어간 듯하다. 輞川은 지명으로 唐 王維가 그곳에 별
    업을 짓고 살면서 輞川二十景을 지었다 함.
119) 뜻이 좋다.(好意)

時有山蜂來撲衣.　때때로 벌이 와서 옷에 부딪힌다.

가야산伽倻山

中天笙鶴下雲宵　중천에서 울던 학은 밤에 구름 속으로 내려오고
千載孤雲已寂寥　천재의 최고운崔孤雲은 이미 고요하다오.120)
明月洞門流水在　밝은 달 비치는 골짜기에 물만 흐르는데
不知何處武陵橋.　어느 곳이 무릉교인지 알지 못하겠다오.121)

제화題畫

寒林煙暝鷺絲飛　찬 숲이 연기로 어둡자 백로가 줄지어 날고
江上漁家掩竹扉　강변의 어가漁家들은 대 사립문을 닫았다.
斜日斷橋人去盡　지는 해에 다리가 끊어져 사람들은 모두 갔는데
亂山空翠滴霏微.　어지러운 산 푸른 숲에 부슬비가 내린다.122)

綠楊閉戶是誰家　푸른 버들에 문을 닫은 집은 뉘 집인가
半出紅樓映斷霞　반쯤 솟은 홍루紅樓가 비쳐 안개를 끊었다.123)
無賴流鶯啼盡日　의지할 곳 없는 꾀꼬리는 종일 울며
晚晴門巷落花多.　늦게 갠 문 앞에 떨어진 꽃이 많다오.

---

120) 공중에 펼쳐놓은 경치를 보게 되면 시원하다.(空中布景 覽之冷然)
121) 일부러 안개 속으로 떨어트렸다.(故墮其烟霧中)
122) 맑고 굳세어 보통 작품에 뛰어났다.(淸勁拔俗)
123) 번화하고 아름다운 정은 일컬을 만하다.(穠艷稱情)

종성도중鍾城道中

玉門關外雪漫山　옥문관 밖에 눈은 산에 질펀하고
月照沙河亂磧間　달은 사하沙河의 어지러운 돌 사이를 비춘다.
何處悲笳鳴遠戍　어느 곳의 슬픈 피리는 멀리 수자리까지 들리며
夜深遊騎射鵰還.　깊은 밤 말을 타고 독수리를 쏘아 돌아온다.124)

병중절화대주病中折花對酒

花時人病閉門深　꽃필 때 병으로 문을 깊게 닫았다가
强折花枝對酒吟　억지로 꽃가지 꺾어 술을 마시며 읊는다.
惆悵流光夢中過　슬프게도 흐르는 세월이 꿈속처럼 지나가
賞春無復少年心.　상춘賞春도 다시 소년의 마음이 없다오.

낙중유감洛中有感

好爵高官處處逢　좋고 높은 벼슬한 사람 곳곳에서 만나니
車如流水馬如龍　수레는 물처럼 흐르고 말은 용 같다.
長安陌上時回首　장안 거리에서 때때로 머리 돌리니
咫尺君門隔九重.　지척에 있는 대궐문이 깊은 궁중을 막는다.125)

城闕參差甲第連　성 안의 궁궐은 들쑥날쑥 좋은 집들이 연했고
五侯歌管拂雲烟　귀한 집들의 풍악소리 공중에 끓고 있다.126)

---

124) 변방에서 부르는 노래가 슬프고 강개한 말이다.(塞曲悲忧之言)
125) 말의 가볍고 묘함이 세상을 비춘다.(翩翩燭世)
126) 소매가 길어 춤을 잘 춘다.(長袖善舞)

灞陵橋上騎驢客　　패릉교 위에 나귀 탄 손은
不獨襄陽孟浩然.　　양양襄陽의 맹호연孟浩然[127]만은 아닐 것이요.

파산망고죽장坡山望孤竹庄

遙望村庄淚滿巾　　멀리 촌장을 바라보며 눈물이 수건에 가득한데
五年墳樹蔽荊榛　　오 년 동안 분묘의 나무가 가시로 덮였다.
西州門外羊曇醉　　서주의 문밖에서 양담羊曇[128]을 좋아했는데
更有山陽笛裏人.　　다시 산양山陽에 피리 부는[129] 사람 있다오.[130]

만남격암挽南格庵

鸞馭飄然弱水津　　난새를 타고 표연히 약수진弱水津을 건넜으니
君平簾下更何人　　군평君平의 주렴 밑에 다시 어떤 사람이 있겠는가.
床東弟子收遺草　　책상머리에 제자들은 남긴 초고를 정리하고
玉洞桃花萬樹春.　　옥동玉洞의 많은 복숭아나무는 봄이었다오.[131]

◈ 송익필宋翼弼

증승贈僧

連宵寒雪壓層臺　　밤마다 내린 찬 눈이 층대를 눌렀는데

---

127) 盛唐 때 시인.
128) 羊曇은 晉의 謝安의 조카로서 사안이 애중히 여겼다고 한다.
129) 晉의 向秀가 山陽의 옛 집을 지날 때 이웃 사람이 피리를 불어 옛 생각을 하며 思舊賦를 지었다고 한다.
130) 흐르는 눈물을 억제할 수 없다.(不勝感涕)
131) 이치로서는 분명히 阿堵 위에 있을 것이다.(理亦應阿堵上)

僧在他山宿未廻   중은 다른 산에 있으며 자고 돌아오지 않았다.

小閣燈殘靈籟寂   소각에 등잔불은 가물거리고 소리 없이 고요하며

獨看淸月過松來.   홀로 맑은 달이 소나무를 지나오는 것을 본다오.[132]

송익필宋翼弼의 자는 운장雲長 호는 구봉龜峯이며 가문이 미천했다. 문학이 뛰어나 우계牛溪, 율곡栗谷과 사이가 좋았다.

◈ 서익徐益

제승벽題僧壁

樵笛依依隔暮林   나무꾼의 피리소리 건너 숲에서 길게 들리며

佛龕寥落白雲深   감실은 고요하고 흰 구름이 깊게 끼었다.

天寒古木棲鴉盡   날씨가 춥자 갈까마귀는 고목에 쉬고 있으며

流水空山處處陰.   흐르는 물로 공산의 곳곳이 음침하다.[133]

증승贈僧

郊外逢僧坐晚沙   교외에서 스님 만나 늦게까지 사장에 앉았더니

白巖歸路亂山多   백암白巖으로 가는 길에 어지럽게 산이 많다오.

江南物候春猶冷   강남의 기후가 봄인데 오히려 차가워

野寺叢梅未着花.   절에 떨기 매화에 꽃이 피지 못했다.

서익徐益의 자는 군수君受 호는 만죽萬竹이며 부여인扶餘人이다. 선조 때 급제했으며 벼슬은 의주목사義州牧使를 했다.

---

132) 이 한편의 시만으로 구슬이라 일커를 만하다.(卽此一篇 可稱寸璧)

133) 큰 양 뿔에 대평소를 실었다.(羚羊掛角)

✿ 임제林悌

고산역高山驛

胡虜曾窺二十州	호병胡兵이 일찍 이십 주134)를 엿보았는데
將軍躍馬取封侯	장군이 말을 달려 봉후封侯를 취했다.
如今絶塞無征戰	지금 같이 먼 변방에 싸움이 없으니135)
壯士閑眠古驛樓.	장사가 한가롭게 옛 역루에서 존다오.136)

송경성황판관찬送鏡城黃判官璨

元帥臺前海接天	원수元帥의 대 앞에 바다는 하늘에 닿았으며
曾將書劍醉戎氈	일찍 책과 칼을 가지고 수자리 방석에서 취했다.
陰山八月恒飛雪	음산陰山에는 팔월에도 항시 눈이 날려
時逐長風落舞筵.	때때로 바람에 쫓겨 춤추는 자리에 떨어진다오.137)

무제無題

環海漫漫碧落寬	둥근 바다는 질펀하고 푸른 하늘은 너그러우며
玉娘消息楚雲寒	옥낭玉娘의 소식은 초楚나라 구름처럼 차네.
秋風一合相思淚	추풍에 모여 서로 생각하며 눈물을 흘리는데
月照瓊樓十二欄.	달이 아름다운 다락 열두 난간에 비친다.

---

134) 「說林」에는 二字를 數字로 했다.
135) 설림에는 無征戰을 烟塵靜 으로 했다.
136) 豪氣가 있다. 『五山說林』에 말하기를 崔公慶昌이 將軍躍馬를 當時躍馬
로 고쳤다.
137) 氣槪가 洋洋하다.

琴臺一別眼中人　금대에서 보고 싶은 사람과 이별하니
羅襪微瀾夢裡春　비단 버선은 물에 젖었으나 꿈속은 봄이었다.
欲向東湖問消息　동호를 향해 소식을 묻고자 하니
寒潮不上廣陵津.　차가운 조수로 광릉 나루를 오르지 못했다.[138]

◈ 정지승鄭之升(再見)
　유별留別

細草閑花水上亭　가는 풀 한가한 꽃과 물 위의 정자에
綠楊如畵掩春城　그림 같은 푸른 버들은 봄 성을 가리었다.
無人解唱陽關曲　양관곡陽關曲[139]을 알고 부르는 사람은 없고
只有靑山送我行.　오직 청산만이 내 가는 것을 보낸다오.[140]

◈ 태산수泰山守(명名 체棣, 종실宗室)
　야등간의대夜登簡儀臺

擢空龍柱濕秋霞　용주가 공중에 솟아 가을 안개에 젖었으며
宮漏沈沈月欲斜　궁중에 누수는 고요하고 달은 비끼고자 한다.
風露滿壇星斗近　바람에 이슬은 단에 가득하고 북두성이 가까운데
夜深無夢看天河.　깊은 밤에 자지 않고 은하수를 본다오.

---

138) 無題詩 두 수는 내용에 이해가 어려움이 있다.
139) 唐 王維의 〈送元二使安西詩〉의 結句에 있는데, 이 시는 送別詩로 유명
　　한 작품이다.
140) 郞君胄의 〈送王司直詩〉를 좇아 나왔다.(從郞君胄送王司直詩點出來)

❖ 신로申櫓

임진유월이십육일작壬辰六月二十六日作[141]

先王此日棄群臣	선왕先王께서 이 날에 군신들을 버리셨는데
末命丁寧托聖人	유언은 정중하게 임금님을 부탁하셨다.
二十六年香火絶	이십육 년 동안 향불이 끊어졌으니
白頭痛哭只遺民.	백두에 통곡은 단지 유민뿐이오.[142]

신로申櫓의 자는 제이濟而 고원인高原人이다. 생원生員이었는데 선대의 누가 있어 응시에 정지가 되었다가 결국 보지 못했다.

❖ 권필權韠

승축僧軸

踈雲山口草萋萋	성긴 구름이 낀 산 입구는 풀이 무성하며[143]
夜逐香烟到水西	밤에 향연을 쫓아 수서水西에 이르렀다.
醉後高歌答明月	취한 후에 노래로 밝은 달에 답하니
江花落盡子規啼.	강변 꽃은 다 떨어지고 자규가 운다.

과정송강묘유감過鄭松江墓有感

空山木落雨蕭蕭	공산에 나뭇잎 지고 비는 소소히 내리는데

---

141) 이 날은 明宗의 忌辰이다.
142) 한 자라도 긴요하지 않음이 없을 정도로 사정에 눈물이 나왔는데, 하물며 직접 본 사람은 말할 것이 있겠는가.
143) 귀신의 말과 같으니 아마 네가 길지 아니 하리라.(也似鬼語 宜爾不長)

相國風流此寂寥　　상국相國의 풍류가 이곳에서 고요하다.
惆悵一杯難更進　　슬프게 한 잔 술도 드리기 어려우니
昔年歌曲卽今朝.　　지난 날 가곡을 지금 듣는 듯하오.[144]

임처사창랑정林處士滄浪亭

蒲團岑寂篆香殘　　포단이 높고 적적하며 전향篆香[145]만 남았는데
獨抱仙經靜裏看　　혼자 선경을 안고 고요한 가운데서 본다오.
江閣夜深松月白　　강각에 밤은 깊고 소나무에 걸린 달은 밝으며
渚禽飛上竹闌干.　　물가 새는 대 난간 위로 난다.[146]

한식寒食

祭罷原頭日已斜　　치성을 파한 원두原頭에 해는 이미 기울었고
紙錢翻處有鳴鴉　　지전紙錢 뒤치는 곳에 갈까마귀가 울고 있다.
山蹊寂寂人歸去　　적적한 산길 사람들은 돌아갔으며
雨打棠梨一樹花.　　꽃이 핀 배나무에 비가 뿌린다.[147]

유거만흥幽居漫興

老去扶吾有短筇　　늙어가면서 나를 돕는 짧은 지팡이가 있으며

---

144) 鄭松江의 短歌에 죽은 후의 무덤에 한 잔 술도 권할 수 없다는 말이 있
　　기 때문에 이 시에서 말한 것이다.(鄭有短歌 道死後墳土上 無一盃相勸之
　　意 故詩中及之)
145) 篆字처럼 꼬불꼬불한 향로의 연기.
146) 맑고 아름답다.(淸麗)
147) 唐詩에 가깝다.(逼唐)

林居無日不從容　숲속에 사니 날마다 조용하지 않은 날이 없다.
淸晨步到澗邊石　맑은 새벽에 걸어 냇가 바위에 가고
落日坐看波底峯.　해질 즈음 앉아 파도 밑에 봉우리를 본다.[148]

池岸纔容人往還　못 둑에 겨우 사람이 오고갈 수 있으며
兩池分蘸一邊山　못은 양쪽으로 나누어 잠겼고 한 쪽은 산이라오.
靑荷葉小不掩水　푸른 연잎이 작아 물을 가리지 못해
時見魚兒蒲葉間.　때때로 부들 잎 사이로 어린 물고기를 본다.

引水作潭聊自娛　물을 끌어 못을 만들어 스스로 즐기고자 했는데
平地波濤邃如許　평지에 파도가 이와 같이 깊은가.
飛湍落石風雨喧　나는 여울이 바위에 떨어지고 비바람은 시끄러워
隔岸人家不聞語.　언덕 너머 인가의 말도 들리지 않는다.

當日溪流深尺餘　그날 시내 흐르는 물의 깊이는 한 자가 남짓했고
兩岸狹窄纔容車　양쪽 언덕은 좁아 겨우 수레를 용납했다.
今朝化作滄浪水　오늘 아침 넓은 물결의 물이 되어
已有水禽來捕魚.　이미 물새가 와서 고기를 잡는다.[149]

곡구대수상우양주유숙천명출산哭具大受喪于楊州留宿天明出山

幽明相接杳無因　유명이 아득해 서로 만날 인연이 없는데

---

148) 작품마다 모두 杜詩의 絶句를 법해 둔하고 막힌 곳을 벗어나 스스로 일
　　가를 이루었으며 말이 높고 묘해 따라하기 어렵다.(篇篇皆法杜絶 而脫
　　去頓滯處 自成一家 語高妙難摸捉)
149) 가장 좋다.(最好)

一夢慇懃未是眞　　꿈속에서 은근하게 만났으니 믿기 어렵다.

掩淚出山尋舊路　　눈물을 거두고 산을 나와 길을 찾아 나서니

曉鶯啼送獨歸人.　　꾀꼬리가 울며 혼자 가는 사람을 보낸다.150)

도망기시이정랑자민悼亡寄示李正郎子敏

親知零落已無存　　친지가 모두 떨어져 이미 살아있는 사람 없어

萬事人間只斷魂　　인간세계의 만사가 슬픔 뿐이다.151)

爲問如今風雨夜　　묻노니 지금같이 비바람 부는 밤에

也應重夢具綾原.　　응당 구릉원具綾原을 거듭 꿈을 꿀 것이오.152)

성산과구용고택城山過具容故宅

城山南畔是君家　　성산 남쪽 언덕이 그대의 집인데

小巷依依一逕斜　　작은 골목에 길이 늘어져 비꼈다.

浮世十年人事變　　덧없는 세상 십년에 인사가 변했는데

春來空發滿山花.　　봄이 오자 부질없는 꽃만 산에 가득 피었다.153)

증추낭贈秋娘

楊州一夢杳難追　　양주楊州의 꿈이 아득해 따르기 어려우다

---

150) 감정이 바로 여기에 모여있다.(情鍾正在此)

151) 情事가 끊어지고자 한다.(情事欲斷)

152) 李子敏이 일찍 지은 시에 夜雨殘燈夢具容이라는 句가 있다.(李嘗有夜雨殘燈夢具容之句)

153) 具大受는 權君의 득의한 친구였기 때문에 세 편의 시가 모두 得意했다.(具是君得意友 故三篇俱得意)

此地琴尊本不期　이곳의 거문고와 술은 본디 기약하지 않았다.
莫唱江南斷腸曲　강남의 단장곡은 부르지 마오
向來存沒不勝悲.　앞으로 존몰에 슬픔을 견딜 수 없다네.154)

억성천憶成川

雲雨高唐夢裏還　운우雲雨의 고당高唐에 꿈속에서 돌아오니
滿空蒼翠是巫山　공중에 가득한 푸름이 무산巫山이라오.155)
至今最有關心處　지금 가장 관심 있는 곳은
人在樓臺漂緲間.　사람이 누대의 아득한 사이에 있는 것이오.156)

　권필權韠의 자는 여장汝章 호는 석주石洲이다. 성격이 얽매이지 않아 벼슬을 하지 못했다. 광해군 때 지은 시로 인해 억울하게 죽었으며, 인조 때 지평持平으로 증직되었다.

⬧ 정용鄭鎔(再見)
증인贈人

萬里鯨波海日昏　만리의 고래 파도에 바다 해도 어두우며
碧桃花影照天門　푸른 복숭아꽃 그림자가 천문에 비친다.157)

---

154) 정도 참되고 말도 간절하다.(情眞語切)
155) 쉽게 사람의 감정을 움직이는 말이다.(容易語動人) 위의 高唐은 이름있는 기생을 상징적으로 말한 것이며, 여기에서 雲雨의 巫山은 情事와 상관이 있음.
156) 말 밖의 뜻이 있다.(有言外意)
157) 신선의 말이냐 귀신의 말이냐 스스로 사람의 감정을 움직이는데 충분하다.(仙耶鬼耶 自足動人)

鸞驂一息空千載   난새 멍애는 한 번 쉬기까지 많은 세월이 다했으며
緱嶺靈簫半夜聞.   구령緱嶺의 퉁소소리 밤중에 들린다.158)

✧ 최전崔澱

경포대鏡浦臺

蓬壺一入三千年   봉호159)에 한 번 들어가는데 삼천년이며
銀海茫茫水淸淺   은빛 바다는 넓고 물은 맑고 얕다.
鸞笙今日獨飛來   난새 타고 피리 불며 오늘 홀로 날아오니
碧桃花下無人見.   푸른 복숭아꽃 밑에 보이는 사람은 없다.

향포香浦

朝元何處去不逢   조원각朝元閣160)이 어느 곳인데 가서 만나지 못
              하랴
碧洞渺渺桃千樹   푸른 골짜기는 아득하고 복숭아나무가 많다.
環壇明月寒無眠   단 주변에 달빛은 밝으나 차가워 잘 수 없으며
萬里天風滿香浦.   먼 곳에서 불어오는 바람은 향포香浦에 가득하다.

　　최전崔澱의 자는 언침彥沈 호는 양포楊浦이고 진사進士였으나 약관弱冠
에 일찍 죽었으며, 시와 글씨가 모두 기이했다.

---

158) 음향이 그윽하다.(音響幽儵)
159) 신선이 산다고 하는 섬, 그 모양이 병과 비슷하다고 함.
160) 道觀의 이름이라고 한다. 老子를 제사하는 곳.

❖ 구용具容
제이제독비각題李提督碑閣

征東勳業冠當時　동쪽을 칠 때 공훈이 당시의 으뜸이었는데
一夕居庸戰不歸　하루 저녁 거용관居庸關 싸움에서 돌아오지 못
　　　　　　　　했다.
莫道峴山能墮淚　현산峴山에서만 눈물을 흘린다고 말하지 마오
行人到此盡沾衣.　지나는 사람들이 이곳에 오면 모두 옷을 적신
　　　　　　　　다.161)

　구용具容의 자는 대수大受 호는 죽창竹窓이며 능주인綾州人이다. 음사蔭仕로 현령縣令을 했다.

❖ 윤충원尹忠源
신천중양제기황독석信川重陽題寄黃獨石

重陽歸思倍多端　중양에 돌아가고 싶은 생각 배나 많은데
鴻雁南來不可攀　남쪽으로 오는 기러기는 잡을 수 없다.
欲上高峰望鄕國　높은 봉우리에 올라 고향을 바라바고자 하나
信州城外本無山.　신천성 밖은 본디 산이 없다오.

　윤충원尹忠源은 원형元衡의 얼자孽子라 한다.

---

161) 이 시에서 그의 재주를 상상할 수 있다.(卽此可想其才)

❖ 양경우梁慶遇

정조기사제正朝寄舍弟

天時苒荏又新年	흐르는 세월이 또 새해가 되었는데
到老離居益可憐	늙어가며 떨어져 사는 것이 더욱 가련하다.
想得讀書燈欲盡	생각컨대 글을 읽다가 등불이 꺼지고자 하면
西峰殘月草堂前.	서봉에 남은 달이 초당 앞을 비치리라.162)

　　양경우梁慶遇의 자는 자점子漸 호는 제호霽湖이며 대박大撲의 아들이다. 선조 때 급제했고 중시重試에 참여했으며 항상 제술관製述官이 되었다. 벼슬은 현령縣令에 그쳤다.

❖ 조씨曺氏

야행夜行

幽澗冷冷月未生	깊숙한 시내는 차갑고 달은 뜨지 않았으며
暗藤垂路少行人	어두운 덩굴이 길에 드리워 다니는 사람이 적다.
村家知在山回處	산이 도는 곳에 마을이 있음을 알 수 있는 것은
淡霧踈星一杵鳴.	맑은 안개 성긴 별빛에 다듬이 소리 들린다.163)

❖ 양사기첩楊士奇妾164)

규원閨怨

西風摵摵動梧枝	서풍이 우수수 오동나무 가지를 흔들고

---

162) 정을 십분 표현했다.(寫情十分)
163) 귀신의 말인 듯하다.(似鬼語)
164) 「芝峰類說」에 楊士奇 斯文의 妾은 시에 능했다. 士奇가 豐川府使로서 安岳

碧落冥冥鴈去遲　푸른 하늘은 어두워 기러기가 천천히 간다.

斜倚綠窓仍不寐　창에 기대어 자지 않고 있는데

一眉新月下西池.　눈썹 같은 초승달이 서쪽 못으로 진다.165)

❖ 이씨李氏166)

영월도중寧越道中

千里長關三日越　장관長關은 천리요167) 영월寧越은 사흘인데

哀歌唱斷魯陵雲　슬픈 노래 노릉魯陵의168) 구름에 끊어졌다.169)

에 가서 돌아오지 않으므로 그의 妾이 시를 부쳐 말하기를,

恨望長途不掩扉　먼 길 바라보며 문을 닫지 않았으며

夜深風露濕羅衣　깊은 밤 이슬에 비단옷이 젖겠다.

楊山館裡花千樹　양산관 속에 꽃이 많아

日日看花歸未歸.　날마다 꽃을 보느라 가서 돌아오지 못하는가.

라 했다. 楊山은 安岳의 다른 이름이다.

165) 여성의 일반적인 가락이다.(脂粉常調)

166) 『芝峯類說』에 趙瑗 僉知의 첩 李氏의 호는 玉峯이다. 驪江으로 사람을 보내면서 지은 시에 이르기를,

神勒烟波寺　안개 속의 神勒寺요

淸心雪月樓.　밝은 달빛에 淸心樓.

라 했고, 〈謝人來訪詩〉에 말하기를,

飮水文君宅　飮水는 文君宅이며

靑山謝眺廬　靑山은 謝眺의 집이라오.

庭痕雨裡屐　뜰에는 빗속에 밟은 신 자국이며

門到雪中驢.　문에는 눈인데 나귀가 왔다.

라 했는데, 飮水는 바로 사는 곳이다. 또 〈閨情詩〉에 말하기를,

有約郞何晚　약속을 했는데 낭군이 어찌 늦었나뇨

庭梅欲謝時　뜰에 매화가 지고자 한 때라오.

忽聞枝上鵲　갑자기 나뭇가지의 까치 소리 듣자

虛畵鏡中眉.　헛되게 거울 보고 눈썹 그린다.

라 했는데 아름답다.

167) 雜著에는 千里를 五日이라 했다.

妾身自是王孫女　이 몸도 왕손의 딸로서
此地鵑聲不忍聞.　이곳 두견새 우는 소리 차마 듣지 못하겠소.170)

우雨

終南壁面懸靑雨　종남산終南山 벽에는 비가 내리고
紫閣霏微白閣晴　자각紫閣에는 이슬비 백각白閣에는 갰다.
雲葉散邊殘照漏　구름 조각 흩어진 끝에 남은 햇빛이 비치고
漫天銀竹過江橫.　넓은 하늘에 내린 비는 강을 비껴 지나간다.171)

누상樓上

紅欄六曲壓銀河　붉은 난간 여섯 굽이는 은하를 눌렀고

---

168) 端宗의 陵號는 莊陵이나 이 시는 복위하기 전에 지었으므로 遜位 後 魯
山君으로 봉해진 것에 따라 魯陵이라 하지 않았는가 한다.
169) 雜著에는 哀歌唱斷을 東風立馬라 했다.
170) 悲憤하고 慷慨하다.
　『西厓雜著』에 魯山이 遜位하고 寧越에 있으면서 두견새 우는 소리를 듣
고 지은 시가 있는데 이르기를,
　蜀魄啼 山月低　자규가 울자 산에 달이 지려 한다.
　相思憶 倚樓頭　서로 생각하며 누 머리에 의지했다.
　爾啼苦我聞苦　네 괴롭게 울고 내 듣고 괴롭다.
　非爾啼無我愁　네 울음이 아니면 내 근심이 없을 것이다.
　爲報天下苦勞人　천하의 괴로워하는 사람에 알리되
　愼幕登春三月　조심해서 봄 삼월 누에 오르지 말라.
　子規啼山月樓.　자규가 울면 산에 달이 누에 비친다.
　라 했는데, 이 사실이 『秋江冷話』에 실려 있다. 근세에 三涉府使 趙瑗의
　妾 李氏가 있었는데 宗室의 후예였다. 趙瑗을 따라 삼척에 가서 영월을
　지나다가 절구 한 수를 지어 云云했다.
171) 기발하고 장하며 빛나 여자늘의 솜씨를 벗었다.(奇拔壯麗 一洗脂粉)

瑞霧霏微懸翠羅　상서로운 안개비는 푸른 비단에 걸렸다.

明月不知滄海暮　밝은 달이 넓은 바다 저문 것을 알지 못했는가

九疑山下白雲多.　구의산九疑山[172] 밑에 흰 구름이 많다오.[173]

즉사卽事

柳外江頭五馬嘶　강 머리 버드나무에 다섯 말이 울며

半醒愁醉下樓時　누에서 내려올 때 취한 근심을 반쯤 깨었다.

春紅欲瘦臨鏡粧　젊은 얼굴이 여위고자 하여 거울 앞에서

試畫梅窓半月眉.　매화 핀 창 아래 반달 같은 눈썹을 그린다.[174]

◈ 전우치田禹治
삼일포三日浦

秋晚瑤潭霜氣淸　늦가을 못에 서리 기운은 맑으며

仙風吹送紫簫聲　바람에 퉁소 소리 들린다.

靑鸞不至海天闊　난새는 오지 않고 바다와 하늘은 넓은데

三十六峰秋月明.　서른여섯 봉에 가을달이 밝다.

　전우치田禹治는 도사道士로서 환술幻術이 있었다고 하며 중종 때 사람이다.

---

172) 중국 호남성에 있는 산 이름, 舜임금의 사당이 있다.

173) 하늘에 저 소리 같은 학이 울어 들으면 선뜻하고 차갑다.(九霄笙鶴 聽之 冷冷)

174) 풍류와 운치가 맑고 바르다.(風韻瀏脩)

◈ 귀이현욱鬼李顯郁
　　즉사即事

風驅驚雁落平沙　　바람에 몰려 놀란 기러기는 사장에 떨어지고
水態山光薄暮多　　물의 형태와 산 빛은 어두울 즈음 뚜렷하다.
欲使龍眠移畫裏　　자는 용을 그림 속에 옮기고자 하면
其如漁艇笛聲何.　　고기 잡는 배의 저 소리는 어찌할 것인가.175)

◈ 석 삼요釋 參寥
　　증성천쉬贈成川倅

水雲蹤跡已多年　　떠다니는 종적이 이미 많은 해 되었으며
針芥相投喜有緣　　바늘과 지푸라기를 주고받는 것도 기쁜 인연이오.
盡日客軒春寂寞　　종일 객헌客軒에 봄은 고요한데
落花如雪雨餘天.　　비 내리는 하늘에 꽃은 눈처럼 떨어진다.

◈ 석 행사釋 行思
　　해남방옥봉海南訪玉峯

相思人在海南村　　서로 생각하던 사람 해남 마을에 있어
消息天涯久未聞　　멀리 떨어져 있어 소식을 오래 듣지 못했다오.
今日獨尋芳草路　　오늘 홀로 아름다운 풀이 있는 길을 찾았는데
夕陽何處閉柴門.　　석양의 어느 곳에 사립문을 닫았을까.176)

---

175) 귀신이 아니면 미치지 못할 것이다.(非鬼莫逮)
176) 약간 맑기는 하나 시들었다.(梢雅而萎)

❖ 석 경운釋 慶雲
적멸암寂滅庵

花臺秋盡萬峯青　　　화대에 가을은 가고 많은 산봉우리들은 푸르며[177]
泉落銀河轉翠屏　　　은하수에서 떨어진 샘물은 푸른 병풍이 되었다.[178]
向夜月明看北海　　　밤이 되어 밝은 달에 북해를 보니
金沙千里浸寒星.　　　넓은 사장에 차가운 별이 잠겼다.[179]

❖ 실명씨失名氏[180]
증인贈人

懶倚紗窓春日遲　　　게으르게 사창에 의지했더니 봄날도 느리며[181]
紅顏空老落花時　　　홍안도 부질없이 꽃 떨어질 때 늙는다오.[182]
世間萬事皆如此　　　세상의 만사가 모두 이와 같은데
扣角狂歌誰得知.　　　대평소 불며 광가狂歌를 누가 알아주랴.[183]

---

177) 예사로움을 벗어났다.(便脫凡)
178) 기이한 말이다.(奇語)
179) 까마득하다.(緲冥)
180) 세상에 진실로 이러한 사람이 있으나 특히 알지 못하며 시도 또한 아름
　　다.
　　『芝峯類說』에 늙은 지아비가 시골 마을에 쌀을 얻으러 갔다가 글을 읽
　　는 선비를 만나 말하기를 措大가 독서를 지나치게 괴롭게 한다. 내가
　　평생 얻는 것으로 족하게 여긴다고 하며 잇따라 한 絶句를 운운하여 보
　　였는데 말과 뜻이 매우 기이하니 대개 隱者다.
181) 얽힌 것이 남아 다하지 않았다.(紆餘不盡)
182) 감정이 상하는 데까지 이르지 않았다.(感不至傷)
183) 이 구의 狂을 類說에는 謳로 했다.

小梳

木梳梳了竹梳梳	나무빗으로 빗고 대빗으로 빗어
梳却千回蝨已除	천 번을 빗으니 이도 이미 없어졌다.
安得大梳長萬丈	어찌 큰 빗 만 발이나 긴 것을 얻어
盡梳黔首蝨無餘.	검은 머리에 이가 없게 다 빗고 싶다오.

　　윤면尹勉 사문斯文이 호남湖南에 사신으로 가서 숨은 선비를 보았는데,
그가 이 시를 주었다. 그 성명을 물었으나 대답하지 않고 갔다.

제풍산역題豊山驛184)

世上無人識駿才	세상에 준재駿才를 알아주는 사람 없는데
黃金誰是築高臺	뉘가 황금으로 고대高臺를 쌓고자 하겠느냐.
邊霜染盡靑靑鬢	변방 서리가 검은 살쩍머리를 모두 물들였으나
匹馬陰山十往來.	필마로 음산陰山을 열 번이나 가고 왔다오.

증승贈僧

竊食東華老學官	이 땅에서 밥을 훔쳐 먹는 늙은 학관이
盆山雖小可盤桓	분산이 비록 작으나 거닐 만하다.
十年夢繞毗盧頂	십년 동안 꿈은 비로봉 정상을 돌아
一枕松風夜夜寒.	자고 있으면 송풍은 밤마다 차다오. 185)

---

184) 仲兄(許篈)이 北道에 사신으로 가서 驛의 벽에 이 시를 보았는데 郵卒이
　　말하기를 兵營의 軍官인 孫萬戶라는 자가 썼다고 했다.
185) 맑음이 높다.(淸峭)

임제林悌 자순子順이 증축贈軸에서 이 시를 보았다고 하며 칭찬을 그치지 않았다.

봉래승소작망기명蓬萊僧所作忘其名

百丈丹崖桂樹下	백 장의 비탈 계수나무 밑에
柴扉一掩不曾開	사립문이 한 번 닫히더니 열리지 않는다.
忽聞南海蘇仙過	갑자기 남해에 소선蘇仙[186]이 지나간다는 말 듣고
喚鶴看庵乞句來.	학을 불러 암자를 보게 하고 글귀를 얻고자 왔다.

---

186) 蘇東坡가 아닌가 한다.

10

국조시산(형)國朝詩刪(亨)
국조시산 권사 國朝詩刪 卷四 오언률시五言律詩

❖ 정도전鄭道傳(再見)

산중山中

弊業三峰下	삼봉 밑에서 학업에 지쳐
歸來松桂秋	가을에 송계松桂1)로 돌아왔다.
家貧妨養病	집이 가난해 병을 치료하는데 방해가 되고
心靜足忘憂	마음이 고요하니 근심을 잊는데 족하겠다.2)
護竹開迂徑	대를 보호하고자 길을 굽게 만들었고
憐山起小樓	산이 좋아 작은 누를 지었다.
隣僧來問字	이웃 중이 와서 글자를 물어
盡日爲相留.	종일 서로 머물렀다.3)

❖ 이첨李詹(再見)

등주登州

久客饒情緒	오래 나그네 되어 회포가 많았는데
春來更悄然	봄이 오니 다시 슬프다.4)
焚香靈應廟	영응묘靈應廟5)에 향을 피우고
乞火孝廉船	효렴선孝廉船6)에 불을 빌렸다.

---

1) 지명인 듯한데 알아보지 못했다.
2) 한가하고 맑아 맛이 있다.(閑澹有味)
3) 생각이 깊다.(思幽)
4) 唐나라 시인의 번화한 운이다.(唐人穠韻)
5) 그 지방에 있는 사당인 듯함.
6) 晋나라 張馮이 孝廉으로 선발되어 서울로 가는 도중에 명사인 劉惔을 찾고자 하니 동행인들이 웃었다. 장풍이 유담에게 갔더니 그의 재주에 놀라 자고 가게 했는데, 다음날 돌아오니 동행들이 어디에서 잤느냐 하며 물었으나 장풍은 웃고 대답하지 않았다. 얼마후 유담이 사람을 보내 張

雁度三千里	기러기는 삼천리 먼 길을 건너가고
鵬騫九萬天	붕새는 구만리 하늘을 날았다.7)
幾時還故國	언제 고국에 돌아가
爛熳醉花前.	꽃밭에서 흠뻑 취하게 되랴.

주행지목양동양관舟行至沐陽潼陽關

一粟滄波上	한 좁쌀 같은 배를 서늘한 파도 위에 띄워
飄然任此身	표연히 이 몸을 맡겼다.
楚山遙送客	초나라 산은 손을 멀리 보내고
淮月近隨人	화수淮水의 달은 사람을 가까이 따른다.8)
衰髮渾成雪	쇠한 머리는 온통 눈빛이 되었으며
征衣易染塵	여행하며 입은 옷은 먼지에 쉽게 물든다.
那堪久行役	오랜 여행을 어찌 견딜 수 있으랴
汀草暗知春.	강가의 풀은 가만히 봄을 안다네.

◈ 변중량卞仲良(再見)
기김구용부령寄金九容副令

最憐金典校	가장 아끼는 김전교金典校는
華髮卜山居	흰 머리에 산으로 가서 산다네.
睡枕松聲落	자는 베개에 소나무 소리 떨어지고
吟窓竹影踈	읊는 창에 대나무 그림자가 성기다.

孝廉의 배를 찾자 동행들이 놀랐다 한다.
7) 이 項聯은 莊子에서 인용한 것임.
8) 극히 좋은 句로서 盛唐 詩人의 작품이다.(極好句 是盛唐人吻)

嵓耕春種豆	돌밭을 갈아 봄에 콩을 심었고
水宿夜叉魚	물가에 자며 밤에 고기를 잡았다.
盛代求賢急	잘 다스리는 시대에 현인을 급히 구하리니
行當見鶴書.	지나가면 마땅히 조서詔書를 보리라.9)

❖ 이직李稷
병송病松

百尺蒼髯叟	백 척 푸른 수염의 늙은 소나무는
曾經幾雪霜	일찍 얼마의 풍상을 겪었을까.
風枝元倔起	바람에도 가지는 굳세게 일어났고
雲葉半凋傷	구름에 잎은 반이나 시들었다.
誰識歲寒翠	뉘가 추울 때 푸른 것을 알아주며
反同秋草黃	도리어 가을이면 풀과 함께 누렇다오.
猶餘直幹在	오히려 곧은 줄기는 남아 있어
亦足棟明堂.	또한 명당明堂의 들보가 충분하다오.10)

　이직李稷의 자는 우정虞庭 호는 형재亨齋이며 성산인星山人이다. 우왕禑王 때 십륙 세로서 급제했으며, 본조에서 개국좌명공신開國佐命功臣이었다. 벼슬은 우의정을 역임했고 성산부원군星山府院君이었으며 시호는 문경文景이다.

---

9) 빛이 난다.(華)
10) 그가 뒤에 정승이 될 것을 짐작할 수 있다.(可卜其終任端揆)

❖ 권우權遇(再見)
　　숙동파역宿東坡驛

學道功安在	도道를 배웠으나 공이 어디 있나뇨
匡時術已踈	때를 바로 할 재주는 이미 성글었다.
十年名利後	십년 동안 명예와 이익의 뒤에는
一夜夢魂餘	하룻밤 꿈속의 넋만 남았다오.
浙瀝窮秋雨	늦가을 비에 물소리 들리고
荒凉古驛墟	옛 역 터는 거칠고 서늘하다.[11]
松燈寒照壁	관솔 등불이 차갑게 벽을 비추는데
逐客意如何	유배 가는 손의 뜻이 어떠하랴.

❖ 변계량卞季良
　　신흥晨興

殘夜涼侵簟	새벽에 대자리까지 서늘하며
窓虛露氣通	빈창으로 이슬 기운이 들어온다.
四鄰明宿火	사방 이웃에 켜놓은 불이 밝고
萬井動晨鍾	많은 우물에 새벽 종소리 들린다.[12]
日出疎烟外	해는 성긴 연기 밖에서 뜨고
秋生積雨中	가을은 장맛비 가운데서도 온다.[13]
幽棲忘盥櫛	깊숙한 곳에 쉬면서 세수도 잊었는데

---

11) 근심스러운 생각을 알 수 있을 듯하다.(愁思可掬) 위의 承句에는 말이 차
　　다고 했다.(冷語)
12) 마름처럼 맑다.(淸藻)
13) 극히 雅趣가 있다.(極有雅趣)

客至强爲容.　　　손이 온다고 하니 억지로 얼굴을 씻었다.

춘사春事

冉冉花期近　　　우거진 꽃이 필 시기가 가깝고

纖纖草逕深　　　길에 연한 풀은 짙었다.

風光憐弱柳　　　풍광風光은 약한 버들을 어여삐 여기고

野燒入空林　　　들을 태우던 불은 숲까지 들어갔다.

幽夢僧來解　　　깊숙한 꿈을 스님이 와서 풀어주고

新詩鳥伴吟　　　새로 지는 시를 새와 같이 읊는다.[14]

境偏無外事　　　지역이 외져 다른 일은 없고

酒客只相尋.　　　단지 술친구만 서로 찾을 뿐이오.

　　변계량卞季良의 자는 거경巨卿 호는 춘정春亭이며 중량仲良의 동생이다. 우왕禑王 때 십육 세로 급제했다. 본조에서 중시重試에 올랐고 문형을 맡았으며 벼슬은 찬성贊成을 역임했다. 시호는 문숙文肅이며 본조의 문형文衡이 그로부터 비롯되었다.

✧ 유방선柳方善(三見)

효과승사曉過僧舍

東嶺上朝暾　　　동령에 아침 해가 돋을 무렵

尋僧叩竹門　　　스님을 찾아 대 사립문을 두드렸다.[15]

---

14) 賈長江의 맑은 운치가 있다.(賈長江淸韻) 끝에 평으로 詁惱하다 했는데 어떤 뜻인지.

15) 지경이 맑다.(境淸)

宿雲留塔頂	끼었던 구름은 탑 위에 머물고
積雪擁籬根	쌓인 눈은 울타리 밑을 덮었다.16)
小徑連深洞	오솔길은 깊은 골짜기로 연했고
踈鍾徹遠村	성긴 종소리는 먼 마을까지 들린다.
蕭然吟未已	한가하게 읊음을 마지않았는데
淸興到黃昏.	맑은 흥은 황혼까지 이르렀다.

즉사卽事

愛靜揮塵客	고요함을 사랑해 진객塵客17)을 거절하며
忘機狎水鷗	기심機心을 잊고 갈매기와 친하다오.
詩從三上覓	시는 삼상三上18)을 좇아 찾고
理向一中求	이치는 하나 가운데를 향해 구했다.
屋破茅茨古	집이 무너지자 모자茅茨가 낡았고
山深樹木稠	산이 깊어 나무들이 빽빽하다.
江魚秋正美	가을이면 강고기가 맛이 좋아
有意買漁舟.	낚싯배를 살 생각이 있다오.

✧ 조수趙須
정일계김상국呈逸溪金相國

今朝零露冷	오늘 아침 찬 이슬이 내려
履運獨悽其	홀로 신을 신고 걷고자 하니 슬펐다.19)

---

16) 춥고 괴로운 형상을 잘 표현했다.(寒苦稱象)
17) 속세 즉 현실 세계의 인물.(塵客)
18) 宋나라 歐陽脩가 시를 생각할 때 枕上 馬上 厠上에서 한다고 했다.

處世同炊黍	세상 살면서 함께 기장으로 밥을 했고
持身若累碁	몸가짐을 바둑 두는 것과 같이 했다.
浮沈元有數	성하고 쇠함은 원래 운명이 있으며
覆載本無私	뒤덮고 싣는 것은 본디 사정이 없다오. [20]
白酒可人意	술이 생각에 좋을 듯하니
頹然一中之.	넘어지도록 한 번 마시고 싶다오.

　조수趙須의 자는 형부亨父 호는 송월당松月堂이다. 태종 때 급제했으며 성균사예成均司藝를 했다.

❖ 서거정徐居正(四見)
연당월야蓮堂月夜

晚坐陂塘上	늦게까지 못 둑 위에 앉았더니
荷花未半開	연꽃은 반도 피지 않았다.
月從今夜好	달은 오늘밤을 따라 좋고
風送故人來	바람은 친구가 오게 보낸다. [21]
欲著濂溪說	염계濂溪의 애련설愛蓮說 같은 것을 짓고 싶으며 [22]
休停太白盃	이태백李太白처럼 술잔을 멈추지 않겠다오.
更深渾不寐	밤이 깊었는데 전혀 잠이 오지 않아
星斗共徘徊.	두우성斗牛星과 함께 배회한다네.

---

19) 차분하고 날쌔다.(沈鷙) 이 句에서 其字는 번역을 어떻게 하는 것이 맞는 지 그대로 두었다.
20) 굳세고 강해 극히 좋다.(勁悍極好)
21) 형상을 표현한 솜씨가 농후해 대가의 풍모가 있다.(春容穠厚 自是大家)
22) 北宋의 학자 周敦頤의 호이며, 그의 愛蓮說의 작품이 유명함.

칠석七夕

天上神仙會	천상세계 신선의 모임은
年年此日同	해마다 오늘에 같이 한다오.
一宵能有幾	하룻밤이 얼마나 있을 수 있으며
萬古亦無窮	오랜 세월로 또한 다함이 없다오. 23)
月色蛩吟外	달빛은 귀뚜라미 우는 소리 밖에 비치며
河聲鵲影中	은하수 물소리는 오작교 그림자 가운에 있다.
雖無文乞巧	비록 글이 교묘하기를 바라지 않았으나
得句語還工.	짓고 보니 도리어 말이 공교롭다오.

야영夜詠

已恨秋光老	이미 가을빛이 늙는 것이 한스럽고
空悲淸夜徂	공연히 맑은 밤이 가버려 슬프다.
蛩聲連竹塢	귀뚜라미 소리는 대밭 마을까지 연했고
月色碍庭梧	달빛은 뜰의 오동잎에 가리었다. 24)
墻角檠長短	담장 모퉁이 등잔대는 길고 짧기도 하며 25)
尊中酒有無	술통에 술은 남았느냐 없느냐
田園頻夢想	전원이 자주 꿈속에 나타나는데
三徑欲荒蕪.	뜰에 세 갈래 길이 거칠고자 한다.

---

23) 생각이 아름답다.(思佳)
24) 쓰지만 구차하지 않다.(苦而不偸)
25) 모두 버리고 싶다.(俱棄)

❖ 정희량鄭希良

추풍秋風

茅齋連竹徑	띠로 덮은 서재는 대나무 길로 이어졌는데
秋日灎晴暉	가을의 맑은 햇빛이 가득하다.
果熟擎枝重	과일이 익어 무거운 가지를 올려야 하고
瓜寒着蔓稀	날씨가 차 참외는 덩굴에 달린 것이 드물다.26)
遊蜂飛不定	벌들은 계속 날고 있고
閑鴨睡相依	오리들은 서로 의지해 졸고 있다.27)
頗識身心靜	자못 심신이 고요함을 알고 있으니
栖遲願不違.	천천히 머물러 어기지 않기를 원한다오.

삼전도三田渡

羸馬三田渡	여윈 말로 삼전도를 가니
西風吹帽斜	서풍이 불어 모자가 비끼었다.28)
澄江涵去鴈	맑은 강에 젖은 기러기는 가고
落日送還鴉	지는 해는 돌아온 까마귀를 보낸다.
古樹明黃葉	고목에 단풍 빛이 밝고
孤村見白沙	외로운 마을에서 흰 사장이 보인다.29)
靑山將盡處	푸른 산이 끝나고자 하는 곳에
遙認是吾家.	멀리서도 우리 집을 알겠다.

---

26) 맑으면서 차지 않다.(淡而不寒)
27) 정이 있는 말이다.(有情語)
28) 천천히 펴면서 멀리까지 젖었으니 역시 대가의 솜씨다.(舒徐涵遠 亦是大
　　家手段)
29) 唐詩에 가깝다.(逼唐)

정희량鄭希良의 자는 순부淳夫 호는 허암虛庵이며 연산군 때 과거에 급제하여 한림翰林에 임명되었고 호당에 피선되었다. 복술卜術이 있어 갑자사화甲子士禍를 미리 알고 자취를 감추었다.

◇ 강희맹姜希孟(三見)
향관동행재차금화판운向關東行在次金化板韻

法駕東巡日	임금의 수레 동쪽으로 순행하던 날
蓬萊望渺然	바라보니 금강산이 아득하다.
旌旗雲葉動	깃발은 구름 조각처럼 움직이고
劍戟日華鮮	칼과 창은 햇빛에 선명하게 빛난다.[30]
仙仗春風裡	의장儀仗은 봄바람 속에 진열되었고
行宮碧海前	행궁은 푸른 바다 앞에 있다오.[31]
矢詩陳言日	곧은 시로 알리는 날
聊欲頌周宣.	주선왕周宣王을 칭송하듯 하리라.[32]

◇ 홍귀달洪貴達
광진주중조기廣津舟中早起

舟中晨起坐	배에서 새벽이 일어나 앉아
相對是靑燈	서로 대하고 있는 것은 청등靑燈이라오.
鷄犬知村近	닭과 개 짖는 소리에 마을이 가까움을 알겠고

---

30) 속됨을 벗어났다.(脫俚)
31) 聲調가 모두 화창하다.(聲調俱暢)
    이 연에서 仙仗은 儀式에 쓰이는 무기와 물건을 말한 것이며, 行宮은 임금이 도성을 떠나 거동할 때 머문 별궁.
32) 「詩經」卷十八의 周 宣王에 관한 내용을 밀한 것이 이닌가 한다.

星河驗水澄	별로 강물이 맑음을 증험하겠다.[33]
隨身唯老病	따라다니는 것은 오직 노병老病이요
屈指少親朋	헤어보니 친구가 적어졌다.
世事又撩我	세상일이 또 나를 붙들고자 하는데
東方紅日昇.	동쪽에 붉은 해가 오른다.

홍귀달洪貴達의 자는 겸선兼善 호는 허백정虛白亭이며 함양인咸陽人이다. 세종 때 문과에 급제하여 호당에 피선되었고 문형을 맡았으며 벼슬은 우참찬에 이르렀다. 연산군燕山君 때 사사賜死되었고 시호는 문광文匡이다.

✥ 김극검金克儉(再見)
입시경연入侍經筵

肅肅金門闢	엄숙한 대궐문이 열리며
丁丁玉漏殘	정정한 누수 소리는 계속된다.
淸霜飛劒佩	맑은 서리는 차고 있는 칼에 떨어지고[34]
破月照鵷鸞	조각달은 봉과 난새에 비친다.
對仗言猶切	의장儀仗을 대하자 말이 오히려 간절하고
封章墨未乾	올리고자 봉한 글은 먹물도 마르지 않는다.
休言雙鬢白	양쪽 살쩍머리가 희었다고 말하지 말라.[35]
猶自片心丹.	오히려 한 조각 단심뿐이라오.

---

33) 가을 경치의 표현이 매우 교묘하다.
34) 耿拾의 남긴 운치가 있다.(有耿拾遺韻)
35) 古意가 부족하다.(欠古意)

◈ 김종직金宗直
이월삼십일입경二月三十日入京

强爲妻拏計	억지로 처를 이끌 계획을 하고자
虛抛故國春	헛되게 고향의 봄을 버렸다.
明朝將禁火	내일 아침 한식으로 불을 금하게 되니
遠客欲沾巾	멀리 있는 손이 수건을 적시고자 한다.
花事看看晚	꽃이 피는 일은 보고 보아도 늦었고
農功處處新	농사에 대한 공은 곳곳이 새롭다.
羞將湖海眼	부끄럽게도 호해와 같은 눈을 가졌으나
還眯市街塵.	도리어 도시 거리의 먼지에 티가 되었다.³⁶⁾

낙동진洛東津

津吏非瀧吏	나루지기는 물에 익숙한 아전이 아니고
官人卽邑人	관인은 바로 읍 사람이라오.
三章辭聖主	세 번 글 올려 임금께 하직하고
五馬慰慈親	다섯 말로써 어머니를 위로하게 되었다.
白鳥如迎棹	흰 새는 배를 맞이하는 듯
靑山慣送賓	푸른 산은 손을 익숙하게 보낸다.³⁷⁾
澄江無點綴	맑은 강물에 한 점 티끌이 없으니
持此律吾身.	이로써 내 몸을 가다듬으리라.³⁸⁾

---

36) 무게가 있으면서 자세가 아름답다.(斤重姿晤)
37) 간절하고 마땅하다.(切當)
38) 사대부가 마음 힘쓰는 것이 마땅히 이와 같을 뿐이라 했다.(士夫勵志當
若是耳)

차제숙강상차제숙강上 次祭宿江上

卷幔臨江水	휘장을 걷고 강물에 다다라
焚香夜寂寥	향을 사르니 밤은 고요하다.
鶴鳴淸露下	학은 맑은 이슬 아래서 울고
月出大魚跳	달이 뜨자 큰 고기가 뛴다.39)
剖眼占銀漢	눈을 부릅뜨고 은하수로 점을 치며
齊心禱絳宵	마음을 공손히 하여 하늘에 빌었다.
篙師知我意	사공도 내 뜻을 알고
早整木蘭橈	일찍 목란주 노를 가지런히 했다.

우흥寓興

無君凡幾月	그대 없은 지 무릇 몇 달인가
晦魄八環回	그믐에도 둥글게 돌고 들어간다.
世事詎堪問	세상일을 어찌 묻고 싶으랴
故人有不來	친구는 있으면서 오지 않는다.
暖泥新燕快	진흙이 따뜻하니 새 제비가 좋아하고
澁雨小桃開	떫은 비가 조금 내리자 복숭아꽃이 피었다.
寂寞歌春興	쓸쓸해 봄 흥을 노래하니
東風吹酒盃.	동풍이 술잔에 분다.40)

---

39) 어찌 唐나라 시인들의 좋은 작품에 손색이 있겠는가.(何減唐人高處)
40) 통편이 혼융하고 기이하게 다듬어져 여기 실은 그의 작품에서 제일이
   다.(通篇渾融奇冶 自是行中第一)

불국사여세번김계창화佛國寺與世蕃金季昌話

爲訪招提境	절을 방문하게 되었는데
松間紫翠重	소나무 사이에 붉고 푸른빛이 짙었다.
靑山半邊雨	푸른 산 반 쪽에는 비가 내리고
落日上方鍾	해가 질 즈음 동북쪽에서 종소리 들린다.
語與居僧軟	중과 더불어 부드럽게 이야기하고
盃隨古意濃	술을 마시자 옛 생각에 무르녹았다.
頹然一榻上	한번 자리 위에 쓰러져
相對鬢髼鬆.	서로 대하니 살쩍머리가 엉키었다.

선사사仙槎寺

偶到仙槎寺	우연히 선사사에 이르니
巖空松桂秋	바위는 크고 송계松桂에 가을빛이 들었다.
鶴翻羅代蓋	학은 신라시대에 덮었던 것을 뒤치고
龍蹴佛天毬	용은 불천의 공을 찬다.
細雨僧縫衲	가는 비 내리는데 스님은 장삼을 깁고[41]
寒江客棹舟	차가운 강에 손은 노를 젓는다.
孤雲書帶草	고운孤雲의 글씨는 풀을 띠로 했는데
獵獵滿地頭.	엽렵한 바람소리 땅 머리에 가득하다.

---

41) 唐詩에 가깝다.(逼唐)

❖ 김시습金時習(再見)

도중途中

貊國初飛雪	맥국貊國에 처음으로 눈이 내리고
春城木葉疎	춘성에 나뭇잎은 성기다.
秋深村有酒	가을이 깊어지자 마을에는 술이 있고
客久食無魚	손으로 오래 있으니 반찬에 고기가 없다.
山遠天垂野	산이 까마득해 하늘이 들에 드리웠고
江遙地接虛	강이 멀리 흐르자 땅이 허공에 접했다.42)
孤鴻落日外	외로운 기러기는 해가 지는 밖으로 가고
征馬政躊躇.	가는 말은 바로 머뭇거린다.

등루登樓

向晚山光好	늦을 즈음 산빛이 좋아
登臨古驛樓	옛 역루에 다다라 올랐다.
馬嘶人去遠	말은 우는데 사람은 멀리 가려하고
波靜棹聲柔	파도가 고요하니 노 젓는 소리 부드럽다.
不淺庾公興	유공庾公같이 흥은 얕지 않고43)
堪消王粲憂	왕찬王粲처럼 근심을 해소했다.44)
明朝度關外	내일 아침 관외關外로 건너게 되면
雲際衆峰稠.	높은 데 산봉우리가 많을 것이오.45)

---

42) 스스로 넓고 먼 것을 알 수 있다.(自覺廣遠)
43) 庾公은 南北朝 시대 周나라의 시인으로 이름은 信.
44) 王粲은 삼국시대 魏나라 시인.
45) 작품마다 다듬은 흔적이 없이 예스럽고 깨끗하며 편편하고 멀어 더없이
   좋은 작품이며, 다른 작품도 비슷한 수준이다.(篇無雕琢無推敲 自古雅

유객有客

有客淸平寺	청평사에 있는 손은
春山任意遊	봄 산을 임의대로 논다오.[46]
鳥啼孤塔靜	새는 외로운 탑 고요한 데서 울고
花落小溪流	꽃은 작은 시냇물 흐르는 곳에 떨어진다.
佳菜知時秀	나물이 좋아 아름다운 때임을 알겠고
香菌過雨柔	향이 있는 버섯에 비가 내려 부드럽다.
行吟入仙洞	가면서 읊으며 선동에 들어가
消我百年憂.	내 한 평생 근심을 살고 싶다오.

소양정昭陽亭

鳥外天將盡	새가 날아가는 쪽은 하늘이 끝나고자 하는데
愁邊恨不休	근심에서 오는 한은 쉴 줄을 모른다.
山多從北轉	산은 북쪽으로 좇아 돌아가고
江自向西流	강은 서쪽으로 향해 흐른다.
鴈下沙汀遠	기러기는 사정 까마득한 곳에 내리고
舟廻古岸幽	배는 옛 언덕 깊숙한 곳을 돌아간다.
何時抛世網	어느 때 세상 번뇌 털어버리고
乘興此重遊.	흥을 따라 이곳에 다시 놀러오리오.

自平遠乃是無上上乘 諸詩槩同)
46) 한가하고 편안함을 스스로 맡았다.(閑適自任)

하처추심호何處秋深好

何處秋深好	어느 곳에 가을이 깊어 좋을까
秋深處士家	처사의 집에 가을이 깊다오.
新詩題落葉	새로 지은 시를 떨어진 잎에 쓰고
夕饌掇籬花	저녁 찬으로 울타리의 꽃을 캤다.
木脫千峯瘦	나뭇잎이 떨어지자 봉들이 여위고
苔斑一路賖	아롱진 이끼는 길에 많다오.
道書堆玉案	도서道書를 책상에 쌓아놓고
瞋目對朝霞.	눈을 부릅뜨고 아침 안개를 본다네.[47]

何處秋深好	어느 곳에 가을이 깊어 좋을까
漁村八九家	어촌에 팔구 채의 집이었다오.
淸霜明柿葉	맑은 서리는 감나무 잎을 밝게 하고
綠水漾蘆花	푸른 물은 갈대꽃을 일렁거리게 한다.
曲曲竹籬下	대나무 울타리 밑은 굽었고
斜斜苔徑賖	이끼 낀 길의 경사는 길다오.
西風一釣艇	서쪽 바람에 한 척 고기 낚는 작은 배로
歸去逐烟霞.	안개를 쫓아 오고가고 한다.

✥ 유호인俞好仁(再見)

사근역정沙斤驛亭

乾坤眞逆旅	이 세상은 참으로 여관이라오

---

47) 香山 白樂天에서 나온 말이지만 스스로 뛰어났다.(出香山而自迢遠)

無處不居停   곳마다 머물러 살지 못할 곳이 없다.
往者猶來者   지나간 자는 오는 자와 같고
長亭復短亭   장정長亭은 다시 단정短亭이 된다.48)
遙空孤雁度   먼 하늘에 외로운 기러기가 날아가고
薄暮數峯靑   저물 즈음에 몇 개의 봉이 푸르다.
一枕南柯夢   자면서 남가南柯의 꿈을 꾸었는데49)
斜陽欲半庭.   사양이 뜰에 반쯤 내리려 한다.

등조령登鳥嶺

凌晨登雪嶺   추운 새벽 눈 내린 재에 올랐더니
春意正濛濛   봄에 따른 생각이 어둡다오.
北望君臣隔   북쪽을 바라보니 군신의 사이가 멀어졌고
南來母子同   남쪽으로 오자 모자가 함께 하겠다.50)
蒼茫迷宿霧   푸르고 넓은데 안개가 자욱하고
迢遞倚層空   높은 재는 공중에 의지했다.
更欲寄書札   다시 편지를 붙이고자 하는데
愁邊有北鴻.   북쪽으로 가는 기러기가 있을까 걱정된다오.

---

48) 매우 좋다.(甚好)
49) 현실세계의 허무함을 상징적으로 반영한 것을 말함.(南柯夢)
50) 『芝峯類說』에 말하기를 潘溪 兪好仁은 成宗 때 여러 學士들 가운데 가장
    임금으로부터 특별한 은혜를 받았다. 그가 영남으로 觀親갈 때 임금이
    사람을 시켜 호인이 도중에서 지은 시를 가져오게 했는데, 그가 〈登鳥嶺
    詩〉에서 北望君臣隔 南來母子同이라 한 연을 성종이 보고 크게 칭찬하며
    이 사람은 忠孝를 구비했다고 했다.

✥ 조위曺偉(再見)

차운답순부次韻荅淳夫

嗣宗非達士　　사종嗣宗[51]이 통달한 선비가 아닌데

何用哭途窮　　어찌 하고자 궁도에서 울었을까.

世固遺神驥　　세상에서 진실로 천리마를 주었으나

人多好畵龍　　사람들은 용 그리기를 좋아한다오.[52]

飢鳶鳴曉日　　굶주린 솔개는 새벽에도 울고

健鶻下秋風　　건강한 매는 가을바람에 내려온다.

寂寞草玄子　　쓸쓸한 초현자草玄子는

長楊獻賦翁.　　장양長楊에서 부賦를 드리는 첨지라오.[53]

✥ 이주李胄(再見)

통주通州

通州天下勝　　통주通州는 천하에서 좋은 곳

樓觀出雲霄　　누대樓臺들이 하늘에까지 높게 솟았다.

市積金陵貨　　저자에는 금릉의 물건이 쌓였고

江通楊子潮　　강은 양자강의 조수와 통한다.

寒烟秋落渚　　가을이 되자 안개는 물가에 떨어지고

獨鶴暮歸遼　　저문데 학만 홀로 요동으로 돌아간다.

鞍馬身千里　　말에 안장을 하고 천리 밖에서

登臨故國遙.　　올라 다다르니 고국이 멀다오.[54]

---

51) 중국 晋나라 阮籍의 자가 嗣宗이다.

52) 온당하고 적실하다.(穩的)

53) 이 尾聯의 草玄子가 어떤 인물인지 알아 보지 못했다.

54) 杜甫의 맑은 운이다.(老杜淸韻)

증신덕우贈辛德優

海亭秋夜短	해정海亭에 가을밤이 짧은데
一別復何言	한 번 헤어졌으니 다시 무슨 말을 하랴.
怪雨連鯨窟	괴우怪雨는 경굴鯨窟과 연했고
頑雲接鬼門	완운頑雲은 귀문鬼門과 이어졌다.
靑銅衰鬢色	청동 거울에 살쩍머리 빛이 쇠했고
危涕滿衫痕	흘린 눈물로 적삼에 흔적이 가득하다.55)
更把離騷語	다시 이소어離騷語를 가지고
憑君欲細論.	그대와 더불어 자세히 논하고 싶다오.

◈ 박은朴誾

우중유회택지雨中有懷擇之

寒雨不宜菊	찬 비는 국화에 좋지 않으며
小尊知近人	작은 술통으로 가까운 사람을 알겠다.56)
閉門紅葉落	문을 닫으니 단풍잎이 떨어지고
得句白頭新	시구를 얻자 흰 머리가 새롭다.57)
驩憶情親友	기쁨은 친구의 정을 생각하게 하고
愁添寂寞晨	근심은 적막한 새벽에 더한다.

『於于野談』에 말하기를 李冑가 書狀官으로 중국에 가서 通州의 門樓에
올라 시를 지어 운운했는데 중국 선비들이 현판을 만들어 걸면서 獨鶴
暮歸遼先生이라 일컬었다고 했다.

55) 답답해 한 성률이 슬프다고 하겠다(鬱律可憎). 위의 함련은 잠기고 굳세
다.(沈倔) 鬼門은 鬼星이 있는 방위, 죽어 저세상으로 가는 문.

56) 기운차게 빼어났다.(雄拔)

57) 크고 깊어 맛이 있다.(渾渾有味)

| 何當靑眼對 | 어찌 꼭 푸른 눈으로 맞이해야 하느냐58) |
| 一笑是天眞. | 한 번 웃는 것도 진실한 것이오. |

효망曉望

曉望星垂海	새벽에 별들이 드리운 바다를 바라보는데59)
樓高寒襲人	높은 누에 추위가 사람을 엄습한다.60)
乾坤身外大	내 몸 밖에 건곤은 크고
鼓角坐來頻	앉으니 고각 소리 자주 들린다.61)
遠岫看如霧	먼 산은 안개같이 보이고
喧禽覺已春	시끄러운 새 소리에 봄임을 알았다.
宿醒應自解	어제 취한 술에서 깬것을 응당 스스로 알아
詩興漫相因.	시흥에 부질없이 서로 의지한다오.

계축이주癸丑移舟

夜雨鳴篷急	밤비가 배 대뜸에서 급하게 울고
朝雲出壑新	아침 구름은 새로 골짜기에서 나온다.62)
磨舟石鑿鑿	배를 깎고자 돌을 깨끗하게 하고
滕客魚鱗鱗	따라온 손은 고기처럼 아름답다.63)

---

58) 晉나라 阮籍이 靑眼과 白眼을 임의대로 할 수 있어 좋지 않은 사람이 오면 白眼으로 맞이했다고 했다.
59) 생각이 재치있고 뛰어나다.(奇拔)
60) 얼마나 기운이 넘치는가.(何等氣宇)
61) 경치를 표현한 말이 장하다.(壯語稱境)
62) 경치가 기이하고 생각이 아름답다.(景奇思佳)
63) 희롱을 열었다.(擺弄)

敢有乘桴志　　감히 떼를 탈 뜻이 있겠는가
長懷擊楫人　　길이 사공을 치고자 하는 생각을 품었다오.[64]
夢中過上院　　꿈속에 상원을 지나면서
瞥眼失龍津.　　얼핏 보다가 용진龍津을 잃었다.

　박은朴誾의 자는 중열仲說 호는 읍취헌挹翠軒이며 고령인이다. 연산군 때 십팔 세에 과거에 급제했고 호당에 피선되었으며 벼슬은 수찬修撰을 했다. 갑자사화甲子士禍에 피살되었는데 나이 이십육 세였다.

◈ 어무적魚無迹(再見)
　봉설逢雪

馬上新逢雪　　말 위에서 새로 내리는 눈을 만나니
孤城欲閉時　　고성孤城에 문을 닫고자 할 때였다.
漸能消酒力　　점점 술기운이 사라지려 하고
渾欲凍吟髭　　읊는데 윗수염은 완전히 얼고자 한다.[65]
落日無留景　　해가 지자 남긴 경치가 없고
栖禽不定枝　　쉬고자 하는 새는 가지를 정하지 못했다.
灞橋驢背興　　패교灞橋에서 나귀 등에 가졌던 흥을
吾與故人期.　　내 고인과 더불어 기약하리라.[66]

---

64) 함련과 경련의 두 연은 난해하여 이해에 어려움이 있다.
65) 침착하다.(沉着)
66) 완전하게 융합되었다.(融渾)

❖ 이행李荇
제천마록후題天磨錄後

卷裏天磨色	책 속에서 천마산 빛은
依依尙眼開	휘늘어진 나무들이 오히려 눈을 뜨게 한다.
斯人今已矣	이 사람은 지금 그쳤지만
古道日悠哉	옛 도는 날마다 생각하게 한다오.
細雨靈通寺	영통사靈通寺에 가는 비가 내리고
斜陽滿月臺	만월대滿月臺에 해가 비꼈다.
死生曾契闊	사생은 일찍 헤어지고 만나는 것이니
衰白獨徘徊.	머리가 희게 쇠했으나 홀로 배회한다오.[67]

차운경운次雲卿韻

新詩知繾綣	신시新詩가 잊혀지지 않음을 알아
細字看縱橫	가는 글자를 이리저리 보았다오.
此日頭渾白	오늘 머리는 온통 희었으나
何時眼共明	언제 눈이 함께 밝으랴.
江湖魚得計	강호는 고기에 좋겠으며
鍾鼓鳥非情	종고는 새들에 비정하다오.
兩地無窮思	두 지역을 한없이 생각하게 되어
毫端寫不成.	짧은 붓으로 다 쓸 수 없다오.

---

67) 公의 작품들이 예스럽고 맑으며 무겁고 두터워 많은 세월로 칭찬해도 다
하지 못할 것이다.(公詩篇古雅沈厚 歷劫讚揚 所不能盡)

독작유감獨酌有感

薄酒時多酌	좋지 않은 술을 때때로 많이 마셔
强腸日九回	튼튼한 창자지만 하루 아홉 번이라오.
道爲當世棄	도는 이 세상에서 버리게 되었으나
迹或後人哀	자취는 혹 뒷사람이 슬퍼할 것이오.
歸興生芳草	돌아가고 싶은 흥은 방초에서 나고
春愁付落梅	봄 근심은 떨어지는 매화에 붙인다오.
百年湖海願	한평생 호해를 원하면서
不受二毛催.	흰 머리의 재촉은 받지 않고 싶소.

신추新秋

薄晚新秋色	약간 늦을 즈음 가을빛이 새로운데
殊方久別情	객지에서 헤어진 정이 오래되었다.
蟬聲高樹靜	매미 우는 높은 나무는 고요하고
螢火遠村明	반딧불 비치는 먼 마을은 밝다.
文字三生誤	문자는 삼생三生[68]을 그르쳤고
功名一笑輕	공명은 한 번 웃을 만큼 가볍다오.
鹿門他日約	녹문鹿門[69]과 다른 날 약속하고 싶은 것은
妻子幾時迎.	처자를 언제 맞이할 수 있으랴.

---

[68] 전생, 금생, 후생을 총칭한 것임.
[69] 어떤 인물의 아호인지 알아보지 못했다.

차동구만부운次洞口晚賦韻

依依春事晚	휘늘어지는 봄 일은 늦었고
杳杳洞門深	고요한 동구의 문은 깊다.
地靜無塵迹	지역이 고요해 티끌 자취가 없고
峯高易夕陰	봉이 높아 저녁 그늘이 쉽게 진다.
幽芳迎緩步	깊숙한 꽃은 천천히 걷는 사람을 맞이하고
啼鳥惱新吟	우는 새는 새로 읊는 것을 고달프게 한다.
已得忘言趣	이미 말의 재미를 잊었으니
從誰說此心.	누구를 좇아 이 마음을 말하랴.

풍수風樹

風樹多危葉	바람 부는 나무에 위태로운 잎이 많고
秋山易夕陽	가을 산에는 석양이 쉽게 진다.
雁行斜度漢	기러기 떼는 비껴 한강을 건너가고
蛩韻冷依床	귀뚜라미 소리는 차가운 평상을 의지한다.
病欲侵年至	병이 나이를 침범하는데 이르고자 하며
愁今抵夜長	근심은 지금 밤을 길게 하려 한다.
知音空海內	이 세상에서 음을 알아주는 사람이 없으니
誰與一商量.	누구와 더불어 한 번 의논하랴.

유회지정용왕기운有懷止亭用王基韻

| 止老今如許 | 지정止亭70) 늙은이는 지금 어떻게 지내며 |

何人載酒來	어떤 사람이 술을 가지고 올까.
靑春回洞壑	청춘에 깊은 골짜기로 돌아가고
白首隔泉臺	늙어서는 무덤을 멀리 했다.
幽鳥自相喚	깊숙한 곳에 있는 새는 서로 부르고
閑花空復開	한가한 꽃은 부질없이 다시 핀다.
分明板上字	분명히 판상 위의 글자는
三復有餘哀.	세 번 반복해 읽었으나 남은 슬픔이 있다오.

◈ 김안국金安國(再見)

유룡문산등절정遊龍門山登絕頂

步步緣危礙	걸음마다 비탈길이 위태로움을 인해
看看眼界通	바라보니 안계는 통했다오.
閑雲迷極浦	한가한 구름은 넓은 포구를 희미하게 하고
飛鳥沒長空	나는 새는 긴 공중에서 사라진다.71)
萬壑餘殘雪	골짜기마다 눈이 남았고
千林響晚風	많은 숲에서 늦게 부는 바람소리 울린다.
天涯懷杳杳	천애에서 아득함을 생각하는데
孤月又生東.	외로운 달은 또 동쪽에서 뜬다.

차최용인광윤촌거벽상운次崔龍仁光闓村居壁上韻

| 老得閑居味 | 늙어 한가롭게 사는 재미를 얻어 |
| 無人獨自憐 | 사람들이 없어도 혼자 좋아한다오. |

---

70) 止亭은 南袞의 호임.
71) 가슴이 또한 넓어진다.(胸次亦豁)

煉茶蘇渴肺	차를 끓여 마른 폐를 소생시키고
蒔藥護殘年	약을 심어 남은 나이를 보호한다.
亂帙抛花下	책은 어지럽게 꽃 밑에 던져두고
殘碁散酒邊	두던 바둑은 술자리에 흩어져 있다.[72]
鳴琴須月夕	달밤에 꼭 거문고를 타게 되는데
聽罷更欣然.	듣고 나면 다시 기쁘다오.

❖ 김정金淨

청풍한벽루清風寒碧樓

盤闢山川壯	서리고 열린 산천이 장해
乾坤茲境幽	세상에서 이 지역이 깊숙하다오.
風生萬古穴	바람은 오래된 굴에서 나오고
江撼五更樓	강은 오경에 누를 흔든다.[73]
虛枕宜淸夏	목침木枕은 맑은 여름에 알맞고
詩魂爽九秋	시혼詩魂은 깊은 가을에도 상쾌하게 한다.
何因脫塵累	어떻게 하면 티끌세계에 얽힌 것을 벗어나
高臥寄滄洲.	신선이 사는 세계에 높게 누워보랴.

송원로귀명주送猿老歸溟州

歲暮倦遊客	해가 저물기까지 게으른 길손이며
關下山萬重	관하의 산은 만이나 거듭되었다.
孤雲隨去馬	외로운 구름은 말을 따라가고

---

72) 한가하고 편안함을 스스로 나타내다.(閑適自在)
73) 호방하며 스스로 방자하다.(豪放自恣)

落葉沒行蹤	떨어진 잎은 행적을 덮었다.
嶺外餘荒業	영외에 큰 업이 남았고
沙邊一釣翁	사장 가에 고기 낚는 늙은이라오.74)
相思明月滿	서로 밝은 달빛이 가득한 것을 생각하며
夢盡海天東.	꿈은 해천의 동쪽을 다했다네.75)

춘야증봉군조서왕송도인반고림春夜贈奉君朝瑞往松都因返故林

華月未揚光	빛난 달이 빛을 나타내지 못하고
層城夜蒼蒼	높은 성에 밤은 맑게 갰다.76)
臨觴忽惘悵	술잔을 잡자 갑자기 슬퍼지고
幽意故徊徨	깊숙한 뜻은 일부러 방황한다오.
故國雲烟斷	고국의 구름과 연기는 끊어졌고
舊園林木長	옛 동산에 나무들은 자랐다.
歸歟在明發	내일 아침이면 돌아가고자 하는데
江海杳難望.	강해가 아득해 바라보기 어렵다.77)

견회遣懷

江國恒陰翳	강변의 고국은 항시 구름으로 가리었고
荒村盡日風	거친 마을은 종일 바람이 분다.

---

74) 생각과 노력도 하지 않은 듯 하면서 말이 매우 맑다.(不用意不費力 語有 清逸)
75) 뛰어나고 힘이 있다.(超邁)
76) 참으로 孟郊와의 高適派에 접속했다.(眞接孟郊高派)
77) 전편에 다듬은 흔적이 없으면서 말이 스스로 높고 강하다.(通篇無彫鏤 而語自高强)

知春花自發	봄을 알고 꽃은 스스로 피고
入夜月臨空	밤이 되자 달은 공중에 떴다.
鄕思千山外	많은 산 밖에서 고향을 생각하며
殘生絶島中	아득한 섬 가운데서 남은 인생을 보낸다.
蒼天應有定	푸른 하늘이 응당 정한 것이 있을테니
何用哭途窮.	궁한 길에서 울면 무엇하랴.

절국絶國

絶國無相問	고국에서 멀리 떨어져 서로 물을 수 없고
孤身棘室圍	외로운 몸은 가시에 집이 둘러싸였다.
夢知關塞近	꿈에 변방이 가까움을 알겠으며
僮作弟兄依	아이들을 형제로 하여 의지한다오.[78]
憂病工侵鬢	근심과 병은 교묘하게 살쩍머리를 침범하고
風霜未授衣	서리가 내리는데 옷은 받지 못했다.
思心若明月	생각하는 마음은 밝은 달과 같아
天末寄遙輝.	하늘 끝에서 멀리 빛을 보낸다오.

적수積水

積水浮天極	쌓인 물에 북극성北極星이 뜬 것 같고
溟茫漾太虛	넓은 바다에 하늘이 물결치는 듯하다.
地孤疑世外	지역이 떨어져 있어 세상 밖인가 의심스럽고
人遠得秦餘	사람이 멀어 진여秦餘를 얻은 듯하다.[79]

78) 말은 높으나 뜻은 낮다.(語高意卑)
79) 크고 통달했다.(宏達) 秦餘는 어떤 의미인지 알아보지 못했다.

舟楫通吳楚	배는 오吳와 초楚를 통했고
魚龍半邑墟	고기와 용이 읍 터에 반이나 된다.
乘桴潛聖嘆	떼를 타고 잠적하겠다고 성인도 탄식했으니[80]
終不陋蠻居.	결국 오랑캐에 사는 것을 더럽게 여기지 않았다.

✧ 기준奇遵(三見)

강상江上

遠遊臨野戍	멀리 여행하면서 변방 수자리에 다다랐더니
高會惜年華	고회高會[81]에 세월이 아까웠다.
夜靜胡天月	밤이 고요한데 호천에 달이 떴고
春深古塞花	봄이 깊자 옛 변방에도 꽃이 피었다.[82]
長江誰作酒	긴 강물로 누가 술을 만들며
哀唱不成歌	슬프게 부르는 것이 노래를 이루지 못했다.[83]
望望雲空外	구름 밖의 넓은 하늘을 바라보니
殘星沒曉河.	남은 별들이 새벽 은하수에 잠겼다.

일모등성日暮登城

殘營收夕雨	남은 진터에 저녁비가 그치자
孤堞屬春晴	외로운 성 위의 담에도 봄이 갰다.
落日長江遠	해는 긴 강 멀리서 지고

---

80) 孔子께서 道가 행하지 않는 것을 탄식하며 九夷에 살고 싶다고 했다.(論語卷 九 子罕篇)
81) 어떤 의미인지 알아보지 못했다.
82) 맑으면서 힘이 있다.(淡而有力)
83) 문득 좋다고 이르겠다.(忽忽道好)

頑雲古塞平	사나운 구름은 옛 변방에 편편하다.[84]
野深天氣黑	들이 깊어 하늘빛이 검고
峯廻戍烟淸	봉을 돌고 있는 수자리의 연기는 맑다.[85]
漠漠三城北	아득한 삼성 북쪽에서
猶聞邊笛橫.	오히려 변방 피리소리 들린다.

추일성두秋日城頭

塞國初霜下	변방에 서리가 처음 내리니
胡山一半黃	호지의 산이 반이나 단풍이 들었다.
野寒風葉動	들이 춥자 바람에 잎이 떨어지고
江落鴈沙長	강에 떨어진 기러기는 사장에 길게 있다.[86]
朔氣沈孤戍	북방 기운이 외로운 수자리를 잠기게 하고
邊雲老戰場	변방 구름은 전장에서 늙게 한다.
高城聊極目	높은 성에서 넓게 바라보니
日暮淚茫茫.	저문 해에 눈물이 질펀하다.

◈ 최수성崔壽峸(再見)
제만의촌동부도題萬義村東浮屠

古殿殘僧在	옛 절에 스님은 남아있고
林稍暮磬淸	숲 끝에 저녁 경쇠소리 맑다.
窓通千里盡	창으로 먼 곳을 모두 통하고

---

84) 깊숙하고 잠겼다.(幽沈)
85) 高適 岑參과 같은 기이한 생각이다.(高岑奇思)
86) 교묘하나 섬세하지 않다.(巧而不纖)

墻壓衆山平	담장은 뭇 산을 눌러 편편하게 했다.
木老知何歲	나무가 늙었으니 몇 해인지 짐작하겠고
禽呼自別聲	새는 우는 소리로 구분할 수 있다.[87]
艱難憂世網	어려운 세상의 그물이 근심스러워
今日恨吾生.	오늘 내가 살고 있는 것이 한이 된다오.[88]

증승贈僧

嶺外寒山寺	고개 밖의 한산사寒山寺에
逢僧眼忽靑	스님 만나니 눈이 갑자기 푸르러진다.
石泉同病客	석천수石泉水에 함께 병든 나그네요
天地一浮萍	천지에 하나의 부평초라오.[89]
疎雨殘燈冷	성긴 비에 남은 등불이 차갑고
持盃遠海聲	술잔을 잡자 바다의 파도소리가 멀다.
開窓重話別	창을 열고 다시 헤어지는 말을 하는데
雲薄曉星明.	엷은 구름에 새벽별이 밝다오.

❖ 신광한申光漢(再見)
초계녀야숙진산촌사醮季女夜宿珍山村舍

客臥是誰家	손으로 누운 곳이 누구 집인가
夢驚天一涯	꿈을 깨자 하늘의 한 모퉁이라오.
隣鷄鳴不已	이웃 닭은 계속 울고

---

87) 세련되어 좋음을 얻었다.(鍊洗得好)
88) 그가 끝에 괴로움을 면하지 못할 것을 짐작했다.(抑知其終不免苦)
89) 對偶에 구속되지 않음이 좋다.(以不拘偶爲勝)

山雨夜如何	산에 비는 내리는데 밤은 어찌 되었는가.
暗水喧溪石	깊은 물은 도랑 돌을 시끄럽게 하고
輕香濕澗花	가벼운 향기는 시내 꽃을 적신다.90)
人生婚嫁畢	인생에서 자녀들의 혼인을 다하게 되면
有酒且宜賒.	술이 있어도 또한 멀리함이 마땅하리라.

만망晚望

峽盡滄江遠	산골이 끝났으나 서늘한 강은 멀고
沙平水驛開	편편한 사장에 나루가 있다.
炊烟花外沒	불 땐 연기는 꽃 밖에서 사라지고
夕鳥日邊西	저녁 새는 해 주변 서쪽에 있다.
故國無消息	고국에서 소식이 없고
孤舟有酒盂	외로운 배에 술잔이 있다.91)
前山侵道峻	앞산이 길을 침범해 험하니
何處望蓬萊.	어느 곳에서 봉래산을 바라보랴.92)

병리산재즉사기조사수구화病裡山齋卽事寄趙士秀求和

自是嬰衰疾	이로부터 쇠한 병이 더했으니
還如謝世紛	도리어 시끄러운 세상 물러나는 것 같다.

---

90) 唐나라 시인들의 작품과 같은 맑은 격조다.(唐人雅格)
91) 어느 곳에서 얻어 왔을까.(何處得來)
92) 전편이 맑고 새로우며 곱고 간절해 참으로 韋孟의 높은 운치라 했다.(通篇清新婉切 眞韋孟高韻) 여기에서 韋孟은 唐나라 유명했던 시인 韋應物 孟郊를 지칭한 것이 아닌가 한다.

夢凉荷瀉露	꿈이 서늘함은 연잎에 이슬이 내렸기 때문이며
衣潤石生雲	옷이 늘어난 것은 돌에서 구름이 나온 탓이오.93)
作吏眞兼隱	관리를 함은 참으로 숨는 것을 겸하며
栖山不負君	산에 머물고 있으나 임금을 등지지 않았다오.
淸芬誰可共	맑은 향기를 누구와 함께 하랴
持此欲相分.	이것을 가지고 서로 나누고자 하리라.

❖ 홍언필洪彦弼

봉화희락정견기奉和希樂亭見寄

病矣吾何事	병인데 내가 무슨 일을 하랴
頹然懶作人	취해 넘어져 게으른 사람이 되었다.
恩從毛穎薄	은혜는 모영毛穎94)을 좇아 얇아졌고
情到鐵婆親	정은 철파鐵婆95)에 이르러 친해졌다.
短枕那能夢	짧은 베개에 어찌 잠을 잘 수 있으며
幽窓不肯晨	깊숙한 창은 새벽을 즐거워하지 않는다.96)
百年分得半	한 평생에 반이 지났으니
衰白又羞春.	쇠한 흰 머리에 봄이 부끄럽다오.

　홍언필洪彦弼의 자는 자미子美 남양인南陽人이다. 벼슬은 영의정을 역임했다.

---

93) 말에 신조가 있다.(語有神助) 이 작품은 말이 난해한 것은 아니면서 이해
　가 쉽지 않다.
94) 붓의 다른 이름.
95) 어떤 의미인지 알아보지 못했다.
96) 쑥寂語라 했는데 어떤 의미인지,

❖ 성세창成世昌

제린제현題獜蹄縣

杳窱通危棧	아득하고 고요해 위태로운 사닥다리를 통했고
依俙見數家	희미하게 몇 채의 집이 보인다.
庭梧高過屋	뜰에 오동나무는 집보다 높고
野麥晚生花	들에 보리는 늦게 꽃이 피었다.
峽東天容窄	산골 동쪽은 하늘이 좁고
溪回夜響多	시내가 돌아 밤에 물소리가 많이 들린다.[97]
征人淸不寐	지나는 사람이 고요해 자지 못하는데
缺月入簾斜.	조각달이 비껴 주렴으로 들어온다.

　성세창成世昌의 자는 번중蕃仲 호는 돈재遯齋이며 현俔의 아들이다. 중종 때 과거에 급제했고 호당에 피선되었으며 문형을 맡았다. 벼슬은 우의정을 역임했고 시호는 문장文莊이다.

❖ 소세양蘇世讓(再見)

서선면기파산형書扇面寄巴山兄

忽報平安字	갑자기 편안하다는 편지를 알려
聊寬夢想懸	꿈에까지 생각했던 것이 너그러워졌다.
孤雲飛嶺嶠	외로운 구름은 높은 재로 날아가고
片月照胡天	조각달은 먼 하늘에서 비친다.
兩地無千里	이곳에서 그곳까지 천 리가 되지 않는데
相思近六年	서로 육 년 가깝게 그리워했다오.[98]

---

97) 생각이 교묘하다.(巧思)

| 茆簷雨聲夜 | 띠 처마에 빗소리 들리는 밤에 |
| 長憶對床眠. | 길이 생각하다가 책상을 대해 잤다오. |

✧ 정사룡鄭士龍
기강岐江

灘到交流處	여울물이 교류하는 곳에 이르자
船移亂樹間	배를 어지러운 숲 사이로 옮겼다.
急風吹霧駁	빠른 바람은 안개가 섞이게 불고
踈雨打蓬斑	성긴 비는 대뜸을 아롱지게 친다.[99]
行役能催老	고된 일이 늙음을 재촉하는 듯하고
功名不博閑	공명은 한가로움이 많지 않다.
終慚庾開府	마침내 유개부庾開府[100]에 부끄러운 것은
詞賦動江關.	짓는 시가 강관江關에만 알려지는 것이오.

납호당納灝堂

天半笙歌起	하늘 한 쪽에서 저 소리 들려
留連豁客愁	나그네의 근심이 계속 넓게 머문다.
俯臨山側展	산이 옆으로 펼쳐진 것을 굽어 다다랐고
遐矚水分流	물이 나누어 흐르는 것을 멀리서 본다.
懷賞乘桃漲	복숭아꽃이 불어 오르는 것을 보고 싶으며
來遊近麥秋	보리의 가을이 가까울 즈음 와서 놀았다.

---

98) 또한 스스로 생각이 선명하다.(亦自楚楚)
99) 극히 교묘하면서 웅장하다.(極巧而雄)
100) 중국 南北朝 시대에 유명했던 시인.

晩凉江樹暝　늦어 서늘해지니 강변의 나무가 어둡고
烟雨送歸舟.　안개비에 돌아가는 배를 보낸다.

소림진용자양당고운派臨津用紫陽唐皐韻

潦縮潭光淨　장마가 그치자 못물이 맑고 빛나며
蘭橈向晩開　짧은 난초는 늦게 꽃이 피었다.
樹圍粧缺岸　무너진 언덕에 나무가 둘러싸 단장을 했고
山斷聳層臺　산이 끊어진 곳에 층대가 솟았다.
江氣生疎雨　강물 기운으로 성긴 비가 내리고
濤聲殷遠雷　파도 소리는 큰 우레처럼 멀리 들린다.101)
船官好看客　사공이 손을 잘 알아보아
結纜待吾來.　배를 세우고 내가 오기를 기다린다.

석민종필釋悶縱筆

隨意攤書坐　보고 싶은 책을 펴고 앉아
孤吟對晩暉　늦게 비친 햇빛을 대해 시를 읊었다.
岸風帆腹飽　강둑에서 부는 바람에 돛대가 배부르고
莎雨荻芽肥　잔디에 비가 내리자 갈대 싹이 살찌다.
籬缺通江色　이지러진 울타리에 강물 빛이 통했고
簾垂礙蝶飛　주렴을 드리워 날아오는 나비를 막는다.
誰知浴沂節　기수沂水에서 목욕하는 계절을 누가 알랴

---

101) 경치를 묘사한 것이 嚴重한데 이것이 매우 어려운 것이다.(寫景嚴重者是爲甚難)

和病試春衣.　　　병에 맞추어 봄옷을 입고자 한다.

대탄大灘

轟輵車千兩　　　천 량의 수레가 큰 소리를 내는 듯
喧闐鼓萬椎　　　만 개의 쇠뭉치로 북을 치듯 요란하다.
篙工心欲細　　　사공은 겁을 많이 먹었고
病客膽先摧　　　병객은 담이 먼저 꺾이었다.
振鷺衝巖起　　　떨친 백로가 바위에 부딪쳐 일어나는 듯
跳山入座回　　　뛰는 듯한 산은 자리에 들어와 돌았다.102)
片帆愁激射　　　작은 배는 부딪힐까 근심스러워
顚側岸邊來.　　　거꾸로 언덕 옆으로 온다.

◈ 황여헌黃汝獻(再見)
증승贈僧

直指知名寺　　　직지사直指寺는 이름이 알려졌는데
居僧問幾三　　　머무는 스님이 얼마나 되는지 물었다.
石泉鳴瀮瀮　　　바위에 흐르는 샘물이 픽픽하게 울고
花雨落氈氈　　　꽃에 내리는 비가 삼삼하게 떨어진다.
定罷香烟細　　　정定103)을 파하자 향불 연기 가늘고
鍾殘鶴夢酣　　　종소리 희미하니 학이 달게 잔다.104)
話頭如有味　　　이야기가 재미있는 듯

---

102) 경치를 형상한 것이 이처럼 교묘함을 증험할 수 있으랴.(狀景如斯驗巧)
103) 불교에서 참선하면서 三昧의 깊은 경지에 있는 것을 말함.
104) 교묘하고 치밀하나.(工緻)

| 呼我老厖参 | 내 노방을 불러 참석시킨다. |

✧ 심언광沈彦光(再見)

병학病鶴

病羽思霄漢	병든 깃으로 하늘의 은하를 생각하며
荒園每夕曛	거친 동산에서 매양 저녁 햇빛을 쪼인다.
臨池吊孤影	못에 다다르면 외로운 그림자를 슬퍼하고
塌翼戀遙群	낮은 날개는 멀리 나는 무리들을 그리워한다.
半夜樊中淚	밤중에 농속에서 눈물 흘리고
三湘夢裏雲	삼상三湘에서 꿈속에 구름을 생각한다.
聲聲多意緒	우는 소리마다 여러 가지 의미가 있어
凄切不堪聞.	매우 슬퍼 들을 수가 없다오.105)

✧ 성운成運

서좌벽書座壁106)

| 事往嗟何及 | 지난 일을 슬퍼한들 어찌 미치리오 |
| 懷賢淚滿衣 | 어진 이를 생각하면 눈물이 옷에 가득하다. |

---

105) 처음부터 끝까지 일컬을 만하다.(首尾均稱) 위의 三湘은 중국의 지명이
기도 하고 강 이름으로 말하기도 하는데 여기서는 어느 것인지.
106)『遺閑雜錄』에 말하기를 徵君 成運은 報恩 鍾谷 사람이었는데 行義가 매
우 높고 문장도 또한 묘했다. 그의 시에 말하기를,
一入鍾山裡 한 번 鍾山으로 들어와서,
松筠臥草廬 솔과 대나무 껍질의 초가에 누웠다오.
天高頭肯俯 하늘이 높아 머리를 잘 굽힐 수 있고
地窄膝猶舒 땅이 좁으나 무릎은 오히려 펴겠다.
名下何人在 이름 밑에 어떤 사람이 있나뇨

波乾龍爛死	물이 마르면 용은 타서 죽게 되고
松倒鶴驚飛	소나무가 넘어지자 학이 놀라 난다.
地下忘恩怨	저세상에는 은혜와 원망을 잊는다는데
人間說是非	인간세계에서는 시비를 말한다.107)
仰瞻黃道日	황도黃道108)의 해를 우러러 바라보면
誰得掩光輝.	누가 밝은 빛을 가릴 수 있으랴.109)

　　성운成運의 자는 건숙健叔 호는 대곡大谷이며 창녕인昌寧人이다. 은일隱逸로 벼슬이 정正에 그쳤으나 나가지 않았으며 팔십에 세상을 떠났다.

✿ 임억령林億齡
추촌잡제秋村雜題

志與江湖遠	뜻은 강호와 더불어 멀었는데
形隨草木衰	형상은 초목을 따라 쇠했다오.
美人嗟已暮	미인은 이미 늦었음을 탄식하고
楚客自生悲	초객楚客은 스스로 슬퍼한다.

　　林間此老餘　숲속에 이 늙은이가 남았다.
　　柴門客自絕　가시문에 손도 끊어지고
　　無日罷琴書.　날마다 거문고와 책을 본다오.
　　라 했다. 그는 乙巳년 衛社에 罷動이 되자 지은 시에 云云했는데 두 시가 모두 매우 아름답다. 徵君이 세상에 뜻이 없고 사람들에 알려지는 것을 구하지 않았으니 진실로 處士라 했다.
　　『芝峯類說』에 말하기를 成大谷詩에 地下云云했는데 대개 乙巳士禍에 희생된 사람들을 슬퍼한 것인데 능히 여러 인사들의 심사를 말한 것으로 애통하다고 하겠다.
107) 가히 천고의 한을 깨트렸다.(可破千古恨)
108) 지구에서 보면 태양이 일 년 동안에 지구를 한 바퀴 도는 것을 말함.
109) 충성스럽고 두터움이 많다.(忠厚藹然)

密綱江魚駭	그물망이 좁아 강에 고기들이 놀라고
機心海鳥疑	계획해 꾸미는 마음을 바다 새가 의심한다.110)
非無流水曲	유수곡流水曲이 없는 것은 아니지만
何處遇鍾期.	어느 곳에서 종자기鍾子期111)를 만나랴.

증각현贈覺玄

墻下客猶臥	담장 밑에 손은 오히려 누웠는데
山中僧獨歸	산중의 중은 홀로 돌아간다.
江村秋日暮	강촌에 가을 해가 저물고
野寺遠鍾微	들에 있는 절이 멀어 종소리 희미하다.
殘夜鳥同宿	남은 밤을 새와 함께 자고
曉天雲共飛	새벽하늘에 구름과 같이 난다오.
離懷不自整	헤어지는 생각을 스스로 다스리지 못해
醉筆爲君揮.	취한 붓으로 그대를 위해 휘젓는다.

죽서루竹西樓

江觸春樓走	강물은 봄에 누를 치고 달려가고
天和雪嶺圍	하늘은 눈과 합쳐 재를 둘렀다.112)
雲從詩筆湧	구름은 시필을 좇아 솟았고
鳥拂酒筵飛	새는 술자리를 떨치며 난다.113)

---

110) 이 늙은이의 평생 동안의 행동이다.(此老平生行止)
111) 伯牙의 타는 거문고 소리를 듣고 마음을 알았다는 음악 감상가.
112) 뛰어나고 호방하다.(雄放)
113) 방탕함을 볼 수 있다.(跌宕可見)

浮海知今是	속세를 떠나려는 것이 지금 옳음을 알았으며
趨名悟昨非	명예를 추구했던 지난날이 그름을 깨달았다.
松風當夕起	소나무 바람이 저녁이면 불어
蕭颯動荷衣.	쓸쓸하게 하의荷衣[114]를 움직인다.[115]

◈ 엄흔嚴昕

차석천운次石川韻

有底花飛急	그침이 있는데 꽃은 급히 날고
風光不貸人	풍광은 사람에 빌려주지 않는다.
春歸殘夢裡	봄은 남은 꿈속으로 돌아가고
家在大江濱	집은 큰 강물 가에 있다.[116]
酒薄難成醉	술이 적어 취하기 어렵고
更長未易晨	밤이 길어 새벽이 쉽지 않다.
猶餘輸寫處	오히려 다 써야 할 곳이 남았는데
得句寄東隣.	구句를 얻자 동쪽 이웃에 붙었다.

엄흔嚴昕의 자는 계소啓昭 호는 십성당十省堂이며 영월인寧越人이다. 중종 때 과거에 급제했고 벼슬은 전한典翰에 이르렀다.

---

114) 隱者들이 입는 옷을 말함.
115) 음절이 조화를 잘 이루었고 神氣가 豪上하다.(音節諧捷 神氣豪上)
116) 기운이 뛰어난 말이다.(氣超語)

✧ 홍섬洪暹

차영장미운次詠薔薇韻

絶域春歸盡	아득한 지역으로 봄은 다 돌아가고
邊城雨送凉	변방 성에 비가 서늘함을 보낸다.
落殘千樹艶	많은 나무에 탐스러운 꽃은 떨어지고
留得數枝黃	몇 가지에 누런 꽃만 남았다.
嫩葉承乾露	연한 잎은 마른 이슬을 받았고
明霞護曉粧	밝은 안개는 새벽 화장을 보호한다.117)
移來故相近	일부러 서로 가깝게 옮겨놓았더니
拂袖有餘香.	소매를 떨치자 남은 향기가 있다오.

홍섬洪暹의 자는 퇴지退之 호는 인재忍齋며 언필彦弼의 아들로서 남양인
南陽人이다. 중종 때 과거에 급제하여 호당에 피선되었고 문형을 맡았다. 벼
슬은 영의정을 했으며 시호는 경헌景憲이다.

✧ 이황李滉

차우인기시구화운次友人寄詩求和韻

性癖常耽靜	성격이 항상 고요한 것을 탐하며
形羸實怕寒	파리한 몸은 진실로 추위를 겁낸다오.
松風關院聽	소나무 바람소리는 담장을 통해 들리고
梅雪擁爐看	눈 속의 매화는 화로를 안고 본다.
世味衰年別	세상맛을 늙으면서 이별하게 되니
人生末路難	인생은 말로가 어렵다네.118)

---

117) 구가 아름답다.(句麗)

悟來成一笑　　깨닫게 되자 한 번 웃게 된 것은

曾是夢槐安.　　일찍 괴안국槐安國[119]을 꿈꾸었기 때문이오.

❖ 류희령柳希齡

숙십삼산차판상운宿十三山次板上韻[120]

祇役非我事　　크게 부리는 것은 내 일이 아니며

儒裝過薊門　　선비 단장을 하고 계문薊門을 지났다.

風烟連碣石　　바람에 흐린 기운은 비석과 연했고

墻堡限開原　　담장은 열린 평원을 막았다.

設伏龍庭遠　　복룡伏龍을 설치한 것은 뜰을 멀리 하려는 것이며

燒荒海成昏　　거친 것을 불태움은 바다 수자리를 어둡게 한다.

胡笳何處發　　피리를 어느 곳에서 부는가

邊思曲中論.　　변방 생각을 곡에서 나타내고자 한다오.[121]

　　류희령柳希齡의 자는 자한子罕 호는 몽와夢窩이며 진주인晉州人이다. 중종 때 과거에 급제했고 벼슬은 참의參議에 이르렀다. 편찬한 대동시림大東詩林이 『연주시격聯珠詩格』처럼 세상에 유행하고 있다.

---

118) 道를 아는 말이다.(知道之言)

119) 唐나라 때 지은 南柯太守傳에서 淳于分이 꿈속에서 체험한 나라 이름. 이 작품은 꿈이 허무한 것과 같이 현실의 무상함을 반영한 작품.

120) 公의 『大東詩林』 일부의 편집에 말이 있으나 詩家에 있는 공이 매우 크고, 또 이 시도 평범한 것이 아니다.(公有大東詩林一部 裒次雖有議者 而有功於詩家甚大 此作亦不凡)

121) 전편이 난해하여 번역도 쉽지 않고 이해에 어려움이 있다. 薊門은 北京에 있는 지명이라 한다

✧ 김인후金麟厚(再見)

추효작秋曉作

夜靜星芒動	밤이 고요하니 별들이 질펀하게 움직이고
秋深露氣高	가을이 깊자 이슬 기운이 높다.[122]
輕寒生枕席	가볍게 쌀쌀함을 잠자리에서 느낄 수 있고
倦夢落江皐	게으른 꿈은 강변 언덕에 떨어졌다.
未泛重陽菊	중양에 국화가 피지 않았는데
誰題九日餻	누가 구일의 흰 떡을 제목으로 하겠는가.
孤懷愁不寐	근심에 쌓여 자지 못하고 있는데
奈復曉鷄號.	다시 새벽 닭이 우는 것을 어찌하랴.

등취대登吹臺

梁王歌舞地	양왕梁王이 노래하고 춤추던 곳이었는데
此日客登臨	오늘 길손이 올랐다오.[123]
慷慨凌雲趣	강개함은 구름을 업신여기는 생각이며
凄凉吊古心	쓸쓸함은 옛날을 슬퍼하는 마음이라오.
長風生遠野	긴 바람이 넓은 들에서 불어오고
白日隱遙岑	밝은 해는 먼 산봉우리로 숨는다.[124]
當代繁華事	당시의 번화했던 일은
茫茫何處尋.	까마득해 어느 곳에서 찾으랴.

---

122) 기운이 뛰어나다.(氣槩超然)
123) 盛唐의 높은 韻이다.(盛唐高韻)
124) 침착하다.(沈着)

화양정華陽亭

水潤經新雨	물이 많아졌으니 새로 비가 내렸고
山明轉夕陽	산이 밝은 것은 석양이 굴렀기 때문이다.
風威全息浪	바람의 위엄에 물결이 완전히 그쳤고
雲日政涵光	해를 가린 구름은 바로 빛에 젖었다.
近岸亭誰築	언덕 가까이 정자는 누가 지었으며
中流鳥自翔	중류에 새는 스스로 날고 있다.
回舟乘暝色	어두움을 타고 배를 돌려125)
去去上滄茫.	질펀하게 넓은 곳으로 올라간다오.

분국盆菊

十月淸霜重	시월에 맑은 서리가 많이 내려
芳叢不耐寒	꽃떨기가 차가움을 견디지 못한다.126)
條枝將萎絶	가지는 시들고 끊어지려 하며
花蕊半凋殘	꽃술이 반 쯤 상하고 망가졌다.
北闕承朝露	북쪽 대궐에서 아침 이슬을 받았고
東籬謝夕飧	동쪽 울타리에서 저녁밥을 사양했다.
貞根期永固	곧은 뿌리가 길이 굳을 것을 기약해
歲歲玉欄干.	해마다 옥난간에 두고 싶다오.

---

125) 乘字가 교묘하다고 했다.(字巧)
126) 또한 읊을 만하다.(亦自可咏)

❖ 정유길鄭惟吉(再見)

차운증류선천영길次韻贈柳宣川永吉

十里湖堤路	십 리의 호수 제방 길을
偏宜信馬過	말을 믿고 편하게 지났다.
魚遊明鏡裡	고기는 맑은 물속에 놀고
人在水仙家	사람은 수선水仙의 집에 있다.
地比東吳勝	땅은 동오東吳와 비교해도 좋으며
人方謝眺多	사조謝眺127)와 견줄 사람이 많다오.
龍泉無計斸	용천검龍泉劍128)으로 꺾을 계획은 없어
空憶晉張華.	부질없이 진晉나라 장화張華129)를 생각한다.

❖ 이홍남李洪男

수월정청계만우水月亭淸溪晚雨

返照翻成暗	돌아 비치는 것이 뒤쳐 어둠을 이루었고
歸雲擁已迷	돌아가는 구름은 이미 아득함을 안았다.
金蛇忙不駐	금빛 뱀은 바빠 머물지 않고
銀竹散難齊	은빛 대는 흩어져 가지런하기 어렵다.
鳥翼投林重	새는 짙은 숲으로 날아가고
鍾聲出寺低	종소리는 절 밑에서 난다.130)
尋僧明日去	스님을 찾아 내일 가게 되면
愁殺漲前溪.	앞 냇물은 불어나지만 근심은 감할 것이오.

---

127) 南北朝 시대 齊의 문인으로 草書와 五言詩에 능했다.
128) 보배스러운 칼의 이름.
129) 晉나라 때의 인물로 자는 茂先이며 博學으로 이름이 있었다.
130) 또한 기이하다.(亦奇)

이홍남李洪男의 자는 사중士重 호는 급고汲古다. 중종 때 과거에 급제했고 중시重試에 참여했으며 벼슬은 참의參議를 했다.

◈ 윤현尹鉉

차양경종군행次楊烱從軍行131)

夕烽通兩京	저녁에 봉화가 양경까지 통했는데
胡虜幾時平	오랑캐를 언제 평정하랴.
千里遠從役	천 리의 먼 곳에서 변방 역사를 했고
三年長築城	삼 년 동안 긴 성을 쌓았다오.
鴈無關外信	기러기는 관외關外의 전하는 소식이 없고
劒有匣中聲	칼은 갑 속에서 울고 있다.
方欲效心力	바야흐로 마음과 힘을 다하고자하기 때문에
未遑言死生.	사생을 말할 겨를이 없다오.

차왕발삼학사次王勃三學寺

亂石鳴春溜	어지러운 돌은 봄 처마 물에 울고132)
孤雲斂夕岑	외로운 구름은 저녁 산봉우리를 거두었다.
松扉僧閉久	사립문은 스님이 닫은 지 오래되었으며
林逕客行深	숲속 길로 손이 깊게 들어갔다.133)
藤老過墻蔓	등나무가 오래되어 덩굴이 담장을 넘었고
鍾淸出寺音	맑은 종소리가 절 밖에까지 들린다.134)

---

131) 이 시는 唐나라 시인의 작품을 매우 따르고자 했다.(此極力模唐人者)
132) 표현이 묘하다.(入妙)
133) 깊고 곱다.(幽邃窈窕)

夜來山籟寂	밤이 되자 산에서 나는 소리가 고요해
禪話散塵襟.	스님 설법이 옷깃 티끌을 흩었다.

윤현尹鉉의 자는 자용子用 호는 국간菊礀이며 파평인坡平人이다. 중종 때 과거에 급제했고 호당에 피선되었으며 벼슬은 호조판서에 이르렀다.

✧ 윤결尹潔(三見)

제중원루헌題中原樓軒

中原古名勝	중원은 예부터 명승지였는데
物色訥齋餘	눌재訥齋[135]가 남은 것을 찾아 골랐다.
有客登樓處	길손이 누에 오를 곳이 있었고
高秋落木初	늦가을에 나뭇잎이 처음 떨어진다.
江聲和雨重	강물은 빗소리와 함께 크게 들리고
山氣入簾虛	산기山氣는 빈 주렴으로 들어온다.
四顧非鄕國	사방을 보아도 고향이 아니므로
長吟意未舒.	길이 읊었으나 뜻을 펴지 못했다.[136]

차음성동헌운次陰城東軒韻

碧落收寒雨	하늘은 찬 비를 거두고
靑山淡返輝	푸른 산은 맑은 것이 도리어 빛이 난다.
野橋人欲斷	야교野橋에 사람들이 끊어지려 하고

---

134) 생각이 교묘하다.(巧思)
135) 訥齋는 中原樓의 주인의 호가 아닌가 생각되나 누구인지 알아보지 못했다.
136) 이와 같은 작품은 옛 사람의 시에 부끄러울 것이 없다.(似此等作 何愧古人)

官路樹相圍	관로官路는 나무들이 서로 둘러 있다.137)
爲客時將晚	나그네 된 때가 늦어지고자 하여
還家夢屢飛	꿈에 자주 날아 집에 돌아간다.138)
夜深成獨坐	깊은 밤 홀로 앉아 있으니
風露濕秋衣.	바람에 이슬이 가을 옷을 적신다.139)

---

137) 맑고 절개가 있다.(淸槩)
138) 아름답고 간절하다.(婉切)
139) 가을바람처럼 쓸쓸한 말이다.(簫瑟語)

✧ 노수신盧守愼(再見)

십륙야감탄성시十六夜感嘆成詩

八月潮聲大	팔월에 조수 소리 크고1)
三更桂影踈	삼경에 달그림자 성기다.
驚棲無定魅	도깨비는 있을 곳이 없어 놀라고
失木有奔鼯	박쥐는 나무를 잃고 이리저리 뛰고 있다.2)
萬事秋風落	만사는 가을바람에 나뭇잎처럼 떨어지고
孤懷白髮梳	외로운 생각에 백발만 빗는다.3)
瞻望悲行役	슬펐던 지나온 자취를 바라보면
生死在須臾.	죽고 사는 것은 잠깐 사이에 있다오.4)

별문백이생別文白二生

莽蕩乾坤阻	넓고 큰 하늘과 땅은 막히었고
蕭條性命微	쓸쓸한 운명은 가늘다오.
詩書禮學未	시서와 예학을 못했으니
三十九年非	삼십구 년을 헛되게 보냈다.5)
露菊憑烏几	이슬에 젖은 국화를 오궤烏几에 의지해 보고
秋虫掩竹扉	가을벌레로 대사립문을 닫았다.

---

1) 조금도 구애받지 않고 당당하며 높게 솟았다.(磊落軒騰)
2) 장함이 넘치는 말이다.(壯浪語)
3) 쓸쓸하다.(蕭瑟語)
4) 슬픔을 느끼게 한다.(慘然)
5) 對가 기이하다.(奇對)
   이 함련에 『國朝詩刪』은 四十九年이라 했으나 『蘇齋集』(卷 四)에 三十九
   라 했고, 또 소재가 이 시를 지을 때의 나이 39세였다고 하니 문집의 기
   록에 따른다.

此時文白至	이때 문백文白[6] 두 사람이 왔다가
三宿乃言歸.	사흘을 자고 간다고 말한다.

노중음路中吟

曉過荒山僻	새벽에 황산 외진 곳을 지나
曛歸黑石幽	황혼에 흑석 깊숙한 곳으로 돌아왔다.
逕深雪一丈	길에 눈이 한 발이나 깊었고
巖老雲千秋	오래된 바위에는 구름이 항시 끼었다.
歲月空消髀	세월은 공연히 넓적다리뼈를 닳게 했고
乾坤未鮮憂	건곤은 근심을 해소하지 못했다.
僑窓夜無月	객지의 창에 달도 없는 밤에
萬事集垂頭.	만사가 수그린 머리에 모였다.[7]

숙삼사창宿三社倉

旅食三村里	여행하면서 삼촌에서 식사를 했는데
時當七月秋	때는 가을철 칠월이었다.
干戈亂離際	싸움으로 피난을 하는 즈음이었고
稻豆嘆乾憂	벼와 콩이 타고 말라 근심이 된다.
海月虫吟盡	해월海月에 벌레 소리도 그쳤고[8]
山風露氣收	산풍山風이 이슬 기운을 거두었다.
安危古百濟	안위가 반복된 옛 백제에

---

6) 文白의 文은 文益世며 白은 白光勳이라고 한다.

7) 높게 솟아 우뚝하다.(突兀)

8) 情景이 入神했다.(情景入神)

萬事倚晨樓.　　　　만사를 새벽 누에 의지해 생각한다오.

십륙야환선정十六夜喚仙亭

二八初秋夜　　　　십육 일 초가을 밤에

三千弱水前　　　　삼천리의 약수弱水[9] 앞이라오.

昇平好樓閣　　　　태평성대의 좋은 누각이며

宇宙幾神仙　　　　이 세상에는 신선이 얼마나 될까.

曲檻淸風度　　　　굽은 난간에 맑은 바람이 지나가고

長空素月懸　　　　넓은 하늘에 흰 달이 떴다.

愀然發大嘯　　　　엄숙한 포정으로 휘파람을 크게 부니

孤鶴過蹁躚.　　　　외로운 학이 빨리 돌아 지나간다.[10]

성세운회빙기가서成世雲回憑寄家書

老病吾親在　　　　노병老病의 내 어버이가 있는 곳은

尙州縣化寧　　　　상주尙州 고을 화녕化寧이라오.

鴈辭蘇武繫　　　　기러기는 소무蘇武[11]가 매려는 것을 사양하고[12]

犬豈士衡聽　　　　개가 어찌 사형士衡의 말을 들으랴.

---

9) 중국 고전에서 말하는 浮力이 약한 물을 지칭한 것은 아닌 듯한데, 어떤
　물인지 알아보지 못했다.

10) 筆力이 힘이 있고 넓고 분방하여 기운이 일세를 덮을 수 있다.(筆力凌厲
　宏放 氣蓋一世)

11) 前漢 武帝 때 蘇武가 匈奴에 사신으로 갔다가 억류되어 있으면서 자신의
　생존을 써 기러기발에 매어 알렸다는 고사를 인용한 것임. 아래 士衡은
　진나라 陸機의 자, 그는 문장으로 이름이 높았고 재주가 너무 많아 걱정
　이라 했다.

12) 역사적인 사실을 인용한 것이 교묘하고 치밀하다.(引事工緻)

澤畔頭渾白	못가에서 머리가 온통 희었고
天涯眼忽靑	멀리 떨어진 곳에서 눈이 갑자기 푸르다오.
好歸成大孝	무사히 돌아가 크게 효도하기를 바라며
傳札一奴星.	편지를 종 성성13)에게 전해주었다.

화룡탄선생和龍灘先生

山頹天喪矣	산이 무너짐은 하늘이 잃게 하는 것이고
木老人歸哉	나무가 늙자 사람들이 돌아간다오.
短景鳴寒籟	짧은 그림자에 차가운 피리소리 나며
春風立古臺	봄바람에 고대에 섰다.
有親仁里接	마을에서 만나는 사람은 인자해 친할 수 있으나
無友遠方來	멀리서 찾아오는 친구는 없다.
誰識今蘓武	누가 억류된 지금의 소무蘓武를 알아주며
前身是老萊.	전신은 바로 노래자老萊子라오.14)

증대곡성운贈大谷成運

偶作山陰興	우연히 산음山陰15)의 흥을 짓고자 하다가
誤尋谷口廬	골자기의 집을 잘못 찾게 되었다오.
經寒松自秀	솔은 추위를 지나면서 스스로 빼어났고16)

---

13) 星을 종의 이름으로 번역했는데, 다른 의미로 쓴 것인지 알 수 없다. 仕
    衡은 누구인지 알아보지 못했다.
14) 전편에 붓끝이 춤을 추는 듯하다.(通篇筆端鼓舞) 난해함도 있다.
15) 중국의 지명으로 王羲之가 계를 하면서 蘭亭序를 썼던 곳.
16) 成大谷의 상황을 말한 것임.(況大谷)

帶臘柳微舒	버들은 섣달이 되자 약간 펴게 되었다.17)
元祐完人老	원우元祐 년간의 완전한 늙은이였고18)
周南滯客餘	주남周南19)에 막혀 남아있는 손이라오.
何須載酒問	어찌 꼭 술을 가지고 물어야 하나
已勝十年書.	이미 십년동안 오고간 편지가 더욱 좋다오.

신륵사차각장로축운神勒寺次覺長老軸韻

神勒前朝寺	신륵사神勒寺는 전조부터 있었고
高僧普濟居	고승 보제普濟가 거처했던 곳이다.
烟雲暮帆落	구름 같은 연기는 저문 돛대에 떨어지고
水月夜窓虛	물에 있는 달은 밤에 빈 창을 비친다.
名利身猶縛	명예와 이익에 몸이 오히려 얽힌 듯하고
山林迹若疎	산림에 자취도 성길 것 같다.
孤懷感泡沫	외로운 생각이 물거품임을 느꼈으니
萬事付澆書.	만사에 쓴 것을 흐르는 물에 주었다오.

신씨강정회제愼氏江亭懷弟

路盡平丘驛	길은 평구역平丘驛에서 다됐고
江深判事亭	강은 판사정判事亭 앞에서 깊다오.20)

---

17) 자신의 상황을 말한 것임.(以自况)
18) 宋나라 哲宗의 연호이며, 完人老는 그때 활동한 司馬光을 중심으로 한 인물들임.
19) 周南은 洛陽의 옛 이름, 『詩經』國風의 篇名이기도 한데, 여기서는 어떤 의미인지 알지 못했다.
20) 俗된 것이 변해 깨끗해졌다.(變俗作雅)

登臨萬古闊	오르니 오랜 옛적부터 넓었고
枕席五更淸	잠자리에는 새벽까지 맑았다.[21]
露渚翻魚鳥	이슬 내린 물가에는 고기와 새들이 놀고
金波動月星	금빛 물결에는 달과 별이 움직인다.[22]
南鄕雙淚盡	남향南鄕에서 두 눈의 눈물이 말랐고
北闕寸心明.	북쪽 대궐은 마음을 밝게 한다오.

유곡역幽谷驛

勉奉吾賢母	힘써 현숙한 내 어머니를 받들고
欽趨我聖王	공손하게 현명한 임금님께 나아가고 싶다.[23]
乘輿鶴髮影	수레를 타면 학발의 영상이 생각나고
滿袖鳳綸光	소매에 가득한 봉황으로 꾸민 끈이 빛난다.
錦繡羞晴晝	비단 조각은 맑은 대낮에 부끄럽고
爛斑媚夕陽	빛난 무늬는 석양빛에 상긋거린다.
如何日夜淚	어찌하여 밤낮으로 흘리는 눈물이
太半是思鄕.	반은 고향을 생각하는 것이요.

파계葩溪

萬瀑深深洞	만폭의 깊고 깊은 골짜기에서
玆其第一流	이곳이 제일 좋다오.
紅霏石不老	붉은 안개비에 바위는 변하지 않았고

---

21) 얼마나 가슴속까지 파고드는가.(何等胸次)
22) 깊숙하고 높다.(幽峭)
23) 우연이면서 진실하다.(偶然便眞)

碧靄山無頭	푸른 구름이 피어올라 산은 꼭대기가 없다.24)
鏡面長河曙	거울 같은 긴 강물은 밝고
琴心太古秋	거문고 소리는 태고의 가을처럼 깨끗하다.
盤巖不盡興	서린 바위에서 흥을 다하지 못해
歸路夢悠悠.	돌아오는 길에 꿈도 여유가 있다네.

옥당간이언적송린수이선생시차운우감玉堂看李彦迪宋麟壽二先生詩次韻寓感

二老實間世	두 늙은이는 어느 시대마다 있을 분이 아닌데
兩南還一時	두 분은 남쪽으로 한 때에 돌아갔다오.
如何孔顏樂	어찌 공자孔子와 안자顏子의 즐거움은 갖지 못하고
便作誼原悲	문득 가의賈誼와 굴원屈原의 슬픔을 겪나뇨.
天上騎箕尾	천상에서 기성箕星과 미성尾星을 탔을 것인데
人間死別離	인간세계에서 죽어 이별하게 되었다.
凄凉玉堂月	처량한 옥당玉堂의 밝은 달은
只照舊心知.	옛 마음을 알고 비치리라.25)

회알의정영정이안우가會謁議政影幀移安于家

歲月並臨辰	세월이 아울러 다다를 때
移安鼻祖眞	비조鼻祖의 영정을 옮겨 모신다.
招要袒免服	후손들은 어깨까지 옷을 벗었고

---

24) 매우 기이하다.(奇甚)
25) 처연하면서도 정이 있다.(凄然有情)

序拜十三人　　열세 사람이 차례로 절을 한다.[26]
柳暗靑坡晚　　버들은 푸른 언덕에 늦게까지 어둡고
天晴白岳春　　백악白岳의 봄에 하늘이 개였다.
誰知修禊事　　수계修禊한 일을 누가 알아주랴
所以勸親親.　　친친親親을 친하게 권하는 바였다.

월계주중月溪舟中

百丈牽風浦　　포구에서 바람에 길게 끌려
孤篷泝月溪　　외로운 배가 월계로 거슬러 간다.
空明同上下　　물에 비친 달그림자는 아래위가 같고
烟靄半東西　　연기와 안개는 동서로 반씩 나누었다.
客興南程闊　　나그네의 흥은 남정南程에서 넓었고
歸魂北極迷　　돌아가는 혼은 북극北極에서 희미했다.
淸秋望不極　　맑은 가을을 다 바라볼 수 없는데
寒日向人低.　　차가운 해는 사람을 향해 낮아진다.[27]

대탄차운大灘次韻

急峽回羣麓　　급한 산골에 뭇 산자락이 돌고
貪潭集萬溪　　탐욕 많은 못에는 많은 시냇물을 모운다.
愁巖老溫上　　근심스러운 바위는 노온老溫 위에 있으며
問站大灘西　　큰 여울 서쪽에서 역을 물었다.
兩岸楊根拆　　양쪽 언덕 버들 뿌리는 갈라졌고[28]

---

26) 眞丹이 손에 있고 쇠가 금이 되었다.(眞丹在手 點鐵成金)
27) 내용이 뛰어나고 속된 것을 벗었다.(磊砢脫俗)

孤帆暝色迷　　　외로운 배는 어두운 빛으로 희미하다.
靑雲長路澁　　　청운의 먼 길은 어렵고
白首壯心低.　　　백수白首에 장한 마음도 낮아진다.

송리흠재헌국送李欽哉憲國

楊柳三春暗　　　삼춘에 버들은 짙었고
江湖萬里淸　　　넓은 강호는 맑다.
心隨白雲去　　　마음은 흰 구름 따라가고
淚洒繡衣行　　　눈물은 비단옷 입고 가면서 뿌린다.
寒雨孤篷捲　　　찬 비에 배의 대뜸을 걷었고
芳尊兩眼明　　　좋은 술잔에 두 눈이 밝았다.[29]
相看意中友　　　생각하는 친구를 서로 바라보니
白髮滿頭生.　　　백발이 머리에 가득하게 났다.

체우상遞右相

土虎春全暮　　　토호에 봄이 완전히 저물었고
吳牛喘未穌　　　오우는 천식이 낫지 않았다.
初辭右議政　　　처음 우의정을 사임했는데
便就判中樞　　　문득 판중추에 취임하게 되었다.[30]
睿澤深如海　　　임금의 은혜 바다같이 깊고

---

28) 대담한 말이다.(大膽語) 이 시의 내용에 난해함이 적지 않다.
29) 평을 한 것이 있으나 글자를 알아보기 어렵다.
30) 此老는 俗語를 잘 사용하여 깨끗하게 만들었다.(此老善用俗作雅) 그리고
　　위의 土虎는 어떤 의미인지 알아보지 못했다.

慈恩潤似酥　　어머니 은혜 우유처럼 윤택하다.

避賢仍樂聖　　어진 이를 피하려다가 성인을 즐거워하게 되니

能住幾年盧.　　몇 년이나 술집에 머물 수 있으랴.

제룡추원루題龍湫院樓

一宿嶺下縣　　한 번 재 아래 고을에 잤더니

縣樓微雨來　　고을 누에 가는 비가 내렸다.[31]

山容主屹角　　산의 얼굴은 주흘산의 뿔이며

水氣龍湫哀　　물 기운은 용추를 슬프게 한다.

亂世君王聖　　어지러운 세상에 군왕은 성스러웠고

迷道老病催　　도가 희미해지자 노병을 재촉한다.

去留均失意　　가고 머무는 것이 모두 뜻대로 되지 않아

沾洒重徘徊.　　눈물을 뿌리며 거듭 배회한다오.

단오제효릉端午祭孝陵[32]

廟表全心德　　인묘仁廟는 전체의 덕을 나타냈고

陵加百行源　　효릉孝陵은 백 가지 행동의 근원이라오.

衣裳圖不見　　의상은 그림도 보이지 않고

社稷欲無言　　사직은 말을 하고자 않는다.

天靳逾年壽　　하늘은 나이 많아지는 것을 아끼었고

人含萬古寃　　사람들은 길이 원통함을 머금었다.

---

31) 우연히 적실함을 맞췄다.(偶然破的)

32) 『芝峯類說』에 盧蘇齋가 仁宗이 東宮에 있을 때 大司書를 했다. 만년에 祭
　　孝陵詩에 운운했는데 한 자에 한 번씩 눈물을 흘릴 만하다고 했다.

春坊舊僚屬	춘방春坊33)에 있었던 옛 관료들에서
只有右司存.	오직 우사서右司書만 남아 있다오.

만이정승탁挽李政丞鐸

碩士生周國	큰 선비가 주周나라에 태어났고
賢臣立漢廷	어진 신하는 한漢나라 조정에 섰다.
檻摧三屈破	난간이 꺾이자 삼굴三屈이 파괴되었고34)
雲爛上台明	구름이 찬란한 것은 상태上台35)가 밝기 때문이요
經濟當平世	경제는 당시 세상을 평평하게 했고
膏肓屬暮齡	고황36)은 저문 나이에 속했다오.
承家有龍虎	가문을 잇는데 용호가 있으니
遺德見哀榮.	끼친 덕이 자손들에 영광으로 나타났다오.

만김대간란상挽金大諫鸞祥

珍島通南海	진도는 남해와 통하고
丹陽近始安	단양은 시안始安과 가깝다오.
風霜十載外	십년 동안 밖에서 풍상을 맞았고

---

33) 世子가 있는 東宮을 말함. 이 시에 대해 금처럼 독하고 옥같이 굳세다. (金悍玉剛)

34) 난간이 꺾인다는 말은 前漢 武帝 때 直臣인 汲黯이 直言을 하고 나갈 때 잡은 난간이 꺾이었는데 뒤에 보수할 때 武帝가 직언을 상징하기 위해 갈지 말고 보수를 하게 했다는 故事에서 直言을 의미한 것임. 三窟은 알아보지 못했음.

35) 三公과 같은 의미로 사용되는데 上台는 三公 가운데 높은 직위가 아닌가 한다.

36) 膏肓은 치료가 잘 되지 않는 병을 말함.

雨露兩朝間　　두 임금의 조정에서 은혜를 받았다.
白首驚時晚　　백수에 때가 늦었음을 놀랐고
靑雲保歲寒　　청운은 해가 추울 때도 보전했다.
東風壯夫淚　　동풍에 장부의 눈물은
一洒在桐山.　　동산桐山에 있을 즈음 뿌리고자 한다.37)

✤ 심수경沈守慶

면천반월루沔川伴月樓

檻外池心淨　　난간 밖에 못물이 맑고
松間矢道長　　숲 사이에 시도矢道38)가 길다.
竹踈微見影　　대가 성글어 그림자가 희미하게 보이고
荷老細聞香　　연꽃이 늙어 향기가 약하게 난다.
薄晚風鏖暑　　초저녁 바람이 무찌를 만큼 덥고
新秋雨助凉　　초가을 내리는 비가 서늘함을 돕는다.
客邊驚節序　　나그네가 변방의 바뀌는 계절에 놀라
歸興立斜陽.　　돌아가고 싶은 생각으로 사양에 섰다오.

홍산징청루차운鴻山澄淸樓次韻39)

竹色分雙島　　대나무 빛이 두 섬을 나누었고

---

37) 매우 정이 슬프고 말이 간절해 읊으면 눈물을 흘리게 한다. 蘇齋가 지은
　　시에 俗語를 많이 사용하기 때문인지 위의 시들에서 알아보기 어려운
　　말들이 많아 난해함이 적지 않았음을 밝혀둔다.
38) 과녁과의 거리를 말한 것이 아닌가 한다.
39) 위의 시와 함께 두 편의 시가 화평하고 맑고 깨끗함이 좋다.(二篇俱以和
　　平淡雅爲勝)

荷香滿一池	연꽃 향기가 못에 가득하다.
雨過平墅後	비는 편편한 농막을 지난 뒤였고
人倚小樓時	사람은 작은 누에 의지하고 있을 때였소.
勝地誰同賞	좋은 곳을 누구와 함께 감상하랴
羈愁只自知	나그네 근심을 스스로 알 것이다.
欲將詩作壘	시 짓는 데 보루로 하여
聊用酒爲基.	술 마시는 것을 기본으로 하고자 한다오.

심수경沈守慶의 자는 희안希安 호는 청천당聽天堂이다. 명종 때 과거에 장원했고 호당에 피선되었으며, 벼슬은 우상右相을 역임했다.

❖ 박지화朴枝華(再見)

청학동靑鶴洞

孤雲唐進士	최고운崔孤雲은 당唐의 진사로서
初不學神仙	처음에는 신선을 배우지 않았다.[40]
蠻觸三韓日	삼한三韓은 날마다 작은 일로 다투었고
風塵四海天	사방의 하늘에 바람과 티끌이 일고 있었다.
英雄那可測	영웅을 어찌 측량할 수 있으며
眞訣本無傳	진결眞訣은 본디 전하는 것이 없었다.
一入名山去	한 번 명산에 들어간 후
淸風八百年.	맑은 바람이 팔백 년으로 분다.[41]

---

40) 말과 생각이 깊숙해 일반 작가들과 비교할 수 없다.(語道思幽 非等閑作者可肩)
41) 『芝峯類說』에 石川 林億齡의 시에 말하기를,
　　致遠仙人也　최치원은 신선으로서
　　飄然謝世氛　표연히 인간세계를 떠났다.

✤ 권응인權應仁
산거즉사山居卽事42)

結屋倚靑嶂	집은 푸른 산봉우리에 의지해 지었고
携甁盛碧溪	병을 가지고 맑은 냇물을 담아왔다.
逕因穿竹細	길은 가는 대밭을 뚫었으며
籬爲見山低	울타리는 산이 보이게 낮게 했다.
枕中巾粘蘚	베개 덮은 수건에 이끼가 묻었고
栽花屐印泥	꽃을 가꾸면서 신발이 진흙에 찍히었다.43)
繁華夢不到	화려함은 꿈에도 이르지 못하고
閑味在幽栖.	한가한 맛이 깊숙하게 사는데 있다오.

권응인權應仁의 자는 사원士元 호는 송계松溪이다. 벼슬은 한리학관漢吏
學官을 했으며 시로써 이름이 있었다.

短碑猶有字　짧은 비에는 오히려 글자가 있고
深洞本無墳　깊은 골짜기에 본디 무덤은 없었다.
濁世身如寄　탁한 세상에 몸은 붙어산 것 같고
靑天鶴不羣　푸른 하늘에 학은 무리가 아니었다.
高山安可仰　높은 산을 어찌 바라볼 수 있으랴
從此揖淸芬.　지금부터 맑은 향기에 읍한다오.
라 했는데, 세상에 전하기를 최고운이 신선이 되었다고 하기 때문에 石
川의 시는 이와 같이 말했으나 朴枝華는 그렇지 않다고 했다.
42) 제목이 丹丘 雲岩 水雲亭인데 이 시가 그 가운데 하나이다.
43) 매우 교묘하다.(極巧)

✥ 고경명高敬命(再見)

정고봉기대승呈高峯奇大升

異代人私淑	다른 세대의 사람도 사숙私淑[44]하며
淵源遡考亭	학문의 뿌리는 고정考亭[45]에까지 올라갔다.
靑丘鍾秀氣	청구靑丘[46]의 빼어난 기운이 모였고
南斗繞文星	하늘 남쪽 두성斗星이 문성文星[47]을 싸고 있다.
身遠淹漳浦	몸은 멀리 물가의 포구에 젖었고
名高動漢廷	이름은 높아 중국 정부에까지 알려졌다.
蒼生望已久	사람들이 이미 오랫동안 존경하며
飛詔下天扃	조서詔書가 대궐에서 내려왔다오.

✥ 정윤희丁胤禧

부용포향사응제芙蓉抱香死應製

玉露凋銀渚	이슬에 은빛 모래에서 시들었고
朱華隕碧潯	붉은 꽃은 푸른 물가에 떨어졌다.
未堪秋水晚	늦은 가을 물을 견디지 못했으며
叵耐曉寒侵	들어오는 새벽 추위를 참을 수 없었다.
鏡裏銷紅臉	거울 속에 붉은 뺨이 쇠했고
釵頭抱苦心	비녀머리에 괴로운 마음을 안았다.
香魂招不得	향기로운 혼을 불러도 얻지 못해
愁絶暮江深.	근심이 저문 강 깊은 곳에 끊어졌다오.[48]

---

44) 직접 배우지 않아도 마음으로 그 학문을 따르는 것을 말함.
45) 朱子가 講學했던 곳으로 그의 學派를 考亭學派라 함.
46) 우리나라가 있는 쪽, 또는 우리나라를 지칭함.
47) 文運을 맡은 별이라고 하며, 奎星이라 하기도 한다.

풍영루風詠樓

楚雨霏殘照	남은 햇빛에 고통스러운 흙비가 내리고
雲開錦席明	구름이 걷히니 비단 자리가 밝다.
笙歌欺病守	저 소리는 병든 원을 속였고
刀筆誤書生	하급관리는 서생을 그르치게 했다.
映箔山榴艶	발에 예쁜 산 석류꽃이 비치고
通池野水淸	못은 맑은 들 물과 통했다.49)
酒醒愁易集	술을 깨자 근심이 쉽게 모여
流落愧身名.	몸과 이름이 흘러 떨어져 부끄럽다오.

차운황경문次韻黃景文

葉雨西廂夜	서쪽 행랑채 잎에 비가 내리는 밤에
殘缸夢覺時	꿈을 깨었을 때 항아리만 남았다오.
浮榮不在念	뜬 영화는 생각에 있지 않고
遠別自生悲	멀리 헤어지니 스스로 슬퍼진다.
錦瑟消年急	거문고는 나이를 빨리 먹게 하고
金屛買笑遲	병풍은 웃음을 늦게 사게 한다.
江南一片恨	강남의 한 조각 한을
唯許故人知.	오직 고인만이 알게 허락한다네.

　정윤희丁胤禧의 자는 경석景錫 호는 고암顧菴이며 압해인押海人이다. 명종 때 알성시謁聖試와 중시重試에 모두 장원했으며, 벼슬은 강원관찰사를

48) 中唐의 雅致다.(中唐雅致)
49) 맑고 빛난다.(淸麗)

했다.

◈ 하응림河應臨(三見)

금림응제禁林應製

千門催曉闢	새벽에 많은 문을 재촉해 여니
仙漏正沈沈	누수 소리 바로 침침하다.50)
花氣熏長樂	장락궁長樂宮에 꽃기운이 타는 듯하고
鶯聲繞上林	상림上林에 꾀꼬리 소리가 얽히었다.
雲披天杖近	구름이 걷히자 의장儀杖이 가깝고
月隱露臺深	달이 숨으니 노대露臺가 깊다.51)
明日長楊獵	내일 장양長楊으로 사냥을 가게 되면
誰懷獻賦心.	누가 부賦를 지어 드릴 마음을 가졌을까.52)

◈ 최경창崔慶昌(三見)

인이달북귀기박관찰민헌因李達北歸寄朴觀察民獻

草草河邊酒	바쁘게 물가에서 술을 마시며
悠悠別後期	여유롭게 훗날을 기약하며 이별했다오.
聊因北歸客	북쪽으로 돌아가는 손에게
始寄去年詩	작년에 지은 시를 비로소 부친다.
塞外早霜落	변방에는 서리가 일찍 내리고
關中芳草衰	관중에는 꽃다운 풀이 시들었다.53)

---

50) 매우 沈宋에 가깝다.(太逼沈宋) 沈宋은 누구인지 알아보지 못했다.
51) 이 경련은 이해가 쉽지 않다.
52) 初唐의 번화한 운이다.(初唐穠韻)
53) 句를 이와 같이 다듬을 것이다.(琢句如是)

相思月屢滿	서로 생각한 것이 여러 달이 되었는데
秋鴈到來遲.	가을 기러기도 늦게 온다오.

여양역閭陽驛[54]

馬上時將換	마상에서 해가 바뀌려 하니
西歸道路賒	서쪽으로 돌아가는 길이 멀다오.
人烟隔河少	강 건너는 인연人烟이 적고
風雪近關多	관이 가까우니 풍설이 많다.
故國書難達	고국 편지는 받아보기 어렵고
他鄕鬢易華	타향에서 살쩍머리가 쉽게 희어진다.
天涯意寥落	천애에 마음이 처량해
獨立數栖鴉.	홀로 서 쉬고 있는 갈까마귀를 헤어본다.

칠가령봉입춘七家嶺逢立春

旅食逢春菜	여행하면서 봄나물을 먹게 되었으니
羈愁且物華	나그네의 근심에도 또 풍경이 있다.
經年猶在路	해를 보내며 오히려 길에 있으니
幾日定還家	어느 날 집에 돌아간다고 정하겠는가.[55]
山郭烟和柳	산곽에는 버들과 연기가 끼었고
河橋雪牛沙	하교에 눈이 모래의 반이나 된다.
佳辰任蓬梗	아름다운 계절을 다북대와 느릅나무에 맡기니

---

54) 작품마다 王(昌齡) 孟(郊) 錢(起) 劉(長卿)의 맑은 운치가 있다.(篇篇俱是 王孟錢劉雅韻)

55) 고운 말은 唐의 시인 韋應物과 錢起의 남긴 뜻과 같다.(婉語猶是韋錢遺意)

顔鬢轉蹉跎.　　　낮에 살쩍머리만 기대에 어긋나게 변했다.

조천궁朝天宮

碧宇標眞界　　　푸른 집은 진계眞界임을 표시했고
仙壇降太淸　　　선단仙壇은 하늘에서 내려왔다.
鸞棲珠圃樹　　　난새는 주포珠圃의 나무에 쉬고
霞繞紫微城　　　안개는 자미성을 둘렀다.
寶籙三元秘　　　보록寶籙에는 천지안天地人의 비밀이 기록되었고
神丹九轉成　　　신단神丹은 아홉 번 굴러 이루어졌다.
芝車人不見　　　지거芝車에 사람은 보이지 않고
空外有簫聲.　　　하늘 밖에 퉁소소리 들린다.56)

도환응제擣紈應題

誰家擣紈杵　　　뉘 집에서 비단 다듬이질을 하나뇨
一下一傷情　　　할 때마다 한 번씩 마음이 상한다.
滿地秋風起　　　땅에 가득하게 가을바람이 일고
孤城片月明　　　외로운 성에 조각달이 밝다.57)
凄淸動霜葉　　　차가움에 단풍잎은 떨어지고
寂寞入寒更　　　쓸쓸함은 차고 깊은 밤에 찾아든다.
征客關山遠　　　관산關山으로 멀리 가는 손은
能聽空外聲.　　　공외空外의 이 소리를 들을 수 있을까.58)

---

56) 仙家의 上乘이다.(仙家上乘)
57) 바로 자신의 향기다.(正自爾馨)
58) 아름다운 구슬이 옆에 있어 내 형상이 추함을 느끼었다.(珠玉在側 覺我

송조백옥원부괴산送趙伯玉瑗赴槐山

直道難容世	곧은 말은 세상에 용납되기 어렵고
微官且爲貧	낮은 벼슬은 또 가난하다오.
全家向山郡	전 가족이 산골 군으로 가면서
孤棹別江春	외로운 돛으로 강의 봄과 이별한다네.
階下銷丹竈	뜰 아래 부뚜막이 허물어졌고
窓間拄笏人	창 사이에서 홀을 받치는 사람이라오.
王喬有鳧舃	왕교王喬59)의 오리 신발이 있어
早晚謁麒麟.	머지않아 임금을 뵈옵게 될 것이오.

송진상사호신送秦上舍好信

遠客經寒食	멀리 떠나있는 나그네가 한식을 지났는데
歸期後落花	돌아갈 시기는 꽃이 떨어진 뒤라오.
白雲隨望在	흰 구름은 바라봄을 따라 있고
芳草出關多	꽃다운 풀은 관문 밖에 많다.60)
病負江頭別	병을 가지고 있으면서 강 머리에서 이별하니
看如夢裡何	꿈속에서 보는 것과 어떠한가.
明朝春亦去	내일 아침이면 봄도 또한 가게 되니
相伴過天涯.	서로 짝해 천애를 지나겠다.

形穢)

59) 王喬는 漢나라 때 사람으로 異術이 있어 조회에 참석하기 위해 오게 되면 오리를 타고 오므로 그물로 오리를 잡아 보니 신발이었다고 한다.

60) 빛이 번쩍이며 사람을 핍박한다.(光芒閃閃逼人)

혜전축惠全軸

一路看花伴	길에서 꽃을 짝해 보았는데[61]
披蓑似去年	도롱이를 벗었더니 거년과 같다오.
逢僧問山寺	스님 만나 절을 물었고
立馬喚津船	말을 세우고 나룻배를 불렀다.
遠水春城背	멀리 있는 물은 춘성 뒤로 흐르고
平蕪暮雨連	편편한 거친 들에 저문 비와 연했다.
猶愁後臺磬	오히려 근심스러움은 후대後臺의 경쇠 소리가
隱隱隔微烟.	엷은 연기 너머에서 희미해지는 것이오.

◈ 백광훈白光勳(三見)
억고죽憶孤竹

門外草如積	문밖에는 풀을 쌓아놓은 듯하고
鏡中顏已凋	거울에 비친 얼굴은 이미 늙었다.
那堪秋風夜	밤에 가을바람을 어찌 견디며
復此雨聲朝	아침에 다시 빗소리가 들린다.
影在時相吊	얼굴이 떠오를 때는 서로 위로하고
情在每獨謠	생각이 나면 매양 혼자 노래를 한다오.
猶憐孤枕夢	가련하게도 외로운 꿈속에서는
不道海山遙.	해산이 멀다고는 말하지 않는다오.[62]

---

61) 움직이지 않고 스스로 이긴 표정이다.(居然自勝)
62) 錢郎의 遺韻이라 했는데(錢郎遺韻), 錢은 盛唐의 시인 錢起가 아닌가 한다.

송심공직부임춘천送沈公直赴任春川

厭劇仍淸疾	바쁜 것이 싫어 청질淸疾이 되었는데
移官愜素情	벼슬을 옮기게 되어 마음에 좋겠다.
行廚山吏供	가는 곳 음식은 아전이 받들것이고
春纜野花迎	봄날 뱃길은 들꽃들이 맞이한다.(63)
隱几看雲起	궤에 기대어 나는 구름을 바라보며
停琴待月明	거문고 멈추고 달 밝기를 기다린다.
應憐樓下水	사랑스럽게도 누 아래 물은
日夜向秦城.	밤낮으로 진성을 향해 흐르겠지.(64)

송리택만부경送李擇萬赴京

歲暮遠爲客	해가 저문데 멀리 가는 손이 되었으니
北行應過春	북쪽으로 가면 응당 봄을 지날 것이오.
河橋正風雪	물을 건너는 다리에는 바로 풍설이 내리고
關路尙烟慶	관동 길에는 오히려 연기가 좋을 것이다.
時見天邊月	때때로 하늘 주변의 달을 보게 되면
如逢故國人	고국 사람을 만난 것과 같으리라.
悲歌滿燕趙	슬픈 노래 연조燕趙에 가득할 것이니
隨處莫傷神.	지나는 곳에 따라 마음은 상하지 마오.

---

63) 唐나라 시인의 雅趣가 있다.
64) 가장 좋다.(最好) 秦城은 어딘지 알아보지 못했다.

한거즉사閑居卽事

欲說春來事	봄에 오는 일을 말하고자 하는데
柴門昨夜晴	사립문은 어젯밤에 개였다.
閑雲度峰影	한가한 구름이 봉을 지나는 그림자가 있고
好鳥隔林聲	꾀꼬리가 건너 숲에서 운다.
客去水邊坐	손이 가자 물가에 앉았더니
夢回花裏行	꿈에 꽃 속으로 간다오.
仍聞新酒熟	인해 새 술이 익었다고 들었으니
瘦婦自知情.	파리한 처의 정을 알 수 있다네.

현진야박縣津夜泊

旅泊依村口	여행하며 마을 어귀에 이르니
重遊屬暮年	늙은 나이에 다시 오게 되었다오.
鍾聲隔岸寺	종소리는 언덕 너머 절에서 나고
人語渡湖船	말소리는 호수를 건너가는 배에서 들린다.
月上蕪葭遠	달이 뜨자 거친 갈대밭이 멀어졌고
烟沈島嶼連	연기에 잠기어 섬들이 이어졌다.
更深風更急	밤이 깊어 바람이 다시 사나우니
落鴈不成聯.	떨어지는 기러기들이 줄을 짓지 못한다.

✥ 이달李達(四見)
양양도중襄陽途中

日暮襄陽道	날이 저문 양양 길에

烟沈漢水濱	연기가 한강 가에 끼었다.
獨行騎馬客	말을 탄 손이 홀로 지나가고
不見弄珠人	농주弄珠하는 사람은 보이지 않는다.[65]
下渚多靑草	아래 물가에는 푸른 풀이 많고
中洲采白蘋	가운데 섬에서는 백빈白蘋을 캔다.
徘徊大堤上	큰 언덕 위를 배회하면서
覽古一傷神	옛날 생각하며 슬퍼한다오.

상강릉양명부上江陵楊明府

行子去留際	나그네가 가고 머무는 것은
主人眉睫間	주인의 눈썹 사이에 있다.
今朝失黃色	오늘 아침에 황색을 잃었으니
夜坐憶靑山	밤에 앉아 푸른 산을 그리워한다오.
魯國爰居饗	노국魯國은 살면서 잔치를 할 만한데
南征薏苡還	남쪽을 토벌하여 율무를 가지고 돌아왔다.[66]
秋風蘇季子	가을바람에 소계자蘇季子는
又出穆陵關.	또 목릉관穆陵關을 나간다.[67]

---

65) 弄珠人은 무엇하는 사람인지 알아보지 못했다.
66) 이 경연 윗구의 用事는 알아보지 못했고, 아래 구는 後漢 光武帝 때 馬援
　　이 交趾를 토벌하여 율무를 가지고 왔다는 고사인데, 이 시에서 어떤 의
　　미로 사용된 것인지 이해가 어렵다.
67) 이 미련에서 蘇季子는 어떤 인물인지 알아보지 못했고, 穆陵은 宣祖의
　　陵號인데, 여기서는 關이 첨가되어 능이 아니고 문인 듯하다.

별서경別西京

背指孤城遠	등 뒤로 먼 고성을 가리키며
鳴櫓渡客舟	손을 건너게 하는 배에서 낭이 운다.
驛亭雲日晚	역정에는 늦게까지 구름이 끼었고
江樹露蟬秋	강변의 나무에는 가을 매미가 이슬에 젖었다.
久滯常歸計	오래 머물러 항상 돌아가고자 계획했는데
臨行又別愁	가고자하니 또 이별의 근심이 따른다.(68)
隨身無長物	몸에 따르는 긴 물건은 없고
長嘯看吳鉤.	휘파람 길게 불며 오구吳鉤(69)를 본다.

경폐사經廢寺

此寺何年廢	이 절이 언제 폐찰이 되었을까
門前松逕深	문 앞 소나무 길이 깊다.
嵐蒸碑毀字	남기에 쪄 비의 글자가 허물어졌고
雨漏佛渝金	비가 새어 부처의 금빛이 변했다.
古井塡秋葉	옛 우물에 낙엽이 쌓였으며
陰庭下夕禽	뜰에 저녁이면 새들이 내려온다.(70)
不須興感慨	깊게 개탄하지 않는 것은
人世幾銷沈.	인간세계도 얼마나 사라지고 잠겼는가.(71)

---

(68) 감정을 표현한 것이 뼈를 찌른다.(道情刺骨)

(69) 어떤 의미인지 알아보지 못했다.

(70) 높고 간절하다.(高而切)

(71) 자못 正音과 같다.(頗似正音)

영월도중寧越道中

懷糒客行遠	양식을 가진 손의 갈 길은 멀며
千峰道路難	많은 산봉우리에 길도 어렵다.
東風蜀魄苦	동쪽 바람에 자규는 괴롭고
西日魯陵寒	서쪽 해에 노릉魯陵은 춥겠다.[72]
郡邑連山郭	고을읍은 산성과 연결되었고
津亭壓水欄	나루의 정자는 물난간을 눌렀다.
他鄕亦春色	타향도 역시 봄빛인데
何處整憂端.	어느 곳에서 근심의 실마리를 바로 하랴.

단천구일端川九日

朔吹沙楡落	삭풍이 사장에 불어 느릅나무 잎은 떨어지며
河關驛路賖	하관의 역 길은 멀다.
客中逢九日	객지에서 구일을 맞게 되었고
上馬折黃花	마상에서 국화를 꺾었다.
飄梗無常處	회오리바람에 막혀 떳떳한 곳이 없고
良辰倍憶家	좋은 때에 집 생각이 배나 난다오.
遙遙望古戍	까마득하게 먼 옛 수자리를 바라보니
城堞隱悲笳.	성 위에 슬픈 피리소리는 감추었다.

---

72) 마음을 찌르고 위를 찢는다. (刺心裂肚) 『芝峯類說』에 李達이 崔慶昌 등
여러 사람들과 영월에서 魯山墓를 제목으로 하여 시를 지었는데 ,이달이
먼저 한 구를 지어 운운하니 여러 사람들이 붓을 놓았다고 했다.

◈ 임제林悌(三見)

중화도상中和道上

羸驂馱倦客	약한 말이 손의 짐을 싣는데 게을러
日暮發黃州	날이 저물 즈음 황주를 출발했다.
堪恨踏靑節	답청절踏靑節의 한을 견디며73)
未登浮碧樓	부벽루에도 오르지 못했다.
佳人金縷曲	가인의 금루곡金縷曲이오74)
江水木蘭舟	강물에 목란주라네.
寂寂生陽館	쓸쓸한 생양관에서
孤燈夜似秋.	외로운 등불의 밤은 가을같다오.

◈ 권필權韠(再見)

여회旅懷

東郡秋將盡	동군에 가을이 다하고자 하니
西征計又非	서쪽으로 가려는 계획이 또 틀렸다.
烟塵關外阻	연기와 티끌로 관외가 막혔으며
書信峽中稀	산골에 서신은 드물다.
古渡寒吹角	옛 나루에서 쓸쓸하게 대평소 불며
空林暮掩扉	빈 숲이 저물자 사립문을 닫았다.
愁時見歸鴈	근심스러울 때 돌아가는 기러기를 보니
一一背人飛.	모두 사람과는 등지고 날아간다.

---

73) 踏靑節은 三月 三日을 이름인데, 이 句의 뜻은 이해가 쉽지 않다.
74) 曲調의 이름이라 한다.

청명清明[75]

淑氣催花信	맑은 기운이 꽃 소식을 재촉해
輕黃着柳絲	가벼운 누런 빛이 버들잎에 나타난다.
人烟寒食後	한식이 지나자 연기가 보이고
鳥語晚晴時	늦게 개였을 때 새소리 들린다.
老去還多事	늙어가면서 도리어 일이 많아
春來不賦詩	봄이 와도 시를 짓지 못했다.
京華十年夢	십년 동안 그리워했던 서울은
惆悵只心知.	슬프게도 마음으로만 알고 있다오.

초추야좌독서初秋夜坐讀書

客子悄無睡	나그네가 근심으로 잠이 없는데
空堂秋夜深	빈 집에 가을밤은 깊었다.
螢從窓隙入	반딧불은 창틈을 좇아 들어오고
虫在石間吟	벌레는 돌 사이에서 울고 있다.[76]
世路難如此	세상에 살기는 이같이 어렵고
兵戈動至今	전쟁은 지금도 계속되고 있다.
居然生白髮	일은 하지 않으면서 백발이 생겼으니
寂寞壯年心.	장년의 마음이 쓸쓸하다오.

---

75) 이 사람의 시는 오언률시가 가장 아름다웠는데, 이 작품은 더욱 絶唱이다.
　　〈此君五律最佳 而此尤絶唱〉
76) 마르고 맑은 가운데 글로서 생각이 좋다.(枯淡中有藻思)

구일대주작九日對酒作

喪亂看今日	전란 속에 오늘을 대하니
凄凉異故園	쓸쓸해 고향과 다른 듯하다.
風塵桃竹杖	난리에 도죽桃竹을 지팡이하고
江海菊花尊	강해에 국화주 술통이라오.
古戍遙聞角	옛 수자리에서 대평소 소리 멀리 들리고
荒城早閉門	거친 성 문은 일찍 닫혔다.
兵戈滿天地	전쟁이 세상에 가득한데
漂轉更堪論.	떠돌아다님을 다시 말하랴.

유탄有歎

兵戈今未定	전쟁이 지금 끝나지 않았으니
何處問通津	어느 곳에서 가는 나루를 물으리.
地下多新鬼	저세상에 새 귀신이 많아졌고
尊前少故人	술잔 앞에 친구가 적어졌다.[77]
衰年聊隱几	늙은 나이에 궤에 숨어있는 것을 바라고
浮世獨沾巾	덧없는 세상에 홀로 눈물 흘린다.
閉戶風塵際	어지러운 세상에 문을 닫고 있을 즈음
寥寥又一春.	고요히 또 한 해의 봄이 되었다.

---

77) 읽으면 눈물이 흐른다.(讀之堪涕)

객중상원서회客中上元書懷

草草南州客	분주한 남주의 손이
愁邊歲又新	근심 속에서 또 해가 바뀐다.
微雲能掩月	엷은 구름이 달을 가리고
小雨不關春	적게 내린 비가 봄을 막지 못한다.
亂世還今夕	어지러운 세상에 오늘 저녁 돌아오니
窮途只此身	궁한 길에 단지 이 몸뿐이오.
平生木上座	평생 동안 윗자리에서 뻣뻣했는데
頭白轉相親.	머리가 희어지면서 서로 친하게 되었다.

시현옹示玄翁

問子何來此	자네에 묻노니 어찌 여기에 왔나뇨
空山白竹扉	빈 산에 대나무의 사립문이오.
夢中鄉路近	꿈속에는 고향길이 가까운데
江外故人稀	강 밖은 친구도 드물다.
歲暮鳥烏瘦	해가 저물자 새와 까마귀도 파리하고
天寒燈燭微	하늘이 차니 등촉불이 희미하다.
相看俱白髮	서로 보니 모두 백발인데
重覺寸心違.	마음도 미적거림을 무겁게 깨닫는다네.

◈ 윤충원尹忠源(再見)
유별락중제구留別洛中諸舊

歲歲雖相見	해마다 비록 서로 보지만

其如客裡何	그것이 객지였으니 어찌하랴.
風塵猶湏洞	난리는 연결이 되는 것 같으며
京洛暫來過	서울은 잠깐 왔다가 지나가는 것이오.
故里田園廢	고향 논밭은 황폐해졌고
荒城草樹多	거친 성에는 풀과 나무가 많다.
空將兩衰鬢	부질없이 양쪽 쇠한 살쩍머리로
明日出關河.	내일이면 관하로 나간다오.

동파도중東坡途中

古驛臨江口	옛 역이 강어귀에 다다랐는데
荒扉井落殘	거친 사립문과 우물만 남았다.
今宵爲遠客	오늘밤에 멀리 가는 나그네가 되었는데
昨曉發長安	어제 새벽에 서울을 출발했다오.
露氣侵衣上	이슬은 옷 위를 적시고
春愁滿鬢端	봄 근심은 살쩍머리 끝에 가득하다.
揮鞭逐徒侶	채찍을 휘둘러 같이 가는 무리들을 쫓고자 하니
落月照征鞍.	지는 달이 가는 안장에 비친다.

◈ 백대붕白大鵬78)

추회秋懷

秋天生薄陰	가을하늘에 엷은 구름이 생기니

---

78) 白大鵬의 자는 萬里 林川人이다. 『芝峯類說』에 백대붕은 典艦奴였으나
　　시에 능했다. 일찍 술에 취해 길 옆에 누워있었더니 주위에서 어떤 사람
　　인가 하므로 시로써 답을 했는데 그 시에 말하기를,

華岳影沈沈　　화악의 그림자로 침침하다.

叢菊他鄕淚　　떨기로 핀 국화는 타향에서 눈물을 흘리게 하고

孤燈此夜心　　외로운 등불은 이 밤의 마음이라오.

流螢隱亂草　　나는 반딧불은 어지러운 풀에 숨으며

踈雨落寒林　　성긴 빗방울은 찬 숲에 떨어진다.

懷侶不能寐　　짝을 생각하며 잠을 자지 못하는데

滿窓啼怪禽.　　창에 가득하게 괴이한 새가 운다.

◈ 석 둔우釋 屯雨(호천봉號千峯)

송일본승문계봉교작送日本僧文溪奉敎作

相國古精舍　　상국의 옛 정사精舍에

洒然無住人　　놀랍게도 머무는 사람이 없다.[79]

火馳應自息　　불은 달리다가 분명히 스스로 꺼질 것이며

柴立更誰親　　서있는 울타리는 다시 누구와 친하랴.

楓岳雲生屐　　풍악산楓岳山의 구름은 신발 쪽에서 나오고

盆城月滿闉　　분성盆城의 달빛은 성 겹문에 가득하다.

風帆海天遠　　돛이 바람을 타고 바다 멀리 떠났으니[80]

梅柳故鄕春.　　고향의 버들과 매화에는 봄이겠지요.

醉揷茱萸獨自娛　취해 茱萸를 꽂고 혼자 스스로 즐거워하며
滿山明月枕空壺　산에 가득한 밝은 달빛에 빈 술통 베고 잔다.
傍人莫問何爲者　옆 사람들아 무엇하는 사람인가 묻지 말라
白首風塵典艦奴.　어지러운 이 세상에 흰 머리의 전함노라오.
라 했다.

79) 전혀 풀과 나물같은 기운이 없고 매우 대가의 말과 같으니 귀하고 귀하
　　다.(絶無苟蔬氣. 酷似大家語 可貴可貴)

80) 얼마나 뛰어났는가.(何等超) 위의 盆城은 金海의 옛 이름.

11

국조시산(리)國朝詩刪(利)

국조시산 권오 國朝詩刪 卷五 칠언률시七言律詩

◈ 정도전鄭道傳(三見)

초사草舍

茅茨不剪亂交加	띠를 다듬지 않고 어지럽게 얽었으며
築土爲階面勢斜	흙을 쌓아 계단을 했는데 표면이 기울었다.
棲鳥聖知來宿處	쉬는 새들도 와서 잘 곳임을 알고 있으며
野人驚問是誰家	시골 사람들은 놀라 누구 집인가 묻는다.[1]
淸溪窈窕緣門過	맑은 시내가 조용히 문 앞을 지나가고
碧樹玲瓏向戶遮	푸르고 영롱한 나무는 집을 향해 막고 있다.
出見江山如絶域	나가서 강산을 보면 뛰어난 지역 같은데
閉門還似舊生涯.	문을 닫으니 도리어 옛날 살던 곳인 듯하다.

원성동김약재봉하렴사륜설목사장수부지原城同金若齋逢河廉使崙偰牧使長壽賦之

別離三載始相逢	삼년 동안 헤어졌다가 비로소 만나니
往事悠悠似夢中	지난 일이 멀어 꿈속 같다오.
毁譽是非身尙在	훼예와 시비에도 몸은 오히려 남았고
悲歡出處道還同	비환과 출처에는 길을 같이 돌아 간다네.
風塵未息書生病	난리가 쉬지 않아 서생을 병나게 하고
歲月如流志士窮	세월이 물 흐르 듯해 지사를 궁하게 한다.[2]
忍向尊前歌此曲	참고 술통을 향해 이 노래를 부르는 것은
明朝分袂又西東.	내일 아침이면 또 동서로 헤어진다오.

---

1) 생각이 아름답다.(思佳)
2) 슬퍼 눈물이 흐를 듯하다.(悲慨可涕) 위의 함련에 대해 깨끗하고 방자하다.(澹縱肆)

◈ 권근權近
항래주해航萊州海

十丈風帆萬斛船	열 발 바람의 돛과 만 섬 실을 배에
雲開蒼海渺無邊	구름이 걷히니 창해가 아득해 끝이 없다.
星垂雪浪相涵泳	별빛은 많은 눈에 드리워 서로 젖게 어울리고
水拍銀河共接連	물은 은하를 치며 함께 이어졌다.
可向半洋悲壯士	반양을 향하게 함은 장사壯士를 슬프게 하는 것 이며
不須三島問群仙	삼도三島에서 뭇 신선을 꼭 묻지 않으련다.
孤舟偃仰堪乘興	고주에서 흥에 겨워 누운 채로 우러러보니
自是浮槎便上天.	이로써 뜬 떼배가 하늘에 쉽게 오를 듯하다.3)

　　권근權近의 자는 가원可遠 호는 양촌陽村이며 안동인이다. 공민왕 때 과
거에 급제했고, 조선조에서 찬성사贊成事를 역임했다. 길창군吉昌君의 봉작
을 받았고 시호는 문충文忠이다.

◈ 성석린成石磷(三見)
재고성기사제在固城寄舍弟

擧目江山深復深	눈을 들어 보니 강산이 깊고 또 깊으며
家書一字抵千金	집에서 온 편지 한 자에 만금이라오.
中宵見月思親淚	밤중에 달을 보니 부모 생각에 눈물 흐르고
白日看雲憶弟心	대낮에 구름 보자 아우를 그리워한다.
兩眼看花春霧隔	두 눈으로 꽃을 보려 했으나 봄 안개에 막혔고

---

3) 순수하고 익숙함이 귀하다고 하겠다.(純熟可貴)

一簪華髮曉霜侵.　비녀 꽂은 화사한 머리에 새벽 서리가 내렸다.
春風不覺愁邊過　봄바람에 근심이 지나는 것을 깨닫지 못했는데
綠樹鶯聲忽滿林.　푸른 나무 꾀꼬리 소리 갑자기 숲에 가득하다.[4]

◈ 설장수偰長壽
어옹漁翁

不爲浮名役役忙　뜬 이름에 힘써 바쁘게 하지 않고
生涯追逐水雲鄕　생애를 정처 없이 쫓아다니고자 한다.
平湖春暖烟千里　따뜻한 봄 질펀한 호수에 안개가 넓게 끼었고[5]
古岸秋高月一航　높은 가을 언덕에 달과 한 척의 배라오.
紫陌紅塵無夢寐　화려한 거리와 속된 세계는 꿈에도 생각 없고
綠蓑靑笠共行藏　푸른 도롱이와 삿갓과 행동을 같이하련다.
一聲欸乃舟中趣　이어차 한 소리 배에서 부르는 멋에
那羨人間有玉堂.　어찌 인간의 옥당에 있는 것을 부러워하랴.

　설장수偰長壽의 자는 천민天民 호는 운재芸齋이며 손遜의 아들이다. 고려 공민왕 때 과거에 급제했으며, 벼슬은 판삼사사判三司事를 했다. 조선조에서 경주慶州로 사적賜籍되었다.

---

4) 대개 국초의 여러 형식의 시들이 俗되었지만 혼후하기 때문에 남아 있다.(大抵國初諸詩雖俚 自渾厚故存之)
5) 맑고 아름답다.(淸麗) 이 시 끝에 이 작품이 홀로 좋고 三峯과 原城의 시가 다음이라 했다.(此篇獨可 三峯原城之什次之)

강회백姜淮伯(再見)
춘일기곤계春日寄昆季

旅窓簷雨苦難聽	여관에서 처마에 떨어지는 빗소리 듣기 괴로우며
況復萊衣隔鯉庭	반의斑衣 입고 부모님 앞에 춤추는 것도 막혔다.
心與暮雲歸不住	마음은 저녁 구름과 함께 돌아가고 싶고
愁隨春酒醉無醒	근심은 봄 술을 따라 취해 깰 때가 없다.
江山此日頭將白	강산에서 오늘도 머리가 희고자 하는데
骨肉何時眼更靑	골육은 언제 다시 눈이 푸르랴.
宦路險夷曾歷試	벼슬길이 험하고 평탄함을 일찍 겪었으니
是身天地一浮萍	이 몸은 천지에 한낱 부평초라오.

이첨李詹(三見)
한식寒食

今年寒食滯京華	금년 한식은 서울에 머물렀는데
節序如流苦憶家	계절이 물 흐르는 듯해 집 생각에 괴롭다.
楊柳愁邊初弄線	수변愁邊의 버들은 처음으로 가지를 희롱하고
茶蘼雨後已生花	차와 맥문동은 비온 뒤에 이미 꽃이 피었다.
尋春院落多遊騎	봄을 찾는 동산에 말 탄 사람이 많이 놀고
上墓郊原集亂鴉	성묘 가는 언덕에 까마귀가 어지럽게 모였다.
物色漸新人漸老	물색은 점점 새로우나 사람은 늙어가니
慕眞何處戀丹砂.	어느 곳에서 신선을 사모하며 단사를 생각하랴.6)

---

6) 홀로 唐詩의 韻致가 있다.(獨有唐韻)

정이오鄭以吾(再見)

차류판사운次柳判事韻

憐君別墅少人知	그대의 별서別墅 아는 사람 적어 가련하며
漢曲奇遊足四時	한곡漢曲에 노는 것은 사시면 족하다오.
藤爲簷虛長送蔓	등나무가 빈 처마에 긴 덩굴을 보냈고
竹因墻缺忽橫枝	대나무는 무너진 담장을 가지로 가로막았다.
白雲滿地尋蓮社	흰 구름이 땅에 가득할 즈음 절을 찾았고
明月流江卷釣絲	밝은 달이 강물을 비치자 낚싯줄을 걷었다.
抱道不輝安可得	도를 지녔으나 빛내지 못함을 어찌하랴
聖君前席要論思.	성군의 앞자리에서 생각을 논함이 중요하다오.

변계량卞季良(再見)

제혜상인원題惠上人院

山逕迢迢半入雲	멀고 먼 산길이 반은 구름 속에 들었으니
玆遊足可避塵喧	이 놀이는 티끌과 시끄러움을 피하는데 충분하다.
百年身世客迷路	한 평생 신세는 나그네가 길을 헤매는 것이고
萬壑烟露僧閉門	산골마다 안개에 중은 문을 닫았다.
晴澗束薪隨野老	냇가에서 촌 늙은이 따라 나무를 묶기도 하고
秋林摘實共寒猿	가을 숲에서 원숭이와 함께 열매를 땄다.
我來欲向楞伽字	내가 온 것은 능가경을 묻고자 함이었는데
合眼低頭無一言.	스님은 눈 감고 머리 숙여 한 말도 없다.[7]

---

7) 기운이 위축되었다.(氣萎)

촌거즉사기이선달村居卽事寄李先達

村居寂寞亂峯前　어지러운 봉우리 앞에 쓸쓸한 촌집
數樹柔桑數頃田　두 이랑의 밭에 얼마의 뽕나무가 있다.
劚藥每從林下步　약을 캐고자 매양 숲 밑을 걷고
曬書徧向日中眠　책을 두루 쬐이다가 햇빛 아래 존다오.
江天雲盡見歸鴈　하늘에 구름이 걷히니 돌아가는 기러기가 보이고
山竹月明聞杜鵑　산의 대나무에 달이 밝자 두견새 소리 들린다.
回首兩鄉何限意　두 곳 시골 생각하니 어찌 뜻을 한정할 수 있으랴.
新詩一首爲君傳.　시 한 수 새로 지어 그대에게 보낸다.

◈ 유방선柳方善(四見)
즉사卽事

四山松櫟一茅廬　사방 산의 소나무와 참나무에 한 채의 띠집
坐負牆暄睡未餘　따뜻한 담장 등지고 앉았으니 졸음이 계속 온다.
衣縫每捫王猛虱　옷 꿰매면서 매양 왕맹王猛처럼 이를 잡았고
漁竿空釣呂望魚　낚싯대는 강태공姜太公같이 고기를 낚지 않았다.
軒裳已是無心得　높은 벼슬 얻는 데는 이미 마음이 없으며
金玉何須滿意儲　금옥을 욕심대로 저축해 무엇하겠느냐.[8]
芋栗自堪謀送日　토란과 밤을 스스로 보낼 날을 계획하니
盤飧不必蟹爲胥.　반찬에 꼭 게장을 기다릴 것이 있느냐.

---

8) 간략하면서 무겁다.(簡重)

✥ 윤회尹淮

정조正朝

金殿沈沈淑氣新	궁중이 흐릿하며 맑은 기운이 새로운데
百官朝謁賀元春	백관은 아침에 뵈옵고 첫봄을 하례한다.
彬彬禮樂侔中夏	빛난 예악은 중국과 비슷하고
濟濟衣冠拱北辰	훌륭한 백관들은 임금에 읍을 한다.
湛露自天沾綠醑	하늘에서 내린 맑은 이슬은 좋은 술과 합쳤고
薰風和雨浥紅塵	훈풍은 비와 함께 붉은 티끌을 적신다.
醉歸偏覺君恩重	취해 돌아가면서 임금 은혜 무거움을 알았으니
竊效華封祝聖人.	화봉華封을 본받아 성인을 위해 빌고자 한다.9)

윤회尹淮의 자는 청경淸卿이고 태종 초에 문과에 장원했으며 벼슬은 병조
전서兵曹典書에 이르렀다. 문형을 맡았고 시호는 문도文度다.

✥ 박치안朴致安

홍해향교문로기탄금興海鄕校聞老妓彈琴10)

七寶房中歌舞時	칠보로 꾸민 방에서 노래하고 춤출 때
那知白髮老荒陲	어찌 백발에 거친 변방에서 늙은 줄 알았으랴.

---

9) 華에 봉작을 받은 사람이 堯임금을 위해 壽, 貴, 多男子를 빌꼬자 했다는
故事를 인용한 것임. 벼슬을 일찍 해 부귀의 기상이 있다.(冠冕滌達 有他
富貴氣)

10) 『東人詩話』에 朴生致安이 일찍 시로서 유명했는데 여러 번 과거에 응시
했으나 급제를 하지 못해 항상 불평을 하고 있었다. 그가 寧海에 여행하
면서 老妓가 달밤에 거문고를 타는 소리가 매우 슬픈 것을 듣고 시를 지
어 운운했는데 말의 뜻이 雄深해 참으로 걸작이다. 鄭圓齋 老妓詩에,

無錢可買長門賦	돈이 없어 장문부長門賦11)를 살 수 없고
有夢空傳錦字詩	꿈이 있으나 부질없이 금자시錦字詩만 전한다.
珠淚幾霑吳練袖	눈물은 비단 소매를 적시고
薰香猶濕越羅衣	향은 오히려 저고리에 남았다.
夜深窓月絃聲苦	깊은 밤 달빛 아래 거문고 소리 괴로우나
只恨平生無子期.	다만 평생에 종자기鍾子期12) 없음을 한할 뿐이오.13)

❖ 서거정徐居正(四見)

칠월탄신하례작七月誕辰賀禮作

誕辰陳賀紫宸朝	자신궁紫宸宮의 아침에 탄생을 축하하고자

寒燈孤枕淚無窮　찬 등불 외로운 베개에 눈물은 끝이 없고
錦帳銀屏昨夢中　비단 휘장과 병풍은 지난 꿈속이었소.
以色事人終見棄　얼굴로 섬기다가 끝내 버림받았으니
莫將紈扇怨西風　비단 부채 가지고 서풍을 원망하지 마오.
라 했는데, 선배들이 정밀하고 아름답다고 했으나, 朴生에게는 약간 양
보해야 할 것이다. 또 이르기를 鄭郊隱이 이른 봄에 耆英會와 더불어 城
南에서 聯句를 짓게 되었는데 같은 마을 자제들이 많이 있었다. 郊隱이
먼저 불러 말하기를,
眠牛瓏上草初綠　밭둑 위에 소는 졸고 풀은 처음으로 푸르며
라 하니, 朴生致安이 잇따라 대해,
啼鳥枝頭花政紅　가지머리에 새는 울고 꽃은 바로 붉다.
라 하니, 자리에 가득히 앉아있던 사람들이 칭찬하여 이로써 그의 시명
이 크게 알려졌다. 그러나 끝까지 과거에 급제하지 못해 임명을 받지 못
했다.
11) 前漢 司馬相如가 지은 賦의 이름. 陳皇后가 武帝의 사랑을 잃게 되자 長門
宮에 있으면서 司馬相如에게 금을 주고 자신의 슬픈 상황을 서술하게 했
는데 그것이 長門賦이며 그 賦로 인해 武帝의 사랑을 회복했다고 한다.
12) 伯牙의 거문고 소리를 듣고 그의 마음을 알았다는 고대 중국의 음악 감
상가.
13) 길이 마음을 슬프게 한다.(千古傷心)

稽顙瑤墀拜赭袍　뜰에서 이마 굽혀 붉은 도포에 절을 한다.

金瓮初開千日酒　금독의 천일주를 처음 열었고

玉盤齊獻萬年桃　옥반에 만년도를 가지런히 드린다.

奇逢幸際雲龍會　기이한 만남은 구름과 용의 모임으로 다행하며

霈澤深涵雨露饒　많은 비에 못이 깊어 우로를 넉넉하게 한다.

醉飽小臣賡大雅　취한 소신이 대아大雅[14]를 잇게 되어

更伸華祝頌唐堯.　요堯임금을 칭송하듯 다시 축하하게 되었다.[15]

하일즉사夏日即事

小晴簾幕日暉暉　잠깐 개자 주렴에 햇빛이 비치며

短帽輕衫暑氣微　짧은 모자 가벼운 적삼에 더운 기운이 약하다.

解籜有心仍雨長　유심히 대삿갓을 벗자 인해 비가 내리고

落花無力受風飛　무력한 낙화는 바람을 받아 휘날린다.

久抛翰墨藏名姓　오랫동안 붓과 먹을 버리고 성명을 감추었으며

已厭簪纓惹是非　높은 벼슬이 시비를 이끄는 것이 싫었다.

寶鴨香殘初睡覺　잠을 처음 깨자 향로에 향은 남았는데

客曾來少燕頻歸.　오는 손은 적고 제비는 자주 돌아온다.

차일휴홍일동견기운次日休洪逸童見寄韻

平生性癖愛吾廬　평생 동안 성격이 내 집을 좋아해

閉閤焚香淨掃除　중문을 닫고 향을 피우며 깨끗이 쓸었다.

陶公但知尊有酒　도공陶公은 단지 통에 술이 있는 것만 알았고

---

14) 君王의 덕을 칭송하는 『詩經』의 篇名.

15) 대개 여러 작품이 깊고 두터우며 풍부하고 건장하다.(諸篇槩是深厚富健)

馮郎空嘆出無車　　풍랑馮郞16)은 나갈 때 수레 없음을 탄식했다.
病餘身世渾成夢　　병든 나머지 몸이 온통 꿈을 꾸는 듯하며
老去文章欲著書　　늙어가며 문장으로 책이나 저작하려 한다.
名利到頭徒自苦　　명예와 이익이 앞에 와도 괴롭기만 하니
會須歸問鹿門居.　　모름지기 녹문鹿門17)이 사는 곳에 가서 물으리라.18)

용증자문시운기이주부用贈子文詩韻寄李主簿

靜裡工夫課菜畦　　고요한 가운데 공부하고 채전도 가꾸며
有時編簡費提携　　때때로 문서 정리에 같이 노력했다.
詩成或惡砭無客　　지은 시가 간혹 좋지 않으나 평하는 손이 없으며
計拙何營諫有妻　　하는 일에 계획이 옹졸하면 간하는 처가 있다.
世事對門曾嚼肉　　세상일은 문만 바라보고 고기를 씹으며
人心懲羹復吹虀　　인심은 국을 경계하면서도 다시 양념을 한다.
石田茅屋餘年興　　돌밭과 띠집에도 해마다 남은 흥이 있어
牋告天公首屢稽.　　표지로 하늘에 고하며 여러 번 머리 굽히리라.19)

서회敍懷

大隱誰知在世間　　대은大隱이 세간에 있음을 누가 알아주랴
宦情塵思共闌珊　　환정宦情과 속된 생각이 산호가 되는 것을 막았다.

---

16) 陶公은 陶淵明이며, 馮郎은 알아보지 못했다.
17) 鹿門은 아호가 아닌가 생각되나 누구인지 알아보지 못했다.
18) 생각이 찬란하고 익숙하다.(思之爛熟)
19) 이 작품과 아래 敍懷詩도 이해에 어려움이 적지 않다.

已諳一鐵能成錯　하나의 쇠가 그릇됨을 이미 알았으며
未信千錢可買閑　천금으로 한가함을 산다는 것은 믿지 않는다.
詩道中興黃太史　시도詩道는 황태사黃太史에 의해 중흥되었고
世緣終淺白香山　세상 인연은 백향산白香山20)에서 얕음을 알았다.
殘年心事憑誰語　남은 나이의 심사를 누구에 의지해 말하랴
笑把菱花仔細看.　웃으며 마름꽃을 잡고 자세히 본다.

✧ 이승소李承召(再見)

조조早朝

東華待漏曙光回　동화東華에서 누수 기다리자 새벽빛이 돌아오니
萬戶千門次第開　집집마다 많은 문들이 차례로 열린다.
雙鳳遙瞻扶玉輦　쌍봉이 옥연을 호위하는 것을 멀리서 보겠고
九韶還訝上瑤臺　구소九韶21)가 요대 위에서 들려 도리어 의아하다.
香烟殿上霏如霧　전상의 향불연기는 안개처럼 부슬부슬오르고
清蹕雲間響轉雷　구름 속에서 길을 치우는 소리는 우레 같다.
聖代卽今家四海　지금 성스러운 시대에 사해가 한 집 되었으니
盡敎殊俗奉琛來.　외국에서도 보배를 받들고 오면 모두 가르치리라.22)

제장인관벽題丈人觀壁

松窓靜夜篆香殘　송창의 고요한 밤에 띠 같은 향이 남았고
環珮珊珊下石壇　산호를 둘러차고 석단으로 내려온다.

---

20) 白香山은 白樂天의 호이며, 黃太史는 어떤 인물인지 알아보지 못했다.
21) 舜임금이 만든 음악이라 한다.
22) 이로써 조용하다.(自是春容)

小洞風吹瑤草長　작은 골에 바람이 불어 아름다운 풀이 자라고
高樓月入玉笙寒　높은 누에 달빛이 들어오자 저 소리 차갑다.
蟠桃待見千年實　반도는 천 년을 기다려 보게 된 과일이며
藥鼎初成九轉丹　약은 솥에 아홉 번 굴러 처음 만든 선단仙丹이다.
莫訝紅塵猶滿面　홍진이 낯에 가득한 것을 의아하게 여기지 마오
他年我亦掛朝冠.　다른 해 나도 또한 조관朝冠을 쓸 것이오.

연燕

畫閣深深簾額低　깊숙한 좋은 집에 주렴이 낮게 걸렸는데
雙飛雙語復雙棲　쌍으로 날고 지저귀며 또 쌍으로 쉰다.
綠楊門巷春風晚　골목의 푸른 버들에 봄바람이 늦었고
靑草池塘細雨迷　지당의 푸른 풀은 가는 비로 흐리다.[23]
趁蝶有時穿竹塢　머뭇거리는 나비는 때때로 대나무 둑을 뚫어
壘巢終日啄芹泥　집에서 종일 진흙 묻은 미나리를 쪼고 있다.
托身得所誰相侮　장소를 얻어 몸을 의탁함을 누가 업신여기며
養子年年羽翼齊.　해마다 새끼 기루어 날개가 가지런하리라.

❖ 최숙정崔淑精
숙벽제역宿碧蹄驛

通宵郵吏語囂囂　밤 내내 우리郵吏의 말소리가 시끄러워
臥榻欹危睡不牢　자리에 누웠으나 불안해 잠을 깊게 자지 못했다.
春色暗知溪畔草　봄빛을 냇가 언덕 풀에서 알 수 있고

---

23) 세상에서 묘하나고 일컫는 것이다.(世所稱妙)

愁痕工點鬢邊毛	근심 흔적은 살쩍머리에 교묘히 나타난다.
未醒宿酒頭猶重	전날 마신 술이 깨지 않아 머리가 오히려 무겁고
默數前程夢亦勞	갈 길을 헤어보니 꿈에도 또한 괴롭다.
入夜別懷深似海	밤이 되자 이별하는 생각이 바다처럼 깊어
靑燈生焰照征袍.	등불을 켜고 가면서 입을 옷을 비추어본다.[24]

최숙정崔淑精의 자는 국화國華이며 세조 때 과거에 급제했고 중시重試와
발영시拔英試에 참여했다. 문형을 맡았으며 벼슬은 부제학副提學을 했다.

✤ 김종직金宗直(三見)

장부선산주과려주차청심루운將赴善山舟過驪州次淸心樓韻

維舟茅舍棘籬端	띠집 가시 울타리 끝에 배를 매었는데
魚鳥依然識我顔	고기와 새들은 전처럼 내 얼굴을 안다.
病後猶能撰杖屨	병든 후에도 지팡이와 신을 고를 수 있고
謫來纔得賞江山	귀양에서 돌아와 겨우 강산을 구경하게 되었다.
十年歲事孤吟裏	십년의 세상일은 외롭게 읊조리는 속이었고
八月秋容亂樹間	팔월 가을빛은 어지러운 나무 사이였다.
一霎倚欄仍北望	이슬비로 난간에 의지해 북쪽을 바라보니
篙師催載不敎閑.	사공이 재촉하며 한가롭게 두지 않는다.[25]

---

24) 교묘하고 치밀하나 속됨을 벗지 못했다.(工緻而未脫俚)
25) 斤兩을 고루 일컬었다.(斤兩均稱)

박숙보은사하증주지우사泊宿報恩寺[26]下贈住持牛師

報恩寺下日曛黃	보은사 밑에 해가 저물어
繫纜尋僧踏月光	배를 매고 중을 찾아 달빛을 밟는다.
棟宇已成新法界	동우棟宇를 낙성해 법계가 새로워졌는데
江湖猶攪舊詩腸	강호에는 오히려 옛 시장詩腸을 흔든다.
上方鍾動驪龍舞	동북 쪽의 종이 우니 여강 용이 춤을 추고
萬竅風生鐵鳳翔	구멍마다 바람이 나니 철봉이 난다.
珍重旻公亦人事	민공旻公[27]을 진중히 하는 것도 사람의 일이며
時將荣把問舟航.	때로는 나물이라도 가지고 뱃길을 물어보리라.

차소유표연말운각기次小游表沿沫韻却寄

持身纔足備三孱	몸가짐은 세 가지 약한 것을 갖추어 흡족했으니
處世眞同竊一斑	처세가 참으로 아롱짐을 훔치는 것과 같다.[28]
才盡夢探懷裡筆	재주가 다해 꿈에도 가슴에 가진 붓을 찾으며
春歸日皺鏡中顔	봄이 가자 날로 거울 속의 낮에 주름이 는다.
茅茨空卜東西濱	띠로 동서쪽 물가에 집을 지었고
詞賦空慙大小山	사부詞賦는 크고 작은 산에 부끄럼이 되었다.[29]
吾黨如君知者少	우리 무리에 그대처럼 아는 자가 적으니
雪車氷柱可追攀.	설거雪車와 빙주氷柱로 따라가 잡을 것이오.[30]

---

26) 절의 옛 이름은 神勒寺이고 또 甓寺라 하기도 한다.
27) 글자대로 가을하늘을 지칭한 것이 아닌가 한다.
28) 이 작품은 전편이 난해하다.
29) 이 頸聯의 空字가 兩句에 있는데 문집에서 확인은 하지 못했으나 어느
    한자는 다른 글자로 생각되어 번역을 하지 않았다.
30) 爛熟하기 때문에 스스로 좋다.(爛熟故自勝) 雪車는 높은 수레이며 氷柱는

차릉성봉서루운次綾城鳳棲樓韻

連珠山上月如盤	연주산 위에 달이 쟁반같고
草樹無風露氣寒	풀과 나무에 바람은 없고 이슬이 차다.
千陣絮雲渾欲盡	많은 행렬의 솜 같은 구름은 모두 다하려 하고
一堆鈴牒不須看	한 무더기의 문서는 보지 않았다.
年華更覺中秋勝	세월에 다시 중추가 좋음을 느꼈으며
客况偏知此夜寬	객지에서 오늘밤이 너그러움을 알았다.
旌旆又遵西海轉	깃발이 또 서해를 따라 돌게 되었으니
指尖將擘蟹臍團.	뾰족한 손가락으로 게 창자를 모으리라.

복룡도중伏龍途中

筍輿咿軋渡晴川	가마가 소리 내며 맑은 내를 건넜는데
遙見前驅過阪田	멀리 보이는 앞에 가는 일행은 판전을 지났다.
邑犬吠人籬有竇	개는 짓다가 울타리 구멍으로 들어가고
野巫迎神紙爲錢	무당이 귀신을 맞이할 때 종이가 돈이 된다.
薄雲寒日工吞吐	얇은 구름이 한일寒日을 교묘히 머금었다 토하고
小巘平崗遠接連	작은 봉우리와 등성이는 멀리까지 이어졌다.
南去錦城千里外	남쪽으로 금성까지 천 리 밖인데
却愁楨盡擔夫肩.	교군꾼 어깨가 벌겋게 될까 걱정된다오.

고드름인데 여기서는 어떤 의미인지.

숙직려우음宿直廬偶吟

藏室蓬山昔討論	봉산의 장실에서 옛날 토론을 했는데
十三年後更叨恩	십삼 년 후에 다시 은혜를 입었다.
眼花正怯金蓮燭	눈이 흐려 금련의 촛불이 겁나고
口梗難斟白虎尊	입이 아파 백호주 술잔을 마시기 어렵다.
霜後梧桐猶窣窣	서리 내린 후 오동나무는 오히려 우지직거리고
月明鵁鵲自飜飜	달이 밝자 까치들이 스스로 뒤친다.
故園松菊應蕪沒	고향 동산의 송국들은 응당 거칠어 없을 것이며
嬭母而今足夢魂.	지금 유모도 꿈속의 생각으로 족할 것이오.[31]

효부안곡영절도사유작曉赴安谷迎節度使有作

畫角聲中整鞲鞁	대평소 소리에 화살집을 바로하고
爲迎旌節驛亭賒	먼 역정에서 절도사의 깃발을 맞이하고자 한다.
荒村十里火穿屋	십여 리 떨어진 거친 마을 집들에 불빛이 비치고
缺月五更霜滿靴	오경의 조각달에 서리가 신발에 가득하다.
擊鬼伐狐眞有興	도깨비불과 여우 쫓는 것은 참으로 흥이 있고
栽松問竹豈無家	솔과 대나무를 가꾸었으니 어찌 집이 없겠는가.
隔溪羞殺氷髥叟	시내 너머 부끄러움 적은 흰 수염의 첨지는
鼾睡方酣寤曉笳.	코를 골며 달게 자다가 새벽에 피리를 분다.

---

31) 넓고 크며 용용하다.(浩蕩春容)

촉석루우후矗石樓雨後

雨脚看看取次收　비는 점차 그치는 듯 보였는데
輕雷猶自隱高樓　가벼운 우레 오히려 높은 누 쪽으로 숨는다.
雲歸洞穴簾旋暮　골짜기로 구름이 가자 발에 저문 빛이 돌고
風颭池塘枕簟秋　못에 바람이 부니 베개와 대자리는 가을이라오.
菡萏香中蛙閣閣　연꽃 봉우리 향기 속에 개구리가 울고
鷺絲影外稻油油　백로 그림자 밖에 벼는 윤기가 있다.
憑欄更向頭流望　난간에 의지해 다시 두류산을 향해 바로 보니
千丈峯巒聳玉蚪.　높은 봉들이 올챙이처럼 솟았다.32)

차이절도약속부진운次李節度約束赴鎭韻

鼇背樓臺可俯憑　자라 등 같은 누대에 의지해 굽어보니
鯨波萬里鏡光澄　넓은 고래 물결이 거울처럼 맑다.
奚奴有暇能調馬　좋은 여가가 있으면 말을 조련시키고
幕客無營但臂鷹　막부의 손은 하는 일 없이 매사냥만 한다.
鮫鰐暗驚千弩響　많은 활 쏘는 소리에 악어는 놀라며
鷺鵁閑立五牙層　오아五牙의 층대에 접동새는 한가롭게 서 있다.
太平未試龍韜策　세상이 태평해 뛰어난 병법은 시험하지 못하고
射雉仍過竹院僧.　꿩을 잡다가 인해 절의 중을 지난다.33)

---

32) 웅장하고 아름다움이 도도히 흐른다.(雄麗滔滔)
33) 넓고 빛나고 엄하고 무거워 演雅한 것에 구속된 바를 느낄 수 없다.(鴻麗
　　嚴重 不覺演雅所拘)

한식촌가寒食村家

禁火之辰春事多	금화禁火하는 한식 때는 봄 일이 많아
芳菲點檢在農家	좋은 나물 점검하는 것도 농가에 있다.
鳩鳴穀穀棣棠葉	비둘기는 아가위나무 잎에서 곡곡하게 울고
蝶飛款款蕪菁花	나비는 무꽃에서 간간히 날고 있다.
帶樵壟上烏犍反	밭두둑 위에 나무 실은 검은 소는 돌아오고
挑菜籬邊丫髻歌	울타리 가에 나물가리는 쪽진 아낙네 노래한다.
有田不歸戀五斗	밭이 있으나 돌아가지 않는 것은 벼슬 때문이니
元亮笑人將奈何.	도연명陶淵明이 웃은들 어찌하리오.34)

◈ 김시습金時習(三見)
산거증도인山居贈道人(삼수三首)

支遁山中結草堂	지둔支遁은 산중에 숨어 초당을 지었더니
許詢來訪共匡牀	허순許詢이 찾아와서 평상을 함께 했다.
雲松趣味閒來雅	운송雲松을 취미로 하여 한가하게 와서 맑게 했고
雪竹襟懷老去剛	설죽雪竹을 가슴에 품어 늙어갈수록 굳세었다.
烏几借繙方外語	오궤烏几35)를 빌려 방외어方外語 번역을 했고
鴨爐親插海南香	향로에 해남향을 직접 꽂았다.
休言定罷無伎倆	기량이 없어 파함을 정했다고 말하지 말고
淸水明燈祀古皇.	맑은 물과 밝은 등불로 고황古皇에 제사지냈다.

---

34) 흐르는 탄환이 그 범위를 벗어났다.(流丸脫於區臾)
35) 검은 색의 궤가 아닌가 한다. 위의 支遁은 晋나라 승려, 許詢은 晋나라 때 인물로서 산수를 좋아했다고 한다.

春山無伴獨行時　　봄 산을 짝 없이 홀로 가고 있을 때

猿狖雙雙先後隨　　원숭이들이 쌍쌍으로 앞뒤에 따라온다.

櫟葉蔭溪迷小逕　　고갱이 잎이 내를 덮어 작은 길이 희미하고

松楂偃石礙通歧　　솔 등걸이 돌에 누워 가는 길을 막는다.

年年收栗忘貧歡　　해마다 밤을 따며 가난을 잊는 즐거움이 있고

處處團茅任適宜　　곳곳의 띠를 모아 알맞게 맡겼다.

點檢一生忙事少　　일생동안을 점검해도 바쁜 일이 적었으니

世間韁勒不曾知　　세간의 고삐와 자갈을 알지 못했다오.[36]

別有生涯住碧山　　생애에 다른 생각이 있어 푸른 산에 머물며

閒情不欲語人間　　한가한 감정을 사람들에 말하지 않고자 한다.

莓苔一逕通脩竹　　이끼 낀 길은 긴 대밭과 통했고

松檜千株匝小巒　　많은 솔과 전나무는 작은 산을 둘러 있다.

巖鳥下窺宗炳社　　바위의 새는 아래로 종병사宗炳社를 엿보고

洞雲來護祖師堂　　골짜기의 구름은 조사당祖師堂[37]을 보호하러 왔다.

阿誰爲爾題招隱　　누가 너에게 은자를 초치하는 글을 쓰게 하겠느냐

丹桂叢生怎可攀.　　계수나무가 떨기로 있으나 어찌 잡을 수 있겠는가.

---

36) 세상에서 기이한 시라고 일컫는다.(世稱奇異)

37) 위의 宗炳社와 아울러 토속신앙에 따라 마을 주변에 있는 치성하는 곳이 아닌가 한다.

독목교獨木橋

小橋橫斷碧波潯	작은 다리가 푸른 물가에 가로놓였는데
人渡浮嵐翠藹深	뜬 남기를 건너자 푸른 숲이 깊다.
兩岸蘚花經雨潤	양쪽 언덕 이끼와 꽃이 비를 맞아 윤기가 있고
千峯秋色倚雲侵	천봉의 가을빛은 구름에 의해 침범되었다.
溪聲打出無生話	냇물 소리는 흐르면서 들려주는 말이 없는데
松韻彈成太古琴	소나무에는 태고의 거문고 소리 운치가 있다.[38]
此去精廬應不遠	이곳에서 집으로 가는 것이 멀지 않을 텐데
猿啼月白是東林.	원숭이 울고 달 밝은 곳이 동림東林이라오.

제세향원남창題細香院南窓

朝日將暾曙色分	아침 해가 돋으려 하자 새벽빛과 나누어지고
林霏開處鳥呼群	안개 걷힌 숲에 새들은 무리를 부른다.
遠峯浮翠排窓看	먼 봉우리에 떠있는 푸른빛을 창 열고 바라보며
隣寺疎鍾隔巘聞	이웃 절 성긴 종소리는 봉우리 너머에서 들린다.
靑鳥信傳窺藥竈	청조靑鳥[39]는 소식 전하며 약 달이는 부엌을 엿 보고
碧挑花落點苔紋	복숭아 꽃은 떨어져 이끼 무늬에 점찍는다.
定應羽客朝元返	분명히 우객羽客[40]은 상제께 조회하고 돌아와
松下閑披小篆文.	소나무 아래 한가히 소전문小篆文[41]을 펴 본다.[42]

---

38) 얼마나 뛰어나고 힘이 있는가.(何等超邁)
39) 푸른 새, 또는 심부름하는 仙女를 말함.
40) 신선을 말함.
41) 신이 남긴 문자로서 현대 사람은 이해하지 못하는 것인데, 그것을 小篆

무제無題

終日芒鞋信脚行	종일 떨어진 신으로 다리를 믿고 가는데
一山行盡一山靑	한 산을 지나니 한 산이 푸르다.
心非有想奚形役	마음에 생각이 없는데 어찌 사물의 영향을 받으며
道本無名豈假成	도는 본디 이름이 없는데 어찌 거짓으로 되랴.
宿露未晞山鳥語	짙은 안개가 걷히지 않았으나 산새는 울고
春風不盡野花明	봄바람이 계속 불어 들꽃이 밝다.
短節歸去千峯靜	짧은 지팡이 짚고 돌아가자 천봉은 고요하고
翠壁亂烟生晩晴.	푸른 벽이 어지러운 연기로 늦게 갠다.[43]

❖ 성현成俔(再見)
대흥융사大興隆寺

御溝流水碧溶溶	개천에 흐르는 물은 푸름이 녹았는데
信馬街西到梵宮	거리 서쪽에서 말을 믿고 절에 이르렀다.
四面金鈴鳴落日	사방에 금령金鈴은 해가 지자 울고
千尋寶塔立層空	천 길 높은 탑은 공중에 층층으로 솟았다.
袈裟院院飜徑偈	절마다 스님들은 빨리 게를 반복하고
香火人人拜大雄	향불 피우는 사람마다 대웅전에서 절한다.
坐久自憐禪榻靜	오래 앉았으니 선방의 고요함이 좋아
鬢絲輕颺落花風.	살쩍머리가 꽃이 지는 바람에 가볍게 날린다.[44]

이라 부른다.
42) 어찌 盛唐詩보다 못하다 하겠는가.(何減盛唐耶)
43) 깨달음이 변하지 않은 진실에 들어갔다.(悟入眞如)

단오여회설수석위추천희비구니역래삼端午如晦設壽席爲秋千 戲比丘尼亦來參

靑蛾皓齒笑爭姸　　푸른 눈썹 흰 이빨의 미인들이 고움을 다투어
浪作人間謝自然　　부질없이 인간이 자연을 사양한다.
强屈春心寄蘭若　　춘심을 억지로 굽혀 절에 부쳤는데
還隨女伴鬪秋千　　도리어 여자 짝을 따라 추천으로 다툰다.
霜袍日焯鵝毛嫩　　흰 도포가 햇빛에 거위 털처럼 연하게 빛나며
烏帽風輕燕翼翻　　검은 모자가 바람에 제비 날개같이 뒤친다.
忽訝微塵成淨界　　갑자기 미진이 정계를 이룬 듯 해 의심스러움은
如來方便散花天.　　부처에 공양 방편으로 꽃을 뿌린 것이오.

✧ 주계군朱溪君(再見)
산수도山水圖

十年流落二毛人　　십년 동안 떠돌아다닌 반백 된 사람이
千里江山入眼新　　천리 강산이 눈에 새롭게 들어온다.
楚子不成巫峽夢　　초자楚子는 무협巫峽의 꿈을 이루지 못했고
漁翁還負武陵春　　어옹漁翁은 도리어 무릉의 봄을 등졌다.
雲烟洞口僧三輩　　구름 낀 동구에 스님이 셋이오
風雨峯頭月一輪　　비바람 불던 봉두에 둥근 달이 떴다.
隱几早知吾喪我　　궤에 숨어 일찍 내가 나를 잃은 것은 아는데
北山何必更尋眞.　　북산에서 꼭 진신眞身을 찾고자 하느냐.

---

44) 비록 놀라게 할 만큼 뛰어나지는 않았으나 넓고 아름다운데, 國朝의 시
　　가 대개 이와 같았다.(雖無警絶 亦白鴻麗 國朝大槩如是)

◈ 김흔金訢(再見)

상화조어응제차운賞花釣魚應製次韻

上苑芳菲一夜開	상원에 향기로운 꽃이 하룻밤에 피었고
翠華初自日邊來	임금의 기가 처음 높은 곳으로부터 왔다오.
風飄漢帝橫份樂	바람에 한제漢帝의 횡빈 음악이 날리고
春滿周王宴鎬盃	봄은 주왕의 호경 잔치하는 술잔에 가득하다.
戲藻錦鱗時出沒	마름을 희롱하던 고기가 때때로 출몰하며
囀枝黃鳥乍低回	가지에서 울던 꾀꼬리도 잠깐 낮게 돈다.
宸心正與民同樂	임금의 마음이 바로 백성과 같이 즐기고자 해
恩許微蹤得暫陪.	미행을 따르게 허락해 잠깐 모시게 되었다.

◈ 신종호申從濩(再見)

정월망도중여자군도옥하교正月望都中女子羣渡玉河橋[45]

露泡瓊花萬萬條	많은 가지마다 좋은 꽃이 이슬에 젖었고
香風吹送玉塵飄	향기로운 바람이 날리는 티끌을 불어 보낸다.
不隨月姊歸蟾闕	월자月姊를 따라 섬궐蟾闕로 돌아가지 않고
共學天孫渡鵲橋	함께 천손天孫을 배워 작교鵲橋를 건너고자 한다.
一夜宜男成吉夢	하룻밤 마땅한 남자와 좋은 꿈을 이루려면
千金買笑薦春嬌	천금으로 웃음을 사서 교태를 천거하리라.
明朝十里天街上	내일 아침 십리의 천가天街에서
多小行人拾翠翹.	다소의 지나는 사람이 큰 비취를 주울 것이오.[46]

---

45) 민간에서 말하기를 이 행사는 재앙을 물리치기 위한 것이라 한다.(諺云 禳災)
46) 삼사 련이 매우 아름답다.(三四絶佳) 위의 天街는 서울 거리를 말함.

✧ 이원李黿

백상루차운百祥樓次韻

半簾疎雨冷侵樓	주렴에 성긴 비로 누에까지 차가우며
瘴海腥烟午未收	바다에 장기와 비린 연기가 낮까지 남았다.
萬古湖山成勝槩	만고의 호산은 좋은 경치를 이루었으나
百年天地入搔頭	백년 동안 천지는 근심에 들었다.
江城秋晚霜敲葉	강성의 늦가을에 서리가 잎에 내리고
野渡潮生浪打舟	나루에 조수의 물결이 배를 두드린다.
一抹斜陽歸棹遠	지는 햇빛이 노를 멀리 돌아가게 했는데
好風吹送白蘋洲.	좋은 바람이 불어 백빈주로 보낸다.

이원李黿의 자는 낭옹浪翁이며 경주인慶州人이다. 박팽년朴彭年의 외손이며 성종 때 과거에 급제하여 호당에 피선되었고 벼슬은 예조정랑에 그쳤다. 무오사화戊午士禍에 장류杖流되었고 갑자사화甲子士禍에 원통하게 죽었다.

✧ 정희량鄭希良(再見)

독송사讀宋史

建隆初築太平基	건륭建隆[47)]은 처음에 태평의 기틀을 쌓아
半夜相傳揖讓規	밤중에 서로 읍하고 사양하는 법을 전했다.
家法忽從金樻變	가법家法이 갑자기 금궤金樻를 좇아 변하자
天心先許杜鵑知	하늘이 먼저 두견새를 알게 허락했다.

---

47) 南宋 高宗의 연호인 炎建과 그 다음인 孝宗의 연호 隆興을 지칭한 것이 아닌가 한다.

啁啾羣議江南割　두런거리는 뭇 의논은 강남을 나누었고
零落諸賢嶺外移　명사名士들은 떨어져 영외로 옮겼다.
誰勸康王回馬首　누가 강왕康王에게 말머리를 돌리게 권하겠는가.
可憐殘業續如絲.　가련하게도 남은 왕업 실처럼 이어지리라.[48]

우서偶書

年來索寞鴨江濱　근간에 압록강변이 쓸쓸해
回首塵沙欲問津　진사塵沙로 머리 돌려 나루를 묻고자 한다.
客裏偶逢寒食雨　객지에서 우연히 한식에 내리는 비를 만났으며
夢中猶憶故園春　꿈속에서도 오히려 고원의 봄을 생각한다오.
一生愁病添衰鬢　일생동안 근심과 병은 살쩍머리를 쇠하게 더했고
萬里溪山着故臣　만리의 시내와 산에 고신故臣이 다다랐다.
直以疎慵成落魄　바로 성기고 게을러 뜻을 이루지 못했으며
非關時命滯詩人.　운명에 관련되어 침체된 시인은 아니오.[49]

기용재거사寄慵齋居士

客魂銷盡瘦崢嶸　나그네 혼이 모두 쇠해 뼈만 우뚝 솟아
咄咄長齋夢自驚　슬프게도 장재의 꿈에 스스로 놀랐다오.
片月照心臨故國　조각달은 마음을 비추어 고국에 다다랐고
殘星隨夢落邊城　남은 별은 꿈을 따라 변성에 떨어진다.
故人字迹千金重　친구의 글씨는 천금같이 무겁고

---

48) 이 시에는 宋나라 후기의 역사가 많이 반영되어 이해에 어려움이 있다.
49) 삼사 구는 극히 아름다우나 결구는 약간 드날리지 못한 듯하다.(三四極
　　佳 結稍不揚)

老子聲名一髮輕　늙은이의 명성은 한 개의 털처럼 가볍다.
莫話陳留生死地　진류왕陳留王50)의 생사의 처지를 말하지 말라
從今吾亦識時情.　지금부터 나도 또한 그 시기의 사정을 안다오.

압강춘망鴨江春望

邊城事事動傷神　변방 성에 일마다 정신을 상하게 해
海上狂歌異隱淪　해상에서 광가는 숨어사는 것과 다르다오.
春不見花猶見雪　봄에 꽃은 보이지 않고 오히려 눈을 보게 되며
地無來鴈況來人　기러기가 올 땅이 없는데 하물며 사람이 오랴.
輕陰漠漠雨連曉　엷은 그늘은 아득하고 비는 새벽까지 오며
細草萋萋風滿津　가는 풀은 짙었고 바람은 나루에 가득하다.
惆悵芳時長作客　좋은 계절에 길이 나그네 되어 슬픈데
可堪垂淚更沾巾.　흐르는 눈물이 수건 적시는 것을 견디랴.

차계문次季文韻

過眼如雲事事新　구름처럼 본 것에 일들이 새로워
狂歌獨泣路岐塵　갈라진 먼짓길에 노래하며 홀로 울었다.
百年三萬六千日　백년은 삼만 육천 일이요
四海東西南北人　사해四海는 동서남북 사람들이 산다오.
宋玉怨騷悲落木　송옥宋玉51)의 원소부怨騷賦에 낙목을 슬퍼하고

---

50) 陳留王은 後漢의 마지막 임금인 獻帝의 封號.『大東詩選』의 표기에 따랐
　는데『詩刪』에는 留를 雷로 했다. 陳雷는 後漢의 陳重과 雷義로 볼 수 있
　는데, 두 사람은 친구로서 우정이 깊었다고 한다. 역자는『대동시선』을
　따랐으나 어느 것을 취해야 할지 제시만 해 둔다.

謫仙哀賦惜餘春　이적선李謫仙[52]의 애부哀賦는 남은 봄을 아꼈다.
醉鄉倘有閒田地　취향醉鄉에 혹 한가한 밭이 있으면
乞與劉伶且卜隣.　유령劉伶[53]에게 빌어 이웃에 살고 싶다.[54]

✤ 이주李胄(三見)
차안변루제次安邊樓題

鐵關天險似秦中　하늘이 만든 험한 철관鐵關은 진중秦中과 같고
古塞悲笳落遠空　옛 변방의 슬픈 피리 소리는 먼 공중에서 들린다.
凍雨斜連千嶂雪　찬 비는 많은 봉우리의 눈과 잇닿고
飢烏驚叫一林風　주린 까마귀는 숲에 부는 바람에 놀라 운다.
百年去住身先老　백년 동안의 가고 머무는 데 몸이 먼저 늙었고
半世悲歡氣挫雄　반평생의 비환은 기운이 용맹을 꺾었다.
萬里羈懷愁不語　멀리서 나그네의 근심을 말하지 않는 것은
關河迢遞近山戎.　관하關河가 멀어 오랑캐와 가깝기 때문이오.[55]

망해사望海寺

山根鰲脊地凌虛　자라 등 같은 산등성은 우뚝 솟았고
一磬飄聲近帝居　바람에 날리는 경쇠 소리는 서울에 가깝다.
朝日噴紅跳渤澥　붉은 빛을 토하는 아침 해는 안개 낀 바다에서

---

51) 춘추전국시대의 시인 자는 子淵이며 屈原의 제자로 詞賦를 잘 지었다고 함.
52) 李白을 말함.
53) 晋나라 시인. 자는 伯倫이며 술을 좋아했다고 한다. 竹林七賢의 한 사람.
54) 방탕하며 구속을 받지 않았다.(任誕不拘)
55) 悲壯하고 갑자기 달라져 盛唐의 우수한 작품의 수준이며, 또 끝에 慷慨
함을 얻었다.(悲壯頓挫 盛唐能品 又結得慷慨)

　　　　　　　　　뛰고

晴雲拖日出巫閭　맑은 구름은 해를 끌고 무려巫閭에서 나왔다.

蝙鳴側塔千年穴　박쥐는 탑 옆 오래된 구멍에서 울고

龜負殘碑太古書　거북이 진 남은 비에는 태고의 글씨라오.

穿袖七斤僧話好　일곱 근의 떨어진 옷 입은 스님은 말하기 좋아해

點茶聊復駐征驢.　차를 끓이며 다시 가는 나귀를 머물게 한다.56)

해인사海印寺

石橋斜入訪禪門　비껴 들어가는 돌다리로 절을 찾으면서

暫借瓊樓倚夕曛　잠깐 누를 빌려 저녁 어둑할 때를 의지했다.

蒲盎苔深涼意在　부들분에 이끼가 짙어 서늘함을 느끼겠고

渚蓮風度好香聞　물가 연에 바람이 지나자 좋은 향기를 맡았다.57)

流回禁掖西湖水　금액禁掖을 흘러 도는 서호의 물이요

青透重簾萬壽雲　푸름이 주렴을 지나는 것은 만수산 구름이라네.

閬苑蓬萊尋不得　좋은 동산인 봉래산을 찾을 수 없으니

仙凡疑此路中分.　신선과 속인이 이 길에서 구분되는가 하오.58)

등고登高

落木蕭蕭節序過　나뭇잎이 소소히 떨어지며 계절이 지나자

瘦節扶病上高阿　병든 몸이 지팡이를 짚고 높은 언덕에 올랐다.

百年迷路身千里　한평생 몸은 천리에서 길이 희미하고

---

56) 전편이 商彝 周鼎과 같아 奇氣가 사람을 핍박한다.(通篇商彝周鼎 奇氣逼人)
57) 구가 좋다.(句好)
58) 역시 범상하지 않다.(亦自不凡) 위의 禁掖은 대궐의 곁채 또는 대궐의 담장.

萬事傷心海一涯　모든 일은 바다 모퉁이에서 마음만 슬프다오.
醉借紅顏酬赤葉　취해 홍안을 빌려 붉은 잎에 갚고자 하며
老將華髮負黃花　늙어 흰머리로 국화를 지고자 한다.
龍山落帽尋常事　용산에 모자가 벗겨지는 것은 예사로운 일이며
且可招魂賦楚些.　초혼招魂에 초사楚些59)를 씀도 옳을 것이오.60)

부적소차자후월강별사제종일운증별사제赴謫所次子厚越江別舍弟宗一韻贈別舍弟

百年雙鬢已紛然　한평생 양쪽 살쩍머리가 어지러우며
地角從來此一邊　내려오면서 구석진 것도 이쪽의 한 변두리였소.
閩越古邦人盡蜥　동남월東南越은 옛 나라인데 사람들은 모두 도
　　　　　　　　마뱀이고
桂江腥雨日如年　계강桂江의 비린내 나는 비에 하루가 한 해 같
　　　　　　　　다오.
山回劍戟秋連海　산은 칼과 창처럼 돌고 가을은 바다에 이어졌고
舟落湘吳水擊天　배가 상수湘水에 떨어지자 물이 하늘을 친다.61)
此去莫更思乃伯　이번 가면 다시는 맏형을 생각 말라
放臣骸骨足蠻烟.　쫓겨난 신하의 해골은 오랑캐의 연기로 족하다.62)

---

59) 楚詞에서 招魂의 句 끝에 모두 些라 했는데 語助詞라 한다.
60) 본국사람으로 九日을 읊은 자에서 이 시를 제일 아름답다고 한다.(本國
　　人詠九日者 此爲第一甚嘉)
61) 산이 흔들리고 땅이 움직인다.(山震海盪)
62) 소리와 기운을 함께 다했다.(聲氣俱盡)

우성偶成

人間巫峽易浮沈	인간이 무협에서 쉽게 부침을 하며
白首餘生只抱襟	흰 머리에 남은 인생은 단지 옷만 입었다오.
夜梵殘時香火冷	밤에 염불하고 남은 시간에 향불도 차고
曉禽驚後佛堂深	새벽 새들이 놀란 뒤에 불당도 깊숙하다.
一心歷歷皆忠孝	한 마음에 분명한 것은 모두 충효요
萬事悠悠自古今	만사는 옛날부터 매우 걱정된다네.(63)
笑罷雲窓歌激烈	웃음 그치고 구름 가린 창에 격렬하게 노래하니
半山松檜月陰陰.	산의 나무들에 달빛이 침침하다.(64)

즉사요체卽事拗體(65)

天開寶刹三兩間	하늘이 절 두세 칸을 열었는데
白業胡僧門不關	착한 일 하는 호승이 문을 잠그지 않았다.
石塔百層半空入	높은 돌탑은 반공에 솟았고
鐵崖萬丈千古頑	길게 쇠로 만든 비탈은 오랫동안 완고하다.
寒潮曉落出鹽井	찬 조수가 새벽에 떨어지자 염정으로 나가고(66)
黑霧晚消多海山	검은 안개가 늦게 걷히니 바다에 산이 많다.
遊目天涯雲更遠	천애를 바라보니 구름이 다시 먼데
北書不至吾得還.	내가 돌아갈 북쪽의 소식은 오지 않았다.(67)

---

63) 슬퍼할 만하다.(可悲)
64) 신의 경지에 들어갔다.(入神)
65) 전편이 힘이 있어 용이 날고 있다.(通篇矯然龍翔)
66) 생각이 기이하고 말이 장하다.(奇思壯語)
67) 杜詩에서 나왔다.(出杜)

⊕ 박은朴誾(再見)

화택지和擇之

深秋木落葉侵關	깊은 가을 떨어진 나뭇잎이 문으로 들어오며[68]
戶牖全輸一面山	창은 온전히 한 면을 산으로 다했다.[69]
縱有盃樽誰共對	술이 많이 있다한들 누구와 함께 대작하며[70]
已愁風雨欲催寒	이미 걱정했던 비바람이 추위를 재촉하려 한다.
天應於我賦窮相	하늘이 나에게 궁한 운명을 주었는데
菊亦與人無好顔	국화도 또한 좋은 낯으로 대하지 않는다.[71]
撥棄憂懷眞達士	근심스러운 생각 버리는 것은 참으로 달한 선비니
莫敎病眼謾長潛.	병안病眼을 부질없이 길게 숨기지 마오.[72]

복령사福靈寺

伽藍却是新羅舊	가람은 신라 때부터 내려오는 옛 절
千佛皆從西竺來	많은 부처는 모두 천축天竺에서 왔다네.
終古神人迷大隗	옛날부터 신인은 대괴에서 혼미했다는데
至今福地似天台	지금 복지는 천태산과 같다오.
春陰欲雨鳥相語	비 오려는 봄그늘에 새들은 지저귀고
老樹無情風自哀	늘은 나무는 무정한데 바람만 슬퍼하는구나.[73]

---

68) 起句가 기이하다.(起便奇)
69) 접속이 또한 묘함을 얻었다.(接得亦妙)
70) 솜씨를 믿고 가지고 온 사물에 대한 표현이 모두 진실하다.(信手拈來物物眞)
71) 검은 구슬을 붉은 물에서 얻었다.(得玄珠於赤水)
72) 마땅히 黃太史도 양보했을 것이다.(當使黃太史却步)

萬事不堪供一笑　　세상일들은 한 번 웃을 것도 못되니
靑山閱世只浮埃.　　긴 세월 겪은 청산은 뜬 먼지뿐이네.74)

안상유택지시풍송지여감이유화案上有擇之詩諷誦之餘感而有和

詩情往往猶能爾　　시정은 이따금 자네가 오히려 능하며
酒興時時未要禁　　주흥은 때때로 요구를 금하지 못한다네.
晚向此中聊可托　　늦게 이 가운데서 부탁하고자 하며75)
曾於世事已無心　　일찍 세상일에는 이미 마음이 없다네.
靑臨書帙山長近　　(이해가 되지 않아 그대로 둔다.)
寒擁柴荊雪政深　　눈이 많이 내려 추위를 잡목으로 막았다.
誰識微醺發淸咏　　약간 취해 맑게 읊음을 누가 알겠는가76)
北風吹日欲西沈.　　북풍이 불어 해가 서쪽으로 지고자 한다.77)

야와유회사화夜臥有懷士華

故人自致靑雲上　　친구는 스스로 청운에 올랐는데78)
老我孤吟黃菊邊　　늙은 나는 국화 옆에서 외롭게 읊조린다.
高蓋何妨容陋巷　　고개高蓋가 어찌 추한 시골의 용납을 방해하며
酒杯終不負新篇　　술잔은 끝까지 신시新詩를 저버리지 않으리라.79)

---

73) 神助가 있다.(有神助)
74) 뛰어났다.(拔俗)
75) 넓게 품었고 가리는 것을 쓸었다.(曠懷掃翳) 위의 天竺은 인도를 지칭한
　　것임.
76) 접속이 매우 묘하다.(接得甚妙)
77) 높게 솟아 우뚝하다.(突兀)
78) 뛰어나게 훌륭함.(凌厲)
79) 극히 아름다운 생각이다.(極佳思)

一年秋興南山色　일 년의 가을 흥취는 남산 빛깔에서 나타나고
獨夜悲懷缺月懸　외로운 밤 비회는 이지러진 달에 달렸다.
旅鴈似知無伴侶　지나가는 기러기가 친구 없음을 아는 듯
數聲飛過沉寥天.　몇 마리의 소리가 날아 빈 하늘을 지나간다.

기택지寄擇之

黃菊花來撥懷抱　국화가 피게 되자 회포를 들어주고
靑雲人遠廢追尋　청운의 사람 멀어져 찾지 않으련다.
風從木葉蕭蕭過　바람은 나뭇잎 따라 소소히 지나가고[80]
酒許山妻淺淺斟　산처山妻에게 술을 조금씩 따르게 한다.
使有兩螯吾已足　두마리 게가 있다면 만족하겠으며[81]
誰將一事更相侵　누가 한 가지 일로 다시 서로 해치랴.[82]
知君擁被寒如鐵　아마 그대는 쇠처럼 찬 이불 안고
夢不能成只獨吟　꿈을 이루지 못하고 홀로 읊조림을 알겠다오.[83]

오월이십팔일증택지五月二十八日贈擇之

憂患祇應關己事　근심과 걱정이 몸에 관계되는 일을 잘 응했으니
襟懷尙欲爲誰寬　가슴에 품은 것을 누구 위해 너그럽게 하랴.
鬢毛颯颯生秋氣　살쩍머리는 삽삽하게 가을 기운이 나는 듯
風雨凄凄作曉寒　비바람은 쓸쓸하게 새벽을 차게 한다.

---

80) 말을 다듬은 솜씨가 까다롭지 않다.(鍊洗不苟)
81) 얽매이지 않았다.(不羈)
82) 놀랄 만큼 넓고 멀다.(咄咄曠遠)
83) 극히 아름다운 운치가 있다.(極有佳致)

萬事可能辭爛醉　　만사는 많이 취하는 것을 사양하므로 가능하며
十年端悔做微官　　십년 동안 미관을 하려는 것이 처음부터 후회라오.
蘧然罷却湖山夢　　호산의 꿈을 스스로 알아 파하고 물리치니
依舊塵埃自滿冠.　　예처럼 티끌이 갓에 가득하다오.[84]

영보정永保亭[85]

地迫未窮千頃海　　땅은 급해도 넓은 바다는 다하지 못하며[86]
山開猶納一頭潮　　산은 열어 오히려 작은 조수까지 받아들인다.
急風吹霧水如鏡　　급한 바람이 안개를 불자 물은 거울 같고[87]
近浦無人禽自謠　　포구에 사람이 없으니 새가 스스로 노래한다.
客裏每爲淸境惱　　객지에서 매양 맑은 지경에 번뇌하게 되며
日邊更覺故園遙　　임금 옆에서 다시 고향이 멀다는 것을 깨달았다.
孤吟不去乏新語　　지은 시에 새로운 말이 모자라도 버리지 않음은
愁見落暉沈遠霄.　　먼 하늘로 지는 해를 근심스럽게 보기 때문이오.[88]

平生病眼怯遐矚　　평생 아픈 눈이 멀리 보는 것을 무서워함은
尋丈之間殊不分　　짧은 거리의 것도 구분하지 못하기 때문이오.
鳥過猶憐一點雪　　새는 지나가며 오히려 한 점 눈을 좋아하고
山橫但覺萬堆雲　　비낀 산을 단지 많이 쌓인 구름으로 느꼈다.[89]

---

84) 전편의 말이 어려워 이해가 쉽지 않다.
85) 네 편이 모두 놀랍고 우뚝 솟아 극히 시인의 으뜸이 되어 최고의 僑音이
　　다.(四篇皆惝怳突兀 極詩人之雄 殆千古僑音)
86) 두텁고 끝이 없다.(起得渾渾無涯)
87) 기이한 생각이 미묘한 것에 이르렀다.(奇思入微)
88) 眇冥함을 結得했다.(結得眇冥)

西邊落日劇相盪　서쪽으로 지는 해는 서로 많이 움직이며
空裏玄花尤自紛　빈 속에도 눈은 더욱 스스로 분잡하다.90)
隱几茫茫輒成睡　궤에 기대 문득 잠이 깊게 들었더니
琅然鐵撥只堪聞.　낭연히 쇠 굴리는 소리만 들린다.91)

地如拍拍將飛翼　땅은 날려는 날개가 푸르덕거리는 것과 같고92)
樓似搖搖不繫篷　누는 매지 않은 배처럼 흔들린다.
北望雲山欲何極　북쪽을 바라보니 운산은 어디에서 다하고자 하며
南來襟帶此爲雄　남쪽으로 오면서 둘러싸인 것에 이곳이 제일이다.
海氛作霧因成雨　바다 기운은 안개 되어 인해 비를 이루고
浪勢翻天自起風　물결은 하늘까지 뒤집어 바람을 일으킨다.93)
暝裏如聞鳥相叫　어두운 속에 새들의 부르짖는 소리 들리는 듯해94)
坐間渾覺境俱空.　앉아 있는 사이에 모두 허무함을 깨닫게 한다.

憐我朝來獨吟處　아침에 와서 홀로 읊는 나를 가엽게 여기는가
一竿初日上簾旋　한 간竿 쯤 뜬 해가 발 위에서 돈다.95)
風飆飽與潮俱上　바람을 잔뜩 실은 돛은 조수와 함께 오르고
漁戶渾臨岸欲傾　어호漁戶는 모두 언덕에 다다라 기울어지려 한다.
雨後海山皆秀色　비 온 뒤의 바다와 산 빛은 다 빼어났고96)

---

89) 경치를 묘사함이 逼眞했다.(寫景逼眞)
90) 필력이 백 섬의 용문을 들었다.(筆力扛百斛龍文)
91) 황홀하고 빠르며 구속되지 않아 잡을 수가 없다.(怳惚倐儻 不可羈捉)
92) 공중에 蜃氣樓를 지었다.(架出空中蜃樓)
93) 수레를 몰고 가는 기세다.(驅駕氣勢)
94) 또 묘한 경지에 들어갔다.(又入妙境)
95) 바람과 번개를 채찍하여 해와 달을 씻는 것과 같아 보면 놀라워 눈을 치뜬다.(若鞭風霆沃日月 見之愕眙)
96) 아첨하는 말을 하는 듯하다.(舒爲媚語)

春還禽鳥自和聲　봄이 돌아오니 새들은 스스로 노래한다.
客中奇勝猶須句　객지의 좋은 경치가 싯구를 기다리는 듯하니
平生文章不要名.　평생의 문장은 명예를 요구하지 않았다오.⁹⁷⁾

◈ 강혼姜渾(再見)
임풍루臨風樓

試吟佳句發天慳　시험해 읊는 가구佳句는 하늘도 아끼던 것인데
正値樓中吏牒閑　바로 누에 관리의 공문이 한가함을 만났다.
紫燕交飛風拂柳　제비는 번갈아 날고 바람은 버들가지를 흔들며
靑蛙亂叫雨昏山　개구리는 요란하게 울고 비는 산을 어둡게 한다.
一生毀譽身多病　일생에 헐고 기리는 것으로 몸에 병이 많아졌고
半載驅馳鬢欲斑　반 년 동안 바쁘게 달려 살쩍머리가 희고자 한다.
黃閣故人書斷絶　벼슬 높은 친구의 편지도 끊어지고
客行寥落滯鄕關.　나그네의 행차가 쓸쓸하게 시골에 머문다.

해운대차운海雲臺次韻

眼窮溟渤浩漫漫　보이는 바다는 안개가 자욱해 넓고 질펀하며
駭浪呑空勢未闌　놀란 물결이 공중을 삼켜 형세가 다하지 않았다.
對馬靑山孤鴈外　대마도 푸른 산은 외기러기 밖이며
扶桑紅日霱雲端　부상의 붉은 해는 상서로운 구름 끝에 있다.
招邀笙鶴天風冷　바람이 쌀쌀하니 학을 불러 맞이하고
驚起魚龍鐵笛寒　피리 소리 차갑자 어룡이 놀라 일어난다.

---

97) 옛 사람을 놀라게 한다.(叮鷲古人)

千載儒仙留物色　길이 유선儒仙[98]의 모습을 남겼으니
欲攀高躅奈蹣跚.　높은 자취 잡고자 하나 절뚝거림을 어찌하랴.[99]

폐조응제어제한식원림삼월근락화풍우오경한廢朝應製御題寒食園林三月近落花風雨五更寒

淸明御柳鎖寒烟　청명 즈음 버들에 안개가 끼었는데
料峭東風曉更顚　동풍에 높은 것이 새벽이면 다시 낮아진다.
不禁落花紅襯地　낙화가 땅을 붉게 물들이는 것을 금할 수 없고
更教飛絮白漫天　다시 나는 버들솜은 하늘을 하얗게 한다.[100]
高樓隔水褰珠箔　높은 누에 물을 막는 주렴을 걷었고
細馬尋芳耀錦韂　좋은 말을 타고 꽃을 찾으니 비단 언치가 빛난다.
醉盡金樽歸別院　술을 많이 마시고 취해 별원으로 돌아오니
綵繩搖曳畵欄邊.　비단 줄이 아름다운 난간 가로 끈다.[101]

✧ 최숙생崔淑生(再見)
의주취승정차태허운義州聚勝亭次太虛韻

馬蹄西海到窮陲　말을 타고 서해의 막다른 변방에 이르니
百尺危亭近紫微　백 척의 높은 정자 자미성紫微星에 가깝다.
且倚雕欄看勝景　난간에 의지해 좋은 경치 바라보며
不教珠箔障晴暉　주렴이 맑은 햇빛 가리지 못하게 했다.

---

98) 儒仙은 崔致遠을 지칭한 것이 아닌가 한다.
99) 글이 고와 읊고 싶다.(藻艶可咏)
100) 晩唐의 아름다운 작품이다.(李晩佳作)
101) 번화하고 사랑스러워 크게 웃을 만한데 이름은 땅을 쓸었는지 검정할
　　만하다.(穠媚可博笑 而名檢掃地)

江橫鴨綠兼天淨　　가로 흐르는 압록강은 맑은 하늘을 겸했고
柳暗鵝黃着雨肥　　짙은 버들과 누런 거위는 비 맞아 살찌겠다.
忽憶玉堂身萬里　　갑자기 옥당 생각하니 몸은 만 리나 되는데
蓬萊何處五雲飛.　　봉래산 어느 곳에 오 색 구름이 나는가.102)

신추新秋

雨霽山中露氣淸　　비 갠 산중에 이슬 기운이 맑으며
蒼茫桂魄半規明　　푸르고 넓은 하늘에 달이 반 조각으로 비친다.
夜涼金井梧桐落　　밤이 서늘하자 우물에 오동잎이 떨어지고
人靜紗窓蟋蟀鳴　　사람이 고요한 사창에 귀뚜라미가 운다.
萬里雲開銀漢逈　　넓은 하늘에 구름이 걷히자 은하수가 돌고
一簾風動玉繩橫　　바람에 주렴이 움직이니 줄이 비낀다.
秋來多病腰圍減　　가을이 오면 병이 많아 허리도 줄어지는데
惆悵安仁白髮生.　　슬프게도 인仁에 편안히 하니 백발이 난다.103)

✧ 이행李荇(再見)
인일人日104)

玆晨何幸値天晴　　오늘 새벽 얼마나 다행하게 갠 하늘 만났을까.
睡起排窓眼忽明　　잠에서 일어나 창을 여니 눈이 갑자기 밝아진다.
造物定應哀老子　　조물주는 분명히 늙은이를 슬프게 하고

---

102) 아래 四句가 매우 빛난다.(下四句甚麗)
103) 약간 晩唐의 風格이 있다.(稍有晩李風格)
104) 여러 작품을 찾을 지름길도 없고 칭찬할 말도 없다.(諸篇無蹊徑可尋 無
　　 說可讚)

春光寧復慰餘生　봄빛은 정녕코 여생을 다시 위로하고자 한다.
雪消細草靑靑出　눈이 녹자 가는 풀이 푸르게 돋고
風暖幽禽款款鳴　바람이 따뜻하니 숨었던 새들도 관관히 운다.
政使上弦饒月色　바로 상현 달빛을 밝게 하려면
祇今懷抱爲誰傾.　지금 회포를 누구 위해 기울이겠는가.

잠두호운蠶頭呼韻

十里茫茫浪接天　십리의 넓고 질펀한 물결이 하늘에 닿아
飛帆無數亂風前　나는 듯한 많은 돛이 바람 앞에 어지럽다.
百年勝事能如許　한평생 좋은 일이 이처럼 많으니
一笑吾儕豈偶然　우리 무리가 한 번 웃는 것이 어찌 우연이겠는가.
佳境向來唯赤壁　이제까지 가경은 오직 적벽강이었으며
玆遊倘亦繼蘇仙　이 놀이는 진실로 소동파蘇東坡를 이을 것이다.
酒盃相屬聊乘快　술잔을 주고받으며 기뻐하기를 바라며
後世何須二賦傳.　후세에 어찌 꼭 두 부賦105)만을 전해야 하나.

입춘후유감立春後有感

歲前春色動江干　세전에 봄빛이 강변을 움직이더니
屋角微暉破薄寒　집 모퉁이 희미한 햇빛이 얇은 얼음을 깨뜨렸다.
種髮自然無數白　모지라진 머리가 자연히 많이 희었으니
寸心寧有一分寬　좁은 마음이 어찌 일분이라도 너그러움이 있으랴.
南園細荣人初摘　남쪽 동산에 나물을 처음 캐었고

---

105) 蘇東坡의 前後赤壁賦를 지칭한 것이 아닌가 한다.

暘谷涓流雪已殘　양지쪽 골짜기 졸졸 흐르는 물에 눈이 이미 녹
　　　　　　　　았다.
獨立春風雙涕流　봄바람에 홀로 서 두 눈에 눈물이 흐르는 것은
百年身事轉艱難.　한평생 몸과 일들이 어렵게 돌았기 때문이오.

여산도중礪山道中

半生憂患二毛新　반생 동안 근심과 걱정으로 반백斑白이 새로운데
匹馬南天潦倒身　필마로 남쪽에서 노쇠해 일을 못하는 몸이라오.
一事不諧歸去晚　하나도 일이 조화롭지 못해 돌아가기도 늦었으며
百年餘幾往來頻　한평생 남은 기회에 자주 왕래하겠다오.
靑山得句將搖落　청산에서 시구를 얻게 되어도 흩어질 것이며
白雨淹人作苦辛　소나기가 사람을 머물게 하여 어렵게 되었다.
吟罷無端問前路　읊기를 다하고 무단히 앞길을 물으니
西風衰涕濕行塵.　서쪽 바람에 쇠한 눈물이 가는 티끌을 적신다.

감회용익재운感懷用益齋韻

多難纍然一病夫　여러 번 어려움이 많았던 병든 지아비가
人間隨地盡窮途　인간세계에서 가는 곳마다 궁한 길을 다 겪었다.
靑山在眼誅茅晚　청산이 보이나 집을 짓기에는 늦었고
明月傷心把筆孤　명월에 마음이 상하나 붓을 같이 잡을 사람이
　　　　　　　　없다.
短夢無端看穴蟻　단몽은 까닭 없이 개미집을 바라보게 하며
浮生不定似檣烏　부생은 돛대에 앉은 까마귀처럼 불안하다네.

祇今嬴得衰遲趣　　지금에야 더디고 늙게 하는 방법을 약간 알아
聽取兒童將白髮.　　듣고 아이 불러 흰 머리를 뽑게 한다오.

차지정운次止亭韻

西日微微下遠巒　　서쪽 해는 미미하게 먼 산봉우리로 지고
倦飛禽鳥各知還　　날던 새들도 각자 돌아갈 것을 안다.
黃鸝無語分明老　　꾀꼬리가 울지 못하니 분명히 늙었고
紅藥傷心一半殘　　홍약紅藥이 조금 남은 것에 마음이 상했다.
藜杖解能扶病骨　　명아주 지팡이는 병든 몸을 붙들게 하고
酒盃聊爲洗愁肝　　술잔은 근심에 젖은 간을 씻는데 도움이 되었다.
東皐舒嘯邀淸影　　동고에서 휘파람을 불며 맑은 그림자를 맞이하여
偸得餘生分外歡.　　남은 생애 분외의 기쁨을 구차하게 얻고자 한다.

제화題畵

四序平分秋最悲　　사계절이 고루 나누었으나 가을이 가장 슬퍼
蕭蕭木葉已辭枝　　소소히 나뭇잎이 이미 가지를 떠났다.
畵圖寫出無窮意　　그림으로 무궁한 뜻을 그려내고자 하며
詩句吟成一段奇　　시구는 읊어 한 조각 기이함을 이루었다.
瀑布定從天外落　　폭포는 정한대로 하늘 밖을 좇아 떨어지고
松陰不覺坐來移　　소나무 그늘에 앉아 옮겨오는 것을 알지 못했다.
仙禽對我如相笑　　학은 나를 대해 서로 웃는 듯한데
白首塵籠棲息卑.　　백수에 티끌 속에 있으니 사는 것이 낮다오.

차동파송춘운-次東坡送春韻

靑春垂盡已難追　　청춘이 다 갔으니 이미 따르기 어렵고
白首無言對落暉　　백수에 말없이 지는 햇빛만 바라본다.
幽鳥惜陰終日囀　　깊숙한 곳의 새는 그늘이 아까워 종일 울고
殘花戀故遶枝飛　　남은 꽃은 옛 것이 그리워 가지를 돌며 날고 있다.
是間丘壑堪娛老　　이 사이에 골짜기에서 늙는 것이 즐거우며
分外聲名未息機　　분수 밖의 명성은 기미를 쉬지 못했다.
來歲重逢吾有約　　명년에 내가 약속한 것을 거듭 만나면
方知四十九年非.　　바야흐로 사십구 세 때의 잘못을 알 것이다.106)

차중열영통사벽상운-次仲說靈通寺壁上韻

偶乘微雨問叢林　　우연히 가는 비로 인해 절을 물었더니
洞府淸寒古木陰　　골짜기가 맑고 차가우며 고목이 짙었다.
岳色淡濃朝暮態　　산색은 아침저녁 형태가 맑고 걸쭉하며
溪聲徐疾短長吟　　냇물 소리는 빠르고 느리며 짧고 길게 읊는다.
百年泉石渾如昨　　백년 동안 천석은 혼연히 어제와 같고
一日風流更有今　　하루의 풍류지만 지금까지 있다.
酒盞茶瓢俱不惡　　술과 찻잔이 모두 밉지 않으니
却愁殘景迫西沈.　　근심을 물리친 남은 빛이 급하게 서쪽으로 진다.

---

106) 중국 春秋時代 衛의 대부 蘧伯玉이 오십이 되어 사십구 세의 잘못을 알
　　았다고 했음.

대흥동도중大興洞道中

芒鞋藜杖木綿衣	가시랭이 신과 명아주 지팡이에 베옷을 입었으나
未覺吾生與願違	내 생애 소원이 어겼다고 생각하지 않는다.
塵土十年寧有此	진토의 십년에 어찌 이 같음이 있으며
溪山終日便忘機	시내와 산에서 종일 기미를 잊었다.
多情谷鳥勸歸去	다정한 산새는 돌아가기를 권하고
一笑野僧無是非	웃는 스님은 시비가 없다오.
更着詩翁哦妙句	다시 시옹이 되어 묘한 구를 읊게 되자
晚風催雨正霏霏.	늦게 부는 바람이 비를 재촉해 부슬비가 내린다.

✤ 김안국金安國(三見)

칠석七夕

鵲散烏飛事已休	까치는 흩어지고 까마귀는 날아 일은 이미 끝났으니
一宵歡會一年愁	하룻밤 기쁜 만남은 일 년의 근심이었다오.
淚傾銀漢秋波潤	눈물은 은하수에 흘러 가을 물결이 불었고
腸斷瓊樓夜色幽	창자가 끊어지는 경루에 밤빛은 깊숙하다.107)
錦帳有心邀素月	비단 장막에서 유심히 흰 달을 맞이하고108)
翠簾無意上金鉤	푸른 주렴을 생각 없이 갈고리에 걸었다.
只應萬劫空成怨	응당 긴 세월로 부질없이 원망을 이루어
南北迢迢不自由.	멀리 남북으로 자유롭지 못하다오.109)

---

107) 맑고 아름답다.(淸麗)
108) 예쁘고 간절하다.(婉切)
109) 시의 격이 유행을 벗어났다.(詩格出流)

❖ 박상朴祥(再見)

수정태사류별운酬鄭太史留別韻

江城積雨捲層霄　강성에 쌓인 비가 높은 하늘을 걷었고
秋氣冷冷老火消　냉랭한 가을 기운이 선약仙藥을 살랐다.
黃膩野秔迷眼發　누렇게 살찐 들 벼가 눈을 아득하게 하고
綠踈溪柳對樽高　푸르고 성긴 시내 버들에 높은 술통을 마주했다.
風隨舞袖如相約　바람은 춤추는 소매를 따라 약속한 듯하고
山入歌筵不待招　산은 부름을 기다리지 않고 노래하는 자리에
　　　　　　　　왔다.
慭恨至今持斗米　지금 얼마의 쌀을 가지고도 한 되는 것은
故園蕪絶負逍遙.　고향이 매우 거칠어 소요할 수 없다오.110)

남해당南海堂

蕙肴椒醑穆將愉　혜초의 안주 후추의 술은 실로 유쾌해
神衛煌煌駕赤虯　모신 신도 매우 빛나며 붉은 용을 타고 있다.
香火粲薰三宿裏　향불은 삼숙리三宿裏111)에 선명하며
月星明槩五更頭　달과 별은 대개 오경 머리까지 밝다.
梢殘颼母天空濶　약간 남은 회오리바람에 하늘은 넓어졌고112)
鎖斷支祈海妥流　자물쇠가 끊어지게 빌어 바다도 순하게 흐른다.
禾黍有秋從可卜　가을이면 벼와 기장이 풍년이 들 듯하며
慶雲時起祝融陬.　좋은 구름이 때때로 화신火神 옆에서 일어나겠다.113)

---

110) 詩思가 超凡하다.(詩思超凡)
111) 三宿은 술잔을 세 번 드린다는 뜻. 이때 宿은 잔을 드린다는 뜻임.
112) 句가 호걸스럽고 일이 살찌다.(句杰事粘)

태평관차사상운太平館次使相韻

| 開府新功掩後先 | 개부開府한 새 공이 선후를 가리었으며 |

開府新功掩後先　개부開府한 새 공이 선후를 가리었으며
咄嗟華構更輪然　슬프게도 화려하게 지은 집이 다시 바뀌었다.
海門潮至石如馬　해문海門에 조수가 이르자 돌이 말 같고
島岫雲收人竦肩　섬속의 산에 구름이 걷히니 사람들은 어깨가 솟는다.
宗愨長風凌鉅浪　종각宗愨[114]의 긴 바람은 큰 물결을 업신여기며
蓬萊夷路問羣仙　봉래蓬萊의 평탄한 길에 뭇 신선을 물었다.
盛陳伶樂魚龍舞　풍악을 연주하자 어룡이 춤을 추니
橫槊何妨賦錦筵.　좋은 자리에서 횡삭부橫槊賦[115] 짓는 것이 방해가 되랴.

법성포우후法聖浦雨後[116]

晴旭妍鮮縱目初　갠 하늘의 햇빛이 고와 처음 바라보니
蒼茫遠嶠鬱藍如　푸르고 넓은 산은 하늘과 같다.
龍宮晒出鮫人錦　용궁에는 인어의 비단을 볕에 내어 쬐고
蜃市跳回姹女車　신기루에는 미인의 수레가 빨리 돌아간다.
雲蔽蓬萊仙縹緲　구름이 가린 봉래산에 신선은 아득하고
飄襄舻艎路空虛　빠른 바람에 걷힌 작은 배들은 길이 공허하다.[117]

---

113) 자못 唐의 시인들의 작품 같다.(頗似唐人)
114) 南宋 때 인물로서 자는 元幹이며 武官으로 장군이 되어 공을 많이 세웠다고 함.
115) 三國시대 曹操, 曹조의 부자가 말을 타고 창을 들고 있으면서 시를 지어 그것을 橫槊賦라 함.
116) 비록 緊要함은 모자라나 바라보면 渺冥하다.(雖欠緊要 望之渺冥)

乘桴蹈海還追古	떼배 타고 바다 건너는 것은 예를 따르는 것인데
老淚無端忽滿裾.	무단히 늙은이의 눈물이 옷자락에 가득하다.

차령남루운-次嶺南樓韻

客到嶺梅初發天	나그네는 영남루에 매화가 처음 필 때 갔더니
嘉平之後上元前	섣달 뒤였고 정월 보름 전이었다.
春生畫皷雷千面	봄은 북소리가 우레처럼 여러 곳에서 나게 하며
詩會靑山日半邊	시회는 청산에 해가 반변이었을 때 했다오.118)
漁艇載分籠渚月	고기 잡는 배가 달을 도롱에 나누어 실었고119)
官羊踏破羃坡煙	양들이 연기 낀 언덕의 장막을 밟아 부수었다.
形羸心壯凌淸曠	형상은 약하나 마음은 장해 넓음을 업신여기며
驅使乾坤入醉筵.	건곤을 마음대로 하며 취한 자리에 든다오.

西湖萬里隔吳天	만 리의 넓은 서호는 오천吳天을 막았고
綠浪東西忽墮前	동서의 푸른 물결은 갑자기 앞에 떨어진다.
天上玉樓身坐處	천상의 옥루는 앉았던 곳이요
海中鰲極眼窮邊	해중의 오극鰲極120)은 변두리까지 다 보았다.
江魚慣聽靑娥瑟	강 고기들은 미인의 비파 소리를 자주 들었고
城樹恒薰錦燭烟	성의 나무들은 항상 촛불 연기에 젖겠다.
度嶺漫愁深涉險	영남으로 오면서 험한 길 건너는 것 근심했는데

---

117) 여기에 인용한 말들은 이해에 어려움이 적지 않다.
118) 이해가 쉽지 않다.
119) 말이 긴장되고 무겁다.(緊重)
120) 어떤 의미인지 알아보시 못했다.

平生經賞摠塵筵. 평생에 이 세상의 모든 잔치를 경험했다오.

차함창동헌운-次咸昌東軒韻

久坐仍聞罷午鷄 오래 앉아 한낮 닭 우는 소리 들었으며
墙陰半側畫欄西 담장 그림자는 난간 서쪽 옆이었다.
松花穩下露猶濕 송화가 조용히 떨어지는데 아직 이슬에 젖었고
柳絮交飛鶯亂啼 버들 솜이 날자 꾀꼬리가 어지럽게 운다.
人散月華垂屋角 사람은 헤어지고 달빛이 집 모퉁이에 드리웠으며
夜深雲氣宿榱題 밤이 깊자 구름 기운이 서까래 이마에 끼었다.
明朝更試征途險 내일 아침 다시 갈 험한 길을 비교해보면
鳥嶺攙天路不迷. 조령이 하늘에 솟아 길은 희미하지 않을 것이오.

탄금대彈琴臺

湛湛長江上有楓 맑은 긴 강 위에 단풍나무가 있고
仙臺孤截白雲叢 선대는 흰 구름 속에 외롭게 솟았다.
彈琴人去鶴邊月 가야금 타던 사람은 가고 학만 달 주변에 있으며
吹笛客來松下風 피리 부는 나그네 오니 소나무 아래 바람이 분다.[121]
萬事一回悲逝水 만사가 한번 돌아가자 흐르는 물처럼 서글퍼지고
浮生三歎撫飛蓬 부생은 세 번 탄식하며 쑥대를 어루만진다.
誰能寫出湖州牧 뉘 능히 호주 목사를 그려 내리오[122]
散步狂吟夕照中. 석양 중에 산보하며 광음하는 그를.

---

121) 열고 닫음이 빨라 현기를 일으킨다.(開闔倏眩)
122) 극히 미묘하다.(極微)

재유금대再遊琴臺

往事迢迢不可探	지난일 까마득해 알 길이 없고
琴仙臺下水如藍	금선대 아래 강물만 쪽빛 같구나.
文章强首無遺廟	문장의 강수强首는 사당도 없고
翰墨金生有廢庵	글씨의 김생金生은 낡은 암자가 있다.
落日上江船兩兩	해질 무렵 몇 척의 배가 강에 떴고[123]
斜風盤渚鷺三三	바람 부는 물가에 여러 마리 백로가 있다.
陶詞莫遣佳人唱	도사陶詞는 가인을 보내 노래를 부르게 하지 마오.
太守聞來面發慚.	태수가 듣고 왔다가 부끄러워하리라.

차사상운증열상인次使相韻贈悅上人

曾宿招提七祖宮	일찍 이 절 칠조궁七祖宮에 자면서
晨鍾雲外聽丁東	새벽에 멀리서 종소리가 정동하는 것을 들었다.
窓櫺窣窣千峯雨	창 난간에는 천 봉의 비가 솔솔 내리고
松外刀刀萬壑風	소나무 밖에 많은 골의 바람이 도도히 분다.
支遁許詢交旣密	지둔支遁[124]은 허순許詢과 이미 가깝게 사귀었고
江蓮天棘句還工	강연江蓮과 천극天棘의 구句는 교묘하다오.[125]
十年不踏山中路	십년 동안 산중의 길을 밟지 않아
歸夢依依入夜濃.	가고 싶은 꿈은 밤이면 짙게 설레게 한다.

---

123) 침착하면서도 매우 괴이하다.(沈着卓詭)
124) 중국 晉나라 때 高僧. 許詢은 같은 때의 隱士.
125) 열고 닫고 한 것이 힘이 있다.(開闔有力)

충주남루차이윤인운忠州南樓次李尹仁韻

肩輿樓下謾頻過	가마에 내려 누 아래를 여러 번 거닐다가
高榻樓中興且多	높은 누에 오르니 흥도 또한 많구나.
西北二江流太古	서북쪽 두 강은 태고 적부터 흘렀고
東南雙嶺鑿新羅	동남의 두 재는 신라로 통했다오.
烟和暮堞棲鴉噪	연기 낀 저문 성곽에 갈까마귀 울고
月照寒閭杵婦歌	달빛 비친 민가에서 다듬이 소리 들린다.
佩印故州寧有此	고주故州에 주목州牧으로 탈 없이 잘 있으니
端將畫錦向人誇.	화려한 치장하고 자랑이나 하련다.

❖ 김정金淨(四見)
총석정叢石亭

絶嶠丹崖滄海陬	뾰족한 봉우리의 비탈과 서늘한 바다 모퉁이에
孤標夐邈卽蓬丘	외롭게 표시된 멀고 까마득한 것이 봉래산이요.
硬根直插幽波險	단단한 뿌리는 바로 꽂혔고 깊은 물결은 험하고
削面疑經巧斧修	깎은 표면은 도끼로 교묘하게 다듬은 듯하다.[126]
鰲柱天高殘四片	높은 오주鰲柱는 사편四片이 남았고
羊碑峴古杳千秋	양비현羊碑峴은 예부터 천추로 아득하다.
鶴飛人去已寥廓	학은 날아가고 사람은 떠나 성은 텅 비었는데
目斷碧空雲自愁.	보이지 않는 푸른 하늘에 구름이 근심스럽게 한다.[127]

---

126) 鄧艾가 蜀나라에 들어가는 형세가 있다.(有鄧艾入蜀勢) 鄧艾는 魏나라 장수로서 蜀漢을 격파했는데, 여기서는 표현이 교묘함을 의미한 것이 아닌가 한다.

千古高皐叢石勝   긴 세월로 높게 솟은 총석정의 좋은 경치에
登臨寥落九秋懷   오르니 휑해 깊은 가을을 생각한다오.
斗魁彩散墮滄海   북두성이 빛을 보내 넓은 바다로 떨어지게 하고
月宮借斧削丹崖   월궁에서 도끼 빌려 낭떠러지를 깎았다.
巨溟欲泛危巒去   큰 바다에 뜨고자 위태로운 산을 떠나려 하며128)
頑骨長衝激浪排   완골頑骨은 심한 물결 물리치고 길이 충동을 한다.
蓬島笙簫空淡竚   봉래도의 피리 소리 맑게 듣고자 섰다가
夕陽搔首寄天涯.   석양에 머리 들고 천애에 의지한다오.129)

八月十五叢石夜   한가위 밤 총석정에 오르니
碧空星漢淡悠悠   푸른 하늘에 별과 은하수가 맑게 퍼져있다.
飛騰桂影昇天滿   날아오르는 달빛은 하늘에 가득하고
搖盪銀光溢海浮   흔들리는 은빛 파도는 바다에 넘친다.
六合孤生身一粒   넓은 세계 외로운 인생은 쌀낱 같고
四仙遺躅鶴千秋   사선이 남긴 자취 천추로 학만 지킨다.
白雲迢遰萬山外   흰 구름은 많은 산 밖에 높게 떠 있는데
獨立高丘杳遠愁.   높은 곳에 홀로 서서 깊은 근심에 잠긴다.130)

雲滅秋晴淡碧層   구름 걷힌 갠 가을하늘은 푸르고 깨끗해
淸晨起望太陽升   맑은 새벽에 일어나 해 뜨는 것을 본다.
光涵海遇初呑吐   빛에 젖은 바다가 처음 머금었다 토함을 만나니
彩射天衢忽涌騰   빛이 하늘을 쏘며 갑자기 솟아오른다.

---

127) 꼬리를 흔든다.(掉尾)
128) 盤硬한 말이 모사에 기이하고 높음을 얻었다.(盤硬語描得奇峭)
129) 매우 아름답다.(甚佳)
130) 세상에서 매우 아름다운 작품이라 이르는 바이다.(世所稱絶佳者)

幽窟老龍驚火焰　　동굴 속의 노룡은 화염火焰에 놀라고
深林陰鬼失依憑　　깊은 숲의 귀신도 의지할 곳을 잃었다.
塵寰昏黑從今廓　　어두운 세계가 지금부터 열리니
欲向崦嵫爲繫繩.　해 지는 엄자산崦嵫山으로 가서 매어두리라.[131]

❖ 유운柳雲

청풍한벽루淸風寒碧樓

擘峽奔江賴巨靈　　골로 나누어 달리는 강은 거령巨靈의 힘입음이며
倦來徒依客魂醒　　늦게 온 것은 단지 손의 혼이 깬 것에 의했다오.
灘聲撼耳寒生枕　　여울소리 귀를 흔들고 베개까지 차며
山氣籠窓翠作屛　　산 기운이 창에 얽혀 푸름이 병풍 되었다.
雨洗鷗沙明似雪　　비가 갈매기 있는 사장을 씻어 눈처럼 밝고
月沈漁火亂如螢　　달이 지자 어화漁火가 반딧불처럼 어지럽다.
無端萬里孤舟笛　　무단히 멀리 가는 고주孤舟의 피리 소리에
一片歸心杳洞庭.　한 조각 가고픈 마음에 동정호도 아득하다.[132]

　유운柳雲의 자는 종룡從龍 호는 항재恒齋이며 문화인文化人이다. 연산군 때 문과에 급제했고 호당에 피선되었다. 처음 기묘사류己卯士類의 배척을 받았으나 가을에 대사헌大司憲이 되어 사류들을 힘써 구하고자 하다가 뒤에 삭관削官이 되었고 인해 세상을 떠났다.

---

131) 下聯의 八面은 妖術하는 거울로 비치는 것이다.(下聯八面照妖鏡) 崦磁山 은 중국 甘肅省의 산 이름, 해가 지는 곳이라 함.
132) 淸壯함은 그의 사람됨과 유사하다.(淸壯類其爲人)

✿ 기준奇遵(四見)

금직기몽禁直記夢133)

異域江山故國同	다른 지역의 강산이 고국과 같아
天涯垂淚倚孤峯	천애에서 눈물 흘리며 외로운 봉에 의지했다.
潮聲寞寞河關閉	조수 소리는 아득하고 관하는 닫혔으며
木葉蕭蕭城郭空	나뭇잎은 소소하고 성곽은 비었다.
野路細分秋草裏	들길은 가을 풀 속에서 여러 갈래로 나누어졌고
人家多住夕陽中	인가는 석양 가운데 많이 있다.
征帆萬里無廻棹	먼 길 가는 배는 돌아가는 노가 없고
碧海茫茫信不通.	푸른 바다는 망망해 소식이 통하지 않는다.134)

추야여회秋夜旅懷

雨晴雲卷暮城秋	비 개고 구름 걷힌 성의 저문 가을에
風急天空江水流	하늘에 바람이 급하게 불고 강물은 흐른다.
月色漸分柔遠鎭	점점 나누어지는 달빛은 먼 변방을 부드럽게 하고
笛聲多在撫胡樓	많은 피리 소리는 호루胡樓를 어루만진다.

---

133) 미묘한 말을 만드는 재능이 뛰어나 唐의 시인에 부끄러움이 없다.(翩翩
造微之語 無媿唐人)

134) 매우 鬼語와 같다.(極似鬼語)
『己卯錄』에 따르면 奇遵이 어느날 弘文館에 숙직을 하면서 꿈에 關門
밖을 이리저리 돌아다니다가 시를 지어 운운했는데 꿈을 깨어 벽에 써
두었다. 뒤에 穩城으로 귀양가면서 吉州에 이르러 꿈에서 본 것과 같으
므로 말을 멈추고 읊으며 지을 때를 회상했다고 한다. 뒤에 士林들이
듣고 외우며 눈물을 흘리지 않는 사람이 없었다.

遷人嶺外迷彊域　영외로 귀양 온 사람은 강한 지역에서 헤매고

戍客沙頭伴斗牛　사두에 수자리 온 손은 두우성斗牛星과 짝한다오.

何處擣衣寒杵響　어느 곳에서 옷 다듬이 소리 들리는가

夜深還起故鄉愁.　깊은 밤에 도리어 고향 근심을 하게 한다오.

주천현酒泉縣

鴉啼古樹白烟生　고목에 갈까마귀 울고 흰 연기 오르며

蔓草溪邊縣吏迎　냇가 덩굴 풀에서 고을관리가 맞이한다.

漿水不曾看宿客　미음은 일찍 자는 손은 보지 못했으며

酒泉何得記虛名　주천酒泉은 무엇으로 헛된 이름을 얻었을까.

雲橫孤嶂秋無月　구름이 비낀 봉우리는 가을인데 달이 없고

木落寒江夜有聲　잎 떨어진 찬 강에 물소리가 밤에 들린다.

慄慘遠懷愁不語　슬프고 겁나 먼 생각 근심스러워 말 못하는데

廚人籌火報鷄鳴.　부엌 사람이 불을 덮으며 새벽닭이 울었다고 알린다.

◈ 신광한申光漢(四見)

갑인중춘인병구사사문형지임득석중부병약탈연야침심감효문렴류시각우래즉사서회甲寅仲春因病久四辭文衡之任得釋重負病若脫然夜枕甚甘曉聞簾溜始覺雨來卽事書懷.

簷溜聲傳覺夜徂　처마물소리 들리자 밤이 가는 것을 알았고

凍融春雨洗寒蕪　봄비에 언 것이 녹으며 차고 거친 것을 씻겠다.

穿林暗報花消息　뚫린 숲은 모르게 꽃 소식을 알리는데

度幕如探句有無　장막을 지나 시구의 유무를 찾는 것과 같다오.

洒瓮欲香時漸好　독에 술이 익으려하니 때가 점차 좋아지고
文衡纔折病還蘇　문형文衡을 그만두게 되자 병이 도리어 나았다.
安閑適會從心欲　편안하고 한가해 하고 싶은 것을 할 수 있으니
深賀天恩到首濡.　임금 은혜 머리까지 젖게 해 깊게 하례한다오.

옥원역沃原驛

暇日鳴螺過海山　한가한 날 울던 나나니벌이 해산을 지나가고
驛亭寥落水雲間　역정은 수운水雲 사이에서 고요하다.
桃花欲謝春無賴　복숭아꽃이 지려 하니 봄은 믿을 수 없고
燕子初來客未還　제비는 처음 왔으나 손은 돌아오지 못했다.
身遠尙堪瞻北極　몸이 멀리 있어 오히려 북극성을 볼 수 있고
路迷空復憶長安　길은 아득한데 부질없이 다시 서울을 생각한다.
更憐杜宇啼明月　소쩍새가 밝은 달밤에 우는 것이 가련한데
窓外誰栽竹萬竿.　창밖에 누가 많은 대나무를 가꾸었을까.[135]

보락당保樂堂

聞說華堂結搆新　들으니 좋은 집을 새로 지었다는데
綠窓丹檻照湖濱　푸른 창과 붉은 난간이 호숫가를 비치겠다.
江山亦入陶甄手　강산은 질그릇 만드는 사람의 손에 들어가고
月笛還宜錦須人　달밤의 피리는 비단옷 입은 사람에 마땅하다오.
進退有憂公保樂　진퇴에는 근심이 있는데 공은 즐거움을 가졌고

---

135) 비록 晩唐의 시인이라 할지라도 또한 스스로 맑고 아름답다고 말할 수
　　있을 것이다.(雖曰晩李 亦自淸麗)

行藏無意我全眞　행장에 뜻이 없는 나는 참됨을 온전히 한다.

風光點檢須閑熟　풍광을 잘 점검하여 익숙하게 하오

可使何人作上賓.　어떤 사람을 상빈上賓이 되게 하랴.136)

삼월초팔일월계협중작三月初八日月溪峽中作

誰畫吾行得意時　누가 내 득의해서 가는 때를 그리겠는가

東風吹峽綠參差　동풍이 골에 불었으나 푸름은 가지런하지 않다.

倒觀江水捫蘿遠　강물을 거꾸로 보며 멀리까지 덩굴을 어루만지고

背指山花策馬遲　등 뒤의 꽃을 가리키며 더딘 말을 재촉한다.

嵒斷忽驚帆席出　큰 바위를 지나자 갑자기 돛이 나타나 놀랐고

---

136) 얼마나 함축적인가. 자못 唐詩와 같다.(何等含蓄 頗似唐人)

　『於于野談』에 金安老가 東湖에 새로 정자를 짓고 그 扁額을 保樂堂이라 하고 企齋 申光漢에게 시를 구하자 기재가 사양을 하다가 마지못해 지어 주었는데 그 시가 매우 풍자적이었다. 그 시에 聞說이라 한 것은 자신은 스스로 가지 않았다는 것을 밝힌 것이고, 또 말하기를 風光도 또한 陶甄手에 들어갔다는 것은 朝廷의 권력과 강산의 토지까지 모두 陶甄手에 들어갔다는 것을 밝힌 것이다. 또 달빛 아래 피리 소리는 비단옷 입은 사람에 마땅하다는 것은 그 繁華한 일은 風月하는 사람에는 마땅하지 않고 부귀한 사람에 마땅하다는 것이다. 또 진퇴는 근심이 있는 것인데 공은 즐거움을 가졌다는 것은 옛 사람들은 진퇴에 모두 근심이 있었으나, 공은 혼자 즐거움을 가지고 백성들과 더불어 함께하지 않는다는 것이다. 또 말하기를 행장에 뜻이 없는 나는 참됨을 온전히 한다는 것은 이러한 시기에 進取에는 생각이 없고 그 절의를 온전히 한다는 것을 밝힌 것이다. 또 말하기를 어떤 사람을 上賓이 되게 할 것인가 한 것은 자신은 분명히 그 집의 상빈이 되지 않을 것임을 밝히면서 다시 어떤 사람이 권세에 아부하여 빈객이 될 것인가 했다. 이 시가 句句마다 깊은 뜻이 있어 많은 세월이 지날 때까지 君子의 뜻을 밝힌 것이다. 金安老도 문장에 대해 깊게 아는 자였다. 어찌 그 뜻을 모르겠는가. 그런데 끝까지 그를 해롭게 하지 않은 것은 당시 여론을 겁내어 그의 숨긴 것을 노출시키지 않으려는 것이라 했다.

路危頻覺棧橋欹　길이 위험해 자주 사닥다리에 의지함을 느낀다.
微吟到處春無盡　가는 곳마다 봄의 다함이 없는 것을 읊조리는데
一景看來一景奇.　한 경치를 보고 나면 또 한 경치가 기이하다오.

삼월삼일기모동박대구三月三日寄茅洞朴大口

三三九九年年會　삼월 삼일과 구월 구일이면 해마다 모였는데.
舊約猶存事獨違　옛 약속은 오히려 있으나 일만 어긴다오.
芳草踏靑今日是　꽃다운 풀을 답청함은 오늘이 좋겠고
淸尊浮碧故人非　맑은 술을 통에 남기면 친구가 아니다.
風前燕語聞初嫩　풍전에 제비 소리는 처음부터 연하게 들리고
雨後花枝看亦稀　우후에 가지의 꽃은 보기도 또한 드물다.
茅洞丈人多不俗　모동茅洞 어른은 속되지 않음이 많아
可能無意典春衣.　봄옷을 전당잡힐 생각이 없지 않을 것이오.137)

❖ 소세양蘇世讓(三見)
연경즉사燕京卽事

宴開迎餞一旬間　맞이하고 보내는 잔치가 열흘 동안 열려
三月皇州却未還　삼월인데 연경燕京에서 돌아오지 못했다.
柳絮白於衰客髮　버들 솜은 늙은 나그네의 머리카락보다 희고138)
桃花紅勝美人顔　복숭아꽃은 미인의 낯보다 더 붉다.
春愁點點連空館　봄 근심은 공관에까지 점점이 이어졌고
歸興翩翩落故山　돌아가고픈 생각은 고향산천에 편편히 떨어진다.

---

137) 雄奇함은 湖老(鄭士龍)에 미치지 못하나 맑은 향기(淸謈)는 지나친다.
138) 그가 스스로 得意然한 곳이라 했다.(渠自得意處)

早晚勾當公事了　빨리 담당한 공사를 마치게 되면
拂衣長嘯出秦關.　옷을 떨치고 휘파람 불며 관문을 나서리라.

제승정원계축題承政院契軸

跪捧絲綸入夜宣　임금 말씀 받들고자 밤에 선실宣室에 들어가며
又從晨鼓侍經筵　또 새벽 북소리 좇아 경연에서 모셨다.
極知鳳詔深嚴地　임금 말씀이 매우 엄한 것임을 알고
長拜龍顔咫尺天　용안龍顔을 가까운 거리에서 뵈옵다.
綾被夢驚清禁月　비단 이불에서 잠을 깨자 궁중에 맑은 달이 떴고
錦袍香惹御鑪烟　도포의 향내는 어전의 화로 연기에서 이끌었다.
他年萍水遙相憶　뒷날 우연히 만나 과거를 서로 생각하게 되면
勝事須憑畵史傳.　훌륭한 일이 반드시 역사에 전하리라.139)

✤ 조인규趙仁奎
상원관등응제上元觀燈應製

春入乾坤日漸融　봄이 오자 날씨가 점점 따뜻하며
鰲山千疊擁晴空　천첩의 오산鰲山은 갠 하늘을 안았다.
九天星月籠仙杖　구천의 별과 달은 신선의 지팡이를 얽어 들었고
萬戶笙歌徹曉風　만 호의 저 노래는 새벽바람에 거두게 되었다.
金鴨噴香烟縷碧　향을 뿜는 향로의 연기는 푸른 실이 되었고
燭龍分影火山紅　형상을 나눈 용촉은 화산처럼 붉다.
昇平又値繁華節　태평한 세상에 또 번화한 계절을 만나

---

139) 行中에 第一이다.(行中第一)

時許遊觀與衆同.　때때로 무리들과 더불어 유람을 허락했다.[140]

❖ 조신曹伸

우음偶吟[141]

三盃卯酒詑年稀	아침 술 석 잔에 칠십 나이 자랑하며
手拓南窓一詠詩	손으로 창문 열고 한 번 시를 읊었다.
泉眼溢池魚潑剌	샘물이 솟아 넘치는 못에 고기가 뛰놀고
樹林遶屋鳥來歸	숲이 집을 둘렀으니 새들이 돌아온다.
花生顏色雨晴後	비 갠 뒤에 꽃빛이 새롭고
柳弄腰肢風過時	바람이 지날 때 버들은 허리를 희롱한다.
誰道適庵無個事	누가 적암適庵을 일이 없다 말하나뇨
每因節物未忘機.	매양 절물節物의 변화를 잊지 않는다오.[142]

　조신曹伸의 자는 숙분叔奮 호는 적암適庵이며 위偉의 서제庶弟로서 벼슬은 교관敎官을 했다. 사신 일행으로 연경燕京에 일곱 번 일본日本에 세 번 갔다. 문장에 능했으며 저서著書로는 『백년록百年錄』,『소문쇄록謏聞鎖錄』 등이 있다.(대동시선大東詩選)

---

140) 넉넉하고 아름다워 역시 應製詩의 高手다.(富麗亦是應製高手)
141) 작품 내용에 詩酒, 花柳, 魚鴈을 가지고 있다.
142) 혼화하고 노련하다.(雍容爛熟)

12

국조시산 권육 國朝詩刪 卷六
칠언률시七言律詩

✤ 정사룡鄭士龍(三見)

황산전장荒山戰場[1]

昔年窮寇此殲刈	옛날 궁한 도적을 이곳에서 섬멸해
鏖戰神鋒繞紫芒	무찌른 칼날이 자줏빛 풀에 얽혔다.
漢幟豎痕餘石縫	깃발 꽂은 흔적은 돌무더기에 남았고
斑衣漬血染霞光	피에 젖어 아롱진 옷은 노을처럼 물들었다.
商聲帶殺林巒肅	쇳소리 살기 띠어 숲속이 엄숙하고
鬼燐憑陰堞壘荒	어두우면 도깨비불이 진터를 어지럽힌다.[2]
東土免魚由禹力	이 땅에 살아남은 것은 임금의 은혜였으니
小臣摸日敢揄楊	소신이 감히 큰 은혜를 말하리오.

봉천문견조奉天門見朝[3]

五更靴滿午門霜	새벽에 오문의 서리가 신발에 가득하며
擬躅仙班仰穆光	신선의 반열에 참여해 공경할 빛을 보는 듯하다.
管裏固知難覿大	통으로는 진실로 큰 것을 보기 어려움을 알겠고
葵心元不異傾陽	해바라기는 원래 지는 햇빛과 다르지 않다오.
鷄人罷報宮鴉亂	계인鷄人[4]이 새벽을 알리자 궁아宮鴉는 어지럽고
虎士虛陳輦路長	호사虎士[5]는 수레 길을 길게 벌렸다.

---

1) 荒山은 조선조 태조가 倭를 격파한 곳이다.
   『悒曳詩話』에 浙江人 吳明濟가 이 시에 대해 평을 해 말하기를 "네 재주로 용도 잡겠는데 도리어 개를 잡았다"고 했다.
2) 머리털이 서고 정신이 떨린다.(毛竦神顫)
3) 두 작품이 모두 풍부하고 깨끗하며 渾重하다.(二篇俱豊灑渾重)
4) 궁중에서 닭털을 쓰고 새벽을 알리는 사람.
5) 궁중의 말을 관리하는 벼슬 이름.

塌額謝霑光祿供　광록光祿6)에 이바지해 머리 숙이고 사은하자
九關如海正茫茫.　구관九關7)이 바다 같이 매우 넓다오.8)

조알시일반력朝謁是日頒曆

地底潛陽欲動灰　땅속의 숨은 양기 재를 움직이고자 하며
璇杓貞月曉參催　북두성과 달이 새벽에 어긋나게 재촉한다.
佣隨杖下旋班急　가깝게 따르는 의장 아래 반열이 급히 움직이고
臚出螭頭贊曆開　홍려鴻臚9)가 교룡 머리에 책력의 열림을 돕는
　　　　　　　　다.10)
仙樂緩和淸蹕闋　선악이 느리게 청필淸蹕11)을 그치고자 하며12)
袞袍高擁異香回　곤룡포가 향을 높게 들고 돈다.
呼嵩却殿緇黃退　물러나게 크게 외치자 승려와 도사가 나가며13)
簪履聲爲一道雷.　신발 소리 요란하게 들린다.14)

---

6) 宮中을 관리하는 벼슬.
7) 皇帝가 거처하는 곳.
8) 얼마나 기개가 있는가.(何等氣槪)
9) 중국에서 외국에 대한 조공 등의 업무를 맡아보는 벼슬.
10) 매우 좋다.(絶好)
11) 임금이 행차할 때 도로를 정비하는 것.
12) 화락하고 조용하며 품위가 있다.(雍容冠冕)
13) 중국 조정에서 외국 사신의 반열이 道士와 승려의 뒤였다고 한다.(使臣
　　班在僧道後)
14) 아름다우면서 지나치지 안고 무거우면서 막히지 않아 진실로 작가의 三
　　昧라 하겠다.(麗而不靡 重而不滯 誠詞家三昧) 그런데 두 편의 시가 중국
　　궁중의 광경을 표현한 것이기 때문에 생소하고 문장도 난해하여 이해에
　　어려움이 적지 않다.

한식서회寒食書懷

淸明佳節暮春前	늦은 봄 청명의 아름다운 계절이 되기 전에
向晚輕寒透薄綿	저물 즈음 약간 차가움이 엷은 옷으로 들어온다.
塞邑無村炊禁火	변방 읍에 금화禁火하는 마을이 없고
印山有鬼紙飛錢	인산印山에 귀신이 있어 종이돈이 날고 있다.
柔桑翳霧鳩鳴遠	연한 뽕잎은 안개에 가리었고 비둘기는 멀리서 울며
繰風高柳絮度顚	높은 버들에 바람이 불어 솜이 꼭대기를 건넌 다.15)
坐迓鸞書成滯悶	앉아 편지를 받고 막힌 것에 민망하여
松楸回首意茫然.	송추로 머리 돌리니 생각이 망연하다오.

차흥덕배풍헌운次興德培風軒韻16)

巧曆何能數衆峯	교묘하게 센들 어찌 뭇 봉을 셀 수 있으며
試開昏暝遡凄風	어두움이 시작되자 찬바람을 맞았다.
山根半入洪濤裡	산은 반이나 넓은 파도 속으로 들어갔고
石骨高撑積氣中	바위는 쌓인 기운 가운데서 높게 버틴다.17)
聞道雪霜留太始	들으니 눈과 서리는 태초부터 있었는데
祇今融結想鴻濛	지금은 융합하여 넓고 큰 것을 생각하게 한다.
相期瑤草勤收拾	아름다운 풀을 부지런히 수습하고자 약속함은

---

15) 말을 교묘하게 다듬었다.(琢妙)
16) 賁育이 무거운 솟을 들면서 아무렇지 않은 듯하며 서서히 몸을 편다.(賁育招鼎徐舒自若)
17) 높고 맑으며 험해 천 길 벽에 선 듯하다.(嵓嵓淸崎 壁立千仞)

小坐華軒意已通.　마루에 잠깐 앉았는데 뜻이 이미 통했다오.

옥적玉篴

攻得嵬岡六琯開　높은 산에서 베어 여섯 개 구멍을 뚫었으며
柯亭嶰谷是奴材　가정柯亭과 해곡嶰谷이 노재奴材라오.18)
曲傳法部龍吟水　곡이 법부法部에 전하자 용이 물에서 읊조리며
聲度胡山曉落梅　소리가 호산을 지나니 매화가 새벽에 떨어진다.
朱箔月斜初破夢　붉은 발에 달빛이 비끼자 처음 꿈을 깨었고
綠陰春去獨登臺　녹음에 봄이 가자 홀로 대에 올랐다.
丁寧莫向江城弄　분명히 강성을 향해 불지 마오
觸撥離情恨不裁.　헤어지는 감정을 촉발하면 한을 억제하지 못하오.

낙산사洛山寺

寺界窮波地接虛　절 주변은 모두 물결이고 땅은 바다에 접했으며
上方臺殿壓歸墟　동북방의 대웅전과 대는 붙은 언덕을 눌렀다.
銀山亂碎憑夷窟　은산銀山19)이 하신河神의 굴을 어지럽게 부수고
貝厥中涵海若廬　용궁龍宮은 가운데가 잠겨 바다가 농막 같다.20)
靈感修因開淨域　영감으로 근본을 닦아 절을 지었으며
人天鍾異護僧居　사람과 하늘이 이상하게 모여 스님을 보호한다.
軒窓一覽通暘谷　창을 바라보니 해 돋는 곳과 통해
紫氣輪囷日浴初.　붉은 기운이 둥글게 돌더니 해가 처음 돋는다.

---

18) 이해가 어려워 그대로 옮겨만 놓았다.
19) 신선이 있는 곳이라 한다.
20) 함련은 낙해함이 있다.

후대야좌後臺夜坐

烟沙浩浩望無邊　연기 낀 사장은 넓어 끝이 없으며

千仞臺臨不測淵　높은 대에 다다랐으나 못의 깊이를 알 수 없다.

山木俱鳴風乍起　산에 나무가 같이 울고 바람도 잠깐 불고

江聲忽厲月孤懸　강물 소리 요란하며 달만 홀로 떴다.[21]

平生牢落知誰藉　평생의 불행 누구를 탓하며

投老迱邅祇自憐　늙어 주저함이 스스로 가련할 뿐이오.

擬着宮袍放舟去　관복을 입은 듯 배를 타고 가며

騎鯨人遠問高天.　이백李白을 멀리 높은 하늘에 묻겠소.[22]

보월步月

凉飈颯颯動檣烏　삽삽하게 찬 광풍狂風이 검은 돛대를 움직이며

桂影初分澗岸隅　달그림자가 넓은 언덕 모퉁이에서 처음 나누었다.

十二圓中今夜最　열두 번 둥근 가운데 오늘밤이 가장 크며

一千里外老臣孤　천리 밖에서 노신老臣은 외롭다오.[23]

浩空露重團銀闕　넓은 하늘 많은 이슬이 은궐의 덩어리가 되었고

息續波恬湛玉壺　부드럽게 쉬며 고요한 물결에 옥호玉壺가 젖었다.[24]

---

21) 湖陰의 이 聯이 이 작품에서 마땅히 으뜸이 될 것이다.(此老此聯 當壓此篇)

22) 어떤 분은 月孤懸 석 자가 윗말과 연결이 잘 되지 않았다고 했는데 癡人이 지난 꿈 이야기를 하는 것과 같다.(或者以月孤懸三字爲不承上語 可謂癡人前說夢)

23) 역시 기이하다.(亦奇)

24) 이해하기 어려워 그대로 옮겨 놓았다. 許筠은 이 경련에 대해 何等風骨이라 평을 했는데, 이 평도 역시 어렵다. 위의 銀闕은 흰 은으로 만든 宮城

回首瓊樓川路遠   아름다운 누로 머리 돌리니 내와 길이 멀며
不勝寒氣襲淸都.   찬 기운이 청도淸都를 엄습해 견디기 어렵다.

랍월이십일야몽득구운홍운상복문화전청필초회좌순문의작조천지작희족성지臘月二十日夜夢得句云紅雲尙覆文華殿淸蹕初回左順門意作朝天之作戲足成之

銅壺水咽漏籌繁   병에 누수의 떨어지는 물소리 헤기 번거롭고
闕角踈星繞紫垣   대궐 모퉁이에 성긴 별빛이 궁궐을 둘렀다.
入杖微風旗脚偃   미풍에 의장의 깃발대가 누웠고
趍班殘月佩聲喧   달빛에 반렬의 차고 있는 옥소리가 시끄럽다.
紅雲尙覆文華殿   붉은 구름은 아직도 문화전文華殿을 덮었고
淸蹕初回左順門   임금 행차는 처음으로 좌순문을 돌았다.
更識皇居佳氣衆   황제가 있는 곳에 가기가 많음을 알았으며
萬年枝上射朝暾.   오래된 가지 위에 아침 해가 돋아 비친다.25)

초하용장완구시운初夏用張宛丘詩韻

春去猶慳十日晴   봄이 지났는데 오히려 십일의 갠 날도 인색해
南山屬眺未分明   남산을 바라보니 분명하지 못하다오.
危花已打連朝雨   꽃은 이미 아침마다 내리는 비에 떨어졌고
殘夢初回百囀鸎   남은 꿈은 많은 꾀꼬리의 우는 소리에 깨었다.

의 문이라 하며 玉壺는 옥으로 만든 작은 술병, 또 술의 이름이라 한다.
25) 한 자도 느슨함이 없고 한 자도 속됨이 없다. 公도 또한 이 시가 어느
정도에 이른 것인지 알지 못했을 것이다. 盛唐의 번화한 운이다.(無一字
懈 無一字俗 公亦不知其所至 又盛唐穠韻)

書卷試攤眺病睫　아픈 눈을 억지로 뜨고 책을 펼쳐보고자 하며
茶甌頻瀹愜詩情　차 중발 자주 데워 시정에 맞게 한다.
自嗟窃廩終無補　넉넉함이 마침내 도움되지 않는 것이 슬프며
幸免經綸誤此生.　다행히 계획한 것이 나를 그르치지 않았으면
　　　　　　　　　한다.26)

銷得春光幾日晴　봄빛이 사라지고 며칠 개었는데
又和烟雨到生明　또 안개비가 새벽에 내렸다.
絳桃已謝殘粧面　붉은 복숭아꽃은 떨어지고 흔적만 남았으며
綠葉勾留巧舌鶯　푸른 잎에 머물러 꾀꼬리가 공교롭게 운다.
平子詠愁增藻思　평자는 근심을 읊다가 문사文思가 늘어났고
景純裁錦躋才情　경순景純27)은 비단을 재단하며 재정에 넘어졌다.
笑來宦業終安就　벼슬을 편안히 마치고자 나아가는 것이 웃읍고
不愽漁樵過一生.　어초漁樵로 일생을 지나는 것에 근심하지 않는다.28)

중원야월식中元夜月蝕

經緯縱橫散白楡　종횡의 경도와 위도에 별들이 흩어졌으며
二更天黑鳥驚呼　이경에 하늘이 어두우니 새들이 놀라 운다.
二精未必交相掩　음양陰陽은 사귀지 못해 서로 가리며
兩眼何因有獨枯　두 눈은 어떤 원인으로 홀로 쇠하게 되었는가.
忠欲磔蟆憐直道　충성은 곧은길을 좋아해 개구리를 찢고자 하며
狂思斫桂屈雄圖　미친 생각은 웅도가 굴하면 계수나무를 쪼개려

---

26) 평을 이해하기 어려워 본문만 들어둔다.(均稱未見次押之率)
27) 위의 平子와 아울러 어떤 인물의 字인 듯한데 누구인지 알아보지 못했다.
28) 그의 표현이 화살과 저울추처럼 정확한 것을 볼 수 있다.(看他鑪錘妙處)

한다.

坐看不盡如鉤細　갈구리같이 가는 것이 다하지 않음은 보는데
誰識衰翁仰屋吁.　늙은이가 집을 우러러 탄식함을 누가 알랴.29)

양근야좌즉사시동사楊根夜坐卽事示同事

擁山爲郭似盤中　둘러싼 산이 성이 되어 소반 가운데 있는 듯
暝色初沈洞壑空　어두운 빛에 처음 잠기자 골짜기는 빈 듯하다.30)
峯項星搖爭缺月　산꼭대기의 별은 반달과 다투어 반짝이고
樹顚禽動竄深叢　가지 끝에 새는 깊은 떨기로 숨고자 움직인다.31)
晴灘遠聽翻疑雨　갠 날 멀리서 들리는 여울 소리 비로 의심스럽고32)
病葉微零自起風　병든 잎이 떨어지며 스스로 바람을 일으킨다.
此夜共分吟榻料　오늘밤 함께 읊은 자리 값을 나누었으니
明朝珂馬軟塵紅.　내일 아침 흰 말로 연한 티끌을 붉게 하리라.33)

전당만망錢塘晩望

靈隱寺中鳴暮鍾　영은사靈隱寺의 저문 종소리 들리고
湧金門外夕陽春　용금문湧金門 밖에 석양이 절구질을 한다.
至今蟶垤封猶合　지금도 개밋둑은 오히려 남아 있고
依舊靈胥怒尙恟　예처럼 파도는 성난 듯 아직 사납다.

---

29) 점점 긍지를 넘었다.(稍涉矜持)
30) 입을 열면 문득 기이하다.(開口便奇)
31) 깊숙함을 다해 극히 교묘한 생각이다.(幽眇極巧思)
32) 얽매이지 않고 평탄하다.(儵然造平)
33) 『霽湖詩話』에 竹陰 趙希逸이 매양 湖陰의 星搖禽動의 구를 여러 번 외우며 칭찬했다고 하는데, 대개 새벽에 일어났을 때의 卽景이기 때문이다.

湖舫客歸花嶼暝　　호방湖舫으로 돌아가니 꽃이 섬에 흐드러졌고

蘇堤鶯擷柳陰濃　　소제蘇堤34)의 꾀꼬리는 짙은 버들 그늘에서 난다.

錢墟趙社都無所　　전류錢鏐35)와 조하趙嘏36)의 살던 집은 모두 없
어졌으니

却問孤山處士蹤.　　고산처사孤山處士37)의 종적을 묻고자 한다.

팔월초길숙중은당八月初吉宿中隱堂

出郭蕭條討我曾　　성을 나서면 쓸쓸함을 일찍 내가 알고 있어

斧斤初斷退堨憑　　도끼로 물러서 의지하려는 마음을 끊었다.

已抛素蔓瓜區淨　　이미 흰 덩굴을 버리자 참외 지역이 깨끗하고38)

欲割黃雲穡事登　　누런 벼를 베고자 하니 추수가 시작되었다.39)

病葉受風疑曉雨　　병든 잎이 바람을 받자 새벽 빗소리로 의심하고40)

踈星垂野混漁燈　　성긴 별빛이 들에 드리워 어등과 섞이었다.

明年諸老收朝請　　명년에 늙은이들이 조정의 청을 수용한다면

車馬敲門謝友朋.　　거마가 찾아와도 친구들을 거절하리라.

---

34) 蘇東坡가 西湖 지방의 수령을 하면서 그곳에 둑을 쌓은 것을 말함.

35) 唐의 말기의 인물로서 黃巢亂 때 공이 있어 吳越王의 봉작을 받았다.

36) 晚唐 때의 문인으로 특히 시로써 유명하다.

37) 北宋 때 문인 林逋로서 浙江省 孤山에 숨어살면서 매화와 학을 좋아했다
고 함.

38) 이 시에 대해 조용함이 기이함을 무겁게 여겨 서호를 오십 여섯 글자로
모두 표현했다.(春容奇重 說盡一部西湖 志於五十六字中)

39) 句를 다듬은 것이 엄중하다.(琢句嚴重)

40) 緊要하게 묘사했다.(寫得緊要)

내집시량아內集示兩兒

長繩那得絆斜暉	긴 줄로 어찌 지는 해를 맬 수 있으며
心賞無憑撫景違	(이해를 하지 못해 그대로 둔다.)
高葉暗巢鶯獨語	잎이 집을 어둡게 하자 꾀꼬리가 홀로 울고
殘花棲圃蝶雙飛	채전에 남아 있는 꽃에 나비가 쌍으로 난다.
兒孫滿眼承歡謔	자손들의 기뻐함이 눈에 가득하고
歌吹驚隣絢舞衣	노래하며 채색 옷 입고 춤추어 이웃을 놀라게 한다.
但使百年身却健	다만 한평생 몸이 건강하다면
東皐耕釣是忘機.	동고에서 밭 갈고 낚시하며 기미를 잊으리라.41)

기회紀懷

四落階葖魄又盈	사방 뜰에 지시초知時草는 생기가 가득하나
悄無車馬鬧柴荊	근심스럽게도 사립문을 시끄럽게 하는 거마는 없다.
詩書舊業抛難起	버린 시서詩書의 옛 업은 다시하기 어렵겠고
稼圃新功策未成	밭을 가꾸는 새로운 공에 따른 계획도 세우지 못했다.
雨氣壓霞山忽暝	우기가 안개를 눌러 산이 갑자기 어둡고
川華受月夜猶明	냇물이 달빛을 받아 밤인데 오히려 밝다.42)
思量不復勞心事	심사를 다시 괴롭히지 않고자 생각하여
身世端宜付釣耕.	몸을 오로지 밭 갈고 낚시하는 데 맡기겠소.43)

---

41) 산골의 풍류다.(丘壑風流)
42) 옛 사람늘이 이르시 못한 것을 말했다.(古人道不到者)

제상림춘(금기)시권題上林春(琴妓)詩卷44)

十三學得猗蘭操	열세 살에 거문고 타는 법을 배워45)
法部叢中見藝成	범부의 많은 사람 가운데 재능을 인정받았다.
遍接貴遊聯密席	귀한 분들을 두루 접해 자리를 가깝게 했으며
又通宮籍奏新聲	궁중에도 통해 새 곡을 연주했다.
嬌鶯過雨花間滑	고운 꾀꼬리는 비가 지난 꽃 사이에 놀고
細溜侵宵澗底鳴	가는 처마 물은 밤이 되자 시내에서 운다.
才調終慙白司馬	재조가 백사마白司馬에는 부끄럽지만
豈能商婦壽佳名.	어찌 상부商婦처럼 가명佳名을 오래하지 못하랴.46)

❖ 심언광沈彦光(三見)

종성관우우鍾城館遇雨

雲鳥堂堂陣勢聯	높게 날고 있는 새는 당당하게 진세를 이었고

---

43) 좋은 말과 뛰어난 구가 도도히 흘러 참으로 긴 세월을 통해 이기한 작품이다.(雄詞傑句 滔滔莽莽 眞千載奇作)

44) 『遺閒雜錄』에 중종 때 名妓 上林春은 거문고를 잘했는데, 三魁堂 申從濩 參判이 좋아했다. 그의 집이 鍾樓 옆에 있었다. 어느날 申參判이 지나가면서 口占해 말하기를,
緗簾十二人知玉　누런 주렴 열두 폭의 사람을 옥으로 알고
靑瑣詞臣信馬過　宮門의 文臣은 말을 믿고 지나간다.
라 했는데, 好事者들이 그림으로 그려 그 시를 그림 밑에 썼다. 그 후 判府事 鄭士龍이 칠언률시를 지어 주었는데, 右相 鄭順朋, 領相 洪彦弼, 右相 成世昌, 二相 金安國, 二相 申光漢 등이 연달아 화시를 지어 드디어 큰 축이 되었다.

45) 猗蘭操는 孔子가 지은 거문고의 曲 이름이라 한다.

46) 公의 칠언율시는 國初로부터 내려오면서 제일이 될 것이다.(公之七言律爲國朝以來第一)
위의 白司馬는 어떤 인물인지 알아보지 못했다.

書生袖裏有龍泉　　선비의 소매 속에는 용천검龍泉劒이 있다.
黃沙古戍身千里　　몸은 천리 밖 황사의 옛 수자리에 있고
白日長安夢九天　　한낮 장안長安에서 넓은 하늘을 꿈꾼다.
楡塞雨聲連海嶠　　저녁 변방 빗소리는 바다와 높은 산과 연했고
狄江秋色老風烟　　적강狄江의 가을빛은 공중의 서린 기운에 늙었다.
蕭蕭落木關山夜　　관산의 나뭇잎이 소소히 떨어지는 밤에
旅館靑燈惱客眠.　　여관의 청등은 자는 나그네를 고달프게 한다.

고성도중高城道中

寒沙衰草接空原　　찬 사장의 쇠한 풀은 빈 언덕에 접했고
極目人烟十里村　　살펴보니 연기는 멀리 있는 마을에서 난다.
石爛便驚天地老　　바위가 벗겨져 문득 천지가 오래되었음에 놀랐고
仙歸空記姓名存　　신선이 돌아가면서 공연히 기록한 성명만 있다.
金剛鶴叫蒼山暮　　금강산에 학이 울자 푸른 산이 저물었고
蓬島雲深碧海昏　　봉래도에 구름이 짙어지니 퍼런 바다가 어둡다.
簪履三千無處問　　많은 비녀와 가죽신을 물을 곳이 없어
客懷憑與白鷗論.　　나그네의 감정을 백구와 더불어 말하려 한다.[47]

주촌역유감朱村驛有感[48]

去國經秋滯塞城　　고국을 떠나고자 변성에 머물며 가을을 지나니
異方雲物摠關情　　다른 지역 모든 사물에 관심을 가지게 한다.

---

47) 풍부하고 기름지다.(豐腴)
48) 어촌이 늦게 金安老와 사이가 좋지 않아 북쪽으로 감사가 되어 가면서
　　지은 시에 운운했는데 마음으로 후회한 것이다.

洪河欲濟無身楫　　넓은 강을 건너려 하나 가진 노가 없고
寒木將枯有寄生　　나무가 마르고자 하는데 기생충寄生虫이 있다.[49]
自笑謀身非直道　　나를 위한 계획이 바른 길이 아님에 웃고 싶고
還慙欺世坐虛名　　헛된 이름에 잡혀 세상을 속인 것이 부끄럽다.
曉來拓戶臨靑海　　새벽에 문을 열고 푸른 바다에 다다르니
旭日昭昭照膽明.　　빛난 해가 밝게 비쳐 쓸개까지 밝게 한다.[50]

독락정유춘獨樂亭遊春

上巳春風曲水湄　　삼짇날 봄바람이 곡수 가에 불며
小亭松櫟碧參差　　소정에 솔과 상수리나무의 푸름이 고르지 않다.
春撩病客班芳草　　봄은 병객이 꽃다운 풀을 가지게 하고
花貸愁人上接羅　　꽃은 근심하는 사람에 두건을 쓰게 빌려준다.
尊酒更謀千日醉　　술로 천일 동안 취하기를 다시 계획하며
功名已判十年癡　　공명으로 십년간 어리석었음을 이미 판단했다.
良辰勝會能多少　　좋은 때 아름다운 모임이 얼마나 가능하겠느냐
莫負菁華未暮時.　　순수함이 저물지 않은 때를 저버리지 마오.[51]

❖ 민제인閔齊仁
야좌유감夜坐有感

晚抛儒業捴戎旗　　늦게 학문을 포기하고 병사들을 거느리니
志士成功會有時　　지사의 성공도 바로 때가 있다오.

---

49) 후회하나 이미 늦었다.(悔心之萌 吁已晚晚)
50) 극히 교묘하다.(極巧)
51) 흥취가 높아 외울 만하다.(跌宕可誦)

白髮多從西塞得	백발은 서쪽 변방을 좇아 많이 얻었고
丹心只許北辰知	정성어린 마음은 임금만이 알고 허락한다오.
孤城暮角江流急	고성의 저문 대평소 소리에 강물은 급하게 흐르고
絶塞春風鴈到遲	먼 변방에 봄바람이 불어도 기러기는 늦게 온다.
起望雲河仍不寐	일어나 운하를 바라보다가 잠을 자지 못하는데
胡笳悄悄使人悲.	피리 소리가 근심스럽게 사람을 슬프게 한다.52)

민제인閔齊仁의 자는 희중希中 호는 입암立嵓이며 여흥인驪興人이다. 중종 때 급제하여 호당에 피선되었으며, 벼슬은 찬성贊成과 양관제학兩舘提學을 했다.

✤ 서경덕徐敬德(再見)
사모재김상국혜선謝慕齋金相國惠扇

一尺淸颷寄草堂	한 척의 맑은 바람 일으키는 것을 초당에 주니
據梧揮處味偏長	오동나무 밑에서 부치면 맛이 매우 길다.
誰知一本當頭貫	한 뿌리에 머리를 꿰었음을 누가 알며
便見千枝自幹張	천 가지가 줄기로부터 벌렸음을 보겠다.53)
形軋氣來能鼓吹	(이 경연은 난해하여 그대로 둔다.54))
有藏虛底忽通凉	

---

52) 변방에서 돌아가고 싶은 생각이 사람 마음을 움직이게 표현했다.(寫得塞
上歸思動人)
53) 道에 깊게 밝은 자가 아니면 말이 이와 같은데 이를 수 있겠는가.(非覰洞
道竅者安得說到此耶)
54) 허균은 이연에 대해 宋나라 여러 학자들도 말하지 못한 바라 했다.(濂洛
諸賢 所不能道者)

不須拂洒塵埃樣　반드시 티끌을 떨치고 씻을 뿐만 아니라
竹杖相從雲水鄕.　대지팡이와 함께 경치 좋은 시골을 찾을 것이오.

증보진암贈葆眞庵

將身無愧立中天　부끄러움이 없는 몸을 가지고 중천에 서서
興入淸和境界邊　흥이 청화한 경계의 주변에 들어갔다오.
不是吾心薄卿相　내 마음이 높은 벼슬을 얇게 여길 뿐만 아니라
從來素志在林泉　내려오면서 본디의 뜻도 시골에 있었다오.
誠明事業恢游刃　성명의 사업에 칼날을 넓히고자 하며
玄妙機關少著鞭　깊고 묘한 장치에 관심이 적었다.
主敬功成方對越　주경主敬에 성공하여 바야흐로 넘고자 하니
滿窓風月自悠然.　창에 가득한 바람과 달빛에 스스로 태연하다네.[55]

---

55) 이미 십분 지위에 이르렀다.(已到十分地位)
　　『芝峯類說』에 이르기를 徐花潭의 시에 운운했는데 龍門 趙昱이 和詩에
　　말하기를,
　　至人心迹本同天　至人의 마음은 본디 하늘과 같은데
　　小智區區滯一邊　작은 지혜가 용렬하게 변두리에서 막혔다.
　　謾說軒裳爲桎梏　귀한 지위가 묶였다고 속이며
　　從來城市卽林泉　성중의 시장도 옛날에는 바로 시골이었다오.
　　舟逢急水難廻棹　배가 급한 물을 만나면 돌리기 어렵고
　　馬在長途合受鞭　말이 먼 길을 가게 되면 채찍을 맞게 된다.
　　誠敬固非容易事　성경은 진실로 쉬운 일이 아닌데
　　誦君佳句問其然.　그대의 좋은 시를 읽고 그런가 묻고 싶소.
　　라 했는데, 花潭의 시가 자신을 지나치게 허락하는 뜻이 있기 때문에 힘
　　써 하라는 말로 답한 것이다. 이 시의 시제 밑에 격양집 일부를 보아도
　　이러한 작품이 있었는가.(看擊壤一部有此篇否)

✤ 송린수宋麟壽

제환선정題喚仙亭

紅粧翠黛載樓船	곱게 화장한 미녀들을 배에 태웠으니
新政還知太守賢	새로운 다스림에 바로 태수의 현명함을 알겠다.
嬴女奏簫歌扇底	영녀嬴女는 퉁소를 불고 부채 밑에서 노래하며
馮夷擊皷舞衣前	풍이馮夷56)는 춤추는 앞에서 북을 친다.
江魚吹浪牙檣動	강에 고기가 물결을 일으키니 돛대가 움직이고
沙鳥驚群錦纜牽	놀란 사장 새들의 무리가 배 닻을 이끈다.
莫道三山迷處所	삼선산三仙山 있는 곳이 아득하다고 말하지 말라
喚仙亭上會神仙.	환선정喚仙亭 위에 신선들이 모인다오.

　　송린수宋麟壽의 자는 미수眉叟 호는 규암圭菴이며 중종 때 과거에 급제하여 호당에 피선되었다. 벼슬은 대사헌大司憲을 역임했으며 정미년丁未年에 원통하게 죽었는데, 뒤에 이조판서에 증직되었고 시호는 문충文忠이다.

✤ 임억령林億齡(五見)

송청송성수침환산용선재운送聽松成守琛還山用仙齋韻

寂寞荒村隱少微	적막한 거친 마을에 소미성少微星이 숨었고
蕭條石逕接柴扉	쓸쓸한 돌길은 사립문에 닿았다.
身同流水世間出	몸은 흐르는 물처럼 세간 밖으로 나가고
夢作白鷗江上飛	꿈에 백구가 되어 강상에 날고 있다.57)

---

56) 嬴女는 미녀, 馮夷는 河伯 또는 陰陽을 맡은 신이라고 하는데, 여기서는 남성을 말한 것이 아닌가 한다. 이 작품 후미에 매우 좋으나 杜甫의 시를 많이 모방했음을 면할 수 없다.(殊好但未免生剝少陵)

山擁客窓雲入座　산이 창문을 안아 구름이 자리까지 들어오고
雨侵書榻葉投幃　빗방울은 책상에 들어오고 잎은 휘장을 친다.[58]
飄然又作抽簪計　표연히 또 비녀를 뽑을 계획을 하고 있으니
塵土無由染素衣.　진흙이 흰 옷을 물들일 까닭이 없을 것이다.[59]

차호음운次湖陰韻

九衢人散遞寒更　복잡한 거리 사람은 헤어지고 다시 추워지며[60]
庭樹翩翩宿鳥驚　뜰에 나무가 흔들리자 자던 새가 놀란다.
別意凄凉殘燭泣　쓸쓸한 이별에 촛불도 눈물 흘리고[61]
酒光搖蕩小船明　술빛에 크게 흔들려 작은 배도 밝다.[62]
山川客子求靈藥　산천에서 손은 영약을 구했고
宇宙尙書動大名　이 세상에서 상서尙書의 이름이 크게 알려졌다.
坐到夜央盃更洗　앉아 밤중에 이르러 술잔을 다시 씻으며
不知天際月輪傾.　하늘에 달이 지려는 것을 알지 못했다.

❖ 박광우朴光佑
월정사月精寺

松檜陰森一逕通　솔과 전나무의 짙은 그늘에 길이 통했으며

---

57) 奇拔한 말이다.(奇拔語) 위의 少微는 별의 이름.
58) 맑고 놀랄 말이다.(淸警語)
59) 전편이 신기한 용 같아 구속을 받지 않았다.(通篇若神龍 不受羈絆)
60) 공중에 높게 들어올린 것처럼 의기양양하다.(軒軒若遐擧空中)
61) 방탕하면서 곱다.(宕而婉)
62) 번역은 했으나 내용에 대한 이해는 쉽지 않다. 아래 尙書는 높은 벼슬
이름.

入門初見殿扉紅　　들어서자 대웅전 문이 붉음을 처음 보았다.
千層寶塔回飛鳥　　높은 보탑에 새가 날아 돌고
八角神鈴響半空　　팔각의 신기한 방울소리 반공에서 들린다.
法帙漫傳王子事　　불법佛法의 책이 왕자의 일을 잘못 전해졌는데[63]
居僧那識世尊功　　있는 중이 어찌 세존世尊의 공을 알겠느냐.
鍾鳴忽作文殊會　　종이 울자 갑자기 문수보살의 모임이 이루어지니
玉座香飄萬壑風.　　자리에 향기가 많은 골짜기의 바람에 날린다.[64]

　　박광우朴光佑의 자는 국이國耳 호는 잠조당潛照堂이며 밀양인密陽人이
다. 중종 때 과거에 급제했고 벼슬은 감사監司를 역임했다.

❖ 홍섬洪暹(再見)
제수항정시권題受降亭詩卷

江奔天塹雄襟帶　　요새지로 달리는 강물은 큰 옷띠처럼 둘렀고
亭壓危城號受降　　성을 누른 정자를 수항정受降亭이라 이름했다.
撫馭時須香案吏　　향로를 맡은 관리가 때때로 꼭 돌보며
風流盡屬碧油幢　　풍류는 모두 푸른 기름칠한 휘장에 속했다.
春回草色埋殘壘　　봄이 돌아오자 풀빛은 남은 진터에 묻혔고
秋晚波光淨入窓　　늦가을 물결 빛은 창에 들어온 것이 맑다.
陳迹愧曾留姓字　　묵은 자취로 일찍 성을 남긴 것은 부끄럽고
輕裘喜得士無雙.　　선비들이 좋은 갓옷 얻는 것이 제일 기쁘다오.[65]

---

63) 내용의 이해가 쉽지 않다.
64) 골육의 무게를 모두 고루했다고 이르겠다.(斤兩骨肉俱均稱)
65) 두 련이 다 고르게 적합했다.(二聯俱均適)

❖ 이황李滉(三見)

제림사수관서록후題林士遂關西錄後

押闔奇謀漢子房	문짝을 눌린 기이한 꾀는 한의 장량張良이었는데
當年曾受石公方	그때 일찍 황석공黃石公[66]에게 병법을 배웠다.
未釃巢窟龍庭界	용정계의 소굴은 뒤집지 못했고
先作干城鰈海疆	탑해강鰈海疆에 나라를 지키는 성을 만들었다.
絶域病攻天拂亂	먼 지역에서 병이 들자 하늘이 어지럽게 떨치고[67]
荒城雷鬪鬼驚忙	거친 성에 번개가 싸우니 귀신도 놀라 도망갔다.
豪吟百首凌雲氣	많은 시를 호기롭게 읊어 구름 기운을 업신여기니
妙句何妨鐵石腸.	묘한 시구가 어찌 철석 같은 간장을 방해하랴.
狂胡射月遼東塞	미친 되놈이 요동 변방에서 달을 쏘고
壯士搜兵樂浪墟	장사는 낙랑터에서 병사를 찾는다.
指顧威靈驅虎豹	위령을 생각하고 맹수를 몰게 되며
風流談笑發詩書	풍류를 이야기하는데 시서가 나오게 되었다.[68]
海航病得龍王藥	항해하며 얻은 병은 용왕에게 약을 얻고
江閣吟窺帝子居	강각에서 천신天神이 사는 곳을 엿보며 읊는다.
唾手功名歸燕頷	공명을 버린 침이 제비턱으로 돌아가며
太平容我老樵漁.	태평한 세월이 나를 나무하고 고기 잡게 용납한다.[69]

---

66) 前漢의 張良에게 兵書를 주었다는 인물.
67) 기이한 기운에 사람을 가깝게 한다.(奇氣逼人)
68) 호걸스럽고 곧다.(豪縱)
69) 전편을 통해 기운이 스스로 우뚝하다.(通篇氣自突兀)

✧ 김인후金麟厚(四見)
차옥당실학운次玉堂失鶴韻

悔放殊姿送遠天	특수한 맵시 먼 하늘로 보낸 것을 후회하는데
只今蹤跡寄何邊	지금 종적이 변방 어느 곳에 있을까.
留詩肯弔千年柱	시를 남겨 오래된 기둥에 조문하며
刷羽堪依十丈蓮	털을 문지르고자 넓은 연잎에 의지한다.
淸轉玉簫臺畔影	대 옆의 그림자에 퉁소소리처럼 맑았는데
微茫赤壁夢中仙	꿈속의 신선에게 적벽은 넓고 희미하다.70)
山高海闊無消息	산은 높고 바다도 넓어 소식이 없으니
倘記當時玳瑁筵.	혹 당시의 화려한 자리를 기억하는가.71)

죽우당竹雨堂

坡山歸臥世情微	파산에 돌아와 누웠더니 세상일이 희미하며
白日閑簷半掩扉	대낮 처마도 한가해 사립문을 반 쯤 닫았다.
黃卷政堪終夕對	책을 바로 저녁을 대할 때까지 보게 되는데
紅塵肯向此間飛	홍진이 즐겁게 이 사이를 향해 날 수 있으랴.
淸泠澗壑鳴環珮	맑고 서늘한 골짜기의 냇물은 찬 옥처럼 울며
窈窕林巒繞障幃	산봉우리에 있는 고운 숲은 가린 휘장을 둘렀다.
病裡僅成婚嫁畢	병중에도 자녀들의 혼인을 겨우 마쳐
十年猶未製荷衣.	십년 동안 오히려 하의荷衣72)를 짓지 못했다.73)

---

70) 가볍게 부는 바람에 九皐에서 신선이 된 것 같다.(飄飄然如羽化九皐)
71) 말마다 모두 신선의 말이다.(語語皆仙)
72) 隱者들이 입는 옷.
73) 역시 스스로 탈속했다.(亦自脫俗)

✧ 임형수林亨秀(再見)

기답퇴계寄答退溪

高義吾君我未如	그대의 높은 의리 내가 같지 못했으며
書來情款溢言餘	보낸 글에 정과 정성이 말 밖에까지 넘친다.
本知卞玉能成刖	본디 변화卞和74)의 옥이 다리를 벨 수 있음을 알았으며
未必羊腸可覆車	양장羊腸은 반드시 수레를 엎치지 못할 것이다.
浮海官情今已苦	불안한 세상에 벼슬 생각 지금 이미 괴로우며
買山歸計未應踈	산을 사서 돌아가고자 한 계획이 성글지 않다오.
江梅開落誰相問	매화가 피고 떨어졌는지 누구와 서로 물으랴
萬里空傳尺素書.	멀어 편지도 전하는 것이 없다.

✧ 정유길鄭惟吉(三見)

송류근질정부경送柳根質正赴京

文獻徵華屬俊姿	문헌의 빛을 밝힘은 준걸스러운 자질에 속하고
壯元聲價上邦知	장원한 명성은 중국도 알고 있다.
南宮演禮輸情素	남궁에서 연례演禮하는 것에 정을 보내는 것이며
北極賓陽抱別離	북극北極과 빈양賓陽75)은 이별을 안고 있다.76)
蠻舘燭殘羈夢後	여관에 촛불은 나그네가 잠든 뒤에도 남았고
午門香動早朝時	오문午門의 향은 아침 조회할 때 난다.77)

---

74) 周나라 때 楚의 卞和가 옥구슬을 얻어 厲王에게 바쳤더니 厲王이 가짜라는 말을 듣고 卞和의 다리를 잘랐다고 한다.
75) 중국 安南에 가까운 지역의 고을이라 한다.
76) 절실하다.(切實)
77) 유창하고 빛난다.(流麗) 午門은 중국 북경 紫禁城의 정문의 이름.

歸來倘問郊居地　　돌아와서 혹 살고 있는 시골 땅을 묻게 되면
白髮枯筇候竹籬.　　백발에 마른 지팡이 짚고 울타리에서 기다리겠네.[78]

◈ 이홍남李洪男(再見)
소한식용두운小寒食用杜韻

一番風雨送輕寒　　한 번 비바람이 가벼운 추위를 보내
靜裡燒香坐整冠　　고요한 가운데 향을 피우고 단정하게 갓 쓰고
　　　　　　　　　앉았다.
春服已成今未御　　봄옷은 이미 지었으나 지금 입지 못했으며
花枝猶早幾時看　　꽃 필 가지는 아직 일러 언제 볼 수 있으랴.
心隨去鳥遊晴落　　마음은 가는 새를 따라 갠 하늘에 놀고 싶고
身似孤舟滯險湍　　몸은 외로운 배처럼 험한 여울에 막혔다.
最是樽空難强飮　　가장 술통이 비어 많이 마시기 어렵고
只將詩句費吟安.　　다만 시구를 읊으며 편안히 지내려 한다.[79]

◈ 김질충金質忠(再見)
병후출호당病後出湖堂

常苦愁腸日九廻　　하루 아홉 회로 창자의 근심이 항상 괴로웠는데
忽驚啼鳥報春來　　갑자기 새가 울며 봄이 왔다고 알려 놀랐다.
三年藥物人猶病　　삼년 동안 약을 먹었으나 오히려 병이 있고
一夜雨聲花盡開　　하룻밤 빗소리에 꽃은 모두 피었다.
世事紛紛難自了　　세상일은 시끄러워 스스로 마치기 어렵고

---

78) 館閣體 가운데 上에서도 上의 작품이다.(館閣中 上上品)
79) 五六 句가 得意然하다.(五六得意)

天機袞袞遞相催　천기는 쉬지 않고 흘러 서로 재촉하며 바뀐다.
平生久負凌雲氣　평생 오랫동안 구름기운의 업신여김을 지고
惆悵如今已半摧.　슬프게도 지금까지 반이나 꺾이었다.80)

윤결尹潔(四見)
제충주루헌題忠州樓軒

水回山擁古名州　물은 돌고 산은 안고 있는 오래된 명주에
碧瓦朱欄照上游　푸른 기와 붉은 난간이 높은 곳을 비춘다.
佳節忽來還作客　아름다운 계절이 왔는데 도리어 나그네가 되었고
宿醒猶在更登樓　취했던 것이 오히려 남아있어 다시 누에 올랐다.81)
郊原霽色人家晚　들에는 갠 빛이 있으나 마을에는 늦었고
江浦寒聲鴈陳秋　강포의 찬 소리는 가을철 기러기 떼였소.82)
鬢髮易凋歸計緩　살쩍머리가 쉽게 희었으나 돌아갈 계획이 늦으니
遠遊何日免清愁.　멀리 놀면서 어느 날에 맑은 근심을 면하랴.

노수신盧守愼(四見)
기윤이이고인寄尹李二故人

由來嶺海能死人　내려오면서 영해는 사람을 죽일 수 있다 했으니
不必驅馳也喪眞　반드시 바쁘게 서둘러 참됨을 잃지 않을 것이오.
日暮林鳥啼有血　날이 저물자 숲속의 새는 피를 흘리며 울고
天寒沙鴈影無隣　날씨가 춥자 사장 기러기는 옆에 그림자가 없

---

80) 雄才가 무리에 뛰어났다.(雄才出凡)
81) 뛰어나고 빠르다.(超然翩然)
82) 맑고 빛남이 세상에서 뛰어났다.(清麗絶世)

다.83)

正逢蘧伯知非歲　거백옥蘧伯玉84)은 잘못을 알았다는 해를 만났고

空逼蘇卿返國春　부질없이 소경蘇卿85)은 고국에 돌아온 봄을 핍
　　　　　　　　　박했다.86)

灾疾難消老形具　재앙과 질병은 늙은 형상을 갖추어 해소하기
　　　　　　　　　어려우니

此生良覿更何因.　이 생애에 다시 무슨 인연으로 잘 보게 되랴.

탄금대용눌재운彈琴臺用訥齋韻

連延曠望縱平探　길고 넓게 트인 평원을 따라 살펴보면

東得瓊基上蔚藍　동쪽에 탄금대가 푸른 하늘에 솟았다.

遠嶂高圍踞虎府　멀리서 산들은 호부虎府를 높게 둘러쌌고

長江曲抱臥龍庵　긴 강은 와룡암臥龍庵을 꼬불꼬불 안았다.87)

二儀淸濁元分一　음양과 청탁은 본디 하나에서 나누어졌고

百代興亡竟合三　백대의 흥망에는 삼국도 합쳤다.88)

大丈夫身生老病　장부도 태어나면 늙고 병드나니

倚雲長嘯不生慚.　난간에 의지해 휘파람 불어도 부끄럽지 않다오.89)

---

83) 뼈를 찌르는 한스러운 말로써 참으로 杜甫라 하겠다.(刺骨恨語 眞是杜陵)
84) 蘧伯玉은 周나라 때 衛의 대부였는데, 그는 오십이 되어 사십구 세 때의
　　잘못을 알았다고 했다.
85) 漢 武帝 때 胡地에 사신으로 갔다가 오랫동안 억류되어 돌아온 蘇武가
　　아닌가 생각되나, 확실한 것은 아니다.
86) 비유를 인용한 것이 법이 있다.(引譬有法)
87) 말도 웅장하고 기운도 호걸스러워 杜甫의 굳센 적수다.(詞雄氣杰 杜陵勁
　　敵) 위의 虎府는 큰 도시로서 여기서는 忠州를 지칭함.
88) 우주를 바칠 만하다.(撑柱宇宙)
89) 활달하다.(豁達)

용박지저운用朴之樗韻

三十年前得識君	삼십 년 전에 자네를 알게 되었는데
別來芝蕙幾歎焚	헤어진 후 지혜芝蕙가 몇 번 탄 것을 탄식했다오.
重尋穴蟻槐南夢	개미굴을 두 번 찾았으나 괴남몽槐南夢90)이 되었고
免作江魚腹裡魂	강의 고기 뱃속에 혼이 되는 것은 면했다.
商嶺暝雲餘薄業	상령商嶺의 어두운 구름은 업을 엷게 남겼고
雪城春樹但深村	설성雪城의 봄나무는 단지 마을을 깊게 했다.
相逢俛仰空陳迹	서로 만나 살펴보니 옛 자취는 없고
白首孤眠萬事惛.	흰 머리에 외롭게 자게 되었으니 만사가 혼미하다.91)

일훈축중회퇴계대곡차기운一訓軸中懷退溪大谷次其韻

誤入桃源路自通	도원桃源을 잘못 갔으나 길은 스스로 통했고
倦登葩寺境偏空	파사葩寺를 올랐는데 지경은 지나치게 비었다.
龍門深省鍾聲外	종소리 밖에서 용문龍門을 깊게 살폈고
衡岳潛心日色東	햇빛이 동쪽에 솟을 때까지 형악衡岳에 잠심했다.
雲在水流從信馬	구름이 유수에 있어 말을 믿고 좇았고
鳥啼花落費移筇	우는 새와 지는 꽃에 지팡이를 짚게 허비했다.92)
殘年安得成三老	남은 나이에 어찌 삼로三老93)를 이룰 수 있으랴

---

90) 南柯夢과 같은 의미로 현실의 허무함을 말함.

91) 역시 많은 무게가 있다.(亦多斤兩)

92) 한가하고 먼 가운데 기발한 생각이 있다.(閑遠中有奇思) 위의 龍門과 衡岳은 중국의 산 이름.

從來風流一笑同.　종래의 풍류에 같이 한 번 웃고 싶다오.

홍정승섬사궤장연석작洪政丞暹賜几杖宴席作

三從不出相門闈　삼종三從94)이 상문相門 밖을 나가지 않았으니
此事如今始有之　이 일은 오늘에 처음 있다오.
更扶省中靈壽杖　궁중에서 영수장靈壽杖을 짚게 되었고
却披堂上老萊衣　당상堂上에 노래의老萊衣의 부축을 받게 되었다.
恩承雨露眞千載　임금의 큰 은혜 천재에 드문 일이며
懽接冠紳盡一時　일시의 진신縉紳95)들을 즐겁게 맞았다오.
何處得來叨席次　어느 곳에서 외람되게 이런 자리에 참석할 수
　　　　　　　　있으랴
愧無佳句賁黃扉.　가구로 황비黃扉96)를 빛내지 못해 부끄럽다오.

제학림사유금강축題鶴林寺遊金剛軸

昔上毗盧覽衆山　옛날 비로봉에 올라 많은 산들을 보았는데
今從摩詰認屛顔　지금은 마힐摩詰을 좇아 약한 낮을 확인한다오.
屯雲古檜深深洞　짙은 구름은 깊은 골짜기의 전나무에 끼었고
落日危橋淺淺灣　해는 위태로운 다리 얕은 물굽이로 진다.97)

---

93) 周나라 때 나이 많아 벼슬에서 물러난 사람에게 임금이 예로써 대우하는
　　대상을 말함.
94) 여기서는 父, 夫, 子를 말함. 洪暹의 母夫人 宋氏는 친정아버지와 남편과 아
　　들이 모두 領議政을 역임했음. 이 시의 첫구에 相門은 정승집 문을 말함.
95) 허균은 이 구에 대해 奇事奇語가 서로 일컬었다고 했다. 허균은 위의 함
　　련에 대해 쉽게 얻어왔다.(容易得來)
96) 정승의 집, 또는 정승을 지칭함.

跨鶴風流窮左海　학을 탄 풍류는 좌해左海의 것을 다했고

籠鵝文彩擅東韓　새장 속 거위의 문채는 동한東韓에서 뛰어났다.[98]

可憐嶺外稀年客　가련하게 영외에서 칠십이 된 나그네가

贏得城中滿袖潛.　성중에서 남은 것을 소매에 가득 감추었다.

차기성유홍강정운次杞城俞泓江亭韻

出郭已知危得仙　성을 나서며 신선은 얻기 어려움을 알았는데[99]

瓊臺更有蔚藍天　좋은 대에 다시 푸른 하늘이 있다.[100]

世紛錯落了無日　세상이 시끄러워 뒤섞임이 끝날 날이 없고[101]

歸夢悠揚尋幾年　가고 싶은 생각 길게 나타나 몇 년을 찾았다.

我欲孤航上龍瀨　내가 외로운 배로 용뢰龍瀨에 오르고자 하니

君能斗酒下牛川　그대는 말술을 가지고 우천으로 내려오겠는

　　　　　　　　가.[102]

共敬身老君恩渥　함께 늙으며 임금은혜 젖은 몸을 조심하고

又渡清秋憶廢田.　또 맑은 가을 지나며 버린 밭도 생각하세.

신제강릉호가유음新祭康陵扈駕有吟

二陵松栢愴秋風　송백 속의 두 능이 가을바람에 쓸쓸한데

---

97) 宗少文의 壁書보다 좋다.(勝宗少文壁書) 앞에 摩詰은 당의 시인 王維의 자

98) 이 연에서 左海와 東韓은 우리나라를 지칭한 것임.

　　鵝翁(李山海)의 시에 있는 것이 아닌가 생각된다.(想有鵝翁詩)

99) 우뚝 솟았다.(突兀)

100) 접속이 좋다.(接得好)

101) 句를 다듬는 솜씨가 유창하다.(琢句流便)

102) 움직임과 생각이 교묘하면서 구가 스스로 엄중하다.(扇妙思巧 而句自嚴重)

玉輦東來謁墓宮　　임금이 동쪽으로 가서 능을 배알한다.
誠意滿空雲漸下　　성의가 공중에 가득하니 구름이 점점 내려오고103)
禮容如始日方中　　처음 같이 공손하니 해도 지금 하늘 가운데 있다.
香銷御路千林靜　　향이 녹자 임금이 가는 길에 많은 숲이 고요하고
角壯神行五衛同　　대평소 소리에 신행神行을 오위가 함께 호위한다.104)
近侍舊臣還浪跡　　가깝게 모셨던 옛 신하는 도리어 부질없어
白頭南望思無窮.　　흰 머리로 남쪽을 바라보며 생각이 무궁하다오.

동호송별東湖送別

城東三月大湖平　　성동의 삼월에 큰 호수는 편편하며105)
一帶林風相與淸　　한 띠의 숲 속 바람이 서로 더불어 맑다.106)
花片本來隨世態　　꽃 조각은 본래 세태를 따르며
柳條何以繫人情　　버들가지가 어찌 인정을 맬 수 있으랴107)
沿江百丈依依色　　강 따라 길게 흐르는 물은 헤어지기 섭섭한 빛
　　　　　　　　　이며
喚渡長年歷歷聲　　불러 건너는 장년의 목소리가 분명하다.
免洞龍灘如在眼　　토동과 용탄이 잘 보이는 듯하니
數行衰淚暗沾纓.　　몇 줄 쇠한 눈물이 모르게 갓끈을 적신다.108)

---

103) 정신이 화창하고 뜻이 묘하다.(神暢意妙)
104) 굳세게 용이 뛰다.(矯然龍跳)
105) 雄奇함을 일으키게 한다.(起使雄奇)
106) 흐르는 것이 다함이 없다.(渾渾不窮)
107) 얼마나 감탄스러운가.(何等感慨)
108) 푸르고 옥소리가 나며 운도 있고 뼈도 있다.(蒼然鏗然 有韻有骨)

송로자평부동래送盧子平赴東萊

古敦同姓今何薄	동성으로 옛날은 도타웠으나 지금은 어찌 엷은가.
人旺分宗我獨凉	사람이 많아 나누어졌는데 나만 홀로 서늘한가.
舊友若干當抱介	옛 친구의 약간 명이 큰 것을 안게 되었고
新恩千里更情傷	새로운 은혜로 멀어지니 다시 정이 상한다.
秋風乍起燕如客	추풍이 잠깐 불자 제비는 손 같고[109]
晚雨暴過蟬若狂	늦은 비가 갑자기 지나가니 매미는 미친듯하다.[110]
南翁七十又二歲	남옹南翁은 칠십 하고 또 두 살인데
生別死別俱茫茫.	생별일지 사별일지 모두 알 수 없다오.[111]

❖ 박순朴淳(再見)
자룡산귀한강주중구호自龍山歸漢江舟中口號

琴書顚倒下龍山	금서琴書를 접어두고 용산으로 내려가며
一棹飄然倚木蘭	노를 표연히 젓는 목란木蘭에 의지했다.
霞帶夕暉紅片片	안개는 저녁 햇빛을 띠고 모두 붉어졌고
雨增秋浪碧漫漫	비온 뒤 가을 물결은 푸르고 질펀하다.
江蘋葉悴騷人怨	초췌한 강변 나뭇잎을 소객騷客은 원망하고
水蓼花殘宿鷺寒	여뀌 꽃 남은 곳에 자는 백로 차갑겠다.[112]

---

109) 杜詩의 뿌리를 바꾼 것이다.(換杜之胎)
110) 스스로 만들었다.(自出機杼)
　　『芝峯類說』에 盧蘇齋가 손을 전송하고 취한 뒤에 시를 짓다가 다 짓지
　　못하고 있는데 매미가 소나기에 쫓긴 바 되어 자리 앞에 떨어지므로 공
　　이 바로 이어 云云했는데 神助가 있는 듯하다. 杜甫의 시에 秋燕已如客
　　이라 했으니 바로 이것을 사용한 것이다.
111) 정이 이별을 애석하게 여기며 슬퍼하는데 이르렀다.(情到黯然)
112) 청초하다.(淸楚)

頭白又爲江漢客　흰 머리에 또 강한江漢의 손이 되었으니
滿衣霜露泝危灘.　옷에 가득 이슬 맞으며 위태로운 여울을 오른
　　　　　　　　다.113)

◈ 심수경沈守慶
　　방석왕사訪釋王寺

雨後輕衫出郭西　비 내린 뒤 가벼운 옷 입고 성 서쪽으로 나가니
垂楊裊裊草萋萋　수양은 늘어졌고 풀은 짙었다.
溪深正漲桃花浪　깊은 내에 물이 불으니 복숭아꽃이 물에 떴고
路淨初乾燕子泥　젖은 길이 처음 마르자 제비가 흙을 물고 간다.
黃犢等閑依壟臥　누런 송아지는 한가롭게 언덕에 누웠으며
翠禽無事傍林啼　푸른 새들은 편안하게 옆 숲에서 운다.114)
尋僧却恨春都盡　중을 찾았으나 봄이 모두 지난 것이 한스러워
不見殘紅撲馬蹄.　남은 꽃은 보지 못하고 말 걸음을 재촉했다.115)

◈ 권벽權擘
　　탄일조조誕日早朝

旭日初昇曙色分　빛난 해가 처음 돋자 새벽빛이 나누어지며
風飄佳氣正氤氳　바람에 날아 아름다운 기운이 천지에 가득하다.
休祥已自虹流見　아름다운 상서가 이미 무지개처럼 흘러 보이며

───────────────

113) 晚唐의 아름다운 작품이다.(晚李佳品)
114) 아름다운 운치다.(佳致)
115) 화합하고 쉬우며 풍부하고 아름다워 바로 얻기 어렵다.(和易富麗 正自
　　難得)

廣樂還從鳳吹聞　우렁찬 음악은 도리어 봉이 부는 것처럼 들린다.
玉佩響隨高閣漏　차고 있는 옥 소리는 고각의 누수를 따르고
金爐烟作半空雲　화로의 연기는 반공에서 구름이 되었다.
朝回更覺懽聲沸　아침이 되자 기쁜 소리 많이 나는 것을 들으며
共把南山祝聖君.　함께 남산을 잡고 성군을 빈다.116)

원일조조시일반사元日早朝是日頒赦

向曙鍾聲徹九門　새벽을 향해 종소리가 구문까지 들리며
春生殿閣布微溫　봄이 되자 궁중이 약간 따뜻해지는 듯하다.
催班共聽金鷄赦　반을 재촉하여 함께 금계金鷄의 사赦함을 들으며
拜賜欣沾白獸樽　절하고 하사하는 백수통의 술을 기쁘게 마신다.
日照螭頭當眼纈　해가 교룡 머리를 비치면 눈이 맺히며
香浮旗尾受風飜　향기가 깃발 꼬리에 떠 바람을 받아 번득인다.
詞臣忝草絲綸罷　사신詞臣이 임금 말씀 초하는 것을 파했는데
老去空慚未報恩.　늙어가면서 은혜 갚지 못해 부끄럽다오.117)

보루각報漏閣

頻聞高閣遞傳呼　고각에서 자주 역말 부르는 소리 들리자
認得寒聲在漏壺　찬 소리가 누수 두루미 속에 있음을 알겠다.
曆象授時堯制度　책력을 준 때는 요堯임금의 제도였고
璣衡齊政舜規模　기형으로 정사를 고르게 함은 순舜임금의 규모
　　　　　　였다.

---

116) 조용하며 부려하다.(春容富麗)
117) 또한 무조시早朝詩의 다음이 된다.(亦早朝之亞)

催殘曉箭開千戶　남은 새벽에 빨리 재촉하여 문을 열게 하며
報盡更籌徹九衢　모두 알려 많은 거리에 통달하게 계획했다.
解使老翁增感慨　노옹에게 이해시켜 감탄을 더하게 한다면
年光偏向此中徂.　세월이 이 가운데를 향해 가게 되리라. 118)

고좌상류관천장만장故左相柳灌遷葬挽章

都人加額袞衣來　서울 사람들이 이마에 손을 얹고 곤의袞衣119)도
　　　　　　　　왔으니
玉燭須憑爕理才　옥촉玉燭이 재주를 화하게 다스림을 믿겠다.
黃道初開賓出日　황도黃道120)가 처음 열리자 해를 돋게 인도하며
靑雲自致拆三台　청운은 스스로 삼태성三台星이 갈라지게 이루
　　　　　　　　었다.
魏碑起踣流春澤　위비魏碑121)는 넘어진 것을 일으켜 봄 못물을
　　　　　　　　흐르게 하고
董筆褒賢照夜臺　동호董狐122)의 붓은 현인을 포장하고자 야대夜
　　　　　　　　臺를 비쳤다.
滌盡舊冤新卜兆　옛날 원통한 것 모두 씻고 새 집을 지었으나
偏知生死極榮哀.　생사에 극히 영광과 슬픔이 있음을 알 것이오. 123)

---

118) 뜻이 좋다.(意好)
119) 袞衣는 임금의 法衣인데 여기서는 어떤 신분을 지칭한 것인지 알 수 없다.
120) 옛날 태양이 일 년 동안 한 바퀴 도는 것을 말함. 위의 玉燭은 사철기후
　　가 고루고 천하가 태평함을 말함.
121) 魏碑는 알아보지 못했다.
122) 춘추시대의 衛의 史官인데 直筆로 유명함.
123) 사실을 인용한 것과 말을 다듬은 솜씨가 매우 공교하고 치밀하다.(引事
　　琢辭 俱甚工緻)

권벽權擘의 자는 대수大手 호는 습재習齋며 안동인이다. 중종 때 과거에 급제했고 벼슬은 예조참의를 했다.

◈ 양응정梁應鼎(再見)
성절조하聖節朝賀

節到流虹擁百祥	계절이 이르면 무지개는 많은 상서를 안았고
駿奔實海筐玄黃	준마는 넓게 달려 현황玄黃[124]을 광주리에 담았다.
旌竿拂拂雲烟闢	깃발 대는 떨쳐 희미한 안개를 열었고
樂律融融鳥獸蹌	음악은 화평스러워 새와 짐승이 춤을 춘다.
拜極一時瞻有作	절을 하고 일시에 거동을 바라보다가
呼嵩三祝享無疆	만세를 부르며 무강하기를 세 번 빌었다.
退朝凝坐成追憶	조정에서 물러나 가만히 앉아 되살펴보니
夢裡清都轉渺茫.	꿈속의 청도清都가[125] 아득하고 넓게 변한다오.[126]

◈ 양사언楊士彦(三見)
만경대萬景臺

九霄笙鶴下珠樓	하늘에서 학이 저 소리를 하며 누로 내려오니
萬里空明瀾氣收	바다에 비친 달그림자는 끝없는 기운을 거두었다.
青海水從銀漢落	청해의 물은 은하수를 좇아 떨어지고
白雲天入玉山浮	하늘에 낀 흰 구름은 옥산에 들어가 떴다.

---

124) 검고 누런 것으로 하늘과 땅을 의미하기도 한다.
125) 天帝의 궁궐, 임금이 있는 곳 帝都
126) 자랑하고 씩씩한 것으로 귀함이 된다.(以矜莊爲貴)

長春桃李皆瓊藥　긴 봄의 도리桃李는 모두 구슬 같은 꽃술이고
千載喬松盡黑頭　오래된 큰 소나무는 머리가 모두 검다.
滿酌紫霞留一醉　자하주紫霞酒를 잔에 가득 부어 취하니
世間無地起閑愁.　세간에 한가한 근심을 일으키는 곳이 없다오.[127]

✧ 이이李珥

초출산증심경혼初出山贈沈景混

分袂東西間幾年　동서로 헤어진 것이 몇 해인지 묻고 싶으며
欲陳心事意茫然　심정을 말하고자 하니 생각이 아득하다.
前身定是金時習　전신은 분명히 김시습일 것이고
今世仍爲賈浪仙　금세에는 가랑선賈浪仙[128]이 될 것이다.
山鳥一聲春雨後　산새는 봄비 내린 뒤에 울고
水村千里夕陽邊　멀리 물가의 마을은 석양변에 있다.
相逢相別渾無賴　서로 만나고 헤어지는 것을 전혀 믿을 수 없어
回首浮雲點碧天.　머리 돌리니 뜬구름이 푸른 하늘에 점이 되었다.[129]

　이이李珥의 자는 숙헌叔獻 호는 율곡栗谷이며 덕수인德水人이다. 명종 때 과거에 급제했는데 무릇 삼장에 장원했고 호당에 피선되었다. 문형을 맡았고 벼슬은 찬성을 역임했다. 시호는 문성文成이며 문묘文廟에 배향되었다.

---

127) 글자마다 봄 안개와 같아 仙家의 뛰어난 작품이라 하겠다.(字字烟霞 仙家神品)
128) 唐나라 시인 賈島의 字.
129) 이 시가 栗谷集에 실리지 않은 것은 三四 句에 諱하는 자가 있기 때문이다. 그러나 시는 매우 아름답다.(本集不載 似三四諱之 然絶佳詩)

❖ 박지화朴枝華(三見)

　　오동烏洞

山葉欲黃南去後　　남쪽으로 간 뒤에 산에 잎이 누렇고자 하며

林鶯初囀北歸前　　북쪽으로 오기 전에 숲속 꾀꼬리가 처음 울었다.

光陰脫手箭相似　　광음이 손을 벗어난 화살과 서로 같았고

蹤跡印泥鴻杳然　　종적을 진흙에 남긴 기러기는 묘연하다.

百歲莵衰底處所　　백세의 성하고 쇠함이 처소를 정했고

一生行李只詩篇　　일생에 가지고 있는 것은 단지 시 뿐이다.

疲童羸馬江湖路　　강호의 길에서 아이는 피곤해 하고 말은 여윈데

倘有良工作畵傳.　　혹 좋은 화공이 있으면 그림을 그려 전하고 싶다.[130]

❖ 권응인權應仁(再見)

　　次梁松巖士眞韻

蓬髮經旬懶不梳　　열흘 동안 더부룩한 머리 게을러 빗질도 하지
　　　　　　　　　　않고

寂寥無客到幽居　　깊숙한 곳을 찾는 손도 없어 쓸쓸하다 .

誰憐老子貧非病　　병이 아닌 가난한 늙은이를 뉘가 어엿비 여기며

長憶騷人話勝書　　시인의 말이 책보다 나은 것을 오래 기억한다.

賓舘賞花春酒熟　　여관에서 꽃을 감상하고 봄 술도 익었으며

禪房聽雨夜窓虛　　선방에서 밤에 빈 창으로 빗소리 듣는다.

夢中舊事言猶耳　　꿈속에서도 옛일에 관한 말이 귀에 있으니

---

130) 비록 江西派의 詩風을 회복했다고는 하나 높고 괴이하며 넓고 깊어 그
　　와 같은 작가들에서 제일이라 할 것이다.(雖復江西 峭詭淵沈 自是當行
　　家第一)

音信雖稀意未踈.   소식이 비록 드물어도 마음은 성기지 않다오.131)

✤ 양사준楊士俊
을묘막중작乙卯幕中作

將軍一捷萬人觀   장군이 한 번 이기자 만인이 우러러보며132)
壯士從遊迄可還   따랐던 장사들도 마침내 돌아오게 되었다.
雨洗戰塵淸海岱   비가 전진을 씻어 바다와 산이 맑고133)
笛橫明月捻關山   밝은 달밤에 피리를 안고 관산關山에서 불었다.
誰將婉畫安天下   뉘가 장차 좋은 계획으로 천하를 편안히 하며
却笑浮名動世間   문득 뜬 이름이 세상에 알려진 것이 우습다.
亭閣夜凉仍獨坐   정각亭閣이 밤에 서늘해 혼자 앉았더니
荷花偏似夢中顏.   연꽃이 꿈에서 본 것과 꼭 같다.134)

　양사준楊士俊의 자는 응필應畢 호는 풍고楓皐이며 사언士彦의 동생이다.
명종 때 과거에 급제했으며 벼슬은 첨정僉正을 했다.

---

131) 노련함이 묘한 경지에 이르렀으니 晚唐詩風이라고 해서 해가 될 것이
　　있는가.(爛熟入妙 何害晚李)
132) 기개가 넘친다.(氣槩洋洋)
133) 참으로 싸움에서 이긴 말이다.(眞戰捷語)
134) 東山을 그리워함이 있다.(有東山之戀)

❖ 고경명高敬命(三見)

백상루百祥樓[135]

醉蹋梯颷十二樓	취해 사다리를 밟고 빨리 높은 누에 오르니
晴川芳草望中收	청천강의 꽃다운 풀이 눈에 들어온다.
水宮簾箔疑無地	수궁의 발은 땅이 없어 의심스럽고
蓬島烟霞最上頭	봉래도蓬萊島의 안개는 가장 머리 위에 끼었다.
天外梅花飛玉笛	하늘 밖의 매화에 옥적 소리 들리고
月邊蓮葉渺仙舟	달빛 비친 연잎에 선주仙舟가 아득하다.
臨風欲楫浮丘袪	바람을 맞아 옷섶을 높이고 노를 저어가고자 하며
笙鶴飄然戲十洲.	저 소리의 학이 표연히 십 주를 희롱한다.

도중망십삼산道中望十三山

綰結湘鬟翠幾重	씻은 쪽진 머리 여러 번 얽고 맺었는데
脩眉天際畫初濃	긴 눈썹 끝을 처음부터 짙게 그렸다.
神鰲戴立疑三島	자라가 이고 선 것은 삼도三島가 아닌가 의심하며
巫峽飛來剩一峯	무협巫峽이 날아와 한 봉이 남았다.
燕塞斷鴻低積縞	변방에 기러기가 끊어지자 쌓인 비단도 낮아지며
海門殘照下高舂	해문의 남은 햇빛은 절구같이 낮고 높다.
恨無謝眺驚人句	사조謝眺[136]처럼 놀란 싯구가 없음을 한하며
快寫平生芥蔕胸.	평생에 사소한 생각 잘 쓰고 싶다오.[137]

---

135) 이 시는 江西派의 시풍을 힘써 씻고 唐詩風에 들어가고자 하기 때문에 자못 유창하고 아름다우며 매우 맑다.(此篇力洗江西 欲入李唐 故頗流麗 淸遠)

136) 南齊의 문인으로 글씨에 능했고 五言詩를 잘했다고 한다.

137) 비록 뼈와 줄기는 없으나 또한 스스로 살로써 섰다.(雖無骨幹 亦自膚立)

옥천군설후玉泉郡雪後

朔吹通宵冷郡齋	삭풍朔風이 밤에 계속 불어 군 재실이 차가우며
曉來飛雪漲官街	새벽에 눈이 내려 관청 거리에 많다.
剛泉積縞連千嶂	강천剛泉에 쌓인 비단은 많은 산봉우리와 연했고
赤岸餘霞霽兩厓	적안赤岸에 남은 안개로 양쪽 언덕이 개였다.
郊外臂蒼生獵興	들에서 매로 사냥하고 싶은 흥이 나며
樓頭披氅動詩懷	누 머리에서 털옷을 벗자 시를 짓고 싶다.
山城茗椀眞多分	산성의 차 주발은 참으로 분량이 많으며
金帳羔兒與願乖.	장막에 염소 새끼는 원했던 것과 다르다.138)

식금린어유감食錦鱗魚有感

錦纈纖鱗玉作肌	비단 무늬의 가는 비늘과 옥으로 살을 했는데
此魚風味我深知	이 생선의 맛을 내가 잘 안다오.
鳴簑細雨垂綸處	도롱이에 가는 비 내리면 낚시 줄 드리운 곳이며
滿座腥風斫膾時	회를 뜰 때 비린내가 자리에 가득했다.
壁蟢解敎遷客喜	벽에 벌레로 해교解敎가 되면 유배된 손은 기뻐하고
南烹飜動故園思	남쪽에서 삶으며 뒤칠 때 고향생각 난다오.139)
木溪烟艇應無恙	목계의 연기에 작은 배가 응당 탈이 없을 것이니
來歲如今不負期.	명년도 지금 같으면 기약 어기지 아니하리라.140)

이 작품은 난해하여 이해에 어려움이 적지 않다.

138) 말과 뜻이 모두 호탕하다.(語意豪宕) 이해에 어려움이 있다.

139) 역시 맛이 있는 말이다.(亦有味之言)

140) 맺는 말도 역시 곱고 좋다.(結亦婉好)

사림정자부송주謝林正字復送酒

松堂煮酒澹如油　　송당에서 달인 술이 기름처럼 맑아
妙處方之內法優　　묘한 곳을 견주면 내법內法이 우수하다.
火活泉新齊氣力　　타는 불과 솟는 샘물은 기력이 가지런하고
蠟香椒烈備剛柔　　꿀과 후추는 달고 매워 강유剛柔를 갖추었다.
金莖瑞露凝初滴　　줄기에 상서로운 이슬은 엉기어 처음 떨어지고
赤岸晨霞爛欲流　　언덕에 새벽안개는 찬란하게 흐르고자 한다.
持餉病夫應有意　　병부病夫에게 먹이는 것은 응당 뜻이 있으리니
黃封曾識殿中頭.　　황봉黃封[141]이 일찍 궁중에서 으뜸으로 알려졌
　　　　　　　　　다.[142]

---

141) 黃封은 임금이 주는 술의 이름.
142) 전편이 기름지고 화창하여 둥글게 돌아 같은 작품에서 제일이다.(通篇
　　　腴鬯圜轉 行中第一)

◈ 황정욱黃廷彧(再見)

관파향지천좌루원官罷向芝川坐樓院

午憩東樓卸馬鞍	한낮에 동루에 쉬면서 말안장을 벗기니
窮陰忽作暮天寒	짙은 그늘이 갑자기 저문 하늘을 차갑게 한다.
靑春謾說歸田好	젊어서 시골로 가고 싶다는 것은 거짓말이며
白首猶歌行路難	흰 머리에도 오히려 행로난을 부른다.
天或試人聊自遣	하늘이 혹시 시험하기 위해 보내는 것일까
雨還留客暫求安	비가 잠깐 편안함을 구하게 손을 머물게 한다.
明朝刮目鄕山碧	내일 아침 눈뜨면 푸른 고향산천 볼텐데
且費今宵一夢闌.	오늘밤 또 꿈을 꾸게 되었다.[1]

송최복초흥원자홍양재도호서送崔復初興源自洪陽再渡湖西

關海當年負弩人	관해關海에서 그때 노弩[2]를 지는 사람이었는데
此來又送再回巡	이곳에 오니 두 번 순회巡回로 보냈다.
甘棠舊翠還新色	전에 푸르렀던 감당나무는 도리어 새로운 빛이며
寶帶黃金換素銀	황금으로 한 좋은 띠는 흰 은으로 바뀌었다.[3]
自是功名苦相逼	이로부터 공명이 서로 매우 핍박하게 되었으니
莫言岐路枉傷神	헤어지는 길에 정신 상하는 말은 하지 말자.
只應濯熱亭前水	정자[4] 앞의 물을 데워 씻고자 하는 것은
難洗湖西望行塵.	호서로 가는 길에 먼지를 씻기 어려울 것이네.[5]

---

1) 鄭湖陰 盧蘇齋 외에 公이 마땅히 壇에 오를 것이다.(湖蘇之外 公當登壇)
2) 弩는 활의 한 종류라고 한다.
3) 하는 말이 진실하다.(說得便眞)
4) 정자는 海州에 있다.(亭在海州)
5) 깊고 두텁다.(深厚)

희기이의중영평수동신정戲寄李宜仲永平水洞新亭

桂樹叢生在澗阿	계수나무가 떨기로 나서 시내 언덕에 있는 것은
幽人晚計此波娑	유인이 사파 세계에서 늦게 계획한 것이오.
千岩爛錦呈紅葉	천암의 찬란한 비단은 붉은 잎이 드러내고
萬壑驚雷送遠波	만학의 놀란 우레는 파도를 멀리 보낸다.
不管問津迷道路	나루 묻는데 관여하지 않음은 도로가 흐리기 때문이며
有時乘興出烟蘿	때때로 흥이 나면 희미한 덩굴로 나간다.[6]
北山招隱眞堪賦	북산에서 은자를 불러 진실로 시를 지을 만한데
豹虎晝嗥君奈何.	낮에도 범이 우니 자네는 어찌하겠는가.[7]

송별김응순명원부함흥送別金應順命元赴咸興

曾玷先朝侍從班	일찍 선조先朝의 시종하는 반열에 있으면서
愛君才氣濟艱難	어려움을 구제할 수 있는 그대 재기를 사랑했다오.
丁寧玉署盛頗牧	옥서玉署[8]에서 파목頗牧[9]보다 장하게 여기며
畢竟邊城識范韓	결국 변성에서도 범한范韓[10]을 알 것이다.
天意可知還授鉞	하늘 뜻이 도리어 도끼를 줄 것을 알 수 있으며
此心相傳詎彈冠	이 마음도 벼슬할 용의가 있음을 전한다오.[11]

---

6) 뜻이 깊고 생각이 호걸스럽다.(意深思杰)
7) 殷나라를 거울할 만한 말이다.(殷鑑之音)
8) 弘文館의 다른 이름.
9) 廉頗와 李牧은 춘추전국 때 衛나라의 유명했던 장수.
10) 范韓은 어떤 인물인지 알아보지 못했다. 許筠은 이 구에 대한 평을 溫厚하다고 했다.(溫厚)

只應離別常吾輩 이별은 우리 무리들이 항상 응하게 되는데12)
又是春風一味酸. 또 봄바람에 한번 맛이 쓰다오.

증오음차운贈梧陰次韻

春事闌珊病起遲 봄 일이 좋으나 병으로 늦게 일어났으며
鶯啼燕語久逋詩 꾀꼬리와 제비가 지저귀어 시도 오래 도망갔다.13)
一篇換骨奪胎去 한 편도 완전히 바꾸어 가게 되었는데
三復焚香盥手時 향을 사르고 손 씻는 것을 세 번 반복한 때였다.
天欲此翁長漫浪 하늘이 이 늙은이를 길이 부질없게 하며
人從世路姑低垂 사람들은 세상을 따라 아직도 머리를 숙인다.
銀山松桂芝川水 은산銀山의 소나무와 지천芝川의 물은
應笑吾行又失期. 분명히 내 행동이 또 기회를 잃었다고 웃으리라.

송침공직부춘천送沈公直赴春川

淸平山色表關東 청평산 경치가 관동에서 뛰어나
下有昭陽江漢通 아래 흐르는 소양강은 한강漢江으로 통한다.14)
馳出都門一走馬 말을 타고 도성 문을 나와 달리며
泝洄春水半帆風 봄물 따라 거슬러가는 돛대에 바람이 실린다.15)
送人作郡鬼爭笑 보내는 사람이 고을을 맡으니 귀신도 기뻐하고
問舍求田囊又空 집과 밭을 사려하나 돈이 없다네.16)

11) 어디에서 구해 왔을까.(何處得來)
12) 감개하는 말이다.(感慨之言)
13) 매우 좋다.(極好)
14) 매우 좋다.(極好)
15) 湖陰과 盧蘇齋의 시에서도 이같이 奇異한 것은 없을 것이다.(湖蘇無此奇)

爲語當時勾漏令　말하노니 당시 명승지名勝地의 수령이 된다면
衰顏須借點砂紅.　주름진 얼굴에 반드시 화장을 할 것이오.17)

縹緲春城水一隅　아득한 춘성의 모퉁이에 물이 흐르며
江山樓觀直文魁　강산에서 누대樓臺는 아름다움이 으뜸이라오.
玉堂步履星辰遠　옥당에서 거닐 즈음 별들은 멀고
碧落神仙笙鶴來　푸른 하늘의 신선인 학은 저를 불며 온다.
模寫風煙翻幾勾　흐린 기운을 묘사하면서 몇 구를 고쳤으며
鍊成丹藥化三胎　단약을 달여 삼태三胎18)가 되게 했다.
平生睡足今頭白　평생 잠은 충분했는데 지금 머리가 희었으며
坐數交碁歲六回.　앉아 바둑 둔 것을 헤어보니 한 해에 육 회였다.

해海

目力東收碧海來　눈으로 동쪽 푸른 바다를 오게 거두어들여19)
茫茫溟渤在亭臺　운무가 가득하고 망망한 바다에 정대亭臺가 있다.20)
兩儀高下輪輿轉　하늘과 땅 사이로 해가 굴러 뜨고
太極鴻濛汞鼎開　태극이 홍몽한 곳에 홍정汞鼎21)이 열린다.22)
貝闕珠宮生睎眄　아름다운 궁궐은 구경하고 싶으며
馮夷河伯送風雷　수신水神과 하백河伯23)은 바람과 우레를 보낸다.

16) 굳세며 구속을 받지 않았다.(倔而不拘)
17) 극히 교묘하다.(極工巧)
18) 세 쌍둥이. 여기서는 어떤 의미인지.
19) 갑작스럽고 우뚝하다.(突兀)
20) 성하고 크다고 일컫겠다.(昌大得稱)
21) 어떤 의미인지 알아보지 못했다.
22) 고금을 통해 이렇게 말한 것이 어찌 있을까.(古今有道得麼)
23) 물을 맡은 귀신 水神. 馮夷와 河伯은 陰陽을 맡은 天神이라 함.

時危兵甲猶如許   위태로운 때 병갑兵甲이 오히려 이같으니
誰挽滄波洗得回.   뉘가 푸른 파도 끌어들여 씻고 돌아오리오.24)

산山

萬里滄溟掃翳昏   만리의 넓은 바다에 가리고 있는 어두움을 쓸고
乾坤初闢坎離門   건곤이 처음 열릴 때 감리坎離25)가 문이었다.26)
衆峰父祖皆相揖   많은 봉은 부조들에 모두 서로 읍을 하고27)
高頂星辰却可捫   높은 꼭대기에서 별들을 만질 수 있겠다.
驅石謾傳秦帝跡   돌을 몰았다고 전함은 진제秦帝28)의 흔적이며29)
割腸誰慰楚臣魂   뉘가 창자를 찢어 초楚의 신하의 혼을 위로하랴.
桑田亦是須臾事   상전벽해桑田碧海도 또한 잠깐 사이의 일이니
賊滅時平海水飜.   적을 멸망하고 시대가 평화로우면 바닷물도 뒤
                 집히리라.30)

길주지주대吉州砥柱臺

混沌初分積氣浮   천지가 엉켜 처음 나뉘어져 쌓인 기운이 뜨자
何來巨石峙中流   어디에서 와서 큰 돌이 중류에 우뚝 섰다.31)
雷風擊搏猶難動   번개와 바람이 쳐도 오히려 움직이기 어렵고

---

24) 스스로 一家가 되어 杜甫도 아니고 黃庭堅도 아니다.(自作一家 非杜非黃)
25) 坎과 離는 「周易」八卦의 하나임.
26) 변화하는 구멍을 통했다.(透得化竅)
27) 붓의 힘이 솟을 들어올리다(筆力杠鼎).
28) 秦 始皇이며 그가 만리장성을 쌓을 때 돌을 鞭石했다 함.
29) 역사적인 사실을 인용한 것이 교묘하다.(引事亦工)
30) 鎔範造化來라 했는데 어떤 의미인지.
31) 우뚝하고 높다.(屹屹岛岛)

岳海驚翻只獨留　　산과 바다가 놀라 뒤쳐도 홀로 머문다.[32]

萬古至今誰閱視　　먼 옛날부터 지금까지 누가 보았을까

一身千里幸來遊　　이 몸도 천리에서 와서 다행히 놀게 되었다.

聞君欲辨新亭子　　그대가 새로 정자를 지으려는 말을 들었으니

八九雄吞在極眸.　　넓고 크게 품은 것이 모두 계획되어 있으리라.[33]

천도穿島

仇池小有潛通地　　구지仇池로 겨우 갈 수 있는 땅이 조금 있으며

極目披襟海上臺　　옷깃을 헤치고 다 볼 수 있는 바다의 대에 올랐다.[34]

八九平吞雲夢濶　　멀고 평탄한 넓은 운몽택雲夢澤을 삼켰고

三千遠觀漢槎回　　삼천리의 먼 곳을 본 한의 사신의 배가 돌아왔다.

滄波浩渺鯨爭戲　　푸른 파도 넓은데 고래들이 놀고[35]

碧落霏微雨驟來　　파란 하늘 부슬비가 소나기 되어 내린다.

老去壯觀眞快意　　늙어가며 보는 장관이 참으로 기뻐

向來憂惱摠成灰.　　가졌던 모든 근심이 사라진다오.

　임진란 때 내가 말할 수 없는 많은 화에 걸리었다가 문책을 받고 길주로 유배가 되었는데, 그 고을 박사호첨지朴士豪僉知가 때때로 찾아와서 서로 만나게 되었다. 어느 날 스스로 말하기를 젊었을 때 모재선생慕齋先生의 여흥驪興 존사村舍로 찾아가서 인해 동문同門 김기훈도金器訓導로부터 글을

---

32) 기운도 장하고 말도 힘이 있어 사람을 놀라게 한다.(氣壯語激 令人駭視)

33) 웅장하게 움직여 긴 세월로 섬세하고 약함을 충분히 씻었다.(雄盪渾涵 足洗千古纖靡)

34) 매우 좋은 句다.(極好句) 아래 雲夢澤은 楚나라 큰 못이름.

35) 두텁고 깊어 마르지 않는다.(渾渾汪汪不渴) 위의 雲夢澤은 湖北省에 있는 큰 못의 이름. 좋은 꿈을 꾸고 귀한 아들을 낳게 된 것을 말함.

배웠다고 하며, 또 선생의 시문을 매우 상세하게 외웠다. 아 내가 또 젊었을 때 김훈도金訓導로부터 선생의 풍모를 듣고 사모했는데, 그때 이미 선생께서 조정에 들어가서 벼슬하다가 세상을 떠났기 때문에 비록 직접 뵈옵고 말씀을 듣지 못했으나 사실은 직접 배운 것과 다름이 없으며, 어찌 스스로 전쟁 때문에 돌아다니다가 먼 지방에서 동문同門을 만나 들었다고 하겠는가. 이미 세상을 떠난 분과 살아 있는 동문을 생각하며 이 시를 지어 보낸다.[36]

慕老先生百代師	모재선생은 긴 세월을 통한 스승이었는데
我從門下覓歸岐	나도 제자로서 돌아갈 길을 찾고자 했다.
關門紫氣靑牛去	관문에 붉은 기운이 끼었을 때 청우靑牛가 갔으며[37]
弟子玄經白首知	제자로서 현경玄經[38]을 백수에 알게 되었다.
亂世孤蹤還到此	난세에 외로운 발걸음이 이곳에 이르렀으며
舊徒今日若前期	오늘 옛 무리를 전날같이 보게 되었다.
相逢共說當時事	서로 만나 당시의 일들을 함께 말하는데
十二高樓夜雨悲.	열둘의 높은 누에 밤비가 슬프게 한다.[39]

증유희담억노량정贈柳希聃憶鷺梁亭

江上漁村舊聚居	강변의 어촌은 예부터 모여 살았는데
遺民此日是周餘	유민들이 오늘도 두루 남아있다.
山川鬱鬱紆疇昔	산천은 울창해 예부터 밭들이 얽히었고

---

36) 이 序文도 높고 예스러우며 힘이 있다.(序文亦高古有氣力)
37) 老子가 만년에 靑牛를 타고 函谷關을 지났다고 하는데, 이 구의 내용은 老子故事와 상관이 있지 않을까 한다.
38) 玄經은 太玄經으로 前漢 揚雄이 周易을 따라 저작한 것이라 한다.
39) 三句와 四句의 對가 神이 만든 것이고, 結句도 또한 뛰어났다.(三四神對 結亦超然)

風日依依竟自如　바람과 햇빛은 어렴풋하나 끝까지 아무렇지 않
　　　　　　　　 다오.
坐客不禁周顗淚　앉은 손은 주개周顗[40]의 눈물을 금하지 못하고
令人長憶武昌魚　사람들에 무창武昌의 고기를 길이 생각하게 한다.[41]
十年間舍棲難定　십년 동안 집을 구했으나 쉴 곳을 정하기 어려워
何處田園可稅車.　어느 곳 동산에 수레를 쉴 수 있으랴.[42]

포월정抱月亭

何緣一棹過滄溟　무슨 인연으로 배를 타고 넓은 바다를 지나며
快見飛甍耀極汀　날 듯한 정자를 바로 물가에서 빛남을 보겠다.
曾躋此丘收勝槩　일찍 이 언덕에 올라 아름다움을 거두었는데
却聞新賞出前亭　새로 보는 것이 앞의 정자보다 좋다고 들었다.
海門萬里金波動　먼 바다에 금빛 파도 움직이고
碧落千層素氣輕　높은 하늘에 흰 기운이 가볍게 끼었다.
八九胸中添絶洒　넓은 가슴에 매우 깊음을 더했더니
馭風疑入廣寒扃.　바람을 몰아 광한문에 들어간 듯하다.

일미도一眉島

三歧水合一眉橫　세 갈래 물이 하나로 합쳐 눈썹처럼 비꼈는데
拔地烏頭見古城　땅에서 까마귀 머리처럼 솟아 옛 성으로 보인다.[43]

---

40) 晋나라 때의 名士로서 당시에 세태가 매우 어지러운 것을 보고 모인 인
　　사를 가운데서 탄식하며 눈물을 흘렸다고 한다.
41) 對를 빌린 것이 또한 문채가 있다.(借對亦斐然)
42) 쓸쓸함이 사람을 움직인다.(凄斷動人)

鳥去鳥來天界白　새가 갔다가 오면 하늘의 지경은 희고[44]

潮生潮落島分靑　조수가 들었다 나가면 섬은 푸른 바다와 나누
　　　　　　　　　어진다.

神遊八極樓居好　마음으로 팔방을 놀게 되었는데 누가 좋은 곳
　　　　　　　　　에 있으며[45]

目送千帆海氣淸　눈으로 많은 배를 보내니 바다 기운이 맑다.

多小朋游俱興逸　얼마의 친구들과 놀며 함께 흥이 높아

依然風詠舞雩行.　전처럼 시를 읊고 무우舞雩로 가리라.[46]

영박연詠朴淵

東眺天磨並聖居　동쪽으로 천마산과 아울러 성거산을 보니[47]

朴淵深在洞門回　박연폭포가 골짜기 깊은 곳에서 돌고 있다.

靑山玉液何時折　청산의 옥액玉液은 어느 때 끊어졌으며

碧落銀河此夜開　하늘의 은하수는 오늘밤에 열린다.[48]

聲入千岩萬壑吼　소리는 많은 바위와 골짜기에 들어가게 크게
　　　　　　　　　나며

爽隨大氣剛風蹄　상쾌함은 대기를 따라 굳센 바람에 쓰러진다.[49]

依然導我參寥廓　전처럼 나를 데리고 넓고 큰 곳에 참석하는데

眞若飛仙挾往來.　참으로 신선이 나를 끼고 왕래하는 것 같다.

---

43) 신기한 자라가 기운을 뿜는 것과 같다.(如神鰲噴氣)
44) 날카로워 기이한 생각이 있다.(矯矯有奇思)
45) 자유자재로 하는 듯하다.(橫放自在)
46) 『論語』先進篇에 浴乎沂 風乎舞雩 詠而歸라 했는데 자연을 즐기는 쾌락
　　을 말한 것이다.
47) 깊어 겁나게 한다.(森邃可怕)
48) 크고 넓다.(雄放宏悍) 위의 玉液은 道家에서 마시면 長生한다는 仙藥.
49) 얼마나 큰 기백인가.(何等氣魄)

증신강릉혼지임贈申江陵混之任

昔遊東表鏡湖亭	옛날 동쪽에서 대표되는 경호정에 놀았는데
雲夢胸呑八九平	운몽택雲夢澤에서 넓고 편안함을 머금었다.[50]
露浥海棠猩血艶	이슬이 해당화를 적시자 성성이 피처럼 탐스럽고
玉鳴沙路馬蹄輕	옥이 사장 길에서 우니 말발굽이 가볍다.
袁宏秋渚波聲靜	원굉袁宏이 있는 가을 물가는 파도 소리도 고요하고[51]
庾亮南樓月色淸	유량庾亮의 남루南樓에는 달빛이 맑다.[52]
萬古風流餘興在	만고의 풍류에 남은 흥이 있으니
亭中倘有客星經.	정자에 혹 손님이 지나갔는지 모르겠다.

제허단보죽첩석양정화죽이주천사화란題許端甫竹帖石陽正畫竹而朱天使畫蘭

渭臾靑靑竹數竿	위수渭水의 언덕에 푸른 대나무 몇 주를
移來卷裡摠琅玕	책 속으로 옮겨놓았더니 모두 주옥이 되었다.
王孫筆妙化工外	왕손의 묘한 글씨는 조화옹造化翁의 교묘함이며
學士名高北斗間	학사로서 높은 이름은 북두성 사이에 있다.

---

50) 雲夢은 楚나라의 큰 못의 이름. 司馬相如의 子虛賦에 呑若雲夢者 八九於
　　其胸中라 했다. 許筠은 此老胸次喜用八九라 했다.

51) 袁宏은 晉나라 때의 사람으로 문재가 뛰어났는데 당시 고관이었던 謝尚
　　이 배를 타고 놀다가 원굉의 시 읊는 소리를 듣고 배로 초청해 새벽까지
　　놀았다는 故事가 있다. 허균은 이 시의 함련에 淸而巧라 했고, 경련 첫
　　구에 온당함이 예사롭지 않다고 했다.(帖妥不凡)

52) 庾亮은 晉나라 때의 사람으로 字는 元規이며 나라를 회복하는데 큰 공이
　　있었다고 한다. 그가 江州를 맡아 있을 때 지은 樓가 경치가 좋다고 한다.

丹鳳忽宣天上詔　단봉丹鳳53)이 갑자기 천상의 조서詔書를 폈고
彩毫仍吐谷中蘭　채호彩毫는 인해 깊은 골짜기의 난초를 토한다.
自然意足難形處　표현의 어려운 곳도 자연스럽게 만족하지만
聲色前頭句未安.　전두의 성색구聲色句는 적당하지 않다오.54)

✧ 정직鄭磏(再見)
회암도중檜岩道中

匹馬十年西復東　필마로 십년 만에 서쪽에서 다시 동쪽으로 갔
　　　　　　　　　는데
維楊今日又秋風　버들에는 오늘도 가을바람이 분다.
山如圖畵白雲外　산은 흰 구름 밖의 그림 같고55)
路入招提紅樹中　길은 단풍나무 가운데 절로 들어간다.
湘浦何須弔屈子　어찌 꼭 상수의 포구에서 굴원屈原을 조문하며56)
鹿門終擬問龐公　녹문鹿門을 꼭 방공龐公에게 물으려 하는가.57)
隱淪經濟各天性　숨고 활동하는 능력은 각자 타고난 성격이며58)
我亦初非田舍翁.　나도 처음에는 농사짓는 늙은이가 아니었소.

---

53) 임금의 말씀 또는 궁궐을 상징적으로 나타낸 말. 밑에 彩毫는 그림을 그
　　리는 붓.
54) 침착하고 두터우며 엄숙하고 무겁다. 그리고 入神의 경지라 했다.(沈厚
　　莊重又活入神)
55) 말에 귀신이 도운 듯함이 있다.(語有神助)
56) 意氣가 홀로 깬 듯하다.(意氣獨醒)
57) 鹿門은 산 이름인데 漢末에 龐德公이 녹문산에 들어가서 약을 캐었다고
　　하며, 唐의 孟浩然도 그곳에 가서 숨어 있었다.
58) 슬프고 분해 가련하다.(悲憤可憐)

송금사이종지평양送琴師李鍾之平壤

節迫三三三日纔	계절은 비로소 구월 삼일이 박두했는데
東風吹雨洗輕埃	동풍이 비를 불어 가벼운 티끌을 씻었다.
故人千里直行色	친구는 천릿길을 바로 떠나려는 차림을 하고
老子一春無好懷	늙은이는 봄 동안 좋은 생각이 없었다오.[59]
北郭無心問花柳	무심히 북곽에서 꽃과 버들을 물었으며
浿江何處倚樓臺	패강의 어느 곳 누대에 의지하랴.
繁華難遣故園思	번화함도 고향생각을 보내기 어려운데
鶯囀上林來不來.	숲에서 우는 꾀꼬리는 온다 하고 오지 않는다.

✛ 신응시辛應時

봉사강릉유감奉祀康陵有感

城東松檜鬱崔嵬	성동에 솔과 전나무가 짙어 우뚝하게 높으며
一十年來奉祀來	십년을 내려오면서 봉사奉祀하러 왔다오.
天外白雲長入望	하늘 밖의 흰 구름은 길이 바라보게 되고
崗頭金粟謾成堆	산등성이에 곡식이 또 많이 쌓였다.
龍墀畵接思前席	용을 그린 섬들을 접하자 앞자리를 생각하고
蜃衛宵嚴憶扈陪	임금을 모신 밤이 엄해 호종했던 때를 기억한다.
白首啣恩猶未死	백수에 오히려 죽지 못하고 은혜를 입었으니
辨香燒罷淚盈腮.	향을 골라 피우며 뺨에 눈물이 흐른다.

신응시辛應時의 자는 군망君望 호는 백록白麓이며 영월인寧越人이다. 명

---

59) 松溪 權應仁이 칭찬한 바이다.(松溪所稱)

종 때 과거에 급제했고 호당에 피선되었으며 중시重試에 참여했다. 벼슬은
부제학副提學을 했다.

✥ 최경창崔慶昌(四見)
조천朝天

漏下重城曙色遙	누수 흐르는 궁성宮城에 새벽빛이 먼데
君王將御紫宸朝	군왕이 조회를 받고자 자신전紫宸殿에 나오신다.
衣冠盡入蓬萊殿	귀한 사람들이 모두 봉래전蓬萊殿으로 들어가며
馳道斜連太液橋	달리는 길이 태액교太液橋까지 비껴 연했다.
杖裏祥雲隨轉盖	의장儀仗 속의 상서로운 기운이 일산을 따라 돌고60)
日邊佳氣繞吹簫	임금 주위에 아름다운 기운이 얽혀 통소를 분다.
遷喬自幸聯鵁鷺	꾀꼬리가 나와61) 봉황과 어울려 다행으로 여기며
穆穆明庭覩舜堯.	엄숙한 밝은 뜰에서 요순堯舜62)을 본다오.

西臺月曉漏聲遙	서대西臺에 달은 새벽이고 누수 소리 멀어지자
左掖門前候早朝	좌액문左掖門 앞에서 아침 조회를 기다린다.
瑞靄尙含靑瑣柳	상서로운 아지랑이는 아직 푸른 버들에 끼었고
仙旗已繞絳河橋	깃발은 이미 강하교絳河橋를 둘렀다.63)
天香縹緲開龍闕	천향天香은 아득한 용궐龍闕을 열었고
輦路徘徊引鳳簫	연로에 배회하며 통소를 분다.
再拜賜霑光祿供	광록光祿이 바치는 하사품下賜品에 재배하고

---

60) 눈에 보이는 것이 모두 아름다운 구슬이다.(觸目琳琅珠玉)
61) 遷喬는 꾀꼬리가 골짜기에서 높은 나무로 옮긴다는 말인데, 영전이 되는
   것을 의미한다.
62) 여기의 堯舜은 태평성대의 군주를 의미하는 것이 아닌가 한다.
63) 빼어난 빛이 날아 움직인다.(秀色飛動)

微臣竊效祝文堯.　미신은 모르게 요堯임금의 축문祝文을 따른다.[64]

✧ 백광훈白光勳(四見)
봉은사차이백생견기지운奉恩寺次李伯生見寄之韻

偶因休院到雲門　우연히 관서官署가 쉬어 절에 갔더니
把酒題詩勝事存　술 마시고 시를 짓는 좋은 일이 있었다.
紅藕一池風滿院　연이 있는 못에 바람이 관서에 가득하고
亂蟬千樹雨歸村　많은 숲 요란한 매미 소리에 비는 마을 쪽으로
　　　　　　　　간다.
深慚皓首從羈宦　늙어 벼슬 따라다니는 것이 매우 부끄럽고
猶喜靑山似故園　오히려 푸른 산이 고향 같아 기쁘다오.
聞說錦湖烟景好　금호의 풍광이 좋다고 들었으니
會將歸棹問眞源.　바로 배를 타고 돌아가며 진원을 물으리라.[65]

✧ 이달李達(四見)
상월정아상上月汀亞相

客衾秋氣夜迢迢　가을 기운에 객지의 이불이 밤에 더욱 차며
深屋疎螢度寂寥　깊숙한 집에 성긴 반딧불이 고요하게 지난다.
明月滿庭凉露濕　뜰에 가득한 밝은 달빛은 이슬에 젖어 서늘하고
碧天如水絳河遙　물 같은 푸른 하늘은 멀리 은하수에서 떨어졌다.[66]
離人夢斷千重嶺　떠난 사람은 천 겹 재를 꿈으로 끊었고

---

64) 쉽게 얻지 못할 것이다.(不可易得)
65) 또한 기이한 곳이 있다.(亦有奇處)
66) 이 연의 絳은 降자가 아닌지.

禁漏聲殘十二橋　금중禁中의 누수는 십이교에 소리가 남았다.
咫尺更懷東閣老　지척에서 동각의 늙은이를 생각하나
貴門行馬隔雲霄.　귀한 분에 가는 것이 하늘처럼 멀다오.

구성증림명부식龜城贈林明府植

八月邊霜近授衣　팔월 변방 서리에 수의授衣가 가까우며
北風吹葉鴈南飛　북풍이 나뭇잎에 불자 기러기는 남쪽으로 간다.
誰憐范叔寒如此　범숙范叔의 이 같은 추위를 뉘가 가련히 여기며[67]
自笑蘇秦困未歸　소진蘇秦이 곤해도 돌아가지 않는 것을 비웃는다.[68]
家在海西音信斷　해서海西에 있는 집에서 소식이 끊어졌고
客來關外故人稀　관외關外에 손으로 왔으니 아는 사람도 드물다.
燈前暫結思鄕夢　등불 앞에서 잠깐 고향 생각하는 꿈을 꾸었는데
秋水烟沉舊釣磯.　안개 낀 가을 물가 옛날 고기 낚던 곳이었소.[69]

조령문두견鳥嶺聞杜鵑

隴坡漫漫隴水悲　산기슭은 아득하고 언덕 물은 슬프며
旅人南去馬行遲　남쪽으로 가는 나그네의 말 걸음은 더디다.
思家正欲歸吾土　집을 생각하면 바로 고향으로 가고 싶은데
入峽那堪聽子規　산골에서 어찌 자규 우는 소리 들을 수 있으랴[70]

---

67) 춘추전국 때 매우 추운 날 范叔의 낡은 옷을 보고 魏나라 사신이 옷을
　　주었다는 故事.
68) 춘추전국 때 蘇秦의 六國을 합종하기 위해 고생하며 여러나라를 돌아다
　　닌 것을 말함.
69) 매우 아름다운 작품이다.(絶佳之作)
70) 對가 교묘하다.(對巧)

千嶂不分雲起處　많은 봉에 구름이 이는 곳을 구분하지 못하겠고
數聲猶苦月沉時　달이 질 때 얼마의 우는 소리 오히려 괴롭다.[71]
杜陵無限傷心事　두보杜甫에 무한의 슬픈 일은
直到鄜州別有詩　바로 부주鄜州에 이르면 따로 시가 있기 때문이오.

호사승권차운湖寺僧卷次韻

東湖停棹暫經過　동호에서 노를 멈추고 잠깐 지나니
楊柳悠悠水岸斜　버들은 한가롭게 물이 흐르는 언덕에 비껴 있다.
病客孤舟明月在　병객이 탄 배에 밝은 달이 비치고
老僧深院落花多　노승이 있는 깊은 절에 낙화가 많다.
歸心黯黯連芳草　돌아가고 싶은 어두운 마음은 방초와 연했으며
鄕路迢迢隔海波　멀고 먼 고향 길은 바다 파도에 막혔다.
獨坐計程關塞外　홀로 앉아 변방 요새 밖의 길을 헤아리며
不堪殘日聽啼鴉.　남은 햇빛에 갈까마귀 우는 소리 견디기 어렵다.

호사승권차운湖寺僧卷次韻

晴鳩相逐喚終朝　비둘기는 아침 내내 서로 쫓고 부르며[72]
睡起僧房掩寂寥　자다 깨니 승방은 가리어 고요하다.[73]
深院定中禪客坐　정중定中의 깊은 절에 스님과 손은 앉았고
上方齋後佛香銷　동북에서 재계한 후 향불은 녹았다.
春山一雨蘼蕪長　봄 산에 비가 내리자 거친 맥문동도 자라고

---

71) 극히 아름다운 句다.(極佳句)
72) 극히 우뚝하다.(極其突兀)
73) 온화하고 무거움을 접했다.(接得雍重)

鄉國三更夢寐遙　　고국의 삼경은 꿈에서도 멀다.
更與吾師說幽約　　다시 스님과 깊은 약속을 말하려는데
幾時重上廣陵橋.　　어느 때 광릉교에 거듭 오르랴.74)

만손명부여성挽孫明府汝誠

君爲明府我爲客　　그대는 명부가 되었고 나는 손이 되었으니
三月烟花烏鵲橋　　삼월 오작교에 아지랑이가 나타났다.
點檢遺篇如昨日　　남긴 글을 점검한 것이 어제 같은데
凄涼哀輓卽今朝　　처량하게 슬픈 만사는 바로 오늘 아침이라오.
人間父子情何極　　인간에 부자의 정이 얼마나 크며
海內交親膽欲消　　세상에 친구의 사귐은 담이 녹고자 한다.
京口閉門秋色裏　　가을빛 속에 서울 입구의 문을 닫았는데75)
滿庭紅葉雨蕭蕭.　　뜰에 가득한 단풍잎에 비가 소소히 내린다.76)

무제無題

瑤絃纖縷合歡床　　합환상에 거문고 줄은 실처럼 섬세하며
暖壓紅綿小洞房　　동방의 붉은 솜이 매우 따뜻하다오.77)
夢覺秦樓分翡翠　　꿈을 깨자 비취는 진루秦樓에서 헤어지고
日沈湘浦斷元鴦　　해가 지니 상포湘浦에 원앙도 끊어졌다.

---

74) 三四 句는 높고 아름다우며, 六七 句는 渾融하다. (三四峭麗 六七渾融)
75) 얼마나 슬픈 감정인가.(何等哀感)
76) 정과 생각이 묘하다.(情思入妙)
77) 문채가 아름답고 유창하다.(文采葩流) 위의 合觀床은 남녀가 처음으로
　　기쁨을 같이하는 상.

粧鈿寶月明珠綴　단장한 비녀는 구슬로 이어 달같이 보배스럽고
腰帶盤雲瑞錦囊　허리띠에는 비단 주머니가 구름처럼 둘렸다.
十二斜行金鴈柱　열두 줄 비낀 행렬의 기러기는 버티는데
碧紗如霧掩秋香.　안개 같은 푸른 천이 가을 향기를 막는다.78)

❖ 양대박梁大撲
재북원송이익지향남원在北原送李益之向南原

春來無日不思家　봄이 오자 집 생각하지 않는 날이 없는데
家在龍城蓼水涯　집은 용성의 요수 가에 있다오.
松逕幾寒孤鶴夢　송경은 얼마나 추워 학이 외롭게 자고 있으며
竹窓應拆早梅花　죽창에는 분명히 매화가 일찍 피었다.
殊方作客別懷惡　객지에서 나그네 되어 헤어지기 싫고
歧路送君芳草多　꽃다운 풀 많은 갈림길에서 그대를 보낸다.
從此橫崗遮望眼　여기부터 산이 보지 못하게 가로 막으며
關河不盡暮雲賖　관하의 물은 계속 흐르고 저문 구름은 멀다오.79)

청계青溪

路入青溪古洞天　길이 청계의 옛 골짜기로 들어가는데
短筇隨處碧蘿懸　가는 곳마다 지팡이에 푸른 담쟁이덩굴이 달린다.
一區雲物三淸地　일구의 구름빛은 삼청의 땅에 있고
萬壑風雷百道泉　만학의 바람과 우레 소리는 많은 샘물에서 난다.
山鬼夜窺金鼎火　산의 귀신은 밤에 금정의 불을 엿보고

---

78) 전편이 대개 水月과 鏡花와 같다.(諸篇大槩如水月鏡花)
79) 스스로 무게가 있다.(自有斤兩)

水禽秋宿石堂烟　물새는 가을이면 석당의 연기 속에서 잔다.80)
令人忽起凌空思　사람에 갑자기 공사空思를 업신여기게 하는 것은
不踏丹梯不是仙.　단제丹梯를 밟지 않으면 신선이 아니기 때문이오.

봉송고태헌지임동래奉送高苔軒之任東萊

巨浸漫漫日月開　크게 젖어 질펀한 곳에 해와 달이 뜨고81)
綵雲多處是蓬萊　비단구름 많은 곳이 봉래산蓬萊山이라오.
若敎羽化猶能度　신선이 되어야만 능히 건널 수 있다 하고
除却○輪不可來　○륜○輪82)을 제외하고는 올 수 없다 한다.
冠盖遙通日本國　높은 벼슬 한 사람은 멀리 일본과 통했고
乾坤長繞海雲臺　건곤은 길이 해운대를 둘러쌌다.83)
令人忽起乘桴興　사람들에 갑자기 배를 타고 싶게 하여
直到扶桑未擬回.　바로 부상扶桑에 이르러 돌아오지 못하게 한다.84)

귀안歸鴈

平沙浩浩水茫茫　사장은 넓고 물은 질펀한데
秋盡江南鴈字長　가을이 지난 강남에 기러기 떼가 길다.
雲渚月明時叫侶　넓은 물가 밝은 달빛에 때때로 짝을 부르고
寒天霜落亂隨陽　차가운 하늘에서 서리 내리면 따뜻한 곳을 찾

---

80) 표현이 극히 섬세하다.(極力造微) 아래 丹梯는 仙境에 들어가는 길.
81) 크고 넓으며 드는 기운이 있다.(軒豁氣擧)
82) ○표한 것은 글자를 알아볼 수 없음.
83) 기개가 넓고 깊다.(氣槩洋溢)
84) 雲과 日이 疊字인 것을 좋지 않게 말하고 있으나 어리석은 사람 앞에 꿈
　　을 말하는 것이다.(以雲日疊字誚之 痴人前說夢)

아 어지럽다.

斜斜整整寧違陣	옆으로도 바른 것이 어찌 행렬을 어기며
弟弟兄兄自作行	아우와 형이 스스로 줄을 지어 간다.
菰浦稻畦應有緡	고포菰浦의 벼논에 분명히 그물이 있으리니
不如飛入水雲鄕.	물이 많은 곳으로 가는 것만 같지 못할 것이오.[85]

양대박梁大撲의 자는 사진士眞 호는 청계淸溪이며 남평인南平人으로 학관學官을 했다.

◇ 임제林悌(五見)

해남기허미숙海南寄許美叔

公退烏巾坐小齋	공은 물러나 오건 쓰고 서재에 앉아
夕熏初換水沈灰	저녁 불기운을 물에 잠긴 재와 바꾸었다.[86]
馬卿猶抱三年病	마경馬卿[87]은 오히려 삼년 동안 병을 앓았고
龐統元非百里才	방통龐統[88]은 원래 백리를 맡을 재주가 아니었다.[89]
秋入碧梧蠻雨霽	가을이 되자 푸른 오동잎에 비가 개고
海連靑嶂怪禽來	바다와 이어진 푸른 봉우리에 괴이한 새가 왔다.
西樓一夜歸舟夢	서루西樓에서 하룻밤 배로 돌아간 꿈은
蘆葦烟深舊釣臺.	갈대에 안개 깊은 옛날 낚시하던 대였소.

---

85) 세상에서 뛰어난 짐품이라고 말하나 江西派에 떨어진 것이다.(世所稱絶
唱 然墮江西)
86) 이 句는 말이 어려운 것도 아니면서 이해가 쉽지 않다.
87) 馬卿은 어떤 인물인지 알아보지 못했다.
88) 三國演義에 蜀漢의 인물로 등장하는데, 그의 재능은 백 리의 작은 고을
을 다스릴 인물이 아니고 큰일을 맡을 재능이 있다는 말이다.
89) 자신의 재능을 自負한 것이다.

❀ 정지승鄭之升(三見)

정숙부呈叔父

舊事詩書着二毛	예부터 시서詩書에 종사하여 반백斑白이 되었으며
有時舒嘯上東皐	때가 있으면 휘파람을 불며 동고에 올랐다.
南貧置酒朝醵足	남쪽은 가난하나 아침이면 취할 만큼 술을 주며
北富熏天夜笛高	북쪽은 부해 날씨가 따뜻하면 밤에 저 소리 높다.90)
客去閉關留月色	손이 가자 대문을 닫으니 달빛만 머물고
夢廻虛閣散松濤	꿈에 허각을 돌면 송도松濤 소리 흩어진다.91)
思量政在功名外	생각이 바로 공명 밖에 있으니
須信人間第一豪.	인간세계에 제일 호걸스러움으로 믿을 것이오.

❀ 이춘영李春英

영보정永保亭92)

樓臺層搆鬱穹崇	누대를 층으로 공중에 높게 지어
高揭朱欄對碧峯	높게 솟은 붉은 난간이 푸른 봉을 대했다.
千尺獨臨三面水	천척의 누는 홀로 삼면이 물에 다다랐고93)
八窓不斷四時風	여덟 창문은 사시로 바람이 그치지 않는다.
城形圓似吐雲月	둥근 성 형상은 구름에서 벗어난 달 같고94)

---

90) 뛰어나 스스로 높이 여긴다.(超然自高)
91) 쌀쌀하게 신령스러운 소리가 귀에 들리는 듯하다.(冷然靈籟入耳)
92) 네 편의 작품이 매우 朴闇의 시를 따르고자 했는데 韻調는 약간 양보해야 하겠으나 호방하고 오만함은 여유가 있다.(四篇極力摹擬挹翠 而韻調終讓一頭地 然豪縱自肆則有之)
93) 붓을 임의대로 빨리 했다가 그치기도 한다.(恣筆馳頓)

山勢蜿如飮海龍　　꿈틀거리는 산세는 용이 바닷물을 마시는 듯하다.
飛閣捲簾明鏡裡　　날 듯한 집에 주렴을 걷어 거울처럼 밝은데
眞仙都在水精宮.　　진선眞仙이 모두 수정궁에 있다네.95)

百尺樓西水接天　　백 척의 누 서쪽에 물은 하늘에 닿았고
四山松檜鬱蒼然　　사방 산에 솔과 전나무는 울창하다.
簾旋撲地海風起　　주렴은 빨리 땅을 치고 바다 바람이 불며96)
欄影轉階湖月圓　　난간 그림자가 돌고 호수의 달이 둥글어진다.
近岸盡居抖蚌戶　　언덕 근처에 사는 집들은 버린 조개껍질 같고
晚潮常送釣魚船　　늦게 오는 조수는 항상 고기 낚는 배를 보낸다.
五更聒枕波聲怒　　오경에 성난 파도 소리는 자는데 시끄러워
人在窓間夜不眠.　　창 옆에 있는 사람은 밤에 자지 못한다.

雉堞縈紆樹木間　　치첩雉堞97)이 나무들 사이에 얽히고 얽혀
金鰲頂上壓朱欄　　금오의 꼭대기에 붉은 난간이 눌렀다.
月從今夜十分滿　　달은 오늘밤을 좇아 완전히 둥글고
湖納晚潮千頃寬　　호수는 늦게 민물을 받아 천 이랑이 넘겠다.98)
酒氣全勝水氣冷　　술기운은 차가운 물 기운을 완전히 이겼고
角聲半雜江聲寒　　대평소 소리는 찬 강물 소리가 반쯤 섞였다.
共君相對不須睡　　그대와 함께 마주 앉아 모름지기 자지 말고
待到曉霧淸漫漫.　　맑음이 아득한 새벽안개가 이르기를 기다리자.

---

94) 크고 작은 것을 잘 묘사했다.(寫得磊砢)
95) 시사가 극히 교묘하다.(詩思極工)
96) 극히 호걸스러운 생각이다.(極其豪思)
97) 성 위에 쌓아놓은 것을 말함.
98) 어찌 옛 시인들에 양보하랴.(何讓古人)

永保亭子凌虛閣　　허공에 우뚝한 영보정永保亭은
高倚城墻下枕湖　　섬 담장에 높게 의지했고 밑은 호수를 베고 있다.
開戶雲煙呈態度　　문을 열자 안개가 형태를 드러내고
捲簾山水看縈紆　　주렴을 걷어 산과 물이 얽혀 있는 것을 본다.
風帆忽過無蹤跡　　바람에 배가 갑자기 지나가더니 종적이 없고[99]
霞鶩齊飛入畫圖　　안개와 오리가 같이 날아 그림 속으로 들어간다.
三十六窓明月夜　　서른여섯 창문의 밝은 달밤에
秖疑身世在氷壺.　　몸이 얼음 항아리에 있는 것으로 의심된다오.

　이춘영李春英의 자는 실지實之 호는 체소재體素齋이며 전주인全州人이
다. 선조 때 과거에 급제했고 한림翰林을 거쳐 봉상첨정奉常僉正을 했다.

◈ 권필權韠(三見)
제림자중진중題林子中陣中

畫角吹開萬竈烟　　대평소 불어 많은 부엌의 연기를 열게 했고
陣橫雲鳥壓山川　　비낀 떼의 운조雲鳥들은 산천을 눌렀다.
赤光在地戈揮日　　붉은 빛이 땅에 있음은 햇빛에 창을 휘두른 탓
　　　　　　　　　이며
白氣漫空劒倚天　　흰 기운이 질펀함은 칼이 하늘에 의지한 때문
　　　　　　　　　이다.
未着祖鞭吾老矣　　조편祖鞭[100]을 잡지 못함은 내가 늙은 까닭이며
欲投班筆意茫然　　반필班筆[101]은 던지고자 하니 뜻이 망연하다.

─────────────

99) 기세가 굳세고 장하다.(氣勢遒壯)
100) 祖鞭은 晉나라 祖逖의 채찍이 아닌가 하는데, 그는 晉의 국토를 많이 회
　　복했으며 강을 건너며 中原의 평정을 맹세했다.

可憐玉帳秋宵夢　　가련하게도 옥장의 가을밤 꿈은
還繞西江舊釣船.　　도리어 서강의 옛 낚싯배를 돌고 있다오.102)

해직후희제解職後戲題

平生樗散鬢如絲　　평생 동안 쓸모없이 살쩍머리만 희었고
薄宦凄凉未救飢　　처량하게도 낮은 벼슬이 굶주림을 구하지 못했다.
爲問醉遭官長罵　　취해 들은 관장의 꾸중 묻고 싶으며
何如歸赴野人期　　어쨌든 기약한 야인으로 돌아간다.
催開臘甕嘗新醞　　독을 재촉해 열어 새로 빚은 술맛 보고
更向晴窓閱舊詩　　다시 갠 창을 향해 옛 시를 열람한다.103)
謝遣諸生深閉戶　　학생들을 돌려보낸 후 문을 깊게 닫고
病中唯有睡相宜.　　병중에는 오직 자는 것이 서로 편할 듯하오.104)

조도벽란早渡碧瀾

江上嗚嗚聞角聲　　강상에 오오한 태평소 소리 들리고
斗炳插江江水明　　북두칠성이 강에 꽂혀 강물이 밝다.
早潮侵岸鴨鵝亂　　일찍 밀려오는 조수에 오리 거위 어지럽고
遙舍點燈砧杵鳴　　등불 밝힌 멀리 있는 집에서 다듬이 소리 들린다.
客子出門月初落　　나그네 문을 나서니 달은 지려하고

---

101) 後漢의 역사가 班固의 붓이 아닌가 한다. 그는 『漢書』를 저작했다.
102) 위의 四 句는 극히 호장하고 아래 四 句는 비교적 均適하다.(上四句極豪
　　　壯下四句較均適)
103) 스스로 하는 것이 있다.(自在)
104) 기상이 오만해 다른 사람의 구속을 받겠는가.(氣矯肯受人拘)

舟人掛席風欲生　사공이 단 돛에 바람이 일고자 한다.
西州千里自玆去　서주 천리 길을 지금부터 가고자 하니
長路險難何日平.　멀고 험한 길이 어느 날에 평탄하랴.105)

모귀暮歸

夕日已入羣動息　저녁에 해가지면 모든 움직임이 쉬게 되며
烟沙露草迷荒原　사장에 이슬 젖은 풀로 거친 들을 헤맨다.
虎嘯陰壑夜風烈　음산한 골짜기에 밤바람이 매섭고
狐鳴空林秋月昏　잎이 진 숲에 가을달이 저물었다.
流螢閃閃疑鬼火　흐르는 반딧불이 도깨비불처럼 번쩍이고
老樹曖曖知山村　침침한 고목이 마을임을 알린다.
家僮出迎把兩炬　가동家僮이 횃불 들고 나와 맞으니
枝間寒鵲驚飛飜.　나뭇가지의 까치가 놀라 난다.106)

✥ 양경우梁慶遇(再見)

석夕

蒼苔一逕映斜曛　푸른 이끼 낀 길에 비낀 햇빛이 비쳤는데
攀盡脩篁上古原　긴 대나무를 잡고 옛 언덕을 올랐다.107)
鸛鶴追飛投水樹　황새는 학을 따라 날아 물과 나무로 가고
牛羊自下入山村　소와 양은 스스로 내려와 마을로 들어간다.
貪看暮景頻移杖　저녁 경치를 보고자 지팡이를 자주 옮기고

---

105) 길이 曉行詩로는 뛰어난 작품이다.(爲千古曉行絶調)
106) 역시 暮行詩로서 絶唱이다.(亦暮行絶唱)
107) 깊숙하고 멀다.(便幽眇)

爲有佳期不掩門　　아름다운 약속이 있어 문을 닫지 않았다.[108]
惆悵窮陰近殘臘　　슬프게도 궁한 그늘은 섣달이 가까우며
小梅消息月黃昏.　　매화 소식과 달은 황혼이라오.

✧ 가야선녀伽倻仙女
제영남루題嶺南樓

金碧樓明壓水天　　금벽루의 밝음이 수천水天을 눌렀는데
昔年誰搆此峯前　　옛날 뉘가 이 산봉우리 앞에 지었을까.
一竿漁父雨聲外　　빗소리 밖에 어부는 낚싯대를 잡았고
千里行人山影邊　　산 그림자 가에 행인은 천리 길을 간다.
入檻雲生巫峽曉　　난간에 들어온 구름은 무협의 새벽에 생겼고
逐波花出武陵烟　　파도를 쫓은 꽃은 무릉 연기에서 나왔다.
沙鷗但聽陽關曲　　사장의 백구는 단지 양관곡陽關曲만 듣고 있는데
那識愁深送別筵.　　어찌 송별하는 자리에 근심이 깊음을 알겠는가.[109]

✧ 귀이현욱鬼李顯郁(再見)
차허혼증운次許渾贈韻[110]

秋山路僻問歸樵　　추산에 길이 깊숙해 돌아가는 나무꾼에 물으니
爲指前峯石逕遙　　앞 산봉우리 먼 돌길을 가리킨다.
僧與白雲還暝壑　　스님은 흰 구름과 더불어 깊숙한 골짜기로 돌

---

108) 얼마나 풍치가 있고 깨끗한가.(何等風雅)
109) 별도로 초연함이 있다.(別是一種超然)
110) 이 시는『陽明集』에서도 보이는데 편차할 때 잘못 상고한 것이 아닌지.
　　(此詩見陽明集 編次時失考)

아가고

月隨滄海上寒潮	달은 서늘한 바다를 따라 조수 위에 뜬다.
世情老去渾無賴	세정은 늙어가면서 전혀 믿을 수 없고
遊興年來獨未消	놀고 싶은 흥은 요사이도 홀로 남았다.
回首孤航又陳跡	외로운 배와 묵은 자취를 돌아보니
疎鍾隔渚夜迢迢.	성긴 종소리는 물가에서 막히고 밤은 길다.111)

◈ 실명씨失名氏
제비파배題琵琶背

鵾絃鐵撥撼高堂	고니 줄과 쇠줄이 고당을 흔드는데
十指纖纖窈窕娘	열 손가락이 가는 고운 낭자였소.
巫峽啼猿哀淚濕	무협의 원숭이 울음이 슬퍼 눈물에 젖었고
衡陽歸鴈怨聲長	형양으로 가는 기러기는 원망하는 소리가 길다.
凍深滄海龍吟壯	깊게 언 푸른 바다에 용의 읊음이 장하고
清徹疎松鶴夢凉	매우 맑고 성긴 소나무에 학의 꿈이 서늘하다.
曲罷參橫仍月落	곡을 파하자 삼성參星이 비꼈고 인해 달도 졌는데
滿庭山色曉蒼蒼.	뜰에 가득한 산 빛에 새벽은 맑게 개였다.112)

---

111) 호걸스러움이 보통이 아니다.(傑超凡)
112) 고취함이 능한 작품이다.(鼓吹能品)

찾아보기

차용주(車溶柱)

경남 창원 출생
문학박사(고려대)
계명대학교 국문학과 교수와 서원대학교 국문학과 교수 및
청주사범대학 학장과 서원대학교 총장 역임

저서

『몽유록계구조의 분석적연구』, 『옥루몽연구』, 『고소설논고』, 『한국한문소설사』,
『한국한문학사』, 『한국한문학작가연구』, 『허균연구』, 『한국한문학작가연구 2』,
『한국한문학작가연구 3』, 『한국위항문학작가연구』, 『개정증보 한국한문소설사』,
『한국한문학의 이해』, 『농암김창협연구』, 『개고 한국한문학사』,
『한국한문학작가연구 1』, 『속한국한문학작가 연구 1』, 『소화시평·시평보유 연구』

역 주 『창선감의록』, 『역주 시화총림』, 『역주 시화류선』, 『역주 한국한문선』
초 역 『양원유집』, 『해학유서』, 『명미당집』, 『소호당집』, 『심재집』
편 저 『연암연구』, 『한국한문선』

譯註 青丘風雅·國朝詩刪

2017년 11월 01일 초판 인쇄
2017년 11월 07일 초판 발행

저 자 차용주
발 행 인 한정희
발 행 처 경인문화사
총 괄 이 사 김환기
편 집 부 김지선 박수진 한명진 유지혜
마 케 팅 김선규 하재일 유인순
출 판 신 고 제406-1973-000003호
주 소 파주시 회동길 445-1 경인빌딩 B동 4층
대 표 전 화 031-955-9300 팩 스 031-955-9310
홈 페 이 지 http://www.kyunginp.co.kr
이 메 일 kyungin@kyunginp.co.kr

ISBN 978-89-499-4304-6 03810
값 45,000원